U0080273

山田社

STS

山田社

考試分數大躍進
累積實力
百萬考生見證
應考秘訣

據日本國際交流基金考試相關概要

·2

絕對合格
特效藥

影子跟讀 標重音

日檢精熟單字

N2

考試愛
出的都
在這！

線上音檔
QR Code

用口耳打開單字量！

前言

忘記過時的單詞書吧，這是您日語超能力的啟動鍵！
開口讓人瞠目結舌，聽力閱讀雙管齊下，
犀利聽力，閱讀速度如閃電般迅捷！
音訓讀＋實用慣用語，
無論是考試還是日常應用，一本全搞定！
翻開這本書，讓您的日語不僅僅是一門語言，而是一場精彩絕倫的表演！

還在苦苦背單字嗎？來點新花樣吧：

拋棄死記硬背的老方法，跟著影子學發音，時髦又有效！

厭倦千篇一律的例句了嗎？讓生字有故事，讓記憶鮮活起來！

不畏懼日本腔？單字重音標記助您自信滿滿，說出地道的東京味！

無論是最細微的變化，通過例句都能準確把握！每一個考點都將成為您日語進步的加速器！

閱讀與聽力，兩不相欠，從容應對！

還不信？別急著下結論！在學習的道路上，我們將陪伴您一同前行，解開語言的奧秘，成為日語的贏家！

本書為您量身定制，輕鬆掌握單字的秘密武器：

1 單字重音標記，配合 Shadowing 影子跟讀法，口語與聽力齊飛！

2 通過例句學習單字，閱讀理解時印象加深，生字不再懈怠！

3 N2 文法搭配例句，黃金交叉訓練，輕鬆應對時事、職場、生活！

4 文法知識解析抽象難點，如同貼身自學導師，單字水平飛躍提升！

5 例句中的主要單字上色，詞語變化熟練度進一步提升，活用萬能神器！

6 最新單字考點解析，揭秘新制日檢考試趨勢，攻克熱門題型！

7 書末 3 回模擬試題，實戰演練，展示學習成果的大秀！

　　自學、教學通用，這本史上最強、最完整的單字書，助您在考場大放異彩！
快來解開單字的奧秘，日文漂亮說不停！

開創單字學習的新紀元：

1. 聽讀技能飛躍——Shadowing 影子跟讀法：

單字的聽力與口語運用，對許多學習者來說是一大挑戰。為了突破這一障礙，本書精心設計了「Shadowing 影子跟讀法」助您的聽力和發音達到專業水準。

影子跟讀法就是聽到一句日語後約一秒鐘，像影子一樣完全模仿日本人的說話方式，也就是「模仿！再模仿！不斷模仿！」。這種方法帶來 3 大優勢：

◆優勢 1、精準發音、完美口音：

影子跟讀法通過百分百的模仿，讓您學習日本人的發音、語調、速度及口氣等，使自己的嘴部肌肉更精準地模仿，口音不知不覺變得極具日本風味，就像在日本朋友的家族聚會上，作為唯一的外國人，您卻能流利地用一口地道的日語交流，讓在場的日本人以為是自己的家人。這種令人難以置信的發音精準度和口音的完美度，正是影子跟讀法帶給您的獨特魅力。

◆優勢 2、日檢聽力大突破：

「能看懂書面日語，聽力卻跟不上。」要完美模仿，就需要聆聽道地的日語口音，並精準地聽辨每個詞語，包括助詞、文法、口語縮約形等，通過努力理解單字和文法，培養完理解句意的日語思維，您的聽力自然會大幅提升。讓您在日本街頭，聽到一大串流利的日語對話，就像置身於無邊界的日語世界！

◆優勢 3、口說能力飛速進步：

影子跟讀法結合聽覺與內容理解，大幅增強您的日語反應能力，透過反覆聽聞和模仿，您將自然地掌握日語，輕易表達文法結構，驚人的日語口說將令人讚嘆。就像在朋友聚會上，用一口流利的日語唸出歌詞，讓大家瞠目結舌，開啟了您的日語口說之路！

影子跟讀法的「先理解 × 再內化 × 後跟讀的完美 5 步」如下：

・**步驟 1**：先聽一遍。讓音檔內容浸潤您的耳朵。
・**步驟 2**：搞懂句子。深入理解句子中的單字、文法等意思。
・**步驟 3**：朗讀句子。看著句子，大聲發聲，讓您的口語流暢無比。
・**步驟 4**：邊聽邊練習。摸索東京腔，模仿音檔的標準發音，專注於發音、語調及
節奏。
・**步驟 5**：開始跟讀。約一秒後如影隨形，跟著音檔保持同樣的速度，模仿完美發
音和腔調。方式有二：

    a. 看日文，約一秒後跟著音檔唸。

    b. 不看日文，約一秒後跟著音檔唸。

例子來了：

老師唸：ごぼうを好んで食べる民族は少ないそうだ。

我跟讀：（1 秒後） ごぼうを好んで食べる民族は少ないそうだ。

這樣輕鬆模仿日本人的說話速度及語調，效果絕對超乎想像。

2. 提升口說流利度——重音標記單字：

    本書特別標示每個單字的重音，讓您掌握日語詞彙的音節重點，輕鬆避免發音錯
誤，提升口說流利度。透過這清晰的重音標記，您能更準確地模仿日本人的發音，輕
鬆展現語言表達的高手本色。

    每個單字按照 50 音順排序，方便查找並矯正台灣腔，釐清模糊發音！讓您短時間
提升聽力、單字量，輕鬆通過日檢，讓您的日語不只流利，更標準又漂亮！就像聽到
日本朋友稱讚您的發音時，心裡得意洋洋，彷彿成了自信滿滿的語言達人！

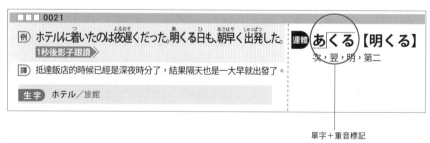

□□□ 0021
例 ホテルに着いたのは夜遅くだった。明くる日も、朝早く出発した。
1秒後影子跟讀〉
譯 抵達飯店的時候已經是深夜時分了，結果隔天也是一大早就出發了。
生字 ホテル／旅館

連體 あくる 【明くる】
次，翌，明，第二

單字＋重音標記

3. 印象加倍——從例句的閱讀理解中習得生字：

　　單字背過就忘？喝一杯茶、看一段例句，解決您的難題！我們採用從聆聽、閱讀例句的理解中學習新生字的方法，讓您像身在日本般，透過實際會話場景，讓這些生字在您腦海中烙下深刻的痕跡。

　　例句包含職場、生活、旅遊等 N2 情境，搭配 N2 文法，讓您單字 · 文法交叉訓練，得到黃金的相乘學習效果！不再受落落長的文句束縛，隨時利用零碎時間，日文全方位提升，讓您的學習印象加倍！

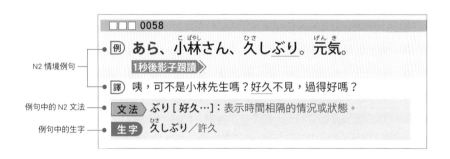

4. 專業悄悄傳授——

◆單字、文法小知識，貼身密授抽象難點解密：

　　這本書不是傳統的單字書，它可不只是單純的排列一堆單字而已！透過例句，我們偷偷塞了一些神奇小知識，解密那些看似抽象的難點。像是私人專屬密授，讓您在自學過程中也能歪打正著，輕鬆搞懂那些曾經令您困擾的語言之謎。不再讓學習一知半解，同時拓展您的知識視野。

　　順便告訴您，這可是學霸們都在秘密操練的高招哦！要是搭配《破繭成蝶，自學神器　新制對應　絕對合格　日檢必背文法 N2》，您就能搶先做好 120 分的準備，考試自然如魚得水！

◆**例句主要單字上色亮點瞄準，單字變身網紅，詞語活用變化熟練度再提升：**

　　單字在例句中經常變著花樣現身，為了讓您更專注地感受這些變化，本書特地搞了個小把戲！我們用了不一樣的顏色把句中的單字打扮得炫酷有趣，就像網紅一樣吸睛。

　　這樣的設計讓您一眼看穿詞性、變化形態以及文法接續等用法，學習更確實又有趣，吸收力 100%。這招讓單字在例句中變身網紅，讓您的語言技能也能在日本掀起一陣潮流，輕鬆達到日檢考試所需的高水準。猜猜我們是不是在暗示，學會這些技巧，您的日語成績也能風靡全球呢？

◆**單字出題重點搶先攻略：**

　　新制日檢絕非只是簡單的單字背誦，而是需要您深入了解出題玩法！在這本書中，我們完整解析「常考詞彙搭配」、「常考易混淆單字」、「常考同義詞」以及「文法」等內容，通通按部就班地擺進您的學習攻略。

　　看，這就是我們的專業一面，讓您的準備領先一步！不管考試怎麼出，您都能豁然開朗，信心爆表應對考試，一切盡在掌握中！而且，您應該知道，掌握這些小技巧，就像拿到了日語的進階魔法石，輕鬆征服日檢，成為日語世界的超級英雄！一起來挑戰吧！

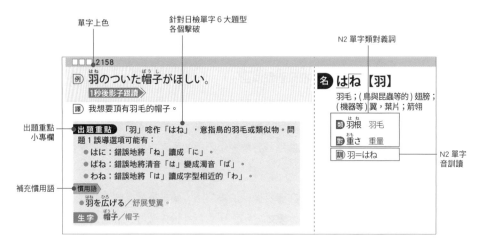

5. 命中測驗──激爽全真模擬，實戰新制考驗，大秀學習成果：

　　本書最後可是有文字、語彙部份的 3 回模擬考題喔！我們可不是開玩笑，這些考題都是按照最新題型精心打造，告訴您最準確的解題訣竅！經過這番演練，不僅能立即看見您的學習成果，更能掌握考試方向，讓您的臨場反應躍升到新的境界！就像是上過合格保證班一樣，您將成為新制日檢測驗的王者！

　　還不夠？那您還可以來挑戰綜合模擬試題，我們還特別推薦給您符合日檢規格的《絕對合格攻略！新日檢 6 回全真模擬 N2 寶藏題庫＋通關解題【讀解、聽力、言語知識〈文字、語彙、文法〉】》這本，練習後您將勝券在握，考試成績拿下掛保證！

應試訣竅　　模擬試題

6. 進度規劃——確實掌握進步，一目了然看得到：

　　我們這裡可是用心設計了每個單字旁的編號及小方格，給您最方便的進度掌控！您會發現，每個對頁都有貼心的讀書計畫小方格，就像是您的個人專屬讀書計畫表！

　　您只需填上日期，輕鬆建立屬於自己的進度規劃，讓學習目標清晰可見，進步之路一目了然！讓我們嗨起來，一起努力，成為日語世界的閃亮之星吧！

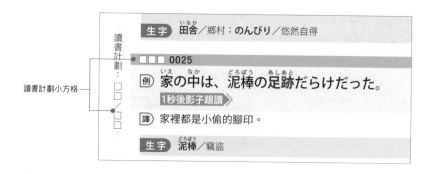

　　本書可是根據日本國際交流基金（JAPANFOUNDATION）的發表，堅持精心分析自2010 年起最新的日檢考試內容，堪稱是內容最紮實、最強大的 N2 單字書！我們更是不惜耗時增加了過去未收錄的 N2 程度常用單字，這種細緻入微的調整讓單字的程度更貼合考試，讓您更有底氣面對考試挑戰！嗯，我們就是這麼細心，為的就是讓您的日語能力爆表！

　　而且，我們的理念是要讓您不僅能在喝咖啡的時間內享受學習的樂趣，還能在不知不覺中「倍增單字量」，迎刃而解「通過新日檢」！不只是單調背單字，我們特別搭配豐富的文法解析與實用例句，讓您快速理解、學習，毫不費力地攻略考試！

　　更棒的是，我們貼心地附贈手機隨掃即聽的 QRCode 行動學習音檔，這樣您隨時隨地都能輕鬆聽到 QRCode，無時無刻增進日語單字能力。說到這，我們就像是您的日語大吉祥物，時刻陪伴您在學習之路上！走到哪，學到哪！怎麼考，怎麼過！我們就是想要帶給您最佳利器，讓您高分合格毫無煩惱！別猶豫，一起揮灑日語魔法，燃爆日檢舞台！

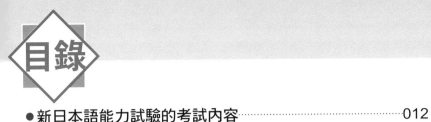

目録

符號說明

1 品詞略語

呈現	詞性	呈現	詞性
名	名詞	副	副詞
形	形容詞	副助	副助詞
形動	形容動詞	終助	終助詞
連體	連體詞	接助	接續助詞
自	自動詞	接續	接續詞
他	他動詞	接頭	接頭詞
四	四段活用	接尾	接尾語
五	五段活用	造語	造語成分（新創詞語）
上一	上一段活用	漢造	漢語造語成分（和製漢語）
上二	上二段活用	連語	連語
下一	下一段活用	感	感動詞
下二	下二段活用	慣	慣用語
サ・サ變	サ行變格活用	寒暄	寒暄用語
變	變格活用		

2 其他略語

呈現	詞性	呈現	詞性
反	反義詞	比	比較
類	類義詞	補	補充說明
近	文法部分的相近文法補充	敬	敬語

新日本語能力試驗的考試內容

N2 題型分析

測驗科目（測驗時間）				試題內容	
			題型	小題題數 *	分析
語言知識、讀解（105分）	文字、語彙	1	漢字讀音 ◇	5	測驗漢字語彙的讀音。
		2	假名漢字寫法 ◇	5	測驗平假名語彙的漢字寫法。
		3	複合語彙 ◇	5	測驗關於衍生語彙及複合語彙的知識。
		4	選擇文脈語彙 ○	7	測驗根據文脈選擇適切語彙。
		5	替換類義詞 ○	5	測驗根據試題的語彙或說法，選擇類義詞或類義說法。
		6	語彙用法 ○	5	測驗試題的語彙在文句裡的用法。
	文法	7	文句的文法1（文法形式判斷）○	12	測驗辨別哪種文法形式符合文句內容。
		8	文句的文法2（文句組構）◆	5	測驗是否能夠組織文法正確且文義通順的句子。
		9	文章段落的文法 ◆	5	測驗辨別該文句有無符合文脈。
	讀解 *	10	理解內容（短文）○	5	於讀完包含生活與工作之各種題材的說明文或指示文等，約200字左右的文章段落之後，測驗是否能夠理解其內容。
		11	理解內容（中文）○	9	於讀完包含內容較為平易的評論、解說、散文等，約500字左右的文章段落之後，測驗是否能夠理解其因果關係或理由、概要或作者的想法等等。

		12	綜合理解	◆	2	於讀完幾段文章（合計600字左右）之後，測驗是否能夠將之綜合比較並且理解其內容。
語言知識、讀解 (105分)	讀解 *	13	理解想法 （長文）	◇	3	於讀完論理展開較為明快的評論等，約900字左右的文章段落之後，測驗是否能夠掌握全文欲表達的想法或意見。
		14	釐整資訊	◆	2	測驗是否能夠從廣告、傳單、提供訊息的各類雜誌、商業文書等資訊題材（700字左右）中，找出所需的訊息。
聽解 (50分)		1	課題理解	◇	5	於聽取完整的會話段落之後，測驗是否能夠理解其內容（於聽完解決問題所需的具體訊息之後，測驗是否能夠理解應當採取的下一個適切步驟）。
		2	要點理解	◇	6	於聽取完整的會話段落之後，測驗是否能夠理解其內容（依據剛才已聽過的提示，測驗是否能夠抓住應當聽取的重點）。
		3	概要理解	◇	5	於聽取完整的會話段落之後，測驗是否能夠理解其內容（測驗是否能夠從整段會話中理解說話者的用意與想法）。
		4	即時應答	◆	12	於聽完簡短的詢問之後，測驗是否能夠選擇適切的應答。
		5	綜合理解	◇	4	於聽完較長的會話段落之後，測驗是否能夠將之綜合比較並且理解其內容。

＊「小題題數」為每次測驗的約略題數，與實際測驗時的題數可能未盡相同。此外，亦有可能會變更小題題數。

＊有時在「讀解」科目中，同一段文章可能會有數道小題。

資料來源：《日本語能力試驗JLPT官方網站：分項成績・合格判定・合否結果通知》。

2016年1月11日，取自：http://www.jlpt.jp/tw/guideline/results.html

Memo

N2

單字+文法

50 音順排序

あいじょう【愛情】

□□□ 0001

例 愛情も、場合によっては迷惑になりかねない。

1秒後影子跟讀 ≫

譯 即使是愛情，也會有讓人感到困擾的時候。

文法 かねない[可能會有…]：表示有這種可能性。可能做出異於常人的事情，一般用在負面評價。

生字 場合／情況；迷惑／麻煩

名 **あいじょう【愛情】**
愛，愛情
類 思いやり 關懷
對 無関心 冷漠

□□□ 0002

例 愛する人に手紙を書いた。

1秒後影子跟讀 ≫

譯 我寫了封信給我所愛的人。

他サ **あいする【愛する】**
愛，愛慕；喜愛，有愛情，疼愛，愛護；喜好
類 好き 喜歡 對 憎む 憎恨

□□□ 0003

例 「今日の帰り、1杯どう。」「あいにく、今日は都合が悪いんです。明日なら」

1秒後影子跟讀 ≫

譯 「今天下班後，要不要一起喝一杯？」「不好意思，今天不方便，明天倒是可以。」

出題重點 「生憎」唸作「あいにく」，意指不幸地或不巧。
問題 1 誤導選項可能有：
● しょうにく：錯誤地將開頭的「あい」改成音讀「しょう」，偏離了原始的發音。
● せいにく：錯誤地將開頭的「あい」改成另一音讀「せい」，造成讀音不完正確。
● いきにく：錯誤地將開頭的「あい」改變成訓讀「いき」，這不僅改變了讀音，也與原字無關。

生字 都合／狀況方便與否

副・形動 **あいにく【生憎】**
不巧，偏偏
類 残念 遺憾
對 幸い 幸運
訓 憎＝にく

□□□ 0004

例 交通事故に遭ったにもかかわらず、幸い軽いけがで済んだ。

1秒後影子跟讀 ≫

譯 雖然遇上了交通意外，所幸只受到了輕傷。

文法 にもかかわらず[雖然…]：表示逆接。後項事情跟前項相反或相矛盾。
生字 幸い／幸運；済む／結束

自五 **あう【遭う】**
遭遇，碰上
類 出会う 遇見
對 避ける 避免

□□□ 0005

例 物事を曖昧にするべきではない。

1秒後影子跟讀 ≫

譯 事情不該交代得含糊不清。

文法 べきではない[不該…]：表示禁止，從某種規範來看不能做某件事。
生字 物事／事物

形動 **あいまい【曖昧】**
含糊，不明確，曖昧，模稜兩可；可疑，不正經
類 不明確 不明確
對 はっきりした 明確

あ

□□□ 0006

例 アウトだなんて、そんなはずがあるものか。

1秒後影子跟讀 ≫

譯 怎麼可能是出局呢？

生字 はず／應該

名 アウト【out】

外，外邊；出界；出局

□□□ 0007

例 暑いので、うちわであおいでいる。

1秒後影子跟讀 ≫

譯 因為很熱，所以拿圓扇搧風。

生字 うちわ／團扇

名・自他五 あおぐ【扇ぐ】

(用扇子)扇(風)

類 揺らす 搖動

對 熱くする 加熱

□□□ 0008

例 彼はうちの中にばかりいるから、顔色が青白いわけだ。

1秒後影子跟讀 ≫

譯 他老是窩在家裡，臉色當然蒼白啦！

生字 顔色／臉色；わけ／怪不得

形 あおじろい【青白い】

(臉色)蒼白的；青白色的

類 蒼白 蒼白

對 赤い 紅潤

□□□ 0009

例 明かりがついていると思ったら、息子が先に帰っていた。

1秒後影子跟讀 ≫

譯 我還在想燈怎麼是開著的，原來是兒子先回到家了。

文法 とおもったら[原以為…原來是]：表示本來預料會有某種狀況，下文結果有兩種：一種是相反結果，一種是與預料的一致。

名 あかり【明かり】

燈，燈火；光，光亮；消除嫌疑的證據，證明清白的證據

類 灯 燈光

對 闇 黑暗

□□□ 0010

例 ピアノの発表会で上がってしまって、思うように弾けなかった。

1秒後影子跟讀 ≫

譯 在鋼琴發表會時緊張了，沒能彈得如預期中那麼好。

生字 発表会／成果發表會

自五・他五・接尾 あがる【上がる】

(效果，地位，價格等)上升，提高；上，登，進入；上漲；提高；加薪；吃，喝，吸(煙)；表示完了

類 上昇する 上升

對 下がる 下降

あかるい【明るい】

□□□ 0011

例 年齢を問わず、明るい人が好きです。
> 1秒後影子跟讀 〉

譯 年紀大小都沒關係，只要個性開朗我都喜歡。

文法 〉 **をとわず [不分…]**：表示沒有把前接的詞當作問題、跟前接的詞沒有關係。

生字 年齢／年齢

形 **あかるい【明るい】**
明亮的，光明的；開朗的，快活的；精通，熟悉
類 晴れやか　明朗
對 暗い　昏暗

□□□ 0012

例 時間に空きがあるときに限って、誰も誘ってくれない。
> 1秒後影子跟讀 〉

譯 偏偏有空時，就是沒人來約我。

文法 〉 **にかぎって [偏偏…就…]**：表示特殊限定的事物或範圍，説明唯獨某事物特別不一樣。

生字 誘う／邀約

名 **あき【空き】**
空隙，空白；閒暇；空額
類 空間　空間
對 満員　滿員

□□□ 0013

例 統計に基づいて、問題点を明らかにする。
> 1秒後影子跟讀 〉

譯 根據統計的結果，來瞭解問題點所在。

生字 統計／統計；基づく／基於

形動 **あきらか【明らか】**
顯然，清楚，明確；明亮
類 明白　明確
對 不明　不明確

□□□ 0014

例 彼は、諦めたかのようにため息をついた。
> 1秒後影子跟讀 〉

譯 他彷彿死心了似的嘆了一口氣。

文法 〉 **かのように [仿佛…似的]**：將表示比喻。實際上不是這樣，但行動或感覺卻像是那樣。也表示不確定的判斷。

生字 息をつく／嘆息

他下一 **あきらめる【諦める】**
死心，放棄；想開
類 断念する　放棄
對 努力する　努力

□□□ 0015

例 あきれて物が言えない。
> 1秒後影子跟讀 〉

譯 我嚇到話都說不出來了。

慣用語 〉
● あいつの言うことにはあきれる／對那傢伙的話感到無言。
● 彼の遅刻にはあきれた／他的遲到真是讓人無語。
● そのニュースを聞いてあきれた／聽到那個新聞令人感到錯愕。

自下一 **あきれる【呆れる】**
吃驚，愕然，嚇呆，發愣
類 驚く　驚訝
對 感心する　讚賞

□□□ 0016

例 店が 10 時に開くとしても、まだ 2 時間もある。

1秒後影子跟讀〉

譯 就算商店 10 點開始營業，也還有兩個小時呢。

生字 時間／小時

自五 あく 【開く】

開，打開；(店舖)開始營業

類 開ける 開啟

對 閉じる 關閉

□□□ 0017

例 アクセントからして、彼女は大阪人のようだ。

1秒後影子跟讀〉

譯 從口音看來，她應該是大阪人。

文法 からして [從…來看…]：表示判斷的依據。

名 アクセント 【accent】

重音；重點，強調之點；語調；(服裝或圖案設計上)突出點，著眼點

□□□ 0018

例 仕事の最中なのに、あくびばかり出て困る。

1秒後影子跟讀〉

譯 工作中卻一直打哈欠，真是傷腦筋。

出題重點 「欠伸」“打呵欠”通常因困倦或無聊而不自覺地張嘴深呼吸。問題 4 陷阱可能有：「居眠り（いねむり）」“瞌睡”是在不當時機不小心打瞌睡，比打呵欠更接近睡眠；「睡眠（すいみん）」“睡眠”指有意識地進入正常睡眠，為生理需求。比「あくび」和「居眠り」更全面的休息；「眠気（ねむけ）」是指感到想睡覺的狀態，是「あくび」的前兆，表明身體需要休息。

生字 最中／進行中；困る／困擾

名・自サ あくび 【欠伸】

哈欠

□□□ 0019

例 あの人は、悪魔のような許しがたい男です。

1秒後影子跟讀〉

譯 那個男人，像魔鬼一樣不可原諒。

文法 がたい [不可…]：表示做該動作幾乎是不可能的，或者即使想這樣做也難以實現。

生字 許す／諒解

名 あくま 【悪魔】

惡魔，魔鬼

類 魔物 惡魔

對 天使 天使

□□□ 0020

例 マンガとしてはおもしろいけど、あくまでマンガはマンガだよ。

1秒後影子跟讀〉

譯 把這個當成漫畫來看雖有趣，但漫畫畢竟只是漫畫呀。

生字 マンガ／漫畫

副 あくまで（も） 【飽くまで（も）】

徹底 到底(或唸:あくまで（も）)

あくる【明くる】

□□□ 0021

例 ホテルに着いたのは夜遅くだった。明くる日も、朝早く出発した。
1秒後影子跟讀 >

譯 抵達飯店的時候已經是深夜時分了，結果隔天也是一大早就出發了。

生字 ホテル／旅館

連體 あくる【明くる】

次，翌，明，第二

□□□ 0022

例 明け方で、まだよく寝ていたところを、電話で起こされた。
1秒後影子跟讀 >

譯 黎明時分，還在睡夢中，就被電話聲吵醒。

生字 よく／好好地；起こす／喚醒

名 あけがた【明け方】

黎明，拂曉

類 夜明け 黎明

對 夕方 黄昏

□□□ 0023

例 分からない人は、手を上げてください。
1秒後影子跟讀 >

譯 有不懂的人，麻煩請舉手。

他下一
自下一 あげる【上げる】

舉起，抬起，揚起，懸掛；(從船上)卸貨；增加；升遷；送入；表示做完；表示自謙

類 持ち上げる 舉起

對 下げる 放下

□□□ 0024

例 田舎でののんびりした生活に憧れています。
1秒後影子跟讀 >

譯 很嚮往鄉下悠閒自在的生活。

自下 あこがれる【憧れる】

嚮往，憧憬，愛慕；眷戀

類 思う 渴望

對 無関心 冷漠

出題重點 「憧れる」唸訓讀「あこがれる」。意指對某人或某事有強烈的渴望或嚮往。問題2誤導選項可能有：

● 現れる（あらわれる）："出現"，描述某事物顯現或出現在視線中。

● 憧れる：非正確日語單字，字型容易與「憧れる」混淆。

● 撞れる：這同樣非正確日語單字，注意不要與其他日語單字混淆。

生字 田舎／鄉村；のんびり／悠然自得

□□□ 0025

例 家の中は、泥棒の足跡だらけだった。
1秒後影子跟讀 >

譯 家裡都是小偷的腳印。

生字 泥棒／竊盜

名 あしあと【足跡】

腳印；(逃走的)蹤跡；事蹟，業績

類 痕跡 痕跡

對 消える 消失 訓 跡＝あと

☐☐☐ 0026

例 足元に注意するとともに、頭上にも気をつけてください。

1秒後影子跟讀 ≫

譯 請注意腳下的路，同時也要注意頭上。

生字 注意／留神；頭上／頭部上方

名 あしもと【足元】

腳下；腳步；身旁，附近

類 足下 腳下

對 頭上 頭頂

☐☐☐ 0027

例 1枚5,000円もしたお肉だよ。よく味わって食べてね。

1秒後影子跟讀 ≫

譯 這可是一片5000圓的肉呢！要仔細品嚐喔！

他五 あじわう【味わう】

品嚐；體驗，玩味，鑑賞

類 感じる 感受

對 無視する 忽略

☐☐☐ 0028

例 劉備は、諸葛亮を軍師として迎えるために、何度も足を運んだという。

1秒後影子跟讀 ≫

譯 劉備為了要邀得諸葛亮當軍師，不惜三顧茅廬。

慣 あしをはこぶ【足を運ぶ】

去，前往拜訪

類 訪れる 拜訪

對 避ける 避免

慣用語

● 遠い店まであしをはこぶ／特地走到遠處的商店。

● 展覧会にあしをはこぶ／特地前往參觀展覽會。

● 隣町に足を運ぶ／步行到鄰鎮

文法 を～として [視為…]：表示把一種事物視為另一內容，「として」前接地位或名分。

生字 軍師／參謀；迎える／聘請

☐☐☐ 0029

例 テニスにしろ、サッカーにしろ、汗をかくスポーツは爽快だ。

1秒後影子跟讀 ≫

譯 不論是網球或足球都好，只要是會流汗的運動，都令人神清氣爽。

生字 サッカー／足球；爽快／清爽的

名 あせ【汗】

汗

類 発汗 出汗

對 涙 淚水

訓 汗=あせ

☐☐☐ 0030

例 あそこまで褒められたら、いやとは言えなかったです。

1秒後影子跟讀 ≫

譯 如此被讚美，實在讓人難以拒絕。

生字 褒める／稱讚

代 あそこ

那裡；那種程度；那種地步

類 そこ 那裡

對 此処 這裡

あたたかい 【暖／温かい】

□□□ 0031

例 子どもたちに優しくて心の暖かい人になってほしい。
1秒後影子跟讀

譯 希望小孩能成為有愛心、熱於助人的人。

生字 優しい／體貼的

形 あたたかい 【暖／温かい】

溫暖，暖和；熱情，熱心；和睦；充裕，手頭寬裕
類 溫暖 溫暖 **對** 冷たい 寒冷
訓 温＝あたた（かい）

□□□ 0032

例 「飴、どっちの手に入ってると思う。」「こっち。」「当たり。」
1秒後影子跟讀

譯 「你猜，糖果握在哪一隻手裡？」「這隻！」「猜對了！」

慣用語
- くじで大きなあたりを引く／抽中大獎。
- たまの当たりが悪い／子彈打得不準。
- 犯人の当たりがついた／有了犯人的線索。

生字 飴／糖果；入る／含有

名 あたり 【当（た）り】

命中，打中；感覺，觸感；味道；猜中，中獎；待人態度；如願；成功；（接尾）每，平均
類 成功 成功
對 失敗 失敗

□□□ 0033

例 おかしいなあ。あちこち探したんだけど、見つからない。
1秒後影子跟讀

譯 好奇怪喔，東找西找老半天，就是找不到。

生字 探す／尋找；見つかる／找出

代 あちこち

這兒那兒，到處 （或唸：あちこち）
類 至る所 到處
對 一箇所 一個地方

□□□ 0034

例 君に会いたくて、あちらこちらどれだけ探したことか。
1秒後影子跟讀

譯 為了想見你一面，我可是四處找得很辛苦呢！

代 あちらこちら

到處，四處；相反，顛倒
類 色々な所 各種地方
對 一箇所 一個地方

□□□ 0035

例 選手たちの心には、熱いものがある。
1秒後影子跟讀

譯 選手的內心深處，總有顆熾熱的心。

文法 ものがある[總有…（的一面）]：表示肯定某人或事物的優點。由於說話者看到了某些特徵，而發自內心的肯定，是種強烈斷定。
生字 選手／運動員；心／內心

形 あつい 【熱い】

熱的，燙的；熱情的，熱烈的
類 暖かい 溫暖
對 冷たい 冷

□□□ 0036

例 この商品を扱うに際しては、十分気をつけてください。
1秒後影子跟讀

譯 在使用這個商品時，請特別小心。

慣用語
● 機械をあつかう／操作機械。
● 客を丁寧にあつかう／禮貌地對待客戶。
● 問題をあつかう／處理問題。

文法 にさいしては[在…時]：表示以某事為契機，也就是動作的時間或場合。
生字 商品／產品；十分／充分地

他五 あつかう【扱う】

操作，使用；對待，待遇；調停，仲裁
類 操作する 操作
對 放置する 放置

□□□ 0037

例 あまり厚かましいことを言うべきではない。
1秒後影子跟讀

譯 不該說些丟人現眼的話。

文法 べきではない[不該…]：表示禁止，從某種規範來看不能做某件事。
生字 あまり／過分地

形 あつかましい【厚かましい】

厚臉皮的，無恥
類 ずうずうしい 無恥
對 控えめ 謙虛
訓 厚＝あつ

□□□ 0038

例 こんなに大きなものを小さく圧縮するのは、無理というものだ。
1秒後影子跟讀

譯 要把那麼龐大的東西壓縮成那麼小，那根本就不可能。

文法 というものだ[就是…]：表示對事物做一種結論性的判斷。
生字 大きな／巨大的；無理／難以辦到

名·他サ あっしゅく【圧縮】

壓縮；(把文章等)縮短
類 縮小 縮小
對 拡大 擴大
音 圧＝アツ

□□□ 0039

例 結婚したいけど、私が求める条件に当てはまる人が見つからない。
1秒後影子跟讀

譯 我雖然想結婚，但是還沒有找到符合條件的人選。

生字 求める／希望；条件／條件

自五 あてはまる【当てはまる】

適用，適合，合適，恰當
類 適用する 適用
對 無関係 無關

□□□ 0040

例 その方法はすべての場合に当てはめることはできない。
1秒後影子跟讀

譯 那個方法並不適用於所有情況。

生字 すべて／全部；場合／情形

他下 あてはめる【当てはめる】

適用；應用
類 適用する 適用
對 排除する 排除

023

あと【後】

例 後から行く。

1秒後影子跟讀 》

譯 我隨後就去。

名 **あと【後】**

(地點、位置) 後面，後方；(時間上) 以後；(距離現在) 以前；(次序) 之後，其後；以後的事；結果後果；其餘，此外；子孫，後人

類 後ろ 背後

對 前 前面

例 山の中で、熊の足跡を見つけた。

1秒後影子跟讀 》

譯 在山裡發現了熊的腳印。

名 **あと【跡】**

印，痕跡；遺跡；跡象；行蹤下落；家業；後任，後繼者

訓 跡＝あと

出題重點 「跡（あと）」指過去事件留下的痕跡。如「足跡（あしあと）」"走過的蹤跡"。問題 3 經常混淆的複合詞有：

● 後（ご）：表示時間或順序上的之後。如「卒業後（そつぎょうご）」"畢業之後"。

● 所（しょ）：指一個地點、場所或特定的範圍。如「待合所（まちあいじょ）」"等待處"。

● 方（ほう）：表示方向、方式。如「東方（とうほう）」"東方"。

生字 足跡／腳印；見つける／找到

例 彼は酒を飲むと、周りのこともかまわずに暴れる。

1秒後影子跟讀 》

譯 他只要一喝酒，就會不顧周遭一切地胡鬧一番。

自下 **あばれる【暴れる】**

胡鬧；放蕩，橫衝直撞

類 荒れる 亂

對 静まる 平靜

訓 暴＝あば（れる）

文法 もかまわず [不顧…]：表示不顧慮前項事物的現況，以後項為優先的意思。

生字 周り／周圍

例 シャワーを浴びるついでに、頭も洗った。

1秒後影子跟讀 》

譯 在沖澡的同時，也順便洗了頭。

他上 **あびる【浴びる】**

洗，浴；曬，照；遭受，蒙受

類 受ける 接受

對 避ける 避開

訓 浴＝あ（びる）

生字 シャワー／淋浴

例 魚をあぶる。

1秒後影子跟讀 》

譯 烤魚。

他五 **あぶる【炙る・焙る】**

烤；烘乾；取暖

類 焼く 烤　對 冷やす 冷卻

讀書計劃：
□／□
□／□
□／□

あ

□□□ 0046

例 道に人が溢れているので、通り抜けようがない。

1秒後影子跟讀

譯 道路擠滿了人，沒辦法通過。

生字 通り抜ける／穿過

自下 あふれる【溢れる】

溢出，漾出，充滿
類 満ちる 充滿
對 枯れる 枯竭

□□□ 0047

例 そんな甘い考えが通用するか。

1秒後影子跟讀

譯 那種膚淺的想法行得通嗎？

生字 考え／主張；通用／有效

形 あまい【甘い】

甜的；淡的；寬鬆，好說話；鈍，鬆動；藐視；天真的；樂觀的；淺薄的；愚蠢的
類 甘美 甜 對 辛い 辣
訓 甘＝あま（い）

□□□ 0048

例 力をこめて、雨戸を閉めた。

1秒後影子跟讀

譯 用力將滑窗關起來。

生字 閉める／關閉

名 あまど【雨戸】

（為防風防雨而罩在窗外的）木板套窗，滑窗
類 雨宿り 躲雨 對 障子 障子
訓 戸＝と

□□□ 0049

例 子どもを甘やかすなといっても、どうしたらいいかわからない。

1秒後影子跟讀

譯 雖說不要寵小孩，但也不知道該如何是好。

他五 あまやかす【甘やかす】

嬌生慣養，縱容放任；嬌養，嬌寵（或唸：あまやかす）
類 溺愛する 溺愛
對 厳しくする 嚴格
訓 甘＝あま（やかす）

出題重點 「甘やかす」指過分寵愛、溺愛或縱容。如「子どもをあまやかす／溺愛孩子」。以下是問題6錯誤用法：

1. 表達自我鍛鍊「毎日ジムで甘やかす／每天在健身房自我寵愛」。
2. 描述天氣狀態「今日の天気を甘やかす／寵愛今天的天氣」。
3. 指時間管理「時間を甘やかすことが大切／重要的是寵愛時間」。

□□□ 0050

例 時間が余りぎみだったので、喫茶店に行った。

1秒後影子跟讀

譯 看來還有時間，所以去了咖啡廳。

生字 ぎみ／有點…的傾向；喫茶店／咖啡館

自五 あまる【余る】

剩餘；超過，過分，承擔不了
類 余分 多餘
對 不足 不足

025

あみもの【編み物】

□□□ 0051

例 おばあちゃんが編み物をしているところへ、孫がやってきた。

1秒後影子跟讀〉

譯 老奶奶在打毛線的時候，小孫子來了。

生字 孫／孫子

名 **あみもの【編み物】**

編織；編織品

類 編み製品 針織品

對 縫い物 縫製品

訓 編＝あ（み）

□□□ 0052

例 お父さんのためにセーターを編んでいる。

1秒後影子跟讀〉

譯 為了爸爸在織毛衣。

生字 セーター／毛衣

他五 **あむ【編む】**

編，織；編輯，編纂

類 織る 織

對 裁つ 裁剪

訓 編＝あ（む）

□□□ 0053

例 子どもたちに一つずつ飴をあげた。

1秒後影子跟讀〉

譯 給了小朋友一人一顆糖果。

生字 ずつ／各分配…；あげる／給予

名 **あめ【飴】**

糖，麥芽糖

類 キャンディー 糖果

對 塩 鹽

□□□ 0054

例 彼は見通しが甘い。計画の実現には危ういものがある。

1秒後影子跟讀〉

譯 他的預測太樂觀了。執行計畫時總會伴隨著風險。

出題重點 題型5裡「危うい」的考點有：

● 例句：その計画はあやうい／那計畫岌岌可危。

● 換句話說：その計画は非常に危険だ／那計畫非常危險。

「あやうい」表接近於危險的狀態；「危険な」明確指出存在風險。

文法 ものがある［總會（伴隨著）…]：表示說話者看到了某些特徵，而發自內心的肯定，是種強烈斷定。

生字 見通し／預料；甘い／天真的；実現／實踐

形 **あやうい【危うい】**

危險的；令人擔憂，靠不住

類 危険 危險的

對 安全 安全的

□□□ 0055

例 外を怪しい人が歩いているよ。

1秒後影子跟讀〉

譯 有可疑人物在外面徘徊呢。

形 **あやしい【怪しい】**

奇怪的，可疑的；靠不住的，難以置信；奇異，特別；笨拙；關係曖昧的（或唸：あやしい）

類 疑わしい 可疑的

對 明らか 明確的

あ

0056

例 誤りを認めてこそ、立派な指導者と言える。
1秒後影子跟讀〉

譯 唯有承認自己過失，才稱得上是偉大的領導者。

文法 てこそ[只有…才…]：表示只有做了前項有意義的事，才能得到後項好的結果。

生字 認める／承認；指導者／領導

名 **あやまり【誤り】**
錯誤
類 間違い 錯誤
對 正解 正確

0057

例 誤って違う薬を飲んでしまった。
1秒後影子跟讀〉

譯 不小心搞錯吃錯藥了。

生字 違う／弄錯；飲む／服用

自五・他五 **あやまる【誤る】**
錯誤，弄錯；耽誤
類 間違える 搞錯
對 正す 糾正

0058

例 あら、小林さん、久しぶり。元気。
1秒後影子跟讀〉

譯 咦，可不是小林先生嗎？好久不見，過得好嗎？

文法 ぶり[好久…]：表示時間相隔的情況或狀態。

生字 久しぶり／許久

感 **あら**
(女性用語)(出乎意料或驚訝時發出的聲音)唉呀！唉唷
類 おや 哎呀
對 冷静 冷靜

0059 `Track003`

例 彼は言葉が荒い反面、心は優しい。
1秒後影子跟讀〉

譯 他雖然講話粗暴，但另一面，內心卻很善良。

慣用語〉
●あらい海に出る／出海遇到波濤洶湧的海浪。
●鼻息が荒い／氣息粗重。
●あらい言葉遣い／粗魯的言詞。

生字 言葉／言語；反面／另一面

形 **あらい【荒い】**
凶猛的；粗野的，粗暴的；濫用
類 粗暴 粗暴
對 穏やか 溫和
訓 荒＝あら（い）

0060

例 パソコンの画面がなんだか粗いんだけど、どうにかならないかな。
1秒後影子跟讀〉

譯 電腦螢幕的畫面好像很模糊，能不能想個辦法調整呢？

文法 どうにか[能不能…]：表示說話者有某個問題或困擾，希望能得到解決辦法。

生字 パソコン／電腦；画面／畫面

形 **あらい【粗い】**
大；粗糙
類 荒 粗糙
對 滑らか 光滑

あらし【嵐】

□□□ 0061

例 嵐が来ないうちに、家に帰りましょう。

1秒後影子跟讀〉

譯 趁暴風雨還沒來之前，快回家吧！

文法〉 ないうちに[趁還沒…之前，…]：表示在前面的環境、狀態還沒有產生變化的情況下，做後面的動作。

名 あらし【嵐】

風暴，暴風雨
類 暴風　暴風
對 静けさ　寧靜

□□□ 0062

例 彼の書いた粗筋に基づいて、脚本を書いた。

1秒後影子跟讀〉

譯 我根據他寫的故事大綱，來寫腳本。

生字 基づく／依據；脚本／劇本

名 あらすじ【粗筋】

概略，梗概，概要
類 概要　概略
對 詳細　詳細

□□□ 0063

例 今回のセミナーは、新たな試みの一つにほかなりません。

1秒後影子跟讀〉

譯 這次的課堂討論，可說是一個全新的嘗試。

生字 セミナー／討論會；試み／嘗試

形動 あらた【新た】

重新；新的，新鮮的
類 新しい　新的
對 古い　舊的

□□□ 0064

例 詳しいことは、後日改めてお知らせします。

1秒後影子跟讀〉

譯 詳細事項容我日後另行通知。

慣用語〉
●あらためてお詫びする／再次致以歉意。
●あらためて計画を見直す／重新審視計劃。
●あらためて申し込む／重新申請。

副 あらためて【改めて】

重新；再
類 再び　再次
對 以前　以前
訓 改=あらた（めて）

□□□ 0065

例 酒で失敗して以来、私は行動を改めることにした。

1秒後影子跟讀〉

譯 自從飲酒誤事以後，我就決定檢討改進自己的行為。

生字 以来／以後；行動／行動

他下一 あらためる【改める】

改正，修正，革新；檢查
類 変更する　改變
對 保持する　保持
訓 改=あらた（める）

あ

□□□ 0066

例 資料を分析するのみならず、あらゆる角度から検討すべきだ。

1秒後影子跟讀 〉

訳 不單只是分析資料，也必須從各個角度去探討才行。

文法 のみならず [不單…，也…]：表添加，用在不僅限於前接詞的範圍，還有後項進一層的情況。
生字 分析／解析；角度／立場；検討／研究

連體 あらゆる
【有らゆる】

一切，所有
類 全ての 所有的
對 特定の 特定的

□□□ 0067

例 上司の言葉が厳しかったにしろ、それはあなたへの期待の表れなのです。

1秒後影子跟讀 〉

訳 就算上司講話嚴厲了些，那也是一種對你有所期待的表現。

慣用語
●感情のあらわれ／情感的表現。
●成功のあらわれ／成功的標誌。
●病気のあらわれ／疾病的徵兆。
文法 にしろ [就算…，也]：表示退一步，承認前項，並在後項中提出跟前面相反或矛盾的意見。
生字 上司／上級；言葉／話語

名 あらわれ
【現れ・表れ】

(為「あらわれる」的名詞形)
表現；現象；結果
類 現象 現象
對 隠れ 隱藏

□□□ 0068

例 手伝ってくれるとは、なんとありがたいことか。

1秒後影子跟讀 〉

訳 你願意幫忙，是多麼令我感激啊！

生字 手伝う／協助

形 ありがたい
【有り難い】

難得，少有；值得感謝，感激，值得慶幸
類 感謝する 感激
對 当たり前 理所當然

□□□ 0069

例 私たちにかわって、彼に「ありがとう」と伝えてください。

1秒後影子跟讀 〉

訳 請替我們向他說聲謝謝。

生字 かわる／代替；伝える／傳達

感 (どうも)ありがとう

謝謝
類 感謝 感謝
對 ごめんなさい 抱歉

□□□ 0070

例 ある意味ではそれは正しい。

1秒後影子跟讀 〉

訳 就某意義而言，那是對的。

生字 意味／含意

連體 ある【或る】

(動詞「あり」的連體形轉變，表示不明確、不肯定) 某，有
類 特定の 特定的
對 全ての 所有的

029

ある【有る・在る】

□□□ 0071

例 あなたのうちに、コンピューターはありますか。

1秒後影子跟讀》

譯 你家裡有電腦嗎？

自五 **ある【有る・在る】**

有；持有，具有；舉行，發生；有過；在

類 存在する　存在

對 ない　不存在

□□□ 0072

例 受験資格は、2023年3月までに高等学校を卒業した方、あるいは卒業する見込みの方です。

1秒後影子跟讀》

譯 應考資格為2023年3月前自高中畢業者或預計畢業者。

慣用語》
- コーヒーあるいは紅茶／咖啡或者紅茶。
- 今日あるいは明日中に／今天或者明天。
- 書くあるいは打つ／書寫或打字。

生字 受験／報考；見込み／預定

接・副 **あるいは【或いは】**

或者，或是，也許；有的，有時

類 または　或者

對 そして　並且

□□□ 0073

例 あれこれ考えたあげく、行くのをやめました。

1秒後影子跟讀》

譯 經過種種的考慮，最後決定不去了。

文法》 あげく[最後]：表示事物最終的結果，大都因前句造成精神上的負擔或麻煩，多用在消極的場合。

生字 やめる／中止

名 **あれこれ**

這個那個，種種

類 色々　各種各樣

對 特定の　特定的

□□□ 0074

例 あれっ、今日どうしたの。

1秒後影子跟讀》

譯 唉呀！今天怎麼了？

感 **あれ（っ）**

（驚訝、恐怖、出乎意料等場合發出的聲音）呀！唉呀？

類 驚き　驚訝　對 平静　平靜

□□□ 0075

例 天気が荒れても、明日は出かけざるを得ない。

1秒後影子跟讀》

譯 儘管天氣很差，明天還是非出門不可。

文法》 ざるをえない[不得不…]：表示除此之外，沒有其他的選擇。

生字 出かける／外出

自下 **あれる【荒れる】**

天氣變壞；(皮膚)變粗糙；荒廢，荒蕪；暴戾，胡鬧；秩序混亂

類 乱れる　混亂

對 落ち着く　平靜

訓 荒＝あ（れる）

□□□ 0076

例 泡があんまり立ってないね。洗剤もっと入れよう。

1秒後影子跟讀

譯 泡沫不太夠耶。再多倒些洗衣精吧！

生字 立つ／冒起；洗剤／衣物清潔劑

名 あわ【泡】

泡，沫，水花
類 泡沫 泡沫
對 液体 液體

□□□ 0077

例 田中さんは電話を切ると、慌ただしく部屋を出て行った。

1秒後影子跟讀

譯 田中小姐一掛上電話，立刻匆匆忙忙地出了房間。

出題重點 「慌ただしい」指匆忙、忙碌或混亂的狀態。如「あわただしい一日／忙亂的一天」。以下是問題 6 錯誤用法：

1. 描述味道「このスープは慌ただしい／這湯味道很忙亂」。
2. 表達靜止或平靜狀態「部屋は慌ただしくない／房間是慌亂的」。
3. 人際關係「彼との友情は慌ただしい／我們的友情是忙碌的」。

生字 切る／中斷

形 あわただしい【慌ただしい】

匆匆忙忙的，慌慌張張的
類 忙しい 忙碌
對 ゆっくり 悠閒

□□□ 0078

例 捨てられていた子犬の鳴き声が哀れで、拾ってきた。

1秒後影子跟讀

譯 被丟掉的小狗吠得好可憐，所以就把牠撿回來了。

生字 子犬／幼犬；鳴き声／叫聲；拾う／撿拾

名・形動 あわれ【哀れ】

可憐，憐憫；悲哀，哀愁；情趣，風韻
類 悲しい 悲傷
對 楽しい 愉快

□□□ 0079

例 その案には、賛成しかねます。

1秒後影子跟讀

譯 我難以贊同那份提案。

生字 賛成／贊同

名 あん【案】

計畫，提案，意見；預想，意料
類 提案 提案
對 決定 決定

□□□ 0080

例 安易な方法に頼るべきではない。

1秒後影子跟讀

譯 不應該光是靠著省事的作法。

文法 べきではない［不該…]：表示禁止，從某種規範來看不能做某件事。

名・形動 あんい【安易】

容易，輕而易舉；安逸，舒適，遊手好閒
類 簡単 簡單
對 困難 困難

あ

あんき【暗記】

□□□ 0081

例 こんな長い文章は、すぐには暗記できっこないです。

1秒後影子跟讀 〉

訳 那麼冗長的文章，我不可能馬上記住的。

> **文法** 〉 っこない [不可能…] ：表示強烈否定，某事發生的可能性。
> **生字** 文章／文章

名・他サ **あんき 【暗記】**

記住，背誦，熟記

類 記憶 記憶

對 理解 理解

□□□ 0082

例 結婚したせいか、精神的に安定した。

1秒後影子跟讀 〉

訳 不知道是不是結了婚的關係，精神上感到很穩定。

> **生字** 精神的／心神方面

名・自サ **あんてい 【安定】**

安定，穩定；(物體) 安穩

類 固定 穩定

對 不安定 不穩定

□□□ 0083

例 屋根の上にアンテナが立っている。

1秒後影子跟讀 〉

訳 天線轟立在屋頂上。

> **慣用語** 〉
> ● アンテナを立てる／保持警覺，隨時留意周遭情況。
> ● 情報アンテナを張る／鋪設情報網。
> ● テレビのアンテナをつける／安裝電視天線。
> **生字** 屋根／屋脊；立つ／豎立

名 **アンテナ 【antenna】**

天線

類 受信器 接收器

對 発信器 發射器

□□□ 0084

例 あんなに遠足を楽しみにしていたのに、雨が降ってしまった。

1秒後影子跟讀 〉

訳 人家那麼期待去遠足，天公不作美卻下起雨了。

副 **あんなに**

那麼地，那樣地

類 そんなに 那麼

對 全く 完全 (不)

□□□ 0085

例 あの喫茶店はあんまりきれいではない反面、コーヒーはおいしい。

1秒後影子跟讀 〉

訳 那家咖啡廳裝潢不怎麼美，但咖啡卻很好喝。

> **生字** 反面／另一面

形動・副 **あんまり**

太，過於，過火

類 非常に 非常

對 少しも 一點也不

□□□ 0086

例 高い地位に就く。

1秒後影子跟讀》

譯 坐上高位。

生字 就く／登上

漢造 **い【位】**

位;身分,地位;(對人的敬稱)位

類 地位 地位

對 無関係 無關

□□□ 0087

例 あるものを全部食べきったら、胃が痛くなった。

1秒後影子跟讀》

譯 吃完了所有東西以後,胃就痛了起來。

生字 全部／所有;きる／完全

名 **い【胃】**

胃

類 消化器官 消化器官

對 心 心

音 胃=イ

□□□ 0088

例 余計なことを言い出したばかりに、私が全部やることになった。

1秒後影子跟讀》

譯 都是因為我多嘴,所以現在所有事情都要我做了。

文法 ばかりに[就因為…,結果…]:表示就是因為某事的緣故,造成後項不良結果或發生不好的事情,說話者含有後悔或遺憾的心情。

生字 余計／多餘的

他五 **いいだす【言い出す】**

開始說,說出口

類 提出 提出

對 黙る 沉默

□□□ 0089

例 あーっ。先生に言いつけてやる。

1秒後影子跟讀》

譯 啊!我要去向老師告狀!

生字 先生／老師

他下一 **いいつける【言い付ける】**

命令;告狀;說慣,常說

類 命令する 命令

對 従う 遵從

□□□ 0090

例 委員になってお忙しいところをすみませんが、お願いがあります。

1秒後影子跟讀》

譯 真不好意思,在您當上委員的百忙之中打擾,我有一事想拜託您。

出題重點 「委員（いいん）」被指派特定任務或責任的團體成員。如「選挙委員（せんきょいいん）」"選舉委員會的成員"。問題3經常混淆的複合詞有:

● 員（いん）:表某個組織或團體的成員。如「社員（しゃいん）」"公司員工"。

● 院（いん）:指提供特定服務的機構。如「研究院（けんきゅういん）」"研究機構"。

● 団（だん）:指有組織結構的集體,如團體或隊伍。如「消防団（しょうぼうだん）」"消防隊"。

名 **いいん【委員】**

委員

類 メンバー 成員

對 リーダー 領導

音 委=イ

いき 【息】

□□□ 0091

例 息を全部吐ききってください。
1秒後影子跟讀 》

譯 請將氣全部吐出來。

出題重點 「息」唸作「いき」，意指呼吸時的氣息或生命的象徵。問題 1 誤導選項可能有：
- 嗅ぐ（かぐ）：“聞香”，指用鼻子感知氣味或嗅探。
- 啜り（すすり）：“啜飲”，指輕輕地、有聲地用嘴吸飲液體。
- 吸い（すい）：“吸入”，指通過口或鼻將氣體、煙霧等吸入體內。

生字 吐く／吐氣；きる／完全

名 **いき【息】**

呼吸，氣息；步調
類 呼吸 呼吸
對 停止 停止

□□□ 0092

例 試合に勝ったので、みんな意気が上がっています。
1秒後影子跟讀 》

譯 因為贏了比賽，所以大家的氣勢都提升了。

生字 試合／比賽；上がる／上升

名 **いき【意気】**

意氣，氣概，氣勢，氣魄
類 気概 氣魄
對 無気力 無精打采

□□□ 0093

例 自分でやらなければ、練習するという意義がなくなるというものだ。
1秒後影子跟讀 》

譯 如果不親自做，所謂的練習就毫無意義了。

文法 というものだ[就…]：表示對事物做一種結論性的判斷。
生字 自分／本人；練習／練習

名 **いぎ【意義】**

意義，意思；價值
類 価値 價值
對 無意味 無意義

□□□ 0094

例 結婚して以来、彼女はいつも生き生きしているね。
1秒後影子跟讀 》

譯 自從結婚以後，她總是一副風采煥發的樣子呢！

副・自サ **いきいき【生き生き】**

活潑，生氣勃勃，栩栩如生
類 活発 活躍
對 退屈 乏味

□□□ 0095

例 その話を聞いたとたんに、彼はすごい勢いで部屋を出て行った。
1秒後影子跟讀 》

譯 他聽到那番話，就氣沖沖地離開了房間。

生字 とたん／一…時

名 **いきおい【勢い】**

勢，勢力；氣勢，氣焰
類 力強さ 力量
對 弱さ 軟弱
訓 勢＝いきお（い）

中讀書計劃：□□／□□／□□

□□□ 0096

例 いきなり声をかけられてびっくりした。
1秒後影子跟讀〉

譯 冷不防被叫住，嚇了我一跳。

生字 びっくり／驚嚇

副 いきなり

突然，冷不防，馬上就…
類 突然 突然
對 徐々に 逐漸

□□□ 0097

例 こんな環境の悪いところに、生き物がいるわけない。
1秒後影子跟讀〉

譯 在這麼惡劣的環境下，怎麼可能會有生物存在。

生字 環境／環境；わけ／道理

名 いきもの【生き物】

生物，動物；有生命力的東西，活的東西
類 生物 生物
對 無生物 非生物

□□□ 0098

例 幾多の困難を切り抜ける。
1秒後影子跟讀〉

譯 克服了重重的困難。

生字 困難／難關；切り抜ける／突圍

接頭 いく【幾】

表數量不定，幾，多少，如「幾日」(幾天)；表數量、程度很大，如「幾千万」(幾千萬)
類 多少 多少 對 確定 確定

□□□ 0099

例 主婦は、家事の上に育児もしなければなりません。
1秒後影子跟讀〉

譯 家庭主婦不僅要做家事，還得帶孩子。

文法 うえに[不僅…，還得…]：表示追加、補充同類的內容。在本來就有的某種情況之外，另外還有比前面更甚的情況。

名 いくじ【育児】

養育兒女
類 子育て 撫育
對 放棄 放棄
音 児＝ジ

□□□ 0100

例 体調は幾分よくなってきたにしろ、まだ出勤はできません。
1秒後影子跟讀〉

譯 就算身體好些了，也還是沒辦法去上班。

出題重點 「いくぶん」"稍微"表達程度不是很大的狀況。問題4陷阱可能有：「少し（すこし）」"稍微、一點點"比「いくぶん」更口語，使用範圍更廣；「多少（たしょう）」"多少"有時候也可以表示「幾分」，但常用於比較差異；「僅か（わずか）」"僅僅"強調程度非常小，比「いくぶん」更微小，接近於「只有一點點」的意思。

文法 にしろ[就算…，也]：表示退一步，承認前項，並在後項中提出跟前面相反或矛盾的意見。

生字 体調／身體狀況；出勤／上班

副・名 いくぶん【幾分】

一點，少許，多少；(分成)幾分；(分成幾分中的)一部分
類 少し 稍微
對 全く 完全

035

いけない

□□□ 0101

例 病気だって。それはいけないね。

[1秒後影子跟讀]

譯 生病了！那可不得了了。

形・連語 **い|け|ない**

不好，糟糕；沒希望，不行；不能喝酒，不能喝酒的人；不許，不可以

類 だめ 不行 對 許可 允許

□□□ 0102

例 智子さんといえば、生け花を習い始めたらしいですよ。

[1秒後影子跟讀]

譯 說到智子小姐，聽說她開始學插花了！

文法 といえば [說到…]：用在承接某個話題，從這個話題引起自己的聯想，或對這個話題進行說明或聯想。

生字 習う／學習

名 **い|け|ばな【生け花】**

生花，插花

類 花道 花道
對 彫刻 雕刻

□□□ 0103

例 異見を唱える。

[1秒後影子跟讀]

譯 唱反調。

生字 唱える／主張

名・他サ **い|けん【異見】**

不同的意見，不同的見解，異議

類 反対 反對
對 同意 同意

□□□ 0104

例 5時以降は不在につき、また明日いらしてください。

[1秒後影子跟讀]

譯 5點以後大家都不在，所以請你明天再來。

慣用語
● 午後3時以降に連絡する／下午3點以後聯絡。
● 1980年以降の変化に注目する／關注1980年之後的變化。
● 今年以降の状況を調査する／調查今年之後的情況。

生字 不在／不在

名 **い|こう【以降】**

以後，之後

類 その後 之後
對 以前 之前

□□□ 0105

例 兵士たちは勇ましく戦った。

[1秒後影子跟讀]

譯 當時士兵們英勇地作戰。

生字 兵士／士兵；戦う／戰鬥

形 **い|さま|し|い【勇ましい】**

勇敢的，振奮人心的；活潑的；(俗) 有勇無謀

類 勇敢 勇敢 對 臆病 膽小
訓 勇＝いさ（ましい）

□□□ 0106

例 本人の意志に反して、社長に選ばれた。
1秒後影子跟讀〉

譯 與當事人的意願相反，他被選為社長。

名 **いし【意志】**

意志，志向，心意
類 決心 決心 對 無関心 無關心
音 志＝シ

あ

□□□ 0107

例 政府が助けてくれないかぎり、この組織は維持できない。
1秒後影子跟讀〉

譯 只要政府不支援，這組織就不能維持下去。

文法〉**ないかぎり**[只要不…，就…]：表示只要某狀態不發生
變化，結果就不會有變化。含有如果狀態發生變化了，結果也
會有變化的可能性。

生字 政府／內閣；助ける／支助；組織／機構

名・他サ **いじ【維持】**

維持，維護
類 保持 保持
對 放棄 放棄

□□□ 0108

例 この辺りは昔ながらの石垣のある家が多い。
1秒後影子跟讀〉

譯 這一帶有很多保有傳統的石牆住宅。

文法〉**ながら**[保有…]：表示毫無變化而持續的狀態。

名 **いしがき【石垣】**

石牆
類 壁 牆壁
對 平地 平地

□□□ 0109

例 患者の意識が回復するまで、油断できない。
1秒後影子跟讀〉

譯 在患者恢復意識之前，不能大意。

生字 患者／病患；回復／恢復；油断／疏忽

名・他サ **いしき【意識】**

(哲學的)意識；知覺，神智；
自覺，意識到
類 自覚 自覺
對 無意識 無意識

□□□ 0110

例 システムはもちろん、プログラムも異常はありません。
1秒後影子跟讀〉

譯 不用說是系統，程式上也有沒任何異常。

出題重點 「異常」唸音讀「いじょう」，指的是不符合通常
情況或正常標準的狀態。問題 2 誤導選項可能有：
● 冀常：這個詞在日語中不存在，注意不要與「異常」混淆。
● 正常（せいじょう）："正常"，描述狀態或條件與通常或
預期的相符，與「異常」正相反。
● 非常（ひじょう）："非緊急"，常用於描述緊急情況或特
別的狀態，與「異常」的用法不同，雖然都有"不尋常"的
含義，但「非常」更多用於緊急程度較高的情況。
生字 システム／系統；プログラム／電腦程式

名・形動 **いじょう【異常】**

異常，反常，不尋常
類 不自然 不自然
對 正常 正常

いしょくじゅう【衣食住】

□□□ 0111

例 衣食住に困らなければこそ、安心して生活できる。

1秒後影子跟讀 >

譯 衣食只要不缺，就可以安心過活了。

生字 安心／放心；生活／過日子

名 い**しょく**じゅう
【衣食住】

衣食住(或唸:い**しょく**じゅう)

類 生活 生活 對 娯楽 娯樂

音 衣＝イ

□□□ 0112

Track005

例 泉を中心にして、いくつかの家が建っている。

1秒後影子跟讀 >

譯 圍繞著泉水，周圍有幾棟房子在蓋。

生字 中心／中央；建つ／搭建

名 いずみ【泉】

泉,泉水；泉源；話題

類 源 源頭

對 沼 沼澤

訓 泉＝いずみ

□□□ 0113

例 いずれやらなければならないと思いつつ、今日もできなかった。

1秒後影子跟讀 >

譯 儘管知道這事早晚都要做，但今天仍然沒有完成。

代·副 いずれ【何れ】

哪個,哪方；反正,早晚,歸根到底；不久,最近,改日

類 どちら 哪個

對 共に 一起

出題重點 題型5裡「いずれ」的考點有：

● 例句：いずれ訪れるべき選択／終將面臨的選擇。

● 換句話說：どちらを選ぶべきか迫られる／被迫選擇其一。

● 相對說法：両方とも選ぶことができる／可以選擇兩者。

「いずれ」暗示了未來的不確定選擇；「どちら」詢問兩個選項中的選擇，與「いずれ」同義；「とも」表示兩者都可，與「いずれ」反意。

文法 つつ[儘管…但…]：表示逆接，用於連接2個相反的事物。

□□□ 0114

例 板に釘を打った。

1秒後影子跟讀 >

譯 把釘子敲進木板。

生字 釘／釘子

名 いた【板】

木板；薄板；舞台

類 板材 板材

對 柱 柱子

訓 板＝いた

□□□ 0115

例 遺体を埋葬する。

1秒後影子跟讀 >

譯 埋葬遺體。

生字 埋葬／埋葬

名 いたい【遺体】

遺體

類 死体 屍體

對 生者 活人

□□□ 0116

例 ベートーベンは偉大な作曲家だ。

1秒後影子跟讀 〉

譯 貝多芬是位偉大的作曲家。

生字 作曲家／作曲家

形動 **いだい【偉大】**

偉大的，魁梧的

類 素晴らしい　了不起

對 平凡　平凡

□□□ 0117

例 彼は彼女に対して、憎しみさえ抱いている。

1秒後影子跟讀 〉

譯 他對她甚至懷恨在心。

生字 対する／對於；憎しむ／憎恨

他五 **いだく【抱く】**

抱；懷有，懷抱

類 持つ　持有

對 放す　放開

□□□ 0118

例 あいつは冷たいやつだから、人の心の痛みなんか感じっこない。

1秒後影子跟讀 〉

譯 那傢伙很冷酷，絕不可能懂得別人的痛苦。

慣用語 〉

● 痛みを感じる／感受到痛楚。

● 痛みを伴う／伴隨著疼痛。

● いたみが和らぐ／疼痛減輕。

文法 っこない[絕不可能…]：表示強烈否定，某事發生的可能性。

生字 冷たい／冷漠的；やつ／傢伙

名 **いたみ【痛み】**

痛，疼；悲傷，難過；損壞；(水果因碰撞而)腐爛

類 苦痛　痛苦

對 快楽　快樂

□□□ 0119

例 傷が痛まないこともないが、まあ大丈夫です。

1秒後影子跟讀 〉

譯 傷口並不是不會痛，不過沒什麼大礙。

生字 傷／傷口

自五 **いたむ【痛む】**

疼痛；苦惱；損壞

類 痛感　感到疼痛

對 癒える　癒合

□□□ 0120

例 国道1号は、東京から名古屋、京都を経て大阪へ至る。

1秒後影子跟讀 〉

譯 國道一號是從東京經過名古屋和京都，最後連結到大阪。

生字 経る／經由

自五 **いたる【至る】**

到，來臨；達到；周到

類 到達する　到達

對 離れる　離開

いち【位置】

例 机は、どの位置に置いたらいいですか。

1秒後影子跟讀〉

譯 書桌放在哪個地方好呢？

名・自サ **いち【位置】**

位置，場所；立場，遭遇；位於

類 場所 位置　對 動く 移動

例 一応、息子にかわって、私が謝っておきました。

1秒後影子跟讀〉

譯 我先代替我兒子去致歉。

生字 かわる／代替；謝る／道歉

副 **いちおう【一応】**

大略做了一次，暫，先，姑且

類 仮に 暫且

對 完全に 完全

例 いちごを栽培する。

1秒後影子跟讀〉

譯 種植草莓。

生字 栽培／栽種

名 **いちご【苺】**

草莓

類 果物 水果

對 野菜 蔬菜

例 山で道に迷った上に嵐が来て、一時は死を覚悟した。

1秒後影子跟讀〉

譯 不但在山裡迷了路，甚至遇上了暴風雨，一時之間還以為自己死定了。

慣用語〉
● 一時的な解決を求める／尋求一個臨時解決方案。
● 一時休憩する／暫時休息。
● 一時停止違反を犯す／違反暫時停止的規定。

文法 うえに[不僅…，還…]：表追加、補充同類內容。在本來就有的情況外，另外還有更甚的情況。

生字 嵐／暴風雨；覚悟／決心

造語・副 **いちじ【一時】**

某時期，一段時間；那時；暫時；一點鐘；同時，一下子

類 暫時 暫時

對 永久 永久

例 彼女が一段ときれいになったと思ったら、結婚するんだそうです。

1秒後影子跟讀〉

譯 覺得她變漂亮了，原來聽說是要結婚了。

文法 とおもったら[原以為…原來是]：本來預料會有某狀況，結果有兩種：為相反結果，或與預料的一致。

副 **いちだんと【一段と】**

更加，越發

類 さらに 更加

對 劣る 劣於

あ

□□□ 0126

例 市場で、魚や果物などを売っています。

1秒後影子跟讀 》

譯 市場裡有賣魚、水果…等等。

生字 果物／水果

名 いちば【市場】

市場，商場

類 マーケット　市場
對 自宅　家

□□□ 0127

例 この案に反対なのは、一部の人間にほかならない。

1秒後影子跟讀 》

譯 反對這方案的，只不過是一部分的人。

慣用語

●一部始終を見る／觀看整個過程。
●一部分を変更する／修改一部分。
●新聞を一部買う／購買一份報紙。

文法 にほかならない [無非是…]：表斷定的説事情發生的理由，是對事物的原因、結果的肯定語氣。

生字 案／議案；反対／不贊同

名 いちぶ【一部】

一部分，(書籍、印刷物等)
一冊，一份，一套

類 部分　部分
對 全体　全部

□□□ 0128

例 一流の音楽家になれるかどうかは、才能次第だ。

1秒後影子跟讀 》

譯 是否能成為一流的音樂家，全憑個人的才能。

文法 しだいだ [就要看…而定]：表行為動作要實現，全憑前面名詞的情況而定。 近 しだいです [由於…]

生字 才能／才華

名 いちりゅう【一流】

一流，頭等；一個流派；獨特

類 高級　高級
對 二流　二流

□□□ 0129

例 またいつかお会いしましょう。

1秒後影子跟讀 》

譯 改天再見吧！

副 いつか【何時か】

未來的不定時間，改天；過去的不定時間，以前；不知不覺

類 将来　將來　對 今　現在

□□□ 0130

例 田中さん一家のことだから、正月は旅行に行っているでしょう。

1秒後影子跟讀 》

譯 田中先生一家人的話，新年大概又去旅行了吧！

文法 ことだから [因為是…，所以…]：主要接表示人物的詞後面，根據熟知的人物性格、行為習慣等，做出判斷。

生字 正月／新年

名 いっか【一家】

一所房子；一家人；一個團體；一派

類 家族　家族
對 個人　個人

いっしゅ【一種】

□□□ 0131

例 これは、虫の一種ですか。

1秒後影子跟讀 ＞

譯 這是屬昆蟲類的一種嗎？

生字 虫／蟲子

名 **いっしゅ【一種】**

一種；獨特的；（說不出的）
某種，稍許

類 タイプ　類型
對 全て　全部同

□□□ 0132

例 花火は、一瞬だからこそ美しい。

1秒後影子跟讀 ＞

譯 煙火就因那一瞬間才美麗。

出題重點 「一瞬」"一瞬"指極短暫的時間，強調瞬間性。
問題4陷阱可能有：「瞬間（しゅんかん）」"瞬間"也指短
暫時間，但比"一瞬"稍長，用於稍持續的瞬間；「一瞥（い
ちべつ）」"一瞥"指短暫看一眼，強調視覺上的瞬間性，比
"一瞬"更專注於視覺快速動作；「刹那（せつな）」"刹那"
指極短暫時間，與"一瞬"近義，但在文學或哲學中，用以表
達更深層的瞬間性或無常感。
文法 ＞ からこそ[就因…才]：表示說話者主觀地認為事物的原
因出在何處，並強調該理由是最正確的。

名 **いっしゅん【一瞬】**

一瞬間，一刹那

類 瞬間　瞬間
對 永遠　永遠

□□□ 0133

例 彼らは一斉に立ち上がった。

1秒後影子跟讀 ＞

譯 他們一起站了起來。

生字 立ち上がる／起立

副 **いっせいに【一斉に】**

一齊，一同

類 同時に　同時
對 順番に　依次

□□□ 0134

例 大会で優勝できるように、一層努力します。

1秒後影子跟讀 ＞

譯 為了比賽能得冠軍，我要比平時更加努力。

生字 大会／大規模集會；優勝／冠軍

副 **いっそう【一層】**

更，越發

類 さらに　更加
對 減少する　減少
音 層＝ソウ

□□□ 0135

例 いったんうちに帰って、着替えてからまた出かけます。

1秒後影子跟讀 ＞

譯 我先回家一趟，換過衣服之後再出門。

生字 着替える／更衣

副 **いったん【一旦】**

一旦，既然；暫且，姑且

類 一度　一度
對 ずっと　持續

□□□ 0136

例 意見が一致した上は、早速プロジェクトを始めましょう。
1秒後影子跟讀〉

譯 既然看法一致了，就快點進行企畫吧！

名・自サ **いっち【一致】**

一致，相符
類 合致 一致
對 不一致 不一致

あ

出題重點 題型5裡「一致」的考點有：

● 例句：意見が一致した／意見達成了一致。
● 換句話說：見解が合致する／觀點實現了合致。

「一致」表意見或行動的同步；「合致」也指意見或事物相吻合。

文法 うえは[既然…就]：表示某種決心、責任等行為，後續採取跟前面相對應的動作。後句是說話者的判斷、決定或勸告。

生字 早速／火速；プロジェクト／計畫

□□□ 0137

例 一定の条件を満たせば、奨学金を申請することができる。
1秒後影子跟讀〉

譯 只要符合某些條件，就可以申請獎學金。

生字 条件／條件；満たす／滿足；申請／申請

名・自他サ **いってい【一定】**

一定；規定，固定
類 固定 固定
對 変動する 變動

□□□ 0138

Track006

例 彼はいつでも勉強している。
1秒後影子跟讀〉

譯 他無論什麼時候都在看書。

副 **いつでも【何時でも】**

無論什麼時候，隨時，經常，總是（或唸：いつでも）
類 常時 隨時 對 決して 絕不

□□□ 0139

例 勉強する一方で、仕事もしている。
1秒後影子跟讀〉

譯 我一邊唸書，也一邊工作。

文法 いっぽうで[另一方面]：前句說明在做某件事的同時，後句為補充做另一件事。

生字 勉強／用功讀書；仕事／工作

名・副助・接 **いっぽう【一方】**

一個方向；一個角度；一面，同時；(兩個中的)一個；只顧，愈來愈…；從另一方面說
類 片方 一邊
對 両方 兩邊

□□□ 0140

例 今日のことは、いつまでも忘れません。
1秒後影子跟讀〉

譯 今日所發生的，我永生難忘。

副 **いつまでも【何時までも】**

到什麼時候也…，始終，永遠
類 永遠に 永遠
對 一時的に 暫時

043

いてん 【移転】

□□□ 0141

例 会社の移転で大変なところを、お邪魔してすみません。

`1秒後影子跟讀`

譯 在貴社遷移而繁忙之時前來打擾您，真是不好意思。

生字 大変／費勁的；邪魔／打擾

名・自他サ いてん 【移転】

轉移位置；搬家；(權力等)
轉交，轉移

類 移動 搬遷 對 固定 固定

音 移＝イ

□□□ 0142

例 身体能力、知力、容姿などは遺伝によるところが多いと聞きました。

`1秒後影子跟讀`

譯 據說體力、智力及容貌等多半來自遺傳。

生字 身体能力／身體素質；知力／智力；容姿／外貌

名・自サ いでん 【遺伝】

遺傳

類 伝承 傳承

對 獲得 獲得

□□□ 0143

例 この製品は、原料に遺伝子組み換えのない大豆が使われています。

`1秒後影子跟讀`

譯 這個產品使用的原料是非基因改造黃豆。

`慣用語`
- 遺伝子を解析する／分析遺傳基因。
- 遺伝子変異を調べる／研究遺傳基因變異。
- 遺伝子の研究を進める／推進遺傳基因研究。

生字 原料／原料；組み換え／重組

名 いでんし 【遺伝子】

基因

類 遺伝要素 遺傳因子

對 環境因子 環境因子

□□□ 0144

例 井戸で水をくんでいるところへ、隣のおばさんが来た。

`1秒後影子跟讀`

譯 我在井邊打水時，隔壁的伯母就來了。

生字 汲む／汲取；隣／隔壁

名 いど 【井戸】

井

類 水源 水源

對 海 海

訓 戸＝と

□□□ 0145

例 緯度が高いわりに暖かいです。

`1秒後影子跟讀`

譯 雖然緯度很高，氣候卻很暖和。

名 いど 【緯度】

緯度

類 地理的位置 地理位置

對 経度 經度

0146

例 雨が降ってきたので、屋内に移動せざるを得ませんね。

1秒後影子跟讀〉

譯 因為下起雨了，所以不得不搬到屋內去呀。

文法 ざるをえない [不得不…]：表示除此之外，沒有其他的選擇。
生字 屋内／屋裡

名・自他サ いどう【移動】

移動，轉移
類 動く 移動
對 静止 靜止
音 移＝イ

0147

例 太陽の光のもとで、稲が豊かに実っています。

1秒後影子跟讀〉

譯 稻子在陽光之下，結實累累。

文法 のもとで [在…之下]：表示在受到某影響的範圍內，而有後項的情況。
生字 豊か／豐盈；実る／成熟

名 いね【稲】

水稻，稻子
類 米 水稻
對 麦 小麥

0148

例 あいつのことだから、仕事中に居眠りをしているんじゃないかな。

1秒後影子跟讀〉

譯 那傢伙的話，一定又是在工作時間打瞌睡吧！

文法 ことだから [因為是…，所以…]：主要接表示人物的詞後面，根據說話熟知的人物的性格、行為習慣等，做出自己判斷的依據。

名・自サ いねむり【居眠り】

打瞌睡，打盹兒
類 うたた寝 打盹
對 深い睡眠 深度睡眠

0149

例 上司にはぺこぺこし、部下にはいばる。

1秒後影子跟讀〉

譯 對上司畢恭畢敬，對下屬盛氣凌人。

生字 ぺこぺこ／鞠躬哈腰；部下／部屬

自五 いばる【威張る】

誇耀，逞威風
類 自慢する 自豪
對 謙虚 謙虛

0150

例 スピード違反をした上に、駐車違反までしました。

1秒後影子跟讀〉

譯 不僅超速，甚至還違規停車。

出題重點 「違反（いはん）」指不遵守規則或法律的行為。如「交通違反（こうつういはん）」"違反交通規則"。問題3經常混淆的複合詞有：
- 無視（むし）：故意不注意或不考慮某事。如「安全規則無視（あんぜんきそくむし）」"忽視安全規則"。
- 背く（そむく）：違背約定、原則或信念。如「命令背く（めいれいそむく）」"違背命令"。
- 反する（はんする）：與某事物相違或相反。如「常識反する（じょうしきはんする）」"違反常識"。

文法 うえに [不僅…，甚至…]：表示追加、補充同類的內容。在本來就有的某種情況之外，另外還有比前面更甚的情況。
生字 スピード／速度；駐車違反／違規停車

名・自サ いはん【違反】

違反，違犯
類 反則 違規
對 順守 遵守

いふく 【衣服】

□□□ 0151

例 季節に応じて、衣服を選びましょう。

1秒後影子跟讀 ≫

譯 依季節來挑衣服吧！

文法 ≫ におうじて [依據…]：表示按照、根據。前項作為依據，後項根據前項的情況而發生變化。

名 いふく 【衣服】

衣服

類 着物　服装
對 裸　裸體
音 衣＝イ

□□□ 0152

例 彼は、現在は無名にしろ、今に有名になるに違いない。

1秒後影子跟讀 ≫

譯 儘管他現在只是個無名小卒，但他一定很快會成名的。

文法 ≫ にしろ [就算…，也]：表示退一步，承認前項，並在後項中提出跟前面相反或矛盾的意見。

生字 無名／不知名

副 いまに 【今に】

就要，即將，馬上；至今，直到現在

類 将来　將來
對 過去　過去

□□□ 0153

例 その子どもは、今にも泣き出しそうになった。

1秒後影子跟讀 ≫

譯 那個小朋友眼看就要哭了。

出題重點 「いまにも」表達即將發生某事的狀態，如「今にも泣きそう／彷彿隨時都會淚流滿面」。以下是問題6錯誤用法：
1. 描述過去事件：「彼はいまにも卒業した／他即將已經畢業」。
2. 表長期狀態：「この木はいまにも生きている／這棵樹眼看就要一直活著」。
3. 形容個人能力：「彼女はいまにも得意だ／她即將很擅長」。

生字 泣き出す／哭了起來

副 いまにも 【今にも】

馬上，不久，眼看就要

類 間もなく　即將
對 ずっと後で　很久之後

□□□ 0154

例 彼女が嫌がるのもかまわず、何度もデートに誘う。

1秒後影子跟讀 ≫

譯 不顧她的不願，一直要約她出去。

文法 ≫ もかまわず [不顧…]：表示不顧慮前項事物的現況，以後項為優先的意思。

他五 いやがる 【嫌がる】

討厭，不願意，逃避

類 嫌う　討厭
對 好む　喜愛

□□□ 0155

例 いよいよ留学に出発する日がやってきた。

1秒後影子跟讀 ≫

譯 出國留學的日子終於來到了。

生字 出発／啟程；やってくる／來臨

副 いよいよ 【愈々】

愈發；果真；終於；即將要；緊要關頭

類 ますます　越來越
對 減少する　減少

☐☐☐ 0156

例 去年以来、交通事故による死者が減りました。
1秒後影子跟讀 〉

譯 從去年開始，車禍死亡的人口減少了。

生字 死者／死者；減る／減少

名 いらい【以来】

以來，以後；今後，將來

類 その後　自那以後

對 それ以前　那之前

☐☐☐ 0157

例 仕事を依頼する上は、ちゃんと報酬を払わなければなりません。
1秒後影子跟讀 〉

譯 既然要委託他人做事，就得付出相對的酬勞。

文法 うえは [既然…就…]：表示某種決心、責任等行為，後續
採取跟前面相對應的動作。後句是說話者的判斷、決定或勸告。

生字 ちゃんと／確實地；報酬／報酬

名・
自他サ いらい【依頼】

委託，請求，依靠

類 頼む　請求

對 拒絶する　拒絶

音 依＝イ

☐☐☐ 0158

例 高い医療水準のもとで、国民は健康に生活しています。
1秒後影子跟讀 〉

譯 在高醫療水準之下，國民過著健康的生活。

文法 のもとで [在…之下]：表示在受到某影響的範圍內，而
有後項的情況。

生字 水準／水平；国民／國家人民

名 いりょう【医療】

醫療

類 治療　治療

對 病気　疾病

音 療＝リョウ

☐☐☐ 0159

例 衣料品店を営む。
1秒後影子跟讀 〉

譯 經營服飾店。

生字 営む／經營

名 いりょうひん
【衣料品】

衣料；衣服（或唸：いりょうひん）

類 衣類　衣物　對 食品　食品

音 衣＝イ

☐☐☐ 0160

例 ごまを鍋で煎ったら、いい香りがした。
1秒後影子跟讀 〉

譯 芝麻在鍋裡一炒，就香味四溢。

慣用語 〉

● コーヒー豆を煎る／烘焙咖啡豆。

● 種を炒る／炒種子。

● ナッツをいる／炒堅果。

生字 ごま／芝麻；香り／香氣

他五 いる【煎る・炒る】

炒，煎

類 焙煎する　烘煎

對 生　生的

いれもの【入れ物】

例 **入れ物がなかったばかりに、飲み物をもらえなかった。**

1秒後影子跟讀 〉

譯 就因為沒有容器了，所以沒能拿到飲料。

文法 〉 ばかりに [就因為…，結果…]：表示就是因為某事的緣故，造成後項不良結果或發生不好的事情，說話者含有後悔或遺憾的心情。

名 **いれもの【入れ物】**

容器，器皿

類 容器 容器

對 内容物 内容物

例 **祝いの品として、ネクタイを贈った。**

1秒後影子跟讀 〉

譯 我送了條領帶作為賀禮。

生字 品／物品；ネクタイ／領帶

名 **いわい【祝い】**

祝賀，慶祝；賀禮；慶祝活動

類 お祝い 慶祝

對 哀悼 哀悼

訓 祝＝いわ（い）

例 **このペンダントは、言わばお守りのようなものです。**

1秒後影子跟讀 〉

譯 這對耳墜，說起來就像是我的護身符一般。

生字 ペンダント／墜飾；お守り／護身符

副 **いわば【言わば】**

譬如，打個比方，說起來，打個比方說（或唸：いわば）

類 例えば 比如

對 具体的に 具體地

例 **いわゆる健康食品が、私はあまり好きではない。**

1秒後影子跟讀 〉

譯 我不大喜歡那些所謂的健康食品。

連體 **いわゆる【所謂】**

所謂，一般來說，大家所說的，常說的（或唸：いわゆる）

類 通称 通稱

對 正式 正式的

例 **原稿ができたら、すぐ印刷に回すことになっています。**

1秒後影子跟讀 〉

譯 稿一完成，就要馬上送去印刷。

慣用語 〉

● 書類を印刷する／印刷文件。

● チラシを印刷する／印刷傳單。

● 写真を印刷する／打印照片

生字 原稿／原稿

名 自他サ **いんさつ【印刷】**

印刷

類 プリント 印刷

對 手書き 手寫

音 印＝イン

音 刷＝サツ

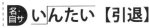

0166

例 彼は、サッカー選手を引退するかしないかのうちに、タレントになった。

1秒後影子跟讀

名・自サ **いんたい【引退】**

隠退，退職

類 退職する 退休

對 就職する 就職

譯 他才從足球選手隱退，就當起了藝人。

出題重點 「引退」唸音讀「いんたい」。意指從職業、活動或公眾生活中退下來。問題2誤導選項可能有：

● 引用（いんよう）："引述"，指從書籍或演講等提取他人的資訊。

● 允退：非正確日語單字，字型可能會與「引退」混淆。

● 強引（ごういん）："強迫"，指作法強硬或不考慮他人。

文法 か～ないかのうちに [オ …就…]：表示前一個動作才剛發生，在似完非完之間，第2個動作緊接著又開始了。

生字 タレント／演藝明星

0167

例 引用による説明が、分かりやすかったです。

1秒後影子跟讀

名・自他サ **いんよう【引用】**

引用

類 引き合い 引用

對 創作 創作

譯 引用典故來做說明，讓人淺顯易懂。

生字 説明／解釋

0168

例 ウィスキーにしろ、ワインにしろ、お酒は絶対飲まないでください。

1秒後影子跟讀

名 **ウィスキー【whisky】**

威士忌(酒)(或唸：ウィスキー)

類 酒類 酒類

對 水 水

譯 不論是威士忌，還是葡萄酒，請千萬不要喝酒。

文法 にしろ～にしろ [不論是…或是…都…]：表示前項與後項皆有同樣評價或感受。 近 にしろ [就算…，也…]

生字 ワイン／紅酒；絶対／一定

0169

例 ウーマンリブがはやった時代もあった。

1秒後影子跟讀

名 **ウーマン【woman】**

婦女，女人

類 女性 女性

對 男性 男性

譯 過去女性解放運動也曾有過全盛時代。

生字 リブ／婦女解放運動；時代／時代

0170

例 植木の世話をしているところへ、友だちが遊びに来ました。

1秒後影子跟讀

Track007

名 **うえき【植木】**

植種的樹；盆景

類 庭木 庭院樹木 野草 野草

訓 植＝うえ

譯 當我在修剪盆栽時，朋友就跑來拜訪。

生字 世話／照顧

うえる【飢える】

例 生活に困っても、飢えることはないでしょう。

1秒後影子跟讀〉

譯 就算為生活而苦，也不會挨餓吧！

自下 **うえる【飢える】**

飢餓，渴望
類 空腹　饑餓
對 満腹　飽足

例 魚市場でバイトしたのをきっかけに、魚に興味を持った。

1秒後影子跟讀〉

譯 在漁市場裡打工的那段日子為契機，開始對魚類產生了興趣。

文法〉をきっかけに [以…為契機]：表示某事產生的原因、機會、動機等。
生字 市場／市集；バイト／打零工；興味／興致

名 **うお【魚】**

魚
類 海産物　海產物
對 肉　肉類

例 うちの子は外から帰ってきて、うがいどころか手も洗わない。

1秒後影子跟讀〉

譯 我家孩子從外面回來，別說是漱口，就連手也不洗。

名・自サ **うがい【嗽】**

漱口
類 口をすすぐ　漱口
對 飲み込む　吞嚥

出題重點 「嗽」唸作「うがい」，指用液體清潔口腔和喉嚨的行為。問題1誤導選項可能有：
● 咀嚼（そしゃく）：“咀嚼”，指用牙齒將食物磨碎的過程。
● 呑み（のみ）：“吞嚥”，指將食物或液體從口中通過喉嚨送入胃中。
● 吐き（はき）：“嘔吐”，指將胃中的內容物逆流回口腔並排出體外。
文法〉どころか [別說是…就連…]：表示從根本上推翻前項，並且在後項提出跟前項程度相差很遠。

例 そのとき、すばらしいアイデアが浮かんだ。

1秒後影子跟讀〉

譯 就在那時，靈光一現，腦中浮現了好點子。

生字 アイデア／主意

自五 **うかぶ【浮かぶ】**

漂，浮起；想起，浮現，露出；
（佛）超度；出頭，擺脫困難
類 水面に出る　浮出水面
對 沈む　沉沒

例 子どものとき、笹で作った小舟を川に浮かべて遊んだものです。

1秒後影子跟讀〉

譯 小時候會用竹葉折小船，放到河上隨水漂流當作遊戲。

生字 笹／竹葉；小舟／小船

他下 **うかべる【浮かべる】**

浮，泛；露出；想起
類 思い出す　回想

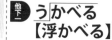

對 忘れる　忘記

□□□ 0176

例 面白い形の雲が、空に浮いている。
1秒後影子跟讀

譯 天空裡飄著一朵形狀有趣的雲。

慣用語
- 水面に浮く／漂浮在水面上。
- 気持ちが浮く／心情變得輕鬆。
- 花が水に浮く／花朵漂浮在水面上。

生字 面白い／滑稽好笑的

自五 うく【浮く】
飄浮；動搖，鬆動；高興，愉快；結餘，剩餘；輕薄
類 浮遊 浮動
對 沈む 沉沒

□□□ 0177

例 担当者にかわって、私が用件を承ります。
1秒後影子跟讀

譯 由我來代替負責的人來承接這件事情。

生字 担当者／負責人；かわる／代替；用件／事情

他五 うけたまわる【承る】
聽取；遵從，接受；知道，知悉；傳聞
類 受け入れる 接受
對 断る 拒絕
訓 承＝うけたまわ（る）

□□□ 0178

例 留守がちな人は、コンビニでも宅配便の受け取りができる。
1秒後影子跟讀

譯 可能無法在家等貨的人們，也可以利用便利商店領取宅配物件。

生字 留守／不在家；宅配便／宅急便

名 うけとり【受け取り】
收領；收據；計件工作（的工錢）
類 受領 領受
對 放棄 放棄

□□□ 0179

例 好きな人にラブレターを書いたけれど、受け取ってくれなかった。
1秒後影子跟讀

譯 雖然寫了情書送給喜歡的人，但是對方不願意收下。

生字 ラブレター／情書

他五 うけとる【受け取る】
領，接收，理解，領會
類 受け入れる 接受
對 拒否する 拒絕

□□□ 0180

例 1年生のクラスを受け持っています。
1秒後影子跟讀

譯 我擔任一年級的班導。

生字 クラス／班級

他五 うけもつ【受け持つ】
擔任，擔當，掌管（或唸：うけもつ）
類 責任を持つ 負責
對 放棄する 放棄

うさぎ【兎】

□□□ 0181

例 動物園には、象やライオンばかりでなく、兎などもいます。

1秒後影子跟讀》

譯 動物園裡，不單有大象和獅子，也有兔子等等的動物。

名 **う|さぎ【兎】**

兔子
- 類 動物　動物
- 對 鳥　鳥類

□□□ 0182

例 事故のせいで、財産を失いました。

1秒後影子跟讀》

譯 都是因為事故的關係，而賠光了財產。

生字 事故／事故；財産／資產

他五 **う|しなう【失う】**

失去，喪失；改變常態；喪，亡；
迷失；錯過
- 類 なくす　失去
- 對 得る　獲得

□□□ 0183

例 目に悪いから、薄暗いところで本を読むものではない。

1秒後影子跟讀》

譯 因為對眼睛不好，所以不該在陰暗的地方看書。

文法 ものではない [不該…]：表示不應如此。

形 **う|すぐらい【薄暗い】**

微暗的，陰暗的（或唸：う|すぐら|い）
- 類 暗い　昏暗　對 明るい　明亮
- 訓 薄＝うす

□□□ 0184

例 この飲み物は、水で5倍に薄めて飲んでください。

1秒後影子跟讀》

譯 這種飲品請用水稀釋 5 倍以後飲用。

出題重點 「薄める」指使某物變薄或減少其濃度。如「味を薄める／稀釋味道」。以下是問題 6 錯誤用法：
1. 增加重量：「荷物を薄める／稀釋行李」。
2. 表達時間概念：「時間を薄める／稀釋時間」。
3. 描述聲音大小：「音を薄める／稀釋音量」。

生字 倍／倍數

他下一 **う|すめる【薄める】**

稀釋，弄淡
- 類 希釈する　稀釋
- 對 濃くする　加濃
- 訓 薄＝うす（める）

□□□ 0185

例 彼のことは、友人でさえ疑っている。

1秒後影子跟讀》

譯 他的事情，就連朋友也都在懷疑。

生字 友人／朋友；さえ／甚至

他五 **う|たがう【疑う】**

懷疑，疑惑，不相信，猜測
- 類 疑問を抱く　懷疑
- 對 信じる　相信

□□□ 0186

例 特別に変更がないかぎり、打ち合わせは来週の月曜に行われる。

1秒後影子跟讀〉

譯 只要沒有特別的變更，會議將在下禮拜一舉行。

文法〉 ないかぎり[只要不…，就…]：表示只要某狀態不發生
變化，結果就不會有變化。含有如果狀態發生變化了，結果也
會有變化的可能性。

生字 行う／舉辦

名・他サ うちあわせ
【打ち合わせ】

事先商量，碰頭
類 会議 會議
對 単独行動 單獨行動

□□□ 0187

例 あ、ついでに明日のことも打ち合わせておきましょう。

1秒後影子跟讀〉

譯 啊！順便先商討一下明天的事情吧！

他下一 うちあわせる
【打ち合わせる】

使…相碰，(預先)商量
類 協議する 協商
對 無視する 忽視

□□□ 0188

例 夫は打ち消したけれど、私はまだ浮気を疑っている。

1秒後影子跟讀〉

譯 丈夫雖然否認，但我還是懷疑他出軌了。

出題重點 「消す（けす）」意味著否定或取消某事。如「打
ち消す（うちけす）」"反駁否定"。問題3經常混淆的複合詞有：
●切る（きる）：強調話語的決斷性或完成性。如「言い切る（い
いきる）」"斷言"。
●絶える（たえる）：停止、消失或不再持續存在。如「絶え果
てる（たえはてる）」"完全終止"。
●断つ（たつ）：表示切斷或終止的動作。如「断ち割る（たち
わる）」"切斷"。

生字 浮気／出軌；疑う／懷疑

他五 うちけす
【打ち消す】

否定，否認；熄滅，消除
類 否定する 否定
對 肯定する 肯定

□□□ 0189

例 宇宙飛行士の話を聞いたのをきっかけにして、宇宙に興味を持った。

1秒後影子跟讀〉

譯 自從聽了太空人的故事後，就對宇宙產生了興趣。

文法〉をきっかけに[以…為契機]：表示某事產生的原因、機會、動機等。

生字 飛行士／宇航員；興味／興致

名 うちゅう【宇宙】

宇宙；(哲)天地空間；天地
古今
類 無限 無限 對 地球 地球
音 宇＝ウ

□□□ 0190

例 鏡に姿を映して、おかしくないかどうか見た。

1秒後影子跟讀〉

譯 我照鏡子，看看樣子奇不奇怪。

生字 姿／身影

他五 うつす【映す】

映，照；放映
類 反映する 反映
對 隠す 隱藏

053

うったえる【訴える】

□□□ 0191

例 彼が犯人を知った上は、警察に訴えるつもりです。

1秒後影子跟讀 》

訳 他既然知道誰是犯人，就打算向警察報案。

文法 うえは[既然…就…]：表某種決心、責任等行為，後續採取對應的動作。後句是説話者的判斷、決定或勧告。

生字 犯人／兇手；警察／警員

他下二 うったえる【訴える】

控告，控訴，申訴；求助於；使…感動，打動

類 告げる 告訴

對 引き下がる 撤回

□□□ 0192

例 私が意見を言うと、彼は黙ってうなずいた。

1秒後影子跟讀 》

訳 我一説出意見，他就默默地點了頭。

慣用語
- 賛成してうなずく／點頭表示賛成。
- 話を聞いてうなずく／聽完話點頭表示同意。
- 納得してうなずく／點頭表示認同。

生字 意見／想法；黙る／沉默

自五 うなずく【頷く】

點頭同意，首肯

類 同意する 點頭表示同意

對 首を振る 搖頭

□□□ 0193

例 ブルドッグがウーウー唸っている。

1秒後影子跟讀 》

訳 哈巴狗嗚嗚地叫著。

自五 うなる【唸る】

呻吟；(野獸)吼叫；發出鳴聲，吟，哼；贊同，喝彩

類 鳴る 發出聲音

對 静か 安靜

□□□ 0194

例 戦争で家族も財産もすべて奪われてしまった。

1秒後影子跟讀 》

訳 戰爭把我的家人和財產全都奪走了。

生字 戦争／戰爭；財産／資產

他五 うばう【奪う】

剝奪；強烈吸引；除去

類 取る 取走

對 与える 給予

□□□ 0195

Track008

例 生まれは北海道ですが、千葉で育ちました。

1秒後影子跟讀 》

訳 雖是在北海道出生的，不過是在千葉縣長大的。

生字 育つ／成長

名 うまれ【生まれ】

出生；出生地；門第，出生

類 誕生 出生

對 死 死亡

あ

□□□ 0196

例 鎌田君に彼氏の有無を確認された。これって、私に気があるってことだよね。
1秒後影子跟讀

譯 鎌田問了我有沒有男朋友。他這樣問，就表示對我有意思囉？

名 うむ【有無】

有無；可否，願意與否
類 存在 存在
對 無い 不存在

出題重點 「有無」唸作「うむ」，指事物是否存在的狀態或詢問某物有或沒有。問題1誤導選項可能有：
● ゆむ：錯誤地將開頭的「う」讀作另一個音讀「ゆ」，改變了讀音。
● うぶ：錯誤地將「む」讀作發音接近的「ぶ」，這改變了單字的讀音和含意。
● ゆぶ：錯誤地將「うむ」讀作「ゆぶ」，這完全偏離了原始的發音。

生字 気がある／愛慕

□□□ 0197

例 梅の花が、なんと美しかったことか。
1秒後影子跟讀

譯 梅花是多麼地美麗啊！

名 うめ【梅】

梅花，梅樹；梅子
類 果物 水果 對 桜 櫻花

□□□ 0198

例 年長者を敬うことは大切だ。
1秒後影子跟讀

譯 尊敬年長長輩是很重要的。

生字 年長者／老年人；大切／重要的

他五 うやまう【敬う】

尊敬
類 尊敬する 尊敬
對 軽視する 輕視
訓 敬＝うやま（う）

□□□ 0199

例 靴下を裏返して洗った。
1秒後影子跟讀

譯 我把襪子翻過來洗。

生字 靴下／襪子

他五 うらがえす【裏返す】

翻過來；通敵，叛變
類 反転する 翻轉
對 そのままにする 保持原樣
訓 裏＝うら

□□□ 0200

例 私というものがありながら、ほかの子とデートするなんて、裏切ったも同然だよ。
1秒後影子跟讀

譯 他明明都已經有我這個女友了，卻居然和別的女生約會，簡直就是背叛嘛！

文法 ながら[明明…卻]：連接兩個矛盾的事物，表示後項與前項所預想的不同。

生字 デート／約會；同然／和…一樣

他五 うらぎる【裏切る】

背叛，出賣，通敵；辜負，違背
類 背く 背叛
對 忠実 忠誠
訓 裏＝うら

うらぐち【裏口】

□□□ 0201

例「ごめんください。お届け物です」「あ、すみませんが、裏口に回ってください」

1秒後影子跟讀

譯「打擾一下，有您的包裹。」「啊，不好意思，麻煩繞到後門那邊。」

生字 届け物／寄送包裹

名 **うらぐち【裏口】**

後門，便門；走後門

類 通用門 側門

對 正門 正門

訓 裏＝うら

□□□ 0202

例 恋愛と仕事について占ってもらった。

1秒後影子跟讀

譯 我請他幫我算愛情和工作的運勢。

他五 **うらなう【占う】**

占卜，占卦，算命

類 予言する 預言

對 実証する 實證

訓 占＝うらな（う）

□□□ 0203

例 私に恨みを持つなんて、それは誤解というものです。

1秒後影子跟讀

譯 說什麼跟我有深仇大怨，那可真是個天大誤會啊。

生字 誤解／誤會

名 **うらみ【恨み】**

恨，怨，怨恨

類 怨恨 怨恨

對 感謝 感謝

□□□ 0204

例 仕事の報酬をめぐって、同僚に恨まれた。

1秒後影子跟讀

譯 因為工作的報酬一事，被同事懷恨在心。

文法 をめぐって[因為…一事]：表示後項的行為動作，是針對前項的某一事情、問題進行的。

生字 報酬／酬勞；同僚／同事

他五 **うらむ【恨む】**

抱怨，恨；感到遺憾，可惜；雪恨，報仇

類 憎しむ 憎恨

對 感謝する 感謝

□□□ 0205

例 彼女はきれいでお金持ちなので、みんなが羨んでいる。

1秒後影子跟讀

譯 她人既漂亮又富有，大家都很羨慕她。

慣用語

●成功をうらやむ／對他人的成功心生羨慕。

●若さをうらやむ／羨慕年輕的活力。

●自由をうらやむ／渴望擁有無拘無束的自由。

生字 お金持ち／富有的人

他五 **うらやむ【羨む】**

羨慕，嫉妒

類 妬む 羨慕

對 満足する 滿足

あ

0206

例 売り上げの計算をしているところへ、社長がのぞきに来た。

1秒後影子跟讀〉

訳 在我結算營業額時，社長跑來看了一下。

生字 計算／計算；のぞく／瞧一瞧

名 **うりあげ【売り上げ】**

(一定期間的) 銷售額，營業額

類 収益　銷售額

對 損失　損失

0207

例 売り切れにならないうちに、早く買いに行かなくてはなりません。

1秒後影子跟讀〉

訳 我們得在賣光之前去買才行。

文法〉 ないうちに [在…還沒…前，…]：在前面狀態還未產生變化的情況，做後面動作。

名 **うりきれ【売り切れ】**

賣完

類 完売　售罄

對 在庫あり　有庫存

0208

例 コンサートのチケットはすぐに売り切れた。

1秒後影子跟讀〉

訳 演唱會的票馬上就賣完了。

慣用語〉
● チケットが売り切れる／票已售罄。
● 商品がすぐ売り切れる／商品很快就賣完了。
● 人気商品が売り切れる／熱門商品售罄。

生字 コンサート／演唱會；チケット／門票

自下 **うりきれる【売り切れる】**

賣完，賣光

類 完売する　售罄

對 在庫がある　有庫存

0209

例 その商品は売れ行きがよい。

1秒後影子跟讀〉

訳 那個產品銷路很好。

生字 商品／產品

名 **うれゆき【売れ行き】**

(商品的) 銷售狀況，銷路

類 販売状況　銷售情況

對 不振　不景氣

0210

例 この新製品はよく売れている。

1秒後影子跟讀〉

訳 這個新產品賣況奇佳。

生字 新製品／新產品

自下 **うれる【売れる】**

商品賣出，暢銷；變得廣為人知，出名，聞名

類 人気がある　受歡迎

對 売れ残る　滯銷

うろうろ

□□□ 0211

例 彼は今ごろ、渋谷あたりをうろうろしているに相違ない。

1秒後影子跟讀》

訳 現在，他人一定是在澀谷一帶徘徊。

副・自サ **う**ろうろ

徘徊；不知所措，張慌失措

類 歩き回る 閒逛

對 じっとする 靜止不動

出題重點 「うろうろ」“徘徊地走動”描述無目的或焦慮地來回走動。問題4陷阱可能有：「徘徊（はいかい）」“來回走動”含有在一定範圍內反復走動的意味，比「うろうろ」更具徘徊感；「彷徨（ほうこう）」“彷徨”強調精神上的迷茫或選擇上的猶豫，不限於物理走動；「さまよう」“彷徨，徘徊”用於描述不確定狀態下的漫無目的遊蕩或迷失方向，既可用於物理走動也可用於精神迷茫。

文法 にそういない [一定是…]：表說話者根據經驗或直覺，做出肯定的判斷。

生字 今ごろ／此刻；あたり／周邊

□□□ 0212

例 上着を脱いで仕事をする。

1秒後影子跟讀》

訳 脫掉上衣工作。

生字 上着／上半身穿的上衣

漢造 **う**わ【上】

(位置的)上邊，上面，表面；(價值、程度)高；輕率，隨便

類 頂上 頂部

對 下 底部

□□□ 0213

例 庭にはいろいろのばらが植わっていた。

1秒後影子跟讀》

訳 庭院種植了各種野玫瑰。

生字 庭／院子；のばら／野玫瑰

自五 **う**わる【植わる】

栽上，栽植

類 植えられる 被種植

對 抜く 拔除

□□□ 0214

例 宝くじが当たるとは、なんと運がいいことか。

1秒後影子跟讀》

訳 竟然中了彩卷，運氣還真好啊！

名 **う**ん【運】

命運，運氣

類 運命 命運

對 不運 不幸

□□□ 0215

例 真冬の運河に飛び込むとは、無茶というものだ。

1秒後影子跟讀》

訳 在寒冬跳入運河裡，真是件荒唐的事。

文法 というものだ [真是…]：表示對事物做一種結論性的判斷。

生字 飛び込む／縱身而入；無茶／魯莽的

名 **う**んが【運河】

運河

類 水路 運河

對 道路 道路

音 河＝カ

讀書計劃：□□／□□／□□

□□□ 0216

例 うんとおしゃれをして出かけた。

1秒後影子跟讀≫

譯 她費心打扮出門去了。

副 **うんと**

多，大大地；用力，使勁地
類 非常に　非常
對 少しも　一點也不

出題重點 題型 5 裡「うんと」的考點有：
● 例句：うんと便利になった／變得非常方便。
● 換句話說：非常に便利になった／變得非常方便。
● 相對說法：少しも便利にならなかった／一點也沒有變得方便。
「うんと」和「非常に」都用來表達程度很高；「少しも」則
用來表示程度極低或沒有。

生字 おしゃれ／時髦

□□□ 0217

例 他人のすることについて云々したくはない。

1秒後影子跟讀≫

譯 對於他人所作的事，我不想多說什麼。

生字 他人／別人

名・他サ **うんぬん【云々】**

云云，等等；說長道短
類 等々　等等
對 具体的　具體

□□□ 0218

例 ピアノの運搬を業者に頼んだ。

1秒後影子跟讀≫

譯 拜託了業者搬運鋼琴。

生字 業者／業者；頼む／雇用

名・他サ **うんぱん【運搬】**

搬運，運輸
類 輸送　運輸
對 固定　固定

□□□ 0219

例 目的にそって、資金を運用する。

1秒後影子跟讀≫

譯 按目的來運用資金。

文法 にそって [按照…]：接在目的、操作流程等名詞後，表
示按照某方針或程序進行。
生字 目的／目標；資金／資金

名・他サ **うんよう【運用】**

運用，活用
類 利用する　運用
對 放置する　放置

□□□ 0220

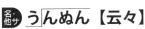

例 えっ、あれが彼のお父さん。

1秒後影子跟讀≫

譯 咦？那是他父親嗎？

感 **えっ**

(表示驚訝、懷疑) 啊！；怎麼？
類 驚き　驚訝
對 理解　理解

あ

えいえん【永遠】

□□□ 0221

例 神のもとで、永遠の愛を誓います。

1秒後影子跟讀〉

譯 在神面前，發誓相愛至永遠。

文法〉 のもとで[在…之下]：表示在受到某影響的範圍內，而有後項的情況。

生字〉 誓う／發誓

名 **え|いえん【永遠】**

永遠，永恆，永久

類 無限　無限

對 一時的　暫時

音 永＝エイ

□□□ 0222

例 私は、永久にここには戻ってこない。

1秒後影子跟讀〉

譯 我永遠不會再回來這裡。

出題重點〉 「永久」唸音讀「えいきゅう」，意指長時間持續，無終結的狀態。問題2誤導選項可能有：
- 永遠（えいえん）：“永遠”，多用於形容不變的情感或理念長時間持續。
- 永世（えいせい）：“終生”，通常用於描述終身職位或榮譽，如「永世大統領」。
- 悠久（ゆうきゅう）：“長遠”，常用於描述歷史或傳統的持續與深遠。

生字〉 戻る／回來

名 **え|いきゅう【永久】**

永遠，永久

類 恒久　長久

對 一時的　暫時

音 永＝エイ

音 久＝キュウ

□□□ 0223

例 営業開始に際して、店長から挨拶があります。

1秒後影子跟讀〉

譯 開始營業時，店長會致詞。

文法〉 にさいして[在…時]：表示以某事為契機，也就是動作的時間或場合。

生字〉 開始／開始；挨拶／祝賀詞

名・自他サ **え|いぎょう【営業】**

營業，經商

類 事業　經營

對 閉店　停業

音 営＝エイ

□□□ 0224

例 この店は、味やサービスのみならず、衛生上も問題がある。

1秒後影子跟讀〉

譯 這家店不僅滋味和服務欠佳，連衛生方面也有問題。

文法〉 のみならず[不僅…，連…]：表示添加，用在不僅限於前接詞的範圍，還有後項進一層的情況。じょうも[方面]：表示就此觀點而言。

生字〉 味／口味；サービス／服務

名 **え|いせい【衛生】**

衛生

類 清潔　衛生

對 不潔　不潔

□□□ 0225

例 この英文は、難しくてしようがない。

1秒後影子跟讀〉

譯 這英文，實在是難得不得了。

文法〉 てしようがない[…得不得了]：表示某種感情或事情呈現某種極端的狀態。

名 **えいぶん【英文】**

用英語寫的文章；「英文學」、「英文學科」的簡稱

類 英語　英文

對 日本語　日文

讀書計劃：□□／□□／□□

あ

□□□ 0226

例 兄の部屋には、英和辞典ばかりでなく、仏和辞典もある。

1秒後影子跟讀》

訳 哥哥的房裡，不僅有英日辭典，也有法日辭典。

生字 ばかり／淨是；辞典／辭典

名 えいわ【英和】

英日辭典
類 英日 英日
對 和英 日英

□□□ 0227

例 売り上げを上げるには、笑顔でサービスするよりほかない。

1秒後影子跟讀》

訳 想要提高營業額，沒有比用笑臉來服務客人更好的辦法。

慣用語》
●笑顔を見せる／露出笑臉。
●笑顔が素敵／笑容迷人。
文法 よりほかない [沒有比…]：問題處於某狀態，只有一種辦法，沒有其他辦法。
生字 売り上げ／銷售額；サービス／服務

名 えがお【笑顔】

笑臉，笑容
類 微笑 微笑
對 泣き顔 愁眉

□□□ 0228

例 この絵は、心に浮かんだものを描いたにすぎません。

1秒後影子跟讀》

訳 這幅畫只是將內心所想像的東西，畫出來的而已。

生字 浮かぶ／浮現；すぎる／超過

他五 えがく【描く】

畫，描繪；以…為形式，描寫；想像
類 描写する 描繪
對 無視する 忽略

□□□ 0229

例 気体から液体になったかと思うと、たちまち固体になった。

1秒後影子跟讀》

訳 才剛在想它從氣體變成了液體，現在又瞬間變成了固體。

文法 かとおもうと [才正…就（馬上）…]：表示前後兩個對比的事情，在短時間內幾乎同時相繼發生，後面接的大多是說話者意外和驚訝的表達。近 とおもうと [原以為…，誰知是…]
生字 たちまち／立刻

名 えきたい【液体】

液體
類 流体 液體
對 固体 固體
音 液＝エキ

□□□ 0230

例 野良猫たちは、餌をめぐっていつも争っている。

1秒後影子跟讀》

訳 野貓們總是圍繞著飼料互相爭奪。

文法 をめぐって [圍繞著…]：表示後項的行為動作，是針對前項的某一事情、問題進行的。
生字 野良猫／野貓；争う／搶奪

名 えさ【餌】

飼料，飼食
類 飼料 飼料
對 毒 毒藥

エチケット 【etiquette】

□□□ 0231

例 バスや電車の中でうるさくするのは、エチケットに反する。

1秒後影子跟讀 >

譯 在巴士或電車上發出噪音是缺乏公德心的表現。

慣用語 >
- エチケットを守る/遵守禮儀。
- エチケットを学ぶ/學習禮儀。
- 良いエチケットを守る/遵守良好的禮儀。

生字 反する/違反

名 エチケット 【etiquette】

禮節，禮儀，(社交)規矩(或唸：エチケット)

類 礼儀 禮儀
對 無作法 無禮

□□□ 0232

例 絵の具で絵を描いています。

1秒後影子跟讀 >

譯 我用水彩作畫。

名 えのぐ 【絵の具】

顔料
類 塗料 顔料
對 素描 素描

□□□ 0233

例 旅先から友達に絵はがきを出した。

1秒後影子跟讀 >

譯 在旅遊地寄了明信片給朋友。

生字 旅先/旅遊地

名 えはがき 【絵葉書】

圖畫明信片，照片明信片
類 ポストカード 明信片
對 手紙 信件

□□□ 0234

例 彼女は、エプロン姿が似合います。

1秒後影子跟讀 >

譯 她很適合穿圍裙呢！

生字 姿/打扮；似合う/合適

名 エプロン 【apron】

圍裙
類 保護衣 圍裙
對 ユニフォーム 制服

□□□ 0235

例 だんなさんが偉いからって、奥さんまでいばっている。

1秒後影子跟讀 >

譯 就因為丈夫很了不起，連太太也跟著趾高氣昂。

生字 だんな/尊稱他人的丈夫

形 えらい 【偉い】

偉大，卓越，了不起；(地位)高，(身分)高貴；(出乎意料)嚴重
類 尊敬すべき 令人尊敬
對 平凡 平凡

あ

□□□ 0236

例 以下の図の円の面積を求めよ。

1秒後影子跟讀 >

譯 求下圖之圓形面積。

生字 以下／以下；面積／面積；求める／求取

名 えん【円】

(幾何)圓，圓形；(明治後日本貨幣單位)日元

類 通貨 貨幣

對 ドル 美元

□□□ 0237

例 スケジュールを発表した以上、延期するわけにはいかない。

1秒後影子跟讀 >

譯 既然已經公布了時間表，就絕不能延期。

文法 いじょう[既然…，就…]：由於前句某種決心或責任，後句便根據前項表達相對應的決心、義務或奉勸。

生字 スケジュール／行程表；発表／宣布

名・他サ えんき【延期】

延期

類 後延ばし 延後

對 繰り上げ 提前

音 延＝エン

□□□ 0238

例 いくら顔がよくても、あんな演技じゃ見ちゃいられない。

1秒後影子跟讀 >

譯 就算臉蛋長得漂亮，那種蹩腳的演技實在慘不忍睹。

慣用語

● 演技をする／進行表演。

● 演技が上手い／表演技巧高超。

● 演技を磨く／提升表演技巧。

生字 いくら／不論多麼…；顔／臉蛋

名・自サ えんぎ【演技】

(演員的)演技，表演，做戲

類 演出 表演

對 自然体 自然狀態

音 技＝ギ

□□□ 0239

例 趣味として、園芸をやっています。

1秒後影子跟讀 >

譯 我把從事園藝當作一種興趣。

生字 趣味／興趣

名 えんげい【園芸】

園藝

類 庭園管理 庭園管理

對 農業 農業

音 芸＝ゲイ

□□□ 0240

例 少子化で園児が減っており、経営が苦しい。

1秒後影子跟讀 >

譯 少子化造成園生減少，使得幼稚園經營十分困難。

生字 減る／減少；経営／經營

名 えんじ【園児】

幼園童

類 幼児 幼兒

對 大人 成人

音 児＝ジ

えんしゅう【円周】

読書計劃：□□／□□／□□

□□□ 0241

例 円周率は、約 3.14 である。

1秒後影子跟讀 〉

訳 圓周率約為 3.14。

名 **えんしゅう【円周】**

(數) 圓周

類 周囲 周長 對 直径 直徑

音 周＝シュウ

□□□ 0242

例 計画にそって、演習が行われた。

1秒後影子跟讀 〉

訳 按照計畫，進行了演習。

文法 にそって [按照…]：表按照方針或程序進行。

生字 計画／規劃；行う／實行

名・自サ **えんしゅう【演習】**

演習，實際練習；(大學內的)
課堂討論，共同研究

類 練習 練習

對 実戦 實戰

□□□ 0243

例 親の援助があれば、生活できないこともない。

1秒後影子跟讀 〉

訳 有父母支援的話，也不是不能過活的。

慣用語

● 援助を申し出る／主動伸出援手。
● 援助を受ける／接受援助。
● 経済援助をする／進行經濟援助

生字 親／雙親

名・他サ **えんじょ【援助】**

援助，幫助

類 支援 支援

對 妨害 阻礙

□□□ 0244

例 スポーツカー向けのエンジンを作っています。

1秒後影子跟讀 〉

訳 我們正在製造適合跑車用的引擎。

生字 スポーツカー／跑車；向け／面向

名 **エンジン【engine】**

發動機，引擎

類 動力源 動力源

對 停止 停止

□□□ 0245

例 首相の演説が終わったかと思ったら、外相の演説が始まった。

1秒後影子跟讀 〉

訳 首相的演講才剛結束，外務大臣就馬上接著演講了。

文法 かとおもったら [才剛…就馬上…]：表示前後兩個不同的事情，
在短時間內幾乎同時相繼發生，後面接的大多是說話者意外的表達。

生字 首相／內閣總理大臣；外相／外交部長

名・自サ **えんぜつ【演説】**

演說

類 スピーチ 演講

對 沈黙 沈默

☐☐☐ 0246

例 遠足に行くとしたら、富士山に行きたいです。

1秒後影子跟讀》

訳 如果要去遠足，我想去富士山。

名・自サ **え**んそく【遠足】

遠足，郊遊

類 ピクニック 野餐
對 室内活動 室內活動

☐☐☐ 0247

例 試合を延長するに際して、10分休憩します。

1秒後影子跟讀》

訳 在延長比賽時，先休息 10 分鐘。

慣用語
- 営業時間を延長する／延長營業時間。
- 契約を延長する／延長合約。
- ゲームが延長に入る／遊戲進入加時賽。

文法 にさいして [在…時]：表示以某事為契機，也就是動作的時間或場合。

生字 試合／競賽；休憩／休息

名・自他サ **え**んちょう【延長】

延長，延伸，擴展；全長

類 長くする 延長
對 短縮 縮短
音 延＝エン

☐☐☐ 0248

例 煙突から煙が出ている。

1秒後影子跟讀》

訳 從煙囪裡冒出了煙來。

生字 煙／煙霧

名 **え**んとつ【煙突】

煙囪

類 排気管 煙囪
對 窓 窗

☐☐☐ 0249

Track010

例 甥の将来が心配でならない。

1秒後影子跟讀》

訳 替外甥的未來擔心到不行。

名 **お**い【甥】

姪子，外甥

類 姪 姪女
對 叔父 叔叔

☐☐☐ 0250

例 すぐに追いかけないことには、犯人に逃げられてしまう。

1秒後影子跟讀》

訳 要是不趕快追上去的話，會被犯人逃走的。

文法 ないことには [要是不…]：表示如果不實現前項，也就不能實現後項。後項一般是消極的、否定的結果。

生字 犯人／兇手；逃げる／逃跑

他下一 **お**いかける【追い掛ける】

追趕；緊接著

類 追う 追逐
對 逃げる 逃跑

おいつく【追い付く】

例 一生懸命走って、やっと追いついた。

1秒後影子跟讀 ≫

譯 拼命地跑,終於趕上了。

出題重點 「追い付く」指趕上某人或某物,達到相同的狀態或水平。如「ライバルに追い付く／追上對手」。以下是問題6錯誤用法:
1. 描述物質融合:「水と油を追い付く／追上水和油」。
2. 表達情緒穩定:「心を追い付く／追上心情」。
3. 表示物體大小:「建物の高さを追い付く／追上建築物的高度」。

生字 一生懸命／拼命地

自五 **おいつく【追い付く】**

追上,趕上;達到;來得及

類 追い上げる 追趕上

對 遅れる 落後

□□□ 0252

例 オリーブオイルで炒める。

1秒後影子跟讀 ≫

譯 用橄欖油炒菜。

生字 オリーブ／橄欖;炒める／炒

名 **オイル【oil】**

油,油類;油畫,油畫顏料;石油

類 油 油

對 水 水

□□□ 0253

例 王も、一人の人間にすぎない。

1秒後影子跟讀 ≫

譯 國王也不過是普通的人罷了。

文法 にすぎない[也不過是…]:表示某微不足道的事態,指程度有限。

名 **おう【王】**

帝王,君王,國王;首領,大王;(象棋)王將

類 君主 君主

對 民 民眾

□□□ 0254

例 刑事は犯人を追っている。

1秒後影子跟讀 ≫

譯 刑警正在追捕犯人。

生字 刑事／刑警;犯人／兇手

他五 **おう【追う】**

追;趕走;逼催,忙於;趨趕追求;遵循,按照

類 追跡する 追蹤

對 逃げる 逃跑

□□□ 0255

例 王様は、立場上意見を言うことができない。

1秒後影子跟讀 ≫

譯 就國王的立場上,實在無法發表意見。

文法 じょう[從…來看]:表示就此觀點而言。
生字 立場／立場

名 **おうさま【王様】**

國王,大王

類 国王 國王

對 市民 市民

あ

0256

例 国王のみならず、王子まで暗殺された。

1秒後影子跟讀〉

譯 不單是國王，就連王子也被暗殺了。

文法 のみならず[不單…，也…]：表示添加，用在不僅限於前接詞的範圍，還有後項進一層的情況。

生字 国王／國王；暗殺／暗殺

名 おうじ【王子】

王子；王族的男子

類 皇子 皇子

對 平民 平民

0257

例 王女だから美人だとは限らない。

1秒後影子跟讀〉

譯 就算是公主也不一定長得美麗。

文法 とはかぎらない[也未必…]：表示事情不是絕對如此，也是有例外或是其他可能性。

生字 美人／美女

名 おうじょ【王女】

公主；王族的女子

類 姫 公主

對 一般人 普通人

0258

例 場合に応じて、いろいろなサービスがあります。

1秒後影子跟讀〉

譯 隨著場合的不同，有各種不同的服務。

慣用語

● 要求に応じる／回應要求。

● 状況に応じる／適應狀況。

● 期待に応じる／滿足期待。

生字 場合／情況；サービス／服務

目上 おうじる・おうずる【応じる・応ずる】

響應；答應；允應，滿足；適應（或唸：おうじる・おうずる）

類 答える 回應

對 無視する 忽略

0259

例 病み上がりなのに、食欲が旺盛だ。

1秒後影子跟讀〉

譯 雖然才剛病癒，但食欲很旺盛。

生字 病み上がり／大病初癒；食欲／食慾

形動 おうせい【旺盛】

旺盛

類 活発 活躍

對 弱い 虛弱

0260

例 会社では、掃除もすれば、来客の応接もする。

1秒後影子跟讀〉

譯 公司裡，要打掃也要接待客人。

生字 掃除／打掃；来客／來訪的賓客

名・目サ おうせつ【応接】

接待，應接

類 歓迎 接待 對 拒絶 拒絶

音 接＝セツ

おうたい【応対】

□□□ 0261

例 お客様の応対をしているところに、電話が鳴った。

1秒後影子跟讀 〉

譯 電話在我接待客人時響了起來。

出題重點 「応対」唸音讀「おうたい」，指的是回應別人的要求或問題。問題2誤導選項可能有：

- 応募（おうぼ）："申請、應徵"，指回應招募或邀請，參加比賽、申請工作等行為，與「応対」意義不同。
- 反対（はんたい）："反對"，表達不同意或反對某個意見、提案或行為，與「応対」的接待或回應含義不符。
- 応接（おうせつ）："款待"，雖然與「応対」在接待方面相關，但更多指正式的招待或接待訪客的場合。

名・他サ おうたい【応対】

應對，接待，應酬
- 類 対応 應對
- 對 無視 無視

□□□ 0262

例 警官の注意もかまわず、赤信号で道を横断した。

1秒後影子跟讀 〉

譯 他不管警察的警告，照樣闖紅燈。

文法 もかまわず [不顧…]：表示不顧慮前項事物的現況，以後項為優先的意思。

生字 注意／忠告；赤信号／紅燈

名・他サ おうだん【横断】

橫斷；橫渡，橫越
- 類 渡る 橫穿
- 對 避ける 避開

□□□ 0263

例 私の顔って凹凸がなくて、欧米人のような彫りの深い顔に憧れちゃいます。

1秒後影子跟讀 〉

譯 我的長相很扁平，十分羨慕歐美人那種立體的五官。

生字 彫り／雕刻；憧れる／憧憬

名 おうとつ【凹凸】

凹凸，高低不平
- 類 凸凹 凹凸
- 對 平ら 平坦

□□□ 0264

例 往復5時間もかかる。

1秒後影子跟讀 〉

譯 來回要花上5個小時。

名・自サ おうふく【往復】

往返，來往；通行量
- 類 行き帰り 來回
- 對 片道 單程 音 復＝フク

□□□ 0265

例 A教授のもとに、たくさんの欧米の学生が集まっている。

1秒後影子跟讀 〉

譯 A教授的門下，聚集著許多來自歐美的學生。

文法 のもとに [在…之下]：表示在受到某影響的範圍內，而有後項的情況。

生字 教授／教授

名 おうべい【欧米】

歐美
- 類 西洋 西方
- 對 東洋 東方
- 音 欧＝オウ

□□□ 0266

例 基本問題に加えて、応用問題もやってください。

1秒後影子跟讀 〉

譯 除了基本題之外，也請做一下應用題。

生字 基本／基礎；加える／加上

名・他サ **おうよう【応用】**

應用，運用

類 適用　應用

對 基礎　基礎

□□□ 0267

例 太郎は無事任務を終えた。

1秒後影子跟讀 〉

譯 太郎順利地把任務完成了。

生字 無事／順利；任務／職責

他下一自下一 **おえる【終える】**

做完，完成，結束

類 完了する　完成

對 始める　開始

□□□ 0268

例 昨日大雨が降った。

1秒後影子跟讀 〉

譯 昨天下了大雨。

造語 **おお【大】**

(形狀、數量)大，多；(程度)非常，很；大體，大概

類 巨大　巨大　對 小さい　小

□□□ 0269

例 初の海外進出とあって、社長は大いに張り切っている。

1秒後影子跟讀 〉

譯 由於這是第一次進軍海外，總經理摩拳擦掌卯足了勁。

出題重點 題型 5 裡「おおいに」的考點有：

- 例句：彼は大いに成功した／他非常成功。
- 換句話說：彼は非常に満足している／他非常滿足。
- 相對說法：彼は全く満足していない／他一點也不滿足。

「大いに」表達高度的程度或強烈的感情；「非常に」強調事物的程度或狀態的極端；「全く」用於強烈否定，表達完全不是那樣的狀態。

生字 進出／向…發展；張り切る／幹勁十足

副 **おおいに【大いに】**

很，頗，大大地，非常地

類 非常に　非常

對 全く　一點也不

□□□ 0270

例 車をカバーで覆いました。

1秒後影子跟讀 〉

譯 用車套蓋住車子。

生字 カバー／套子

他五 **おおう【覆う】**

覆蓋，籠罩；掩飾；籠罩，充滿；包含，蓋擴

類 被る　覆蓋

對 露出する　暴露

オーケストラ【orchestra】

□□□ 0271

例 オーケストラの演奏は、期待に反してひどかった。

1秒後影子跟讀 》

訳 管絃樂團的演奏與期待相反，非常的糟糕。

生字 演奏／演奏；期待／期望

名 **オーケストラ**
【orchestra】

管絃樂（團）；樂池，樂隊席

類 楽団 樂團

對 ソロ 獨奏

□□□ 0272

例 大雑把に掃除しておいた。

1秒後影子跟讀 》

訳 先大略地整理過了。

形動 **おおざっぱ**
【大雑把】

草率，粗枝大葉；粗略，大致

類 大まか 粗略

對 細かい 細緻

□□□ 0273

例 大通りとは言っても、田舎だからそんなに大きくない。

1秒後影子跟讀 》

訳 雖說是大馬路，畢竟是鄉下地方，也沒有多寬。

慣用語 》

● おおどおりを歩く／漫步大街。
● おおどおりに面する／面向大街。
● おおどおり沿いの店に入る／進入大街旁的店鋪。

生字 田舎／鄉村

名 **おおどおり**
【大通り】

大街，大馬路

類 主要道路 主要道路

對 小道 小徑

□□□ 0274

例 オートメーション設備を導入して以来、製造速度が速くなった。

1秒後影子跟讀 》

訳 自從引進自動控制設備後，生產的速度就快了許多。

生字 設備／設施；導入／引入

名 **オートメーション**
【automation】

自動化，自動控制裝置，自動
操縱法

類 自動化 自動化

對 手動 手動

□□□ 0275

例 アメリカに住んでいた際は、大家さんにたいへんお世話になった。

1秒後影子跟讀 》

訳 在美國居住的那段期間，受到房東很多的照顧。

生字 際／…時；世話／關照

名 **おおや【大家】**

房東；正房，上房，主房

類 家主 屋主

對 ゲスト 客人

あ

□□□ 0276

例 おおよその事情はわかりました。

1秒後影子跟讀

譯 我已經瞭解大概的狀況了。

慣用語
- おおよその見積もり／大致的估價。
- おおよそ理解できた／大致理解了。
- おおよそ10人で会議を開く／大約10人開會。

生字 事情／情況

副 おおよそ【大凡】

大體，大概，一般；大約，差不多

類 おおむね　大致

對 正確　精確

□□□ 0277

例 あの丘を越えると、町に出られる。

1秒後影子跟讀

譯 越過那座丘陵以後，就來到一座小鎮。

名 おか【丘】

丘陵，山崗，小山

類 丘陵　小山

對 平野　平原

□□□ 0278

例 今日のおかずはハンバーグです。

1秒後影子跟讀

譯 今天的餐點是漢堡肉。

生字 ハンバーグ／漢堡排

名 おかず【お数・お菜】

菜飯，菜餚

類 副食　配菜

對 主食　主食

□□□ 0279

例 お寺に行って、仏像を拝んだ。

1秒後影子跟讀

譯 我到寺廟拜了佛像。

生字 仏像／佛像

他五 おがむ【拝む】

叩拜；合掌作揖；懇求，央求；瞻仰，見識

類 敬う　敬拜

對 無視する　忽視

訓 拝＝おが（む）

□□□ 0280

例 ダイエットしているときに限って、ご飯をお代わりしたくなります。

1秒後影子跟讀

譯 偏偏在減肥的時候，就會想再吃一碗。

文法 にかぎって[偏偏…就…]：表示特殊限定的事物或範圍，說明唯獨某事物特別不一樣。

生字 ダイエット／減重

名・自サ おかわり【お代わり】

（酒、飯等）再來一杯、一碗

類 追加　再加

對 十分　足夠

おき【沖】

□□□ 0281

例 船が沖へ出るにつれて、波が高くなった。

1秒後影子跟讀 》

訳 船隻越出海，浪就打得越高。

出題重點 「沖（おき）」指遠離岸邊的海域，通常意味著深水區。如「漁場の沖（ぎょじょうのおき）」"遠離海岸的捕魚區"。問題 3 經常混淆的複合詞有：
● 岸（がん）：表示與水體相接的陸地邊緣。如「海岸（かいがん）」"海邊的陸地"。
● 海（かい）：指廣闊的水域。如「日本海（にほんかい）」"日本海"。
● 浜（はま）：表示海邊的沙灘或岸邊。如「砂浜（すなはま）」"沙質海灘"。

生字 船／船隻；波／海浪

名 **おき【沖】**

(離岸較遠的) 海面，海上；湖心；(日本中部方言) 寬闊的田地、原野
類 海域 海域
對 陸地 陸地

□□□ 0282

例 ビタミン剤で栄養を補っています。

1秒後影子跟讀 》

訳 我吃維他命錠來補充營養。

生字 ビタミン剤／維他命補給食品；栄養／養分

他五 **おぎなう【補う】**

補償，彌補，貼補
類 補足する 補充
對 減らす 減少
訓 補＝おぎな（う）

□□□ 0283

例 泥棒に入られて、お気の毒に。

1秒後影子跟讀 》

訳 被小偷闖空門，還真是令人同情。

生字 泥棒／竊賊

連語・感 **おきのどくに【お気の毒に】**

令人同情；過意不去，給人添麻煩
類 同情する 同情
對 無関心 無關心
音 毒＝ドク

□□□ 0284

Track011

例 君は、もっと屋外で運動するべきだ。

1秒後影子跟讀 》

訳 你應該要多在戶外運動才是。

生字 運動／運動

名 **おくがい【屋外】**

戶外
類 野外 戶外
對 室内 室內

□□□ 0285

例 社長のかわりに、奥様がいらっしゃいました。

1秒後影子跟讀 》

訳 社長夫人代替社長大駕光臨了。

名 **おくさま【奥様】**

尊夫人，太太
類 妻 妻子 對 夫 丈夫
訓 奥＝おく

□□□ 0286

例 先生に習ったとおりに、送り仮名をつけた。

1秒後影子跟讀

譯 照著老師所教來註上假名。

文法 とおりに [照著…]：依照，和某種作法、想法相同。 近 おりに [不能…]

生字 習う／學習；つける／標記上

名 **おくりがな【送り仮名】**

漢字訓讀時，寫在漢字下的假名；用日語讀漢文時，在漢字右下方寫的假名

類 仮名 假名

對 漢字 漢字

□□□ 0287

例 日本には、夏に「お中元」、冬に「お歳暮」を贈る習慣がある。

1秒後影子跟讀

譯 日本人習慣在夏季致送親友「中元禮品」，在冬季餽贈親友「歲暮禮品」。

生字 中元／中元節；歳暮／年終；習慣／習慣

他五 **おくる【贈る】**

贈送，餽贈；授與，贈給

類 プレゼントする 送禮

對 受け取る 接受

訓 贈＝おく（る）

□□□ 0288

例 では、お元気で。

1秒後影子跟讀

譯 那麼，請您保重。

寒暄 **おげんきで【お元気で】**

請保重

類 健康で 保重

對 さようなら 再見

□□□ 0289

例 失敗したのは、努力を怠ったからだ。

1秒後影子跟讀

譯 失敗的原因是不夠努力。

生字 失敗／失敗；努力／奮鬥

他五 **おこたる【怠る】**

怠慢，懶惰；疏忽，大意（或唸：おこたる）

類 怠ける 懈怠

對 努力する 努力

□□□ 0290

例 幼い子どもから見れば、私もおじさんなんだろう。

1秒後影子跟讀

譯 從年幼的孩童的眼中來看，我也算是個叔叔吧。

慣用語
● 幼い子どもを守る／保護幼小的孩子。
● 幼い頃の思い出を語る／談起童年的回憶。
● 考え方が幼い／想法幼稚。

文法 からみれば [從…來看]：表示判斷的角度，也就是 [從某一立場來判斷的話] 之意。

形 **おさない【幼い】**

幼小的，年幼的；孩子氣，幼稚的

類 若い 年輕

對 成熟 成熟

訓 幼＝おさな（い）

おさめる【収める】

□□□ 0291

例　プロジェクトは成功を収めた。
> 1秒後影子跟讀 ≫

訳　計畫成功了。

生字　プロジェクト／企劃；成功／成功

他下一 **おさめる【収める】**
接受；取得；收藏，收存；收集，集中；繳納；供應，賣給；結束
類　受け入れる　收納
對　放出する　放出

□□□ 0292

例　わが国は、法によって国を治める法治国家である。
> 1秒後影子跟讀 ≫

訳　我國是個依法治國的法治國家。

生字　法治／依法治國；国家／國家

他下一 **おさめる【治める】**
治理；鎮壓
類　統治する　統治
對　無秩序　無秩序

□□□ 0293

例　実力を出し切れず、惜しくも試合に負けた。
> 1秒後影子跟讀 ≫

訳　可惜沒有充分發揮實力，輸了這場比賽。

出題重點　「惜しい」"可惜"形容某事差點達標或略有不足。問題4陷阱可能有：「残念（ざんねん）」"遺憾"表示對未如願事感遺憾，比「おしい」更強調不滿結果；「惜しむ（おしむ）」"珍惜"指珍惜或不願浪費；「悔しい（くやしい）」"令人懊悔"表達對失敗或錯失機會的懊悔和不甘，比「おしい」更含情緒化的遺憾。

生字　実力／實際能力；出し切る／完全發揮

形 **おしい【惜しい】**
遺憾；可惜的，捨不得；珍惜
類　残念　可惜
對　無関心　無關心

□□□ 0294

例　大事なお知らせだからこそ、わざわざ伝えに来たのです。
> 1秒後影子跟讀 ≫

訳　正因為有重要的通知事項，所以才特地前來傳達。

文法　からこそ[正因為…才]：表示說話者主觀地認為某事情的原因為何，並強調該理由是最正確的。

名 **おしらせ【お知らせ】**
通知，訊息
類　通知　通知
對　秘密　秘密

□□□ 0295

例　工場が排水の水質を改善しないかぎり、川の汚染は続く。
> 1秒後影子跟讀 ≫

訳　除非改善工廠排放廢水的水質，否則河川會繼續受到汙染。

文法　ないかぎり[只要不…，就…]：表示只要某狀態不發生變化，結果就不會有變化。含有如果狀態發生變化了，結果也會有變化的可能性。

生字　排水／排水；水質／水質；改善／改進

名・自他サ **おせん【汚染】**
汚染
類　汚染する　汚染
對　浄化　淨化
音　汚＝オ

あ

□□□ 0296

例 おそらく彼は、今ごろ勉強の最中でしょう。

1秒後影子跟讀 》

訳 他現在恐怕在唸書吧。

生字 最中／正在進行中

副 おそらく【恐らく】

恐怕，或許，很可能

類 多分 可能

對 絶対に 絶對

□□□ 0297

例 私は挑戦したい気持ちがある半面、失敗を恐れている。

1秒後影子跟讀 》

訳 在我想挑戰的同時，心裡也害怕會失敗。

生字 挑戦／挑戰；半面／另一面

自下 おそれる【恐れる】

害怕，恐懼；擔心

類 怖がる 害怕

對 安心する 安心

□□□ 0298

例 そんな恐ろしい目で見ないでください。

1秒後影子跟讀 》

訳 不要用那種駭人的眼神看我。

出題重點 「恐ろしい」唸作「おそろしい」，指令人感到害怕或恐懼的程度或情況。問題1誤導選項可能有：
- おろしい：錯誤地省略了「そ」音，這與原字的讀音不符。
- きょうろしい：錯誤地將開頭的「おそ」讀作音讀「きょう」，改變了讀音。
- おとろしい：錯誤地將「そ」讀作「と」，這樣的讀音完全改變了單字的發音。

形 おそろしい【恐ろしい】

可怕；驚人，非常，厲害

類 怖い 可怕

對 安全 安全

□□□ 0299

例 「ありがとう」「困ったときは、お互い様ですよ」

1秒後影子跟讀 》

訳 「謝謝你。」「有困難的時候就該互相幫忙嘛。」

生字 困る／苦惱

名・形動 おたがいさま【お互い様】

彼此，互相（或唸：おたがいさま）

類 互いに 相互

對 一方的 單方面

□□□ 0300

例 思っていたのに反して、上司の性格は穏やかだった。

1秒後影子跟讀 》

訳 與我想像的不一樣，我的上司個性很溫和。

生字 反する／相反；性格／個性

形動 おだやか【穏やか】

平穩；溫和，安詳；穩妥，穩當

類 静か 平靜

對 荒れる 狂暴

□□□ 0301

例 引っ越し先に落ち着いたら、手紙を書きます。

`1秒後影子跟讀 ▷`

訳 等搬完家安定以後，我就寫信給你。

`慣用語`
- 心が落ち着く／心情平靜下來。
- 落ち着いて話す／冷靜地談話。
- 落ち着いた色の服を選ぶ／選擇顏色沉穩的衣服

`生字` 引っ越し先／移住地

自五 **おちつく**
【落ち着く】

(心神，情緒等)穩靜；鎮靜，
安祥；穩坐，穩當；(長時間)
定居；有頭緒；淡雅，協調

類 安定する　安定

對 動揺する　動搖

□□□ 0302

例 ちょうどお出掛けのところを、引き止めてすみません。

`1秒後影子跟讀 ▷`

訳 在您正要出門時叫住您，實在很抱歉。

`生字` ちょうど／恰好；引き止める／留住

名 **おでかけ**
【お出掛け】

出門，正要出門

類 外出　外出

對 家にいる　待在家

□□□ 0303

例 お手伝いさんが来てくれるようになって、家事から解放された。

`1秒後影子跟讀 ▷`

訳 自從請來一位幫傭以後，就不再飽受家務的折磨了。

`生字` 家事／家務事；解放／擺脫

名 **おてつだいさん**
【お手伝いさん】

傭人

類 助手　助手

對 主人　主人

□□□ 0304

例 急に飛び出してきて、脅かさないでください。

`1秒後影子跟讀 ▷`

訳 不要突然跳出來嚇人好不好！

他五 **おどかす【脅かす】**

威脅，逼迫；嚇唬

類 威嚇する　威嚇

對 安心させる　安撫

□□□ 0305

例 この映画は、男の人向けだと思います。

`1秒後影子跟讀 ▷`

訳 這部電影，我認為很適合男生看。

`生字` 向け／專為…而做

名 **おとこのひと**
【男の人】

男人，男性

類 男性　男性

對 女性　女性

あ

0306

例 落とし物を交番に届けた。

1秒後影子跟讀

譯 我將撿到的遺失物品，送到了派出所。

生字 交番／警察局；届ける／送去

名 **おとしもの**
【落とし物】

不慎遺失的東西

類 遺失物 遺失物品
對 所有物 擁有物

0307

例 新製品がヒットし、わが社の売り上げは一躍業界トップに躍り出た。

1秒後影子跟讀

譯 新產品大受歡迎，使得本公司的銷售額一躍而成業界第一。

出題重點 「躍り出る」跳到」指突然跳出或突然開始行動。問題4陷阱可能有：「飛び出す（とびだす）」"突然出現"強調突然跳出或衝出，用於描述快速移動；「飛び込む（とびこむ）」"跳進去"指跳入水中或突然介入某事，比「躍り出る」更強調深入或投入；「突進（とっしん）」"直衝上去"指向前猛衝，強調直線方向的快速移動，比「躍り出る」更具攻擊性。

生字 ヒット／熱賣；売り上げ／營業額；トップ／首位

自下 **おどりでる**
【躍り出る】

躍進到，跳到

類 飛び出る 躍出
對 止まる 停止

0308

例 弟と比べて、英語力は私の方が劣っているが、国語力は私の方が勝っている。

1秒後影子跟讀

譯 和弟弟比較起來，我的英文能力較差，但是國文能力則是我比較好。

生字 比べる／比較；勝つ／勝利

自五 **おとる【劣る】**

劣，不如，不及，比不上

類 劣等 劣等
對 優れる 優秀

0309

例 プレゼントを買っておいて驚かそう。

1秒後影子跟讀

譯 事先買好禮物，讓他驚喜一下！

生字 プレゼント／禮品

他五 **おどろかす【驚かす】**

使吃驚，驚動；嚇唬；驚喜；使驚覺

類 驚愕させる 驚嚇
對 安心させる 安撫

0310

例 あなたは鬼のような人だ。

1秒後影子跟讀

譯 你真是個無血無淚的人！

名・接頭 **おに【鬼】**

鬼：人們想像中的怪物，具有人的形狀，有角和獠牙。也指沒有人的感情的冷酷的人。熱中於一件事的人。也引申為大型的，突出的意思。

類 悪魔 惡魔 對 天使 天使

おのおの【各々】

□□□ 0311

例 おのおの、作業を進めてください。

1秒後影子跟讀 〉

譯 請各自進行作業

慣用語 〉
- おのおの帰る／各自歸家。
- おのおのの意見を述べる／各自表達自己的意見。
- おのおのの責任を果たす／各自履行自己的責任。

生字 作業／工作；進める／推進

名・副 おのおの【各々】

各自，各，諸位

類 それぞれ　各自
對 共通　共同
訓 各＝おのおの

□□□ 0312

例 お化け屋敷に入る。

1秒後影子跟讀 〉

譯 進到鬼屋。

生字 屋敷／房屋；入る／進入

名 おばけ【お化け】

鬼；怪物

類 幽霊　鬼魂
對 実在するもの　實在之物

□□□ 0313

例 この帯は、西陣織だけあって高い。

1秒後影子跟讀 〉

譯 這條腰帶不愧是西陣織品，價錢格外昂貴。

文法 〉だけあって[不愧是…]：表示名實相符，一般用在積極讚美的時候。

名 おび【帯】

(和服裝飾用的)衣帶，腰帶；「帯紙」的簡稱

類 ベルト　腰帶
對 ネクタイ　領帶
訓 帯＝おび

□□□ 0314

例 さっきお昼を食べたかと思ったら、もう晩ご飯の時間です。

1秒後影子跟讀 〉

譯 剛剛才吃過中餐，馬上又已經到吃晚餐的時間了。

文法 かとおもったら[才正…就(馬上)…]：表示前後兩個對比的事情，幾乎同時相繼發生。近とおもうと[原以為…，誰知是…]

生字 さっき／剛才

名 おひる【お昼】

白天；中飯，午餐

類 昼間　中午
對 夜　夜晚

□□□ 0315

例 川でおぼれているところを助けてもらった。

1秒後影子跟讀 〉

譯 我溺水的時候，他救了我。

生字 川／河川；助ける／拯救

自下一 おぼれる【溺れる】

溺水，淹死；沉溺於，迷戀於

類 溺水する　溺水
對 浮く　漂浮

□□□ 0316

例 祖父母をはじめとする家族全員で、お墓にお参りをしました。

1秒後影子跟讀

訳 祖父母等一同全家人，一起去墳前參拜。

生字 全員／所有成員；お墓／墳墓

名・自サ おまいり【お参り】

參拜神佛或祖墳

類 参拝する 參拝
對 無視する 忽視

□□□ 0317

例 おまえは、いつも病気がちだなあ。

1秒後影子跟讀

訳 你總是一副病懨懨的樣子啊。

生字 病気／疾病；がち／有…的傾向

代・名 おまえ【お前】

你（用在交情好的對象或同輩以下。較為高姿態說話）；神前，佛前

類 君 你 對 自分 自己

□□□ 0318

Track012

例 おみこしが近づくにしたがって、賑やかになってきた。

1秒後影子跟讀

訳 隨著神轎的接近，附近也就熱鬧了起來。

文法 にしたがって[隨著…也]：表示某事物隨著其他事物而變化。

名 おみこし【お神輿・お御輿】

神轎；（俗）腰

類 祭りの山車 節慶花車
對 普通の車 普通車輛

□□□ 0319

例 このおめでたい時にあたって、一言お祝いを言いたい。

1秒後影子跟讀

訳 在這喜可賀之際，我想說幾句祝福的話。

文法 にあたって[在…之際]：表示某一行動，已經到了事情重要的階段。
生字 一言／幾句話；お祝い／祝賀

形 おめでたい【お目出度い】

恭喜，可賀

類 祝賀すべき 值得慶祝
對 悲しい 悲傷

□□□ 0320

例 思いがけない妊娠で、一人で悩んだ。

1秒後影子跟讀

訳 自己一個人苦惱著這突如其來的懷孕。

慣用語
● 思い掛けない出来事／意外的事件。
● 思い掛けないプレゼントをもらう／收到意外的禮物。
● 思い掛けない成功を収める／取得意料之外的成功。
生字 妊娠／懷孕；悩む／煩惱

形 おもいがけない【思い掛けない】

意想不到的，偶然的，意外的（或唸：おもいがけない）

類 予想外 意外
對 予想通り 預期中

□□□ 0321

例 彼女は、失敗したと思い込んだに違いありません。
1秒後影子跟讀 ≫

譯 她一定是認為任務失敗了。

出題重點 「思い込む」指深信不疑，或固執地相信某事，即使它可能不是真實的。如「病気だと思い込む／誤以為自己生病」。以下是問題6錯誤用法：
1. 物理動作：「ドアを思い込む／深信大門」。
2. 描述氣候變化：「天気を思い込む／堅信天氣」。
3. 數學計算：「数字を思い込む／堅信數字」。

生字 失敗／失敗

自五 **おもいこむ**
【思い込む】

確信不疑，深信；下決心

類 固定観念 固有觀念
對 客観的 客觀

□□□ 0322

例 思いっきり悪口を言う。
1秒後影子跟讀 ≫

譯 痛罵一番。

生字 悪口／謾罵

副 **おもいっきり**
【思いっ切り】

死心；下決心；狠狠地，徹底的

類 全力 全力 對 控えめ 保守

□□□ 0323

例 孫の思いやりのある言葉を聞いて、実にうれしかった。
1秒後影子跟讀 ≫

譯 聽到了孫兒關懷的問候，真是高興極了。

生字 言葉／言語；実に／實在

名 **おもいやり**
【思い遣り】

同情心，體貼

類 配慮 體貼
對 無関心 無關心

□□□ 0324

例 何なの、この重たい荷物は。石でも入ってるみたい。
1秒後影子跟讀 ≫

譯 這個看起來很重的行李是什麼啊？裡面好像裝了石頭似的。

形 **おもたい**【重たい】

(份量)重的，沉的；心情沉重

類 重い 重 對 軽い 輕

□□□ 0325

例 一口に面長と言っても、馬面もいれば瓜実顔もいる。
1秒後影子跟讀 ≫

譯 所謂的長型臉，其實包括馬臉和瓜子臉。

文法 も～ば～も [也…也…]：把類似的事物並列起來，用意在強調，或表示還有很多情況。

生字 一口／一句；馬面／馬臉；瓜実顔／瓜子臉

名·形動 **おもなが**【面長】

長臉，橢圓臉

類 長い顔 長臉
對 丸い顔 圓臉

□□□ 0326

例 大学では主に物理を学んだ。

[1秒後影子跟讀]

譯 在大學主修物理。

生字 物理／物理；学ぶ／學習

副 **おもに【主に】**

主要，重要；(轉) 大部分，多半

類 主として　主要

對 副次的に　次要

□□□ 0327

例 姉妹かと思ったら、なんと親子だった。

[1秒後影子跟讀]

譯 原本以為是姐妹，沒有想到居然是母女。

文法 かとおもったら [以為是…，原來是…]：表示前後兩個對比的事情，後面接的大多是説話者意外和驚訝的表達。

生字 姉妹／姊妹

名 **おやこ【親子】**

父母和子女

類 親と子　父母與孩子

對 他人　他人

□□□ 0328

例 子ども向きのおやつを作ってあげる。

[1秒後影子跟讀]

譯 我做適合小孩吃的糕點給你。

生字 向き／適合；あげる／為…做

名 **おやつ**

(特指下午 2 到 4 點給兒童吃的) 點心，零食

類 間食　點心

對 主食　主食

□□□ 0329

例 泳ぎが上手になるには、練習するしかありません。

[1秒後影子跟讀]

譯 泳技要變好，就只有多加練習這個方法。

名 **およぎ【泳ぎ】**

游泳

類 水泳　游泳

對 歩き　走路

□□□ 0330

例 田中さんを中心にして、およそ50人のグループを作った。

[1秒後影子跟讀]

譯 以田中小姐為中心，組成了大約 50 人的團體。

名・形動・副 **およそ【凡そ】**

大概，概略；(一句話之開頭) 凡是，所有；大概，大約；完全，全然

類 大体　大致

對 正確　精確

出題重點 題型 5 裡「およそ」的考點有：

● 例句：およそ 100 人が参加した／大約 100 人參加了。
● 換句話說：参加者は大体 100 人でしょう。／大概估計是 100 人。
● 相對說法：正確な数は 105 人です／準確數字是 105 人。

「およそ」表示大約或大致的意思；「大体」也是表示大致上或大約的情況；「正確」則強調精準無誤的狀態。這 3 個單字從一般推估到精確計算，涵蓋了準確度的不同層次。

生字 中心／核心人物；グループ／團體

およぼす【及ぼす】

例 この事件は、精神面において彼に影響を及ぼした。

1秒後影子跟讀 >

譯 他因這個案件在精神上受到了影響。

慣用語
- 影響を及ぼす／帶來影響。
- 損害を及ぼす／造成損失。
- 危険を及ぼす／遭遇危險。

生字 精神面／精神層面；影響／波及

他五 およぼす
【及ぼす】

波及到，影響到，使遭到，帶來

類 影響を与える　產生影響
對 無関係　無關

例 教会で、心をこめてオルガンを弾いた。

1秒後影子跟讀 >

譯 在教堂裡用真誠的心彈奏了風琴。

生字 教会／教堂；心をこめる／真心誠意

名 オルガン【organ】

風琴

類 楽器　樂器
對 ピアノ　鋼琴

例 定価の5掛けで卸す。

1秒後影子跟讀 >

譯 以定價的5折批售。

生字 定価／定價；掛け／…折

他五 おろす【卸す】

批發，批售，批賣

類 下ろす　卸下
對 積む　裝載

例 お詫びを言う。

1秒後影子跟讀 >

譯 道歉。

名・自サ おわび【お詫び】

道歉

類 謝罪　道歉
對 感謝　感謝

例 レポートを書き終わった。

1秒後影子跟讀 >

譯 報告寫完了。

生字 レポート／報告

自五・他五 おわる【終わる】

完畢，結束，告終；做完，完結；（接於其他動詞連用形下）…完

類 終了する　結束
對 始まる　開始

□□□ 0336

例 「新しい」という漢字は、音読みでは「しん」と読みます。

1秒後影子跟讀 〉

譯 「新」這漢字的音讀讀作「SIN」。

生字 漢字／日本漢字

名 お**ん**【音】

聲音，響聲；發音

類 音色 聲音

對 静寂 寂靜

□□□ 0337

例 先生に恩を感じながら、最後には裏切ってしまった。

1秒後影子跟讀 〉

譯 儘管受到老師的恩情，但最後還是選擇了背叛。

出題重點 「恩」唸作「おん」，指他人給予的幫助或好處，通常引發感激之情。問題1誤導選項可能有：

● おう：錯誤地將「ん」讀作「う」，這改變了單字的讀音。
● おんい：錯誤地加入了「い」音，這與原字的發音不符。
● お：錯誤地省略了「ん」音，改變了原有的讀音。

文法 ながら[儘管…]：連接兩個矛盾的事物，表示後項與前項所預想的不同。

生字 裏切る／辜負

名 お**ん**【恩】

恩情，恩

類 恵み 恩惠

對 怨み 怨恨

□□□ 0338

例 我々は、インターネットや携帯の恩恵を受けている。

1秒後影子跟讀 〉

譯 我們因為網路和手機而受惠良多。

生字 我々／我們；受ける／得到

名 お**んけい**【恩恵】

恩惠，好處，恩賜

類 恵 恩典

對 不利益 不利

□□□ 0339

例 熱帯の植物だから、温室で育てるよりほかはない。

1秒後影子跟讀 〉

譯 因為是熱帶植物，所以只能培育在溫室中。

文法 よりほかない[沒有比…]：處某狀態，只有一解決辦法。

生字 熱帯／熱帶；育てる／培養

名 お**んしつ**【温室】

溫室，暖房

類 温室 溫室

對 屋外 戶外

音 温＝オン

□□□ 0340

例 このあたりは、名所旧跡ばかりでなく、温泉もあります。

1秒後影子跟讀 〉

譯 這地帶不僅有名勝古蹟，也有溫泉。

生字 名所／名勝；旧跡／古蹟

名 お**んせん**【温泉】

溫泉

類 熱水 熱水 對 冷泉 冷泉

音 温＝オン

音 泉＝セン

おんたい 【温帯】

□□□ 0341

例 このあたりは温帯につき、非常に過ごしやすいです。

1秒後影子跟讀 ▷

譯 由於這一帶是屬於溫帶，所以住起來很舒適。

名 おんたい 【温帯】
溫帶
類 温暖帯　溫暖地帯
對 寒帯　寒帯
音 温＝オン 音 帯＝タイ

□□□ 0342

例 気候は温暖ながら、雨が多いのが欠点です。

1秒後影子跟讀 ▷

譯 氣候雖溫暖但卻常下雨，真是一大缺點。

名・形動 おんだん 【温暖】
溫暖
類 暖かい　溫暖
對 寒い　寒冷
音 温＝オン

出題重點 「温暖」唸音讀「おんだん」，指的是暖和的氣候或溫度，使人感覺舒適。問題 2 誤導選項可能有：
● 温厚（おんこう）：“和善”，主要描述人的性格溫和、親切，與氣候或溫度無關。
● 温度（おんど）：“溫度”，指物體或環境的熱度水平，具一般性和科學性。
● 温和（おんわ）：“和緩”，指態度、政策或藥效等較為溫和。

文法 ながら [儘管…]：連接兩個矛盾的事物，表示後項與前項所預想的不同。近 ながらも [雖然…，但是…]

生字 気候／氣候；欠点／短處

□□□ 0343

例 山田商会御中。

1秒後影子跟讀 ▷

譯 山田商會公啟。

生字 商会／公司

名 おんちゅう【御中】
(用於寫給公司、學校、機關團體等的書信) 公啟
類 宛名　稱呼
對 個人名　個人名

□□□ 0344

例 かわいげのない女の人は嫌いです。

1秒後影子跟讀 ▷

譯 我討厭不可愛的女人。

文法 げ […的]：表示帶有某種樣子、傾向、心情及感覺。

生字 嫌い／厭惡

名 おんなのひと
【女の人】
女人
類 女性　女性
對 男性　男性

□□□ 0345

Track013

例 一般の人も、入場可です。

1秒後影子跟讀 ▷

譯 一般觀眾也可進場。

生字 一般／普通；入場／入場

名 か 【可】
可，可以；及格

□□□ 0346

例 山の中は、蚊が多いですね。

1秒後影子跟讀》

譯 山中蚊子真是多啊！

名 か【蚊】
蚊子

□□□ 0347

例 第3課を予習する。

1秒後影子跟讀》

譯 預習第3課。

生字 予習／預習

名·漢造 か【課】
(教材的) 課；課業；(公司等)
科

音 課＝力

□□□ 0348

例 二日かかる。

1秒後影子跟讀》

譯 需要兩天。

漢造 か【日】
表示日期或天數

□□□ 0349

例 専門家だからといって、何でも知っているとは限らない。

1秒後影子跟讀》

譯 即便是專家，也未必無所不知。

漢造 か【家】
專家

出題重點 「家（か）」表示與家庭、住宅或專業領域相關的
概念。如「作家（さっか）」"作家"。問題3經常混淆的複
合詞有：

● 族（ぞく）：通常指一個集團或一群有共同特徵或關係的人。
如「一族（いちぞく）」"同一家族"。

● 門（もん）：指的是學派、學問或藝術的門類。如「門流（も
んりゅう）」"一個學派"。

● 系（けい）：表示由來、類型或關聯。如「系統（けいとう）」
"系 、系列"。

文法 からといって [即便是…也（不能）…]：表示不能僅僅
因為前面這一點理由，就做後面的動作，後面常接否定的說法。

生字 専門／專業

□□□ 0350

例 和歌を一首詠んだ。

1秒後影子跟讀》

譯 咏作了一首和歌。

生字 詠む／吟詠

漢造 か【歌】
唱歌；歌詞

カー 【car】

□□□ 0351

例 スポーツカーがほしくてたまらない。

1秒後影子跟讀 〉

譯 想要跑車想得不得了。

生字 たまる／忍耐

名 カー 【car】

車，車的總稱，狹義指汽車

□□□ 0352

例 カーブを曲がるたびに、新しい景色が展開します。

1秒後影子跟讀 〉

譯 每一轉個彎，眼簾便映入嶄新的景色。

慣用語 〉
● カーブを曲がる／轉過轉彎處。
● カーブボールを投げる／投出曲球。
● カーブの多い道を運転する／駕駛在彎曲眾多的道路上。

生字 曲がる／轉彎；展開／展現

名・自サ カーブ 【curve】

轉彎處；彎曲；(棒球、曲棍球)
曲線球

□□□ 0353

例 ガールフレンドとデートに行く。

1秒後影子跟讀 〉

譯 和女友去約會。

生字 デート／約會

名 ガールフレンド
【girl friend】

女友

□□□ 0354

例 海辺で貝を拾いました。

1秒後影子跟讀 〉

譯 我在海邊撿了貝殼。

生字 海辺／海濱；拾う／撿拾

名 かい 【貝】

貝類

訓 貝＝かい

□□□ 0355

例 煙草は、健康上の害が大きいです。

1秒後影子跟讀 〉

譯 香菸對健康而言，是個大傷害。

文法 じょう [從…來看]：表示就此觀點而言。

生字 煙草／香菸；健康／健康

名・漢造 がい 【害】

為害，損害；災害；妨礙

□□□ 0356

例 そんなやり方^{かた}は、問題外^{もんだいがい}です。

1秒後影子跟讀〉

譯 那樣的作法，根本就是搞不清楚狀況。

接尾
漢造 **がい 【外】**

以外，之外；外側，外面，外部；妻方親戚；除外

□□□ 0357

例 この図書館^{としょかん}を利用^{りよう}したい人^{ひと}は、会員^{かいいん}になるしかない。

1秒後影子跟讀〉

譯 想要使用這圖書館，只有成為會員這個辦法。

名 **かいいん 【会員】**

會員

生字 図書館^{としょかん}／圖書館；利用^{りよう}／使用

□□□ 0358

例 7時^じに開演^{かいえん}する。

1秒後影子跟讀〉

譯 7點開演。

名・
自他サ **かいえん 【開演】**

開演

慣用語〉
● 開演^{かいえん}を待^まつ／等待開始演出。
● 開演時間^{かいえんじかん}を確認^{かくにん}する／確認開演時間。
● 開演前^{かいえんまえ}に席^{せき}に着^つく／開演前就坐

□□□ 0359

例 フランスの絵画^{かいが}について、研究^{けんきゅう}しようと思^{おも}います。

1秒後影子跟讀〉

譯 我想研究關於法國畫的種類。

名 **かいが 【絵画】**

繪畫，畫

生字 フランス／法國

□□□ 0360

例 開会^{かいかい}に際^{さい}して、乾杯^{かんぱい}しましょう。

1秒後影子跟讀〉

譯 讓我們在開會之際，舉杯乾杯吧！

名・
自他サ **かいかい 【開会】**

開會

文法〉 にさいして [在…時]：表示以某事為契機，也就是動作的時間或場合。
生字 乾杯^{かんぱい}／乾杯

かいがい【海外】

□□□ 0361

例 彼女のことだから、海外に行っても大活躍でしょう。

1秒後影子跟讀 >

譯 如果是她的話，到國外也一定很活躍吧。

文法 > ことだから[因為是…，所以…]：主要接表示人物的詞後面，根據說話熟知的人物的性格、行為習慣等，做出自己判斷的依據。

生字 大活躍／大放異彩

名 **かいがい【海外】**
海外，國外

□□□ 0362

例 大統領にかわって、私が改革を進めます。

1秒後影子跟讀 >

譯 由我代替總統進行改革。

生字 大統領／總統；進める／推進

名・他サ **かいかく【改革】**
改革
音 改＝カイ
音 革＝カク

□□□ 0363

例 区長をはじめ、たくさんの人々が区民会館に集まった。

1秒後影子跟讀 >

譯 由區長帶頭，大批人馬聚集在區公所。

生字 人々／人們；区民／區域居民

名 **かいかん【会館】**
會館

□□□ 0364

例 会計が間違っていたばかりに、残業することになった。

1秒後影子跟讀 >

譯 只因為帳務有誤，所以落得了加班的下場。

慣用語 >
● 会計を済ませる／完成結帳。
● 会計士と相談する／諮詢會計師。
● 会計ソフトを使う／使用會計軟體。

文法 > ばかりに[就因為…，結果…]：表示就是因為某事的緣故，造成後項不良結果或發生不好的事情，說話者含有後悔或遺憾的心情。

副・自サ **かいけい【会計】**
會計；付款，結帳

□□□ 0365

例 父にかわって、地域の会合に出た。

1秒後影子跟讀 >

譯 代替父親出席了社區的聚會。

生字 地域／地區

名・自サ **かいごう【会合】**
聚會，聚餐

□□□ 0366

例 外交上は、両国の関係は非常に良好である。
1秒後影子跟讀〉

名 がいこう【外交】
外交；對外事務，外勤人員

譯 從外交上來看，兩國的關係相當良好。

文法 じょうは [從…來看]：表示就此觀點而言。
生字 両国／兩國；関係／關係；良好／優良

□□□ 0367

例 改札を出たとたんに、友達にばったり会った。
1秒後影子跟讀〉

名・自サ かいさつ【改札】
(車站等)的驗票
音 改＝カイ
音 札＝サツ

譯 才剛出了剪票口，就碰到了朋友。

生字 とたん／一…時；ばったり／突然遇見

□□□ 0368

例 グループの解散に際して、一言申し上げます。
1秒後影子跟讀〉

名・自他サ かいさん【解散】
散開，解散，(集合等)散會

譯 在團體解散之際，容我說一句話。

慣用語
●団体が解散する／解散團隊。
●解散式を行う／舉行解散儀式。
●解散後の計画を立てる／制定解散後的計畫。
文法 にさいして [在…時]：表示以某事為契機，也就是動作
的時間或場合。
生字 グループ／團體；一言／幾句話；申し上げる／説(表謙遜)

□□□ 0369

例 試合が開始するかしないかのうちに、1点取られてしまった。
1秒後影子跟讀〉

名・自他サ かいし【開始】
開始

譯 比賽才剛開始，就被取了一分。

文法 か～ないかのうちに [才剛…就…]：表示前一個動作才
剛開始，在似完非完間，第2個動作緊接著又開始了。

□□□ 0370

例 この法律は、解釈上、二つの問題がある。
1秒後影子跟讀〉

名・他サ かいしゃく【解釈】
解釋，理解，說明

譯 這條法律，就解釋來看有兩個問題點。

文法 じょう [從…來看]
生字 法律／法律；問題／問題

がいしゅつ【外出】

□□□ 0371

例 銀行と美容院に行くため外出した。

1秒後影子跟讀 》

譯 為了去銀行和髮廊而出門了。

生字 美容院／理髮廳

名・自サ **がいしゅつ【外出】**

出門，外出

□□□ 0372

例 海水浴に加えて、山登りも計画しています。

1秒後影子跟讀 》

譯 除了要去海水浴場之外，也計畫要去爬山。

生字 山登り／登山

名 **かいすいよく【海水浴】**

海水浴場

音 浴＝ヨク

□□□ 0373

例 優勝回数が 10 回になったのを契機に、新しいラケットを買った。

1秒後影子跟讀 》

譯 趁著獲勝次數累積到了 10 次的機會，我買了新的球拍。

出題重點 「回数」"次數"指做某事的次數或頻率。問題 4 陷阱可能有：「頻度（ひんど）」"出現率"強調事情發生的頻繁程度，更側重於統計或比率；「回転数（かいてんすう）」"轉數"指旋轉或運轉的次數，特指機械或物體的旋轉頻率；「度数（どすう）」"度數"雖表次數，但更常表示角度或酒精濃度，用途更廣泛。

文法 をけいきに [趁著…的機會]：表示某事產生或發生的原因、動機、機會、轉折點。

生字 優勝／冠軍；ラケット／球拍

名 **かいすう【回数】**

次數，回數

□□□ 0374

例 開会式当日は快晴に恵まれた。

1秒後影子跟讀 》

譯 天公作美，開會典禮當天晴空萬里。

生字 開会式／開幕式；恵む／恩賜

名 **かいせい【快晴】**

晴朗，晴朗無雲

音 快＝カイ

□□□ 0375

例 法律の改正に際しては、十分話し合わなければならない。

1秒後影子跟讀 》

譯 於修正法條之際，需要充分的商討才行。

文法 にさいしては [在…時]：以某事為契機，也就是動作的時間或場合。

生字 法律／法律；話し合う／協商

名・他サ **かいせい【改正】**

修正，改正

音 改＝カイ

0376

例 とても分かりやすくて、専門家の解説を聞いただけのことはありました。

1秒後影子跟讀〉

名・他サ **かいせつ【解説】**

解說，說明

譯 非常的簡單明瞭，不愧是專家的解說，真有一聽的價值啊！

文法 だけのことはある [不愧是…]：表與其努力、地位、經歷等名實相符，對後項結果、能力給予讚美。

0377

例 彼の生活は、改善し得ると思います。

1秒後影子跟讀〉

名・他サ **かいぜん【改善】**

改善，改良，改進

音 改＝カイ

譯 我認為他的生活，可以得到改善。

出題重點 「改善」唸作「かいぜん」，指使狀況、條件或品質變得更好。問題1誤導選項可能有：

- 改行（かいぎょう）："換行"，指在文本或書寫中從一行跳到下一行。
- 改正（かいせい）："修改"，指更正錯誤或不當之處，使之變得正確或合理。
- 改造（かいぞう）："改造"，指重建或修改某物，使其功能、外觀或結構上有所變化。

文法 うる [可以]：表可採取這動作，有發生這事情的可能性。

0378

例 経営の観点からいうと、会社の組織を改造した方がいい。

1秒後影子跟讀〉

名・他サ **かいぞう【改造】**

改造，改組，改建

音 改＝カイ
音 造＝ゾウ

譯 就經營角度來看，最好重組一下公司的組織。

生字 経営／經營；観点／看法；組織／組成

0379

例 道路が開通したばかりに、周辺の大気汚染がひどくなった。

1秒後影子跟讀〉

名・自他サ **かいつう【開通】**

(鐵路、電話線等) 開通，通車，通話

譯 都是因為道路開始通車，所以導致周遭的空氣嚴重受到污染。

文法 ばかりに [就因為…，結果…]：因某緣故，造成不良結果，含後悔或遺憾心情。
生字 周辺／四周；大気汚染／空氣污染

0380

例 快適とは言いかねる、狭いアパートです。

1秒後影子跟讀〉

形動 **かいてき【快適】**

舒適，暢快，愉快

音 快＝カイ

譯 它實在是一間稱不上舒適的狹隘公寓。

文法 かねる [無法]：心理等主觀原因，或道義等客觀原因，而難以做到。
生字 アパート／公寓

かいてん【回転】

□□□ 0381

例 遊園地で、回転木馬に乗った。
1秒後影子跟讀 >

名・自サ **かいてん【回転】**
旋轉，轉動，迴轉；轉彎，轉換（方向）；（表次數）周，圈；（資金）週轉

譯 我在遊樂園坐了旋轉木馬。

生字 遊園地／遊樂園

□□□ 0382

例 補償金を受け取るかどうかは、会社の回答しだいだ。
1秒後影子跟讀 >

名・自サ **かいとう【回答】**
回答，答覆

譯 是否要接受賠償金，就要看公司的答覆而定了。

文法 > しだいだ [就要看…而定]：表示行為動作要實現，全憑前面的名詞的情況而定。 近 しだいです [由於…]
生字 補償金／賠償金；受け取る／領，收

□□□ 0383

例 問題の解答は、本の後ろについています。
1秒後影子跟讀 >

名・自サ **かいとう【解答】**
解答

譯 題目的解答，附在這本書的後面。

慣用語 >
● 解答を書く／書寫答案。
● 正しい解答を見つける／找到正確的答案。
● 解答用紙に記入する／在答題紙上填寫。

□□□ 0384

Track014

例 会員はもちろん、外部の人も参加できます。
1秒後影子跟讀 >

名 **がいぶ【外部】**
外面，外部

譯 會員當然不用說，非會員的人也可以參加。

生字 会員／會員；参加／參與

□□□ 0385

例 少し回復したからといって、薬を飲むのをやめてはいけません。
1秒後影子跟讀 >

名・自他サ **かいふく【回復】**
恢復，康復；挽回，收復

譯 雖說身體狀況好轉些了，也不能不吃藥啊！

音 復＝フク

文法 > からといって [雖說…，也（不能）…]：表示不能僅僅因為前面這一點理由，就做後面的動作，後面常接否定的説法。
生字 薬／藥品

0386

☐☐☐

例 大学のプールは、学生ばかりでなく、一般の人にも開放されている。

1秒後影子跟讀 〉

譯 大學內的泳池，不單是學生，也開放給一般人。

生字 プール／泳池；一般／普通

名・他サ **かいほう【開放】**

打開，敞開；開放，公開

0387

☐☐☐

例 武装集団は、人質のうち老人と病人の解放に応じた。

1秒後影子跟讀 〉

譯 持械集團答應了釋放人質中的老年人和病患。

名・他サ **かいほう【解放】**

解放，解除，擺脫

か

出題重點 「解放」唸音讀「かいほう」，意指釋放或使自由，常用於形容解除束縛、釋放囚犯或解除控制等情境。問題2誤導選項可能有：
- 解散（かいさん）：“解散”，指結束組織、團體或會議等的存在，與「解放」釋放或自由的概念不同。
- 解決（かいけつ）：“解決”，指找到問題的答案或解決方案，與「解放」的釋放含義不同。
- 解答（かいとう）：“解答”，通常用於回答問題或解決學術或考試中的疑問，與「解放」的自由或釋放含義不同。

生字 人質／人質；応じる／應允

0388

☐☐☐

例 海洋開発を中心に、討論を進めました。

1秒後影子跟讀 〉

譯 以開發海洋為核心議題來進行了討論。

生字 開発／研發；中心／焦點

名 **かいよう【海洋】**

海洋

0389

☐☐☐

例 秋になって、街路樹が色づききれいだ。

1秒後影子跟讀 〉

譯 時序入秋，路樹都染上了橘紅。

生字 色づく／變紅

名 **がいろじゅ【街路樹】**

行道樹

0390

☐☐☐

例 資料に基づいて、経済概論の講義をした。

1秒後影子跟讀 〉

譯 我就資料內容上了一堂經濟概論的課。

生字 経済／經濟；講義／大學課程

名 **がいろん【概論】**

概論

かえす【帰す】

0391

☐☐☐ 0391

例 もう遅いから、女性を一人で家に帰すわけにはいかない。

1秒後影子跟讀〉

譯 已經太晚了，不能就這樣讓女性一人單獨回家。

他五 **かえす【帰す】**
讓…回去，打發回家
類 返す 歸還
對 取る 取得

0392

☐☐☐ 0392

例 私が手伝うと、かえって邪魔になるみたいです。

1秒後影子跟讀〉

譯 看來我反而越幫越忙的樣子。

生字 手伝う／協助；邪魔／干擾

副 **かえって【却って】**
反倒，相反地，反而
類 逆に 反而
對 直接 直接

0393

☐☐☐ 0393

例 この地域には、木造家屋が多い。

1秒後影子跟讀〉

譯 在這一地帶有很多木造房屋。

生字 地域／地區；木造／木造

名 **かおく【家屋】**
房屋，住房
類 住宅 住宅
對 オフィスビル 辦公樓

0394

☐☐☐ 0394

例 歩いていくにつれて、花の香りが強くなった。

1秒後影子跟讀〉

譯 隨著腳步的邁進，花香便越濃郁。

名 **かおり【香り】**
芳香，香氣
類 匂い 香味 對 臭い 惡臭
訓 香＝かお（り）

0395

☐☐☐ 0395

例 彼は、多くの問題を抱えつつも、がんばって勉強を続けています。

1秒後影子跟讀〉

譯 他雖然有許多問題，但也還是奮力地繼續念書。

他下一 **かかえる【抱える】**
(雙手)抱著，夾(在腋下)；
擔當，負擔；雇佣
類 持つ 擁有
對 放す 放開

出題重點 「抱える」指承擔或持有某物，特別是指擔負責任、問題或負擔。如「問題を抱える／存在問題」。以下是問題6錯誤用法：

1. 用於食物烹飪：「スープを抱える／煮湯」。
2. 描述音樂創作：「曲を抱える／作曲」。
3. 表示時間流逝：「時間を抱える／時光流逝」。

文法 つつも [雖然…但也還是…]：表示逆接，用於連接兩個相反的事物，表示同一主體，在進行某一動作的同時，也進行另一個動作。

生字 続ける／持續

讀書計劃：☐☐／☐☐／☐☐

□□□ 0396

例 このバッグは、価格が高い上に品質も悪いです。
1秒後影子跟讀》

譯 這包包不僅昂貴，品質又很差。

文法 うえに[不僅…，又…]：表示在本來就有的某種情況之外，另外還有比前面更甚的情況。
生字 品質／質量

名 かかく【価格】
價格
類 値段 価格
對 無料 免費

□□□ 0397

例 空に星が輝いています。
1秒後影子跟讀》

譯 星星在夜空中閃閃發亮。

自五 かがやく【輝く】
閃光，閃耀；洋溢；光榮，顯赫
類 光る 閃耀
對 暗い 暗淡

□□□ 0398

例 係りの人が忙しいところを、呼び止めて質問した。
1秒後影子跟讀》

譯 我叫住正在忙的相關職員，找他問了些問題。

生字 呼び止める／喊住；質問／詢問

名 かかり【係・係り】
負責擔任某工作的人；關聯，牽聯
類 担当者 負責人
對 一般人 一般人

□□□ 0399

例 私は環境問題に係わっています。
1秒後影子跟讀》

譯 我有涉及到環境問題。

慣用語
●事件に係わる／牽涉事件。
●仕事に係わる／參與工作。
●成功に係わる／影響成功。
生字 環境問題／環境問題

自五 かかわる【係わる】
關係到，涉及到；有牽連，有瓜葛；拘泥（或唸：かかわる）
類 関与する 涉及
對 無関係 無關

□□□ 0400

例 垣根にそって、歩いていった。
1秒後影子跟讀》

譯 我沿著圍牆走。

文法 にそって[沿著…]：接在河川等長長延續的東西，或操作流程等名詞後，表示沿著河流、街道。

名 かきね【垣根】
籬笆，柵欄，圍牆
類 塀 籬笆
對 壁 牆
訓 根＝ね

かぎり【限り】

□□□ 0401

例 社長として、会社のためにできる限り努力します。

1秒後影子跟讀 》

訳 身為社長，為了公司必定盡我所能。

出題重點 「限り（かぎり）」強調在某個限定的範圍或條件下的最大程度或可能性。如「知る限り（しるかぎり）」"據某人所擁有的信息"。問題 3 經常混淆的複合詞有：

- 切り（きり）：通常用於表示結束或限制。如「打ち切り（うちきり）」"中斷進行中事物"。
- 止め（どめ）：指停止或結束某事。如「打ち止め（うちどめ）」"終止某活動"。
- 済み（ずみ）：表示某事已經完成或結束。如「支払い済み（しはらいずみ）」"費用已支付完成"。

生字 努力／努力

名 **かぎり【限り】**

限度，極限；（接在表示時間、範圍等名詞下）只限於…，以…為限，在…範圍內

類 範囲 範圍
對 無限 無限

□□□ 0402

例 この仕事は、二十歳以上の人に限ります。

1秒後影子跟讀 》

訳 這份工作只限定 20 歲以上的成人才能做。

生字 仕事／工作

自他五 **かぎる【限る】**

限定，限制；限於；以…為限；不限，不一定，未必

類 制限する 限制
對 自由 自由

□□□ 0403

例 政治学に加えて、経済学も勉強しました。

1秒後影子跟讀 》

訳 除了政治學之外，也學過經濟學。

生字 政治／政治；加える／加上

名·漢造 **がく【学】**

學校；知識，學問，學識（或唸：がく）

類 教育 教育
對 無知 無知

□□□ 0404

例 所得額に基づいて、税金を払う。

1秒後影子跟讀 》

訳 根據所得額度來繳納稅金。

生字 所得／收入；基づく／按照；税金／税金

名·漢造 **がく【額】**

名額，數額；區額，畫框（或唸：がく）

類 額縁 畫框 對 壁 牆
音 額＝ガク

□□□ 0405

例 架空の話にしては、よくできているね。

1秒後影子跟讀 》

訳 就虛構的故事來講，寫得還真不錯呀。

名 **かくう【架空】**

空中架設；虛構的，空想的

類 空想 虛構
對 現実 現實

□□□ 0406

例 最後までがんばると覚悟した上は、今日からしっかりやります。

1秒後影子跟讀〉

訳 既然決心要努力撐到最後，今天開始就要好好地做。

文法〉 うえは［既然…就…］：表示某種決心、責任等行為，後續採取跟前面相對應的動作。後句是說話者的判斷、決定或勸告。

生字〉 しっかり／紮實地

名・自他サ **かくご【覚悟】**
精神準備，決心；覺悟
類 決意　決心
對 迷い　猶豫

□□□ 0407

例 各自の興味に基づいて、テーマを決めてください。

1秒後影子跟讀〉

訳 請依照各自的興趣，來決定主題。

慣用語〉
●各自の意見を言う／各抒己見。
●食料は各自で持ってくる／各自攜帶食材。
●各自で解決する／各自解決問題。

生字〉 テーマ／主題；決める／選定

名 **かくじ【各自】**
每個人，各自
類 個々　各自
對 全体　整體
音 各＝カク

□□□ 0408

例 もう少し待ちましょう。彼が来るのは確実だもの。

1秒後影子跟讀〉

訳 再等一下吧！因為他會來是千真萬確的事。

形動 **かくじつ【確実】**
確實，準確；可靠
類 確か　確定
對 不確実　不確定

□□□ 0409

例 学者の意見に基づいて、計画を決めていった。

1秒後影子跟讀〉

訳 依學者給的意見來決定計畫。

生字〉 意見／見解；計画／規劃

名 **がくしゃ【学者】**
學者；科學家
類 研究者　學者
對 素人　業餘

□□□ 0410

例 図書館の設備を拡充するにしたがって、利用者が増えた。

1秒後影子跟讀〉

訳 隨著圖書館設備的擴充，使用者也變多了。

文法〉 にしたがって［隨著…也］：表示某事物隨著其他事物而變化。

生字〉 設備／設施；増える／增加

名・他サ **かくじゅう【拡充】**
擴充
類 増強　擴充
對 縮小　縮小

がくしゅう【学習】

□□□ 0411

例 語学の学習に際しては、復習が重要です。

1秒後影子跟讀 〉

譯 在學語言時，複習是很重要的。

文法 にさいしては[在…時]：表示以某事為契機，也就是動作的時間或場合。

生字 語学／外語；復習／複習

名・他サ **がくしゅう【学習】**

學習

類 勉強　學習

對 無視　忽略

□□□ 0412

例 彼は、小説も書けば、学術論文も書く。

1秒後影子跟讀 〉

譯 他既寫小說，也寫學術論文。

生字 論文／論文

名 **がくじゅつ【学術】**

學術（或唸：がくじゅつ）

類 科学　學術

對 実践　實踐

□□□ 0413

例 商売を拡大したとたんに、景気が悪くなった。

1秒後影子跟讀 〉

譯 才剛一擴大事業，景氣就惡化了。

慣用語

● 画像を拡大する／放大圖像。

● 販売網を拡大する／擴展銷售網絡。

● 規模を拡大する／擴大規模。

生字 商売／營業；景気／景氣

名・自他サ **かくだい【拡大】**

擴大，放大

類 増大　擴大

對 縮小　縮小

□□□ 0414

例 予想に反して、各地で大雨が降りました。

1秒後影子跟讀 〉

譯 與預料的相反，各地下起了大雨。

生字 予想／預測；反する／相反

名 **かくち【各地】**

各地

類 各所　各地

對 中心　中心

音 各＝カク

□□□ 0415

例 家の拡張には、お金がかかってしようがないです。

1秒後影子跟讀 〉

譯 屋子要改大，得花大錢，那也是沒辦法的事。

名・他サ **かくちょう【拡張】**

擴大，擴張

類 拡大　擴張

對 縮小　縮小

□□□ 0416　　　　　　　　　　　　　　　　　　　　　　　　Track015

例 別の角度からいうと、その考えも悪くはない。

1秒後影子跟讀 》

訳 從另外一個角度來說，那個想法其實也不壞。

生字 別／另外

名 かくど【角度】

(數學) 角度；(觀察事物的) 立場

類 視点 角度　對 一直線 直線

音 角＝カク

□□□ 0417

例 彼は学年は同じだが、クラスが同じというわけではない。

1秒後影子跟讀 》

訳 他雖是同一年級的，但並不代表就是同一個班級。

生字 クラス／班級；わけ／情況

名 がくねん【学年】

學年 (度)；年級

類 学年度 學年

對 年齢 年齡

□□□ 0418

例 神戸のステーキは、格別においしい。

1秒後影子跟讀 》

訳 神戶的牛排，格外的美味。

慣用語 》

●格別のおもてなし／優厚的款待。

●格別の味を楽しむ／享受特別的味道。

●格別なサービスを提供する／提供特別的服務。

生字 ステーキ／牛排

副 かくべつ【格別】

特別，顯著，格外；姑且不論

類 特別 特別

對 普通 普通

□□□ 0419

例 学問の神様と言ったら、菅原道真でしょう。

1秒後影子跟讀 》

訳 一提到學問之神，就是那位菅原道真了。

名・自サ がくもん【学問】

學業，學問；科學，學術；見識，知識

類 研究 學問　對 無学 無知

□□□ 0420

例 今までの確率からして、くじに当たるのは難しそうです。

1秒後影子跟讀 》

訳 從至今的獲獎機率來看，要中彩券似乎是件困難的事情。

文法 からして [從…來看…]：表示判斷的依據。後面多是消極、不利的評價。

生字 くじ／彩券；当たる／命中

名 かくりつ【確率】

機率，概率

類 可能性 機率

對 不確実性 不確定性

か

がくりょく【学力】

□□□ 0421

例 その学生は、学力が上がった上に、性格も明るくなりました。

[1秒後影子跟讀》]

譯 那學生不僅學習力提升了，就連個性也變得開朗許多了。

文法》 うえに[不僅…，還…]：表示追加、補充同類的內容。
在本來就有的某種情況之外，另外還有比前面更甚的情況。

生字 上がる／提高；性格／個性

名 がくりょく
【学力】

學習實力（或唸：がくりょく）

類 知識 學力
對 無知 無知

□□□ 0422

例 木の陰で、お弁当を食べた。

[1秒後影子跟讀》]

譯 在樹蔭下吃便當。

名 かげ【陰】

日陰，背影處；背面；背地裡，暗中

類 影 陰影 對 陽 陽光

□□□ 0423

例 二人の影が、仲良く並んでいる。

[1秒後影子跟讀》]

譯 兩人的形影，肩並肩要好的並排著。

生字 仲良い／感情好；並ぶ／並排

名 かげ【影】

影子；倒影；蹤影，形跡

類 シルエット 影子
對 実体 實體

□□□ 0424

例 税金問題を中心に、いくつかの案が可決した。

[1秒後影子跟讀》]

譯 針對稅金問題一案，通過了一些方案。

慣用語
● 法案が可決される／法案被通過。
● 可決を求める／爭取批准。
● 可決率を高める／提高通過率。

生字 税金／稅金；中心／重點；案／法案

名・他サ かけつ【可決】

(提案等)通過

類 承認 通過
對 否決 否決

□□□ 0425

例 子犬が駆け回る。

[1秒後影子跟讀》]

譯 小狗到處亂跑。

生字 子犬／幼犬

自五 かけまわる
【駆け回る】

到處亂跑(或唸：かけまわる)

類 走り回る 奔跑
對 静止する 靜止

100

□□□ 0426

例 病気と聞きましたが、お加減はいかがですか。

1秒後影子跟讀 〉

譯 聽說您生病了，身體狀況還好嗎？

出題重點 「加減」指調節或適度，或者描述某物的狀態或程度。如「塩加減を調整する／調整鹽分的比例」。以下是問題6錯誤用法：
1. 表示人際關係：「友情の加減／友情的調節」。
2. 描述地理位置：「場所の加減／地點的調節」。
3. 表達歷史事件：「歴史を加減する／調整歷史」。

生字 病気／患病

名·他サ かげん 【加減】

加法與減法；調整，斟酌；程度，狀態；(天氣等)影響；身體狀況；偶然的因素

類 調整 調節

對 固定 固定

音 減＝ゲン

□□□ 0427

例 過去のことを言うかわりに、未来のことを考えましょう。

1秒後影子跟讀 〉

譯 與其述說過去的事，不如大家來想想未來的計畫吧！

生字 未来／將來

名 かこ 【過去】

過去，往昔；(佛)前生，前世

類 昔 過去

對 未来 未來

□□□ 0428

例 籠にりんごがいっぱい入っている。

1秒後影子跟讀 〉

譯 籃子裡裝滿了許多蘋果。

名 かご 【籠】

籠子，筐，籃

類 かばん 籃子

對 袋 袋子

□□□ 0429

例 飛行機は着陸態勢に入り、下降を始めた。

1秒後影子跟讀 〉

譯 飛機開始下降，準備著陸了。

生字 飛行機／飛機；態勢／姿態

名·自サ かこう 【下降】

下降，下沉

類 降下 下降

對 上昇 上升

□□□ 0430

例 火口が近くなるにしたがって、暑くなってきました。

1秒後影子跟讀 〉

譯 離火山口越近，也就變得越熱。

文法 にしたがって[隨著…也]：表示某事物隨著其他事物而變化。

名 かこう 【火口】

(火山)噴火口；(爐灶等)爐口

類 噴火口 火山口

對 湖 湖泊

かさい【火災】

□□□ 0431

例 **火災が起こったかと思ったら、あっという間に広がった。**

1秒後影子跟讀 ≫

譯 才剛發現失火，火便瞬間蔓延開來了。

文法 ≫ かとおもったら[才剛…就…]：表示前後兩個不同的事情，在短時間內幾乎同時相繼發生，後面接的大多是說話者意外的表達。

生字 あっという間に／一眨眼；広がる／擴大

名 **かさい【火災】**

火災

類 火事 火災

對 水害 水災

□□□ 0432

例 **いろいろな仕事が重なって、休むどころではありません。**

1秒後影子跟讀 ≫

譯 同時有許多工作，哪能休息。

出題重點 題型5裡「重なる」的考點有：

● 例句：意見が重なる／意見重疊。

● 換句話說：意見が積み重なる／意見重疊。

● 相對說法：意見が分離する／意見分歧。

「重なる」表示事物在空間或抽象概念上的堆疊；「積み重なる」強調事物逐漸堆積的過程；「分離する」則是事物或概念分開的狀態。

文法 ≫ どころではない[哪能…]：表示沒有餘裕做某事。

生字 仕事／工作

自五 **かさなる【重なる】**

重疊，重複；(事情、日子) 趕在一起

類 積み重なる 重疊

對 分離する 分離

□□□ 0433

例 **2014年、御嶽山が噴火し、戦後最悪の火山災害となった。**

1秒後影子跟讀 ≫

譯 2014年的御嶽山火山爆發是二戰以後最嚴重的火山災難。

生字 噴火／噴火；最悪／最惡劣

名 **かざん【火山】**

火山

類 噴火山 火山

對 平野 平原

□□□ 0434

例 **お菓子が焼けたのをきっかけに、お茶の時間にした。**

1秒後影子跟讀 ≫

譯 趁著點心剛烤好，就當作是喝茶的時間。

文法 ≫ をきっかけに[以…為契機]

生字 焼ける／烤製

名 **かし【菓子】**

點心，糕點，糖果

類 お菓子 糕點

對 主食 主食

音 菓＝カ

□□□ 0435

例 **出産をきっかけにして、夫が家事を手伝ってくれるようになった。**

1秒後影子跟讀 ≫

譯 自從我生產之後，丈夫便開始自動幫起家事了。

文法 ≫ をきっかけに[以…為契機]：表示某事產生的原因、機會、動機等。

生字 出産／生孩子；手伝う／協助

名 **かじ【家事】**

家事，家務；家裡(發生)的事

類 家庭の仕事 家務

對 職業 職業

□□□ 0436

例 その子がどんなに賢いとしても、この問題は解けないだろう。

1秒後影子跟讀 〉

訳 即使那孩子再怎麼聰明，也沒辦法解開這難題吧！

形 かしこい【賢い】

聰明的，周到，賢明的

類 頭がいい 聰明

對 愚か 愚蠢

訓 賢＝かしこ（い）

出題重點 「賢い」唸作「かしこい」，指具有好的判斷力、智慧或學習能力。問題1誤導選項可能有：
● 敏い（さとい）：“敏銳”，指感知或理解事物快速且準確。
● 幼い（おさない）：“幼小”，指年齡小或成熟度低，通常用來形容小孩或未成熟的行為。
● 憎い（にくい）：“可恨”，指極度不喜歡或討厭某人或某事物。

生字 解ける／解開

□□□ 0437

例 この本は貸し出し中につき、来週まで読めません。

1秒後影子跟讀 〉

訳 由於這本書被借走了，所以到下週前是看不到的。

名 かしだし【貸し出し】

(物品的)出借，出租；(金錢的)貸放，借出

類 貸出 出借

對 返却 歸還

□□□ 0438

例 これはわが社の過失につき、全額負担します。

1秒後影子跟讀 〉

訳 由於這是敝社的過失，所以由我們全額賠償。

名 かしつ【過失】

過錯，過失

類 誤り 失誤

對 完璧 完美

生字 全額／全部金額；負担／承擔

□□□ 0439

例 秋になると、いろいろな果実が実ります。

1秒後影子跟讀 〉

訳 一到秋天，各式各樣的果實都結實纍纍。

名 かじつ【果実】

果實，水果

類 実 果實

對 種 種子

生字 実る／結果

□□□ 0440

例 貸間によって、収入を得ています。

1秒後影子跟讀 〉

訳 我以出租房間取得收入。

名 かしま【貸間】

出租的房間

類 貸部屋 出租房間

對 自己所有 自有

生字 収入／所得；得る／獲得

103

かしや【貸家】

□□□ 0441

例 学生向きの貸家を探しています。

1秒後影子跟讀 〉

譯 我在找適合學生租的出租房屋。

生字 向き／適合

名 **かしや【貸家】**

出租的房子

類 賃貸住宅 租房

對 自宅 自家

□□□ 0442

例 故障の箇所を特定する。

1秒後影子跟讀 〉

譯 找出故障的部位。

生字 故障／故障；特定／查明

名・接尾 **かしょ【箇所】**

(特定的) 地方；(助數詞) 處

類 位置 地點

對 全体 整體

□□□ 0443

例 私の感覚からすれば、このホテルはサービス過剰です。

1秒後影子跟讀 〉

譯 從我的感覺來看，這間飯店實在是服務過度了。

慣用語
- 過剰な反応を示す／表現過度的反應。
- 過剰な期待を抱く／懷有過高的期望。
- 過剰包装を避ける／避免過度包装。

文法 からすれば [從…來看]：表示判斷的觀點，根據。

生字 感覚／感受

名・形動 **かじょう【過剰】**

過剰，過量

類 余分 過剰

對 不足 不足

□□□ 0444

例 一口かじったものの、あまりまずいので吐き出した。

1秒後影子跟讀 〉

譯 雖然咬了一口，但實在是太難吃了，所以就吐了出來。

文法 ものの [雖然…但…]：表前項成立，但後項不能順其所預期方向發展。

生字 一口／一口；吐き出す／吐出

他五 **かじる【齧る】**

咬，啃；一知半解

類 噛む 咬

對 吸う 吸

□□□ 0445

例 伯父にかわって、伯母がお金を貸してくれた。

1秒後影子跟讀 〉

譯 嬸嬸代替叔叔，借了錢給我。

他五 **かす【貸す】**

借出，出借；出租；提出策劃

類 貸出す 出借

對 借りる 借入

□□□ 0446

例 課税率が高くなるにしたがって、国民の不満が高まった。
1秒後影子跟讀≫

譯 伴隨著課稅率的上揚，國民的不滿情緒也高漲了起來。

文法 にしたがって[隨著…也]：表隨著其他事物而變化。
生字 国民／國民；不満／不滿意

名・自サ かぜい【課税】
課税
類 税金をかける 徴税
對 免税 免税
音 課＝カ
音 税＝ゼイ

□□□ 0447

例 生活費を稼ぐ。
1秒後影子跟讀≫

譯 賺取生活費。

出題重點 「稼ぐ」唸訓讀「かせぐ」，意指通過工作或其他方式賺取金錢。問題2誤導選項可能有：
● 儲ぐ：非正確日語單字，可能與「貯める（ためる）」混淆，後者意味"儲存、積累"。
● 獲ぐ：這同樣非正確日語單字，可能與「得る（える）」混淆，後者意味"獲得"。
● 働く（はたらく）："工作"，雖然與賺錢有關，但更強調的是工作行為本身，而非賺錢的結果。
生字 生活費／生活費

名・他五 かせぐ【稼ぐ】
(為賺錢而)拼命的勞動；(靠工作、勞動)賺錢；爭取，獲得
類 収入を得る 賺錢
對 失う 失去

□□□ 0448

例 風邪薬を飲む。
1秒後影子跟讀≫

譯 吃感冒藥。

名 かぜぐすり【風邪薬】
感冒藥
類 風邪の薬 感冒藥
對 予防薬 預防藥

□□□ 0449

例 わからない言葉に、下線を引いてください。
1秒後影子跟讀≫

譯 請在不懂的字下面畫線。

生字 言葉／言語；引く／畫線

名 かせん【下線】
下線，字下畫的線，底線
類 線を引く 劃線
對 消す 消除
音 線＝セン

□□□ 0450

例 首相が発言したのを契機に、経済改革が加速した。
1秒後影子跟讀≫

譯 自從首相發言後，便加快了經濟改革的腳步。

文法 をけいきに[自從…後]：表發生的原因、動機、轉折。
生字 発言／發言；改革／革新

名・自他サ かそく【加速】
加速
類 速くする 加速
對 減速 減速

かそくど【加速度】

□□□ 0451

例 加速度がついて、車はどんどん速くなった。

1秒後影子跟讀〉

譯 隨著油門的加速，車子越跑越快了。

生字 どんどん／順利不斷地進行

名 かそくど【加速度】

加速度；加速（或唸：かそくど）
類 速度の増加　加速度
對 減速度　減速度

□□□ 0452

例 集まった方々に、スピーチをしていただこうではないか。

1秒後影子跟讀〉

譯 就讓聚集此地的各位，上來講個話吧！

文法 うではないか[就讓…吧]：表示提議或邀請對方跟自己共同做某事，或是一種委婉的命令，常用在演講上，是稍微拘泥於形式的說法。

生字 集まる／聚集；スピーチ／演說

名・代・副 かたがた【方々】

（敬）大家；您們；這個那個，種種；各處；總之
類 人々　人們
對 一人　單獨一人

□□□ 0453

例 私は、昔の刀を集めています。

1秒後影子跟讀〉

譯 我在收集古董刀。

名 かたな【刀】

刀的總稱
類 剣　刀
對 銃　槍

□□□ 0454

Track016

例 小麦粉を、塊ができないようにして水に溶きました。

1秒後影子跟讀〉

譯 為了盡量不讓麵粉結塊，加水進去調勻。

生字 溶く／化開

名・接尾 かたまり【塊】

塊狀，疙瘩；集團；極端…的人
類 固まり　塊
對 散らばる　散開

□□□ 0455

例 魚の煮汁が冷えて固まった。

1秒後影子跟讀〉

譯 魚湯冷卻以後凝結了。

慣用語〉
● 思考が固まる／思考定型了。
● 計画が固まる／計劃成形。
● 意見が固まる／形成一致意見。
生字 煮汁／熬煮過的湯；冷える／放涼

自五 かたまる【固まる】

（粉末、顆粒、黏液等）變硬，凝固；固定，成形；集在一起，成群；熱中，篤信（宗教等）
類 凝固する　凝固
對 溶ける　融化
訓 固＝かた（まる）

□□□ 0456

例 地震で、家が傾いた。

1秒後影子跟讀 》

譯 房屋由於地震而傾斜了。

生字 地震／地震

自五 **かたむく【傾く】**

傾斜；有…的傾向；(日月)
偏西；衰弱,衰微

類 傾斜する　傾斜

對 平ら　平坦

訓 傾＝かたむ（く）

□□□ 0457

例 ケーキが、箱の中で片寄ってしまった。

1秒後影子跟讀 》

譯 蛋糕偏到盒子的一邊去了。

生字 ケーキ／蛋糕

自五 **かたよる
【偏る・片寄る】**

偏於,不公正,偏袒；失去平衡

類 偏向する　偏頗

對 公平　公平

訓 片＝かた

□□□ 0458

例 戦争についてみんなで語った。

1秒後影子跟讀 》

譯 大家一起在說戰爭的事。

生字 戦争／戰爭

他五 **かたる【語る】**

說,陳述；演唱,朗讀

類 話す　講述

對 沈黙する　沉默

□□□ 0459

例 あのドラマは見る価値がある。

1秒後影子跟讀 》

譯 那齣連續劇有一看的價值。

生字 ドラマ／連續劇

名 **かち【価値】**

價值

類 価値ある　價值

對 無価値　無價值

□□□ 0460

例 彼女は病気がちだが、出かけられないこともない。

1秒後影子跟讀 》

譯 她雖然多病,但並不是不能出門。

接尾 **がち【勝ち】**

往往,容易,動輒；大部分是

類 よく　經常

對 たまに　偶爾

出題重點　「勝ち（がち）」表示某種傾向或經常發生的情況。如「忘れがち（わすれがち）」"經常忘記"。問題3經常混淆的複合詞有：

- 成り（なり）：指成為、變成或某物的本質。如「成り行き（なりゆき）」"發展趨勢"。
- 行き（ゆき）：指去向、方向或趨勢。如「行きがかり（ゆきがかり）」"情況發展"。
- 流れ（ながれ）：表示流動、趨勢或發展的方向。如「片流れ（かたながれ）」"一方面的趨勢"。

がっか【学科】

□□□ 0461

例 大学に、新しい専攻学科ができたのを契機に、学生数も増加した。

1秒後影子跟讀 ≫

譯 自從大學增加了新的專門科系之後，學生人數也增加了許多。

文法 ≫ をけいきに [自從…後]：表示某事產生或發生的原因、動機、機會、轉折點。

生字 専攻／主修；増加／增加

名 **がっか【学科】**
科系
類 科目 學科
對 全般 全面

□□□ 0462

例 雑誌に論文を出す一方で、学会でも発表する予定です。

1秒後影子跟讀 ≫

譯 除了將論文投稿給雜誌社之外，另一方面也預定要在學會中發表。

文法 ≫ いっぽうで [另一方面]：前句說明在做某件事的同時，後句為補充做另一件事。

生字 論文／論文；発表／發表；予定／預計

名 **がっかい【学会】**
學會，學社
類 研究集会 學術會議
對 個人研究 個人研究

□□□ 0463

例 何も言わないことからして、すごくがっかりしているみたいだ。

1秒後影子跟讀 ≫

譯 從他不發一語的樣子看來，應該是相當地氣餒。

出題重點 「がっかり」“頹喪”表感到失望或沮喪。問題4陷阱可能有：「失望（しつぼう）」“失望”強調因期望未達成而感到的失望，較正式；「落胆（らくたん）」“氣餒”指因事情不如預期而感到的沮喪，語氣較「がっかり」正式；「悲観（ひかん）」“悲觀”更強調對未來或某種情況的悲觀看法，不僅僅是一時的失望。

文法 ≫ からして [從…看來…]：表示判斷的依據。後面多是消極、不利的評價。

副·自サ **がっかり**
失望，灰心喪氣；筋疲力盡
類 失望する 失望
對 喜ぶ 高興

□□□ 0464

例 うちの店は、表面上は活気があるが、実はもうかっていない。

1秒後影子跟讀 ≫

譯 我們店表面上看起來很興旺，但其實並沒賺錢。

文法 ≫ じょうは [從…來看]：表示就此觀點而言。

生字 表面／表面；もうかる／賺錢

名 **かっき【活気】**
活力，生氣；興旺
類 元気 活力
對 沈滞 停滯

□□□ 0465

例 学期が始まるか始まらないかのうちに、彼は転校してしまいました。

1秒後影子跟讀 ≫

譯 就在學期快要開始的時候，他便轉學了。

文法 ≫ か～ないかのうちに [快要…便…]：表示前一個動作才剛開始，在似完非完之間，第2個動作緊接著又開始了。

生字 始まる／開始；転校／轉學

名 **がっき【学期】**
學期
類 学校の期間 學期
對 休暇 假期

108

□□□ 0466

例 何か楽器を習うとしたら、何を習いたいですか。

1秒後影子跟讀》

譯 如果要學樂器，你想學什麼？

生字 習う／學習

名 **がっき【楽器】**

樂器

類 音楽の道具 樂器

對 絵画 繪畫

□□□ 0467

例 学級委員を中心に、話し合ってください。

1秒後影子跟讀》

譯 請以班長為中心來討論。

生字 委員／委員，代表成員；中心／核心人物

名 **がっきゅう【学級】** か

班級，學級

類 クラス 班級

對 学校 學校

□□□ 0468

例 重い荷物を担いで、駅まで行った。

1秒後影子跟讀》

譯 背著沈重的行李，來到車站。

生字 荷物／行李

他五 **かつぐ【担ぐ】**

扛，挑；推舉，擁戴；受騙

類 背負う 扛

對 下ろす 放下

訓 担＝かつ（ぐ）

□□□ 0469

例 括弧の中から、正しい答えを選んでください。

1秒後影子跟讀》

譯 請從括號裡，選出正確答案。

名 **かっこ【括弧】**

括號；括起來

類 かぎ括弧 括號

對 文字 文字

□□□ 0470

例 各国の代表が集まる。

1秒後影子跟讀》

譯 各國代表齊聚。

慣用語

● 各国の代表を招待する／邀請各國代表。
● 各国の文化を学ぶ／學習各國文化。
● 各国の料理を試す／嘗試各國料理。

生字 代表／代表；集まる／聚集

名 **かっこく【各国】**

各國

類 各国家 各國

對 全体 全體

音 各＝カク

かつじ【活字】

□□□ 0471

例 彼女は活字中毒で、本ばかり読んでいる。

1秒後影子跟讀〉

譯 她已經是鉛字中毒了，一天到晚都在看書。

生字 中毒／上癮；ばかり／淨是

名 **かつじ【活字】**

鉛字，活字

類 印刷文字 活字

對 手書き 手寫

□□□ 0472

例 合唱の練習をしているところに、急に邪魔が入った。

1秒後影子跟讀〉

譯 在練習合唱的時候，突然有人進來打擾。

生字 練習／練習；邪魔／干擾

名・他サ **がっしょう【合唱】**

合唱，一齊唱；同聲高呼

類 合唱団 合唱

對 独唱 獨唱

□□□ 0473

例 誰も見ていないからといって、勝手に持っていってはだめですよ。

1秒後影子跟讀〉

譯 即使沒人在看，也不能隨便就拿走呀！

慣用語〉
● 勝手な判断／任意的判斷。
● 勝手に行動する／隨意行動。
● 勝手が違う／習慣不同。

文法〉からといって[即使…，也（不能）…]：表示不能僅僅
因為前面這一點理由，就做後面的動作，後面常接否定的説法。

形動 **かって【勝手】**

任意，任性，隨便

類 自由 隨意

對 強制 強制

□□□ 0474

例 一緒に活動するにつれて、みんな仲良くなりました。

1秒後影子跟讀〉

譯 隨著共同參與活動，大家都變成好朋友了。

生字 つれる／伴隨著；仲良い／感情好

名・自サ **かつどう【活動】**

活動，行動

類 行動 活動

對 静止 靜止

□□□ 0475

例 若い人材を活用するよりほかはない。

1秒後影子跟讀〉

譯 就只有活用年輕人材這個方法可行了。

文法〉よりほかはない[就只有（只好）…]：表示問題處於某
種狀態，只有一種辦法，沒有其他解決辦法。

生字 人材／人材

名・他サ **かつよう【活用】**

活用，利用，使用

類 利用 應用

對 放棄 放棄

□□□ 0476

例 子どもが減ると、社会の活力が失われる。

1秒後影子跟讀〉

訳 如果孩童減少，那社會也就會失去活力。

生字 減る／減少；失う／喪失

名 かつりょく【活力】

活力，精力（或唸：かつりょく）

類 元気 活力
對 疲労 疲勞

□□□ 0477

例 あなたが億万長者だと仮定してください。

1秒後影子跟讀〉

訳 請假設你是億萬富翁。

生字 億万長者／億萬富豪

名・字サ かてい【仮定】

假定，假設

類 想定 假設
對 事実 事實

□□□ 0478

例 過程はともかく、結果がよかったからいいじゃないですか。

1秒後影子跟讀〉

訳 姑且不論過程如何，結果好的話，不就行了嗎？

文法 はともかく[姑且不論…]：表示提出兩個事項，前項暫且不作為議論的對象，先談後項。暗示後項是更重要的。

生字 結果／成果

名 かてい【過程】

過程

類 プロセス 過程
對 結果 結果

□□□ 0479

例 大学には、教職課程をはじめとするいろいろな課程がある。

1秒後影子跟讀〉

訳 大學裡，有教育課程以及各種不同的課程。

生字 教職／教師職務；はじめ／開頭

名 かてい【課程】

課程

類 コース 課程
對 終了 結束
音 課＝カ

□□□ 0480

例 それを聞いたら、お母さんがどんなに悲しむことか。

1秒後影子跟讀〉

訳 如果媽媽聽到這話，會多麼傷心呀！

慣用語
●失敗を悲しむ／為失敗感到悲傷。
●友人の死を悲しむ／悼念逝去的朋友。
●結果に悲しむ／對結果感到悲哀

他五 かなしむ【悲しむ】

感到悲傷，痛心，可歎

類 哀れむ 悲傷
對 喜ぶ 高興

か

111

かなづかい 【仮名遣い】

□□□ 0481

例 **仮名遣いをきちんと覚えましょう。**

1秒後影子跟讀 ≫

譯 要確實地記住假名的用法。

生字 きちんと／牢牢地

名 **かなづかい【仮名遣い】**

假名的拼寫方法

類 仮名書き 假名書寫

對 漢字 漢字

□□□ 0482

例 **この方法が、必ずしもうまくいくとは限らない。**

1秒後影子跟讀 ≫

譯 這個方法也不一定能順利進行。

慣用語
- ●必ずしも正しくない／並非總是正確。
- ●必ずしも同意できない／不一定能同意。
- ●必ずしも簡単ではない／並非總是簡單。

文法 とはかぎらない [但未必…]：表事情不是絕對如此，也有例外或其他可能性。

副 **かならずしも【必ずしも】**

不一定，未必（或唸：かならずしも）

類 必ず 必定

對 たまに 偶爾

□□□ 0483

例 **みんなの幸せのために、願いをこめて鐘を鳴らした。**

1秒後影子跟讀 ≫

譯 為了大家的幸福，以虔誠之心來鳴鐘許願。

生字 願いをこめる／虔誠祈願；鳴らす／使鳴響

名 **かね【鐘】**

鐘，吊鐘

類 ベル 鐘

對 笛 笛

□□□ 0484

例 **知性と美貌を兼ね備える。**

1秒後影子跟讀 ≫

譯 兼具智慧與美貌。

生字 知性／智慧；美貌／美貌

他下 **かねそなえる【兼ね備える】**

兩者兼備

類 併せ持つ 兼具

對 欠ける 缺乏

□□□ 0485

例 **製品を加熱するにしたがって、色が変わってきた。**

1秒後影子跟讀 ≫

譯 隨著溫度的提升，產品的顏色也起了變化。

文法 にしたがって [隨著…也]：事物隨其他事物變化。

生字 製品／產品

名·他サ **かねつ【加熱】**

加熱，高溫處理

類 熱する 加熱

對 冷却 冷卻

例 趣味と実益を兼ねて、庭で野菜を育てています。

1秒後影子跟讀 >

譯 為了兼顧興趣和現實利益，目前在院子裡種植蔬菜。

生字 実益／實際利益；育てる／培育

□□□ 0486

他下一 接尾 **か**ねる【兼ねる】

兼備；不能，無法

類 同時にする 同時

對 専念する 專注

例 枕カバーを洗濯した。

1秒後影子跟讀 >

譯 我洗了枕頭套。

出題重點 題型5裡「カバー」的考點有：
- 例句：ピアノの上にカバーをかけた／她為鋼琴蓋上了罩子。
- 換句話說：ピアノに覆う物を掛ける／為鋼琴覆上罩子。
- 相對說法：ピアノのカバーを取り除く／移除鋼琴的罩子。

「カバー」指遮蔽或保護之物；「覆う物」即用來遮蔽或保護的材料；「取り除く」是指除去某物體。

生字 枕／枕頭；洗濯する／清洗

□□□ 0487

名· 他サ **カ**バー【cover】

罩，套；補償，補充；覆蓋

類 覆い 覆蓋

對 露出する 暴露

例 過半数がとれなかったばかりに、議案は否決された。

1秒後影子跟讀 >

譯 都是因為沒過半數，所以議案才會被駁回。

文法 ばかりに[就因為…，結果…]：表示就是因為某事的緣故，造成後項不良結果或發生不好的事情，說話者含有後悔或遺憾的心情。

生字 議案／議案；否決／否決

□□□ 0488

名 **か**はんすう 【過半数】

過半數，半數以上（或唸：**か** はんすう）

類 半分以上 過半數

對 少数 少數

例 彼はA社の株を買ったかと思うと、もう売ってしまった。

1秒後影子跟讀 >

譯 他剛買了A公司的股票，就馬上轉手賣出去了。

文法 かとおもうと[剛…就…]：表示前後兩個對比的事情，在短時間內幾乎同時相繼發生，後面接的大多是說話者意外和驚訝的表達。

□□□ 0489

名· 接尾 **か**ぶ【株】

株，顆；(樹的)殘株；股票；(職業等上)特權；擅長；地位

類 株式 股票

對 現金 現金

例 機械の上に布をかぶせておいた。

1秒後影子跟讀 >

譯 我在機器上面蓋了布。

生字 機械／機械；布／布

□□□ 0490

Track017

他下一 **か**ぶせる【被せる】

蓋上；(用水)澆沖；戴上(帽子等)；推卸

類 覆う 覆蓋 對 露出する 暴露

訓 被＝かぶ（せる）

113

かま【釜】

例 炊飯器がなかったころ、お釜でおいしくご飯を炊くのは難しいことだった。

1秒後影子跟讀

譯 在還沒有發明電鍋的那個年代，想用鐵鍋炊煮出美味的米飯是件難事。

生字 炊飯器／電鍋；炊く／炊煮

名 **かま【釜】**
窯，爐；鍋爐
類 鍋　鍋
對 フライパン　平底鍋

例 私は構いません。

1秒後影子跟讀

譯 我沒關係。

慣用語
- 遅れてもかまいません／遲到也無妨。
- 少し待ってもかまいません／稍等一會也無所謂。
- 質問してもかまいません／提問也無礙。

寒暄 **かまいません【構いません】**
沒關係，不在乎
類 問題ない　沒關係
對 気にする　介意

例 おばあさんが洗濯をしていると、川上から大きな桃がどんぶらこ、どんぶらこと流れてきました。

1秒後影子跟讀

譯 奶奶在河裡洗衣服的時候，一顆好大的桃子載沉載浮地從上游漂了過來。

生字 どんぶらこ／漂浮；流れる／漂流

名・漢造 **かみ【上】**
上邊，上方，上游，上半身；以前，過去；開始，起源於；統治者，主人；京都；上座；(從觀眾看)舞台右側
類 頂上　上方
對 下　下方

例 世界平和を、神に祈りました。

1秒後影子跟讀

譯 我向神祈禱世界和平。

生字 祈る／禱告

名 **かみ【神】**
神，神明，上帝，造物主；(死者的)靈魂
類 神様　神
對 人間　人類

例 道に紙くずを捨てないでください。

1秒後影子跟讀

譯 請不要在街上亂丟紙屑。

生字 捨てる／丟棄

名 **かみくず【紙くず】**
廢紙，沒用的紙
類 廃紙　廢紙
對 新聞　報紙

□□□ 0496

例 日本には、猿の神様や狐の神様をはじめ、たくさんの神様がいます。

1秒後影子跟讀≫

訳 在日本，有猴神、狐狸神以及各種神明。

生字 猿／猴子；狐／狐狸

名 かみさま【神様】

(神的敬稱)上帝，神；(某方面的)專家，活神仙，(接在某方面技能後)⋯之神

類 神 神 對 人間 人

□□□ 0497

例 ひげをそるために、かみそりを買った。

1秒後影子跟讀≫

訳 我為了刮鬍子，去買了把刮鬍刀。

生字 ひげ／鬍子；そる／刮，剃

名 かみそり【剃刀】

剃刀，刮鬍刀；頭腦敏銳(的人)

類 シェーバー 剃刀

對 はさみ 剪刀

□□□ 0498

例 雷が鳴っているなと思ったら、やはり雨が降ってきました。

1秒後影子跟讀≫

訳 才剛打雷，這會兒果然下起雨來了。

文法≫ とおもったら[才剛⋯就]：表示前後兩個不同的事情，在短時間內幾乎同時相繼發生，後面接的大多是說話者意外的表達。

名 かみなり【雷】

雷；雷神；大發雷霆的人

類 雷電 雷

對 晴天 晴天

□□□ 0499

例 興味に応じて、科目を選択した。

1秒後影子跟讀≫

訳 依自己的興趣，來選擇課程。

慣用語≫
●科目を選択する／選擇課程。
●必修科目を履修する／修讀必修科目。
●科目の試験に合格する／通過科目考試。

文法≫ におうじて[依據⋯]：表示按照、根據。前項作為依據，後項根據前項的情況而發生變化。

生字 選択／挑選

名 かもく【科目】

科目，項目；(學校的)學科，課程

類 教科 科目

對 全般 整體

□□□ 0500

例 コンテナで貨物を輸送した。

1秒後影子跟讀≫

訳 我用貨櫃車來運貨。

生字 コンテナ／貨櫃，貨櫃車；輸送／運送

名 かもつ【貨物】

貨物；貨車

類 荷物 貨物

對 人 人

音 貨＝カ

115

□□□ 0501

例 クラシックピアノも弾けば、歌謡曲も歌う。

1秒後影子跟讀 >

譯 他既會彈古典鋼琴，也會唱歌謠。

文法 も〜ば〜も [也…也…]：把類似的事物並列起來，用意在強調，或表示還有很多情況。

生字 クラシック／古典的

名 **かよう【歌謡】**

歌謠，歌曲

類 歌 歌曲

對 話 講話

□□□ 0502

例 通帳はもとより、財布の中もまったく空です。

1秒後影子跟讀 >

譯 別說是存摺，就連錢包裡也空空如也。

出題重點 「空（から）」表示空虛或未被填充，無內容的狀態。如「空元気（からげんき）」"虛假的活力"。問題3經常混淆的複合詞有：

● 損なう（そこなう）：意味著損害、破壞或失敗。如「聞き損なう（ききそこなう）」"聽錯"。

● 抜ける（ぬける）：表示逃脫、離開或從某物中出來。如「切り抜ける（きりぬける）」"擺脫困境"。

● 減る（へる）：表示數量減少或降低。如「擦り減る（すりへる）」"逐漸磨損"。

生字 通帳／存摺；まったく／完全

名 **から【空】**

空的；空，假，虛

類 空っぽ 空的

對 満ちる 滿的

□□□ 0503

例 卵の殻をむきました。

1秒後影子跟讀 >

譯 我剝開了蛋殼。

生字 むく／剝去

名 **から【殻】**

外皮，外殼

類 外皮 殼

對 中身 內容

□□□ 0504

例 あのスカーフは、柄が気に入っていただけに、なくしてしまって残念です。

1秒後影子跟讀 >

譯 正因我喜歡那條圍巾的花色，所以弄丟它才更覺得可惜。

文法 だけに [正因…，所以…才更…]：表示原因。正因為前項，理所當然有相對應的後項。近 てとうぜんだ […也是理所當然的]

生字 スカーフ／圍巾；残念／可惜的

名·接尾 **がら【柄】**

身材；花紋，花樣；性格，人品，身分；表示性格，身分，適合性

類 模様 花紋

對 素材 材質

□□□ 0505

例 カラーコピーをとる。

1秒後影子跟讀 >

譯 彩色影印。

生字 コピー／影印

名 **カラー【color】**

色，彩色；（繪畫用）顏料

類 色 顏色

對 白黒 黑白

□□□ 0506

例 そんなにからかわないでください。

1秒後影子跟讀≫

譯 請不要這樣開我玩笑。

他五 **からかう**

逗弄，調戲

類 冷やかす　取笑

對 真剣に扱う　認真對待

出題重點 「からかう」指戲弄或開玩笑，以輕鬆或有時惡作劇的方式逗樂他人。如「子どもをからかうな／不要逗弄小孩」。以下是問題6錯誤用法：

1. 表示認真談論：「問題をからかう／開玩笑討論問題」。
2. 描述物理修復：「機械をからかう／對機械開玩笑」。
3. 表示健康治療：「病気をからかう／對疾病開玩笑」。

か

□□□ 0507

例 風車がからから回る。

1秒後影子跟讀≫

譯 風車咻咻地旋轉。

生字 風車／風車；回る／轉動

副・自サ **からから**

乾的、硬的東西相碰的聲音（擬音）（或唸：からから）

類 乾燥する　乾燥

對 湿る　濕潤

□□□ 0508

例 雨戸をがらがらと開ける。

1秒後影子跟讀≫

譯 推開防雨門板時發出咔啦咔啦的聲響。

生字 雨戸／遮雨窗；開ける／打開

名・副自サ・形動 **がらがら**

手搖鈴玩具；硬物相撞聲；直爽；很空

類 空いている　空蕩

對 込んでいる　擁擠

□□□ 0509

例 お金が足りないどころか、財布は空っぽだよ。

1秒後影子跟讀≫

譯 錢豈止不夠，連錢包裡也空空如也！

文法 どころか [豈止…連…]：表示從根本上推翻前項，並且在後項提出跟前項程度相差很遠。

生字 財布／錢包

名・形動 **からっぽ【空っぽ】**

空，空洞無一物

類 空　空的

對 満たされる　滿的

□□□ 0510

例 空手を始めた以上、黒帯を目指す。

1秒後影子跟讀≫

譯 既然開始練空手道了，目標就是晉升到黑帶。

文法 いじょう [既然…，就…]：由於前句某種決心或責任，後句便根據前項表達相對應的決心、義務或奉勸。

生字 始める／開始；目指す／以…為目標

名 **からて【空手】**

空手道

類 武道　空手道

對 柔道　柔道

かる【刈る】

□□□ 0511

例 両親が草を刈っているところへ、手伝いに行きました。
1秒後影子跟讀 》

譯 當爸媽正在割草時過去幫忙。

他五 **かる【刈る】**

割，剪，剃
類 切る　割
對 植える　種植

□□□ 0512

例 庭の木が枯れてしまった。
1秒後影子跟讀 》

譯 庭院的樹木枯了。

自上二 **かれる【枯れる】**

枯萎，乾枯；老練，造詣精深；(身材)枯瘦
類 乾燥する　枯萎
對 生き生きとする　生機勃勃
訓 枯=か（れる）

□□□ 0513

例 カロリーをとりすぎたせいで、太った。
1秒後影子跟讀 》

譯 因為攝取過多的卡路里，才胖了起來。

生字 摂る／攝取；すぎる／過度

名 **カロリー【calorie】**

(熱量單位)卡，卡路里；(食品營養價值單位)卡，大卡
類 エネルギー単位　卡路里
對 キログラム　千克

□□□ 0514

例 死んだ妹にかわって、叔母の私がこの子をかわいがります。
1秒後影子跟讀 》

譯 由我這阿姨，代替往生的妹妹疼愛這個小孩。

慣用語 》
●ペットを可愛がる／寵愛寵物。
●子どもを可愛がる／疼愛孩子。
●生徒を可愛がる／關愛學生。

生字 叔母／姨母

他五 **かわいがる【可愛がる】**

喜愛，疼愛；嚴加管教，教訓
類 愛する　寵愛
對 無視する　忽視

□□□ 0515

例 お母さんが病気になって、子どもたちがかわいそうでならない。
1秒後影子跟讀 》

譯 母親生了病，孩子們真是可憐得叫人鼻酸！

生字 病気／疾病

形動 **かわいそう【可哀相・可哀想】**

可憐
類 憐れ　可憐
對 幸せ　幸福

□□□ 0516

例 かわいらしいお嬢さんですね。

1秒後影子跟讀

譯 真是個討人喜歡的姑娘呀！

出題重點 「可愛らしい」讀音為「かわいらしい」，意指外表或舉止可愛、引人喜愛。問題 2 誤導選項可能有：
- 憎らしい（にくらしい）："討厭、可恨"，與「可愛らしい」正好相反，用來描述引起反感或不快的人或事物。
- 愛らしい（あいらしい）："愛慕、可愛"，雖然與「可愛らしい」近義，但用法和情感色彩可能略有差異，「愛らしい」更多強調深情或親密感。
- 可愛らし：這不是一個完整的日語形容詞，注意正確使用完整形式。

生字 お嬢さん／小姐

形 かわいらしい【可愛らしい】
可愛的，討人喜歡；小巧玲瓏
類 愛らしい 可愛
對 醜い 醜陋

□□□ 0517

例 このところ、為替相場は円安が続いている。

1秒後影子跟讀

譯 最近的日圓匯率持續貶值。

生字 相場／行情；円安／日幣貶值

名 かわせ【為替】
匯款，匯兌
類 通貨交換 匯兌
對 現金取引 現金交易

□□□ 0518

例 赤い瓦の家に住みたい。

1秒後影子跟讀

譯 我想住紅色磚瓦的房子。

名 かわら【瓦】
瓦
類 屋根材 瓦
對 コンクリート 混凝土

□□□ 0519

例 答えを知っていたのではなく、勘で言ったにすぎません。

1秒後影子跟讀

譯 我並不是知道答案，只是憑直覺回答而已。

生字 答え／解答

名 かん【勘】
直覺，第六感；領悟力
類 直感 直覺
對 理論 理論

□□□ 0520

例 ダイエットのため、こんにゃくや海藻などで満腹感を得るように工夫している。

1秒後影子跟讀

譯 目前為了減重，運用蒟蒻和海藻之類的食材讓自己得到飽足感。

生字 こんにゃく／蒟蒻；満腹／吃飽；工夫／設法

名・漢造 かん【感】
感覺，感動；感
類 感覚 感覺
對 無感覚 無感覺

かんかく 【間隔】

例 バスは、20分の間隔で運行しています。

1秒後影子跟讀 ≫

訳 公車每隔20分鐘來一班。

生字 運行／行駛

名 **かんかく** 【間隔】
間隔，距離
類 距離　間隔
對 密接　密切

例 彼は、音に対する感覚が優れている。

1秒後影子跟讀 ≫

訳 他的音感很棒。

出題重點 「感覚」"感覺"指通過感官對外界刺激的感受或知覺。問題4陷阱可能有：「触感（しょっかん）」"觸感"專指通過觸覺感受到的感覺，如物體的質地或溫度；「直感（ちょっかん）」"直覺"強調直接且本能的感知或判斷，不經過理性思考；「感性（かんせい）」"感受性"通常指個人對美感、情感的敏感度和鑑賞力，比「感覚」更偏向於藝術和情感方面。

生字 対する／對於；優れる／卓越

名･他サ **かんかく** 【感覚】
感覺
類 感じ　感覚
對 無感覚　麻木

例 煙草臭いから、換気をしましょう。

1秒後影子跟讀 ≫

訳 煙味實在是太臭了，讓空氣流通一下吧！

名･自他サ **かんき** 【換気】
換氣，通風，使空氣流通
類 空気の入れ替え　通風
對 密閉　密閉
音 換＝カン

例 観客が減少ぎみなので、宣伝しなくてはなりません。

1秒後影子跟讀 ≫

訳 因為觀眾有減少的傾向，所以不得不做宣傳。

生字 減少／減少；ぎみ／有…的傾向；宣伝／宣揚

名 **かんきゃく** 【観客】
觀眾
類 見物人　觀眾
對 出演者　表演者

例 故郷に帰った際には、とても歓迎された。

1秒後影子跟讀 ≫

訳 回到家鄉時，受到熱烈的歡迎。

生字 故郷／老家

名･他サ **かんげい** 【歓迎】
歡迎
類 迎える　歡迎
對 拒絶　拒絕

読書計劃：□□／□□／□□

□□□ 0526

例 こんなつまらない芝居に感激するなんて、おおげさというものだ。

1秒後影子跟讀〉

譯 對這種無聊的戲劇還如此感動，真是太誇張了。

文法 というものだ[真是…]：表示對事物做一種結論性的判斷。

生字 芝居／戲劇；おおげさ／誇張的

名・自サ かんげき【感激】

感激，感動

類 感動 感動

對 無関心 無關心

□□□ 0527

例 関西旅行をきっかけに、歴史に興味を持ちました。

1秒後影子跟讀〉

譯 自從去關西旅行之後，就開始對歷史產生了興趣。

文法 をきっかけに[以…為契機]：表示某事產生的原因、機會、動機等。

名 かんさい【関西】

日本關西地區(以京都、大阪為中心的地帶)

類 西日本 關西

對 関東 關東

□□□ 0528

例 一口に雲と言っても、観察するといろいろな形があるものだ。

1秒後影子跟讀〉

譯 如果加以觀察，所謂的雲其實有各式各樣的形狀。

文法 ものだ[應當…]：表示理所當然，理應如此。

生字 一口／一句；形／形狀

名・他サ かんさつ【観察】

觀察

類 観測 觀察

對 無視 忽略

□□□ 0529

Track018

例 彼女は女優というより、モデルという感じですね。

1秒後影子跟讀〉

譯 與其說她是女演員，倒不如說她更像個模特兒。

生字 女優／女演員；モデル／模特兒

名 かんじ【感じ】

知覺，感覺；印象

類 感覚 感覺

對 無感覚 無感覺

□□□ 0530

例 日本では、元日はもちろん、2日も3日も会社は休みです。

1秒後影子跟讀〉

譯 在日本，不用說是元旦，1月2號和3號，公司也都放假。

出題重點 「元日」唸作「がんじつ」，意指新年第一天。問題1誤導選項可能有：

●げんじつ：錯誤地將「がん」讀作另一個音讀「げん」，這與原字的發音不符。

●がんにち：錯誤地將「じつ」讀作「にち」，雖然「日」字常讀作「にち」，但在此單字中應該讀作「じつ」。

●がんじち：錯誤地將「つ」讀作「ち」，這改變了單字的結尾發音。

生字 休み／休息

名 がんじつ【元日】

元旦

類 新年 新年

對 大晦日 除夕

□□□ 0531

例 研究が忙しい上に、患者も診なければならない。

1秒後影子跟讀 ▷

譯 除了要忙於研究之外，也必須替病人看病。

文法 うえに [不僅…，還…]：追加、補充同類内容。表示還有更甚的情況。

生字 研究／鑽研；診る／診斷

名 かんじゃ【患者】

病人，患者

類 病人 病人

對 医者 醫生

音 患＝カン

□□□ 0532

例 音楽鑑賞をしているところを、邪魔しないでください。

1秒後影子跟讀 ▷

譯 我在欣賞音樂時，請不要來干擾。

生字 邪魔／打擾

名・他サ かんしょう【鑑賞】

鑑賞，欣賞

類 評価 欣賞

對 批判 批評

音 賞＝ショウ

□□□ 0533

例 そろそろお勘定をしましょうか。

1秒後影子跟讀 ▷

譯 差不多該結帳了吧！

生字 そろそろ／即將

名・他サ かんじょう【勘定】

計算；算帳；(會計上的) 帳目，戶頭，結帳；考慮，估計

類 計算 帳單

對 支払い 付款

□□□ 0534

例 彼にこの話をすると、感情的になりかねない。

1秒後影子跟讀 ▷

譯 你一跟他談這件事，他可能會很情緒化。

文法 かねない [可能會…]：做出異於常人事情的可能性。

名 かんじょう【感情】

感情，情緒

類 情緒 情感

對 無感情 無情

□□□ 0535

例 あいつは女性に関心があるくせに、ないふりをしている。

1秒後影子跟讀 ▷

譯 那傢伙明明對女性很感興趣，卻裝作一副不在乎的樣子。

文法 くせに [明明…，卻…]：表後項不與前項身分相符的事。帶嘲諷語氣。近 くせして [只不過是…]

生字 ふり／假裝

名 かんしん【関心】

關心，感興趣

類 興味 關心

對 無関心 無關心

0536

例 日本に関する研究をしていたわりに、日本についてよく知らない。

1秒後影子跟讀

譯 雖然之前從事日本相關的研究，但卻對日本的事物一知半解。

生字 研究／鑽研

自サ **かんする【関する】**

關於，與…有關

類 関係する 與…有關

對 無関係 無關

0537

例 彼女を通じて、間接的に彼の話を聞いた。

1秒後影子跟讀

譯 我透過她，間接打聽了一些關於他的事。

慣用語
- 間接的な影響を受ける／受到間接影響。
- 間接的な方法を採用する／採用間接的方法。
- 間接的な表現を使う／使用間接的表達。

生字 通じる／通過

名 **かんせつ【間接】**

間接

類 非直接 間接

對 直接 直接

音 接＝セツ

か

0538

例 空気が乾燥しているといっても、砂漠ほどではない。

1秒後影子跟讀

譯 雖說空氣乾燥，但也沒有沙漠那麼乾。

文法 ほど～はない[但也沒有…]：表示在同類事物中最高的，除了這個之外沒有可以相比的。

生字 空気／空氣；砂漠／沙漠

名・自他サ **かんそう【乾燥】**

乾燥；枯燥無味

類 乾いている 乾燥

對 湿っている 濕潤

音 乾＝カン

音 燥＝ソウ

0539

例 毎日天体の観測をしています。

1秒後影子跟讀

譯 我每天都在觀察星體的變動。

生字 天体／星際物質

名・他サ **かんそく【観測】**

觀察(事物)，(天體，天氣等)觀測

類 観察 觀測 對 無視 忽視

音 測＝ソク

0540

例 寒帯の森林には、どんな動物がいますか。

1秒後影子跟讀

譯 在寒帶的森林裡，住著什麼樣的動物呢？

名 **かんたい【寒帯】**

寒帶

類 寒冷地帯 寒帶 對 熱帯 熱帶

音 帯＝タイ

がんたん【元旦】

□□□ 0541

例 元旦に初詣に行く。

1秒後影子跟讀 ▷

譯 元旦去新年參拜。

生字 初詣／新年第一次參拜

名 **がんたん【元旦】**

元旦

類 新年 元旦

對 大晦日 除夕

□□□ 0542

例 私の勘違いのせいで、あなたに迷惑をかけました。

1秒後影子跟讀 ▷

譯 都是因為我的誤解，才造成您的不便。

出題重點 「勘違い」唸作「かんちがい」，指錯誤地理解某事或某人，導致認知上的偏差或錯誤。問題1誤導選項可能有：

● かんかい：錯誤地將濁音「が」讀作清音「か」，這改變了單字的一部分讀音。
● がんちがい：錯誤地將開頭的清音「か」讀作濁音「が」，這與原字的發音不符。
● かんちぎい：錯誤地將「が」讀作「ぎ」，這讓讀音變得不正確。

生字 迷惑／困擾

名・自サ **かんちがい【勘違い】**

想錯，判斷錯誤，誤會

類 誤解 誤解

對 理解 理解

□□□ 0543

例 政治家も政治家なら、官庁も官庁で、まったく頼りにならない。

1秒後影子跟讀 ▷

譯 政治家有貪污，政府機關也有缺陷，完全不可信任。

文法 も～なら～も [有…也有缺陷]：表示雙方都有缺點，帶有譴責的語氣。

名 **かんちょう【官庁】**

政府機關

類 政府機関 官署

對 民間 民間

音 庁＝チョウ

□□□ 0544

例 災害に備えて缶詰を用意する。

1秒後影子跟讀 ▷

譯 準備罐頭以備遇到災難時使用。

生字 災害／災害；備える／防備；用意／預備

名 **かんづめ【缶詰】**

罐頭；不與外界接觸的狀態；擁擠的狀態（或唸：かんづめ・かんづめ）

類 保存食 罐頭

對 生鮮食品 生鮮食品

音 缶＝カン 訓 詰＝つめ

□□□ 0545

例 プラスとマイナスを間違えないように、乾電池を入れる。

1秒後影子跟讀 ▷

譯 裝電池時，正負極請不要擺錯。

生字 プラス／正極；マイナス／負極

名 **かんでんち【乾電池】**

乾電池

類 電池 乾電池

對 充電器 充電器

音 乾＝カン 音 池＝チ

□□□ 0546

例 関東に加えて、関西でも調査することになりました。
1秒後影子跟讀 》

譯 除了關東以外，關西也要開始進行調查了。

生字 調査／搜查

名 **かんとう【関東】**
日本關東地區 (以東京為中心的地帶)
類 東日本　關東
對 関西　關西

□□□ 0547

例 日本の映画監督といえば、やっぱり黒澤明が有名ですね。
1秒後影子跟讀 》

譯 一說到日本的電影導演，還是黑澤明最有名吧！

文法 といえば [一說到…]：提起某話題，後項對這個話題進行敘述或聯想。

名・他サ **かんとく【監督】**
監督，督促；監督者，管理人；(影劇) 導演；(體育) 教練
類 管理者　監督
對 俳優　演員

□□□ 0548

例 あなたは、固定観念が強すぎますね。
1秒後影子跟讀 》

譯 你的主觀意識實在太強了！

出題重點 題型 5 裡「観念」的考點有：
● 例句：彼は自由の観念を大切にしている／他非常珍視自由的觀念。
● 換句話說：自由は彼にとって大切な概念だ／自由對他來說是一個重要的概念。
● 相對說法：彼は現実的な自由を追求する。／他追求實際的自由。
「観念」指的是心裡的概念或想法；「概念」也是指一個抽象的思想或理念；「現実」則是與抽象思想對立的，指的是實際存在的事物。
生字 固定／固有；すぎる／過度

名・自他サ **かんねん【観念】**
觀念；決心；斷念，不抱希望
類 概念　觀念
對 現実　現實

□□□ 0549

例 彼女の誕生日を祝って乾杯した。
1秒後影子跟讀 》

譯 祝她生日快樂，大家一起乾杯！

生字 祝う／祝賀

名・自サ **かんぱい【乾杯】**
乾杯
類 乾杯する　舉杯
對 終了　結束
音 乾＝カン

□□□ 0550

例 看板の字を書いてもらえますか。
1秒後影子跟讀 》

譯 可以麻煩您替我寫下招牌上的字嗎？

生字 字／文字

名 **かんばん【看板】**
招牌；牌子 幌子；(店舖) 關門，停止營業時間
類 サインボード　招牌
對 広告　廣告　音 板＝バン

125

かんびょう【看病】

□□□ 0551

例 病気が治ったのは、あなたの看病のおかげにほかなりません。

1秒後影子跟讀 〉

譯 疾病能痊癒，都是託你的看護。

生字 治る／治癒；おかげ／託福

名・他サ かんびょう【看病】

看護，護理病人

類 世話 照顧

對 看護 護理

□□□ 0552

例 これは、昔の王様の冠です。

1秒後影子跟讀 〉

譯 這是古代國王的王冠。

生字 王様／國王

名 かんむり【冠】

冠，冠冕；字頭，字蓋；有點生氣

類 王冠 冠

對 帽子 帽子

□□□ 0553

例 面倒を見てもらっているというより、管理されているような気がします。

1秒後影子跟讀 〉

譯 與其說是照顧，倒不如說更像是被監控。

生字 面倒／照料；気がする／感覺

名・他サ かんり【管理】

管理，管轄；經營，保管

類 運営 管理 對 放任 放任

音 管＝カン

□□□ 0554

例 工事は、長時間の作業のすえ、完了しました。

1秒後影子跟讀 〉

譯 工程在經過長時間的施工後，終於大工告成了。

出題重點 「完了」唸音讀「かんりょう」，指某事已經結束或完成。問題 2 誤導選項可能有：

- 終了（しゅうりょう）："結束"，強調活動或事件的結束，不一定是某個目標或任務。
- 完成（かんせい）："完成"，指作品或任務已經全部完成，強調質量和結果。
- 完結（かんけつ）："完結"，強調序列或系列活動、故事、項目的終結。

文法 のすえ[在…之後]：表示[經過一段時間，最後…]之意，是動作、行為等的結果，意味著[某一期間的結束]。

生字 工事／工程；作業／工作

名・自他サ かんりょう【完了】

完了，完畢；(語法)完了，完成

類 終了 完成

對 開始 開始

音 了＝リョウ

□□□ 0555

例 教育との関連からいうと、この政策は歓迎できない。

1秒後影子跟讀 〉

譯 從和教育相關的層面來看，這個政策實在是不受歡迎。

生字 政策／政策；歓迎／樂意接受

名・自サ かんれん【関連】

關聯，有關係

類 関連 關聯

對 無関係 無關

126

□□□ 0556

例 図書館には、英和辞典もあれば、漢和辞典もある。

1秒後影子跟讀 〉

譯 圖書館裡，既有英和辭典，也有漢日辭典。

文法 も～ば～も [也…也…]：把類似的事物並列起來，用意在強調，或表示還有很多情況。

名 かんわ【漢和】

漢語和日語；漢日辭典（用日文解釋古漢語的辭典）

類 漢字と和訳 漢字和日文翻譯

對 和漢 日文和漢字翻譯

□□□ 0557

[Track019]

例 入学の時期が訪れる。

1秒後影子跟讀 〉

譯 又到開學期了。

生字 入学／入學；訪れる／來臨

名 き【期】

時期；時機；季節；（預定的）時日

類 時期 時期

對 永久 永久

□□□ 0558

例 食器を洗う。

1秒後影子跟讀 〉

譯 洗碗盤。

名・漢造 き【器】

有才能，有某種才能的人；器具，器皿；起作用的，才幹

類 容器 容器

對 内容物 内容物

□□□ 0559

例 時機を待つ。

1秒後影子跟讀 〉

譯 等待時機。

生字 待つ／等候

名・接尾・漢造 き【機】

時機；飛機；（助數詞用法）架；機器

類 機械 機器

對 手動 手動

□□□ 0560

例 高山では、気圧が低いために体調が悪くなる人もいる。

1秒後影子跟讀 〉

譯 有些人在高山上由於低氣壓而導致身體不舒服。

慣用語 〉

● 気圧が低下する／氣壓下降。

● 気圧の変化に敏感だ／對氣壓變化敏感。

● 気圧計を見る／查看氣壓表。

生字 高山／高山；体調／身體狀況

名 きあつ【気圧】

氣壓；(壓力單位) 大氣壓

類 大気圧 氣壓

對 真空 真空

音 圧＝アツ

127

ぎいん【議員】

□□□ 0561

例 国会議員になるには、選挙で勝つしかない。

1秒後影子跟讀 〉

譯 如果要當上國會議員，就只有贏得選舉了。

慣用語 〉
● 議員に立候補する／參選議員。
● 議員の質問に答える／回答議員的提問。
● 議員として活動する／作為議員進行活動。

生字 国会／國會；選挙／選舉

名 ぎいん【議員】

(國會，地方議會的)議員

類 代表者 議員

對 一般市民 普通市民

□□□ 0562

例 最近、記憶が混乱ぎみだ。

1秒後影子跟讀 〉

譯 最近有記憶錯亂的現象。

生字 混乱／混亂；ぎみ／有點…傾向

名・他サ きおく【記憶】

記憶，記憶力；記性

類 思い出 記憶

對 忘却 遺忘

□□□ 0563

例 気温しだいで、作物の生長はぜんぜん違う。

1秒後影子跟讀 〉

譯 因氣溫的不同，農作物的成長也就完全不一樣。

文法 〉 しだいで[因…而定]：表示行為動作要實現，全憑前面的名詞的情況而定。近 しだいです[由於…]

生字 生長／發育；ぜんぜん／徹底

名 きおん【気温】

氣溫

類 温度 氣溫

對 湿度 濕度

音 温＝オン

□□□ 0564

例 彼は、器械体操部で活躍している。

1秒後影子跟讀 〉

譯 他活躍於健身社中。

生字 体操／體操；活躍／活躍

名 きかい【器械】

機械，機器

類 装置 裝置 對 手作業 手工

音 械＝カイ

□□□ 0565

例 首相は議会で、政策について力をこめて説明した。

1秒後影子跟讀 〉

譯 首相在國會中，使勁地解說了他的政策。

生字 首相／內閣總理大臣；政策／政治策略

名 ぎかい【議会】

議會，國會

類 立法機関 議會

對 行政 行政

128

□□□ 0566

例 **着替え**をしてから**出**かけた。

1秒後影子跟讀 》

譯 我換過衣服後就出門了。

名 **き**がえ 【着替え】

換衣服；換的衣服

類 衣替え 換衣 對 着用 穿著

訓 替＝かえ

□□□ 0567

例 **見**たことがあるような**気**がする。

1秒後影子跟讀 》

譯 好像有看過。

慣 **き**がする 【気がする】

好像；有心

類 感じる 感覺

對 無関心 無關心

出題重點 「気がする」"感覺像是" 表達一種主觀感覺或直覺。問題4陷阱可能有：「予感（よかん）」"預感" 指對未來事件的預感，通常帶直覺性；「直感（ちょっかん）」"直覺" 強調直接且本能的感知或判斷；「感覚（かんかく）」"感覺" 是對外界刺激的一般性感受，範圍更廣泛。與「気がする」相比，「予感」和「直感」更強調對未來或特定情況的直覺判斷，而「感覚」是更普遍的感受描述。

□□□ 0568

例 **政府機関**では、パソコンによる**統計**を**行**っています。

1秒後影子跟讀 》

譯 政府機關都使用電腦來進行統計。

名 **き**かん 【機関】

(組織機構的)機關，單位；(動力裝置)機關

類 組織 機構

對 個人 個人

生字 統計／統計；行う／執行

□□□ 0569

例 **珍**しい**機関車**だったので、**写真**を**撮**った。

1秒後影子跟讀 》

譯 因為那部蒸汽火車很珍貴，所以拍了張照。

名 **き**かんしゃ 【機関車】

機車，火車

類 列車 機關車

對 自動車 汽車

生字 珍しい／稀有的

□□□ 0570

例 **大企業**だけあって、**立派**なビルですね。

1秒後影子跟讀 》

譯 不愧是大企業，好氣派的大廈啊！

名 **き**ぎょう 【企業】

企業；籌辦事業

類 会社 企業

對 個人事業 個人業務

文法 だけあって [不愧是…]：表示名實相符，一般用在積極讚美的時候。

生字 立派／壯觀的；ビル／高樓大廈

ききん【飢饉】

0571

例 江戸時代以降、飢饉の対策としてサツマイモ栽培が普及した。

1秒後影子跟讀 〉

譯 江戶時代之後，為了因應飢荒而大量推廣了蕃薯的種植。

生字 対策／應對策略；サツマイモ／地瓜；普及／遍及

名 ききん【飢饉】

飢饉，飢荒；缺乏，…荒

類 食糧不足　飢荒

對 豊作　豐收

0572

例 この店では、電気器具を扱っています。

1秒後影子跟讀 〉

譯 這家店有出售電器用品。

生字 電気／電力；扱う／經營

名 きぐ【器具】

器具，用具，器械

類 用具　器具

對 材料　材料

0573

例 支払いの期限を忘れるなんて、非常識というものだ。

1秒後影子跟讀 〉

譯 竟然忘記繳款的期限，真是離譜。

出題重點 「期限（きげん）」指某項活動或事務規定的截止時間。如「支払期限（しはらいきげん）」“支付期限”。問題3經常混淆的複合詞有：
- 期（き）：指代一段特定的時間。如「全盛期（ぜんせいき）」“最好時期”。
- 時間（じかん）：作為基本單位，用來量度經過的時長。如「長時間（ちょうじかん）」“長時間”。
- 区切り（くぎり）：指一個分割點或結束點。如「ひと区切り（ひとくぎり）」“達到一個節點”。

文法 というものだ[真是…]：表示對事物做一種結論性的判斷。

生字 支払い／付款；非常識／荒誕

名 きげん【期限】

期限

類 締切　期限

對 無期限　無期限

0574

例 彼の機嫌が悪いとしたら、きっと奥さんと喧嘩したんでしょう。

1秒後影子跟讀 〉

譯 如果他心情不好，就一定是因為和太太吵架了。

生字 喧嘩／爭吵

名 きげん【機嫌】

心情，情緒

類 気分　心情

對 怒り　憤怒

0575

例 最近気候が不順なので、風邪ぎみです。

1秒後影子跟讀 〉

譯 最近由於氣候不佳，有點要感冒的樣子。

生字 不順／異常；ぎみ／有點…的傾向

名 きこう【気候】

氣候

類 天候　氣候

對 地形　地形

130

□□□ 0576

例 この記号は、どんな意味ですか。

1秒後影子跟讀〉

譯 這符號代表什麼意思？

慣用語〉
- 記号を使って説明する／利用符號來解釋。
- 特殊な記号を学ぶ／學習特殊符號。
- 数学の記号を学ぶ／學習數學符號。

名 き ごう【記号】

符號，記號

類 シンボル　符號

對 文 文本

か

□□□ 0577

例 指輪に二人の名前を刻んだ。

1秒後影子跟讀〉

譯 在戒指上刻下了兩人的名字。

生字 指輪／戒指

他五 き ざむ【刻む】

切碎；雕刻；分成段；銘記，
牢記

類 彫る　雕刻

對 消す　消除

□□□ 0578

例 向こうの岸まで泳いでいくよりほかない。

1秒後影子跟讀〉

譯 就只有游到對岸這個方法可行了。

文法〉 よりほかない[就只有（只好）…]：表示問題處於某種
狀態，只有一種辦法，沒有其他解決辦法。

生字 向こう／對面

名 き し【岸】

岸，岸邊；崖

類 浜辺　岸邊

對 海 海

訓 岸＝きし

□□□ 0579

例 生地はもとより、デザインもとてもすてきです。

1秒後影子跟讀〉

譯 布料好自不在話下，就連設計也是一等一的。

名 き じ【生地】

本色，素質，本來面目；布料；
(陶器等) 毛坯

類 布　布料　對 衣類　衣服

□□□ 0580

例 コンピューター技師として、この会社に就職した。

1秒後影子跟讀〉

譯 我以電腦工程師的身分到這家公司上班。

生字 コンピューター／電腦；就職／就業

名 ぎ し【技師】

技師，工程師，專業技術人員

類 専門家　技師

對 素人　業餘人士

音 技＝ギ

131

ぎしき【儀式】

□□□ 0581

例 **儀式は、1時から2時にかけて行われます。**

1秒後影子跟讀 》

譯 儀式從一點舉行到兩點。

生字 行う／舉辦

名 **ぎしき【儀式】**

儀式，典禮

類 式典 儀式

對 日常 日常

□□□ 0582

例 **この建物は、法律上は基準を満たしています。**

1秒後影子跟讀 》

譯 就法律來看，這棟建築物是符合規定的。

文法 》 じょうは [從…來看]：表示就此觀點而言。

生字 建物／建築物；満たす／滿足

名 **きじゅん【基準】**

基礎，根基；規格，準則

類 標準 標準

對 例外 例外

音 準＝ジュン

□□□ 0583

例 **6時の列車に乗るためには、5時に起床するしかありません。**

1秒後影子跟讀 》

譯 為了搭6點的列車，只好在5點起床。

名・自サ **きしょう【起床】**

起床

類 起きる 起床

對 就寝 就寝

音 床＝ショウ

□□□ 0584

例 **薬のおかげで、傷はすぐ治りました。**

1秒後影子跟讀 》

譯 多虧了藥物，傷口馬上就痊癒了。

生字 おかげ／托福；治る／治癒

名 **きず【傷】**

傷口，創傷；缺陷，瑕疵

類 損傷 傷害

對 健康 健康

□□□ 0585

例 **夕方、寒くなってきたので娘にもう1枚着せた。**

1秒後影子跟讀 》

譯 傍晚變冷了，因此讓女兒多加了一件衣服。

生字 夕方／傍晚

他下一 **きせる【着せる】**

給穿上(衣服)；鍍上；嫁禍，加罪

類 衣を着る 穿衣

對 脱ぐ 脱衣

0586

例 英語の基礎は勉強したが、すぐにしゃべれるわけではない。

1秒後影子跟讀 〉

譯 雖然有學過基礎英語，但也不可能馬上就能開口說的。

生字 しゃべる／説話；わけ／情況

名 **きそ【基礎】**

基石，基礎，根基；地基

類 土台 基礎

對 応用 應用

0587

例 みんな、期待するかのような目で彼を見た。

1秒後影子跟讀 〉

譯 大家以期待般的眼神看著他。

慣用語 〉
● 期待に応える／滿足期待。
● 期待が高まる／期待高漲。
● 期待を裏切る／辜負期待。

文法 〉かのような[以…般的…]：表示比喻。實際上不是這樣，但行動或感覺卻像是那樣。也表示不確定的判斷。

名・他サ **きたい【期待】**

期待，期望，指望

類 予期 期待

對 失望 失望

0588

例 いろいろな気体の性質を調べている。

1秒後影子跟讀 〉

譯 我在調查各種氣體的性質。

生字 性質／特性；調べる／查驗

名 **きたい【気体】**

(理)氣體

類 ガス 氣體

對 固体 固體

0589

例 南極基地で働く夫に、愛をこめて手紙を書きました。

1秒後影子跟讀 〉

譯 我寫了封充滿愛意的信，給在南極基地工作的丈夫。

生字 夫／丈夫

名 **きち【基地】**

基地，根據地

類 拠点 基地

對 周辺 周邊

0590

Track020

例 本日は、貴重なお時間を割いていただき、ありがとうございました。

1秒後影子跟讀 〉

譯 今天承蒙百忙之中撥冗前來，萬分感激。

生字 割く／分出

形動 **きちょう【貴重】**

貴重，寶貴，珍貴

類 高価 貴重

對 安価 便宜

□□□ 0591

例 彼は、衆議院の議長を務めている。

1秒後影子跟讀

譯 他擔任眾議院的院長。

生字 衆議院／眾議院；務める／任職

名 ぎちょう【議長】

會議主席，主持人；(聯合國，國會)主席

類 議会の長　議長

對 一般議員　普通議員

□□□ 0592

例 太ったら、スカートがきつくなりました。

1秒後影子跟讀

譯 一旦胖起來，裙子就被撐得很緊。

出題重點 「きつい」通常指嚴格、緊繃、或困難，也可以用來形容尺寸狹小或勞動強度大的狀況。如「このズボンはきつい／這條褲子很緊」。以下是問題6錯誤用法：

1. 描述味道：「スープがきつい／湯味道濃烈」。
2. 表示情感的溫柔：「彼の愛がきつい／他的愛很強烈」。
3. 表示顏色鮮明：「色がきつい／顏色鮮明」。

形 きつい

嚴屬的，嚴苛的；剛強，要強；緊的，瘦小的；強烈的；累人的，費力的

類 厳しい　嚴格

對 優しい　溫柔

□□□ 0593

例 彼女に話しかけたいときに限って、きっかけがつかめない。

1秒後影子跟讀

譯 偏偏就在我想找她說話時，就是找不到機會。

文法 にかぎって [偏偏…就…]：表示特殊限定的事物或範圍，說明唯獨某事物特別不一樣。

生字 つかむ／抓住

名 きっかけ【切っ掛け】

開端，動機，契機

類 契機　契機

對 終わり　結束

□□□ 0594

例 自分の間違いに気付いたものの、なかなか謝ることができない。

1秒後影子跟讀

譯 雖然發現自己不對，但還是很難開口道歉。

文法 ものの [雖然…但…]：表前項成立，但後項不能順著前項所預期或可能發生的方向發展下去。

生字 間違い／過錯；なかなか／(不)容易

自五 きづく【気付く】

察覺，注意到，意識到；(神志昏迷後)甦醒過來

類 認識する　察覺

對 無視する　忽視

□□□ 0595

例 喫茶店で、ウエイトレスとして働いている。

1秒後影子跟讀

譯 我在咖啡廳當女服務生。

生字 ウエイトレス／女服務員

名 きっさ【喫茶】

喝茶，喫茶，飲茶

類 喫茶店　咖啡廳

對 食堂　食堂　音 喫＝キツ

0596

例 本棚にぎっしり本が詰まっている。
1秒後影子跟讀 》

譯 書櫃排滿了書本。

生字 詰まる／塞滿

副 **ぎっしり**
(裝或擠的)滿滿的
類 満員　滿滿的
對 空虚　空虚

0597

例 そのバッグが気に入りましたか。
1秒後影子跟讀 》

譯 您中意那皮包嗎？

生字 バッグ／手提包

連語 **きにいる**
【気に入る】
稱心如意，喜歡，寵愛
類 好きになる　喜歡
對 嫌いになる　討厭

0598

例 失敗を気にする。
1秒後影子跟讀 》

譯 對失敗耿耿於懷。

生字 失敗／失敗

慣 **きにする**
【気にする】
介意，在乎
類 心配する　擔心
對 無視する　忽視

0599

例 外の音が気になる。
1秒後影子跟讀 》

譯 在意外面的聲音。

慣用語 》
● 気になることを探る／探索令人在意的事情。
● 気になる問題を解決する／解決令人關注的問題。
● 気になる彼に連絡する／聯絡令人關注的他。

慣 **きになる**
【気になる】
擔心，放心不下
類 関心を持つ　關心
對 無関心　無關心

0600

例 参加される時は、ここに名前を記入してください。
1秒後影子跟讀 》

譯 要參加時，請在這裡寫下名字。

生字 参加／參與；名前／姓名

名・他サ **きにゅう【記入】**
填寫，寫入，記上
類 書き込む　填寫
對 消去する　刪除

□□□ 0601

例 記念として、この本をあげましょう。

[1秒後影子跟讀]

譯 送你這本書做紀念吧！

生字 あげる／給予

名・他サ きねん 【記念】

紀念

類 祝い 紀念

對 忘却 遺忘

□□□ 0602

例 下の娘の七五三で、写真館に行って家族みんなで記念写真を撮った。

[1秒後影子跟讀]

譯 為了慶祝二女兒的「七五三」，全家去照相館拍了紀念相片。

生字 七五三／在小孩3歲、5歲、7歲時去參拜，祈求健康

名 きねんしゃしん 【記念写真】

紀念照

類 記念撮影 紀念照片

對 日常写真 日常照片

□□□ 0603

例 機械の機能が増えれば増えるほど、値段も高くなります。

[1秒後影子跟讀]

譯 機器的功能越多，價錢就越昂貴。

生字 機械／機器；増える／增加；値段／價格

名・自サ きのう 【機能】

機能，功能，作用

類 作用 功能

對 不具合 故障

□□□ 0604

例 あれ、雨降ってきた。気のせいかな。

[1秒後影子跟讀]

譯 咦，下雨了哦？還是我的錯覺呢？

連語 きのせい 【気の所為】

神經過敏；心理作用

類 思い込み 自以為

對 現実 現實

□□□ 0605

例 お気の毒ですが、今回はあきらめていただくしかありませんね。

[1秒後影子跟讀]

譯 雖然很遺憾，但這次也只好先請您放棄了。

慣用語

●気の毒に思う人を慰める／安慰令人同情的人。
●気の毒な状況を改善する／改善令人同情的狀況。
●気の毒な結果に対処する／處理令人同情的結果。

生字 あきらめる／死心

名・形動 きのどく 【気の毒】

可憐的，可悲；可惜，遺憾；過意不去，對不起（或唸：きのどく）

類 不憫 可憐

對 幸せ 幸福

音 毒＝ドク

□□□ 0606

例 狼は牙をむいて羊に跳びかかってきた。

1秒後影子跟讀》

譯 狼張牙舞爪的撲向了羊。

生字 狼／野狼；羊／羊

名 きば【牙】

犬歯，獠牙

類 歯 牙齒

對 爪 爪子

□□□ 0607

例 生活の基盤を固める。

1秒後影子跟讀》

譯 穩固生活的基礎。

生字 生活／過日子；固める／使堅定

名 きばん【基盤】

基礎，底座，底子；基岩

類 土台 基礎

對 上部構造 上層結構

□□□ 0608

例 彼はけちだから、たぶん寄付はするまい。

1秒後影子跟讀》

譯 因為他很小氣，所以大概不會捐款吧！

文法》 まい[大概不會…]：表示說話者的推測、想像。

生字 けち／吝嗇

名・他サ きふ【寄付】

捐贈，捐助，捐款

類 寄付金 捐贈

對 徴収 徵收

□□□ 0609

例 気分転換に散歩に出る。

1秒後影子跟讀》

譯 出門散步換個心情。

慣用語》
● 気分転換に散歩する／散步以轉換心情。
● 気分転換に映画を見る／觀看電影以轉換心情。
● 気分転換が必要だ／需要轉換心情。

連語・名 きぶんてんかん【気分転換】

轉換心情

類 気持ちの切り替え 心情轉變

對 沈着 沉著

音 換＝カン

□□□ 0610

例 女性社員が気が強くて、なんだか押され気味だ。

1秒後影子跟讀》

譯 公司的女職員太過強勢了，我們覺得被壓得死死的。

生字 気が強い／強硬；押す／強加於人

名・接尾 きみ・ぎみ【気味】

感觸，感受，心情；有一點兒，稍稍

類 感じ 感覺

對 無関心 無關心

137

きみがわるい【気味が悪い】

例 何だか気味が悪い家だね。幽霊が出そうだよ。

> 1秒後影子跟讀 〉

譯 這屋子怎麼陰森森的,好像會有鬼跑出來哦。

生字 幽霊／幽魂

形 **きみがわるい**
【気味が悪い】

毛骨悚然的;令人不快的

類 不快　不舒服

對 快適　舒適

□□□ 0612

例 一見奇妙な現象だが、よく調べてみれば心霊現象などではなかった。

> 1秒後影子跟讀 〉

譯 乍看之下是個奇妙的現象,仔細調查後發現根本不是什麼鬧鬼的狀況。

出題重點　「奇妙」用於形容事物、情況或行為偏離一般或預期的樣式。如「奇妙な話を聞く／聽奇怪的故事」。以下是問題6錯誤用法:

1. 表普通或日常:「日常が奇妙だ／日常是奇怪的」。
2. 描述數學公式:「方程式が奇妙だ／方程式奇怪」。
3. 表示快樂或愉悅:「気分が奇妙だ／心情奇妙」。

生字 一見／一瞥;現象／現象;心霊現象／靈異現象

形動 **きみょう【奇妙】**

奇怪,出奇,奇異,奇妙

類 不思議　奇異

對 普通　普通

□□□ 0613

例 我々には、権利もあれば、義務もある。

> 1秒後影子跟讀 〉

譯 我們既有權利,也有義務。

文法 〉 も〜ば〜も [也…也…]:把類似的事物並列起來,用意在強調,或表示還有很多情況。

生字 我々／我們;権利／權利

名 **ぎむ【義務】**

義務

類 責任　責任

對 権利　權利

□□□ 0614

例 私からすれば、あなたのやり方には疑問があります。

> 1秒後影子跟讀 〉

譯 就我看來,我對你的做法感到有些疑惑。

文法 〉 からすれば [就…看來]:表示判斷的觀點,根據。

名 **ぎもん【疑問】**

疑問,疑惑

類 疑惑　疑問

對 確信　確信

□□□ 0615

例 今度は、逆に私から質問します。

> 1秒後影子跟讀 〉

譯 這次,反過來由我來發問。

生字 質問／詢問

名・漢造 **ぎゃく【逆】**

反,相反,倒;叛逆

類 反対　相反

對 同じ　相同

音 逆＝ギャク

□□□ 0616

例 **客席**には、校長をはじめ、たくさんの先生が来てくれた。

> 1秒後影子跟讀 〉

譯 來賓席上，來了校長以及多位老師。

生字 校長／校長；はじめ／開頭

名 きゃくせき【客席】

観賞席；宴席，來賓席

類 観客席　觀眾席

對 舞台　舞台

□□□ 0617

例 **児童虐待**は深刻な問題だ。

> 1秒後影子跟讀 〉

譯 虐待兒童是很嚴重的問題。

生字 児童／兒童；深刻／重大的

名・他サ ぎゃくたい【虐待】

虐待

類 虐げる　虐待、欺負

對 保護　保護

□□□ 0618

例 **客間**を掃除しておかなければならない。

> 1秒後影子跟讀 〉

譯 我一定得事先打掃好客廳才行。

生字 掃除／清掃

名 きゃくま【客間】

客廳

類 来客用の部屋　客廳

對 私室　私人房間

□□□ 0619

例 野球チームの**キャプテン**をしています。

> 1秒後影子跟讀 〉

譯 我是棒球隊的隊長。

生字 野球／棒球；チーム／隊伍

名 キャプテン
【captain】

團體的首領；船長；隊長；主任

類 リーダー　隊長

對 一員　成員

□□□ 0620

例 私は、**ギャング**映画が好きです。

> 1秒後影子跟讀 〉

譯 我喜歡看警匪片。

慣用語 〉

● ギャングに遭遇する／偶遇幫派成員。

● ギャング映画を見る／觀賞幫派電影。

● ギャングの抗争に巻き込まれる／被捲入幫派爭鬥。

名 ギャング【gang】

持槍強盜團體，盜伙

類 犯罪集団　幫派

對 警察　警察

か

キャンパス 【campus】

□□□ 0621

例 大学のキャンパスには、いろいろな学生がいる。

1秒後影子跟讀 〉

譯 大學的校園裡，有各式各樣的學生。

慣用語
- キャンパスライフを楽しむ／享受校園生活。
- キャンパス内のカフェ／校園內的咖啡館。
- キャンパスの散策を楽しむ／享受校園散步。

生字 大学／大學；学生／學生

名 キャンパス
【campus】
(大學)校園，校內
類 大学の敷地 校園
對 市街地 市區

□□□ 0622

例 今息子は山にキャンプに行っているので、連絡しようがない。

1秒後影子跟讀 〉

譯 現在我兒子到山上露營去了，所以沒辦法聯絡上他。

生字 連絡／連繫

名･自サ キャンプ 【camp】
露營，野營；兵營，軍營；登山隊基地；(棒球等)集訓
類 野営 露營
對 室内活動 室內活動

□□□ 0623

Track021

例 旧暦では、今日は何月何日ですか。

1秒後影子跟讀 〉

譯 今天是農曆的幾月幾號？

名･漢造 きゅう 【旧】
陳舊；往昔，舊日；舊曆，農曆；前任者
類 以前の 舊的
對 新しい 新的
音 旧＝キュウ

□□□ 0624

例 英検で1級を取った。

1秒後影子跟讀 〉

譯 我考過英檢一級了。

生字 英検／英文檢定；取る／取得

名･漢造 きゅう 【級】
等級，階段；班級，年級；頭
類 等級 等級
對 総合 綜合

□□□ 0625

例 この器具は、尖端が球状になっている。

1秒後影子跟讀 〉

譯 這工具的最前面是呈球狀的。

生字 器具／用具；尖端／尖端

名･漢造 きゅう 【球】
球；(數)球體，球形
類 ボール 球
對 直方体 立方體

□□□ 0626

例 **休暇**になるかならないかのうちに、ハワイに**出**かけた。

　1秒後影子跟讀〉

訳 才剛放假，就跑去夏威夷了。

慣用語〉
● **休暇を取る**／請假。
● **夏休みの休暇を計画する**／規劃暑假假期。
● **休暇中の予定を立てる**／安排假期期間的活動。

文法〉 か～ないかのうちに [才剛…就…]：表示前一個動作才剛開始，在似完非完之間，第 2 個動作緊接著又開始了。

生字 ハワイ／夏威夷

名 **きゅうか【休暇】**
(節假日以外的)休假
類 **休み** 假期
對 **労働** 勞動

□□□ 0627

例 **病気**になったので、しばらく**休業する**しかない。

　1秒後影子跟讀〉

訳 因為生了病，只好先暫停營業一陣子。

名・自サ **きゅうぎょう【休業】**
停課
類 **営業停止** 暫停營業
對 **営業中** 營業中

□□□ 0628

例 **車の事故による死亡者は急激に増加**している。

　1秒後影子跟讀〉

訳 因車禍事故而死亡的人正急遽增加。

生字 **死亡者**／死者；**増加**／增多

形動 **きゅうげき【急激】**
急遽
類 **急速** 急劇
對 **徐々** 漸漸

□□□ 0629

例 **地震**で**休校**になる。

　1秒後影子跟讀〉

訳 因地震而停課。

生字 **地震**／地震

名・自サ **きゅうこう【休校】**
停課
類 **休校する** 停課
對 **授業中** 上課中

□□□ 0630

例 **授業**が**休講**になったせいで、**暇**になってしまいました。

　1秒後影子跟讀〉

訳 都因為停課，害我閒得沒事做。

生字 **授業**／授課；**暇**／閒暇

名・自サ **きゅうこう【休講】**
停課
類 **休講する** 取消講座
對 **開講** 開課
音 講＝コウ

141

□□□ 0631

例 学生は、勉強していろいろなことを吸収するべきだ。
1秒後影子跟讀 》

譯 學生必須好好學習，以吸收各方面知識。

生字 いろいろ／各種各樣；べき／應當

名・他サ **きゅうしゅう【吸収】**
吸収
類 吸収する　吸收
對 放出　釋放

□□□ 0632

例 一人でも多くの人が助かるようにと願いながら、救助活動をした。
1秒後影子跟讀 》

譯 為求盡量幫助更多的人而展開了救援活動。

文法 》 ながら：表示某動作時的狀態或情景。
生字 助かる／拯救；活動／工作

名・他サ **きゅうじょ【救助】**
救助，搭救，救援，救濟
類 助ける　救援
對 見捨てる　放棄

□□□ 0633

例 日曜・祭日は休診です。
1秒後影子跟讀 》

譯 例假日休診。

名・他サ **きゅうしん【休診】**
停診
類 休診する　停診
對 診療　診療

□□□ 0634

例 京都の名所旧跡を訪ねる。
1秒後影子跟讀 》

譯 造訪京都的名勝古蹟。

慣用語 》
● 旧跡を訪れる／參訪古蹟。
● 旧跡の保存に努める／致力於古蹟的保存。
● 旧跡巡りをする／參觀古蹟。
生字 名所／名勝；訪ねる／拜訪

名 **きゅうせき【旧跡】**
古蹟
類 古跡　古蹟
對 新規　新建
音 旧＝キュウ
音 跡＝セキ

□□□ 0635

例 作業の合間に休息する。
1秒後影子跟讀 》

譯 在工作的空檔休息。

生字 作業／工作；合間／空閒時間

名・自サ **きゅうそく【休息】**
休息
類 休む　休息
對 活動　活動

□□□ 0636

例 コンピューターは**急速**に**普及**した。

1秒後影子跟讀 ▷

譯 電腦以驚人的速度大眾化了。

生字 普及／遍及

名・形動 **きゅうそく【急速】**

迅速，快速

類 急激 急速

對 緩慢 緩慢

□□□ 0637

例 **会社**が**給与**を**支払**わないかぎり、私たちはストライキを**続**けます。

1秒後影子跟讀 ▷

譯 只要公司不發薪資，我們就會繼續罷工。

名・他サ **きゅうよ【給与】**

供給(品)，分發，待遇；工資，津貼

類 報酬 薪水

對 無報酬 無報酬

出題重點 「給与」唸音讀「きゅうよ」，意指因工作而得到的報酬或薪水。問題2誤導選項可能有：

● 給料（きゅうりょう）："薪水"，與「給与」非常相近，主要差別在於用詞習慣，「給料」更常用於指日常的工資或薪水。

● 俸給（ほうきゅう）："俸給"，通常用於指公務員或特定職業的固定薪酬，與「給与」在性質上相似，但使用範圍有所不同。

● 労賃（ろうちん）："勞動報酬"，指的是勞動所得到的報酬，更偏向於時薪或件薪的支付方式，與「給与」的固定薪資形式有所差異。

文法 ▷ ないかぎり［只要不…，就…］：表示只要某狀態不發生變化，結果就不會有變化。含有如果狀態發生變化了，結果也會有變化的可能性。

生字 ストライキ／罷工；続ける／持續

□□□ 0638

例 今週から来週にかけて、**休養**のために休みます。

1秒後影子跟讀 ▷

譯 從這個禮拜到下個禮拜，為了休養而請假。

名・自サ **きゅうよう【休養】**

休養

類 回復 休養

對 労働 勞動

□□□ 0639

例 山道を歩いていたら、**清**い泉が湧き出ていた。

1秒後影子跟讀 ▷

譯 當我正走在山路上時，突然發現地面湧出了清澈的泉水。

生字 泉／泉水；湧く／冒出

形 **きよい【清い】**

清徹的，清潔的；(內心)暢快的，問心無愧的；正派的，光明磊落；乾脆

類 綺麗 清潔 對 汚い 骯髒

訓 清＝きよ(い)

□□□ 0640

例 彼は**器用**で、自分で何でも**直**してしまう。

1秒後影子跟讀 ▷

譯 他的手真巧，任何東西都能自己修好。

生字 直す／修理

名・形動 **きよう【器用】**

靈巧，精巧；手藝巧妙；精明

類 巧み 靈巧

對 不器用 笨拙

143

きょうか【強化】

□□□ 0641

例 事件前に比べて、警備が強化された。

> 1秒後影子跟讀 》

譯 跟案件發生前比起來，警備森嚴多許多。

生字 比べる／比較；警備／戒備

名・他サ **きょうか【強化】**

強化，加強

類 増強 加強

對 弱化 減弱

□□□ 0642

例 仕事と趣味の境界が曖昧です。

> 1秒後影子跟讀 》

譯 工作和興趣的界線還真是模糊不清。

生字 趣味／興趣；曖昧／含糊

名 **きょうかい【境界】**

境界，疆界，邊界

類 限界 界限

對 内部 内部

音 境＝キョウ

□□□ 0643

例 運動会で、どの競技に出場しますか。

> 1秒後影子跟讀 》

譯 你運動會要出賽哪個項目？

生字 運動会／運動會；出場／參加

名・自サ **きょうぎ【競技】**

競賽，體育比賽

類 スポーツ 競賽

對 練習 練習

音 競＝キョウ 音 技＝ギ

□□□ 0644

例 お兄さんに比べて、君は行儀が悪いね。

> 1秒後影子跟讀 》

譯 和你哥哥比起來，你真沒禮貌。

出題重點 「行儀（ぎょうぎ）」指行為舉止或禮節，常用於描述人的行為舉止是否得體。如「行儀悪い（ぎょうぎわるい）」"舉止不佳"。問題 3 經常混淆的複合詞有：

- 礼儀（れいぎ）：是指行為準則或禮貌。如「礼儀正しい（れいぎただしい）」"遵守禮節"。
- 思い（おもい）：本身意味著想法或情感。如「思いやり（おもいやり）」"體貼他人的心情"。
- 気（き）：指内心的感受或某種精神狀態。如「気配り（きくばり）」"細心注意"。

名 **ぎょうぎ【行儀】**

禮儀，禮節，舉止

類 礼儀 禮儀

對 無作法 無禮

□□□ 0645

例 この工場は、24 時間休むことなく製品を供給できます。

> 1秒後影子跟讀 》

譯 這座工廠，可以 24 小時全日無休地供應產品。

文法 ことなく［無…］：表示一次也沒發生某狀況的情況下。

生字 工場／工廠

名・他サ **きょうきゅう 【供給】**

供給，供應

類 提供 供應

對 消費 消費

□□□ 0646

例 資本主義と共産主義について研究しています。
1秒後影子跟讀

訳 我正在研究資本主義和共產主義。

生字 資本主義／資本主義；研究／鑽研

名 きょうさん【共産】
共産；共産主義
類 共産主義　共産
對 資本主義　資本主義

□□□ 0647

例 行事の準備をしているところへ、校長が見に来た。
1秒後影子跟讀

訳 正當準備活動時，校長便前來觀看。

生字 準備／籌備；校長／校長

名 ぎょうじ【行事】
(按慣例舉行的)儀式，活動
(或唸：ぎょうじ)
類 イベント　活動
對 日常　日常

□□□ 0648

例 教授とは、先週話したきりだ。
1秒後影子跟讀

訳 自從上週以來，就沒跟教授講過話了。

名・他サ きょうじゅ【教授】
教授；講授，教
類 大学教員　教授
對 学生　學生

□□□ 0649

例 恐縮ですが、窓を開けてくださいませんか。
1秒後影子跟讀

訳 不好意思，能否請您打開窗戶。

出題重點 「恐縮」"過意不去"表示因他人好意感過意不去。問題4陷阱可能有：「申し訳ない（もうしわけない）」"非常抱歉"因自己過失感到抱歉；「感謝（かんしゃ）」"感謝"對他人幫助表感激；「謝罪（しゃざい）」"賠罪"為錯誤向他人道歉。與「恐縮」比，「申し訳ない」強調自責，「感謝」是感激，「謝罪」是正式道歉。

生字 窓／窗戶；開ける／打開

名・自サ きょうしゅく【恐縮】
(對對方的厚意感覺)惶恐(表感謝或客氣)；(給對方添麻煩表示)對不起，過意不去；(感覺)不好意思，羞愧，慚愧
類 申し訳ない　抱歉
對 自信　自信

□□□ 0650

例 この仕事は、両国の共同のプロジェクトにほかならない。
1秒後影子跟讀

訳 這項作業，不外是兩國的共同的計畫。

文法 にほかならない[無非是…]：表示斷定的說事情發生的理由、原因，是對事物的原因、結果的肯定語氣。

生字 両国／兩國；プロジェクト／規劃

名・自サ きょうどう【共同】
共同
類 協力　共同
對 個別　個別

145

□□□ 0651

例 先日、恐怖の体験をしました。

> 1秒後影子跟讀 〉

譯 前幾天我經歷了恐怖的體驗。

生字 先日／前些日子；体験／遭遇

名・自サ **きょうふ【恐怖】**

恐怖，害怕

類 怖い　恐懼

對 安心　安心

□□□ 0652

例 強風が吹く。

> 1秒後影子跟讀 〉

譯 強風吹拂。

名 **きょうふう【強風】**

強風

類 強い風　強風

對 無風　無風

□□□ 0653

例 彼は教養があって、いろいろなことを知っている。

> 1秒後影子跟讀 〉

譯 他很有學問，知道各式各樣的事情。

名 **きょうよう【教養】**

教育，教養，修養；(專業以外的) 知識學問

類 文化　教養

對 無知　無知

出題重點 題型5裡「教養」的考點有：

● 例句：彼女は素晴らしい教養を持っている／她擁有極佳的教養。

● 換句話說：彼女は素晴らしい素養を持っている／她擁有極佳的素養。

● 相對說法：彼女は無知を露呈した／她暴露了無知。

「教養」指的是通過教育和學習獲得的知識和修養；「素養」透過定期實踐和學習所獲得的技能和知識；「無知」則是指缺乏知識和教育的狀態。

生字 いろいろ／五花八門

□□□ 0654

例 そのとき、強力な味方が現れました。

> 1秒後影子跟讀 〉

譯 就在那時，強大的伙伴出現了！

生字 味方／同伴；現れる／現身

名・形動 **きょうりょく【強力】**

力量大，強力，強大

類 力強い　強大

對 弱い　脆弱

□□□ 0655

例 この店のラーメンはとてもおいしいので、昼夜を問わず行列ができている。

> 1秒後影子跟讀 〉

譯 這家店的拉麵非常好吃，所以不分白天和晚上都有人排隊等候。

文法 をとわず [不分…]：表示沒有把前接的詞當作問題、跟前接的詞沒有關係。

生字 昼夜／白天黑夜

名・自サ **ぎょうれつ【行列】**

行列，隊伍，列隊；(數) 矩陣

類 列　隊伍

對 散乱　散亂

□□□ 0656

例 理由があるなら、外出を許可しないこともない。

1秒後影子跟讀

譯 如果有理由的話，並不是說不能讓你外出。

慣用語
● 許可を得る／獲得許可。
● 許可を申請する／申請許可。
● 許可された範囲で行動する／在允許的範圍內行動

生字 理由／緣由；外出／出門

名・他サ きょか【許可】

許可，批准
類 承認 允許
對 禁止 禁止

□□□ 0657

例 その村は、漁業によって生活しています。

1秒後影子跟讀

譯 那村莊以漁業維生。

生字 村／村落

名 ぎょぎょう【漁業】

漁業，水產業
類 漁 漁業
對 農業 農業
音 漁＝ギョ

□□□ 0658

例 観光局に行って、地図をもらった。

1秒後影子跟讀

譯 我去觀光局索取地圖。

生字 観光／旅遊；地図／地圖

名・接尾 きょく【局】

房間，屋子；(官署，報社)局，室；特指郵局，廣播電臺；局面，局勢；(事物的)結局
類 部門 部門 對 全体 全體

□□□ 0659

例 今年のピアノの発表会では、ショパンの曲を弾く。

1秒後影子跟讀

譯 將在今年的鋼琴成果展示會上彈奏蕭邦的曲子。

生字 発表会／成果發表會；ショパン／蕭邦

名・漢造 きょく【曲】

曲調；歌曲；彎曲
類 音楽 曲子
對 詩 詩

□□□ 0660

例 グラフを見ると、なめらかな曲線になっている。

1秒後影子跟讀

譯 從圖表來看，則是呈現流暢的曲線。

生字 グラフ／圖表；なめらか／滑順的

名 きょくせん【曲線】

曲線
類 カーブ 曲線
對 直線 直線

きょだい【巨大】

□□□ 0661

例 その新しいビルは、巨大な上にとても美しいです。

1秒後影子跟讀 〉

訳 那棟新大廈，既雄偉又美觀。

文法 〉 うえに［不僅…，還…］：表示追加、補充同類的內容。
在本來就有的某種情況之外，另外還有比前面更甚的情況。

形動 **きょだい【巨大】**

巨大；雄偉

類 大きい 巨大

對 小さい 小

音 巨＝キョ

□□□ 0662

例 彼を嫌ってはいるものの、口をきかないわけにはいかない。

1秒後影子跟讀 〉

訳 雖說我討厭他，但也不能完全不跟他說話。

文法 〉 ものの［雖然…但…］：表前項成立，但後項不能順著前
項所預期或可能發生的方向發展下去。

生字 口をきく／說話

他五 **きらう【嫌う】**

嫌惡，厭惡；憎惡；區別

類 嫌い 厭惡

對 好き 喜歡

□□□ 0663

例 星がきらきら光る。

1秒後影子跟讀 〉

訳 星光閃耀。

出題重點 「きらきら」“閃爍”表發光閃爍。問題4陷阱可
能有：「ぴかぴか」“閃閃發光”指新或亮物體表面閃光；「ま
ばゆい」“耀眼”強調光線強烈令人眩目；「光る（ひかる）」“發
亮”普遍指發光或反射光，不特指閃爍。與「きらきら」相比，
「ぴかぴか」更側重於新或乾淨的光澤，「まばゆい」強調光
的強度，而「ひかる」是更一般的描述發光。

副・自サ **きらきら**

閃耀

類 輝く 閃閃發光

對 暗い 暗淡

□□□ 0664

例 太陽がぎらぎら照りつける。

1秒後影子跟讀 〉

訳 陽光照得刺眼。

生字 太陽／太陽；照りつける／曝曬

副・自サ **ぎらぎら**

閃耀（程度比きらきら還強）

類 眩しい 刺眼

對 暗い 暗淡

□□□ 0665

例 気楽にスポーツを楽しんでいるところに、厳しいことを言わないでください。

1秒後影子跟讀 〉

訳 請不要在我輕鬆享受運動的時候，說些嚴肅的話。

生字 スポーツ／運動；厳しい／嚴厲的

名・形動 **きらく【気楽】**

輕鬆，安閒，無所顧慮

類 楽 輕鬆

對 重苦しい 沉重

□□□ 0666

例 霧が出てきたせいで、船が欠航になった。
1秒後影子跟讀》

譯 由於起霧而導致船班行駛了。

生字 せい／原因；欠航／船班停駛

名 きり【霧】

霧，霧氣；噴霧

類 もや　霧

對 晴れ　晴朗

□□□ 0667

例 言われたとおりに、規律を守ってください。
1秒後影子跟讀》

譯 請遵守紀律，依指示進行。

生字 とおり／依照；守る／遵守

名 きりつ【規律】

規則，紀律，規章

類 秩序　規律

對 無秩序　無秩序

音 律＝リツ

か

□□□ 0668

例 小麦粉を全部使い切ってしまいました。
1秒後影子跟讀》

譯 麵粉全都用光了。

出題重點 「切る（きる）」表達完成或徹底執行動作的概念。如「話し切る（はなしきる）」"講完整個話題"。問題3經常混淆的複合詞有：

● 飛ばす（とばす）：表示使某物飛行或快速移動。如「蹴飛ばす（けとばす）」"踢飛"。

● 限る（かぎる）：表示限制、定界或限定範圍。如「見限る（みかぎる）」"放棄"。

● 減る（へる）：表示數量、程度或大小的減少。如「擦り減る（すりへる）」"磨損減少"。

生字 小麦粉／麵粉

接尾 きる【切る】

(接助詞運用形)表示達到極限；表示完結

類 断ち切る　切断

對 繋ぐ　連接

□□□ 0669

例 人を斬る。
1秒後影子跟讀》

譯 砍人。

他五 きる【斬る】

砍；切

類 切り落とす　斬

對 守る　保護

□□□ 0670

例 余ったきれでハンカチを作る。
1秒後影子跟讀》

譯 用剩布做手帕。

生字 余る／剩餘；ハンカチ／手帕

名 きれ【切れ】

衣料，布頭，碎布

類 断片　斷片

對 全体　整體

きれい【綺麗・奇麗】

□□□ 0671

例 若くてきれいなうちに、写真をたくさん撮りたいです。
1秒後影子跟讀 〉

譯 趁著還年輕貌美時，想多拍點照片。

生字 たくさん／許多

形 きれい
【綺麗・奇麗】
好看，美麗；乾淨；完全徹底；
清白，純潔；正派，公正
類 美しい 美麗
對 汚い 骯髒

□□□ 0672

例 原子力発電所を存続するかどうか、議論を呼んでいる。
1秒後影子跟讀 〉

譯 核能發電廠的存廢與否，目前引發了輿論的爭議。

慣用語 〉
● 議論を交わす／進行討論。
● 議論が白熱する／討論激烈進行。
● 議論の余地がある／有討論的空間。
生字 原子力／核能；発電／發電；存続／繼續存在

名・他サ ぎろん 【議論】
爭論，討論，辯論
類 討論 辯論
對 同意 同意

□□□ 0673

例 忘れ物をしないように気を付ける。
1秒後影子跟讀 〉

譯 注意有無遺忘物品。

慣 きをつける
【気を付ける】
當心，留意
類 注意する 留意
對 無視する 忽略

□□□ 0674

例 銀の食器を買おうと思います。
1秒後影子跟讀 〉

譯 我打算買銀製的餐具。

生字 食器／餐具

名 ぎん 【銀】
銀，白銀；銀色
類 シルバー 銀、銀色
對 金 金

□□□ 0675

例 忘れないように、金額を書いておく。
1秒後影子跟讀 〉

譯 為了不要忘記所以先記下金額。

名 きんがく 【金額】
金額
類 総額 金額
對 無料 免費
音 額＝ガク

□□□ 0676

例 水槽の中にたくさん金魚がいます。

1秒後影子跟讀〉

譯 水槽裡有許多金魚。

生字 水槽／水箱；たくさん／許多的

名 きんぎょ【金魚】

金魚

類 観賞魚 觀賞魚

對 熱帯魚 熱帶魚

□□□ 0677

例 大事なものは、金庫に入れておく。

1秒後影子跟讀〉

譯 重要的東西要放到金庫。

生字 大事／要緊的

名 きんこ【金庫】

保險櫃；(國家或公共團體的)
金融機關，國庫

類 貯金箱 金庫

對 財布 錢包

音 庫＝コ

□□□ 0678

例 金銭の問題でトラブルになった。

1秒後影子跟讀〉

譯 因金錢問題而引起了麻煩。

慣用語〉
● 金銭を支払う／支付金錢。
● 金銭的な問題を解決する／解決金錢問題。
● 金銭の貸借を行う／進行金錢借貸。

生字 トラブル／糾紛

名 きんせん【金銭】

錢財，錢款；金幣

類 現金 金錢

對 信用 信用

□□□ 0679

例 これはプラスチックではなく、金属製です。

1秒後影子跟讀〉

譯 這不是塑膠，它是用金屬製成的。

生字 プラスチック／塑膠；製／製作

名 きんぞく【金属】

金屬，五金

類 メタル 金屬

對 プラスチック 塑料

□□□ 0680

例 日本の近代には、夏目漱石をはじめ、いろいろな作家がいます。

1秒後影子跟讀〉

譯 日本近代，有夏目漱石及許多作家。

名 きんだい【近代】

近代，現代(日本則意指明治
維新之後)

類 現代 近代

對 古代 古代

か

151

きんにく【筋肉】

□□□ 0681

例 筋肉を鍛えるとすれば、まず運動をしなければなりません。

〈1秒後影子跟讀〉

譯 如果要鍛鍊肌肉，首先就得多運動才行。

慣用語

● 筋肉を鍛える／鍛煉肌肉。
● 筋肉痛になる／感到肌肉疼痛。
● 筋肉の強化を目指す／以強化肌肉為目標。

生字 鍛える／鍛鍊；運動／運動

名 きんにく【筋肉】

肌肉

類 筋組織 肌肉

對 脂肪 脂肪

□□□ 0682

例 金融機関の窓口で支払ってください。

〈1秒後影子跟讀〉

譯 請到金融機構的窗口付帳。

生字 機関／單位；窓口／辦事窗口

名・自サ きんゆう【金融】

金融，通融資金

類 財政 金融

對 実業 實業

□□□ 0683

Track023

例 困ったことに、この区域では携帯電話が使えない。

〈1秒後影子跟讀〉

譯 令人感到傷腦筋的是，這區域手機是無法使用的。

文法 ことに[令人感到…的是…]：接在表示感情的形容詞或
動詞後面，表示説話者在敘述某事之前的心情。

生字 困る／苦惱

名 くいき【区域】

區域

類 地域 地區

對 全域 全部區域

音 区＝ク

音 域＝イキ

□□□ 0684

例 これ、食ってみなよ。うまいから。

〈1秒後影子跟讀〉

譯 要不要吃吃看這個？很好吃喔。

他五 くう【食う】

(俗)吃,(蟲)咬

類 食べる 吃

對 断つ 戒除

□□□ 0685

例 台湾では、お祝い事のとき、いろいろなものの数を偶数にする。

〈1秒後影子跟讀〉

譯 在台灣，每逢喜慶之事，都會將各種事物的數目湊成雙數。

生字 お祝い／祝賀；数／數量

名 ぐうすう【偶数】

偶數，雙數

類 偶数値 偶數值

對 奇数 奇數

0686

例 大きな事故にならなかったのは、偶然に過ぎない。

1秒後影子跟讀 》

訳 之所以沒有釀成重大事故只不過是幸運罷了。

名・形動・副 **ぐ**うぜん【偶然】

偶然，偶而；(哲) 偶然性

類 たまたま　偶然、意外

對 必然　必然

慣用語 》
- 偶然見つける／偶然發現。
- 偶然の出会いに感謝する／對意外相遇表達感激。
- 偶然の一致に驚く／對偶然的一致感到驚訝。

文法 》にすぎない [只不過是…]：表示某事態程度有限。

生字 大きな／重大的；事故／事故

0687

例 楽しいことを空想しているところに、話しかけられた。

1秒後影子跟讀 》

訳 當我正在幻想有趣的事情時，有人跟我說話。

名・他サ **く**うそう【空想】

空想，幻想

類 想像　幻想

對 現実　現實

0688

例 サーカスで空中ブランコを見た。

1秒後影子跟讀 》

訳 我到馬戲團看空中飛人秀。

名 **く**うちゅう【空中】

空中，天空

類 空　天空、空中

對 地上　地面

生字 サーカス／馬戲團；ブランコ／鞦韆

0689

例 くぎを打って、板を固定する。

1秒後影子跟讀 》

訳 我用釘子把木板固定起來。

名 **く**ぎ【釘】

釘子

類 ネイル　釘子

對 ネジ　螺絲

生字 板／板子；固定／固定

0690

例 単語を一つずつ区切って読みました。

1秒後影子跟讀 》

訳 我將單字逐一分開來唸。

他四 **く**ぎる【区切る】

(把文章) 斷句，分段

類 分割する　分割

對 繋ぐ　連接

音 区＝ク

くさり【鎖】

□□□ 0691

例 犬を鎖でつないでおいた。

1秒後影子跟讀 》

譯 用狗鍊把狗綁起來了。

生字 つなぐ／繋，綁

名 くさり【鎖】

鎖鏈，鎖條；連結，聯繫；(喻)
段，段落

類 チェーン 鏈條、鏈子

對 縄 繩索

□□□ 0692

例 静かにしていなければならないときに限って、くしゃみが止まらなくなる。

1秒後影子跟讀 》

譯 偏偏在需要保持安靜時，噴嚏就會打個不停。

文法 にかぎって[偏偏…就…]：表示特殊限定的事物或範圍。

生字 止まる／止住

名 くしゃみ【嚏】

噴嚏

類 花粉症 花粉症

對 咳 咳嗽

□□□ 0693

例 カラオケパーティーを始めるか始めないかのうちに、近所から苦情を言われた。

1秒後影子跟讀 》

譯 卡拉 OK 派對才剛開始，鄰居就跑來抱怨了。

出題重點 「苦情」唸音讀「くじょう」，指對產品、服務或狀況的不滿或抱怨。問題 2 誤導選項可能有：
- 苦労（くろう）："苦労、辛勞"，指經歷困難或勞累的狀態。
- 怨情：非正確日語單字。
- 苦言（くげん）："苦言、直言"，表出於好意、直接而嚴厲的勸告。

文法 か～ないかのうちに[才…就…]：表示前動作才剛發生，第 2 個動作緊接著開始。

生字 近所／街訪鄰居

名 くじょう【苦情】

不平，抱怨

類 不満 抱怨

對 満足 滿意

□□□ 0694

例 10 年にわたる苦心のすえ、新製品が完成した。

1秒後影子跟讀 》

譯 長達 10 年嘔心瀝血的努力，終於完成了新產品。

文法 のすえ[終於]：表示[經過一段時間，最後…]之意，意味著[某一期間的結束]。

名·自サ くしん【苦心】

苦心，費心

類 努力 努力

對 楽 輕鬆

□□□ 0695

例 工場では、板の削りくずがたくさん出る。

1秒後影子跟讀 》

譯 工廠有很多鋸木的木屑。

生字 工場／工廠；板／板子；削る／削，刨

名 くず【屑】

碎片；廢物，廢料 (人)；(挑選後剩下的) 爛貨

類 廃棄物 廢棄物、垃圾

對 整体 整體

0696

例 私も以前体調を崩しただけに、あなたの辛さはよくわかります。
1秒後影子跟讀〉

譯 正因為我之前也搞壞過身體，所以特別能了解你的痛苦。

文法 だけに[正因…，所以…才更…]：表示原因。正因為前項，理所當然有相對應的後項。

生字 体調／身體狀況；辛い／艱苦的

他五 くずす【崩す】

拆毀，粉碎

類 破壊する　破壊

對 建てる　建立

0697

例 天気が愚図つく。
1秒後影子跟讀〉

譯 天氣總不放晴。

慣用語
● 天気がぐずつく／天氣陰沉。
● 仕事がぐずつく／工作進展緩慢。
● 交渉がぐずつく／談判拖延。

自五 ぐずつく【愚図つく】

陰天；動作遲緩拖延

類 ためらう　猶豫

對 即決　果斷

0698

例 雨が降り続けたので、山が崩れた。
1秒後影子跟讀〉

譯 因持續下大雨而山崩了。

自下 くずれる【崩れる】

崩潰；散去；潰敗，粉碎

類 崩壊する　倒塌

對 固定する　固定

0699

例 管を通して水を送る。
1秒後影子跟讀〉

譯 水透過管子輸送。

生字 通す／穿過

名 くだ【管】

細長的筒，管

類 チューブ　管、管道

對 棒　棒子

0700

例 改革を叫びつつも、具体的な案は浮かばない。
1秒後影子跟讀〉

譯 雖在那裡吶喊要改革，卻想不出具體的方案來。

文法 つつも[雖然…但也還是…]：表示逆接，用於連接兩個相反的事物，表示同一主體，在進行某一動作的同時，也進行另一個動作。

生字 改革／革新；案／計劃；浮かぶ／想出

名 ぐたい【具体】

具體

類 具体的　具體

對 抽象　抽象

くだく【砕く】

□□□ 0701

例 家事をきちんとやるとともに、子どもたちのことにも心を砕いている。

1秒後影子跟讀

譯 在確實做好家事的同時，也為孩子們的事情費心勞力。

生字 家事／家務；きちんと／確實地

他五 **くだく【砕く】**

打碎，弄碎

類 粉碎する　粉碎

對 組み立てる　組裝

□□□ 0702

例 大きな岩が谷に落ちて砕けた。

1秒後影子跟讀

譯 巨大的岩石掉入山谷粉碎掉了。

出題重點　「砕ける」唸作「くだける」，指固體物質碎裂成小塊或顆粒。問題１誤導選項可能有：
- 退ける（どける）：「移開」，指將某物從原來的位置移開或使其讓路。
- 剥ける（むける）：「剝落」，指皮膚、塗層等表面的東西脫落或被剝去。
- 焼ける（やける）：「燒焦」，指物體因為高溫作用而變黑或受損。

生字 岩／岩石；谷／山谷；落ちる／掉落

自下 **くだける【砕ける】**

破碎，粉碎

類 壊れる　破碎

對 固まる　凝固

□□□ 0703

例 今日はお客さんが来て、掃除やら料理やらですっかりくたびれた。

1秒後影子跟讀

譯 今天有人要來作客，又是打掃又是做菜的，累得要命。

文法　やら～やら [又是…又是…]：表示從一些同類事項中，列舉出兩項。多有心情不快的語感。

自下 **くたびれる【草臥れる】**

疲勞，疲乏

類 疲れる　疲倦

對 元気な　精力充沛

□□□ 0704

例 貧しい国を旅して、自分はなんてくだらないことで悩んでいたんだろうと思った。

1秒後影子跟讀

譯 到貧窮的國家旅行時，感受到自己為小事煩惱實在毫無意義。

連語・形 **くだらない【下らない】**

無價值，無聊，不下於…

類 無意味な　無聊

對 重要な　重要

□□□ 0705

例 酒は辛口より甘口がよい。

1秒後影子跟讀

譯 甜味酒比辣味酒好。

生字 甘口／甜味

名・接尾 **くち【口】**

口，嘴；用嘴說話；口味；人口，人數；出入或存取物品的地方；口，放進口中或動口的次數；股，份

類 口元　嘴巴、口部　對 耳　耳朵

0706

例 口紅を塗っているところに子どもが飛びついてきて、はみ出してしまった。

1秒後影子跟讀

譯 我在塗口紅時，小孩突然撲了上來，口紅就畫歪了。

生字 塗る／塗抹；飛びつく／撲上；はみ出す／超出範圍

名 く**ちべに**【口紅】

口紅，唇膏

類 リップスティック　口紅
對 化粧品　化妝品
訓 紅＝べに

0707

例 会社の飲み会に出るのが正直苦痛だ。

1秒後影子跟讀

譯 老實說，參加公司的喝酒聚會很痛苦。

生字 正直／實在

名 く**つう**【苦痛】

痛苦

類 痛み　痛苦
對 快感　愉悅

0708

例 ジャムの瓶の蓋がくっ付いてしまって、開かない。

1秒後影子跟讀

譯 果醬的瓶蓋太緊了，打不開。

自五 く**っつく**【くっ付く】

緊貼在一起，附著

類 付着する　黏附
對 離れる　分開

0709

例 部品を接着剤でしっかりくっ付けた。

1秒後影子跟讀

譯 我用黏著劑將零件牢牢地黏上。

生字 部品／零件；接着剤／黏著劑

他下一 く**っつける**【くっ付ける】

把…粘上，把…貼上，使靠近

類 結合する　連接
對 分離する　分離

0710

例 先生の話はくどいから、あまり聞きたくない。

1秒後影子跟讀

譯 老師的話又臭又長，根本就不想聽。

形 く**どい**

冗長乏味的，(味道) 過於膩的

類 長々しい　冗長
對 簡潔　簡潔

出題重點 題型5裡「くどい」的考點有：

- 例句：彼の説明はくどい／他的解釋過於囉嗦。
- 換句話說：彼の説明は長々しい／他的解釋過於長篇大論。
- 相對說法：彼の説明は簡潔だ／他的解釋很簡潔。

「くどい」和「長々しい」都表示過度詳細或重複，使得內容顯得冗長；「簡潔」則表示表達清晰而精煉。

くとうてん【句読点】

例 作文のときは、句読点をきちんとつけるように。

1秒後影子跟讀 〉

譯 寫作文時，要確實標上標點符號。

生字 作文／作文；きちんと／確實地；つける／寫上

名 くとうてん 【句読点】

句號，逗點；標點符號

類 句点・読点 標點符號

對 文章 文章

例 地域ごとに区分した地図がほしい。

1秒後影子跟讀 〉

譯 我想要一份以區域劃分的地圖。

生字 地図／地圖

名・他サ くぶん 【区分】

區分，分類（或唸：くぶん）

類 分類 劃分

對 混合 混合

音 区＝ク

例 夢と現実の区別がつかなくなった。

1秒後影子跟讀 〉

譯 我已分辨不出幻想與現實的區別了。

生字 現実／真實

名・他サ くべつ 【区別】

區別，分清

類 識別 區分

對 一括 一概

音 区＝ク

例 山に登ったら、日陰のくぼんだところにまだ雪が残っていた。

1秒後影子跟讀 〉

譯 爬到山上以後，看到許多山坳處還有殘雪未融。

出題重點 「くぼむ」常用來形容物體表面的凹陷部分。如「頰がくぼむ／臉頰凹陷」。以下是問題 6 錯誤用法：

1. 描述情感上升：「気持ちがくぼむ／情感下沉」。
2. 表示價值增加：「価値がくぼむ／價值下降」。
3. 表示音量提高：「音がくぼむ／聲音變小」。

生字 日陰／陰影處；残る／殘存

自五 くぼむ 【窪む・凹む】

凹下，塌陷

類 凹む 凹陷

對 突き出る 突出

例 どちらの組に入りますか。

1秒後影子跟讀 〉

譯 你要編到哪一組？

名 くみ 【組】

套，組，隊；班，班級；(黑道)幫

類 グループ 組

對 個人 個人

くむ【組む】

0716

例 会社も会社なら、組合も組合だ。

1秒後影子跟讀

譯 公司是有不對，但工會也半斤八兩。

文法 も～なら～も[…有…的問題，…也有…的不對]：表示雙方都有缺點，帶有譴責的語氣。

生字 組合／工會

名 くみあい【組合】

(同業)工會，合作社

類 協会 組合
對 敵対 敵對

0717

例 試合の組み合わせが決まりしだい、連絡してください。

1秒後影子跟讀

譯 賽程表一訂好，就請聯絡我。

文法 しだい[一…馬上]：表示某動作剛一做完，就立即採取下一步的行動。

名 くみあわせ【組み合わせ】

組合，配合，編配

類 配合 配合、調配
對 分離 分離

0718

例 先輩の指導をぬきにして、機器を組み立てることはできない。

1秒後影子跟讀

譯 要是沒有前輩的指導，我就沒辦法組裝好機器。

文法 をぬきにして[要是沒有…就（沒辦法）…]：表示沒有前項，後項就很難成立。

生字 指導／教導；機器／機械

他下一 くみたてる【組み立てる】

組織，組裝

類 構築する 組裝
對 分解する 分解

0719

例 ここは水道がないので、毎日川の水を汲んでくるということだ。

1秒後影子跟讀

譯 這裡沒有自來水，所以每天都從河川打水回來。

慣用語

●水を汲む／取水。
●意見を汲む／細心領會他人的意見。
●気持ちを汲む／理解心情。

生字 水道／自來水

他五 くむ【汲む】

打水，取水

類 汲み取る 汲取
對 注ぐ 注入

0720

例 今度のプロジェクトは、他の企業と組んで行います。

1秒後影子跟讀

譯 這次的企畫，是和其他企業合作進行的。

生字 プロジェクト／計畫；企業／企業

自五 くむ【組む】

聯合，組織起來

類 組み合わせる 組合
對 解体する 解體

か

159

くもる【曇る】

□□□ 0721

例 空がだんだん曇ってきた。

1秒後影子跟讀〉

譯 天色漸漸暗了下來。

生字 だんだん／逐漸地

自五 **くもる【曇る】**
天氣陰，朦朧
類 曇り 陰天
對 晴れる 晴天
訓 曇＝くも（る）

□□□ 0722

例 失敗を悔やむどころか、ますますやる気が出てきた。

1秒後影子跟讀〉

譯 失敗了不僅不懊惱，反而更有幹勁了。

出題重點 「悔やむ」唸訓讀「くやむ」，指對過去的行為或決定感到後悔或懊悔。問題2誤導選項可能有：
● 軽やむ：非正確日語單字。
● 蔑やむ：非正確日語，「蔑む」讀為「さげすむ」，意為輕視或鄙視。
● 嫌蔑（けんべつ）："輕蔑、鄙視"，表達對人或事物的不尊重和輕視。

文法 どころか[豈止…連…]：表示從根本上推翻前項，並且在後項提出跟前項程度相差很遠。

生字 ますます／越來越；やる気／動力

他五 **くやむ【悔やむ】**
懊悔的，後悔的
類 後悔する 懊悔
對 満足する 滿意

□□□ 0723

例 100の位を四捨五入してください。

1秒後影子跟讀〉

譯 請在百位的地方四捨五入。

生字 四捨五入／四捨五入

名 **くらい【位】**
(數)位數；皇位，王位；官職，地位；(人或藝術作品的)品味，風格
類 地位 位階 對 下位 低位

□□□ 0724

例 我々の暮らしは、よくなりつつある。

1秒後影子跟讀〉

譯 我們家境在逐漸改善中。

文法 つつある[在逐漸…]：表示某一動作或作用正向著某一方向持續發展。

生字 我々／我們

名 **くらし【暮らし】**
度日，生活；生計，家境
類 生活 生活
對 仕事 工作

□□□ 0725

例 どのクラブに入りますか。

1秒後影子跟讀〉

譯 你要進哪一個社團？

生字 入る／加入

名 **クラブ【club】**
倶樂部，夜店；(學校)課外活動，社團活動
類 社団 倶樂部
對 個人 個人

160

□□□ 0726

例 グラフを書く。

1秒後影子跟讀 ≫

譯 畫圖表。

名 **グラフ【graph】**

圖表，圖解，座標圖；畫報

類 図表　圖表

對 文章　文章

□□□ 0727

例 学校のグラウンドでサッカーをした。

1秒後影子跟讀 ≫

譯 我在學校的操場上踢足球。

慣用語

● グラウンドで運動する／在運動場鍛鍊。

● グラウンドの整備／維護運動場。

● グラウンドを走る／在運動場奔跑。

生字 サッカー／足球

造語 **グラウンド【ground】**

運動場，球場，廣場，操場

類 運動場　運動場

對 室内　室内

か

□□□ 0728

例 クリーニングに出したとしても、あまりきれいにならないでしょう。

1秒後影子跟讀 ≫

譯 就算拿去洗衣店洗，也沒辦法洗乾淨吧！

名・他サ **クリーニング【cleaning】**

(洗衣店) 洗滌

類 洗濯　洗滌

對 汚染　汚染

□□□ 0729

例 私が試したかぎりでは、そのクリームを塗ると顔がつるつるになります。

1秒後影子跟讀 ≫

譯 就我試過的感覺，擦那個面霜後，臉就會滑滑嫩嫩的。

文法 かぎりでは [就…來說]：表示憑著自己的知識、經驗或所聽說之資訊等有限的範圍內做出判斷，或提出看法。

生字 試す／嘗試；塗る／塗抹；つるつる／光滑

名 **クリーム【cream】**

鮮奶油，奶酪；膏狀化妝品；皮鞋油；冰淇淋

類 クリーム色　奶油色

對 ジェル　凝膠

□□□ 0730

例 失恋して気が狂った。

1秒後影子跟讀 ≫

譯 因失戀而發狂。

生字 失恋／失戀

自五 **くるう【狂う】**

發狂，發瘋，失常，不準確，有毛病；落空，錯誤；過度著迷，沉迷

類 狂気　瘋狂

對 正常　正常

くるしい【苦しい】

□□□ 0731

例 家計が苦しい。

1秒後影子跟讀》

訳 生活艱苦。

生字 家計／家中經濟狀況

形 くるしい
【苦しい】

艱苦；困難；難過；勉強

類 辛い 痛苦、辛苦

對 楽 輕鬆

□□□ 0732

例 彼は若い頃、病気で長い間苦しんだ。

1秒後影子跟讀》

訳 他年輕時因生病而長年受苦。

生字 頃／時候；間／期間

自五 くるしむ
【苦しむ】

感到痛苦，感到難受

類 悩む 苦惱、受苦

對 喜ぶ 高興

□□□ 0733

例 そんなに私のことを苦しめないでください。

1秒後影子跟讀》

訳 請不要這樣折騰我。

他下一 くるしめる
【苦しめる】

使痛苦，欺負

類 苦痛を与える 使受苦、折磨

對 助ける 幫助

□□□ 0734

例 赤ちゃんを清潔なタオルでくるんだ。

1秒後影子跟讀》

訳 我用乾淨的毛巾包住小嬰兒。

生字 清潔／潔淨的；タオル／毛巾

他五 くるむ【包む】

包，裹

類 覆う 包裹、覆蓋

對 開ける 打開

□□□ 0

例 風邪を引かないように、くれぐれも気をつけてください。

1秒後影子跟讀》

訳 請一定要注意身體，千萬不要感冒了。

副 くれぐれも

反覆，周到

類 何卒 請務必

對 適当に 隨便地

出題重點 「くれぐれも」"懇求" 表特別地強調請求或希望。問題4陷阱可能有：「何卒（なにとぞ）」"懇請" 禮貌表達，請求幫助，比「くれぐれも」正式；「是非（ぜひ）」"務必" 強調非常希望，比「くれぐれも」強烈；「切に（せつに）」"懇切地" 表達強烈願望，與「くれぐれも」類似，更側重內心感情。與「くれぐれも」相比，「何卒」更正式，「是非」更強烈，「切に」更強調內心。

生字 気をつける／留意

□□□ 0736

例 苦労<ruby>苦労<rt>くろう</rt></ruby>したといっても、大<ruby>大<rt>たい</rt></ruby>したことはないです。
1秒後影子跟讀》

譯 雖說辛苦，但也沒什麼大不了的。

生字 大<ruby>大<rt>たい</rt></ruby>した／驚人的

名・形・動サ自 **く**ろう【苦労】
辛苦，辛勞
類 苦労事<ruby>苦労事<rt>くろうごと</rt></ruby> 辛勞、苦難
對 楽<ruby>楽<rt>らく</rt></ruby> 輕鬆

□□□ 0737

例 だしに醤油<ruby>醤油<rt>しょうゆ</rt></ruby>と砂糖<ruby>砂糖<rt>さとう</rt></ruby>を加<ruby>加<rt>くわ</rt></ruby>えます。
1秒後影子跟讀》

譯 在湯汁裡加上醬油跟砂糖。

生字 だし／高湯

他下一 **く**わえる【加える】
加，加上
類 足<ruby>足<rt>た</rt></ruby>す 增加
對 引<ruby>引<rt>ひ</rt></ruby>く 減去

□□□ 0738

例 楊枝<ruby>楊枝<rt>ようじ</rt></ruby>をくわえる。
1秒後影子跟讀》

譯 叼根牙籤。

生字 楊枝<ruby>楊枝<rt>ようじ</rt></ruby>／牙籤

他一 **く**わえる【銜える】
叼，銜
類 噛<ruby>噛<rt>か</rt></ruby>む 咬
對 放<ruby>放<rt>はな</rt></ruby>す 放下

□□□ 0739

例 メンバーに加<ruby>加<rt>くわ</rt></ruby>わったからは、一生懸命<ruby>一生懸命<rt>いっしょうけんめい</rt></ruby>努力<ruby>努力<rt>どりょく</rt></ruby>します。
1秒後影子跟讀》

譯 既然加入了團隊，就會好好努力。

出題重點 「加わる（くわわる）」指參與其中或增加，常用於表示某物或某人加入到一個集體或數量中。如「付け加わる（つけくわわる）」"追加加入"。問題3經常混淆的複合詞有：
- 加える（くわえる）：向已有的事物或情況中添加新的元素。如「付け加える（つけくわえる）」"追加"。
- 合わせる（あわせる）：使兩個或多個部分結合或一致。如「合わせ技（あわせわざ）」"聯合技能"。
- 重ねる（かさねる）：放置一物體於另一物體之上，層層堆疊。如「重ね着（かさねぎ）」"疊穿"。

生字 メンバー／成員；一生懸命<ruby>一生懸命<rt>いっしょうけんめい</rt></ruby>／拼命努力

自五 **く**わわる【加わる】
加上，添上
類 参加<ruby>参加<rt>さんか</rt></ruby>する 加入、參加
對 離<ruby>離<rt>はな</rt></ruby>れる 離開

□□□ 0740

例 これは、訓読<ruby>訓読<rt>くんよ</rt></ruby>みでは何<ruby>何<rt>なん</rt></ruby>と読<ruby>読<rt>よ</rt></ruby>みますか。
1秒後影子跟讀》

譯 這單字用訓讀要怎麼唸？

名 **く**ん【訓】
(日語漢字的)訓讀(音)
類 教訓<ruby>教訓<rt>きょうくん</rt></ruby> 教訓、訓誨
對 音<ruby>音<rt>おと</rt></ruby> 音讀
音 訓＝クン

か

ぐん【軍】

0741

例 彼は、軍の施設で働いている。

1秒後影子跟讀 ≫

訳 他在軍隊的機構中服務。

生字 施設／設施

名 ぐん【軍】

軍隊；(軍隊編排單位)軍

類 軍隊 軍隊、部隊

對 民間 民間

音 軍＝グン

0742

例 東京都西多摩郡に住んでいます。

1秒後影子跟讀 ≫

訳 我住在東京都的西多摩郡。

名 ぐん【郡】

(地方行政區之一)郡

類 県 縣、郡

對 市 市

0743

例 軍隊にいたのは、たった1年にすぎない。

1秒後影子跟讀 ≫

訳 我在軍隊的時間，也不過一年罷了。

文法 にすぎない[也不過…]：表示某微不足道的事態。

生字 たった／僅僅

名 ぐんたい【軍隊】

軍隊

類 部隊 部隊、軍隊

對 平民 平民

音 軍＝グン

0744

例 今訓練の最中で、とても忙しいです。

1秒後影子跟讀 ≫

訳 因為現在是訓練中所以很忙碌。

慣用語 ≫
● 訓練を受ける／接受訓練。
● 緊急訓練を行う／進行緊急訓練。
● 訓練の成果を評価する／評估訓練的成果。

生字 最中／進行中

名・他サ くんれん【訓練】

訓練

類 トレーニング 訓練

對 放棄 放棄

音 訓＝クン

音 練＝レン

0745

Track025

例 女性を殴るなんて、下の下というものだ。

1秒後影子跟讀 ≫

訳 竟然毆打女性，簡直比低級還更低級。

文法 というものだ[真是…]：表示對事物做一種結論性的判斷。

生字 殴る／揍

名 げ【下】

下等；(書籍的)下卷

類 低 低

對 上 上

□□□ 0746

例 飛行機の模型を作る。

1秒後影子跟讀〉

譯 製作飛機的模型。

生字 飛行機／飛機；模型／模型

漢造 けい【形・型】

型，模型；樣版，典型，模範；
樣式；形成，形容

類 模様 模様

對 無形 無形

音 型＝ケイ

□□□ 0747

例 景気がよくなるにつれて、人々のやる気も出てきている。

1秒後影子跟讀〉

譯 伴隨著景氣的回復，人們的幹勁也上來了。

生字 人々／人們；やる気／動力

名 けいき【景気】

(事物的) 活動狀態，活潑，
精力旺盛；(經濟的) 景氣

類 繁栄 繁榮

對 不況 不景氣

□□□ 0748

例 踊りは、若いうちに稽古するのが大事です。

1秒後影子跟讀〉

譯 學舞蹈重要的是要趁年輕時打好基礎。

出題重點 「稽古」唸作「けいこ」，指在傳統藝術、武術、音樂等領域進行的反覆練習或訓練。問題 1 誤導選項可能有：

● けいご：錯誤地將清音「こ」讀作濁音「ご」，這改變了單字的讀音。

● けこ：錯誤地省略了「い」音，這不符合原字的正確讀音。

● けいふる：錯誤地將結尾的「こ」讀作訓讀「ふる」，完全改變了讀音。

名・自他サ けいこ【稽古】

(學問、武藝等的) 練習，學習；
(演劇、電影、廣播等的) 排演，
排練

類 練習 練習

對 放棄 放棄

□□□ 0749

例 若者は、厳しい仕事を避ける傾向がある。

1秒後影子跟讀〉

譯 最近的年輕人，有避免從事辛苦工作的傾向。

生字 若者／年輕人；避ける／躲避

名 けいこう【傾向】

(事物的) 傾向，趨勢

類 風潮 風潮

對 反対 反對

音 傾＝ケイ

□□□ 0750

例 ウイルスメールが来た際は、コンピューターの画面で警告されます。

1秒後影子跟讀〉

譯 收到病毒信件時，電腦的畫面上會出現警告。

生字 ウイルス／病毒；画面／畫面

名・他サ けいこく【警告】

警告

類 注意 注意

對 無視 無視

けいじ【刑事】

□□□ 0751

例 **刑事**たちは、たいへんな**苦労**のすえに**犯人**を捕まえた。

1秒後影子跟讀 〉

譯 刑警們，在極端辛苦之後，終於逮捕了犯人。

文法 〉 のすえに [在…之後]：表示 [經過一段時間，最後…]
之意，是動作、行為等的結果，意味著 [某一期間的結束]。

生字 苦労／艱辛；捕まえる／抓住

名 **けいじ【刑事】**

刑事；刑事警察

類 警察官 警察官

對 犯人 犯人

□□□ 0752

例 そのことを**掲示**したとしても、誰も**掲示**を見ないだろう。

1秒後影子跟讀 〉

譯 就算公佈那件事，也沒有人會看佈告欄吧！

名・他サ **けいじ【掲示】**

牌示，佈告欄；公佈

類 告知 告知

對 秘密 秘密

□□□ 0753

例 **上司**が**形式**にこだわっているところに、新しい考えを**提案**した。

1秒後影子跟讀 〉

譯 在上司拘泥於形式時，我提出了新方案。

生字 こだわる／糾結；提案／提議

名 **けいしき【形式】**

形式，樣式；方式

類 スタイル 風格

對 非形式 非正式

□□□ 0754

例 **継続**すればこそ、**上達**できるのです。

1秒後影子跟讀 〉

譯 就只有持續下去才會更進步。

慣用語
● 継続は**力**なりと信じる／相信持續就是力量。
● 継続的な**努力**を**重視**する／重視持續的努力。
● 継続的な**成長**を**目指**す／以持續成長為目標。

生字 上達／進步

名・自他サ **けいぞく【継続】**

繼續，繼承

類 持続 持續

對 中断 中斷

□□□ 0755

例 **毛糸**でマフラーを**編**んだ。

1秒後影子跟讀 〉

譯 我用毛線織了圍巾。

生字 マフラー／圍巾；編む／編織

名 **けいと【毛糸】**

毛線

類 糸 線

對 布 布料

訓 毛＝け

訓 糸＝いと

□□□ 0756

例 その土地の経度はどのぐらいですか。

1秒後影子跟讀》

譯 那塊土地的經度大約是多少？

生字 土地／地皮

名 けいど【経度】

(地) 經度

類 緯度 緯度

對 高度 高度

□□□ 0757

例 この王様は、どの家の系統ですか。

1秒後影子跟讀》

譯 這位國王是哪個家系的？

慣用語》
● 系統的に学ぶ／系統性學習。
● 遺伝子系統を調べる／研究遺傳系統。
● 系統的なアプローチを採用する／採取系統化的方法。

名 けいとう【系統】

系統，體系

類 カテゴリー 類別

對 無秩序 無秩序

□□□ 0758

例 芸能人になりたくてたまらない。

1秒後影子跟讀》

譯 想當藝人想得不得了。

生字 たまる／忍受

名 げいのう【芸能】

(戲劇，電影，音樂，舞蹈等的總稱) 演藝，文藝，文娛

類 エンターテイメント 娛樂

對 日常 日常 音 芸＝ゲイ

□□□ 0759

例 彼は競馬に熱中したばかりに、財産を全部失った。

1秒後影子跟讀》

譯 就因為他沉溺於賽馬，所以賠光了所有財產。

文法》 ばかりに [就因為…，結果…]：表示就是因為某事的緣故，造成後項不良結果或發生不好的事情，說話者含有後悔或遺憾的心情。

生字 熱中／入迷；財産／資產；失う／失去

名 けいば【競馬】

賽馬

類 競走 競賽

對 静止 靜止

音 競＝ケイ

□□□ 0760

例 厳しい警備もかまわず、泥棒はビルに忍び込んだ。

1秒後影子跟讀》

譯 儘管森嚴的警備，小偷還是偷偷地潛進了大廈。

文法》 もかまわず [儘管…，還是…]：表示不顧慮前項事物的現況，以後項為優先的意思。

生字 泥棒／盜賊；忍び込む／潛入

名・他サ けいび【警備】

警備，戒備

類 守衛 守衛

對 放任 放任

けいようし【形容詞】

□□□ 0761

例 形容詞を習っているところに、形容動詞が出てきたら、分からなくなった。

1秒後影子跟讀 ≫

譯 在學形容詞時，突然冒出了形容動詞，就被搞混了。

名 けいようし
【形容詞】

形容詞
類 形容　形容
對 名詞　名詞
音 詞＝シ

□□□ 0762

例 形容動詞について、教えてください。

1秒後影子跟讀 ≫

譯 請教我形容動詞。

名 けいようどうし
【形容動詞】

形容動詞
類 な形容詞　な形容詞
對 動詞　動詞　音 詞＝シ

□□□ 0763

例 バイオリンをケースに入れて運んだ。

1秒後影子跟讀 ≫

譯 我把小提琴裝到琴箱裡面來搬運。

生字 バイオリン／小提琴；運ぶ／運送

名 ケース【case】

盒，箱，袋；場合，情形，事例
類 事例　實例
對 全体　全體

□□□ 0764

例 この病院には、内科をはじめ、外科や耳鼻科などがあります。

1秒後影子跟讀 ≫

譯 這家醫院有內科以及外科、耳鼻喉科等醫療項目。

生字 内科／內科；耳鼻科／耳鼻喉科

名 げか【外科】

（醫）外科
類 手術　手術
對 内科　內科

□□□ 0765

例 うちの妻は、毛皮がほしくてならないそうだ。

1秒後影子跟讀 ≫

譯 我家太太，好像很想要那件皮草大衣。

慣用語 ≫
● 毛皮を纏う／披上毛皮。
● 毛皮のコートを着る／穿上毛皮大衣。
● 毛皮の取引に反対する／反對毛皮交易。

生字 妻／老婆

名 けがわ【毛皮】

毛皮
類 皮革　皮革
對 布　布料
訓 毛＝け
訓 皮＝かわ

168

□□□ 0766

例 その劇は、市役所において行われます。
[1秒後影子跟讀]

譯 那齣戲現在市公所上演。

生字 市役所／市政府；行う／進行

名・接尾 **げき【劇】**
劇，戲劇；引人注意的事件
類 演劇 戲劇
對 現実 現實
音 劇＝ゲキ

□□□ 0767

例 韓国ブームだけのことはあって、韓国語を勉強する人が激増した。
[1秒後影子跟讀]

譯 不愧是吹起了哈韓風，學韓語的人暴增了許多。

慣用語
●人口が激増する／人口急劇增加。
●需要が激増する／需求急劇增加。

文法 だけのことはあって [不愧是…]：表示與其做的努力、所處的地位、所經歷的事情等名實相符，對其後項的結果、能力等給予高度的讚美。

生字 ブーム／熱潮

名・自サ **げきぞう【激増】**
激增，劇增
類 急増 急增
對 減少 減少

□□□ 0768

例 新宿で下車してみたものの、どこで食事をしたらいいかわからない。
[1秒後影子跟讀]

譯 我在新宿下了車，但卻不知道在哪裡用餐好。

文法 ものの [雖然…但…]：表前項成立，但後項不能順著前項所預期或可能發生的方向發展下去。

名・自サ **げしゃ【下車】**
下車
類 降車 下車
對 乗車 上車

□□□ 0769

例 東京で下宿を探した。
[1秒後影子跟讀]

譯 我在東京找了住宿的地方。

生字 探す／尋找

名・自サ **げしゅく【下宿】**
租屋；住宿
類 宿泊 住宿
對 自宅 自宅

□□□ 0770

例 下水が詰まったので、掃除をした。
[1秒後影子跟讀]

譯 因為下水道積水，所以去清理。

生字 詰まる／堵塞；掃除／清掃

名 **げすい【下水】**
污水，髒水，下水；下水道的簡稱
類 排水 排水
對 飲料水 飲用水

169

けずる【削る】

□□□ 0771

例 木の皮を削り取る。

1秒後影子跟讀 ≫

譯 刨去樹皮。

生字 皮／表皮；削り取る／削去

他五 **けずる【削る】**

削，刨，刮；刪減，削去，削減

類 彫る 雕刻

對 追加 增加

□□□ 0772

例 げたをはいて、外出した。

1秒後影子跟讀 ≫

譯 穿木屐出門去。

生字 履く／穿著；外出／出門

名 **げた【下駄】**

木屐

類 サンダル 涼鞋

對 靴 鞋

□□□ 0773

例 血圧が高い上に、心臓も悪いと医者に言われました。

1秒後影子跟讀 ≫

譯 醫生說我不但血壓高，就連心臟都不好。

文法 うえに [不僅…，還…]：表示追加、補充同類的內容。
在本來就有的某種情況之外，另外還有比前面更甚的情況。

生字 心臓／心臟；医者／醫師

名 **けつあつ【血圧】**

血壓

類 心拍 心跳

對 血糖 血糖

音 血＝ケツ

音 圧＝アツ

□□□ 0774

例 この商品は、使いにくいというより、ほとんど欠陥品です。

1秒後影子跟讀 ≫

譯 這個商品，與其說是難用，倒不如說是個瑕疵品。

出題重點 「欠陥」常描述物品、系統或想法中的缺點或問題。如「欠陥商品を回収する／回收有缺陷的商品」。以下是問題6錯誤用法：

1. 描述個人能力提升：「能力が欠陥する／能力缺陷」。
2. 表示情緒穩定：「心情が欠陥だ／心情缺陷」。
3. 表示增加數量：「数量が欠陥する／數量缺陷」。

生字 商品／產品；ほとんど／幾乎

名 **けっかん【欠陥】**

缺陷，致命的缺點

類 不具合 缺陷

對 完璧 完美

□□□ 0775

例 高そうなかばんじゃないか。月給が高いだけのことはあるね。

1秒後影子跟讀 ≫

譯 這包包看起來很貴呢！不愧是領高月薪的！

文法 だけのことはある [不愧是…]

生字 かばん／背包

名 **げっきゅう【月給】**

月薪，工資

類 給与 薪資

對 日給 日薪

□□□ 0776

例 結局、最後はどうなったんですか。

1秒後影子跟讀》

訳 結果，事情最後究竟演變成怎樣了？

名・副 **けっきょく【結局】**

結果，結局；最後，最終，終究

類 最後 最後

對 初め 開始

□□□ 0777

例 これは、ピカソの晩年の傑作です。

1秒後影子跟讀》

訳 這是畢卡索晚年的傑作。

生字 ピカソ／畢卡索；晩年／暮年

名 **けっさく【傑作】**

傑作

類 名作 名作

對 凡作 平庸之作

□□□ 0778

例 絶対タバコは吸うまいと、決心した。

1秒後影子跟讀》

訳 我下定決心不再抽煙。

文法 まい[不…]：表示説話者不做某事的意志或決心。

生字 タバコ／香菸

名・自他サ **けっしん【決心】**

決心，決意

類 覚悟 決心

對 迷い 猶豫

□□□ 0779

例 彼は決断を迫られた。

1秒後影子跟讀》

訳 他被迫做出決定。

慣用語

● 決断を下す／作出決定。

● 決断力が試される／決斷力受到考驗。

● 重要な決断を下す／作出重要的決定

生字 迫る／強迫

名・自他サ **けつだん【決断】**

果斷明確地做出決定，決斷

類 断定 決定

對 優柔不断 優柔寡斷

□□□ 0780

例 いろいろ考えたあげく、留学することに決定しました。

1秒後影子跟讀》

訳 再三考慮後，最後決定出國留學。

文法 あげく[最後]：表示事物最終的結果，大都因前句造成精神上的負擔或麻煩，多用在消極的場合。

名・自他サ **けってい【決定】**

決定，確定

類 確定 確定

對 不確定 不確定

か

けってん【欠点】

□□□ 0781

例 彼は、**欠点**はあるにせよ、人柄はとてもいい。

1秒後影子跟讀 〉

譯 就算他有缺點，但人品是很好的。

文法 〉 にせよ [就算…，但…]：表示退一步承認前項，並在後項中提出跟前面相反或相矛盾的意見。

生字 人柄／人格

名 **けってん【欠点】**

缺點，欠缺，毛病

類 短所 缺點

對 長所 長處

□□□ 0782

Track026

例 話し合って**結論**を出した上で、みんなに説明します。

1秒後影子跟讀 〉

譯 等結論出來後，再跟大家說明。

文法 〉 うえで [之後…再…]：表示兩動作間時間上的先後關係。先進行前一動作，後面再根據前面的結果，採取下一個動作。

生字 話し合う／協議；説明／解釋

名・自サ **けつろん【結論】**

結論

類 結果 結果

對 問題提起 問題提出

□□□ 0783

例 **好転**の気配がみえる。

1秒後影子跟讀 〉

譯 有好轉的跡象。

生字 好転／變好；みえる／可見

名 **けはい【気配】**

跡象，苗頭，氣息

類 兆し 徵兆

對 無視 無視

□□□ 0784

例 そんな**下品**な言葉を使ってはいけません。

1秒後影子跟讀 〉

譯 不准使用那種下流的話。

生字 言葉／言語

形動 **げひん【下品】**

卑鄙，下流，低俗，低級

類 粗野 粗俗

對 上品 高雅

□□□ 0785

例 部屋が**煙い**。

1秒後影子跟讀 〉

譯 房間瀰漫著煙很嗆人。

出題重點 題型5裡「煙い」的考點有：

● 例句：この部屋はとてもけむい／這個房間非常煙霧瀰漫。

● 換句話說：この部屋は煙たいです／這個房間瀰漫著煙霧。

● 相對說法：この空気は澄んでいる／這空氣很清新。

「煙い」和「煙たい」都是形容空氣中充滿煙霧的狀態；「澄んでいる」則是形容空氣清澈、無污染的狀態

形 **けむい【煙い】**

煙撲到臉上使人無法呼吸，嗆人

類 煙たい 煙霧瀰漫

對 澄んでいる 清澈

□□□ 0786

例 岩だらけの険しい山道を登った。

1秒後影子跟讀〉

訳 我攀登了到處都是岩石的陡峭山路。

形 けわしい【険しい】

陡峭，險峻；險惡，危險；(表情等)嚴肅，可怕，粗暴

類 急な 陡峭

對 平坦 平坦

出題重點 「険しい」唸訓讀「けわしい」，意指形勢或條件艱難、險峻。問題2誤導選項可能有：

- 悔しい（くやしい）："遺憾、悔恨"，用於表達個人的失敗或不滿情緒，與「険しい」的艱難或險峻含義不同。
- 厳しい（きびしい）："嚴格、嚴峻"，可以用來形容規則、條件或人的態度嚴格，與「険しい」相似，但更側重於紀律或規範。
- 貧しい（まずしい）："貧窮、缺乏"，主要用來描述經濟狀況或資源的匱乏，與「険しい」的險峻或艱難無直接關聯。

生字 岩/岩石；山道/山路

□□□ 0787

例 映画の券を買っておきながら、まだ行く暇がない。

1秒後影子跟讀〉

訳 雖然事先買了電影票，但還是沒有時間去。

名 けん【券】

票，証，券

類 チケット 票

對 現金 現金

音 券＝ケン

文法〉ながら[儘管…]：連接兩矛盾事物，與所預想的不同。

□□□ 0788

例 私は、まだ選挙権がありません。

1秒後影子跟讀〉

訳 我還沒有投票權。

名・漢造 けん【権】

權力；權限

類 権力 權力

對 無力 無力

生字 選挙/選舉

□□□ 0789

例 現市長も現市長なら、前市長も前市長だ。

1秒後影子跟讀〉

訳 不管是現任市長，還是前任市長，都太不像樣了。

名・漢造 げん【現】

現，現在的

類 現在 現在

對 過去 過去

文法〉も～なら～も[…有…的問題，…也有…的不對]：表示雙方都有缺點，帶有譴責的語氣。

□□□ 0790

例 専門家の見解に基づいて、会議を進めた。

1秒後影子跟讀〉

訳 依專家給的意見來進行會議。

名 けんかい【見解】

見解，意見

類 意見 意見

對 無関心 無關心

生字 専門家/專家；進める/展開

か

げんかい【限界】

□□□ 0791

例 練習しても記録が伸びず、年齢的限界を感じるようになってきた。

1秒後影子跟讀 》

譯 就算練習也沒法打破紀錄，這才感覺到年齡的極限。

生字 記録／紀錄；伸びる／增加，成長；年齢／年紀

名 げんかい【限界】

界限，限度，極限

類 限度 限度

對 無限 無限

□□□ 0792

例 6年生は出版社を見学に行った。

1秒後影子跟讀 》

譯 6年級的學生去參觀出版社。

出題重點 「見学」唸作「けんがく」，指到某地或機構進行實地參觀，以獲得知識或經驗。問題1誤導選項可能有：
- けんかく：錯誤地將濁音「が」讀作清音「か」，這改變了原字的讀音。
- けんまなぶ：錯誤地將「がく」讀作訓讀「まなぶ」，這不符合原始發音。
- みがく：錯誤地將開頭的「けん」讀作訓讀「み」，改變了讀音。

生字 年生／年級；出版社／出版社

名他サ けんがく【見学】

參觀

類 観察 観察

對 無視 忽視

□□□ 0793

例 いつも謙虚な気持ちでいることが大切です。

1秒後影子跟讀 》

譯 隨時保持謙虛的態度是很重要的。

生字 大切／重要的

形動 けんきょ【謙虚】

謙虛

類 謙遜 謙遜

對 傲慢 傲慢

□□□ 0794

例 今もっている現金は、これきりです。

1秒後影子跟讀 》

譯 現在手邊的現金，就只剩這些了。

生字 きり／僅，只

名 げんきん【現金】

(手頭)現款，現金；(經濟的)現款，現金

類 キャッシュ 現金

對 クレジット 信用卡

□□□ 0795

例 インドの言語状況について研究している。

1秒後影子跟讀 》

譯 我正在針對印度的語言生態進行研究。

生字 インド／印度；状況／情況

名 げんご【言語】

言語

類 語言 語言

對 非言語 非語言

□□□ 0796

例 原稿ができしだい送ります。
1秒後影子跟讀》

譯 原稿一完成就寄給您。

文法 しだい [一…就…]：表示某動作剛一做完，就立即採取下一步的行動。

名 げんこう【原稿】
原稿
類 ドラフト　草稿
對 完成品　成品

□□□ 0797

例 現在は、保険会社で働いています。
1秒後影子跟讀》

譯 我現在在保險公司上班。

生字 保険／保險

名 げんざい【現在】
現在，目前，此時
類 今　現在
對 過去　過去

□□□ 0798

例 この果物は、どこの原産ですか。
1秒後影子跟讀》

譯 這水果的原產地在哪裡？

生字 果物／水果

名 げんさん【原産】
原産
類 産地　産地
對 輸入　進口

□□□ 0799

例 これは、原始時代の石器です。
1秒後影子跟讀》

譯 這是原始時代的石器。

生字 時代／時代；石器／石器

名 げんし【原始】
原始；自然
類 初期　初期
對 現代　現代

□□□ 0800

例 現実を見るにつけて、人生の厳しさを感じる。
1秒後影子跟讀》

譯 每當看到現實的一面，就會感受到人生嚴酷。

慣用語
● 現実を受け入れる／接受現實。
● 現実と理想のギャップ／現實與理想之間的差距。
● 現実的な目標を設定する／設定切合實際的目標。

文法 につけて [每當…就會…]：表示前項事態總會帶出後項結論。

名 げんじつ【現実】
現實，實際
類 事実　事實
對 夢　夢

175

けんしゅう【研修】

□□□ 0801

例 入社1年目の人は全員この研修に出ねばならない。

1秒後子跟讀 〉

譯 第一年進入公司工作的全體員工都必須參加這項研習才行。

文法 〉 ねばならない[必須…]：表示有責任或義務應該要做某件事情。

生字 入社／進入公司；全員／所有成員

名・他サ **げんしゅう【研修】**

進修，培訓

類 トレーニング　訓練
對 休息　休息

□□□ 0802

例 会議は、厳重な警戒のもとで行われた。

1秒後影子跟讀 〉

譯 會議在森嚴的戒備之下進行。

文法 〉 のもとで[在…之下]：表示在受到某影響的範圍內，而有後項的情況。

生字 警戒／防備

形動 **げんじゅう【厳重】**

嚴重的，嚴格的，嚴厲的

類 厳格　嚴格
對 緩い　寬鬆

□□□ 0803

例 なぜこのような現象が起きるのか、不思議でならない。

1秒後影子跟讀 〉

譯 為什麼會發生這種現象，實在是不可思議。

生字 起きる／發生；不思議／奇異的

名 **げんしょう【現象】**

現象

類 事象　現象、事態
對 理論　理論　音象＝ショウ

□□□ 0804

例 現状から見れば、わが社にはまだまだ問題が多い。

1秒後影子跟讀 〉

譯 從現狀來看，我們公司還存有很多問題。

慣用語 〉
● 現状を維持する／維持現狀。
● 現状に満足する／對現狀感到滿意。
● 現状の課題を把握する／掌握當前的問題。

文法 〉 からみれば[從…來看]：表示判斷的角度，也就是[從某一立場來判斷的話]之意。

生字 わが社／本公司；まだまだ／尚，仍

名 **げんじょう【現状】**

現狀

類 状況　狀況
對 未来　未來

□□□ 0805

例 ビルの建設が進むにつれて、その形が明らかになってきた。

1秒後影子跟讀 〉

譯 隨著大廈建設的進行，它的雛形就慢慢出來了。

生字 進む／進展；明らか／清楚的

名・他サ **けんせつ【建設】**

建設

類 構築　建構
對 破壊　破壊
音設＝セツ

176

□□□ 0806

例 優秀なのに、いばる<u>どころか</u>謙遜ばかりしている。

1秒後影子跟讀 〉

譯 他人很優秀，但不僅不自大，反而都很謙虛。

文法 どころか[豈止…連…]：表示從根本上推翻前項，並且在後項提出跟前項程度相差很遠。

名・形動・自サ **けんそん【謙遜】**

謙遜，謙虛

類 謙虛 謙虛

對 自慢 自滿

□□□ 0807

例 ヨーロッパの建築について、研究しています。

1秒後影子跟讀 〉

譯 我在研究有關歐洲的建築物。

生字 ヨーロッパ／歐洲；研究／鑽研

名・他サ **けんちく【建築】**

建築，建造

類 建造 建造 對 解体 拆解

音 築＝チク

□□□ 0808

例 我慢するといっても、限度があります。

1秒後影子跟讀 〉

譯 雖說要忍耐，但也是有限度的。

生字 我慢／忍受

名 **げんど【限度】**

限度，界限

類 限界 限界

對 無限 無限

□□□ 0809

例 わたしには見当もつかない。

1秒後影子跟讀 〉

譯 我實在是摸不著頭緒。

出題重點 「見当」"推斷"指估計或大致判斷。問題4陷阱可能有：「推測（すいそく）」"推測"基於信息或證據的猜測，比「見当」更理性；「予想（よそう）」"預料"對未來事件預測，比「見当」更具預測性；「推定（すいてい）」"推斷"正式推斷，常用於法律或科學。與「見当」相比，「推測」更理性，「予想」更關注未來，「推定」更正式且專業。

生字 つく／有眉目

名 **けんとう【見当】**

推想，推測；大體上的方位，方向；(接尾)表示大致數量，大約，左右

類 予測 預測

對 確実 確實

□□□ 0810

例 どのプロジェクトを始めるにせよ、よく検討しなければならない。

1秒後影子跟讀 〉

譯 不管你要從哪個計畫下手，都得好好審核才行。

文法 にせよ[不管…，都得…]：表示退一步承認前項，並在後項中提出跟前面相反或相矛盾的意見。

生字 プロジェクト／企劃；始める／開始

名・他サ **けんとう【檢討】**

研討，探討；審核

類 考察 考察

對 無視 忽視

げんに【現に】

□□□ 0811

例 この方法なら誰でも痩せられます。現に私は半年で18キロ痩せました。

1秒後影子跟讀〉

譯 只要用這種方法，誰都可以瘦下來，事實上我在半年內已經瘦下18公斤了。

慣用語〉
● 現にこの目で見た／我親眼看到了。
● 現に問題となっている／目前正成為問題。
● 現に起こった事故を調査する／調查實際發生的事故。

副 げんに【現に】

做為不可忽略的事實，實際上
親眼

類 実際 實際
對 仮想 虛擬

□□□ 0812

例 現場のようすから見ると、作業は順調のようです。

1秒後影子跟讀〉

譯 從工地的情況來看，施工進行得很順利。

文法〉からみると[從…來看]：表示判斷的角度，也就是[從某一立場來判斷的話]之意。

生字〉作業／工作；順調／理想

名 げんば【現場】

(事故等的)現場；(工程等的)
現場，工地

類 現地 現地
對 事務所 辦公室

□□□ 0813

例 顕微鏡で細菌を検査した。

1秒後影子跟讀〉

譯 我用顯微鏡觀察了細菌。

生字〉細菌／細菌；検査／檢驗

名 けんびきょう
【顕微鏡】

顯微鏡

類 マイクロスコープ 顯微鏡
對 望遠鏡 望遠鏡

□□□ 0814

例 両国の憲法を比較してみた。

1秒後影子跟讀〉

譯 我試著比較了兩國間憲法的差異。

名 けんぽう【憲法】

憲法

類 法律 法律
對 違反 違反

□□□ 0815

例 地震の発生現場では、懸命な救出作業が続いている。

1秒後影子跟讀〉

譯 在震災的現場竭盡全力持續救援作業。

生字〉現場／現場；救出／搶救

形動 けんめい【懸命】

拼命，奮不顧身，竭盡全力

類 熱心 熱心
對 怠惰 怠惰

0816

例 勉強することは、義務というより権利だと私は思います。

1秒後影子跟讀〉

訳 唸書這件事，與其說是義務，我認為它更是一種權利。

生字 義務／本分

名 **けんり【権利】**

権利
類 利益　利益
對 義務　義務

0817

例 勉強するにつれて、化学の原理がわかってきた。

1秒後影子跟讀〉

訳 隨著不斷地學習，便越來越能了解化學的原理了。

慣用語〉
● 原理に基づく／基於原理進行。
● 原理を理解する／理解原理。
● 物理学の原理を学ぶ／學習物理學的原理。

生字 化学／化學

名 **げんり【原理】**

原理；原則
類 理論　理論
對 実践　實踐

0818

例 原料は、アメリカから輸入しています。

1秒後影子跟讀〉

訳 原料是從美國進口的。

生字 アメリカ／美國；輸入／引進

名 **げんりょう【原料】**

原料
類 材料　材料
對 製品　成品

0819

Track027

例 碁を打つ。

1秒後影子跟讀〉

訳 下圍棋。

生字 打つ／下（棋）

名 **ご【碁】**

圍棋
類 囲碁　圍棋
對 将棋　將棋

0820

例 二人は、出会ったとたんに恋に落ちた。

1秒後影子跟讀〉

訳 兩人相遇便墜入了愛河。

生字 とたん／一…時；落ちる／墜落

名・自他サ **こい【恋】**

戀，戀愛；眷戀
類 愛情　愛情
對 友情　友情
訓 恋＝こい

179

こいしい【恋しい】

□□□ 0821

例 故郷が恋しくてしようがない。

1秒後影子跟讀 >

譯 想念家鄉想念得不得了。

形 こいしい【恋しい】

思慕的，眷戀的，懷戀的

類 思い 思念

對 無関心 無關心

訓 恋＝こい（しい）

□□□ 0822

例 少子化のため、男子校や女子校が次々と共学になっている。

1秒後影子跟讀 >

譯 由於少子化的影響，男校和女校逐漸改制為男女同校。

生字 次々／絡繹不絕；共学／（男女）同校

名 こう【校】

學校；校對

類 学校 學校

對 職場 職場

□□□ 0823

例 許しを請う。

1秒後影子跟讀 >

譯 請求原諒。

生字 許す／諒解

他五 こう【請う】

請求，希望

類 頼む 請求

對 拒否 拒絕

□□□ 0824

例 社長も社長なら、工員も工員だ。

1秒後影子跟讀 >

譯 社長有社長的不是，員工也有員工的不對。

文法 も～なら～も［…有…的問題，…也有…的不對］：表示雙方都有缺點，帶有譴責的語氣。

名 こういん【工員】

工廠的工人，（產業）工人

類 従業員 員工

對 管理者 管理者

□□□ 0825

例 彼にしては、ずいぶん強引なやりかたでした。

1秒後影子跟讀 >

譯 就他來講，已經算是很強勢的作法了。

慣用語
● 強引に進める／強行推進。
● 強引な方法を避ける／避免使用強硬手段。
● 強引な営業を受ける／遭遇強硬的銷售手法。

生字 ずいぶん／相當地

形動 ごういん【強引】

強行，強制，強勢

類 無理強い 強迫

對 柔軟 柔軟

か

□□□ 0826

例 この事故で助かるとは、幸運というものだ。

1秒後影子跟讀

譯 能在這場事故裡得救，算是幸運的了。

文法 というものだ[真是…]：表示對事物做一種結論性的判斷。
生字 事故／事故；助かる／脫險

名·形動 こううん【幸運】

幸運，僥倖

類 ラッキー　幸運
對 不運　不幸

□□□ 0827

例 誰に講演を頼むか、私には決めかねる。

1秒後影子跟讀

譯 我無法作主要拜託誰來演講。

慣用語
●講演会に出席する／參加演講會。
●講演の依頼を受ける／接受演講邀請。
●講演の準備をする／準備演講。
文法 かねる[無法]：表示由於心理上的排斥感等主觀原因，或是道義上的責任等客觀原因，而難以做到某事。
生字 頼む／囑託；決める／決定

名·自サ こうえん【講演】

演說，講演

類 スピーチ　演講
對 対話　對話
音 講＝コウ

□□□ 0828

例 宝石は、高価であればあるほど、買いたくなる。

1秒後影子跟讀

譯 寶石越昂貴，就越想買。

生字 宝石／寶石

名·形動 こうか【高価】

高價錢

類 高額　昂貴
對 安価　便宜

□□□ 0829

例 財布の中に硬貨がたくさん入っている。

1秒後影子跟讀

譯 我的錢包裝了許多硬幣。

生字 財布／錢包；たくさん／許多

名 こうか【硬貨】

硬幣，金屬貨幣

類 コイン　硬幣
對 紙幣　紙幣
音 硬＝コウ
音 貨＝カ

□□□ 0830

例 校歌を歌う。

1秒後影子跟讀

譯 唱校歌。

名 こうか【校歌】

校歌

類 学校の歌　校歌
對 民謡　民謠

181

ごうか【豪華】

□□□ 0831

例 おばさんたちのことだから、豪華な食事をしているでしょう。

1秒後影子跟讀〉

譯 因為是阿姨她們，所以我想一定是在吃豪華料理吧！

文法〉ことだから [因為是…，所以…]：主要接表示人物的詞後面，根據説話熟知的人物的性格、行為習慣等，做出自己判斷的依據。

生字〉食事／餐食

形動 ごうか【豪華】
奢華的，豪華的
類 贅沢 奢華
對 質素 簡樸

□□□ 0832

例 病人が増えたことから、公害のひどさがわかる。

1秒後影子跟讀〉

譯 從病人增加這一現象來看，可見公害的嚴重程度。

文法〉ことから [從…來看]：表示因果關係，根據情況，來判斷出原因、結果或結論。

生字〉病人／患者；増える／増多

名 こうがい【公害】
（污水、噪音等造成的）公害
類 汚染 污染
對 環境保護 環境保護

□□□ 0833

例 外国語の学習は、たまに長時間やるよりも、少しでも毎日やる方が効果的だ。

1秒後影子跟讀〉

譯 學習外語有時候比起長時間的研習，每天少量學習的效果比較顯著。

出題重點〉「的（てき）」表示目標、對象或符合某種特質。如「効果的（こうかてき）」"具有效力的"。問題 3 經常混淆的複合詞有：
- 当て（あて）：目標、依靠的對象或預定的事物。如「目当て（めあて）」"尋找目的"。
- 目（め）：關注的焦點或目標點。如「付け目（つけめ）」"注意事項"。
- 目標（もくひょう）：指追求的目的或旨在達成的點。如「攻撃目標（こうげきもくひょう）」"攻擊目標"。

生字〉学習／學習

形動 こうかてき【効果的】
有效的
類 有効 有效
對 無効 無效
音 効＝コウ

□□□ 0834

例 南の海上に高気圧が発生した。

1秒後影子跟讀〉

譯 南方海面上形成高氣壓。

生字〉海上／海洋上；発生／產生

名 こうきあつ【高気圧】
高氣壓
類 高圧 高壓
對 低気圧 低氣壓 **音** 圧＝アツ

□□□ 0835

例 好奇心が強い。

1秒後影子跟讀〉

譯 好奇心很強。

名 こうきしん【好奇心】
好奇心
類 興味 興趣 **對** 無関心 無關心

0836

例 お金がないときに限って、彼女が高級レストランに行きたがる。

> 1秒後影子跟讀

譯 偏偏就在沒錢的時候，女友就想去高級餐廳。

文法 にかぎって[偏偏…就…]：表示特殊限定的事物或範圍，說明唯獨某事物特別不一樣。

生字 レストラン／餐廳

名・形動 こうきゅう【高級】
(級別)高，高級；(等級程度)高
類 上等 高級
對 低級 低級

0837

例 公共の設備を大切にしましょう。

> 1秒後影子跟讀

譯 一起來愛惜我們的公共設施吧！

慣用語
● 公共の場所を利用する／利用公共場所。
● 公共交通機関を利用する／利用公共交通工具。
● 公共事業に投資する／投資於公共事業。

生字 設備／設備；大切／珍惜的

名 こうきょう【公共】
公共
類 共有 共有
對 私的 私人

0838

例 航空会社に勤めたい。

> 1秒後影子跟讀

譯 我想到航空公司上班。

名 こうくう【航空】
航空；「航空公司」的簡稱
類 飛行 飛行 對 地上 地面
音 航＝コウ

0839

例 思っていたとおりに美しい光景だった。

> 1秒後影子跟讀

譯 和我預期的一樣，景象很優美。

生字 とおり／照樣

名 こうけい【光景】
景象，情況，場面，樣子
類 景色 風景
對 平凡 平凡

0840

例 工芸品はもとより、特産の食品も買うことができる。

> 1秒後影子跟讀

譯 工藝品自不在話下，就連特產的食品也買的到。

生字 特産／名產；食品／食品

名 こうげい【工芸】
工藝
類 手工芸 手工藝
對 大量生産 大量生產
音 芸＝ゲイ

183

ごうけい【合計】

□□□ 0841

例 消費税をぬきにして、合計 2000 円です。

〈1秒後影子跟讀〉

譯 扣除消費稅，一共是 2000 圓。

文法 をぬきにして［扣除］：表示去掉某一事項，做後面的動作。

生字 消費税／消費稅

名・他サ ごうけい【合計】

共計，合計，總計

類 総計　總計

對 部分　部分

□□□ 0842

例 政府は、野党の攻撃に遭った。

〈1秒後影子跟讀〉

譯 政府受到在野黨的抨擊。

生字 野党／在野黨；遭う／遭遇

名・他サ こうげき【攻撃】

攻擊，進攻；抨擊，指責，責難；(棒球) 擊球

類 侵害　侵害

對 防御　防禦

□□□ 0843

例 ちょっと手伝ったにすぎなくて、大した貢献ではありません。

〈1秒後影子跟讀〉

譯 這只能算是幫點小忙而已，並不是什麼大不了的貢獻。

慣用語
- 社会に貢献する／為社會作出貢獻。
- チームの勝利に貢献する／為團隊勝利貢獻力量。
- 環境保護に貢献する／為環境保護作出貢獻。

生字 すぎる／超過；大した／了不起的

名・自サ こうけん【貢献】

貢献

類 寄与　貢獻

對 無関心　無關心

□□□ 0844

例 親孝行のために、田舎に帰ります。

〈1秒後影子跟讀〉

譯 為了盡孝道，我決定回鄉下。

生字 親／雙親；田舎／鄉村

名・自サ・形動 こうこう【孝行】

孝敬，孝順

類 尊敬　尊敬

對 不孝　不孝

□□□ 0845

例 道が交差しているところまで歩いた。

〈1秒後影子跟讀〉

譯 我走到交叉路口。

名・自他サ こうさ【交差】

交叉

類 交差点　交叉點

對 並行　平行

184

□□□ 0846

例 たまたま帰りに同じ電車に乗ったのをきっかけに、交際を始めた。

1秒後影子跟讀 〉

譯 在剛好搭同一班電車回家的機緣之下，兩人開始交往了。

慣用語
- 交際を始める／開始交往。
- 交際を申し込む／提出交往請求。
- 交際の経緯を説明する／説明交際過程。

文法 〉 をきっかけに [以…為契機]：表示某事產生的原因、機會、動機等。

名・自サ こうさい【交際】

交際，交往，應酬

類 付き合い 交往

對 断絶 斷絕

□□□ 0847

例 講師も講師なら、学生も学生で、みんなやる気がない。

1秒後影子跟讀 〉

譯 不管是講師，還是學生，都實在太不像話了，大家都沒有幹勁。

文法 〉 も～なら～も […有…的問題，…也有…的不對]：表示雙方都有缺點，帶有譴責的語氣。

生字 やる気／動力

名 こうし【講師】

(高等院校的) 講師；演講者

類 教師 教師

對 学生 學生

音 講＝コウ

□□□ 0848

例 数学の公式を覚えなければならない。

1秒後影子跟讀 〉

譯 數學的公式不背不行。

名・形動 こうしき【公式】

正式；(數) 公式

類 正式 正式

對 非公式 非正式

□□□ 0849

例 仕事を口実に、飲み会を断った。

1秒後影子跟讀 〉

譯 我拿工作當藉口，拒絕了喝酒的邀約。

生字 飲み会／飲酒的聚會；断る／拒絕

名 こうじつ【口実】

藉口，口實

類 言い訳 藉口

對 正当 正當

□□□ 0850

例 私なら、二つのうち後者を選びます。

1秒後影子跟讀 〉

譯 如果是我，我會選兩者中的後者。

生字 うち／之中；選ぶ／挑選

名 こうしゃ【後者】

後來的人；(兩者中的) 後者

類 後述 後述

對 前者 前者

か

185

□□□ 0851

例 この学校は、校舎を拡張しつつあります。

1秒後影子跟讀 〉

譯 這間學校，正在擴建校區。

慣用語 〉

●新しい校舎が建つ／建造新校舍。
●校舎を巡る／參觀校舍。

文法 〉 つつある[在逐漸…]：表示某一動作或作用正向著某一方向持續發展。

生字 拡張／擴大

名 こうしゃ【校舎】

校舍

類 学び舎 校舍
對 事務所 辦公室

□□□ 0852

例 公衆トイレはどこですか。

1秒後影子跟讀 〉

譯 請問公廁在哪裡？

生字 トイレ／洗手間

名 こうしゅう【公衆】

公眾，公共，一般人

類 一般人 大眾
對 個人 個人

□□□ 0853

例 パリというと、香水の匂いを思い出す。

1秒後影子跟讀 〉

譯 說到巴黎，就會想到香水的香味。

文法 〉 というと[說到…]：表示承接話題的聯想，從某個話題引起自己的聯想，或對這個話題進行說明或聯想。

生字 匂い／芳香；思い出す／想起

名 こうすい【香水】

香水

類 フレグランス 香水
對 無香料 無香
音 香＝コウ

□□□ 0854

例 相手にも罰を与えたのは、公正というものだ。

1秒後影子跟讀 〉

譯 也給對方懲罰，這才叫公正。

文法 〉 というものだ[這才叫…]：表示對事物做出看法或批判，是一種斷定説法。

生字 罰／處罰；与える／使遭到

名・形動 こうせい【公正】

公正，公允，不偏

類 正義 正義
對 不公平 不公平

□□□ 0855

例 物語の構成を考えてから小説を書く。

1秒後影子跟讀 〉

譯 先想好故事的架構之後，再寫小說。

生字 物語／故事；小説／小說

名・他サ こうせい【構成】

構成，組成，結構

類 組み立て 組成
對 分解 分解

□□□ 0856

例 彼の功績には、すばらしいものがある。

かれ こうせき

1秒後影子跟讀 ≫

譯 他所立下的功績，有值得讚賞的地方。

文法 ものがある[有…的地方（價值）]：表示肯定某人或事物的優點。由於說話者看到了某些特徵，而發自內心的肯定，是種強烈斷定。

名 こうせき【功績】

功績

類 成就 成就
じょうじゅ

對 失敗 失敗
しっぱい

音 績＝セキ

□□□ 0857

例 皮膚に光線を当てて治療する方法がある。

ひ ふ こうせん あ ち りょう ほうほう

1秒後影子跟讀 ≫

譯 有種療法是用光線來照射皮膚。

生字 皮膚／肌膚；当てる／曬；治療／醫治
ひ ふ あ ち りょう

名 こうせん【光線】

光線

類 光 光
ひかり

對 影 影子
かげ

□□□ 0858

例 高層ビルに上って、街を眺めた。

こうそう のぼ まち なが

1秒後影子跟讀 ≫

譯 我爬上高層大廈眺望街道。

生字 街／街區；眺める／遠眺
まち なが

名 こうそう【高層】

高空，高氣層；高層

類 多階層 多層
た かいそう

對 一階 一樓
いっかい

音 層＝ソウ

□□□ 0859

Track028

例 専門家の立場からいうと、この家の構造はよくない。

せんもん か たちば いえ こうぞう

1秒後影子跟讀 ≫

譯 從專家角度來看，這房子的結構不太好。

出題重點 「構造」唸音讀「こうぞう」，意指事物的組織、結構或機制。問題2誤導選項可能有：

● 構成（こうせい）：“組成、構成”，指的是各部分如何組合成一個整體，與「構造」相關，但更側重於組合的方式與元素。

● 結構（けっこう）：“結構、構造”，也可以表示結構，但在日常用語中，「結構」還常用於表達“相當、頗”等意思，與「構造」的科學或技術含義有所不同。

● 製造（せいぞう）：“製造、生產”，指的是創造或製作產品的過程，與「構造」的結構或機制含義不同。

名 こうぞう【構造】

構造，結構

類 構成 結構
こうせい

對 破壊 破壊
は かい

音 造＝ゾウ

□□□ 0860

例 高速道路の建設をめぐって、議論が行われています。

こうそくどう ろ けんせつ ぎ ろん おこな

1秒後影子跟讀 ≫

譯 圍繞著高速公路的建設一案，正進行討論。

文法 をめぐって[圍繞著…]：表示後項的行為動作，是針對前項的某一事情、問題進行的。

生字 建設／建設；議論／協議
けんせつ ぎ ろん

名 こうそく【高速】

高速

類 速い 快速
はや

對 低速 低速
ていそく

こうたい【交替】

□□□ 0861

例 担当者が交替したばかりなものだから、まだ慣れていないんです。

> 1秒後影子跟讀 〉

譯 負責人才交接不久，所以還不大習慣。

生字 担当者／負責人；慣れる／熟練

名・
自サ こうたい【交替】

換班，輪流，替換，輪換

類 代替 輪替

對 固定 固定

音 替＝タイ

□□□ 0862

例 東京にだって耕地がないわけではない。

> 1秒後影子跟讀 〉

譯 就算在東京也不是沒有耕地。

名 こうち【耕地】

耕地

類 農地 農地 對 不毛の地 荒地

音 耕＝コウ

□□□ 0863

例 電車やバスをはじめ、すべての交通機関が止まってしまった。

> 1秒後影子跟讀 〉

譯 電車和公車以及所有的交通工具，全都停了下來。

生字 はじめ／開頭；止まる／停止

名 こうつうきかん
【交通機関】

交通機關，交通設施

類 交通手段 交通工具

對 静止 静止

□□□ 0864

例 上司の言うことを全部肯定すればいいというものではない。

> 1秒後影子跟讀 〉

譯 贊同上司所說的一切，並不是就是對的。

名・
他サ こうてい【肯定】

肯定，承認

類 承認 承認

對 否定 否定

音 肯＝コウ

出題重點 「肯定」"承認"指確認或承認某事正面評價。問題4陷阱可能有：「認可（にんか）」"許可"指正式承認或同意，比「肯定」更正式，常用於官方或法律；「承認（しょうにん）」"批准"但更強調正式認可；「賛成（さんせい）」"贊同"指對意見或提案的支持，比「肯定」更具同意或支持意味。與「肯定」相比，「認可」更正式且常用於官方場合，「承認」強調正式認可，「賛成」側重於支持或同意。

文法 というものではない[並不是…]：表示對某想法或主張，不完全贊成。

□□□ 0865

例 珍しいことに、校庭で誰も遊んでいない。

> 1秒後影子跟讀 〉

譯 令人覺得稀奇的是，沒有一個人在操場上。

名 こうてい【校庭】

學校的庭園，操場

類 学校の庭 學校庭園

對 教室 教室

文法 ことに[令人感到…的是…]：接在表示感情的形容詞或動詞後面，表示說話者在敘述某事之前的心情。

生字 珍しい／稀奇的

188

□□□ 0866

例 この植物は、高度1000メートルのあたりにわたって分布しています。

1秒後影子跟讀

譯 這一類的植物，分布區域廣達約 1000 公尺高。

慣用語
- 高度に発達する／高度發展。
- 高度な技術を駆使する／運用高度技術。
- 高度成長を遂げる／實現高度成長。

生字 あたり／周圍；分布／分布

名・形動 こうど【高度】

(地)高度，海拔；(地平線到天體的)仰角；(事物的水平)高度，高級

類 高さ 高度

對 低度 低度

□□□ 0867

例 高等学校への進学をめぐって、両親と話し合っている。

1秒後影子跟讀

譯 我跟父母討論關於高中升學的事情。

文法 をめぐって [關於…的事情]
生字 進学／升學；話し合う／商量

名・形動 こうとう【高等】

高等，上等，高級

類 高級 高級

對 下等 低等

□□□ 0868

例 いつもの行動からして、父は今頃飲み屋にいるでしょう。

1秒後影子跟讀

譯 就以往的行動模式來看，爸爸現在應該是在小酒店吧！

文法 からして [從…來看…]：表示判斷的依據。後面多是消極、不利的評價。
生字 今頃／此刻；飲み屋／小酒館

名・自サ こうどう【行動】

行動，行為

類 活動 活動

對 静止 靜止

□□□ 0869

例 昨日、強盗に入られました。

1秒後影子跟讀

譯 昨天被強盜闖進來行搶了。

名 ごうとう【強盗】

強盜；行搶

類 盗賊 強盗

對 警察 警察

□□□ 0870

例 二つの学校が合同で運動会をする。

1秒後影子跟讀

譯 這兩所學校要聯合舉辦運動會。

生字 運動会／運動會

名・自他サ ごうどう【合同】

合併，聯合；(數)全等

類 一緒 合併

對 分離 分離

189

こうば【工場】

□□□ 0871

例 3年間にわたって、町の工場で働いた。

1秒後影子跟讀 〉

譯 長達3年的時間，都在鎮上的工廠工作。

生字 町／小鎮；働く／上班

名 こうば【工場】

工廠，作坊
類 製造所　工廠
對 事務所　辦公室

□□□ 0872

例 この事実は、決して公表するまい。

1秒後影子跟讀 〉

譯 這個真相，絕對不可對外公開。

出題重點 題型5裡「公表」的考點有：
● 例句：研究結果を公表した／研究結果進行了公表。
● 換句話說：研究結果を発表した／研究結果進行了發表。
● 相對說法：研究結果を秘密にした／研究結果保持秘密。
「公表」和「発表」都是指對外公開信息的行為；「秘密」則是指不對外公開，保持隱蔽的狀態。
文法 まい[不…]：表示説話者不做某事的意志或決心。
生字 事実／事實

名・他サ こうひょう【公表】

公布，發表，宣布
類 発表　公開
對 秘密　秘密

□□□ 0873

例 鉱物の成分を調べました。

1秒後影子跟讀 〉

譯 我調查了這礦物的成分。

生字 成分／組成；調べる／查找

名 こうぶつ【鉱物】

礦物
類 鉱石　礦石
對 植物　植物
音 鉱＝コウ

□□□ 0874

例 法のもとに、公平な裁判を受ける。

1秒後影子跟讀 〉

譯 法律之前，人人接受平等的審判。

文法 のもとに[在…之下]：表示在受到某影響的範圍內，而有後項的情況。
生字 裁判／審理；受ける／受到

名・形動 こうへい【公平】

公平，公道
類 平等　公平
對 不公平　不公平

□□□ 0875

例 相手候補は有力だが、私が勝てないわけでもない。

1秒後影子跟讀 〉

譯 對方的候補雖然強，但我也能贏得他。

生字 相手／對手；有力／有能力

名 こうほ【候補】

候補，候補人；候選，候選人
類 候補者　候選人
對 現職　現任
音 補＝ホ

□□□ 0876

例 これは**公務**なので、休むことはできない。

1秒後影子跟讀 >

譯 因為這是公務，所以沒辦法請假。

名 **こうむ【公務】**

公務，國家及行政機關的事務

類 職務　公務

對 私事　私事

□□□ 0877

例 どの**項目**について言っているのですか。

1秒後影子跟讀 >

譯 你說的是哪一個項目啊？

名 **こうもく【項目】**

文章項目，財物項目；(字典的) 詞條，條目

類 ポイント　項目

對 全体　整體

□□□ 0878

例 今ごろ東北は、**紅葉**が美しいにきまっている。

1秒後影子跟讀 >

譯 現在東北一帶的楓葉，一定很漂亮。

生字 今ごろ／此刻；きまる／肯定

名・自サ **こうよう【紅葉】**

紅葉；變成紅葉

類 もみじ　楓葉

對 青葉　綠葉

音 紅＝コウ

□□□ 0879

例 先生の考え方は、**合理**的というより冷酷です。

1秒後影子跟讀 >

譯 老師的想法，與其說是合理，倒不如說是冷酷無情。

出題重點 「不（ふ、ぶ）」用於形成否定或反面含義的詞前，表示不是、無、非。如「不合理（ふごうり）」"不符合邏輯"。問題3經常混淆的複合詞有：

● 無（む）：表示沒有、缺乏或不存在。如「無差別（むさべつ）」"無差別"。

● 別（べつ）：表示區分、不同或另外的。如「別ルート（べつルート）」"不同的路徑"。

● 非（ひ）：表示否定、非正常或不符合。如「非常識（ひじょうしき）」"非常識"。

生字 考え方／觀點；冷酷／鐵石心腸

名 **ごうり【合理】**

合理

類 理論的　理論上

對 非理論的　非理性

□□□ 0880

例 国際交流が盛んなだけあって、この大学には外国人が多い。

1秒後影子跟讀 >

譯 這所大學有很多外國人，不愧是國際交流興盛的學校。

文法 だけあって[不愧是…]：表示名實相符，一般用在積極讚美的時候。

生字 国際／國際；盛ん／昌盛

名・自サ **こうりゅう【交流】**

交流，往來；交流電

類 交換　交換

對 孤立　孤立

ごうりゅう【合流】

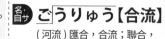

□□□ 0881

例 今忙しいので、7時ごろに飲み会に合流します。

1秒後影子跟讀 》

譯 現在很忙，所以7點左右，我會到飲酒餐會跟你們會合。

生字 飲み会／喝酒的聚會

名・自サ **ごうりゅう【合流】**
(河流) 匯合，合流；聯合，合併
類 合わさる 兩物匯合
對 分岐 分流

□□□ 0882

例 福祉という点からいうと、国民の生活をもっと考慮すべきだ。

1秒後影子跟讀 》

譯 從福利的角度來看的話，就必須再多加考慮到國民的生活。

生字 福祉／福祉；国民／人民

名・他サ **こうりょ【考慮】**
考慮
類 思考 考慮
對 無視 忽略

□□□ 0883

例 この薬は、風邪のみならず、肩こりにも効力がある。

1秒後影子跟讀 》

譯 這劑藥不僅對感冒很有效，對肩膀酸痛也有用。

文法 のみならず [不僅…，也…]：表示添加，用在不僅限於前接詞的範圍，還有後項進一層的情況。

生字 肩こり／肩膀痠痛

名 **こうりょく【効力】**
效力，效果，效應
類 有効性 效力
對 無効 無效
音 効＝コウ

□□□ 0884

例 このあたりの土地はとても肥えている。

1秒後影子跟讀 》

譯 這附近的土地非常的肥沃。

慣用語
●土が肥える／土壤肥沃。
●肥えた畑で野菜を栽培する／在肥沃的田地種植蔬菜。
●肥えた心を持つ人／擁有豐富心靈的人。

生字 土地／土壤

自下 **こえる【肥える】**
肥，胖；土地肥沃；豐富；(識別力) 提高，(鑑賞力) 強
類 太る 變胖
對 痩せる 變瘦

□□□ 0885

例 チームが負けたのは、コーチのせいだ。

1秒後影子跟讀 》

譯 球隊之所以會輸掉，都是教練的錯。

名・他サ **コーチ【coach】**
教練，技術指導；教練員
類 指導者 教練
對 選手 運動員

□□□ 0886

例 テレビとビデオをコードでつないだ。
1秒後影子跟讀 >

譯 我用電線把電視和錄放影機連接上了。

生字 ビデオ/錄放影機；つなぐ/連接

名 コード【cord】
(電)軟線
類 電線 電線
對 ワイヤレス 無線

□□□ 0887

例 彼女たちのコーラスは、すばらしいに相違ない。
1秒後影子跟讀 >

譯 她們的合唱，一定很棒。

文法 にそういない[一定是…]：表示說話者根據經驗或直覺，做出非常肯定的判斷。

名 コーラス【chorus】
合唱；合唱團；合唱曲
類 合唱 合唱
對 独唱 獨唱

□□□ 0888

例 ゴールまであと 100 メートルです。
1秒後影子跟讀 >

譯 離終點還差 100 公尺。

出題重點 「ゴール」通常指目標、終點或完成某事的結果。如「ゴールを目指す／朝向目標邁進」。以下是問題 6 錯誤用法：
1. 形容食物的口味：「この料理はゴールがいい／這道菜味道的終點很棒」。
2. 表示威情的消失：「彼の愛情はゴールした／他的愛情消失了」。
3. 描述聲音的大小：「音量がゴールする／音量達到目標」。

生字 メートル／公尺

名 ゴール【goal】
(體)決勝點，終點；球門；跑進決勝點，射進球門；奮鬥的目標
類 目標 目標
對 出発点 起點

□□□ 0889

例 料理を焦がしたものだから、部屋の中がにおいます。
1秒後影子跟讀 >

譯 因為菜燒焦了，所以房間裡會有焦味。

生字 部屋／房間；におう／有味道

他五 こがす【焦がす】
弄糊，烤焦，燒焦；(心情)焦急，焦慮；用香薰
類 焼く 燒焦
對 生 生的

□□□ 0890

例 緊張すればするほど、呼吸が速くなった。
1秒後影子跟讀 >

譯 越是緊張，呼吸就越急促。

生字 緊張／精神緊繃

名・自他サ こきゅう【呼吸】
呼吸，吐納；(合作時)步調，拍子，節奏；竅門，訣竅
類 息 呼吸
對 停止 停止

こぐ【漕ぐ】

□□□ 0891

例 岸にそって船を漕いだ。

1秒後影子跟讀

譯 沿著岸邊划船。

出題重點 「漕ぐ」唸作「こぐ」，意指划船。問題1誤導選項可能有：
- 稼ぐ（かせぐ）：“賺錢”，指通過工作或其他活動賺取收入。
- 継ぐ（つぐ）：“繼承”，指承接前人的職位、財產或任務。
- 塞ぐ（ふさぐ）：“堵塞”，指阻塞開口或通道，使其不通。

文法 にそって[沿著…]：接在河川或道路等長長延續的東西，或操作流程等名詞後，表示沿著河流、街道。

生字 岸／岸邊；船／船隻

他五 **こぐ【漕ぐ】**
划船，搖櫓，蕩槳；蹬（自行車），打（鞦韆）
類 漕ぎ進む 往前划動
對 歩く 走路

□□□ 0892

例 この秘密は、ごくわずかな人しか知りません。

1秒後影子跟讀

譯 這機密只有極少部分的人知道。

生字 秘密／秘密；わずか／鮮少

副 **ごく【極】**
非常，最，極，至，頂
類 非常 極端
對 平凡 平凡

□□□ 0893

例 国王が亡くなられたとは、信じかねる話だ。

1秒後影子跟讀

譯 國王去世了，真叫人無法置信。

文法 かねる[無法]：表示由於心理上的排斥感等主觀原因，而難以做到某事。

生字 亡くなる／死亡；信じる／相信

名 **こくおう【国王】**
國王，國君
類 王 國王
對 市民 市民

□□□ 0894

例 病気を克服すれば、まだ働けないこともない。

1秒後影子跟讀

譯 只要征服病魔，也不是說不能繼續工作。

名・他サ **こくふく【克服】**
克服
類 乗り越える 克服
對 屈服 屈服

□□□ 0895

例 物価の上昇につれて、国民の生活は苦しくなりました。

1秒後影子跟讀

譯 隨著物價的上揚，國民的生活越來越困苦。

生字 物価／物價；上昇／上漲

Track029

名 **こくみん【国民】**
國民
類 市民 國民
對 外国人 外國人

☐☐☐ 0896

例 この土地では、穀物は育つまい。

1秒後影子跟讀〉

譯 這樣的土地穀類是無法生長的。

文法 まい[大概不會(無法)…]：表示説話者的推測、想像。

生字 土地／土壤；育つ／成長

名 こくもつ【穀物】

五穀，糧食

類 穀類 穀物

對 肉 肉類

☐☐☐ 0897

例 中学と高校は私立ですが、大学は国立を出ています。

1秒後影子跟讀〉

譯 國中和高中雖然都是讀私立的，但我大學是畢業於國立的。

生字 私立／私立；出る／畢業

名 こくりつ【国立】

國立

類 公立 國立

對 私立 私立

か

☐☐☐ 0898

例 厳しく仕事をさせる一方、「ご苦労様。」と言うことも忘れない。

1秒後影子跟讀〉

譯 嚴厲地要下屬做事的同時，也不忘說聲：「辛苦了」。

文法 いっぽう[…的同時]：前句説明在做某件事的同時，後句為補充做另一件事。

生字 厳しい／嚴格的；忘れる／遺忘

名・形動 ごくろうさま【ご苦労様】

(表示感謝慰問) 辛苦，受累，勞駕

類 お疲れ様 辛苦了

對 歓迎 歡迎

☐☐☐ 0899

例 変な匂いがしますが、何か焦げていませんか。

1秒後影子跟讀〉

譯 這裡有怪味，是不是什麼東西燒焦了？

慣用語〉
● 鍋が焦げる／鍋子燒焦了。
● 肉が焦げる／肉烤焦了。
● 焦げる匂いがする／聞到燒焦的味道。

生字 変／奇怪的；匂い／氣味

自下 こげる【焦げる】

烤焦，燒焦，焦，糊；曬褪色

類 焼ける 燒焦

對 生 生的

☐☐☐ 0900

例 北海道の冬は寒くて、凍えるほどだ

1秒後影子跟讀〉

譯 北海道的冬天冷得幾乎要凍僵了。

文法 ほどだ[幾乎…(的程度)]：為了説明前項達到什麼程度，在後項舉出具體的事例來。

自下 こごえる【凍える】

凍僵

類 凍る 凍結

對 温まる 變暖

訓 凍＝こご（える）

こころあたり【心当たり】

☐☐☐ 0901

例 彼の行く先について、心当たりがないわけでもない。

1秒後影子跟讀 》

譯 他現在人在哪裡，也不是說完全沒有頭緒。

生字 行く先／目的地

名 こ|ころあたり
【心当たり】

想像、(估計、猜想) 得到；線索，苗頭

類 予感 預感　對 無知 無知

☐☐☐ 0902

例 仕事がうまくいったのは、彼女が全て心得ていたからにほかならない。

1秒後影子跟讀 》

譯 工作之所以會順利，全都是因為她懂得要領的關係。

出題重點 「得る (える)」意指獲得、實現或理解某事物。如「心得る (こころえる)」"領會"。問題 3 經常混淆的複合詞有：

● 取る (とる)：表示獲得、採取或接受某物。如「勝ち取る (かちとる)」"贏取"。

● 込む (こむ)：表示進入、混入或涉及某事。如「転がり込む (ころがりこむ)」"滾進來"。

● 受ける (うける)：指接受、承受或經歷某事。如「待ち受ける (まちうける)」"等待接受"。

文法 にほかならない [無非是…]：表示斷定的說事情發生的理由、原因，是對事物的原因、結果的肯定語氣。

他下一 こ|ころえる
【心得る】

懂得，領會，理解；有體驗；答應，應允記在心上的

類 理解する 理解

對 無視する 忽略

☐☐☐ 0903

例 こんなかっこうで荷物を持つと、腰を痛めるよ。

1秒後影子跟讀 》

譯 用這種姿勢拿東西會造成腰痛喔。

生字 かっこう／姿態；荷物／貨物；痛める／使疼痛

名・接尾 こ|し 【腰】

腰；(衣服、裙子等的) 腰身

類 腰部 腰部

對 頭 頭部

訓 腰＝こし

☐☐☐ 0904

例 その腰掛けに座ってください。

1秒後影子跟讀 》

譯 請坐到那把凳子上。

名 こ|しかけ【腰掛け】

凳子；暫時棲身之處，一時落腳處

類 イス 椅子　對 立つ 站立

訓 腰＝こし

☐☐☐ 0905

例 ソファーに腰掛けて話をしましょう。

1秒後影子跟讀 》

譯 讓我們坐沙發上聊天吧！

生字 ソファー／沙發

自下一 こ|しかける
【腰掛ける】

坐下

類 座る 坐下　對 立つ 站立

訓 腰＝こし

□□□ 0906

例 **五十音というけれど、実際には 50 ない。**
1秒後影子跟讀 ≫

譯 雖說是 50 音，實際上並沒有 50 個。

生字 実際／事實

名 **ごじゅうおん【五十音】**

五十音

類 カナ　假名
對 漢字　漢字

□□□ 0907

例 **遠足なので、みんなでおにぎりをこしらえた。**
1秒後影子跟讀 ≫

譯 因為遠足，所以大家一起做了飯糰。

出題重點 「拵える」通常用於手工或精心製作的過程。如「手料理をこしらえる／準備親手烹煮的料理」。以下是問題 6 錯誤用法：

1. 形容人的性格改變：「彼の性格を拵える／製作他的性格」。
2. 表示感情的消退：「愛情を拵える／製作愛情」。
3. 描述天氣狀況：「天気を拵える／製作天氣」。

生字 遠足／郊遊；おにぎり／飯糰

他下一 **こしらえる【拵える】**

做，製造；捏造，虛構；化妝，打扮；籌措，填補

類 作る　製作
對 壊す　破壊

□□□ 0908

例 **熊たちは、冬眠して寒い冬を越します。**
1秒後影子跟讀 ≫

譯 熊靠著冬眠來過寒冬。

自五 **こす【越す・超す】**

越過，跨越，渡過；超越，勝於；過，度過；遷居，轉移

類 超える　超越
對 下回る　不及
訓 超＝こす

□□□ 0909

例 **汚れは、布で擦れば落ちます。**
1秒後影子跟讀 ≫

譯 這污漬用布擦就會掉了。

生字 汚れ／髒污；布／布；落ちる／脱落

他五 **こする【擦る】**

擦，揉，搓；摩擦
類 摩擦する　摩擦
對 触れる　觸摸

□□□ 0910

例 **液体の温度が下がると固体になる。**
1秒後影子跟讀 ≫

譯 當液體的溫度下降時，就會結成固體。

生字 液体／液體；温度／溫度

名 **こたい【固体】**

固體

類 固形　固體　對 液体　液體
音 固＝コ

か

197

ごちそうさま 【ご馳走様】

☐☐☐ 0911

例 おいしいケーキをご馳走様でした。

| 1秒後影子跟讀 ≫

譯 謝謝您招待如此美味的蛋糕。

慣用語
- ●ごちそうさまの一言／感謝款待的一句話。
- ●食事の後に「ごちそうさま」と言う／飯後説「謝謝招待」。
- ●ごちそうさまでしたと感謝する／表示感謝，説「謝謝招待」。

連語 ご**ちそうさま**
【ご馳走様】
承蒙您的款待了，謝謝
類 感謝 感謝
對 無視 無視

☐☐☐ 0912

例 彼は、国家のためと言いながら、自分のことばかり考えている。

| 1秒後影子跟讀 ≫

譯 他嘴邊雖掛著：「這都是為了國家」，但其實都只有想到自己的利益。

文法 ながら[儘管…]：連接兩個矛盾的事物，表示後項與前項所預想的不同。

名 こ**っか** 【国家】
國家
類 国 國家
對 市 市

☐☐☐ 0913

例 この件は、国会で話し合うべきだ。

| 1秒後影子跟讀 ≫

譯 這件事，應當在國會上討論才是。

生字 話し合う／協商

名 こ**っかい** 【国会】
國會，議會
類 議会 國會
對 市議会 市議會

☐☐☐ 0914

例 ちゃんと勉強したら、お小遣いをあげないこともないわよ。

| 1秒後影子跟讀 ≫

譯 只要你好好讀書，也不是不給你零用錢的。

生字 ちゃんと／認真地；あげる／給予

名 こ**づかい** 【小遣い】
零用錢
類 お小遣い 零用錢
對 給料 薪資

☐☐☐ 0915

例 国境をめぐって、二つの国に争いが起きた。

| 1秒後影子跟讀 ≫

譯 就邊境的問題，兩國間起了爭執。

文法 をめぐって[就…的問題]：表示後項的行為動作，是針對前項的某一事情、問題進行的。

生字 争い／糾紛；起きる／發生

名 こ**っきょう** 【国境】
國境，邊境，邊界
類 境界線 邊界
對 国内 國內
音 境＝キョウ

0916

例 彼は、すばらしいコックであるとともに、有名な経営者です。
1秒後影子跟讀》

譯 他是位出色的廚師，同時也是位有名的經營者。

生字 有名／知名的；経営者／經營者

名 コック【cook】
廚師
類 料理人 廚師
對 客 顧客

0917

例 骨折ではなく、ちょっと足をひねったにすぎません。
1秒後影子跟讀》

譯 不是骨折，只是稍微扭傷腳罷了！

生字 ちょっと／輕微；ひねる／扭傷

名・自サ こっせつ【骨折】
骨折
類 折れる 骨折
對 回復 康復
音 骨＝コツ

0918

例 両親には黙って、こっそり家を出た。
1秒後影子跟讀》

譯 沒告知父母，就偷偷從家裡溜出來。

出題重點 題型5裡「こっそり」的考點有：
● 例句：彼はこっそり部屋を出た／他悄悄地離開了房間。
● 換句話說：彼は密かに部屋を出た／他秘密地離開了房間。
● 相對說法：彼は公然と部屋を出た／他公開地離開了房間。
「こっそり」和「密かに」都表達了偷偷地、秘密地的行為；「公然と」則表示公開無懼、毫不隱藏的行為。

生字 両親／雙親；黙る／緘默

副 こっそり
悄悄地，偷偷地，暗暗地
類 密かに 悄悄地
對 公然と 公開地

0919

例 古典はもちろん、現代文学にも詳しいです。
1秒後影子跟讀》

譯 古典文學不用說，對現代文學也透徹瞭解。

生字 もちろん／當然

名 こてん【古典】
古書，古籍；古典作品
類 名著 名著
對 現代 現代

0920

例 彼女は、琴を弾くのが上手だ。
1秒後影子跟讀》

譯 她古箏彈得很好。

名 こと【琴】
古琴，箏
類 楽器 樂器
對 声 聲音

ことづける 【言付ける】

□□□ 0921

例 社長はいなかったので、秘書に言付けておいた。

1秒後影子跟讀〉

譯 社長不在，所以請秘書代替傳話。

生字 社長／總經理；秘書／秘書

他下一 こ|と|づ|け|る
【言付ける】

託帶口信，託付

類 伝える 傳達

對 隠す 隱藏

□□□ 0922

例 やり方は異なるにせよ、二人の方針は大体同じだ。

1秒後影子跟讀〉

譯 即使做法不同，不過兩人的方針是大致相同的。

文法 にせよ [即使…，不過…]：表示退一步承認前項，並在後項中提出跟前面相反或相矛盾的意見。

生字 方針／方針；大体／大概

自五 こ|と|な|る
【異なる】

不同，不一樣

類 違う 不同

對 同じ 相同

□□□ 0923

例 言葉遣いからして、とても乱暴なやつだと思う。

1秒後影子跟讀〉

譯 從說話措辭來看，我認為他是個粗暴的傢伙。

文法 からして [從…來看…]：表示判斷的依據。後面多是消極、不利的評價。

生字 乱暴／粗魯；やつ／傢伙

名 こ|と|ば|づ|かい
【言葉遣い】

說法，措辭，表達

類 表現 表達

對 無言 沉默

□□□ 0924

例 このことわざの意味をめぐっては、いろいろな説があります。

1秒後影子跟讀〉

譯 就這個成語的意思，有許多不同的說法。

出題重點 「諺」唸作「ことわざ」，意指諺語。問題１誤導選項可能有：

● ことねざ：錯誤地將「わ」讀作字型相近的「ね」，這改變了單字的讀音。

● ごとわざ：錯誤地將開頭的清音「こ」讀作濁音「ご」。

● ことわき：錯誤地將字尾的「ざ」讀作清音「き」，改變原有的讀音。

文法 をめぐって [就…的意思]

名 こ|と|わ|ざ 【諺】

諺語，俗語，成語，常言

類 慣用句 慣用語、熟語

對 新語 新詞

□□□ 0925

例 借金を断られる。

1秒後影子跟讀〉

譯 借錢被拒絕。

生字 借金／借款

他五 こ|と|わ|る 【断る】

預先通知，事前請示；謝絕

類 拒絶 拒絕

對 受け入れる 接受

こむぎ【小麦】

0926

例 この粉は、小麦粉ですか。

1秒後影子跟讀》

譯 這粉是麵粉嗎？

名 こな【粉】

粉，粉末，麵粉
類 粉末 粉末
對 液体 液體
訓 粉＝こな

0927

例 話によると、社長は食べ物の好みがうるさいようだ。

1秒後影子跟讀》

譯 聽說社長對吃很挑剔的樣子。

生字 社長／總經理

名 このみ【好み】

愛好，喜歡，願意
類 好き 喜好
對 嫌い 不喜歡

0928

例 ごぼうを好んで食べる民族は少ないそうだ。

1秒後影子跟讀》

譯 聽說喜歡食用牛蒡的民族並不多。

慣用語
●甘いものを好む／偏愛甜食。
●静かな場所を好む／喜歡安靜的地方。
●冒険を好む／鍾情於冒險。
生字 ごぼう／牛蒡；民族／民族

他五 このむ【好む】

愛好，喜歡，願意；挑選，希望；流行，時尚
類 選ぶ 選擇
對 避ける 避免

0929

例 ご無沙汰していますが、お元気ですか。

1秒後影子跟讀》

譯 好久不見，近來如何？

名・自サ ごぶさた【ご無沙汰】

久疏問候，久未拜訪，久不奉函
類 久しぶり 許久不見
對 頻繁 頻繁

0930

例 小麦粉とバターと砂糖だけで作ったお菓子です。

1秒後影子跟讀》

譯 這是只用了麵粉、奶油和砂糖製成的點心。

生字 バター／奶油；砂糖／砂糖

名 こむぎ【小麦】

小麥
類 麦 小麥
對 米 稻米
訓 麦＝むぎ

201

ごめん 【御免】

□□□ 0931

例 悪いのはあっちじゃないか。謝るなんてごめんだ。

1秒後影子跟讀 》

譯 錯的是對方啊！我才不要道歉咧！

慣用語
- ●ごめんを請う／請求允許。
- ●酒はもう御免だ／不再喝酒了。
- ●ごめんなさいと謝る／道歉說「對不起」。

生字 悪い／不對；謝る／致歉

名・感 ごめん 【御免】

原諒；表拒絕

類 許し 原諒

對 拒絶 拒絕

□□□ 0932

例 彼は、山の上の小さな小屋に住んでいます。

1秒後影子跟讀 》

譯 他住在山上的小屋子裡。

名 こや 【小屋】

簡陋的小房，茅舍；(演劇、馬戲等的)棚子；畜舍

類 物置 庫房

對 大邸宅 大宅

□□□ 0933

例 歯の痛みを一晩必死にこらえた。

1秒後影子跟讀 》

譯 一整晚拚命忍受了牙痛。

生字 一晩／一宿；必死／死命的

他下一 こらえる 【堪える】

忍耐，忍受；忍住，抑制住；容忍，寬恕

類 耐える 忍耐

對 放棄する 放棄

□□□ 0934

例 庶民からすれば、映画は重要な娯楽です。

1秒後影子跟讀 》

譯 對一般老百姓來說，電影是很重要的娛樂。

文法 からすれば [從…來看]：表示判斷的觀點，根據。

生字 庶民／平民；重要／必要

名 ごらく 【娯楽】

娛樂，文娛

類 楽しみ 娛樂

對 仕事 工作

□□□ 0935

例 窓から見える景色がきれいだから、ご覧なさい。

1秒後影子跟讀 》

譯 從窗戶眺望的景色實在太美了，您也來看看看吧！

生字 窓／窗戶；景色／風景

名 ごらん 【ご覧】

(敬)看，觀覽；(親切的)請看；(接動詞連用形)試試看

類 見る 觀看

對 無視 忽略

□□□ 0936

例 つりに凝っている。

1秒後影子跟讀》

譯 熱中於釣魚。

生字 つり／釣魚

自五 こる【凝る】

凝固，凝集；(因血行不周、肌肉僵硬等)酸痛;狂熱,入迷;講究,精緻

類 熱中する　專注

對 無関心　無關心

□□□ 0937

例 私は、切手ばかりか、コインのコレクションもしています。

1秒後影子跟讀》

譯 不光是郵票，我也有收集錢幣。

慣用語》

● 切手コレクションを展示する／展示郵票收藏。
● 自分のコレクションを誇る／為我的收藏感到自豪。
● アートコレクションに投資する／投資於藝術收藏。

生字 切手／郵票；コイン／硬幣

名 コレクション【collection】

蒐集，收藏；收藏品

類 収集品　收藏品

對 捨てる　丟棄

□□□ 0938

例 これらとともに、あちらの本も片付けましょう。

1秒後影子跟讀》

譯 那邊的書也跟這些一起收拾乾淨吧！

生字 片付ける／整理

代 これら

這些

類 この人たち　這些人

對 あれら　那些

□□□ 0939

例 これは、ボールを転がすゲームです。

1秒後影子跟讀》

譯 這是滾大球競賽。

生字 ボール／球；ゲーム／遊戲

他五 ころがす【転がす】

滾動，轉動;開動(車),推進;轉賣;弄倒,搬倒

類 動かす　移動

對 止める　停止

□□□ 0940

例 山の上から、石が転がってきた。

1秒後影子跟讀》

譯 有石頭從山上滾了下來。

自五 ころがる【転がる】

滾動，轉動；倒下，躺下；擺著，放著，有

類 転ぶ　滾動

對 静止する　靜止

203

ころぶ 【転ぶ】

□□□ 0941

例 道で転んで、ひざ小僧を怪我した。

1秒後影子跟讀 >

譯 在路上跌了一跤，膝蓋受了傷。

慣用語
- 滑って転ぶ／滑倒摔跤。
- 階段で転ぶ／在樓梯上跌倒。
- 急に転ぶ／突然跌倒。

生字 ひざ小僧／膝蓋；怪我／受傷

自五 **こ**ろぶ 【転ぶ】
跌倒，倒下；滾轉；趨勢發展，事態變化
類 転倒する 跌倒
對 立つ 站立

□□□ 0942

例 お化けを怖がる。

1秒後影子跟讀 >

譯 懼怕妖怪。

生字 お化け／鬼怪

自五 **こ**わがる 【怖がる】
害怕
類 恐れる 害怕
對 安心する 安心

□□□ 0943

例 私が今日あるのは山田さんのお陰です。

1秒後影子跟讀 >

譯 我能有今天都是託山田先生的福。

生字 お陰／托福

漢造 **こ**ん 【今】
現在；今天；今年
類 現在 現在
對 過去 過去

□□□ 0944

例 会社へは、紺のスーツを着ていきます。

1秒後影子跟讀 >

譯 我穿深藍色的西裝去上班。

生字 スーツ／套裝；着る／身穿

名 **こ**ん 【紺】
深藍，深青
類 藍色 深藍色
對 白 白色

□□□ 0945

例 今回の仕事が終わりしだい、国に帰ります。

1秒後影子跟讀 >

譯 這次的工作一完成，就回國去。

文法 しだい [一…就…]：表示某動作剛一做完，就立即採取下一步的行動。

名 **こ**んかい 【今回】
這回，這次，此番
類 この度 這次
對 前回 上次

□□□ 0946

例 コンクールに出るからには、毎日練習しなければだめですよ。

1秒後影子跟讀 》

譯 既然要參加比賽，就得每天練習唷！

慣用語
- コンクールに出場する／參加比賽。
- 音楽コンクールに参加する／參加音樂比賽。
- コンクールで受賞する／在比賽中獲獎。

生字 練習／練習；だめ／不行

名 コンクール
【concours】

競賽會，競演會，會演
類 競技会 比賽
對 練習 練習

か

□□□ 0947

例 コンクリートで作っただけのことはあって、頑丈な建物です。

1秒後影子跟讀 》

譯 不愧是用水泥作成的，真是堅固的建築物啊！

文法 だけのことはあって［不愧是…］：表示與其做的努力、所處的地位、所經歷的事情等名實相符，對其後項的結果、能力等給予高度的讚美。

生字 頑丈／結實的；建物／建築物

名・形動 コンクリート
【concrete】

混凝土；具體的
類 セメント 混凝土
對 木材 木材

□□□ 0948

例 二つの液体を混合すると危険です。

1秒後影子跟讀 》

譯 將這兩種液體混和在一起的話，很危險。

生字 液体／液體；危険／不安全的

名・自他サ こんごう【混合】

混合
類 混ぜる 混合
對 分離 分離
音 混＝コン

□□□ 0949

例 コンセントがないから、カセットを聞きようがない。

1秒後影子跟讀 》

譯 沒有插座，所以無法聽錄音帶。

名 コンセント
【consent】

電線插座
類 同意 同意 對 反対 反對

□□□ 0950

例 スーパーで安売りになっているものを見て、夕飯の献立を決める。

1秒後影子跟讀 》

譯 在超市看什麼食材是特價，才決定晚飯的菜色。

生字 安売り／賤賣

名 こんだて【献立】

菜單
類 メニュー 菜單
對 食欲不振 食慾不振

こんなに

例 こんなに夜遅く街をうろついてはいけない。

1秒後影子跟讀》

譯 不可在這麼晚了還在街上閒蕩。

出題重點 「こんなに」“這麼”表示程度或數量的強調。問題4陷阱可能有：「そんなに」“那麼”表示對比較遠的對象的程度或數量的強調；「あんなに」“那樣地”同樣用於強調，但指的是更遠距離或抽象的對象；「とても」“非常”也用於強調程度，但更通用。與「こんなに」相比，「そんなに」和「あんなに」強調的對象距離不同，「とても」則是更廣泛的強調用法。

生字 街/街道；うろつく/傍徨

副 こんなに
這樣，如此

類 これほど　這麼

對 あまり　不太

例 30年代から40年代にかけて、困難な日々が続いた。

1秒後影子跟讀》

譯 30年代到40年代這段時間，日子一直都很艱困的。

生字 年代/年代；日々/每天

名・形動 こんなん【困難】
困難，困境；窮困

類 難問　困難

對 容易　容易

例 このような車は、今日では見られない。

1秒後影子跟讀》

譯 這樣子的車，現在看不到了。

生字 見る/看見

名 こんにち【今日】
今天，今日；現在，當今

類 本日　今天

對 昨日　昨天

例 こんばんは、寒くなりましたね。

1秒後影子跟讀》

譯 你好，變冷了呢。

寒暄 こんばんは
【今晩は】
晩安，你好

類 晩　晩上好

對 おはよう　早上好

例 婚約したので、嬉しくてたまらない。

1秒後影子跟讀》

譯 因為訂了婚，所以高興極了。

生字 たまる/忍受

名・自サ こんやく【婚約】
訂婚，婚約

類 エンゲージメント　訂婚

對 解消　解除

□□□ 0956

例 この古代国家は、政治の混乱のすえに滅亡した。

1秒後影子跟讀 >

譯 這一古國，由於政治的混亂，結果滅亡了。

文法 のすえに[結果…]：表示[經過一段時間，最後…]之意，
是動作、行為等的結果，意味著[某一期間的結束]。

生字 古代/古代；滅亡/滅亡

名・自サ こんらん【混乱】

混亂

類 乱れ 混亂
對 秩序 秩序
音 混=コン
音 乱=ラン

□□□ 0957
Track031

例 二つの商品の品質には、まったく差がない。

1秒後影子跟讀 >

譯 這兩個商品的品質上，簡直沒什麼差異。

生字 品質/質量；まったく/完全

名 さ【差】

差別，區別，差異；差額，差數

類 違い 差異
對 一致 一致

□□□ 0958

例 合唱グループに加えて、英会話のサークルにも入りました。

1秒後影子跟讀 >

譯 除了合唱團之外，另外也參加了英語會話的小組。

慣用語 >
● サークルに参加する/加入同好會。
● サークル活動に参加する/參加社團活動。
● 学生サークルに入る/加入學生社團。

生字 合唱/合唱；グループ/集團

名 サークル【circle】

伙伴，小組；周圍，範圍

類 集団 團體
對 個人 個人

□□□ 0959

例 サービス次第では、そのホテルに泊まってもいいですよ。

1秒後影子跟讀 >

譯 看看服務品質，好的話也可以住那個飯店。

文法 しだいでは[就要看…而定]：表示行為動作要實現，全
憑前面的名詞的情況而定。

名・自他サ サービス【service】

售後服務；服務，接待，侍候；
(商店)廉價出售，附帶贈品
出售

類 奉仕 服務
對 有料 收費

□□□ 0960

例 入場の際には、切符を提示してください。

1秒後影子跟讀 >

譯 入場時，請出示門票。

生字 入場/進場；切符/票券；提示/出示

名・漢造 さい【際】

時候，時機，在…的狀況下；
彼此之間，交接；會晤；邊際

類 時 時候
對 永遠 永遠

さい【再】

□□□ 0961

例 パソコンの調子が悪いなら、再起動してみてください。
〉1秒後影子跟讀〉

譯 如果電腦的運轉狀況不佳，請試著重新開機看看。

出題重點 「再（さい）」表示重複或再次發生的概念。如「再開（さいかい）」“再次開始”。問題 3 經常混淆的複合詞有：
- 最（さい）：表示極點，用於形成最高級或最終的意義。如「最高新記録（さいこうしんきろく）」“最高紀錄”。
- 高（こう）：與「高」相關，用於形容質量或等級。如「高級品（こうきゅうひん）」“高品質商品”。
- 新（しん）：指新近的、最近的或未經使用的事物。如「新製品（しんせいひん）」“新產品”。

生字 調子／狀態

漢造 **さい【再】**
再，又一次
類 再度　再次
對 初　初次
音 再＝サイ

□□□ 0962

例 電車が運転を再開する。
〉1秒後影子跟讀〉

譯 電車重新運駛。

生字 運転／駕駛

名・自他サ **さいかい【再開】**
重新進行
類 復活　重新開始
對 終了　結束
音 再＝サイ

□□□ 0963

例 在校生代表が祝辞を述べる。
〉1秒後影子跟讀〉

譯 在校生代表致祝賀詞。

生字 祝辞／賀詞；述べる／敘述

名・自サ **ざいこう【在校】**
在校
類 在学　在學
對 卒業　畢業

□□□ 0964

例 餃子の材料やら作り方やら、再三にわたって説明しました。
〉1秒後影子跟讀〉

譯 不論是餃子的材料還是作法，都一而再再而三反覆說明過了。

文法 やら～やら［又是（有）…啦，又（有）…啦］：表示從一些同類事項中，列舉出兩項。多有心情不快的語感。

生字 餃子／餃子；材料／材料

副 **さいさん【再三】**
屢次，再三
類 何度も　屢次
對 一度きり　僅一次
音 再＝サイ

□□□ 0965

例 財産という点からみると、彼は結婚相手として悪くない。
〉1秒後影子跟讀〉

譯 就財產這一點來看，把他當結婚對象其實也不錯。

生字 結婚／結婚；相手／對象

名 **ざいさん【財産】**
財產；文化遺產
類 資産　財產
對 負債　債務

208

□□□ 0966

例 祭日にもかかわらず、会社で仕事をした。

1秒後影子跟讀 ≫

譯 儘管是假日，卻還要到公司上班。

文法 にもかかわらず[儘管…，卻還要…]：表示逆接。後項事情常是跟前項相反或相矛盾的事態。

名 さいじつ【祭日】

節日；日本神社祭祀日；宮中舉行重要祭祀活動日；祭靈日

類 祝日 節日

對 平日 工作日

音 祭＝サイ

□□□ 0967

例 大学は中退したので、最終学歴は高卒です。

1秒後影子跟讀 ≫

譯 由於大學輟學了，因此最高學歷是高中畢業。

慣用語

● 最終回を迎える／迎來最後一集。

● 最終確認をする／進行最後確認。

● 最終目標に向かう／邁向最終目標。

生字 中退／退學；学歴／學歷；高卒／高中畢業

名 さいしゅう【最終】

最後，最終，最末；(略)末班車

類 最後 最終

對 最初 最初

□□□ 0968

例 最終的にやめることにした。

1秒後影子跟讀 ≫

譯 最後決定不做。

形動 さいしゅうてき【最終的】

最後

類 最後に 最後地

對 最初に 初步的

□□□ 0969

例 食事がなかなか来ないから、催促するしかない。

1秒後影子跟讀 ≫

譯 因為餐點遲遲不來，所以只好催它快來。

生字 なかなか／遲遲（不）

名・他サ さいそく【催促】

催促，催討

類 促す 催促

對 放置 放置

□□□ 0970

例 仕事の最中に、邪魔をするべきではない。

1秒後影子跟讀 ≫

譯 他人在工作，不該去打擾。

文法 べきではない[不該…]：表示禁止，從某種規範來看不能做某件事。

生字 邪魔／妨礙

名 さいちゅう【最中】

動作進行中，最頂點，活動中

類 真っ最中 正當中

對 前後 之前和之後

209

□□□ 0971

例 テストを採点するにあたって、合格基準を決めましょう。

1秒後影子跟讀 〉

譯 在打考試分數之前，先決定一下及格標準吧！

慣用語 〉
- テストを採点する／對測驗進行評分。
- 採点基準を設定する／設定評分標準。
- 採点作業に取り組む／進行評分工作。

文法 〉 にあたって [之際]：表示某一行動，已經到了事情重要的階段。

生字 基準／標準；決める／規定

名・他サ さいてん【採点】

評分數

類 評価 評分

對 無視 忽略

音 採＝サイ

□□□ 0972

例 今回の失敗は、失敗というより災難だ。

1秒後影子跟讀 〉

譯 這次的失敗，與其說是失敗，倒不如說是災難。

生字 失敗／失敗

名 さいなん【災難】

災難，災禍

類 不幸 災難

對 幸福 幸福

□□□ 0973

例 才能があれば成功するというものではない。

1秒後影子跟讀 〉

譯 並非有才能就能成功。

文法 〉 というものではない [並不是…]：表示對某一想法或主張，不完全贊成。

生字 成功／成功

名 さいのう【才能】

才能，才幹

類 能力 才能、能力

對 無能 無能

□□□ 0974

例 彼は、長い裁判のすえに無罪になった。

1秒後影子跟讀 〉

譯 他經過長期的訴訟，最後被判無罪。

文法 〉 のすえに [經過…最後]：表示 [經過一段時間，最後…] 之意，是動作、行為等的結果，意味著 [某一期間的結束]。

生字 無罪／無罪

名・他サ さいばん【裁判】

裁判，評斷，判斷；(法) 審判，審理

類 法廷 法庭

對 和解 和解

□□□ 0975

例 大阪を再訪する。

1秒後影子跟讀 〉

重遊大阪。

名・他サ さいほう【再訪】

再訪，重遊

類 再び訪れる 再次訪問

對 初めて 首次　音 再＝サイ

□□□ 0976

例 家を作るための材木が置いてある。
1秒後影子跟讀〉

譯 這裡放有蓋房子用的木材。

生字 作る／建造；置く／放置

名 ざいもく【材木】
木材，木料
類 木材 木材
對 金属 金屬
音 材＝ザイ

□□□ 0977

例 簡単ではないが、材料が手に入らないわけではない。
1秒後影子跟讀〉

譯 雖說不是很容易，但也不是拿不到材料。

名 ざいりょう【材料】
材料，原料；研究資料，數據
類 素材 材料
對 完成品 成品 音 材＝ザイ

□□□ 0978

例 何か事件があったのね。サイレンが鳴っているもの。
1秒後影子跟讀〉

譯 有什麼事發生吧。因為響笛在響！

生字 鳴る／鳴響

名 サイレン【siren】
警笛，汽笛
類 警報 警報器
對 静寂 寧靜

□□□ 0979

例 幸いなことに、死傷者は出なかった。
1秒後影子跟讀〉

譯 令人慶幸的是，沒有人傷亡。

出題重點 「幸い」唸訓讀「さいわい」，意指幸運、吉利，或在某種情況下結果好於預期。問題2誤導選項可能有：
●倖い：非正確日語單字，可能與「幸い（さいわい）」混淆。
●福い：同樣不是一個正確的日語單字。
●利い：這同樣不是正確的日語單字，可能與「利き（きき）」混淆，後者意味著有效果、有效，與「幸い」的意思不同。
文法 ことに［令人感到…的是…］：接在表示感情的形容詞或動詞後面，表示説話者在敘述某事之前的心情。
生字 死傷者／死者和傷者；出る／出現

名・形動・副 さいわい【幸い】
幸運，幸福；幸虧，好在；對…有幫助，對…有利，起好影響
類 幸運 幸運
對 不幸 不幸

□□□ 0980

例 そんな書類に、サインするべきではない。
1秒後影子跟讀〉

譯 不該簽下那種文件。

文法 べきではない［不該…］：表示禁止，從某種規範來看不能做某件事。
生字 書類／文件

名・自サ サイン【sign】
簽名，署名，簽字；記號，暗號，信號，作記號
類 合図 標誌
對 無視 忽略

211

さかい【境】

□□□ 0981

例 隣町との境に、川が流れています。

1秒後影子跟讀 〉

訳 有條河流過我們和鄰鎮間的交界。

生字 隣町／隔壁城鎮；川／河川

名 さかい【境】

界線，疆界，交界；境界，境地；分界線，分水嶺

類 境界 界限 對 中心 中心

訓 境＝さかい

□□□ 0982

例 袋を逆さにして、中身を全部出した。

1秒後影子跟讀 〉

訳 我將口袋倒翻過來，倒出裡面所有東西。

慣用語 〉
● 逆さまにぶら下がる／倒掛著。
● 逆さに持つ／倒著拿。
● 逆さ読みをする／倒著閱讀。

生字 袋／袋子；中身／內容物

名 さかさ【逆さ】

（「さかさま」的略語）逆，倒，顛倒，相反

類 逆 顛倒

對 正常 正常

訓 逆＝さか（さ）

□□□ 0983

例 絵が逆様にかかっている。

1秒後影子跟讀 〉

訳 畫掛反了。

名,形動 さかさま【逆様】

逆，倒，顛倒，相反

類 逆 顛倒

對 正しい 正確

訓 逆＝さか

□□□ 0984

例 歴史を遡る。

1秒後影子跟讀 〉

訳 回溯歷史。

生字 歴史／歷史

自五 さかのぼる【遡る】

溯，逆流而上；追溯，回溯

類 過去に戻る 回溯

對 進む 前進

□□□ 0985

例 酒場で酒を飲むにつけ、彼女のことを思い出す。

1秒後影子跟讀 〉

訳 每當在酒館喝酒，就會想起她。

文法 〉 につけ[每當…就會…]：表示前項事態總會帶出後項結論。

生字 思い出す／憶起

名 さかば【酒場】

酒館，酒家，酒吧

類 居酒屋 酒吧

對 教会 教堂

□□□ 0986

例 風に逆らって進む。
1秒後影子跟讀 》

譯 逆風前進。

出題重點 題型５裡「逆らう」的考點有：
● 例句：彼は命令に逆らった／他違抗了命令。
● 換句話說：彼は命令に反抗する／他反抗了命令。
● 相對說法：彼は命令に従った／他遵守了命令。

「逆らう」表示反對或不服從；「反抗する」也是表達反對或抗拒的行為；「従う」則是遵從或服從的意思。

生字 風／風；進む／前進

自五 さからう
【逆らう】

逆，反方向；違背，違抗，抗拒，違拗
類 反抗する 反抗
對 従う 服從
訓 逆＝さか（らう）

□□□ 0987

例 桜の花は、今が盛りだ。
1秒後影子跟讀 》

譯 櫻花現在正值綻放時期。

名・接尾 さかり【盛り】

最旺盛時期，全盛狀態；壯年；(動物)發情；(接動詞連用形)表正在最盛的時候
類 最盛期 鼎盛時期
對 衰退 衰退

□□□ 0988

例 さきおとといから、夫と口を聞いていない。
1秒後影子跟讀 》

譯 從大前天起，我就沒跟丈夫講過話。

生字 夫／丈夫；口を聞く／說話

名 さきおととい
【一昨昨日】

大前天，前３天
類 おととい 前天
對 明後日 後天

□□□ 0989

例 先程、先生から電話がありました。
1秒後影子跟讀 》

譯 剛才老師有來過電話。

生字 電話／電話

副 さきほど【先程】

剛才，方才
類 ついさっき 剛才
對 これから 從現在起

□□□ 0990

例 作業をやりかけたところなので、今は手が離せません。
1秒後影子跟讀 》

譯 因為現在工作正做到一半，所以沒有辦法離開。

生字 手／手；離す／離開

名・自サ さぎょう【作業】

工作，操作，作業，勞動
類 労働 工作、勞動
對 休憩 休息

さ

213

さく 【裂く】

□□□ 0991

例 小さな問題が、二人の間を裂いてしまった。

1秒後影子跟讀 >

譯 為了一個問題，使得兩人之間產生了裂痕。

出題重點 「裂く」唸作「さく」，指將東西分開或撕開，使之成為兩部分或多部分。問題 1 誤導選項可能有：

- さぐ：錯誤地將清音「く」誤讀為濁音「ぐ」。
- さっく：錯誤地在「く」之前加入了多餘的促音「っ」，這改變了原字的發音。
- さくう：錯誤地將結尾的「く」讀為長音「う」。

生字 小さな／微小的；間／關係

他五 **さく 【裂く】**

撕開，切開；扯散；分出，擠出，勻出；破裂，分裂

類 破る 撕裂

對 縫う 縫合

□□□ 0992

例 この本の 120 ページから 123 ページにわたって、索引があります。

1秒後影子跟讀 >

譯 這本書的第 120 頁到 123 頁，附有索引。

生字 ページ／頁

名 **さくいん 【索引】**

索引

類 目次 目錄

對 本文 正文

□□□ 0993

例 この部分で作者が言いたいことは何か、60字以内で説明せよ。

1秒後影子跟讀 >

譯 請以至多 60 個字說明作者在這個段落中想表達的意思。

生字 部分／部分；以内／以內

名 **さくしゃ 【作者】**

作者

類 著者 作者

對 読者 讀者

□□□ 0994

例 こんな見づらい表を、いつもきっちり仕事をする彼が作成したとは信じがたい。

1秒後影子跟讀 >

譯 實在很難相信平常做事完美的他，居然會做出這種不容易辨識的表格。

文法 がたい[很難…]：表示做該動作幾乎是不可能發生。

生字 見づらい／看不清楚；表／圖表；きっちり／精準地

名・他サ **さくせい 【作成】**

寫，作，造成（表、件、計畫、文件等）；製作，擬制

類 制作 製作

對 破壊 破壞

□□□ 0995

例 カタログを作製する。

1秒後影子跟讀 >

譯 製作型錄。

生字 カタログ／商品目錄

名・他サ **さくせい 【作製】**

製造

類 製造 製造

對 解体 拆解

□□□ 0996

例 北海道では、どんな作物が育ちますか。

1秒後影子跟讀 》

譯 北海道產什麼樣的農作物？

慣用語
● 作物を収穫する／收割農作物。
● 作物の栽培方法を学ぶ／學習農作物的栽培方法。
● 作物の生育状況を観察する／觀察農作物的生長狀況。

生字 育つ／生長

名 さくもつ【作物】

農作物；庄嫁

類 農作物 農作物

對 草 草

□□□ 0997

例 事件の原因を探る。

1秒後影子跟讀 》

譯 探究事件的原因。

生字 事件／事件；原因／緣由

他五 さぐる【探る】

(用手腳等)探，摸；探聽，試探，偵查；探索，探求，探訪

類 調べる 探查

對 無視する 忽略

□□□ 0998

例 私は、資金において彼を支えようと思う。

1秒後影子跟讀 》

譯 在資金方面，我想支援他。

生字 資金／資本

他下一 ささえる【支える】

支撐；維持，支持；阻止，防止

類 支持する 支撐

對 放棄する 放棄

□□□ 0999

例 カッコイイ人に壁ドンされて、耳元であんなことやこんなことをささやかれたい。

1秒後影子跟讀 》

譯 我希望能讓一位型男壁咚，並且在耳邊對我輕聲細訴濃情蜜意。

生字 壁ドン／壁咚；耳元／耳邊

自五 ささやく【囁く】

低聲自語，小聲說話，耳語

類 小声で話す 低語

對 叫ぶ 喊叫

□□□ 1000

例 和食では、基本的におさじは使いません。

1秒後影子跟讀 》

譯 基本上，吃日本料理時不用匙子。

名 さじ【匙】

匙子，小杓子

類 スプーン 湯匙

對 フォーク 叉子

ざしき【座敷】

□□□ 1001

例 座敷でゆっくりお茶を飲んだ。

1秒後影子跟讀 ▷

譯 我在日式客廳，悠哉地喝茶。

生字 ゆっくり／慢慢地

名 ざしき【座敷】

日本式客廳；酒席，宴會，應酬；宴會的時間；接待客人

類 和室 和式房間

對 洋室 西式房間

□□□ 1002

例 質問しても、差し支えはあるまい。

1秒後影子跟讀 ▷

譯 就算你問我問題，也不會打擾到我。

文法 ▷ まい [大概不會 (無法) …]：表示說話者的推測、想像。

生字 質問／提問

名 さしつかえ【差し支え】

不方便，障礙，妨礙

類 支障 障礙

對 問題ない 無問題

□□□ 1003

例 給与から税金が差し引かれるとか。

1秒後影子跟讀 ▷

譯 聽說會從薪水裡扣除稅金。

生字 給与／薪資；税金／稅金

他五 さしひく【差し引く】

扣除，減去；抵補，相抵 (的餘額)(潮水的) 漲落，(體溫的) 升降

類 控除する 扣除

對 加える 添加

□□□ 1004

例 刺身は苦手だ。

1秒後影子跟讀 ▷

譯 不敢吃生魚片。

生字 苦手／不擅長的

名 さしみ【刺身】

生魚片

類 生魚 生魚

對 焼き魚 烤魚

訓 刺＝さす

□□□ 1005

例 戸がキイキイ鳴るので、油を差した。

1秒後影子跟讀 ▷

譯 由於開關門時嘎嘎作響，因此倒了潤滑油。

慣用語 ▷

● 傘を差す／撐傘。

● 指で方向を差す／用手指指出方向。

● 日が差す／陽光灑落。

生字 戸／大門；キイキイ／嘎嘎聲

他五・助動五型 さす【差す】

指，指示；使，叫，令，命令做…

類 指す 指向

對 引っ込める 收回

1006

例 壊れた時計を簡単に直してしまうなんて、さすがプロですね。

1秒後影子跟讀 ≫

譯 竟然一下子就修好壞掉的時鐘，不愧是專家啊！

出題重點 「さすが」表達對某人的期望得到了滿足，或某人的行為、成就與其聲譽相匹配時的驚嘆或讚賞。如「さすがに暑い／的確很熱」。以下是問題 6 錯誤用法：

1. 表達失望的情境：「さすが残念だった／果然可惜了」。
2. 表示普遍或平凡的狀態：「さすがの日常／平凡的日常」。
3. 描述物質的特性：「この石はさすがに丸い／這石頭果然很圓」。

副·形動 **さすが【流石】**

真不愧是，果然名不虛傳；雖然…，不過還是；就連…也都，甚至

類 やはり　果然
對 意外　意外

1007

例 劇場の座席で会いましょう。

1秒後影子跟讀 ≫

譯 我們就在劇院的席位上見吧！

生字 劇場／戲院

名 **ざせき【座席】**

座位，座席，乘坐，席位

類 席　座位
對 立ち位置　站立位置

1008

例 財布にお札が１枚も入っていません。

1秒後影子跟讀 ≫

譯 錢包裡，連一張紙鈔也沒有。

生字 財布／錢包；入る／含有

名·漢造 **さつ【札】**

紙幣，鈔票；(寫有字的)木牌，紙片；信件；門票，車票

類 紙幣　紙幣
對 硬貨　硬幣
音 札＝サツ

1009

例 この写真は、ハワイで撮影されたに違いない。

1秒後影子跟讀 ≫

譯 這張照片，一定是在夏威夷拍的。

名·他サ **さつえい【撮影】**

攝影，拍照；拍電影

類 写真撮影　攝影
對 鑑賞　欣賞

1010

例 雑音の多い録音ですが、聞き取れないこともないです。

1秒後影子跟讀 ≫

譯 雖說錄音裡有很多雜音，但也不是完全聽不到。

生字 録音／錄音；聞き取る／聽取

名 **ざつおん【雑音】**

雜音，噪音

類 ノイズ　噪音
對 静けさ　寧靜

217

さっきょく【作曲】

□□□ 1011

例 彼女が作曲したにしては、暗い曲ですね。

1秒後影子跟讀 〉

譯 就她所作的曲子而言，算是首陰鬱的歌曲。

生字 暗い／抑鬱的；曲／曲子

名·他サ **さっきょく【作曲】**

作曲，譜曲，配曲

類 曲作り　作曲

對 演奏　演奏

□□□ 1012

例 さっさと仕事を片付ける。

1秒後影子跟讀 〉

譯 迅速地處理工作。

出題重點 「さっさと」 "迅速地" 表示迅速、爽快地行動，有催促或希望快完成的意思。問題4陷阱可能有：「すばやく」 "敏捷地" 強調動作迅速，無催促語氣；「急ぐ（いそぐ）」 "趕快" 表示加快速度，側重緊急或趕時間；「早く（はやく）」 "快速地" 通常指速度快，比「さっさと」更中性，不含催促意味。

生字 片付ける／解決

副 **さっさと**

(毫不猶豫、毫不耽擱時間地)
趕緊地，痛快地，迅速地

類 急いで　迅速地

對 ゆっくり　慢慢地

□□□ 1013

例 手紙をもらったので、早速返事を書きました。

1秒後影子跟讀 〉

譯 我收到了信，所以馬上就回了封信。

生字 手紙／書信；返事／回信

副 **さっそく【早速】**

立刻，馬上，火速，趕緊

類 即刻　立即

對 後で　稍後

□□□ 1014

例 書類に、ざっと目を通しました。

1秒後影子跟讀 〉

譯 我大略地瀏覽過這份文件了。

生字 書類／資料；通す／貫穿

副 **ざっと**

粗略地，簡略地，大體上的；
(估計) 大概，大略；潑水狀

類 大まかに　大致地

對 細かく　細節地

□□□ 1015

例 シャワーを浴びてきたから、さっぱりしているわけだ。

1秒後影子跟讀 〉

譯 因為淋了浴，所以才感到那麼爽快。

生字 シャワー／淋浴；浴びる／淋，浴

名·他サ **さっぱり**

整潔，俐落，瀟灑；(個性) 直
爽，坦率；(感覺) 爽快，病癒；
(味道) 清淡

類 すっきり　清爽

對 こってり　油膩

□□□ 1016

例 さて、これからどこへ行きましょうか。

1秒後影子跟讀〉

譯 那現在要到哪裡去？

出題重點 題型 5 裡「さて」的考點有：
- 例句：さて、次の話題に移りましょう／那麼，讓我們轉到下一個話題。
- 換句話說：それでは、次の話題に移りましょう／那麼，讓我們轉到下一個話題。
- 相對說法：終わりに、感謝の言葉を述べさせてください／最後，請允許我表達感謝之情。

「さて」和「それでは」都用來轉換話題或行動；「終わりに」則是用來引導結束的語句或總結。

副・接感 さて

一旦，果真；那麼，卻說，於是;(自言自語，表猶豫)到底，那可…

類 それでは 那麼

對 終わりに 結束時

□□□ 1017

例 開発が進めば進むほど、砂漠が増える。

1秒後影子跟讀〉

譯 愈開發沙漠就愈多。

生字 開発／發展；進む／進行；増える／增加

名 さばく【砂漠】

沙漠

類 砂地 沙地

對 緑地 綠地

音 砂＝サ

□□□ 1018

例 錆の発生を防ぐにはどうすればいいですか。

1秒後影子跟讀〉

譯 要如何預防生鏽呢？

生字 発生／發生；防ぐ／防止

名 さび【錆】

(金屬表面因氧化而生的)鏽；(轉)惡果

類 酸化 氧化

對 新品 新品

□□□ 1019

例 鉄棒が赤く錆びてしまった。

1秒後影子跟讀〉

譯 鐵棒生鏽變紅了。

生字 鉄棒／鐵棍

自上一 さびる【錆びる】

生鏽，長鏽；(聲音)蒼老

類 錆びつく 生鏽

對 磨く 擦亮

□□□ 1020

例 座布団を敷いて座った。

1秒後影子跟讀〉

譯 我鋪了坐墊坐下來。

生字 敷く／鋪上

名 ざぶとん【座布団】

(舖在席子上的)棉坐墊

類 クッション 坐墊

對 椅子 椅子

音 布＝フ 音 団＝トン

219

さべつ 【差別】

□□□ 1021

例 女性の給料が低いのは、差別にほかならない。
〔1秒後影子跟讀〕

譯 女性的薪資低，不外乎是有男女差別待遇。

慣用語
- 差別をなくす／消除歧視。
- 差別を受ける／遭受歧視。
- 差別的な言葉を使わない／不使用歧視性的言語。

文法 にほかならない [無非是…]：表示斷定的說事情發生的理由、原因，是對事物的原因、結果的肯定語氣。

名・他サ さべつ 【差別】
輕視，區別
類 区別 區別
對 平等 平等

□□□ 1022

例 食卓での作法は、国によって、文化によって違う。
〔1秒後影子跟讀〕

譯 餐桌禮儀隨著國家與文化而有所不同。

生字 食卓／餐桌；違う／不一樣

名 さほう 【作法】
禮法，禮節，禮貌，規矩；(詩、小說等文藝作品) 作法
類 エチケット 禮儀
對 無礼 無禮

□□□ 1023

例 色とりどりの花が咲き乱れるさまは、まるで天国のようでした。
〔1秒後影子跟讀〕

譯 五彩繽紛的花朵盛開綻放的景象，簡直像是天國一般。

生字 とりどり／五花八門；乱れる／交錯；天国／天堂

名・代・接尾 さま 【様】
樣子，狀態；姿態；表示尊敬
類 様子 樣子
對 無関心 無關心

□□□ 1024

例 あなたが留学するのを妨げる理由はない。
〔1秒後影子跟讀〕

譯 我沒有理由阻止你去留學。

他下一 さまたげる 【妨げる】
阻礙，防礙，阻攔，阻撓
類 邪魔する 妨礙
對 助ける 幫助

□□□ 1025

例 寒さで震える。
〔1秒後影子跟讀〕

譯 冷得發抖。

生字 震える／顫抖

名 さむさ 【寒さ】
寒冷
類 冷たさ 寒冷
對 暖かさ 溫暖

□□□ 1026

例 首相の左右には、大臣たちが立っています。

1秒後影子跟讀〉

譯 首相的左右兩旁，站著大臣們。

生字 首相／內閣總理大臣；大臣／部長，行政高官

名・他サ さゆう【左右】

左右方；身邊，旁邊；左右其詞，支支吾吾；(年齡) 大約，上下；掌握，支配，操縱

類 両側 左右兩側

對 中央 中央

□□□ 1027

例 このお皿は電子レンジでも使えますか。

1秒後影子跟讀〉

譯 請問這個盤子也可以放進微波爐使用嗎？

生字 電子レンジ／微波爐

名 さら【皿】

盤子；盤形物；(助數詞) 一碟等

類 食器 盤子、餐具

對 カップ 杯子

訓 皿＝さら

□□□ 1028

例 今月から、更に値段を安くしました。

1秒後影子跟讀〉

譯 這個月起，我又把價錢再調低了一些。

生字 値段／價格

副 さらに【更に】

更加，更進一步；並且，還；再，重新；(下接否定) 一點也不，絲毫不

類 もっと 更加

對 それに対して 相反地

□□□ 1029

例 彼らは、黙って去っていきました。

1秒後影子跟讀〉

譯 他們默默地離去了。

出題重點 「去る（さる）」意指離開、過去或被移除的狀態。如「立ち去る（たちさる）」"離開"。問題 3 經常混淆的複合詞有：
● 移る（うつる）：表示從一個狀態或地點變換到另一個。如「移り変わる（うつりかわる）」"變遷"。
● 経つ（たつ）：表示時間的流逝、經過或過去。如「経ち合わせる（たちあわせる）」"巧合相遇"。
● 流れる（ながれる）：指水流動或事情發展下去。如「流れ込む（ながれこむ）」"湧入"。

生字 黙る／緘默

自五・他五・連體 さる【去る】

離開；經過，結束；(空間、時間) 距離；消除，去掉

類 離れる 離開

對 来る 來臨

□□□ 1030

例 この動物園にいるお猿さんは、全部で 11 匹です。

1秒後影子跟讀〉

譯 這座動物園裡的猴子總共有 11 隻。

名 さる【猿】

猴子，猿猴

類 モンキー 猴子

對 人間 人類

さわがしい【騒がしい】

例 小学校の教室は、騒がしいものです。

1秒後影子跟讀 〉

譯 小學的教室是個吵鬧的地方。

生字 小学校／小學；教室／教室

形 **さわがしい【騒がしい】**

吵鬧的，吵雜的，喧鬧的；(社會輿論) 議論紛紛的，動盪不安的

類 うるさい　吵鬧

對 静か　安靜

例 これは、とても爽やかな飲み物です。

1秒後影子跟讀 〉

譯 這是很清爽的飲料。

慣用語 〉
- 爽やかな朝を迎える／迎接一個清新的早晨。
- 爽やかな笑顔で挨拶する／用清新的笑容打招呼。
- 爽やかな風が吹く／吹來一陣清爽的風。

形動 **さわやか【爽やか】**

(心情、天氣) 爽朗的，清爽的；(聲音、口齒) 鮮明的，清楚的，巧妙的

類 清涼　清涼

對 蒸し暑い　悶熱

例 和牛って日本の牛かと思ったら、外国産の和牛もあるんだって。

1秒後影子跟讀 〉

譯 原本以為和牛是指日本生產的牛肉，聽說居然也有外國生產的和牛呢。

文法 〉 かとおもったら [以為是…，原來是…]：表示前後兩個對比的事情，後面接的大多是說話者意外和驚訝的表達。

生字 和牛／日本牛

名 **さん【産】**

生產，分娩；(某地方) 出生；財產

類 産業　產業

對 消費　消費

例 合格した人の意見を参考にすることですね。

1秒後影子跟讀 〉

譯 要參考及格的人的意見。

生字 合格／通過考試；意見／想法

名・他サ **さんこう【参考】**

參考，借鑑

類 参照　參考

對 無視　忽略

例 この液体は酸性だ。

1秒後影子跟讀 〉

譯 這液體是酸性的。

生字 液体／液體

名 **さんせい【酸性】**

(化) 酸性

類 酸っぱい　酸

對 アルカリ性　鹼性

☐☐☐ 1036

例 山の上は、苦しいほど酸素が薄かった。
〈1秒後影子跟讀〉

譯 山上的氧氣，稀薄到令人難受。

生字 薄い／稀少的

名 さんそ【酸素】

（理）氧氣
類 水素 氫
對 二酸化炭素 二氧化碳

☐☐☐ 1037

例 この果物は、産地から直接輸送した。
〈1秒後影子跟讀〉

譯 這水果，是從產地直接運送來的。

生字 果物／水果；輸送／輸運

名 さんち【産地】

產地；出生地
類 生産地 產地
對 輸入元 進口地

☐☐☐ 1038

例 市場に参入する。
〈1秒後影子跟讀〉

譯 投入市場。

慣用語
● 市場に参入する／進入市場。
● 大企業が参入する／大型企業進入市場。
● アニメマーケットに参入するチャンスをつかむ／抓住進入動漫市場機會。

名・自サ さんにゅう【参入】

進入；進宮
類 進出 進入
對 撤退 撤退

☐☐☐ 1039

例 山林の破壊にしたがって、自然の災害が増えている。
〈1秒後影子跟讀〉

譯 隨著山中的森林受到了破壞，自然的災害也增加了許多。

文法 にしたがって[隨著…也]：表示某事物隨著其他事物而變化。
生字 破壊／破壞；災害／災害

名 さんりん【山林】

山上的樹林；山和樹林
類 森林 山林
對 平原 平原
音 林＝リン

☐☐☐ 1040   Track033

例 田中氏は、大阪の出身だ。
〈1秒後影子跟讀〉

譯 田中先生是大阪人。

生字 出身／出生於

代・接尾・漢造 し【氏】

（做代詞用）這位，他；（接人姓名表示敬稱）先生；氏，姓氏；家族，氏族
類 名字 姓名
對 名無し 無名

さ

しあがる【仕上がる】

例 作品が仕上がったら、展示場に運びます。

1秒後影子跟讀 〉

譯 作品一完成，就馬上送到展覽場。

生字 展示場／展覽會場；運ぶ／搬運

自五 **しあがる**
【仕上がる】

做完，完成；做成的情形

類 完成する　完成

對 始まる　開始

例 明日はともかく、明後日としあさっては必ず来ます。

1秒後影子跟讀 〉

譯 明天先不提，後天和大後天一定會到。

文法 〉 はともかく［姑且不論…］：表示提出兩個事項，前項暫且不作為議論的對象，先談後項。暗示後項是更重要的。

生字 明後日／後天；必ず／絕對

名 **しあさって**

大後天

類 明後日　後天

對 一昨日　前天

例 シーツをとりかえましょう。

1秒後影子跟讀 〉

譯 我來為您換被單。

生字 とりかえる／更換

名 **シーツ【sheet】**

床單

類 ベッドカバー　床單

對 毛布　毛毯

例 京都には、寺院やら庭やら、見るところがいろいろあります。

1秒後影子跟讀 〉

譯 在京都，有寺院啦、庭院啦，各式各樣可以參觀的地方。

文法 〉 やら～やら［又是（有）…啦，又（有）…啦］：表示從一些同類事項中，列舉出兩項。

名 **じいん【寺院】**

寺院

類 寺　寺廟

對 教会　教堂

音 寺＝ジ

例 場内はしいんと静まりかえった。

1秒後影子跟讀 〉

譯 會場內鴉雀無聲。

出題重點 「しいんと」"靜悄悄"描述環境或氣氛在一種非常安靜、沒有任何聲音的狀態。問題4陷阱可能有：「静か（しずか）」"安靜地"表示安靜或平靜，但沒有「しいんと」那麼強烈的寂靜感；「無言（むごん）」"沉默的"指沒有說話或沒有聲音，強調沉默的狀態；「音もなく（おともなく）」"無聲的"也表示沒有聲音，但更側重於動作或行為的無聲性，而不僅僅是環境的寂靜。

生字 場内／場所內；静まりかえる／萬籟俱寂

副・
目サ **しいんと**

安靜，肅靜，平靜，寂靜

類 静かに　寧靜地

對 騒がしく　吵鬧地

□□□ 1046

例 悪い商売に騙されないように、自衛しなければならない。

1秒後影子跟讀〉

譯 為了避免被惡質的交易所騙，要好好自我保衛才行。

生字 商売／買賣；騙す／欺騙

名・他サ じえい【自衛】

自衛

類 防衛　防衛

對 攻撃　攻撃

□□□ 1047

例 塩辛いものは、あまり食べたくありません。

1秒後影子跟讀〉

譯 我不大想吃鹹的東西。

形 しおからい【塩辛い】

鹹的

類 塩っぱい　鹹的

對 甘い　甜的

訓 塩＝しお 訓 辛＝から（い）

□□□ 1048

例 パーティーの司会はだれだっけ。

1秒後影子跟讀〉

譯 派對的司儀是哪位來著？

生字 パーティー／聚會

名・自他サ しかい【司会】

司儀，主持會議(的人)

類 司会者　主持人

對 参加者　參與者

□□□ 1049

例 四角いスイカを作るのに成功しました。

1秒後影子跟讀〉

譯 我成功地培育出四角形的西瓜了。

生字 スイカ／西瓜；成功／成功

形 しかくい【四角い】

四角的，四方的

類 四角形　方形

對 円形　圓形

音 角＝カク

□□□ 1050

例 彼は怠け者で仕方がないやつだ。

1秒後影子跟讀〉

譯 他是個懶人真叫人束手無策。

慣用語〉
● 仕方がないと諦める／無可奈何地接受現實。
● 仕方がないことだ／這是無法改變的事情。
● 仕方がないからやる／因為沒辦法，只好去做了。

生字 怠け者／懶惰蟲

連語 しかたがない【仕方がない】

沒有辦法；沒有用處，無濟於事，迫不得已；受不了，…得不得了；不像話

類 仕方ない　無奈

對 可能　可能

じかに【直に】

□□□ 1051

例 社長は偉い人だから、直に話せっこない。

1秒後影子跟讀 ▷

譯 社長是位地位崇高的人，所以不可能直接跟他說話。

出題重點 「じかに」通常用來表示直接或立即的行動或結果，強調沒有間接性或延遲。如「じかに見る／親眼目睹」。以下是問題6錯誤用法：
1. 表示間接溝通：「手紙でじかに話す／通過信件直接談話」。
2. 描述長期過程：「年を経てじかに結果が出る／經年累月後立即出現結果」。
3. 表示情緒的緩慢變化：「徐々にじかに喜びを感じる／逐漸直接感受到喜悅」。

文法 っこない[不可能…]：表示強烈否定，某事發生的可能性。

生字 偉い／身分高貴的

副 **じかに【直に】**

直接地，親自地；貼身

類 直接 直接

對 間接的 間接的

□□□ 1052

例 私が聞いたかぎりでは、彼は頭がよくて、しかもハンサムだそうです。

1秒後影子跟讀 ▷

譯 就我所聽到的範圍內，據說他不但頭腦好，而且還很英俊。

文法 かぎりでは[就…範圍內]：表示在前項的範圍內，後項便能成立，說話者憑自己的知識、經驗等提出看法。

生字 ハンサム／俊美

接 **しかも**

而且，並且；而，但，卻；反而，竟然，儘管如此還…

類 それに 此外

對 それから 然後

□□□ 1053

例 授業は、時間割どおりに行われます。

1秒後影子跟讀 ▷

譯 課程按照課程時間表進行。

生字 授業／授課；行う／實行

名 **じかんわり【時間割】**

時間表

類 スケジュール 時間表

對 一括 一次性

□□□ 1054

例 日本は、四季の変化がはっきりしています。

1秒後影子跟讀 ▷

譯 日本四季的變化分明。

生字 変化／變換；はっきり／清晰

名 **しき【四季】**

四季

類 季節 季節 對 常夏 常夏

音 季＝キ

□□□ 1055

例 式の途中で、帰るわけにもいかない。

1秒後影子跟讀 ▷

譯 典禮進行中，不能就這樣跑回去。

生字 途中／中途

名‧漢造 **しき【式】**

儀式，典禮，(特指)婚禮；方式；樣式，類型，風格；做法；算式，公式

類 儀式 儀式 對 日常 日常

□□□ 1056

例 みんな直に戻ってくると思います。

1秒後影子跟讀》

訳 我想大家應該會馬上回來的。

名・副 じき【直】

直接;(距離)很近,就在眼前;(時間)立即,馬上

類 直接 直接

對 間接 間接

□□□ 1057

例 時期が来たら、あなたにも訳を説明します。

1秒後影子跟讀》

訳 等時候一到,我也會向你說明的。

生字 訳/原因;説明/解釋

名 じき【時期】

時期,時候;期間;季節

類 期間 期間

對 いつでも 隨時

□□□ 1058

例 しきたりを守る。

1秒後影子跟讀》

訳 遵守成規。

生字 守る/恪守

名 しきたり

慣例,常規,成規,老規矩

類 慣習 習俗

對 革新 創新

□□□ 1059

例 隣の家の敷地内に、新しい建物が建った。

1秒後影子跟讀》

訳 隔壁鄰居的那塊地裡,蓋了一棟新的建築物。

生字 建物/建築物;建つ/興建

名 しきち【敷地】

建築用地,地皮;房屋地基

類 土地 土地、場地

對 建物 建築

□□□ 1060

例 残業手当は、ちゃんと支給されるということだ。

1秒後影子跟讀》

訳 聽說加班津貼會確實支付下來。

出題重點 「支給」唸作「しきゅう」,指提供金錢或物資給予人或機構。問題1誤導選項可能有:

● しきゆう:錯誤地將拗音「ゅ」讀作大寫的「ゆ」。

● ささきゅう:錯誤地將開頭的「し」讀作訓讀「ささ」,完全偏離了正確的發音。

● しきょう:錯誤地將拗音「ゅ」讀作「ょ」,這不符合原始發音。

生字 残業/加班;手当/津貼;ちゃんと/確實地

名・他サ しきゅう【支給】

支付,發給

類 給付 發放、支付

對 回収 回收

しきゅう【至急】

□□□ 1061

例 至急電話してください。

1秒後影子跟讀 〉

譯 請趕快打通電話給我。

名・副 **しきゅう【至急】**

火速，緊急；急速，加速

類 急ぎ　急迫

對 ゆっくり　慢慢地

□□□ 1062

例 お客様が、しきりに催促の電話をかけてくる。

1秒後影子跟讀 〉

譯 客人再三地打電話過來催促。

慣用語 〉

● しきりに尋ねる／頻繁詢問。
● しきりに感謝する／不斷表示感謝。
● しきりに議論する／反覆進行討論。

生字 催促／催討

副 **しきりに【頻りに】**

頻繁地，再三地，屢次；不斷地，一直地；熱心，強烈

類 頻繁に　頻繁地

對 たまに　偶爾

□□□ 1063

例 どうぞ座布団を敷いてください。

1秒後影子跟讀 〉

譯 煩請鋪一下坐墊。

生字 座布団／坐墊

自五・他五 **しく【敷く】**

撲上一層，(作接尾詞用) 鋪滿，遍佈，落滿鋪墊，鋪設；布置，發佈

類 広げる　鋪開、展開

對 取り除く　移除

□□□ 1064

例 就職の面接で、しくじったと思ったけど、採用になった。

1秒後影子跟讀 〉

譯 原本以為沒有通過求職面試，結果被錄取了。

生字 就職／就業；面接／面試；採用／錄用

他五 **しくじる**

失敗，失策；(俗) 被解雇

類 失敗する　失敗

對 成功する　成功

□□□ 1065

例 刺激が欲しくて、怖い映画を見た。

1秒後影子跟讀 〉

譯 為了追求刺激，去看了恐怖片。

名・他サ **しげき【刺激】**

(物理的，生理的) 刺激；(心理的) 刺激，使興奮

類 感覚　感覺、感受

對 鎮静　鎮定

音 刺＝シ

□□□ 1066

例 桜の葉が茂る。

1秒後影子跟讀 〉

譯 櫻花樹的葉子開得很茂盛。

慣用語 〉
- 草木が茂る／草木繁茂。
- 森が茂る／森林蒼翠。
- 茂る緑を眺める／眺望繁茂的綠意。

生字 葉／樹葉

自五 しげる【茂る】

(草木)繁茂，茂密

類 繁茂する 茂盛

對 枯れる 枯萎

□□□ 1067

例 その時刻には、私はもう寝ていました。

1秒後影子跟讀 〉

譯 那個時候，我已經睡著了。

名 じこく【時刻】

時刻，時候，時間

類 時間 時間、時刻

對 期間 期間

□□□ 1068

例 彼が自殺するわけがない。

1秒後影子跟讀 〉

譯 他不可能會自殺的。

名・自サ じさつ【自殺】

自殺，尋死

類 切腹 切腹自殺

對 生存 生存

□□□ 1069

例 当日は、お弁当を持参してください。

1秒後影子跟讀 〉

譯 請當天自行帶便當。

生字 当日／當天；お弁当／便當

名・他サ じさん【持参】

帶來(去)，自備

類 持って行く 攜帶

對 受け取る 接受

□□□ 1070

例 隊長の指示を聞かないで、勝手に行動してはいけない。

1秒後影子跟讀 〉

譯 不可以不聽從隊長的指示，隨意行動。

生字 隊長／領隊；勝手／任意的；行動／行為

名・他サ しじ【指示】

指示，指點

類 命令 指示、命令

對 自由 自由

さ

じじつ【事実】

□□□ 1071

例 私は、事実をそのまま話したにすぎません。

1秒後影子跟讀〉

譯 我只不過是照事實講而已。

生字 話す／説話；すぎる／超過

名 **じじつ【事実】**

事實；(作副詞用) 實際上

類 真実 事實、真相

對 嘘 謊言

□□□ 1072

例 災害で死者が出る。

1秒後影子跟讀〉

譯 災害導致有人死亡。

生字 災害／災害

名 **ししゃ【死者】**

死者，死人

類 亡くなった人 死者、亡人

對 生者 生者

□□□ 1073

例 磁石で方角を調べた。

1秒後影子跟讀〉

譯 我用指南針找了方位。

生字 方角／災害；調べる／調査

名 **じしゃく【磁石】**

磁鐵；指南針

類 磁気 磁氣、磁力

對 木材 木材

□□□ 1074

例 彼は、始終歌ばかり歌っている。

1秒後影子跟讀〉

譯 他老是唱著歌。

出題重點 「始終」唸音讀「しじゅう」，意指從開始到結束的全過程，始終不變。問題2誤導選項可能有：
- 始集：非正確日語單字，可能與「始終」混淆，但實際上沒有這個詞。
- 始修：同樣非正確日語單字，不應與「始終」混淆。
- 始収：這同樣不是正確的表達。

慣用語〉
- 始終変わらない／始終不變。

名:副 **しじゅう【始終】**

開頭和結尾；自始至終；經常，不斷，總是

類 常に 始終

對 時々 時而

□□□ 1075

例 図書館によっては、自習を禁止しているところもある。

1秒後影子跟讀〉

譯 依照各圖書館的不同規定，有些地方禁止在館內自習。

生字 図書館／圖書館；禁止／不准

名:他サ **じしゅう【自習】**

自習，自學

類 自学 自學

對 授業 課程

□□□ 1076

例 私の事情を、先生に説明している最中です。

1秒後影子跟讀≫

譯 我正在向老師說明我的情況。

生字 最中／進行中

名 じ じょう【事情】

狀況，內情，情形；(局外人所不知的)原因，緣故，理由

類 状況 情況、事由
對 無関係 無關

□□□ 1077

例 自分自身のことも、よくわからない。

1秒後影子跟讀≫

譯 我也不大懂我自己。

生字 接尾 じしん【自身】

自己，本人；本身

類 自分 自己
對 他人 他人

□□□ 1078

例 先生が大きな声を出したものだから、みんなびっくりして静まった。

1秒後影子跟讀≫

譯 因為老師突然大聲講話，所以大家都嚇得鴉雀無聲。

出題重點 「静まる」指變得安靜或平靜下來，常描述人、心情、環境或情況的平靜狀態。如「心が静まる／心靈平靜」。以下是問題6錯誤用法：

1. 描述增加噪音：「音が静まる／聲音變得安靜」。
2. 表達色彩變亮：「色が静まる／顏色變沉穩」。
3. 表示活動增加：「先生が静まる／老師變得更加寧靜」。

生字 びっくり／驚嚇

自五 しずまる【静まる】

變平靜；平靜，平息；減弱；平靜的(存在)

類 静かになる 平靜下來
對 騒がしい 吵鬧

□□□ 1079　　Track034

例 夕日が沈むのを、ずっと見ていた。

1秒後影子跟讀≫

譯 我一直看著夕陽西沈。

生字 夕日／落日：ずっと／始終

自五 しずむ【沈む】

沉沒，沈入；西沈，下山；消沈，落魄，氣餒；沈淪

類 沈下 沈沒、下沈
對 浮かぶ 浮起
訓 沈＝しず(む)

□□□ 1080

例 よく人に猫背だと言われるけれど、姿勢をよくするのは難しい。

1秒後影子跟讀≫

譯 雖然人家常常說我駝背，可是要矯正姿勢真的很難。

生字 猫背／駝背

名 しせい【姿勢】

(身體)姿勢；態度

類 態度 姿態、態度
對 無関心 無關心
音 勢＝セイ

さ

しぜんかがく【自然科学】

□□□ 1081

例 英語や国語に比べて、自然科学のほうが得意です。

1秒後影子跟讀 》

譯 比起英語和國語，自然科學我比較拿手。

生字 比べる／比較；得意／擅長的

名 し ぜんか がく
【自然科学】

自然科學

類 理科 理科

對 文科 文科

□□□ 1082

例 彼は、文学思想において業績を上げた。

1秒後影子跟讀 》

譯 他在文學思想上，取得了成就。

生字 文学／文學；業績／成績

名 し そう【思想】

思想

類 観念 観念

對 現実 現實

□□□ 1083

例 制限時速は、時速 100 キロである。

1秒後影子跟讀 》

譯 時速限制是時速 100 公里。

生字 制限／極限；時速／時速

名 じ そく【時速】

時速

類 速度 速度

對 距離 距離

□□□ 1084

例 あの人は、王家の子孫だけのことはあって、とても堂々としている。

1秒後影子跟讀 》

譯 那位不愧是王室的子孫，真是威風凜凜的。

慣用語 》
- 子孫に伝える／將其傳給子孫。
- 子孫を残す／留給後代。

文法 》 だけのことはあって [不愧是…]：表示與其做的努力、所處的地位、所經歷的事情等名實相符，對其後項的結果、能力等給予高度的讚美。

生字 堂々／威嚴莊重

名 し そん【子孫】

子孫；後代

類 後代 後代

對 先祖 先祖

音 孫＝ソン

□□□ 1085

例 川原で、バラバラ死体が見つかったんだって。

1秒後影子跟讀 》

譯 聽說在河岸邊發現屍塊了。

生字 バラバラ／分散凌亂

名 し たい【死体】

屍體

類 遺体 遺體

對 生者 生者

232

□□□ 1086

例 条件次第では、契約しないこともないですよ。

1秒後影子跟讀 >

譯 視條件而定，並不是不能簽約的呀！

文法 しだいでは [就要看…而定]：表示行為動作要實現，全憑前項情況而定。

名・接尾 しだい【次第】

順序，次序；依序，依次；經過，緣由；任憑，取決於
類 依頼 依頼
對 決定 決定

□□□ 1087

例 事態は、回復しつつあります。

1秒後影子跟讀 >

譯 情勢在逐漸好轉了。

文法 つつある [在逐漸…]：表示某一動作或作用正向著某一方向持續發展。

生字 回復／復原

名 じたい【事態】

事態，情形，局勢
類 状況 状況
對 解決 解決

□□□ 1088

例 先生が言えば、みんな従うにきまっています。

1秒後影子跟讀 >

譯 只要老師一說話，大家就肯定會服從的。

自五 したがう【従う】

跟隨；服從，遵從；按照；順著，沿著；隨著，伴隨
類 従順 順從 對 反抗 反抗

□□□ 1089

例 シャープペンシルで下書きした上から、ボールペンで清書する。

1秒後影子跟讀 >

譯 先用自動鉛筆打底稿，之後再用原子筆謄寫。

生字 シャープペンシル／自動鉛筆；清書／抄寫清楚

名・他サ したがき【下書き】

試寫；草稿，底稿；打草稿；試畫，畫輪廓
類 草案 草案
對 清書 清書

□□□ 1090

例 この学校の進学率は高い。したがって志望者が多い。

1秒後影子跟讀 >

譯 這所學校的升學率高，所以有很多人想進來唸。

慣用語 >
● したがって結論は明白だ／因此，結論是明確的。
● したがって計画を変更する／因此，改變計劃。
● したがって延期を決定した／因此，決定延期。
生字 進学率／升學率；志望者／希望入學者

他五 したがって【従って】

因此，從而，因而，所以
類 それ故 因此
對 しかし 但是

233

じたく【自宅】

□□□ 1091

例 携帯電話が普及したのに伴い、自宅に電話のない人が増えた。

1秒後影子跟讀〉

譯 隨著行動電話的普及，家裡沒有裝設電話的人愈來愈多了。

生字 普及／普遍；伴う／伴隨

名 **じたく【自宅】**

自己家，自己的住宅

類 住宅 住宅

對 外出 外出

□□□ 1092

例 体験を下敷きにして書く。

1秒後影子跟讀〉

譯 根據經驗撰寫。

出題重點 「下敷き」唸作「したじき」，意指墊底用的墊子。
問題 1 誤導選項可能有：
- したずき：錯誤地將「じ」讀作「ず」，這改變了原字的讀音。
- したしき：錯誤地將「じ」讀作「し」。
- しもじき：錯誤地將開頭的「した」讀作訓讀「しも」，這完全改變了讀音。

生字 体験／經歷

名 **したじき【下敷き】**

墊子；墊板；範本，樣本

類 マット 墊子

對 カバー 覆蓋物

□□□ 1093

例 下町は賑やかなので好きです。

1秒後影子跟讀〉

譯 庶民住宅區很熱鬧，所以我很喜歡。

生字 賑やか／繁華的

名 **したまち【下町】**

(普通百姓居住的) 小工商業區；(都市中) 低窪地區

類 町内 鎮內

對 都心 都心

□□□ 1094

例 私は、自治会の仕事をしている。

1秒後影子跟讀〉

譯 我在地方自治團體工作。

名 **じち【自治】**

自治，地方自治

類 自治体 自治體

對 中央集権 中央集權

□□□ 1095

例 明日の理科の授業は、理科室で実験をします。

1秒後影子跟讀〉

譯 明天的自然科學課要在科學教室做實驗。

生字 授業／授課；実験／實驗

名·漢造 **しつ【室】**

房屋，房間；(文) 夫人，妻室；家族；窖，洞；鞘

類 部屋 房間

對 屋外 戶外

234

□□□ 1096

例 お母さんが死んじゃったなんて、まだ実感わかないよ。

1秒後影子跟讀 ≫

譯 到現在還無法確實感受到媽媽已經過世了呐。

生字 死ぬ／逝世

名･他サ じっかん【実感】

真實感，確實感覺到；真實的感情

類 感覚 感覺

對 理論 理論

□□□ 1097

例 運転免許の試験で、筆記は合格したけど実技で落ちた。

1秒後影子跟讀 ≫

譯 在駕駛執照的考試中雖然通過了筆試，但是沒能通過路考。

生字 免許／執照；筆記／指「筆記試験」，筆試；落ちる／落榜

名 じつぎ【実技】

實際操作

類 実習 實習

對 理論 理論 音 技＝ギ

□□□ 1098

例 どんな実験をするにせよ、安全に気をつけてください。

1秒後影子跟讀 ≫

譯 不管做哪種實驗，都請注意安全！

文法 にせよ[不管…,都…]:退一步承認前項,並在後項提出相反的意見。

生字 安全／平安；気をつける／留意

名･他サ じっけん【実験】

實驗，實地試驗；經驗

類 試験 試驗

對 経験 經驗

□□□ 1099

例 あなたのことだから、きっと夢を実現させるでしょう。

1秒後影子跟讀 ≫

譯 要是你的話，一定可以讓夢想成真吧！

文法 ことだから[因為是…,所以…]:主要接表示人物的詞後面,根據說話熟知的人物的性格、行為習慣等,做出自己判斷的依據。

生字 きっと／絕對；夢／理想

名･自他サ じつげん【実現】

實現

類 実行 實行

對 失敗 失敗

□□□ 1100

例 何度も電話かけてくるのは、しつこいというものだ。

1秒後影子跟讀 ≫

譯 他一直跟我打電話，真是糾纏不清。

出題重點 「しつこい」"纏人的"形容持續不斷且令人感到煩厭的行為或特性。問題4陷阱可能有：「執拗（しつよう）」"固執"同樣表示堅持不懈,但更側重於固執或頑固的態度；「粘着（ねんちゃく）」"黏著的"形容黏著性強,比喻為緊緊附著不放,有點像「しつこい」但更偏向物理特性；「繰り返し（くりかえし）」"重複"指反覆做某事,與「しつこい」的重複性相似,但沒有那麼強烈的負面含義。

文法 というものだ[真是…]:表示對事物做一種結論性的判斷。

形 しつこい

(色香味等)過於濃的,油膩；執拗,糾纏不休

類 執着 執著

對 軽薄 輕薄

さ

じっさい【実際】

□□□ 1101

例 やり方がわかったら、実際にやってみましょう。

1秒後影子跟讀 〉

譯 既然知道了作法，就來實際操作看看吧！

生字 やり方／方法

名·副 **じっさい【実際】**

實際；事實，真面目；確實，真的，實際上

類 現実 現實

對 理想 理想

□□□ 1102

例 この制度を実施するとすれば、まずすべての人に知らせなければならない。

1秒後影子跟讀 〉

譯 假如要實施這個制度，就得先告知所有的人。

生字 制度／規定；すべて／全部

名·他サ **じっし【実施】**

(法律、計畫、制度的) 實施，實行

類 実行 實行

對 中止 中止

□□□ 1103

例 理論を勉強する一方で、実習も行います。

1秒後影子跟讀 〉

譯 我一邊研讀理論，也一邊從事實習。

文法 いっぽうで [一邊⋯一邊⋯]：前句說明在做某件事的同時，後句為補充做另一件事。

生字 理論／學說；行う／進行

名·他サ **じっしゅう【実習】**

實習

類 練習 練習

對 理論学習 理論學習

□□□ 1104

例 社員として採用するにあたって、今までの実績を調べた。

1秒後影子跟讀 〉

譯 在採用員工時，要調查當事人至今的成果表現。

文法 にあたって [之際]：表示某一行動，已經到了事情重要的階段。

生字 採用／錄用；調べる／查驗

名 **じっせき【実績】**

實績，實際成績

類 成果 成果

對 失敗 失敗

音 績＝セキ

□□□ 1105

例 医者にとって、これは実に珍しい病気です。

1秒後影子跟讀 〉

譯 對醫生來說，這真是個罕見的疾病。

慣用語
- 実に興味深い／確實引人入勝。
- 実に美味しい／實在是美味。
- 実に素晴らしい／確實奇妙。

副 **じつに【実に】**

確實，實在，的確；(驚訝或感慨時) 實在是，非常，很

類 本当に 真的

對 偽り 虛假

□□□ 1106

例 あの川端康成も、このホテルに長期滞在して作品を執筆したそうだ。

1秒後影子跟讀》

譯 據說就連那位鼎鼎大名的川端康成，也曾長期投宿在這家旅館裡寫作。

生字 滞在／旅居；作品／創作

名 他サ **しっぴつ【執筆】**

執筆，書寫，撰稿

類 著述 著述

對 朗読 朗讀

音 筆＝ヒツ

□□□ 1107

例 先生は、実物を見たことがあるかのように話します。

1秒後影子跟讀》

譯 老師有如見過實物一般述著著。

文法 かのように [有如…一般]：將表示比喻。實際上不是這樣，但行動或感覺卻像是那樣。也表示不確定的判斷。

生字 先生／教師

名 **じつぶつ【実物】**

實物，實在的東西，原物；(經) 現貨

類 物体 物體

對 概念 概念

さ

□□□ 1108

例 犬のしっぽを触ったら、ほえられた。

1秒後影子跟讀》

譯 摸了狗尾巴，結果被吠了一下。

慣用語

● 犬が尻尾を振る／狗搖尾巴。

● 尻尾を巻く／夾著尾巴。

● 尻尾を出す／露出尾巴。

生字 触る／觸碰；ほえる／吼叫

名 **しっぽ【尻尾】**

尾巴；末端，末尾；尾狀物

類 末端 末端

對 頭部 頭部

□□□ 1109

例 この話を聞いたら、父は失望するに相違ない。

1秒後影子跟讀》

譯 如果聽到這件事，父親一定會很失望的。

文法 にそういない [一定是…]：表示説話者根據經驗或直覺，做出非常肯定的判斷。

名 他サ **しつぼう【失望】**

失望

類 落胆 失望

對 喜び 喜悦

□□□ 1110

例 この服は、実用的である反面、あまり美しくない。

1秒後影子跟讀》

譯 這件衣服很實用，但卻不怎麼好看。

生字 服／服裝；反面／另一面

名 他サ **じつよう【実用】**

實用

類 実務 實務

對 理論 理論

じつれい【実例】

□□□ 1111

例 説明するかわりに、実例を見せましょう。

〈1秒後影子跟讀〉

譯 讓我來示範實例，取代説明吧！

生字 説明／解説

名 じつれい【実例】
實例
類 事例 事例
對 仮定 假設

□□□ 1112

例 彼は、失恋したばかりか、会社も首になってしまいました。

〈1秒後影子跟讀〉

譯 他不僅失戀，連工作也丟了。

生字 首になる／被裁員

名・自サ しつれん【失恋】
失戀
類 失望 失望
對 成就 成就
音 恋＝レン

□□□ 1113

Track035

例 待ち合わせの場所を指定してください。

〈1秒後影子跟讀〉

譯 請指定集合的地點。

出題重點 「指定（してい）」指明確指出或確定某物或某人。如「指定席（していせき）」"指定座位"。問題3經常混淆的複合詞有：

● 指名（しめい）：指具體點名或選定某人。如「指名手配（しめいてはい）」"通緝令"。

● 指示（しじ）：指示出或命令進行某事。如「指示詞（しじし）」"指示代詞"。

● 限定（げんてい）：表示限制或設定一個範圍。如「数量限定（すうりょうげんてい）」"限量"。

生字 待ち合わせ／碰頭；場所／位置

名・他サ してい【指定】
指定
類 指名 指名
對 任意 任意

□□□ 1114

例 私鉄に乗って、職場に通っている。

〈1秒後影子跟讀〉

譯 我都搭乘私營鐵路去上班。

生字 職場／工作崗位；通う／通勤

名 してつ【私鉄】
私營鐵路
類 民間鉄道 民間鐵道
對 国鉄 國鐵
音 鉄＝テツ

□□□ 1115

例 新しい支店を作るとすれば、どこがいいでしょう。

〈1秒後影子跟讀〉

譯 如果要開新的分店，開在哪裡好呢？

名 してん【支店】
分店
類 分店 分店
對 本店 本店

讀書計劃：□□／□□／□□

1116

例 彼の指導を受ければ上手になるというものではないと思います。

1秒後影子跟讀 〉

譯 我認為，並非接受他的指導就會變厲害。

文法 というものではない[並不是…]：表示對某想法或主張，不完全贊成。

生字 受ける／承蒙；上手／拿手的

名・他サ しどう【指導】

指導；領導，教導

類 教授 教授

對 学習 學習

音 導＝ドウ

1117

例 児童用のプールは、とても浅い。

1秒後影子跟讀 〉

譯 兒童游泳池很淺。

生字 プール／泳池；浅い／淺的

名 じどう【児童】

兒童

類 子ども 孩子

對 大人 大人

音 児＝ジ 音 童＝ドウ

1118

例 これは、お礼の品です。

1秒後影子跟讀 〉

譯 這是作為答謝的一點小禮物。

生字 お礼／感謝

名・接尾 しな【品】

物品，東西；商品，貨物；(物品) 質量，品質；品種，種類；情況，情形

類 商品 商品 對 ゴミ 垃圾

1119

例 あんなにしなやかに踊れるようになるのは、たいへんな努力をしたに相違ない。

1秒後影子跟讀 〉

譯 想達到那樣如行雲流水般的舞姿，肯定下了一番苦功。

出題重點 題型5裡「しなやか」的考點有：
● 例句：動きはとてもしなやかだ／動作非常柔軟。
● 換句話說：動きは非常に柔軟だ／動作非常柔軟。
「しなやか」和「柔軟」都表某物或某人具有彈性、易於彎曲。

文法 にそういない[一定是…]：表示說話者根據經驗或直覺，做出非常肯定的判斷。

生字 踊る／跳舞；努力／奮鬥

形動 しなやか

柔軟，和軟；巍巍顫顫，有彈性；優美，柔和，溫柔

類 柔軟 柔軟

對 堅固 堅固

1120

例 こうして、王による支配が終わった。

1秒後影子跟讀 〉

譯 就這樣，國王統治時期結束了。

名・他サ しはい【支配】

指使，支配；統治，控制，管轄；決定，左右

類 統治 統治 對 従属 從屬

しばい【芝居】

例 その芝居は、面白くてたまらなかったよ。

1秒後影子跟讀》

譯 那場演出實在是有趣極了。

生字 たまる／忍耐

名 **しばい【芝居】**

戲劇，話劇；假裝，花招；劇場

類 劇 劇

對 現実 現實

例 孫たちが、しばしば遊びに来てくれます。

1秒後影子跟讀》

譯 孫子們經常會來這裡玩。

生字 孫／孫子

副 **しばしば**

常常，每每，屢次，再三

類 頻繁に 頻繁地

對 まれに 罕見地

例 庭に、芝生なんかあるといいですね。

1秒後影子跟讀》

譯 如果院子裡有草坪之類的東西就好了。

生字 庭／庭院

名 **しばふ【芝生】**

草皮，草地

類 草地 草地

對 砂地 沙地

例 請求書をいただきしだい、支払いをします。

1秒後影子跟讀》

譯 一收到帳單，我就付款。

出題重點 「支払い」讀音為「しはらい」，意指進行支付或清償債務的行為。問題 2 誤導選項可能有：
- 払込い：非正確日語單字，可能與「払い込み（はらいこみ）」混淆，後者意味著存入、繳費。
- 払出い：同樣不是一個正確的日語單字，可能與「払い出し（はらいだし）」混淆，後者意味取款或支出。
- 入金い：非正確日語單字，可能與「入金（にゅうきん）」混淆，後者意指將錢存入賬戶。

文法 しだい［一…馬上］：表示某動作剛一做完，就立即採取下一步的行動。

生字 請求書／帳單

名·他サ **しはらい【支払い】**

付款，支付 (金錢)

類 支出 支出

對 受取 收入

例 請求書が来たので、支払うほかない。

1秒後影子跟讀》

譯 繳款通知單寄來了，所以只好乖乖付款。

他五 **しはらう【支払う】**

支付，付款

類 払う 支付

對 受け取る 接收

□□□ 1126

例 ひもをきつく縛ってあったものだから、靴がすぐ脱げない。
1秒後影子跟讀》

譯 因為鞋帶綁太緊了，所以沒辦法馬上脫掉鞋子。

生字 ひも／細繩；脱ぐ／脱掉

他五 しばる【縛る】

綁，捆，縛；拘束，限制；逮捕

類 束縛 束縛
對 解放 解放

□□□ 1127

例 地盤を固める。
1秒後影子跟讀》

譯 堅固地基。

生字 固める／使穩固

名 じばん【地盤】

地基，地面；地盤，勢力範圍

類 基礎 基礎
對 空中 空中

□□□ 1128

例 足が痺れたものだから、立てません。
1秒後影子跟讀》

譯 因為腳麻所以沒辦法站起來。

生字 立てる／站立

自下 しびれる【痺れる】

麻木；(俗)因強烈刺激而興奮

類 麻痺 麻痺
對 活発 活躍

□□□ 1129

例 あの人は自分勝手だ。
1秒後影子跟讀》

譯 那個人很任性。

慣用語
● 自分勝手に決める／任性地自行決定。
● 自分勝手な行動を取る／任性地採取行動。
● 自分勝手な理由で決める／基於自私的理由作出決定。

形動 じぶんかって【自分勝手】

任性，恣意妄為

類 わがまま 任性
對 配慮 體貼

□□□ 1130

例 紙幣が不足ぎみです。
1秒後影子跟讀》

譯 紙鈔似乎不夠。

生字 不足／短缺；ぎみ／有點…

名 しへい【紙幣】

紙幣

類 札 鈔票
對 硬貨 硬幣

241

しぼむ【萎む・凋む】

例 花は、しぼんでしまったのやら、開き始めたのやら、いろいろです。

1秒後影子跟讀 ≫

譯 花會凋謝啦、綻放啦，有多種面貌。

文法 やら～やら[又是（有）…啦，又（有）…啦]：表示從一些同類事項中，列舉出兩項。

生字 開く／盛開；いろいろ／各種各樣

自五 **しぼむ**
【萎む・凋む】

枯萎，凋謝；扁掉

類 弱る 衰弱

對 盛る 興盛

例 雑巾をしっかり絞りましょう。

1秒後影子跟讀 ≫

譯 抹布要用力扭乾。

生字 雑巾／抹布；しっかり／充分地

他五 **しぼる【絞る】**

扭，擠；引人（流淚）；拼命發出（高聲），絞盡（腦汁）；剝削，勒索；拉開（幕）

類 搾る 榨取 對 広げる 擴展

例 資本に関しては、問題ないと思います。

1秒後影子跟讀 ≫

譯 關於資本，我認為沒什麼問題。

慣用語

● 資本金を増やす／增加資本金。

● 資本主義を学ぶ／學習資本主義。

● 資本を投資する／投資資本。

名 **しほん【資本】**

資本

類 資産 資産

對 負債 負債

例 彼は話を聞いていて、しまいに怒りだした。

1秒後影子跟讀 ≫

譯 他聽過事情的來龍去脈後，最後生起氣來了。

生字 話／傳聞；怒る／惱怒

名 **しまい【仕舞い】**

終了，末尾；停止，休止；閉店；賣光；化妝，打扮

類 終了 結束

對 開始 開始

例 隣の家には、美しい姉妹がいる。

1秒後影子跟讀 ≫

譯 隔壁住著一對美麗的姉妹花。

生字 隣／鄰室

名 **しまい【姉妹】**

姉妹

類 兄弟 兄弟

對 独身 單身

□□□ 1136

例 **通帳は金庫にしまっている。**

1秒後影子跟讀》

譯 存摺收在金庫裡。

生字 通帳/存摺；金庫/保險箱

自五・他五・補動 **しまう【仕舞う】**

結束，完了，收拾；收拾起來；關閉；表不能恢復原狀

類 片付ける 收拾
對 開ける 開啟

□□□ 1137

例 **しまった、財布を家に忘れた。**

1秒後影子跟讀》

譯 糟了！我把錢包忘在家裡了。

出題重點 「しまった」通常用來表達後悔或糾正自己的錯誤。如「しまった、やってしまった。/這下糟了，大事不妙」。
以下是問題6錯誤用法：

1. 作為贊同或同意：「しまった、いいね！/完了，贊成！」。
2. 描述物體的物理狀態：「箱がしまった/箱子被關上了」。
3. 表達期待或樂觀的情緒：「明日がしまった/明天會完蛋」。

生字 財布/錢包；忘れる/遺忘

連語・感 **しまった**

糟糕，完了

類 残念 遺憾
對 成功 成功

□□□ 1138

例 **服に醤油の染みが付く。**

1秒後影子跟讀》

譯 衣服沾上醬油。

生字 醤油/醬油；付く/沾附

名 **しみ【染み】**

汙垢；玷汙

類 染色 染色
對 消去 消除

□□□ 1139

例 **しみじみと、昔のことを思い出した。**

1秒後影子跟讀》

譯 我一一想起了以前的種種。

生字 昔/過去；思い出す/憶起

副 **しみじみ**

痛切，深切地；親密，懇切；仔細，認真的

類 深く 深刻地
對 軽々しく 輕率地

□□□ 1140

例 **会社で、事務の仕事をしています。**

1秒後影子跟讀》

譯 我在公司做行政的工作。

生字

名 **じむ【事務】**

事務 (多為處理文件、行政等庶務工作)

類 事務作業 事務作業
對 実務 實務

しめきる【締切る】

□□□ 1141

例 申し込みは5時で締め切られるとか。

1秒後影子跟讀≫

譯 聽說報名是到5點。

生字 申し込み／申請

他五 しめきる【締切る】

（期限）屆滿，截止，結束

類 終了する 結束

對 開始する 開始

□□□ 1142

例 実例によって、やりかたを示す。

1秒後影子跟讀≫

譯 以實際的例子來示範做法。

他五 しめす【示す】

出示 拿出來給對方看；表示 表明；指示，指點，開導；呈現，顯示

類 表示する 表示

對 隠す 隱藏

□□□ 1143

例 しめた、これでたくさん儲けられるぞ。

1秒後影子跟讀≫

譯 太好了，這樣就可以賺很多錢了。

慣用語≫
● 市場の半分を占めた／佔據了市場的一半。
● 重要な位置を占めた／占據了重要位置。
● 大部分を占めた／佔了大部分。

生字 儲ける／發財

連語感 しめた【占めた】

（俗）太好了，好極了，正中下懷

類 占有した 占有

對 放棄した 放棄

訓 占=し（めた）

□□□ 1144

例 公園は町の中心部を占めている。

1秒後影子跟讀≫

譯 公園據於小鎮的中心。

生字 中心部／中心部分

他下一 しめる【占める】

占有，佔據，佔領；（只用於特殊形）表得到（重要的位置）

類 占有する 占有 對 解放する 解放

訓 占=し（める）

□□□ 1145

例 今日は午後に干したから、木綿はともかく、ポリエステルもまだ湿ってる。

1秒後影子跟讀≫

譯 今天是下午才晾衣服的，所以純棉的就不用說了，連人造纖維的都還是濕的。

文法≫ はともかく [姑且不論…]：表示提出兩個事項，前項暫且不作為議論的對象，先談後項。暗示後項是更重要的。

生字 木綿／木棉；ポリエステル／聚酯纖維

自五 しめる【湿る】

濕，受潮，濕濕；（火）熄滅，勢頭）漸消

類 濡れる 濕

對 乾燥する 乾燥

訓 湿=しめ（る）

□□□ 1146

例 子どもが、チョークで地面に絵を描いている。

1秒後影子跟讀 》

譯 小朋友拿粉筆在地上畫畫。

生字 チョーク／粉筆

名 じめん【地面】

地面，地表；土地，地皮，地段

類 地表 地表

對 空中 空中

□□□ 1147

例 昨日は霜がおりるほどで、寒くてならなかった。

1秒後影子跟讀 》

譯 昨天好像下霜般地，冷得叫人難以忍受。

生字 おりる／降下

名 しも【霜】

霜；白髪

類 霜柱 霜柱

對 炎熱 炎熱

□□□ 1148

例 ジャーナリストを志望する動機は何ですか。

1秒後影子跟讀 》

譯 你是基於什麼樣的動機想成為記者的呢？

慣用語 》

● ジャーナリストにインタビューする／對新聞記者進行採訪。

● ジャーナリストとして活動する／以新聞記者的身分活躍。

● ジャーナリストとして働く／擔任新聞記者的職務。

生字 志望／志向；動機／動機

名 ジャーナリスト【journalist】

記者

類 報道記者 報道記者

對 小説家 小説家

□□□ 1149

例 シャープペンシルで書く。

1秒後影子跟讀 》

譯 用自動鉛筆寫。

名 シャープペンシル【(和)sharp + pencil】

自動鉛筆

類 繰出鉛筆 機械鉛筆

對 木製鉛筆 木製鉛筆

□□□ 1150

例 社会科学とともに、自然科学も学ぶことができる。

1秒後影子跟讀 》

譯 在學習社會科學的同時，也能學到自然科學。

生字 自然科学／自然科學；学ぶ／學習

名 しゃかいかがく【社会科学】

社會科學

類 社会学 社會學

對 自然科学 自然科學

さ

じゃがいも【じゃが芋】

□□□ 1151

例 じゃが芋を茹でる。
`1秒後影子跟讀》`

譯 用水煮馬鈴薯。

生字 茹でる/川燙

名 じゃがいも【じゃが芋】
馬鈴薯
類 馬鈴薯（ばれいしょ） 馬鈴薯
對 米（こめ） 米

□□□ 1152

例 疲れたので、道端にしゃがんで休んだ。
`1秒後影子跟讀》`

譯 因為累了，所以在路邊蹲下來休息。

出題重點 題型5裡「しゃがむ」的考點有：
● 例句：彼はしゃがんだ／他蹲下。
● 換句話說：彼は屈（かが）んだ／他蹲下。
● 相對說法：彼は立（た）ち上がった／他站起來。
「しゃがむ」和「屈む」都表示蹲下的動作；「立ち上がる」則是蹲下的相反動作，表示站立起來。這些詞彙從蹲下到站立，描述了人的基本體位變化。

生字 道端（みちばた）/路旁

自五 しゃがむ
蹲下
類 屈（かが）む 蹲下
對 立（た）つ 站立

□□□ 1153

Track036

例 蛇口（じゃぐち）をひねると、水（みず）が勢（いきお）いよく出（で）てきた。
`1秒後影子跟讀》`

譯 一轉動水龍頭，水就嘩啦嘩啦地流了出來。

生字 ひねる/扭轉；勢（いきお）い/氣勢

名 じゃぐち【蛇口】
水龍頭
類 水道（すいどう）の蛇口（じゃぐち） 水龍頭
對 ボトル 瓶子

□□□ 1154

例 相手（あいて）の弱点（じゃくてん）を知（し）れば勝（か）てるというものではない。
`1秒後影子跟讀》`

譯 知道對方的弱點並非就可以獲勝！

文法 というものではない[並不是…]：表示對某想法或主張，不完全贊成。
生字 相手（あいて）/對手；勝（か）つ/勝利

名 じゃくてん【弱点】
弱點，痛處；缺點
類 短所（たんしょ） 短處
對 長所（ちょうしょ） 長處
音 弱＝ジャク

□□□ 1155

例 車（くるま）を車庫（しゃこ）に入（い）れた。
`1秒後影子跟讀》`

譯 將車停進了車庫裡。

名 しゃこ【車庫】
車庫
類 ガレージ 車庫
對 居間（いま） 客廳 音 庫＝コ

讀書計劃：□□／□□

□□□ 1156

例 山に、写生に行きました。

1秒後影子跟讀

譯 我去山裡寫生。

生字 山/山岳

名・他サ しゃせい【写生】

寫生，速寫；短篇作品，散記

類 スケッチ 素描
對 写真 照片

□□□ 1157

例 今日の新聞の社説は、教育問題を取り上げている。

1秒後影子跟讀

譯 今天報紙的社會評論裡，談到了教育問題。

生字 新聞/報紙；取り上げる/提出

名 しゃせつ【社説】

社論

類 論説 論説
對 ニュース記事 新聞報導

さ

□□□ 1158

例 借金の保証人にだけはなるまい。

1秒後影子跟讀

譯 無論如何，千萬別當借款的保證人。

文法 まい[不…]：表示說話者不做某事的意志或決心。

生字 保証人/擔保人

名・自サ しゃっきん【借金】

借款，欠款，舉債

類 負債 負債
對 資産 資産

□□□ 1159

例 シャッターを押していただけますか。

1秒後影子跟讀

譯 可以請你幫我按下快門嗎？

生字 押す/按壓

名 シャッター【shutter】

鐵捲門；照相機快門

類 閉鎖装置 關閉裝置
對 開口部 開口部

□□□ 1160

例 子どもがボールを追いかけて車道に飛び出した。

1秒後影子跟讀

譯 孩童追著球跑，衝到了馬路上。

慣用語

● 車道を走る/在車道上行駛。
● 車道を整備する/修建車道。
● 車道と歩道を区別する/區分車道和人行道。

生字 追いかける/追逐；飛び出す/突然衝出

名 しゃどう【車道】

車道

類 道路 道路
對 歩道 人行道

しゃぶる

□□□ 1161

例 赤ちゃんは、指もしゃぶれば、玩具もしゃぶる。

1秒後影子跟讀 >

譯 小嬰兒既會吸手指頭，也會用嘴含玩具。

文法 も〜ば〜も [也…也…]：把類似的事物並列起來，用意在強調，或表示還有很多情況。

他五 しゃぶる

(放入口中)含，吸吮

類 吸う 吸

對 吐く 吐

□□□ 1162

例 自転車の車輪が汚れたので、布で拭いた。

1秒後影子跟讀 >

譯 因為腳踏車的輪胎髒了，所以拿了塊布來擦。

生字 布/布；拭く/擦拭

名 しゃりん【車輪】

車輪;(演員)拼命，努力表現;拼命於，盡力於

類 輪 輪 對 車体 車體

音 輪＝リン

□□□ 1163

例 会社の上司は、つまらないしゃれを言うのが好きだ。

1秒後影子跟讀 >

譯 公司的上司，很喜歡說些無聊的笑話。

慣用語
● 洒落を言う/開玩笑。
● 洒落がわかる/懂得幽默。
● 洒落にならない/不是開玩笑的事。

生字 上司/上級；つまらない/沒意思的

名 しゃれ【洒落】

俏皮話，雙關語;(服裝)亮麗，華麗，好打扮

類 冗談 笑話

對 真面目 認真

□□□ 1164

例 じゃんけんによって、順番を決めよう。

1秒後影子跟讀 >

譯 我們就用猜拳來決定順序吧！

生字 順番/次序；決める/選定

名 じゃんけん【じゃん拳】

猜拳，划拳

類 グー、チョキ、パー 石頭、剪刀、布

對 盤遊 遊樂

□□□ 1165

例 先週から腰痛が酷い。

1秒後影子跟讀 >

譯 上禮拜開始腰疼痛不已。

生字 腰痛/腰痛；酷い/嚴重的

名・漢造 しゅう【週】

星期；一圈

類 週間 星期

對 日 日

□□□ 1166

例 世界は五大州に分かれている。

1秒後影子跟讀〉

譯 世界分5大洲。

漢造 しゅう【州】

大陸，州

類 沼地 沼澤地帶

對 市 市

音 州＝シュウ

□□□ 1167

例 うちの文学全集は、客間の飾りに過ぎない。

1秒後影子跟讀〉

譯 家裡的文學全集只不過是客廳的裝飾品罷了。

漢造 しゅう【集】

(詩歌等的) 集；聚集

類 収集 收集

對 散 散

出題重點 「集 (しゅう)」彙集、收集或一系列事物的結合。如「詩歌集 (しかしゅう)」"詩歌彙編"。問題3經常混淆的複合詞有：
● 編 (へん)：組成部分或段落的集合，如書籍的章節。如「上編 (じょうへん)」"上集"。
● 巻 (かん)：書籍、紙張等捲起的形狀或一系列事件的部分。如「若紫の巻 (わかむらさきのまき)」"若紫卷"。
● 大全 (たいぜん)：指全面、全集或詳盡的總匯。如「名詩大全 (めいしだいぜん)」"名詩大全集"。

文法 にすぎない [也不過是…]：表示某微不足道的事態，指程度有限。

生字 客間／客廳；飾り／擺設

□□□ 1168

例 その銃は、本物ですか。

1秒後影子跟讀〉

譯 那把槍是真的嗎？

名·漢造 じゅう【銃】

槍，槍形物；有槍作用的物品

類 鉄砲 槍、火器

對 刀 刀

生字 本物／真品

□□□ 1169

例 この容器には二重のふたが付いている。

1秒後影子跟讀〉

譯 這容器附有兩層的蓋子。

接尾 じゅう【重】

(助數詞用法) 層，重

類 重い 重

對 軽い 輕

生字 容器／容器；ふた／蓋子

□□□ 1170

例 それを今日中にやらないと間に合わないです。

1秒後影子跟讀〉

譯 那個今天不做的話就來不及了。

名·接尾 じゅう【中】

(舊) 期間；表示整個期間或區域

類 中間 中間 對 外 外

生字 間に合う／趕上

249

しゅうい【周囲】

□□□ 1171

例 彼は、周囲の人々に愛されている。

1秒後影子跟讀

譯 他被大家所喜愛。

名 **しゅうい【周囲】**

周圍，四周；周圍的人，環境

類 周辺 周邊 對 中心 中心

音 周＝シュウ 音 囲＝イ

□□□ 1172

例 いずれにせよ、集会には出席しなければなりません。

1秒後影子跟讀

譯 無論如何，務必都要出席集會。

文法 にせよ [無論…，都要…]：表示退一步承認前項，並在後項中提出跟前面相反或相矛盾的意見。

生字 出席／參加

名・自サ **しゅうかい【集会】**

集會

類 会合 會合

對 個人活動 個人活動

□□□ 1173

例 収穫量に応じて、値段を決めた。

1秒後影子跟讀

譯 按照收成量，來決定了價格。

文法 におうじて [依據…]：表示按照、根據。前項作為依據，後項根據前項的情況而發生變化。

生字 値段／價錢；決める／商定

名・他サ **しゅうかく【収穫】**

收獲 (農作物)；成果，收穫；獵獲物

類 収穫物 收穫品、收成品

對 損失 損失

□□□ 1174

例 まだ住居が決まらないので、ホテルに泊まっている。

1秒後影子跟讀

譯 由於還沒決定好住的地方，所以就先住在飯店裡。

生字 決まる／決定；泊まる／投宿

名 **じゅうきょ【住居】**

住所，住宅

類 住宅 住宅

對 職場 職場

□□□ 1175

例 毎月月末に集金に来ます。

1秒後影子跟讀

譯 每個月的月底，我會來收錢。

出題重點 「集金」唸音讀「しゅうきん」，意指收集或聚集金錢。問題 2 誤導選項可能有：

● 群金：非正確日語單字，可能試圖表達關於金錢的集合。

● 聚金：雖然漢字意思接近，但這不是標準的日語詞彙。

● 詰金：這同樣非正確日語單字。

生字 月末／月終

名・自他サ **しゅうきん【集金】**

(水電、瓦斯等) 收款，催收的錢

類 徴収 徴收

對 支払い 支付

1176

例 朝8時に集合してください。

1秒後影子跟讀 〉

譯 請在早上8點集合。

出題重點 「集合」唸作「しゅうごう」，指多人或物聚在一起，或約定時間、地點的聚集。問題1誤導選項可能有：

● しゅうこう：錯誤地將「ご」讀作清音「こ」，這改變了原字的讀音。
● あつごう：錯誤地將開頭的「しゅ」讀作訓讀「あつ」。
● しゅごう：錯誤地省略了長音「う」，這使得讀音變得不正確。

名；自他サ しゅうごう【集合】

集合；群體，集群；(數)集合

類 集まり 聚集

對 解散 解散

1177

例 あの子は、習字を習っているだけのことはあって、字がうまい。

1秒後影子跟讀 〉

譯 那孩子不愧是學過書法，字寫得還真是漂亮！

文法 だけのことはあって[不愧是…]：表示與其做的努力、所處的地位、所經歷的事情等名實相符，對其後項的結果、能力等給予高度的讚美。

生字 習う／學習；字／字跡

名 しゅうじ【習字】

習字，練毛筆字

類 書道 書道

對 絵画 繪畫

1178

例 能力に加えて、人柄も重視されます。

1秒後影子跟讀 〉

譯 除了能力之外，也重視人品。

生字 能力／才能；人柄／品性

名；他サ じゅうし【重視】

重視，認為重要

類 重要視 重視

對 軽視 輕視

1179

例 事故に遭った人は重傷を負いましたが、命に別状はないとのことです。

1秒後影子跟讀 〉

譯 遭逢了意外的人雖然身受重傷，所幸沒有生命危險。

生字 負う／遭受；別状／異狀

名 じゅうしょう【重傷】

重傷

類 大怪我 重傷

對 軽傷 輕傷

1180

例 レポートを修正の上、提出してください。

1秒後影子跟讀 〉

譯 請修改過報告後再交出來。

文法 うえ[之後…再…]：表示兩動作間時間上的先後關係。先進行前一動作，後面再根據前面的結果，採取下一個動作。

生字 レポート／報告；提出／提交

名；他サ しゅうせい【修正】

修改，修正，改正

類 改正 改正

對 悪化 惡化

さ

しゅうぜん【修繕】

□□□ 1181

例 古い家だが、修繕すれば住めないこともない。

1秒後影子跟讀 》

譯 雖說是老舊的房子，但修補後，也不是不能住的。

名・他サ しゅうぜん【修繕】

修繕，修理（或唸：しゅうぜん）

類 修理　修理

對 破壊　破壞

□□□ 1182

例 重体に陥る。

1秒後影子跟讀 》

譯 病情危急。

生字 陥る／陷入

名 じゅうたい【重体】

病危，病篤

類 危篤　危篤

對 安定　安定

□□□ 1183

例 最近は、重大な問題が増える一方だ。

1秒後影子跟讀 》

譯 近來，重大案件不斷地增加。

生字 増える／變多；一方／越來越…

形動 じゅうだい【重大】

重要的，嚴重的，重大的

類 重要　重要

對 軽微　輕微

□□□ 1184

例 このへんの住宅は、家族向きだ。

1秒後影子跟讀 》

譯 這一帶的住宅，適合全家居住。

慣用語 》
● 住宅地を歩く／漫步於住宅區。
● 住宅ローンを組む／辦理住房貸款。
● 住宅の建築を計画する／規劃建造住宅。

生字 向き／適宜

名 じゅうたく【住宅】

住宅

類 住居　住居

對 職場　職場

□□□ 1185

例 誘拐事件の発生現場は、閑静な住宅地だった。

1秒後影子跟讀 》

譯 綁票事件發生的地點是在一處幽靜的住宅區。

生字 誘拐／拐騙；閑静／清幽

名 じゅうたくち【住宅地】

住宅區

類 住宅地域　住宅地區

對 商業地　商業地

252

□□□ 1186

例 私は集団行動が苦手だ。

1秒後影子跟讀》

譯 我不大習慣集體行動。

名 しゅうだん【集団】

集體，集團

類 団体 團體　對 個人 個人

音 団＝ダン

□□□ 1187

例 集中力にかけては、彼にかなう者はいない。

1秒後影子跟讀》

譯 就集中力這一點，沒有人可以贏過他。

文法 にかけては [就…這一點]：表示 [其它姑且不論，僅就那一件事情來説] 的意思。後項多接對別人的技術或能力好的評價。

生字 かなう／敵得過

名・自他サ しゅうちゅう【集中】

集中；作品集

類 集中力　集中、專注

對 分散　分散

□□□ 1188

例 終点までいくつ駅がありますか。

1秒後影子跟讀》

譯 到終點一共有幾站？

名 しゅうてん【終点】

終點

類 終着点　終點

對 出発点　起點

□□□ 1189

例 この研修は、英会話に重点が置かれている。

1秒後影子跟讀》

譯 這門研修的重點，是擺在英語會話上。

生字 研修／進修；置く／設置

名 じゅうてん【重点】

重點 (物) 作用點

類 焦点　重點、焦點

對 軽点　輕點

□□□ 1190

例 彼は収入がないにもかかわらず、ぜいたくな生活をしている。

1秒後影子跟讀》

譯 儘管他沒收入，還是過著奢侈的生活。

慣用語

●収入を増やす／增加收入。

●収入源を確保する／確保收入來源。

●収入と支出を管理する／管理收入和支出。

文法 にもかかわらず [儘管…，卻還要…]：表示逆接。後項事情常是跟前項相反或相矛盾的事態。

生字 ぜいたく／奢靡；生活／過日子

名 しゅうにゅう【収入】

收入，所得

類 所得　所得

對 支出　支出

さ

253

しゅうにん【就任】

□□□ 1191

例 彼の理事長への就任をめぐって、問題が起こった。
1秒後影子跟讀〉

譯 針對他就任理事長一事，而產生了一些問題。

文法〉をめぐって[針對…一事]：表示後項的行為動作，是針對前項的某一事情、問題進行的。

生字 理事長／專員；起こる／發生

名・自サ **しゅうにん【就任】**

就職，就任

類 就職 就職

對 辞任 辭任

□□□ 1192

Track037

例 収納スペースが足りない。
1秒後影子跟讀〉

譯 收納空間不夠用。

生字 スペース／空間；足りる／充裕

名・他サ **しゅうのう【収納】**

收納，收藏

類 保存 收納、儲存

對 散らかす 亂放

□□□ 1193

例 駅の周辺というと、にぎやかなイメージがあります。
1秒後影子跟讀〉

譯 說到車站周邊，讓人就有熱鬧的印象。

文法〉というと[說到…]：表示承接話題的聯想，從某個話題引起自己的聯想，或對這個話題進行說明或聯想。

生字 にぎやか／繁華的；イメージ／印象

名 **しゅうへん【周辺】**

周邊，四周，外圍

類 周囲 周圍

對 中心 中心

音 周＝シュウ

音 辺＝ヘン

□□□ 1194

例 ビルの建設を計画する一方、近所の住民の意見も聞かなければならない。
1秒後影子跟讀〉

譯 在一心策劃蓋大廈的同時，也得聽聽附近居民的意見才行。

文法〉いっぽう[在…的同時]：前句說明在做某件事的同時，後句為補充做另一件事。

名 **じゅうみん【住民】**

居民

類 住人 居民

對 訪問者 訪問者

□□□ 1195

例 彼はおそらく、重役になれるまい。
1秒後影子跟讀〉

譯 他恐怕無法成為公司的要員吧！

出題重點 「重役」"高階主管"指是在組織或公司中擔任重要職務的人。問題4陷阱可能有：「役員（やくいん）」"幹部"是指在公司或組織中負責管理和決策的人，範圍較廣，包括「重役」在內；「取締役（とりしまりやく）」"董事"是一種具體的幹部職種，主要負責公司的日常經營和管理；「執行役員（しっこうやくいん）」"執行董事"是負責具體業務執行的「役員」，職責比「重役」更具體。

文法〉まい[大概不會（無法）…]：表示說話者的推測、想像。

生字 おそらく／很可能

名 **じゅうやく【重役】**

擔任重要職務的人；重要職位，重任者；(公司的)董事與監事的通稱

類 役員 役員

對 一般職員 一般職員

254

□□□ 1196

例 パーティーは終了したものの、まだ後片付けが残っている。

1秒後影子跟讀〉

譯 雖然派對結束了，但卻還沒有整理。

慣用語〉
- 作業が終了する／工作結束。
- 終了時間が迫る／結束時間即將到來。
- 終了の合図を送る／發送結束的信號。

文法〉 ものの［雖然…但…］：表前項成立，但後項不能順著前項所預期或可能發生的方向發展下去。

生字 後片付け／善後；残る／剩餘

名・自他サ しゅうりょう【終了】

終了，結束；作完；期滿，屆滿

類 終わり 結束
對 開始 開始
音 了＝リョウ

□□□ 1197

例 持って行く荷物には、重量制限があります。

1秒後影子跟讀〉

譯 攜帶過去的行李有重量限制。

生字 荷物／行囊；制限／管制

名 じゅうりょう【重量】

重量，分量；沈重，有份量
類 体重 體重 對 軽量 輕量
音 量＝リョウ

□□□ 1198

例 りんごが木から落ちるのは、重力があるからです。

1秒後影子跟讀〉

譯 蘋果之所以會從樹上掉下來，是因為有重力的關係。

生字 りんご／蘋果；落ちる／掉落

名 じゅうりょく【重力】

(理)重力
類 万有引力 萬有引力
對 浮力 浮力

□□□ 1199

例 自分の主義を変えるわけにはいかない。

1秒後影子跟讀〉

譯 我不可能改變自己的主張。

生字 自分／本人；変える／改變

名 しゅぎ【主義】

主義，信條；作風，行動方針
類 理念 理念
對 無関心 無關心

□□□ 1200

例 「山」という字を使って、熟語を作ってみましょう。

1秒後影子跟讀〉

譯 請試著用「山」這個字，來造句成語。

名 じゅくご【熟語】

成語，慣用語；(由兩個以上單詞組成)複合詞；(由兩個以上漢字構成的)漢語詞
類 成語 成語
對 単語 單詞

さ

しゅくじつ【祝日】

□□□ 1201

例 日本で、「国民の祝日」がない月は6月だけだ。
> 1秒後影子跟讀

訳 在日本，沒有「國定假日」的月份只有6月而已。

生字 国民／人民

名 **しゅくじつ【祝日】**

（政府規定的）節日

類 祭日　節日

對 平日　平日

音 祝＝シュク

□□□ 1202

例 経営を縮小しないことには、会社がつぶれてしまう。
> 1秒後影子跟讀

訳 如不縮小經營範圍，公司就會倒閉。

慣用語
- 規模を縮小する／縮小規模。
- 事業を縮小する／縮小業務。
- 予算縮小の影響を検討する／考量縮減預算的影響。

文法 ないことには[要是不…]：表示如果不實現前項，也就不能實現後項。後項一般是消極的、否定的結果。

生字 経営／營運；つぶれる／破產

名·他サ **しゅくしょう【縮小】**

縮小

類 縮減　縮減

對 拡大　擴大

□□□ 1203

例 京都で宿泊するとしたら、日本式の旅館に泊まりたいです。
> 1秒後影子跟讀

訳 如果要在京都投宿，我想住日式飯店。

生字 旅館／旅店；泊まる／投宿

名·自サ **しゅくはく【宿泊】**

投宿，住宿

類 泊まる　住宿

對 出発　出發

音 泊＝ハク

□□□ 1204

例 試験が難しいかどうかにかかわらず、私は受験します。
> 1秒後影子跟讀

訳 無論考試困難與否，我都要去考。

文法 にかかわらず[無論…與否…]：表示前項不是後項事態成立的阻礙。

名·他サ **じゅけん【受験】**

參加考試，應試，投考

類 試験を受ける　應試

對 卒業　畢業

□□□ 1205

例 日本語は、主語を省略することが多い。
> 1秒後影子跟讀

訳 日語常常省略掉主語。

生字 省略／省去

名 **しゅご【主語】**

主語；（邏）主詞

類 主題　主題

對 語尾　語尾

1206

例 首相に対して、意見を提出した。

1秒後影子跟讀

譯 我向首相提出了意見。

慣用語
- 首相を選出する／選出首相。
- 首相官邸に入る／進入首相官邸。
- 首相の演説を聞く／聽首相的演説。

生字 意見／想法；提出／提出

名 **しゅしょう【首相】**
首相，內閣總理大臣
類 総理 總理
對 部長 部長

1207

例 あなたの主張は、理解しかねます。

1秒後影子跟讀

譯 我實在是難以理解你的主張。

生字 理解／了解；かねる／難以

名・他サ **しゅちょう【主張】**
主張，主見，論點
類 強調 強調
對 退譲 退譲

1208

例 電車がストライキだから、今日はバスで出勤せざるを得ない。

1秒後影子跟讀

譯 由於電車從業人員罷工，今天不得不搭巴士上班。

文法 ざるをえない［不得不…］：表示除此之外，沒有其他的選擇。

生字 ストライキ／罷工

名・自サ **しゅっきん【出勤】**
上班，出勤
類 出社 上班
對 退社 下班

1209

例 この文の述語はどれだかわかりますか。

1秒後影子跟讀

譯 你能分辨這個句子的謂語是哪個嗎？

生字 文／文句

名 **じゅつご【述語】**
謂語
類 述部 述部
對 主語 主語
音 述＝ジュツ

1210

例 私のかわりに、出張に行ってもらえませんか。

1秒後影子跟讀

譯 你可不可以代我去出公差？

名・自サ **しゅっちょう【出張】**
因公前往，出差
類 派遣 派遣，派出
對 常駐 常駐

さ

257

しゅっぱん【出版】

□□□ 1211

例 本を出版するかわりに、インターネットで発表した。

1秒後影子跟讀 ≫

名・他サ **しゅっぱん【出版】**

出版

類 発行　發行

對 廃刊　停刊

音 版＝ハン

譯 取代出版書籍，我在網路上發表文章。

生字 インターネット／網際網路；発表／發布

□□□ 1212

例 中華民国の首都がどこなのかを巡っては、複雑な事情がある。

1秒後影子跟讀 ≫

名 **しゅと【首都】**

首都

類 都市　都市

對 地方　地方

譯 關於中華民國的首都在哪裡的議題，有其複雜的背景情況。

生字 巡る／圍繞；複雑／繁複的；事情／事由

□□□ 1213

例 東日本大震災では、首都圏も大きな影響を受けた。

1秒後影子跟讀 ≫

名 **しゅとけん【首都圏】**

首都圏

類 首都地域　首都區域

對 地方　地方

譯 在東日本大地震中，連首都圈也受到了極大的影響。

生字 影響／影響；受ける／遭受

□□□ 1214

例 小説の新人賞受賞をきっかけに、主婦から作家になった。

1秒後影子跟讀 ≫

名 **しゅふ【主婦】**

主婦，女主人

類 専業主婦　家庭主婦

對 職業女性　職業女性

譯 以榮獲小說新人獎為契機，從主婦變成了作家。

文法 ≫ をきっかけに［以…為契機］：表示某事產生的原因、機會、動機等。

生字 受賞／獲獎；作家／作家

□□□ 1215

例 平均寿命が大きく伸びた。

1秒後影子跟讀 ≫

名 **じゅみょう【寿命】**

壽命；（物）耐用期限

類 長寿　長壽

對 短命　短命

譯 平均壽命大幅地上升。

出題重點　「寿命」"壽命"是指生物體從出生到死亡的時間長度。問題4陷阱可能有：「寿（ことぶき）」"長壽"主要用作慶祝長壽的用語，沒有具體指時間長度；「余命（よめい）」"剩餘的壽命"指的是預計剩餘的生命時間，通常用在醫療領域；「年限（ねんげん）」"年限"是指一定時間的期限，不專指生命，用途更廣泛。

慣用語 ≫
● 寿命を延ばす／延長壽命。

□□□ 1216

例 主役も主役なら、脇役も脇役で、みんなへたくそだ。

1秒後影子跟讀 ≫

訳 不論是主角還是配角實在都不像樣，全都演得很糟。

文法 も～なら～も［…有…的問題，…也有…的不對］：表示
雙方都有缺點，帶有譴責的語氣。

生字 脇役／配角；へたくそ／拙劣至極的

名 しゅやく【主役】

(戲劇)主角；(事件或工作的)
中心人物

類 主演 主演

對 脇役 配角

□□□ 1217

例 世界の主要な都市の名前を覚えました。

1秒後影子跟讀 ≫

訳 我記下了世界主要都市的名字。

出題重點 「主要」唸作「しゅよう」，指最重要或基本的部
分或特性。問題1誤導選項可能有：
- 主張（しゅちょう）：“主張”，指堅持自己的意見或要求。
- 需要（じゅよう）：“需求”，指市場上對商品或服務的需
求量。
- 必要（ひつよう）：“必須”，指不可缺少的，有必要的條
件或事物。

生字 都市／城市；覚える／記憶

名・形動 しゅよう【主要】

主要的

類 重要 重要

對 些細 瑣碎

□□□ 1218

例 まず需要のある商品が何かを調べることだ。

1秒後影子跟讀 ≫

訳 首先要做的，應該是先查出哪些是需要的商品。

生字 商品／產品；調べる／調查

名 じゅよう【需要】

需要，要求；需求

類 需求 需求

對 供給 供給

□□□ 1219

例 電話が鳴ったので、急いで受話器を取った。

1秒後影子跟讀 ≫

訳 電話響了，於是急忙接起了聽筒。

生字 鳴る／鳴響；急ぐ／趕緊

名 じゅわき【受話器】

聽筒

類 電話の受話器 電話聽筒

對 発信器 發信器

□□□ 1220

例 順に呼びますから、そこに並んでください。

1秒後影子跟讀 ≫

訳 我會依序叫名，所以請到那邊排隊。

生字 呼ぶ／呼喚；並ぶ／列隊

名・漢造 じゅん【順】

順序，次序；輪班，輪到；正
當，必然，理所當然；順利

類 順序 順序 對 逆 逆

音 順＝ジュン

259

じゅん【準】

□□□ 1221

例 最後の最後に1点取られて、準優勝になった。

1秒後影子跟讀 〉

譯 在最後的緊要關頭得到一分，得到了亞軍。

接頭 **じゅん【準】**

準，次

類 準備 準備　對 完全 完全

音 準＝ジュン

□□□ 1222

例 振り返った瞬間、誰かに殴られた。

1秒後影子跟讀 〉

譯 就在我回頭的那一剎那，不知道被誰打了一拳。

出題重點 「瞬間」指極短的時間段，即刻間或瞬息之間。如「瞬間を捉える／捕捉那一瞬間」。以下是問題6錯誤用法：

1. 表示長期過程：「プロジェクトは瞬間で完成する／項目瞬間完成」。
2. 描述持續狀態：「愛は瞬間続く／愛情瞬間持續」。
3. 表示物質的固定或永久特性：「この色は瞬間に変わる／這顏色瞬間變化」。

生字 振り返る／回過頭；殴る／毆打

名 **しゅんかん【瞬間】**

瞬間，剎那間，剎那；當時，…的同時

類 瞬時 瞬時

對 長期 長期

□□□ 1223

例 運動をして、血液の循環をよくする。

1秒後影子跟讀 〉

譯 多運動來促進血液循環。

生字 運動／運動；血液／血液

名・自サ **じゅんかん【循環】**

循環

類 回転 轉動

對 静止 靜止

□□□ 1224

例 彼は准教授のくせに、教授になったと嘘をついた。

1秒後影子跟讀 〉

譯 他明明就只是副教授，卻謊稱自己已當上了教授。

生字 教授／教授；嘘／謊言

名 **じゅんきょうじゅ【准教授】**

(大學的)副教授

類 助教授 副教授

對 教授 教授

□□□ 1225

例 順々に部屋の中に入ってください。

1秒後影子跟讀 〉

譯 請依序進入房內。

副 **じゅんじゅん【順々】**

按順序，依次；一點點，漸漸地，逐漸

類 順番に 依次

對 同時に 同時

音 順＝ジュン

260

□□□ 1226

例 順序を守らないわけにはいかない。
1秒後影子跟讀〉

譯 不能不遵守順序。

生字 守る／遵從

名 じゅんじょ【順序】

順序，次序，先後；手續，過
程，經過
類 順番 順序 對 乱れ 混亂
音 順＝ジュン

□□□ 1227

例 彼は、女性に声をかけられると真っ赤になるほど純情だ。
1秒後影子跟讀〉

譯 他純情到只要女生跟他說話，就會滿臉通紅。

生字 声をかける／攀談；真っ赤／通紅

名・形動 じゅんじょう
【純情】

純真，天真
類 純潔 純潔 對 狡猾 狡猾
音 純＝ジュン

□□□ 1228

例 これは、純粋な水ですか。
1秒後影子跟讀〉

譯 這是純淨的水嗎？

出題重點 題型 5 裡「純粋」的考點有：
● 例句：これは純粋な水だ／這是純淨的水。
● 換句話說：これは純正な水だ／這是純正的水。
● 相對說法：これは混合された水だ／這是混合的水。
「純粋」表示物體完全未被其他成分污染，純淨無瑕；「純正」
同樣強調物品的純淨和未經參雜；而「混合」則意味著物質
被其他成分或物質所參雜。

名・形動 じゅんすい【純粋】

純粹的，道地；純真，純潔，
無雜念的
類 純正 純正
對 混合 混合
音 純＝ジュン

□□□ 1229   Track038

例 仕事が順調だったのは、1年きりだった。
1秒後影子跟讀〉

譯 只有一年工作上比較順利。

生字 きり／僅有

名・形動 じゅんちょう
【順調】

順利，順暢；(天氣、病情等) 良好
類 スムーズ 順利
對 困難 困難 音 順＝ジュン

□□□ 1230

例 トイレが使用中だと思ったら、なんと誰も入っていなかった。
1秒後影子跟讀〉

譯 我本以為廁所有人，想不到裡面沒有人。

文法 とおもったら[原以為…原來是]：表示本來預料會有某種
狀況，下文結果有兩種：一種是相反結果，一種是與預料的一致。
生字 トイレ／洗手間；入る／在內

名・他サ しよう【使用】

使用，利用，用(人)
類 利用 使用
對 放棄 放棄

261

しょう【小】

例 大小二つの種類があります。

1秒後影子跟讀 》

譯 有大小兩種。

生字 種類／類別

名 しょう【小】

小(型)，(尺寸，體積)小的；小月；謙稱
類 小さい 小
對 大きい 大

例 この本は全10章からなる。

1秒後影子跟讀 》

譯 這本書總共由10章構成的。

名 しょう【章】

(文章，樂籍的)章節；紀念章，徽章
類 章節 章節 對 節 節
音 章＝ショウ

例 コンクールというと、賞を取った時のことを思い出します。

1秒後影子跟讀 》

譯 說到比賽，就會想起過去的得獎經驗。

名・漢造 しょう【賞】

獎賞，獎品，獎金；欣賞
類 賞金 獎金
對 罰 罰
音 賞＝ショウ

出題重點 「賞（しょう）」用於表示獎勵或獎項。如「文学賞（ぶんがくしょう）」"文學獎"。問題3經常混淆的複合詞有：
● 賃（ちん）：租金或工資，表示支付的費用。如「家賃（やちん）」"房租"。
● 金（きん）：指與金錢相關的獎勵或補助。如「奨学金（しょうがくきん）」"獎學金"。
● 代（だい）：與費用或代價相關。如「食事代（しょくじだい）」"餐費"。

文法 というと[說到…]：表示承接話題的聯想，從某個話題引起自己的聯想，或對這個話題進行說明或聯想。

生字 コンクール／競賽；思い出す／回憶起

例 私の成績は、中の上です。

1秒後影子跟讀 》

譯 我的成績，是在中上程度。

名・漢造 じょう【上】

上等；(書籍的)上卷；上部，上面；上好的，上等的
類 上部 上部
對 下 下

生字 成績／成績

例 麺類は、肉に比べて消化がいいです。

1秒後影子跟讀 》

譯 麵類比肉類更容易消化。

名・他サ しょうか【消化】

消化(食物)；掌握 理解 記牢(知識等)；容納，吸收，處理
類 消化作用 消化作用
對 蓄積 積蓄

生字 麺類／麵類；比べる／比較

1236

例 障害を乗り越える。

`1秒後影子跟讀`

譯 突破障礙。

`生字` 乗り越える／戰勝

名 **しょうがい【障害】**

障礙，妨礙;(醫) 損害，毛病;
(障礙賽中的) 欄，障礙物

類 障壁　障礙

對 助け　幫助

1237

例 日本で奨学金と言っているものは、ほとんどは借金であって、給付されるものは少ない。

`1秒後影子跟讀`

譯 在日本，絕大多數所謂的獎學金幾乎都是就學貸款，鮮少有真正給付的。

`慣用語`
- 奨学金を申請する／申請獎學金。
- 奨学金の支給が決定される／決定發放獎學金。
- 奨学金制度を利用する／利用獎學金制度。

`生字` 借金／借款；給付／發放

名 **しょうがくきん【奨学金】**

獎學金，助學金

類 奨励金　獎勵金

對 学費　學費

1238

例 体調が悪かったから、負けてもしようがない。

`1秒後影子跟讀`

譯 既然身體不舒服，輸了也是沒辦法的事。

慣 **しようがない【仕様がない】**

沒辦法

類 しかたがない　無可奈何

對 可能　可能

1239

例 退職したのを契機に、将棋を習い始めた。

`1秒後影子跟讀`

譯 自從我退休後，就開始學習下日本象棋。

`文法` をけいきに [自從…後]：表示某事產生或發生的原因、動機、機會、轉折點。

`生字` 退職／退休；習う／學習

名 **しょうぎ【将棋】**

日本象棋，將棋

類 チェス　西洋棋

對 チェス　西洋棋

音 将＝ショウ

1240

例 やかんから蒸気が出ている。

`1秒後影子跟讀`

譯 茶壺冒出了蒸氣。

`生字` やかん／茶壺

名 **じょうき【蒸気】**

蒸汽

類 水蒸気　水蒸氣　對 液体　液體

音 蒸＝ジョウ

さ

263

じょうきゃく【乗客】

□□□ 1241

例 事故が起こったが、乗客は全員無事だった。

[1秒後影子跟讀》]

訳 雖然發生了事故，但是幸好乘客全都平安無事。

生字 事故／事故；無事／平安

名 じょうきゃく
【乗客】

乗客，旅客

類 旅客 旅客

對 運転手 司機

□□□ 1242

例 試験にパスして、上級クラスに入れた。

[1秒後影子跟讀》]

訳 我通過考試，晉級到了高級班。

生字 試験／測驗；パス／及格；クラス／班級

名 じょうきゅう
【上級】

(層次、水平高的) 上級，高級

類 高級 高級

對 初級 初級

□□□ 1243

例 このへんは、商業地域だけあって、とてもにぎやかだ。

[1秒後影子跟讀》]

訳 這附近不愧是商業區，非常的熱鬧。

文法 だけあって [不愧是…]：表示名實相符，一般用在積極讚美的時候。

生字 地域／地區

名 しょうぎょう
【商業】

商業

類 ビジネス 商業、生意

對 農業 農業

□□□ 1244

例 彼は上京して絵を習っている。

[1秒後影子跟讀》]

訳 他到東京去學畫。

名・自サ じょうきょう
【上京】

進京，到東京去

類 都会へ行く 上京、去都市

對 離京 下郷

□□□ 1245

例 責任者として、状況を説明してください。

[1秒後影子跟讀》]

訳 身為負責人，請您說明一下現今的狀況。

慣用語
● 状況を把握する／掌握情況。
● 状況が変化する／情況有所變化。
● 状況に応じて対応する／根據情況做出相應處理。

生字 責任者／負責人；説明／解釋

名 じょうきょう
【状況】

狀況，情況

類 情況 情況

對 解決 解決

音 況＝キョウ

□□□ 1246

例 社員はみな若いから、上下関係を気にすることはないですよ。

1秒後影子跟讀 》

譯 員工大家都很年輕，不太在意上司下屬之分啦。

慣用語 》
●上下に動く／上下移動。
●上下関係を重視する／重視上下關係。
●上下セットになっている／配成上下套裝。

生字 社員／職員；関係／關係

名・自他サ じょうげ【上下】

(身分、地位的) 高低，上下，低賤

類 上下 上下

對 横 横

□□□ 1247

例 猫が障子を破いてしまった。

1秒後影子跟讀 》

譯 貓抓破了拉門。

生字 破る／撕破

名 しょうじ【障子】

日本式紙拉門，隔扇

類 襖 障子、日式拉門

對 窓 窗戶

□□□ 1248

例 少子化が進んでいる。

1秒後影子跟讀 》

譯 少子化日趨嚴重。

生字 進む／進展

名 しょうしか【少子化】

少子化

類 子どもが少ない 少子化

對 人口増加 人口增加

□□□ 1249

例 常識からすれば、そんなことはできません。

1秒後影子跟讀 》

譯 從常識來看，那是不能發生的事。

文法 》 からすれば [從…來看]：表示判斷的觀點，根據。

名 じょうしき【常識】

常識

類 一般知識 常識

對 非常識 非常識

□□□ 1250

例 商社は、給料がいい反面、仕事がきつい。

1秒後影子跟讀 》

譯 貿易公司薪資雖高，但另一面工作卻很吃力。

生字 給料／薪水；反面／另一面

名 しょうしゃ【商社】

商社，貿易商行，貿易公司

類 貿易会社 商社、貿易公司

對 工場 工廠

265

じょうしゃ【乗車】

□□□ 1251

例 乗車するときに、料金を払ってください。

〈1秒後影子跟讀〉

譯 上車時請付費。

生字 料金／費用；払う／支付

名・自サ じょうしゃ【乗車】

乗車，上車；乘坐的車

類 乗車する　乗車

對 降車　下車

□□□ 1252

例 乗車券を拝見します。

〈1秒後影子跟讀〉

譯 請給我看您的車票。

生字 拝見／看（謙讓語）

名 じょうしゃけん【乗車券】

車票

類 切符　車票

對 入場券　入場券

音 券＝ケン

□□□ 1253

例 この機械は、少々古いといってもまだ使えます。

〈1秒後影子跟讀〉

譯 這機器，雖說有些老舊，但還是可以用。

生字 機械／機器；古い／陳舊的

名・副 しょうしょう【少々】

少許，一點，稍稍，片刻

類 少し　一點點

對 多く　很多

□□□ 1254

例 コミュニケーション不足で、誤解が生じた。

〈1秒後影子跟讀〉

譯 由於溝通不良而產生了誤會。

生字 コミュニケーション／交流；誤解／誤會

自他サ しょうじる【生じる】

生，長；出生，產生；發生；出現

類 発生する　發生

對 消滅する　消滅

□□□ 1255

例 英語が上達するにしたがって、仕事が楽しくなった。

〈1秒後影子跟讀〉

譯 隨著英語的進步，工作也變得更有趣了。

名・自他サ じょうたつ【上達】

(學術、技藝等)進步，長進；上呈，向上傳達

類 向上　提高

對 退化　退化

慣用語
- 技術が上達する／技術進步。
- 上達を目指す／力求進步。
- 上達のコツを掴む／掌握進步的關鍵訣竅。

文法 にしたがって［隨著…也］：表示某事物隨著其他事物而變化。

□□□ 1256

例 「明日までに企画書を提出してください」「承知しました」

1秒後影子跟讀 〉

譯 「請在明天之前提交企劃書。」「了解。」

生字 企画書／企畫書；提出／提交

名・他サ しょうち【承知】

同意，贊成，答應；知道；許可，允許

類 理解　理解

對 無知　無知

音 承＝ショウ

□□□ 1257

例 彼は、小さな商店を経営している。

1秒後影子跟讀 〉

譯 他經營一家小商店。

生字 小さな／小巧的；経営／營運

名 しょうてん【商店】

商店

類 店　商店

對 工場　工廠

さ

□□□ 1258

例 この議題こそ、会議の焦点にほかならない。

1秒後影子跟讀 〉

譯 這個議題，無非正是這個會議的焦點。

文法 にほかならない [無非是…]：表示斷定的説事情發生的理由、原因，是對事物的原因、結果的肯定語氣。

生字 議題／討論項目；会議／會議

名 しょうてん【焦点】

焦點；(問題的)中心，目標

類 中心点　焦點

對 周辺　周邊

□□□ 1259

例 デザインはともかくとして、生地は上等です。

1秒後影子跟讀 〉

譯 姑且不論設計如何，這布料可是上等貨。

文法 はともかくとして [姑且不論…]：表示提出兩個事項，前項暫且不作為議論的對象，先談後項。暗示後項是更重要的。

生字 生地／質地

名・形動 じょうとう【上等】

上等，優質；很好，令人滿意

類 高品質　高品質

對 下等　低等

□□□ 1260

例 消毒すれば大丈夫というものでもない。

1秒後影子跟讀 〉

譯 並非消毒後，就沒有問題了。

文法 というものでもない [並不是…]：表示對某想法或主張，不完全贊成。

名・他サ しょうどく【消毒】

消毒，殺菌

類 殺菌　消毒　對 汚染　汚染

音 毒＝ドク

267

□□□ 1261

例 社長が承認した以上は、誰も反対できないよ。

1秒後影子跟讀 》

訳 既然社長已批准了，任誰也沒辦法反對啊！

文法 いじょうは [既然]：由於前句某種決心或責任，後句便根據前項表達相對應的決心、義務或奉勸。

生字 反対／不贊成

名・他サ しょ|うにん【承認】

批准，認可，通過；同意；承認

類 認可 認可

對 拒否 拒絕

音 承＝ショウ

□□□ 1262

例 彼は、商人向きの性格をしている。

1秒後影子跟讀 》

訳 他的個性適合當商人。

生字 向き／適宜；性格／性情

名 しょ|うにん【商人】

商人

類 販売者 商人、銷售者

對 消費者 消費者

□□□ 1263

例 勝敗なんか、気にするものか。

1秒後影子跟讀 》

訳 我哪會去在意輸贏呀！

生字 気にする／關心

名 しょ|うはい【勝敗】

勝負，勝敗

類 勝負 勝負

對 引き分け 平手

□□□ 1264

例 加熱して、水を蒸発させます。

1秒後影子跟讀 》

訳 加熱水使它蒸發。

出題重點 「蒸発」"蒸發"指液體變成氣體的過程。問題 4 陷阱可能有：「蒸散（じょうさん）」"蒸騰作用"指水分從植物表面或土壤表面蒸發，強調生物或土壤的水分損失；「気化（きか）」"氣化"是液體或固體變成氣體的一般性過程，範圍更廣；「揮発（きはつ）」"揮發"特指易於蒸發的物質變成氣體，常用於描述輕油等揮發性物質。

生字 加熱／加熱

名・自サ じょ|うはつ【蒸発】

蒸發，汽化；(俗) 失蹤，出走，去向不明，逃之夭夭

類 蒸発する 蒸發

對 凝結 凝結

音 蒸＝ジョウ

□□□ 1265

例 一等の賞品は何ですか。

1秒後影子跟讀 》

訳 頭獎的獎品是什麼？

生字 一等／第一

名 しょ|うひん【賞品】

獎品

類 賞金 獎品 對 罰金 罰金

音 賞＝ショウ

□□□ 1266

例 あの人は、とても上品な人ですね。

1秒後影子跟讀〉

譯 那個人真是個端莊高雅的人呀！

名・形動 **じょうひん【上品】**

高級品，上等貨；莊重，高雅，優雅

類 高級　高雅

對 下品　粗俗

□□□ 1267

例 勝負するにあたって、ルールを確認しておこう。

1秒後影子跟讀〉

譯 比賽時，先確認規則！

文法〉 にあたって [之際]：表示某一行動，已經到了事情重要的階段。

生字〉 ルール／規章；確認／確認

名・自サ **しょうぶ【勝負】**

勝敗，輸贏；比賽，競賽

類 対決　勝負、對決

對 和解　和解

□□□ 1268

例 ここで立ち小便をしてはいけません。

1秒後影子跟讀〉

譯 禁止在這裡隨地小便。

名・自サ **しょうべん【小便】**

小便，尿；(俗) 終止合同，食言，毀約

類 尿　小便、尿液　對 大便　大便

□□□ 1269

Track039

例 連絡すると、すぐに消防車がやってきた。

1秒後影子跟讀〉

譯 我才通報不久，消防車就馬上來了。

生字〉 連絡／聯繫

名 **しょうぼう【消防】**

消防；消防隊員，消防車

類 火災対策　防火對策

對 犯罪　犯罪

音 防＝ボウ

□□□ 1270

例 昼休みを除いて、正味8時間働いた。

1秒後影子跟讀〉

譯 扣掉午休時間，實際工作了8個小時。

慣用語〉

● ザクロは正味の少ない果物だ／石榴是果肉較少的水果。

● 正味の利益を計算する／計算淨利潤。

● ひと袋正味3キロある／每袋淨重3公斤。

生字〉 昼休み／午休；除く／去除

名 **しょうみ【正味】**

實質，內容，淨利部分；淨重；實數；實價，不折不扣的價格，批發價

類 純重　淨重

對 総重量　總重量

しょうめい【照明】

□□□ 1271

例 商品がよく見えるように、照明を明るくしました。

1秒後影子跟讀 〉〉

譯 為了讓商品可以看得更清楚，把燈光弄亮。

生字 商品／產品；明るい／明亮的

名・他サ **しょうめい【照明】**

照明，照亮，光亮，燈光；舞台燈光

類 光 照明、光線

對 暗闇 黑暗　音 照＝ショウ

□□□ 1272

例 おふろに入るのは、意外と体力を消耗する。

1秒後影子跟讀 〉〉

譯 洗澡出乎意外地會消耗體力。

出題重點 「消耗」唸音讀「しょうもう」，意指資源、能量或物質的逐漸減少或耗盡。問題2誤導選項可能有：

- 耗費：這不是一個標準的日語詞彙。
- 消磨（しょうま）："消磨、耗費"，雖然與「消耗」相關，但更多用於時間的流逝或無目的地過，與物質或能量的「消耗」不同。
- 損耗（そんもう）："損耗、耗損"，與「消耗」意義相近，指物品或資源因使用或時間流逝而減少，但「損耗」更強調損害或減少的負面效果。

生字 意外／出乎意料；体力／體力

名・自サ **しょうもう【消耗】**

消費，消耗；(體力)耗盡，疲勞；磨損

類 使用 消耗

對 貯蓄 儲蓄

□□□ 1273

例 乗用車を買う。

1秒後影子跟讀 〉〉

譯 買汽車。

名 **じょうようしゃ【乗用車】**

自小客車

類 自動車 汽車　對 トラック 卡車

□□□ 1274

例 20代のころはともかく、30過ぎてもフリーターなんて、さすがに将来のことを考えると不安になる。

1秒後影子跟讀 〉〉

譯 20幾歲的人倒是無所謂，如果過了30歲以後還沒有固定的工作，考慮到未來的人生，畢竟心裡會感到不安。

文法 はともかく[姑且不論…]：表示提出兩個事項，前項暫且不作為議論的對象，先談後項。暗示後項是更重要的。

生字 フリーター／自由業者；不安／擔憂的

名・副・他サ **しょうらい【将来】**

將來，未來，前途；(從外國)傳入，帶來，拿來；招致，引起

類 未来 將來、未來

對 過去 過去

音 将＝ショウ

□□□ 1275

例 あんな女王様のような態度をとるべきではない。

1秒後影子跟讀 〉〉

譯 妳不該擺出那種像女王般的態度。

文法 べきではない[不該…]：表示禁止，從某種規範來看不能做某件事。

生字 態度／態度

名 **じょおう【女王】**

女王，王后；皇女，王女

類 王妃 女王、皇后

對 王 國王

□□□ 1276

例 初級を終わってからでなければ、中級に進めない。

1秒後影子跟讀

譯 如果沒上完初級，就沒辦法進階到中級。

生字 中級／中等程度；進む／前進

名 しょ きゅう【初級】

初級

類 基礎 初級、基礎

對 上級 上級

□□□ 1277

例 この研究は2年前に、ある医師が田中助教の元を訪ねたのがきっかけでした。

1秒後影子跟讀

譯 兩年前，因某醫生拜訪田中助理教員而開始了這項研究。

生字 医師／醫生；訪ねる／造訪

名 じょ きょう【助教】

助理教員；代理教員

類 助手 助教、助手

對 教授 教授

□□□ 1278

例 職に貴賤なし。

1秒後影子跟讀

譯 職業不分貴賤。

出題重點 「職（しょく）」用於指定某種職業或工作職位。如「教師職（きょうししょく）」"教師的職位"。問題3經常混淆的複合詞有：

● 員（いん）：表示成為某個團體、組織或機構成員的身分。如「社員（しゃいん）」"公司員工"。

● 業（ぎょう）：指某個行業或專業領域。如「建設業（けんせつぎょう）」"建設行業"。

● 士（し）：用於稱呼具有專業資格或特定技能的人。如「弁護士（べんごし）」"律師"。

生字 貴賤／身分高低

名・漢造 しょく【職】

職業，工作；職務；手藝，技能；官署名

類 職業 職業

對 無職 無業

□□□ 1279

例 食塩と砂糖で味付けする。

1秒後影子跟讀

譯 以鹽巴和砂糖調味。

生字 砂糖／砂糖；味付ける／調味

名 しょ くえん【食塩】

食鹽

類 塩 食鹽、鹽

對 糖 糖 音 塩＝エン

□□□ 1280

例 用紙に名前と職業を書いた上で、持ってきてください。

1秒後影子跟讀

譯 請在紙上寫下姓名和職業之後，再拿到這裡來。

文法 うえで[之後…再…]：表示兩動作間時間上的先後關係。先進行前一動作，後面再根據前面的結果，採取下一個動作。

生字 用紙／專用紙

名 しょ くぎょう【職業】

職業

類 仕事 職業、工作

對 趣味 愛好

271

しょくせいかつ【食生活】

□□□ 1281

例 **食生活**が豊かになった。

1秒後影子跟讀 》

譯 飲食生活變得豐富。

名 しょくせいかつ
【食生活】

飲食生活

類 飲食習慣　飲食習慣

對 睡眠習慣　睡眠習慣

□□□ 1282

例 早く**食卓**についてください。

1秒後影子跟讀 》

譯 快點來餐桌旁坐下。

慣用語

● **食卓**を囲む／圍繞餐桌。
● **食卓**に料理を並べる／將菜餚擺放在餐桌上。
● **食卓**のマナーを守る／遵守餐桌禮儀。

名 しょくたく【食卓】

餐桌

類 食事テーブル　餐桌

對 寝台　床

□□□ 1283

例 働くからには、**職場**の雰囲気を大切にしようと思います。

1秒後影子跟讀 》

譯 既然要工作，我認為就得注重職場的氣氛。

生字 雰囲気／氣圍；大切／重要的

名 しょくば【職場】

工作岡位，工作單位

類 仕事場　工作場所、職場

對 自宅　家

□□□ 1284

例 油っぽい**食品**はきらいです。

1秒後影子跟讀 》

譯 我不喜歡油膩膩的食品。

生字 油っぽい／油膩的

名 しょくひん【食品】

食品

類 食料品　食物

對 工業製品　工業產品

□□□ 1285

例 壁にそって**植物**を植えた。

1秒後影子跟讀 》

譯 我沿著牆壁種了些植物。

文法 》にそって[沿著…]：接在河川或道路等長長延續的東西，或操作流程等名詞後，表示沿著河流、街道。

生字 壁／牆壁；植える／栽種

名 しょくぶつ
【植物】

植物

類 植生　植物

對 動物　動物

音 植＝ショク

□□□ 1286

例 私は、食物アレルギーがあります。

1秒後影子跟讀〉

訳 我對食物會過敏。

生字 アレルギー／過敏

名 **しょくもつ**
【食物】

食物
類 食べ物　食物
對 飲料　飲料

□□□ 1287

例 食欲がないときは、少しお酒を飲むといいです。

1秒後影子跟讀〉

訳 沒食慾時，喝點酒是不錯的。

名 **しょくよく【食欲】**

食慾
類 涎が出る　流口水
對 食欲不振　無食慾

□□□ 1288

例 首相は専用機でアフリカ諸国歴訪に旅立った。

1秒後影子跟讀〉

訳 首相搭乘專機出發訪問非洲各國了。

慣用語〉
●諸国を巡る／遊歷各國。
●諸国の文化を学ぶ／學習各國文化。
●諸国間の協力を促進する／促進各國間的合作。

生字 専用機／專機；歴訪／遍訪；旅立つ／啟程

名 **しょこく【諸国】**

各國
類 各国　各國
對 単一国　單一國家
音 諸＝ショ

□□□ 1289

例 先生は、書斎で本を読んでいます。

1秒後影子跟讀〉

訳 老師正在書房看書。

生字 先生／老師

名 **しょさい【書斎】**

(個人家中的) 書房，書齋
類 勉強部屋　書房、書齋
對 居間　客廳

□□□ 1290

例 これから、女子バレーボールの試合が始まります。

1秒後影子跟讀〉

訳 女子排球比賽現在開始進行。

生字 バレーボール／排球；試合／競賽

名 **じょし【女子】**

女孩子，女子，女人
類 女性　女性
對 男子　男性

じょしゅ【助手】

□□□ 1291

例 研究室の助手をしています。

1秒後影子跟讀 》

譯 我在當研究室的助手。

生字 研究室／研究室

名 じょしゅ【助手】

助手，幫手；(大學)助教

類 アシスタント　助手

對 主任　主任

□□□ 1292

例 4月の初旬に、アメリカへ出張に行きます。

1秒後影子跟讀 》

譯 4月初我要到美國出差。

生字 アメリカ／美國；出張／出差

名 しょじゅん【初旬】

初旬，上旬

類 月初　月初

對 月末　月末

□□□ 1293

例 彼女は、薬による治療で徐々によくなってきました。

1秒後影子跟讀 》

譯 她因藥物治療，而病情漸漸好轉。

出題重點 題型5裡「じょじょに」的考點有：
- 例句：彼は徐々に回復してきた／他逐漸康復了。
- 換句話說：彼は漸進的に良くなってきた／他漸進地變好了。
- 相對說法：彼は突然回復した／他突然康復了。

「徐々に」表示一個緩慢而穩定的過程；「漸進的」也是指逐步進行的方式；「突然」則是沒有預兆的迅速發生。

生字 治療／醫治

副 じょじょに【徐々に】

徐徐地，慢慢地，一點點；逐漸，漸漸

類 漸進的　漸進地

對 突然　突然

□□□ 1294

例 書籍を販売する会社に勤めている。

1秒後影子跟讀 》

譯 我在書籍銷售公司上班。

生字 販売／販售；勤める／任職

名 しょせき【書籍】

書籍（或唸：しょせき）

類 本　書籍 對 雜誌　雜誌

音 籍＝セキ

□□□ 1295

例 結婚したのを契機にして、新しい食器を買った。

1秒後影子跟讀 》

譯 趁新婚時，買了新的餐具。

文法 をけいきに[趁…時]：表示某事產生或發生的原因、動機、機會、轉折點。

名 しょっき【食器】

餐具

類 食事用具　餐具、食器

對 家具　家具

274

□□□ 1296

例 恵比寿から代官山にかけては、おしゃれなショップが多いです。

1秒後影子跟讀》

譯 從惠比壽到代官山這一帶，有許多時髦的商店。

慣用語》
- ショップで買い物をする／在商店購物。
- ショップのオープンを祝う／慶祝商店開業。
- ショップの店員を募集する／招募商店店員。

生字 おしゃれ／時髦的

接尾 ショップ【shop】
(一般不單獨使用) 店舗，商店
類 店舗 商店
對 工場 工廠

□□□ 1297

例 東京には大型の書店がいくつもある。

1秒後影子跟讀》

譯 東京有好幾家大型書店。

生字 大型／大型

名 しょてん【書店】
書店；出版社，書局
類 本屋 書店、書局
對 図書館 圖書館

□□□ 1298

例 書道に加えて、華道も習っている。

1秒後影子跟讀》

譯 學習書法之外，也有學插花。

生字 加える／加上；華道／花藝

名 しょどう【書道】
書法
類 習字 練字
對 絵画 繪畫

□□□ 1299

例 初歩から勉強すれば必ずできるというものでもない。

1秒後影子跟讀》

譯 並非從基礎學習起就一定能融會貫通。

文法 というものでもない [並不是…]：表示對某想法或主張，不完全贊成。

名 しょほ【初歩】
初學，初步，入門
類 基礎 基礎
對 上級 高級

□□□ 1300

例 住所を書くとともに、ここに署名してください。

1秒後影子跟讀》

譯 在寫下地址的同時，請在這裡簽下大名。

生字 住所／住址

名・自サ しょめい【署名】
署名，簽名；簽的名字
類 サイン 簽名、署名
對 匿名 匿名
音 署＝ショ

さ

しょり【処理】

□□□ 1301

例 今ちょうどデータの処理をやりかけたところです。

[1秒後影子跟讀 》

訳 現在正好處理資料到一半。

生字 ちょうど／剛好；データ／數據

名・他サ **しょり【処理】**

處理，處置，辦理

類 処置 處理、處置

對 放置 放置

□□□ 1302

例 苦労が多くて、白髪が増えた。

[1秒後影子跟讀 》

訳 由於辛勞過度，白髮變多了。

生字 苦労／操勞；増える／增加

名 **しらが【白髪】**

白頭髮

類 銀髪 白髮

對 黒髪 黑髮

□□□ 1303

例 『男はつらいよ』は、主役を演じた俳優が亡くなって、シリーズが終了した。

[1秒後影子跟讀 》

訳 《男人真命苦》的系列電影由於男主角的過世而結束了。

慣用語

● テレビシリーズを見る／觀看電視連續劇。
● シリーズの新作を発表する／發表系列的新作品。
● シリーズ化されることが決定する／決定將其製作成系列。

生字 演じる／扮演；俳優／演員；終了／完結

名 **シリーズ【series】**

(書籍等的) 彙編，叢書，套；
(影片、電影等) 系列；(棒球)
聯賽

類 連続 系列

對 単発 單次

□□□ 1304

例 誘拐された中学生は、犯人の隙を見て自力で逃げ出したそうだ。

[1秒後影子跟讀 》

訳 據說遭到綁架的中學生趁著綁匪沒注意的時候，憑靠自己的力量逃了出來。

生字 誘拐／拐騙；隙／漏洞；逃げ出す／逃離

名 **じりき【自力】**

憑自己的力量

類 自分の力 自力、自己的力量

對 助力 外力

□□□ 1305

例 私立大学というと、授業料が高そうな気がします。

[1秒後影子跟讀 》

訳 說到私立大學，就有種學費似乎很貴的感覺。

文法 というと [說到…]：表示承接話題的聯想，從某個話題引起自己的聯想，或對這個話題進行說明或聯想。

生字 授業料／學費

名 **しりつ【私立】**

私立，私營

類 私立学校 私立學校

對 公立 公立

□□□ 1306

例 資料をもらわないことには、詳細がわからない。

1秒後影子跟讀〉

譯 要是不拿資料的話，就沒辦法知道詳細的情況。

文法 ないことには [要是不…]：表示如果不實現前項，也就不能實現後項。後項一般是消極的、否定的結果。

生字 詳細／詳細

名 しりょう【資料】

資料，材料

類 文献 文獻資料

對 意見 意見

□□□ 1307

例 お母さんの作る味噌汁がいちばん好きです。

1秒後影子跟讀〉

譯 我最喜歡媽媽煮的味噌湯了。

名 しる【汁】

汁液，漿；湯；味噌湯

類 スープ 湯、湯汁

對 固体 固體

□□□ 1308

Track040

例 お城には、美しいお姫様が住んでいます。

1秒後影子跟讀〉

譯 城堡裡，住著美麗的公主。

生字 お姫様／公主

名 しろ【城】

城，城堡；(自己的) 權力範圍，勢力範圍

類 城 城堡、城

對 家 家 訓 城＝しろ

□□□ 1309

例 素人のくせに、口を出さないでください。

1秒後影子跟讀〉

譯 明明就是外行人，請不要插嘴。

出題重點 「素人」唸作「しろうと」，指在某領域缺乏專業技能或知識的人。問題 1 誤導選項可能有：

● そうと：錯誤地將開頭的「しろ」讀作「そ」，「素（そ）」：基本的，原始的或未加工，純淨的。

● すうと：錯誤地將開頭的「しろ」讀作「す」。

● 玄人（くろうと）："專家"，指在某領域具有專業知識或技能的人。

生字 口を出す／插話

名 しろうと【素人】

外行，門外漢；業餘愛好者，非專業人員；良家婦女

類 アマチュア 業餘者、素人

對 プロフェッショナル 專業人士

□□□ 1310

例 苦労すればするほど、しわが増えるそうです。

1秒後影子跟讀〉

譯 聽說越操勞皺紋就會越多。

生字 苦労／辛勞；増える／增加

名 しわ

(皮膚的) 皺紋；(紙或布的) 皺折，摺子

類 皺 皺紋

對 平滑 平滑

しん【芯】

例 シャープペンシルの芯を買ってきてください。

1秒後影子跟讀 >

譯 請幫我買筆芯回來。

出題重點 「芯」通常指物體的中心部分或最核心的部分，也可以指比喻意義上的核心或關鍵。如「蠟燭の芯を切る／剪掉燭芯」。以下是問題6錯誤用法：

1. 描述外部表面：「皮膚が芯／皮膚是核心」。
2. 表示無關緊要的事物：「問題の芯は無視できる／問題的核心可以忽略」。
3. 表示時間段落：「時間の芯／時間的核心」。

生字 シャープペンシル／自動鉛筆

名 **しん【芯】**

芯；核；枝條的頂芽

類 中心 核心

對 外側 外側

例 この箱の中は、真空状態になっているということだ。

1秒後影子跟讀 >

譯 據說這箱子，是呈現真空狀態的。

生字 箱／箱子；状態／情況

名 **しんくう【真空】**

真空；(作用、勢力達不到的) 空白，真空狀態

類 真空状態 真空狀態

對 気圧 氣壓

例 ああ、この虫歯は、もう神経を抜かないといけませんね。

1秒後影子跟讀 >

譯 哎，這顆蛀牙非得拔除神經了哦。

生字 虫歯／蛀牙；抜く／抽出

名 **しんけい【神経】**

神經；察覺力，感覺，神經作用

類 神経系 神經系統

對 筋肉 肌肉

例 私は真剣だったのに、彼にとっては遊びだった。

1秒後影子跟讀 >

譯 我是認真的，可是對他來說卻只是一場遊戲罷了。

名・形動 **しんけん【真剣】**

真刀，真劍；認真，正經

類 本気 認真、真切

對 不真面目 不認真

例 彼は、仏教を信仰している。

1秒後影子跟讀 >

譯 他信奉佛教。

生字 仏教／佛教

名・他サ **しんこう【信仰】**

信仰，信奉

類 信仰心 信仰、信念

對 無信仰 無信仰

さ

□□□ 1316

例 人工的な骨を作る研究をしている。

1秒後影子跟讀〉

譯 我在研究人造骨頭的製作方法。

生字 骨／骨頭；研究／鑽研

名 じんこう【人工】

人工，人造

類 人工的　人工、人造

對 自然　自然

□□□ 1317

例 状況はかなり深刻だとか。

1秒後影子跟讀〉

譯 聽說情況相當的嚴重。

慣用語
● 深刻な問題に直面する／面臨嚴重的問題。
● 深刻な事態に対処する／應對嚴重情況。
● 深刻な影響を受ける／受到嚴重的影響。

生字 状況／情形

形動 しんこく【深刻】

嚴重的，重大的，莊重的；意味深長的，發人省思的，尖銳的

類 重大　深刻、嚴重

對 軽微　輕微

□□□ 1318

例 先生は今診察中です。

1秒後影子跟讀〉

譯 醫師正在診斷病情。

名・他サ しんさつ【診察】

(醫)診察，診斷

類 診断　診斷

對 自己診断　自我診斷

□□□ 1319

例 部長の人事が決まりかけたときに、社長が反対した。

1秒後影子跟讀〉

譯 就要決定部長的去留時，受到了社長的反對。

生字 部長／部長；反対／不贊同

名 じんじ【人事】

人事，人力能做的事；人事(工作)；世間的事，人情世故

類 人員　人員

對 物事　物事

□□□ 1320

例 人種からいうと、私はアジア系です。

1秒後影子跟讀〉

譯 從人種來講，我是屬於亞洲人。

生字 アジア／亞洲

名 じんしゅ【人種】

人種，種族；(某)一類人；(俗)(生活環境、愛好等不同的)階層

類 民族　民族

對 種族　種族

279

しんじゅう【心中】

例 借金を苦にして夫婦が心中した。

> 1秒後影子跟讀 〉

譯 飽受欠債之苦的夫妻一起輕生了。

生字 借金／借錢；夫婦／夫妻

名・自サ しんじゅう【心中】

（古）守信義；（相愛男女因不能在一起而感到悲哀）一同自殺，殉情；（轉）兩人以上同時自殺

類 自殺　自殺

對 生きる　存活

□□□ 1322

例 この薬は、心身の疲労に効きます。

> 1秒後影子跟讀 〉

譯 這藥對身心上的疲累都很有效。

生字 疲労／辛勞；効く／見效

名 しんしん【心身】

身和心；精神和肉體

類 心と体　心靈和身體

對 物質　物質

□□□ 1323

例 病気になったのをきっかけに、人生を振り返った。

> 1秒後影子跟讀 〉

譯 趁著生了一場大病為契機，回顧了自己過去的人生。

文法 をきっかけに[以…為契機]：表示某事產生的原因、機會、動機等。

生字 振り返る／回頭

名 じんせい【人生】

人的一生；涯，人的生活

類 生活　生活

對 一瞬　一瞬

□□□ 1324

例 祖父が亡くなって、親戚や知り合いがたくさん集まった。

> 1秒後影子跟讀 〉

譯 祖父過世，來了許多親朋好友。

名 しんせき【親戚】

親戚，親屬

類 親族　親戚、親屬

對 異邦人　異鄉人

□□□ 1325

例 びっくりして、心臓が止まりそうだった。

> 1秒後影子跟讀 〉

譯 我嚇到心臟差點停了下來。

慣用語

● 心臓に負担をかける／對心臟造成負擔。
● 心臓の鼓動を感じる／感受心臟的跳動。
● 心臓病の治療を受ける／接受心臟病治療。

生字 びっくり／驚嚇；止まる／停止

名 しんぞう【心臓】

心臟；厚臉皮，勇氣

類 心　心臟

對 肺　肺

音 臓＝ゾウ

□□□ 1326

例 この服は、人造繊維で作られている。

1秒後影子跟讀 >

訳 這套衣服，是由人造纖維製成的。

生字 繊維／纖維

名 じんぞう【人造】

人造，人工合成

類 人工的 人造、人工

対 天然 天然

音 造＝ゾウ

□□□ 1327

例 1年に1回、身体検査を受ける。

1秒後影子跟讀 >

訳 一年接受一次身體的健康檢查。

生字 検査／查驗；受ける／接受

名 しんたい【身体】

身體，人體

類 体 身體

対 心 心靈

□□□ 1328

例 寝台特急で旅行に行った。

1秒後影子跟讀 >

訳 我搭了特快臥鋪火車去旅行。

生字 特急／特快車

名 しんだい【寝台】

床，床鋪，(火車)臥鋪

類 ベッド 床

対 椅子 椅子

□□□ 1329

例 月曜から水曜にかけて、健康診断が行われます。

1秒後影子跟讀 >

訳 禮拜一到禮拜三要實施健康檢查。

生字 健康／健康；行う／進行

名・他サ しんだん【診断】

(醫)診斷；判斷

類 診察 診斷、醫療診斷

対 推測 推測

□□□ 1330

例 社長を説得するにあたって、慎重に言葉を選んだ。

1秒後影子跟讀 >

訳 說服社長時，用字遣詞要非常的慎重。

出題重點 「慎重」 "小心謹慎" 指謹慎且仔細的態度或行為。問題4陷阱可能有：「用心（ようじん）」 "小心" 強調在行動或工作中的細心和留意，比「慎重」稍微輕鬆；「注意（ちゅうい）」 "留意" 指提醒自己或他人注意某事，範圍更廣，不一定涉及謹慎；「警戒（けいかい）」 "戒備" 強調防範潛在的危險或不利情況，比「慎重」更具防禦性。

文法 にあたって[之際]：表示某一行動，已經到了事情重要的階段。

生字 説得／說服；言葉／言詞

名・形動 しんちょう【慎重】

慎重，穩重，小心謹慎

類 注意深い 謹慎、小心

対 軽率 輕率

さ

281

□□□ 1331

例 犯人は、窓から侵入したに相違ありません。

1秒後影子跟讀 》

譯 犯人肯定是從窗戶闖入的。

文法 》 にそういない[一定是…]：表示説話者根據經驗或直覺，
做出非常肯定的判斷。

名・自サ **しんにゅう【侵入】**

浸入，侵略；(非法)闖入

類 侵略 侵入、侵略

對 退去 退去

□□□ 1332

例 新年を迎える。

1秒後影子跟讀 》

譯 迎接新年。

名 **しんねん【新年】**

新年

類 元旦 新年、元旦

對 旧年 舊年

□□□ 1333

例 審判は、公平でなければならない。

1秒後影子跟讀 》

譯 審判時得要公正才行。

慣用語
● 審判を下す／做出裁決。
● 審判に不服を申し立てる／對裁判提出異議。
● 審判員の判断に従う／遵循裁判員的判決。

生字 公平／平等

名・他サ **しんぱん【審判】**

審判，審理，判決；(體育比
賽等的)裁判；(上帝的)審
判

類 判定 審判、判斷

對 競技者 運動員

□□□ 1334

例 今までに日本のお札に最も多く登場した人物は、聖徳太子です。

1秒後影子跟讀 》

譯 迄今，最常在日本鈔票上出現的人物是聖徳太子。

生字 お札／紙鈔；最も／最為；登場／出現

名 **じんぶつ【人物】**

人物；人品，為人；人材；人
物(繪畫的)，人物(畫)

類 キャラクター 人物、角色

對 物品 物品

□□□ 1335

例 文学や芸術は人文科学に含まれます。

1秒後影子跟讀 》

譯 文學和藝術，都包含在人文科學裡面。

生字 芸術／藝術；含む／含有

名 **じんぶんかがく
【人文科学】**

人文科學，文化科學(哲學、
語言學、文藝學、歷史學領域)

類 文化学 文化學

對 自然科学 自然科學

□□□ 1336

例 事故で多くの人命が失われた。

1秒後影子跟讀 ≫

譯 因為意外事故，而奪走了多條人命。

生字 事故／事故；失う／喪失

名 じんめい【人命】

人命

類 命 人命、生命

對 物資 物資

□□□ 1337

例 親友の忠告もかまわず、会社を辞めてしまった。

1秒後影子跟讀 ≫

譯 不顧好友的勸告，辭去了公司職務。

文法 もかまわず [不顧…]：不顧慮前項的現況，以後項為優先的意思。

生字 忠告／勸告；辞める／辭職

名 しんゆう【親友】

知心朋友

類 友人 親友、好友

對 敵 敵人

□□□ 1338

例 信用するかどうかはともかくとして、話だけは聞いてみよう。

1秒後影子跟讀 ≫

譯 不管你相不相信，至少先聽他怎麼說吧！

文法 はともかくとして [姑且不論…]：提出兩個事項，前項暫不作議論，先談後項。暗示後項是更重要的。

名・他サ しんよう【信用】

堅信，確信；信任，相信；信用，信譽；信用交易，非現款交易

類 信頼 信用、信任

對 不信 不信

□□□ 1339

例 私の知るかぎりでは、彼は最も信頼できる人間です。

1秒後影子跟讀 ≫

譯 他是我所認識裡面最值得信賴的人。

慣用語

● 信頼関係を築く／建立信任關係。

● 信頼性の高い情報／可靠性高的信息。

● 信頼できる人物に頼る／依靠可信賴的人物。

文法 かぎりでは [所…裡面…]：表憑自己的知識、經驗或所聽說資訊等有限的範圍內做判斷，或看法。

生字 最も／最為；人間／人類

名・他サ しんらい【信頼】

信賴，相信

類 信憑 可信、可靠

對 不信任 不信任

□□□ 1340

例 失恋したのを契機にして、心理学の勉強を始めた。

1秒後影子跟讀 ≫

譯 自從失戀以後，就開始研究起心理學。

文法 をけいきに [自從…後]：表發生的原因、動機、轉折。

生字 失恋／失戀

名 しんり【心理】

心理

類 精神 心理、精神

對 物理 物理

さ

283

しんりん【森林】

□□□ 1341

例 日本の国土は約7割が森林です。

> 1秒後影子跟讀 ≫

譯 日本的國土約有7成是森林。

生字 国土／領土；割／比例

名 しんりん【森林】
森林
類 森 森林
對 荒地 荒地
音 森＝シン **音** 林＝リン

□□□ 1342

例 親類だから信用できるというものでもないでしょう。

> 1秒後影子跟讀 ≫

譯 並非因為是親戚就可以信任吧！

文法 ≫ というものでもない[並不是…]：表示對某想法或主張，不完全贊成。
生字 信用／相信

名 しんるい【親類】
親戚、親屬；同類、類似
類 親族 親類、親屬
對 他人 他人

□□□ 1343

例 人類の発展のために、研究を続けます。

> 1秒後影子跟讀 ≫

譯 為了人類今後的發展，我要繼續研究下去。

生字 発展／進步；続ける／持續

名 じんるい【人類】
人類
類 人間 人類
對 動物 動物

□□□ 1344

例 もうじき3年生だから、進路のことが気になり始めた。

> 1秒後影子跟讀 ≫

譯 再過不久就要升上3年級了，開始關心畢業以後的出路了。

慣用語
●進路を決める／決定未來做什麼。
●進路相談を行う／進行職涯規劃諮詢。
●進路の選択に迷う／對未來道路的選擇感到迷茫。

生字 もうじき／即將

名 しんろ【進路】
前進的道路
類 進む道 前進道路
對 停滞 停滞

□□□ 1345

例 おもしろいことに、この話は日本の神話によく似ている。

> 1秒後影子跟讀 ≫

譯 覺得有趣的是，這個故事和日本神話很像。

文法 ≫ ことに[覺得…的是]：接在表示感情的形容詞或動詞後面，表示説話者在敘述某事之前的心情。

名 しんわ【神話】
神話
類 伝説 神話、傳說
對 歴史 歴史

□□□ 1346　　　　　　　　　　　　　　　Track041

例 鳥の雛が成長して、巣から飛び立っていった。
1秒後影子跟讀＞

譯 幼鳥長大後，就飛離了鳥巢。

生字 雛／雛鳥；飛び立つ／飛走

名 す【巣】

巢，窩，穴；賊窩，老巢；家庭；蜘蛛網

類 巣穴 巢穴、窩

對 野外 野外

□□□ 1347

例 図を見ながら説明します。
1秒後影子跟讀＞

譯 邊看圖，邊解說。

出題重點 「図（ず）」與圖表或圖示相關。如「配置図（はいちず）」"布局圖"。問題3經常混淆的複合詞有：

● 形（けい）（整形）：表示形狀或形式。如「整形（せいけい）」"整形手術"。
● 式（しき）：表示某種方式或形式。如「式典（しきてん）」"典禮"。
● 版（はん）：與出版物的版本或版次相關。如「初版（しょはん）」"第一版"。

生字 説明／解説

名 ず【図】

圖，圖表；地圖；設計圖；圖畫

類 地図 地圖

對 文字 文字

さ

□□□ 1348

例 西瓜を冷やす。
1秒後影子跟讀＞

譯 冰鎮西瓜。

生字 冷やす／冷卻

名 すいか【西瓜】

西瓜

類 メロン 哈密瓜

對 林檎 蘋果

□□□ 1349

例 わが社では、水産品の販売をしています。
1秒後影子跟讀＞

譯 我們公司在銷售漁業產品。

生字 わが社／本公司；販売／販售

名 すいさん【水産】

水產（品），漁業

類 漁業 水產、漁業

對 陸産 陸產

□□□ 1350

例 彼は、掃除ばかりでなく、炊事も手伝ってくれる。
1秒後影子跟讀＞

譯 他不光只是打掃，也幫我煮飯。

名・自サ すいじ【炊事】

烹調，煮飯

類 料理 烹飪

對 掃除 打掃

285

すいしゃ【水車】

□□□ 1351

例 子どものころ、たんぽぽで水車を作って遊んだ。

1秒後影子跟讀〉

譯 孩提時候會用蒲公英做水車玩耍。

生字 たんぽぽ／蒲公英

名 す**いしゃ【水車】**

水車（或唸：すいしゃ）

類 水力発電機 水力發電機

對 風車 風車

□□□ 1352

例 選手の水準に応じて、トレーニングをさせる。

1秒後影子跟讀〉

譯 依選手的個人水準，讓他們做適當的訓練。

文法 におうじて [依據…]：表示按照、根據。前項作為依據，
後項根據前項的情況而發生變化。

生字 選手／選手；トレーニング／培訓

名 す**いじゅん【水準】**

水準，水平面；水平器；(地位、
質量、價值等的) 水平；(標示)
高度

類 基準 標準

對 低下 下降

音 準＝ジュン

□□□ 1353

例 ここから水蒸気が出ているので、触ると危ないよ。

1秒後影子跟讀〉

譯 因為水蒸氣會從這裡跑出來，所以很危險別碰唷！

生字 触る／觸碰；危ない／不安全的

名 す**いじょうき
【水蒸気】**

水蒸気；霧氣，水霧

類 蒸気 水蒸氣、蒸汽

對 液体 液體 音 蒸＝ジョウ

□□□ 1354

例 あなたの推薦があったからこそ、採用されたのです。

1秒後影子跟讀〉

譯 因為有你的推薦，我才能被錄用。

出題重點 題型 5 裡「推薦」的考點有：
● 例句：私は彼を大学へ推薦した／我推薦他進入大學。
● 換句話說：私は彼を大学進学に薦める／我推薦他進入大學。
「推薦」指支持某人或某事，表正面評價；「薦める」強調提
名或支持的行為。

文法 からこそ [就因…]：表示説話者主觀地認為事物的原因
出在何處，並強調該理由是唯一的、最正確的。

生字 採用／錄取

名・他サ す**いせん【推薦】**

推薦，舉薦，介紹

類 推奨 推奨、推崇

對 反対 反對

□□□ 1355

例 水素と酸素を化合させて水を作ってみましょう。

1秒後影子跟讀〉

譯 試著將氫和氧結合在一起，來製水。

生字 酸素／氧氣；化合／結合

名 す**いそ【水素】**

氫

類 水素元素 氫

對 酸素 氧

286

□□□ 1356

例 点Cから、直線ABに対して垂直な線を引いてください。

1秒後影子跟讀 ≫

譯 請從點C畫出一條垂直於直線 AB 的線。

名・形動 **すいちょく【垂直】**

(數) 垂直；(與地心) 垂直

類 直角　直角

對 水平　水平

□□□ 1357

例 ラジオのスイッチを切る。

1秒後影子跟讀 ≫

譯 關掉收音機的開關。

出題重點 「スイッチ」通常指開關、切換裝置或變更狀態的行為。如「スイッチを入れる／開啟開關」。以下是問題 6 錯誤用法：

1. 描述情感變化：「心情のスイッチ／心情的開關」。
2. 表示人際關係的變化：「友情のスイッチを押す／按下友誼的開關」。
3. 描述物理移動：「部屋のスイッチ／房間的開關」。

名・他サ **スイッチ【switch】**

開關；接通電路；(喻) 轉換 (為另一種事物或方法)(或唸：スイッチ)

類 電源スイッチ　開關、電源開關

對 常時運転　持續運作

□□□ 1358

例 写真に基づいて、年齢を推定しました。

1秒後影子跟讀 ≫

譯 根據照片來判斷年齡。

生字 基づく／基於；年齢／年紀

名・他サ **すいてい【推定】**

推斷，判定；(法)(無反證之前的) 推定，假定

類 推測　推測、估計

對 確定　確定

□□□ 1359

例 果物を食べると、ビタミンばかりでなく水分も摂取できる。

1秒後影子跟讀 ≫

譯 吃水果，不光是維他命，也能攝取到水分。

文法 ばかりでなく～も～ [不光是…，也…]：表示不僅限於前接詞的範圍，還有後項進一層的情況。

生字 ビタミン／維他命；摂取／吸收

名 **すいぶん【水分】**

物體中的含水量；(蔬菜水果中的) 液體，含水量，汁

類 水分量　含水量

對 固体　固體

□□□ 1360

例 飛行機は、間もなく水平飛行に入ります。

1秒後影子跟讀 ≫

譯 飛機即將進入水平飛行模式。

生字 飛行機／飛機；間もなく／不久

名・形動 **すいへい【水平】**

水平；平衡，穩定，不升也不降

類 平行　水平、平行

對 垂直　垂直

287

□□□ 1361

例 水平線の向こうから、太陽が昇ってきた。

1秒後影子跟讀 〉

譯 太陽從水平線的彼方升起。

生字 向こう／另一側；昇る／上升

名 す いへいせん
【水平線】

水平線；地平線
類 地平線 地平線
對 陸地 陸地

□□□ 1362

例 健康のためには、睡眠を8時間以上とることだ。

1秒後影子跟讀 〉

譯 要健康就要睡8個小時以上。

慣用語 〉
●十分に睡眠をとる／充分取得睡眠。
●睡眠時間を確保する／確保睡眠時間。
●睡眠不足に悩む／因睡眠不足而苦惱。

生字 健康／健康；以上／超過

名
自サ す いみん 【睡眠】

睡眠，休眠，停止活動
類 眠り 睡眠、睡眠
對 覚醒 覺醒

□□□ 1363

例 池の水面を蛙が泳いでいる。

1秒後影子跟讀 〉

譯 有隻青蛙在池子的水面上游泳。

生字 池／水池；蛙／青蛙

名 す いめん 【水面】

水面
類 湖面 湖面
對 陸地 陸地

□□□ 1364

例 展覧会の来場者数は、少なかった。

1秒後影子跟讀 〉

譯 展覽會的到場人數很少。

生字 来場者／到場者

名・
接頭 す う 【数】

數，數目，數量；定數，天命；
（數學中泛指的）數；數量
類 数字 數字
對 品質 品質

□□□ 1365

例 彼の図々しさにはあきれた。

1秒後影子跟讀 〉

譯 對他的厚顏無恥，感到錯愕。

生字 あきれる／吃驚

形 ず うずうしい
【図々しい】

厚顏，厚皮臉，無恥
類 厚顔無恥 厚顏無恥
對 謙虚 謙虛

□□□ 1366

例 来月末に日本へ行きます。

1秒後影子跟讀

譯 下個月底我要去日本。

出題重點 「末」唸作「すえ」，指事物的最後部分或結束時。
問題1誤導選項可能有：
- すい：錯誤地將「え」讀作「い」，這改變了原字的讀音。
- えす：錯誤地將「すえ」的順序和發音顛倒。
- 末（まつ）："末端"，通常指某物的尖端或末端。這是錯誤地寫作音讀。

慣用語
- 年の末を迎える／步入歲末。

名 **すえ【末】**

結尾，末了；末端，盡頭；將來，未來，前途；不重要的，瑣事；（排行）最小

類 末尾　末尾

對 先頭　前端

□□□ 1367

例 彼は末っ子だけあって、甘えん坊だね。

1秒後影子跟讀

譯 他果真是老么，真是愛撒嬌呀！

文法 だけあって [果真是…]：表示名實相符，一般用在積極讚美的時候。

生字 甘えん坊／愛撒嬌

名 **すえっこ【末っ子】**

最小的孩子

類 我が子　我的孩子

對 長子　長子

□□□ 1368

例 寝間着姿では、外に出られない。

1秒後影子跟讀

譯 我實在沒辦法穿睡衣出門。

生字 寝間着／睡衣

名·接尾 **すがた【姿】**

身姿，身段；裝束，風采；形跡，身影；面貌，狀態；姿勢，形象

類 形　外形　對 内容　内容

□□□ 1369

例 子どもたちは、図鑑を見て動物について調べたということです。

1秒後影子跟讀

譯 聽說小孩子們看圖鑑來查閱了動物。

名 **ずかん【図鑑】**

圖鑑

類 図書　圖書

對 文章　文章

□□□ 1370

例 敵に隙を見せるわけにはいかない。

1秒後影子跟讀

譯 絕不能讓敵人看出破綻。

生字 敵／對手

名 **すき【隙】**

空隙，縫；空暇，功夫，餘地；漏洞，可乘之機

類 隙間　縫隙

對 密閉　密封

289

すぎ【杉】

1371

例 道に沿って杉の並木が続いている。

〉1秒後影子跟讀〉

譯 沿著道路兩旁，一棵棵的杉樹並排著。

文法〉にそって[沿著…]：接在河川或道路等長長延續的東西，或操作流程等名詞後，表示沿著河流、街道。

生字 並木／行道樹；続く／延續

名 すぎ【杉】

杉樹，杉木

類 松 松樹

對 桜 櫻花

1372

例 好き嫌いの激しい人だ。

〉1秒後影子跟讀〉

譯 他是個人好惡極端分明的人。

生字 激しい／劇烈的

名 すききらい【好き嫌い】

好惡，喜好和厭惡；挑肥揀瘦，挑剔

類 好み 喜好

對 無差別 無差別

1373

例 メールと電話とどちらを使うかは、好き好きです。

〉1秒後影子跟讀〉

譯 喜歡用簡訊或電話，每個人喜好都不同。

名・副サ すきずき【好き好き】

(各人)喜好不同，不同的喜好

類 個人的嗜好 個人喜好

對 共通性 共通性

1374

例 この魚は透き通っていますね。

〉1秒後影子跟讀〉

譯 這條魚的色澤真透亮。

慣用語
● 透き通るような肌を目指す／渴望擁有晶瑩剔透的肌膚。
● 透き通る海に感動する／為清澈透明的海水所感動。
● 透き通る声で歌う／以清亮的嗓音唱歌。

自五 すきとおる【透き通る】

通明，透亮，透過去；清澈；清脆(的聲音)

類 透明 透明

對 不透明 不透明

1375

例 隙間から客間をのぞくものではありません。

〉1秒後影子跟讀〉

譯 不可以從縫隙去偷看客廳。

生字 客間／客廳；のぞく／窺視

名 すきま【隙間】

空隙，隙縫；空閒，閒暇

類 余地 寬裕

對 充填 填充

さ

□□□ 1376

例 政府の援助なくして、災害に遭った人々を救うことはできない。

1秒後影子跟讀〉

譯 要是沒有政府的援助，就沒有辦法幫助那些受災的人們。

出題重點 「救う」唸訓讀「すくう」，意指從困難或危險中拯救出來。問題 2 誤導選項可能有：
- 助う：非正確日語單字，可能與「助ける」混淆，後者意味"幫助、救助"，與「救う」相近。
- 扶う：同樣不是一個正確的日語單字，可能與「扶ける（たすける）」混淆，意指幫助、支援。
- 役う：非正確日語單字，並且與「救う」的含義不符。

生字 援助／幫助；災害／災害；人々／人們

他五 すくう【救う】

拯救，搭救，救援，解救；救濟，賑災；挽救

類 救助 救援
對 見捨てる 放棄

□□□ 1377

例 英会話スクールで勉強したにしては、英語がへただね。

1秒後影子跟讀〉

譯 以他曾在英文會話課補習過這一點來看，英文還真差呀！

生字 へた／笨拙的

名・造 スクール【school】

學校；學派；花式滑冰規定動作

類 学校 學校
對 職場 職場

□□□ 1378

例 彼女は美人であるとともに、スタイルも優れている。

1秒後影子跟讀〉

譯 她人既美，身材又好。

生字 スタイル／身姿

自下 すぐれる【優れる】

(才能、價值等) 出色，優越，傑出，精湛；(身體、精神、天氣) 好，爽朗，舒暢

類 優秀 優秀
對 劣る 劣等

□□□ 1379

例 コンピューターでいろいろな図形を描いてみた。

1秒後影子跟讀〉

譯 我試著用電腦畫各式各樣的圖形。

名 ずけい【図形】

圖形，圖樣；(數) 圖形

類 幾何形体 幾何形狀
對 文字 文字

□□□ 1380

例 学生時代にスケート部だったから、スケートが上手なわけだ。

1秒後影子跟讀〉

譯 學生時期是溜冰社，怪不得溜冰那麼拿手。

生字 上手／擅長的

名 スケート【skate】

冰鞋，冰刀；溜冰，滑冰

類 氷滑り 滑冰
對 走る 跑步

すじ【筋】

例 読んだ人の話によると、その小説の筋は複雑らしい。

1秒後影子跟讀 〉

譯 據看過的人說，那本小說的情節好像很複雜。

生字 小説／小說；複雑／繁複的

名・接尾 **すじ【筋】**

筋；血管；線，條；紋絡，條紋；素質，血統；條理，道理

類 筋肉　肌肉

對 脂肪　脂肪

例 猫の首に大きな鈴がついている。

1秒後影子跟讀 〉

譯 貓咪的脖子上，繫著很大的鈴鐺。

名 **すず【鈴】**

鈴鐺，鈴

類 ベル　鐘

對 ドラム　鼓

例 ちょっと外に出て涼んできます。

1秒後影子跟讀 〉

譯 我到外面去乘涼一下。

生字 ちょっと／一會兒；外／室外

自五 **すずむ【涼む】**

乘涼，納涼

類 清涼　涼快

對 暑い　炎熱

訓 涼＝すず（む）

例 1年のスタートにあたって、今年の計画を述べてください。

1秒後影子跟讀 〉

譯 在這一年之初，請說說你今年度的計畫。

出題重點 「スタート」意指開始或起點。如「スタート・ダッシュ」"快速起步"。問題3經常混淆的複合詞有：

● オープン：指開放、開幕或啟動。如「グランドオープン」"盛大開幕"。

● カット：表示切割、剪裁或中斷。如「テープカット」"剪綵"。

● センター：指中心、核心或集中地。如「ビジネスセンター」"商務中心"。

文法 にあたって[之際]：表示某一行動，已經到了事情重要的階段。

生字 計画／規劃；述べる／陳述

名・自サ **スタート【start】**

起動，出發，開端；開始（新事業等）

類 開始　開始

對 終了　結束

例 どうして、スタイルなんか気にするの。

1秒後影子跟讀 〉

譯 為什麼要在意身材呢？

生字 気にする／在乎

名 **スタイル【style】**

文體；（服裝、美術、工藝、建築等）樣式；風格，姿態，體態

類 様式　風格

對 無地　素色

□□□ 1386

例 スタンドで大声で応援した。
1秒後影子跟讀〉

譯 我在球場的看台上，大聲替他們加油。

生字 大声／高聲；応援／聲援

結尾・名 スタンド【stand】

站立；台，托，架；檯燈，桌燈；看台，觀眾席；(攤販式的)小酒吧

類 三脚 三腳架

對 座る 坐

□□□ 1387

例 昨日から今日にかけて、頭痛がひどい。
1秒後影子跟讀〉

譯 從昨天開始，頭就一直很痛。

名 ずつう【頭痛】

頭痛

類 頭が痛い 頭痛

對 安心 安心

□□□ 1388

例 片付けたら、なんとすっきりしたことか。
1秒後影子跟讀〉

譯 整理過後，是多麼乾淨清爽呀！

出題重點 「すっきり」"清爽" 表感覺清爽、舒暢或整潔。問題4陷阱可能有：「さっぱり」"清爽、不油膩" 常形容食物口感或洗澡後的感覺；「きれい」"乾淨、整潔" 不僅用於形容外觀，也用於形容內心感受；「はっきり」"清晰、明確" 用於形容視覺、聽覺或思考上的清晰度。與「すっきり」相比，「さっぱり」更側重於清爽感，「きれい」更側重於乾淨整潔，「はっきり」更側重於清晰明確。

生字 片付ける／收拾

副・自サ すっきり

舒暢，暢快，輕鬆；流暢，通暢；乾淨整潔，俐落

類 清爽 清爽

對 混雑 擁擠

□□□ 1389

例 言いたいことを全部言って、胸がすっとしました。
1秒後影子跟讀〉

譯 把想講的話都講出來以後，心裡就爽快多了。

生字 全部／一切；胸／心胸

副・自サ すっと

動作迅速地，飛快，輕快；(心中)輕鬆，痛快，輕鬆

類 迅速 迅速

對 ゆっくり 緩慢

□□□ 1390

例 歌手がステージに出てきたとたんに、みんな拍手を始めた。
1秒後影子跟讀〉

譯 歌手才剛走出舞台，大家就拍起手來了。

生字 歌手／歌手；拍手／鼓掌

名 ステージ【stage】

舞台，講台；階段，等級，步驟

類 舞台 舞台

對 観客席 觀眾席

さ

すてき【素敵】

□□□ 1391

例 あの素敵な人に、声をかけられるものなら、かけてみろよ。

1秒後影子跟讀 〉

訳 你要是有膽跟那位美女講話，你就試看看啊！

文法 ものなら [如果敢…的話]：挑釁對方做某行為。具向對方挑戰的意味。
生字 声をかける／搭話

形動 **すてき【素敵】**

絕妙的，極好的，極漂亮；很多

類 魅力的 迷人
對 醜い 醜陋

□□□ 1392

例 田中さんに電話したところ、彼はすでに出かけていた。

1秒後影子跟讀 〉

訳 打電話給田中先生，結果發現他早就出門了。

文法 たところ [結果]：表示順接或逆接。後項大多是出乎意料的客觀事實。 近 おり [正值…之際]

副 **すでに【既に】**

已經，業已；即將，正值，恰好

類 もう 已經
對 まだ 尚未

□□□ 1393

例 販売は、減少しているというより、ほとんどストップしています。

1秒後影子跟讀 〉

訳 銷售與其說是減少，倒不如說是幾乎停擺了。

生字 販売／販售；減少／縮減；ほとんど／大致

名・自他サ **ストップ【stop】**

停止，中止；停止信號；(口令)站住，不得前進，止住；停車站

類 停止 停止
對 開始 開始

□□□ 1394

例 素直に謝っていれば、こんなことにならずに済んだのかもしれない。

1秒後影子跟讀 〉

訳 如果能坦承道歉的話，說不定事情不至於鬧到這樣的地步。

形動 **すなお【素直】**

純真，天真的，誠摯的，坦率的；大方，工整，不矯飾的；(沒有毛病)完美的，無暇的

類 正直 坦率、誠實
對 頑固 頑固

□□□ 1395

例 1 ポンド、すなわち 100 ペンス。

1秒後影子跟讀 〉

訳 一磅也就是 100 便士。

慣用語
- すなわち、彼は同意した／也就是説，他同意了。
- 首相即ち総理大臣／首相即是總理大臣。
- すなわち原因は明らかだ／也就是説原因是明顯的。

生字 ポンド／英鎊；ペンス／便士，英國貨幣單位

接 **すなわち【即ち】**

即，換言之；即是，正是；則，彼時；乃，於是

類 まさしく 即是
對 逆に 相反地

□□□ 1396

例 **頭脳は優秀ながら、性格に問題がある。**

1秒後影子跟讀 ▷

譯 頭腦雖優秀，但個性上卻有問題。

文法 **ながら[儘管…]**：連接兩個矛盾的事物，表示後項與前項所預想的不同。

生字 **優秀**／出色的；**性格**／品行

名 **ずのう【頭脳】**

頭腦，判斷力，智力；(團體的)決策部門，首腦機構，領導人

類 **脳** 腦部、腦袋

對 **肉体** 肉體

音 脳＝ノウ

□□□ 1397

例 **スピーカーから音楽が流れてきます。**

1秒後影子跟讀 ▷

譯 從廣播器裡聽得到音樂聲。

生字 **流れる**／流瀉

名 **スピーカー【speaker】**

談話者，發言人；揚聲器；喇叭；散播流言的人

類 **拡声器** 揚聲器

對 **マイクロフォン** 麥克風

□□□ 1398

例 **部下の結婚式のスピーチを頼まれた。**

1秒後影子跟讀 ▷

譯 部屬來請我在他的結婚典禮上致詞。

生字 **部下**／下屬；**頼む**／囑託

名・自サ **スピーチ【speech】**

(正式場合的)簡短演說 致詞，講話

類 **演説** 演講 對 **対話** 對話

□□□ 1399

例 **すべての仕事を今日中には、やりきれません。**

1秒後影子跟讀 ▷

譯 我無法在今天內做完所有工作。

慣用語 ▷

● **すべてを捨てる**／拋棄一切。
● **すべての人に平等の権利がある**／所有人都有平等的權利。
● **すべての問題を解決する**／解決所有的問題。

名・副 **すべて【全て】**

全部，一切，通通；總計，共計

類 **全部** 全部

對 **一部** 部分

□□□ 1400

例 **前よりスマートになりましたね。**

1秒後影子跟讀 ▷

譯 妳比之前更加苗條了耶！

生字 **前**／先前；**より**／比…更加

形動 **スマート【smart】**

瀟灑，時髦，漂亮；苗條；智能型，智慧型

類 **賢い** 聰明 對 **鈍い** 遲鈍

すまい【住まい】

□□□ 1401

例 電話番号どころか、住まいもまだ決まっていません。

1秒後影子跟讀 〉

訳 別說是電話號碼，就連住的地方都還沒決定。

文法 〉 どころか [別說是…就連…]：表示從根本上推翻前項，並且在後項提出跟前項程度相差很遠。

生字 決まる／決定

名 すまい【住まい】

居住；住處，寓所；地址

類 住宅 住所

對 職場 工作地點

□□□ 1402

例 習字の練習をするので、墨をすります。

1秒後影子跟讀 〉

訳 為了練習寫毛筆字而磨墨。

慣用語 〉
● 墨をつける／上墨。
● 墨絵を描く／繪製水墨畫。
● 墨の香りが漂う／飄散著墨水的香味。

生字 習字／練字；練習／練習

名 すみ【墨】

墨；墨汁，墨水；墨狀物；(章魚、烏賊體內的) 墨狀物

類 顔料 顔料

對 白墨 白色顔料

□□□ 1403

例 検査済みのラベルが貼ってあった。

1秒後影子跟讀 〉

訳 已檢查完畢有貼上標籤。

生字 ラベル／標籤；貼る／黏貼

名 ずみ【済み】

完了，完結；付清，付訖

類 完了 完成

對 未完 未完成

□□□ 1404

例 川の水は澄んでいて、底までよく見える。

1秒後影子跟讀 〉

訳 由於河水非常清澈，河底清晰可見。

自五 すむ【澄む】

清澈；澄清；晶瑩，光亮；(聲音) 清脆悅耳；清靜，寧靜

類 澄明 澄清 對 濁る 混濁

□□□ 1405

例 相撲の力士は、体が大きいですね。

1秒後影子跟讀 〉

訳 相撲的力士，塊頭都很大。

生字 力士／大力士

名 すもう【相撲】

相撲

類 力士 大力士

對 ボクシング 拳擊

□□□ 1406

例 トロンボーンは、スライド式なのが特徴である。

1秒後影子跟讀 ≫

譯 伸縮喇叭以伸滑的操作方式為其特色。

生字 トロンボーン／伸縮號，銅管樂器；特徴／特點

名・自サ **スライド【slide】**

滑動；幻燈機，放映裝置；(棒球) 滑進 (壘)；按物價指數調整工資
類 滑動 滑動 對 固定 固定

□□□ 1407

例 ここちょっと狭いから、このソファーをこっちにずらさない。

1秒後影子跟讀 ≫

譯 這裡有點窄，要不要把這座沙發稍微往這邊移一下？

他五 **ずらす**

挪開，錯開，差開
類 移動する 移動
對 固定する 固定

□□□ 1408

例 工場の中に、輸出向けの商品がずらりと並んでいます。

1秒後影子跟讀 ≫

譯 工廠內擺著一排排要出口的商品。

副 **ずらり(と)**

一排排，一大排，一長排
類 一列に 一排
對 散乱 散亂

出題重點 題型5裡「ずらり (と)」的考點有：

● 例句：本がずらりと並んでいる／書本整齊地排列著。
● 換句話說：本が一列に並んでいる／書本一列排列著。
● 相對說法：本が散乱している／書本散亂地放置著。
「ずらり (と)」表示事物整齊地排列；「一列に」也是指事物按照一定順序排列；「散乱」則表示事物無序地分布。

生字 輸出／出口；向け／導向

□□□ 1409

例 招待のはがきを 100 枚刷りました。

1秒後影子跟讀 ≫

譯 我印了 100 張邀請用的明信片。

生字 招待／邀約；はがき／明信片

他五 **する【刷る】**

印刷
類 印刷 印刷
對 手書き 手寫
訓 刷＝する

□□□ 1410

例 じゃんけんぽん。あっ、後出しだー。ずるいよ、もう1回。

1秒後影子跟讀 ≫

譯 剪刀石頭布！啊，你慢出！太狡猾了，重來一次！

生字 後出す／慢出

形 **ずるい**

狡猾，奸詐，耍滑頭，花言巧語
類 狡猾 狡猾
對 正直 誠實

するどい【鋭い】

□□□ 1411

例 彼の見方はとても鋭い。

1秒後影子跟讀 ≫

訳 他見解真是一針見血。

生字 見方／看法

形 **するどい【鋭い】**

尖的;(刀子)鋒利的;(視線)尖銳的;激烈,強烈;(頭腦)敏銳,聰明

類 鋭利 鋭利 對 鈍い 鈍

訓 鋭＝するど（い）

□□□ 1412

例 印刷が少しずれてしまった。

1秒後影子跟讀 ≫

訳 印刷版面有點對位不正。

出題重點 「ずれる」通常指偏離正確的位置、時間或想法,表示一種不一致或錯位的狀態。如「テーマからずれる／離題」。以下是問題6錯誤用法:

1. 表示溫度變化:「気温がずれる／氣溫偏離」。
2. 表達情感增強:「愛情がずれる／愛情加深」。
3. 描述色彩變化:「色がずれる／顏色變化」。

生字 印刷／印刷

自下 **ずれる**

(從原來或正確的位置)錯位,移動;離題,背離(主題、正路等)

類 ずらす 挪一挪

對 一致する 一致

□□□ 1413

例 宅配便を送る前に、箱の寸法を測る。

1秒後影子跟讀 ≫

訳 在寄送宅配之前先量箱子的尺寸。

生字 宅配便／宅急便;測る／測量

名 **すんぽう【寸法】**

長短,尺寸;(預定的)計畫,順序,步驟;情況

類 尺寸 尺寸

對 無秩序 無秩序

□□□ 1414

Track043

例 正の数と負の数について勉強しましょう。

1秒後影子跟讀 ≫

訳 我們一起來學正負數吧!

生字 負／負,小於0

名・漢造 **せい【正】**

正直;(數)正號;正確,正當;更正,糾正;主要的,正的

類 正確 正確

對 錯誤 錯誤

□□□ 1415

例 教授と、生と死について語り合った。

1秒後影子跟讀 ≫

訳 我和教授一起談論了有關生與死的問題。

生字 教授／教授;語り合う／交談

名・漢造 **せい【生】**

生命,生活;生業,營生;出生,生長;活著,生存

類 生きる 生存

對 死ぬ 死亡

□□□ 1416

例 先生は、学生の姓のみならず、名前まで全部覚えている。

1秒後影子跟讀 〉

譯 老師不只記住了學生的姓，連名字也全都背起來了。

慣用語 〉
● 姓を名乗る／報出姓氏。
● 姓の由来を探る／探索姓氏的由來。
● 姓は木下、名は一郎という／姓木下名叫一郎。

文法 〉 のみならず [不單…，也…]：表示添加，用在不僅限於前接詞的範圍，還有後項進一層的情況。

名・漢造 せい 【姓】

姓氏；族，血族；(日本古代的) 氏族姓，稱號

類 名字 名、姓氏
對 名 名字
音 姓＝セイ

□□□ 1417

例 日本では、「こだま」は木の精が応えているものと考えられていました。

1秒後影子跟讀 〉

譯 在日本，「回音」被認為是樹靈給予的回應。

生字 応える／答覆

名 せい 【精】

精，精靈；精力

類 精細 精細
對 粗末 粗糙

□□□ 1418

例 自分の失敗を、他人のせいにするべきではありません。

1秒後影子跟讀 〉

譯 不應該將自己的失敗，歸咎於他人。

文法 〉 べきではない[不該…]：表示禁止，從某種規範來看不能做某件事。

名 せい

原因，緣故，由於；歸咎

類 正確 正確
對 誤り 錯誤

□□□ 1419

例 税金が高すぎるので、文句を言わないではいられない。

1秒後影子跟讀 〉

譯 稅實在是太高了，所以令人忍不住抱怨幾句。

文法 〉 ないではいられない [令人忍不住…]：表示意志力無法控制，自然而然地內心衝動想做某事。傾向於口語用法。

生字 文句／牢騷

名・漢造 ぜい 【税】

稅，稅金

類 税金 税金
對 贈与 贈予
音 税＝ゼイ

□□□ 1420

例 おじは政界の大物だから、敵も多い。

1秒後影子跟讀 〉

譯 伯父由於是政界的大老，因而樹敵頗多

生字 大物／大人物；敵／敵人

名 せいかい 【政界】

政界，政治舞台

類 政治界 政界、政治界
對 民間 民間

せいかつしゅうかんびょう【生活習慣病】

□□□ 1421

例 糖尿病は生活習慣病の一つだ。

1秒後影子跟讀 ≫

譯 糖尿病是文明病之一。

生字 糖尿病／糖尿病

名 せいかつしゅうかんびょう
【生活習慣病】

文明病

類 慢性病 慢性疾病

對 遺伝病 遺傳病

□□□ 1422

例 税関で申告するものはありますか。

1秒後影子跟讀 ≫

譯 你有東西要在海關申報嗎？

生字 申告／申報

名 ぜいかん【税関】

海關

類 関税 關稅

對 国境 國境

音 税＝ゼイ

□□□ 1423

例 かかった費用を、会社に請求しようではないか。

1秒後影子跟讀 ≫

譯 支出的費用，就跟公司申請吧！

出題重點 「請求」唸作「せいきゅう」，指要求支付費用或履行義務。問題1誤導選項可能有：
● せいぎゅう：錯誤地將「き」讀作濁音「ぎ」，這改變了原字的讀音。
● 要求（ようきゅう）："要求"，指提出希望或標準，期望達成某事。
● せきゅう：錯誤地省略了「い」音，這使得讀音變得不正確。
文法 うではないか[就讓…吧]：表示提議或邀請對方跟自己共同做某事，或是一種委婉的命令，常用在演講上，是稍微拘泥於形式的説法。
生字 費用／花費

名・他サ せいきゅう【請求】

請求，要求，索取

類 要求 請求、要求

對 放棄 放棄

□□□ 1424

例 整形外科で診てもらう。

1秒後影子跟讀 ≫

譯 看整形外科。

生字 外科／外科；診る／看診

名 せいけい【整形】

整形

類 美容整形 整形、美容整形

對 自然体 自然狀態

□□□ 1425

例 太りすぎたので、食べ物について制限を受けた。

1秒後影子跟讀 ≫

譯 因為太胖，所以受到了飲食的控制。

名・他サ せいげん【制限】

限制，限度，極限

類 限定 限制、制約

對 自由 自由

□□□ 1426

例 娘をモデルに像を制作する。
1秒後影子跟讀〉

譯 以女兒為模特兒製作人像。

慣用語〉
● 映画を制作する／製作電影。
● 制作費を計算する／計算製作費。
● 制作過程を記録する／記錄製作過程。

生字 モデル／模特兒；像／畫像，人像

名・他サ **せいさく【制作】**
創作(藝術品等)，製作；作品

類 作成 製作、創作
對 消費 消費

□□□ 1427

例 私はデザインしただけで、商品の製作は他の人が担当した。
1秒後影子跟讀〉

譯 我只是負責設計，至於商品製作部份其他人負責的。

生字 デザイン／設計；担当／擔任

名・他サ **せいさく【製作】**
(物品等)製造，製作，生產

類 製造 製造、生產
對 破壊 破壞

□□□ 1428

例 同性愛のカップルにも正式な婚姻関係を認めるべきだと思いますか。
1秒後影子跟讀〉

譯 請問您認為同性伴侶是否也應該被認可具有正式的婚姻關係呢？

生字 カップル／情侶；認める／承認

名・形動 **せいしき【正式】**
正式的，正規的

類 公式 正式、官方
對 非公式 非正式

□□□ 1429

例 この手紙を清書してください。
1秒後影子跟讀〉

譯 請重新謄寫這封信。

生字 手紙／書信

名・他サ **せいしょ【清書】**
謄寫清楚，抄寫清楚

類 書き写す 謄寫
對 草稿 草稿
音 清＝セイ

□□□ 1430

例 青少年向きの映画を作るつもりだ。
1秒後影子跟讀〉

譯 我打算拍一部適合青少年觀賞的電影。

生字 向き／適宜；つもり／預計

名 **せいしょうねん【青少年】**
青少年

類 若者 青少年
對 老人 老人

さ

せいしん【精神】

□□□ 1431

例 彼女は見かけによらず精神的に強い。

1秒後影子跟讀 〉

譯 真是人不可貌相，她具有強悍的精神力量。

名 せいしん【精神】

(人的)精神，心；心神，精力，意志；思想，心意；(事物的)根本精神

類 心 精神、心靈

對 物質 物質

□□□ 1432

例 遅くても精々2、3日で届くだろう。

1秒後影子跟讀 〉

譯 最晚頂多兩、三天送到吧！

慣用語 〉
- 精々頑張る／盡力而為。
- 精々考えてみる／盡可能思考一下。
- 一日精々10ページしか読めない／一天頂多只能閱讀10頁。

生字 届く／送達

副 せいぜい【精々】

盡量，盡可能；最大限度，充其量

類 最大限 最大限度、盡量

對 最小限 最少

□□□ 1433

例 私はともかく、他の学生はみんな成績がいいです。

1秒後影子跟讀 〉

譯 先不提我，其他的學生大家成績都很好。

文法 〉 はともかく[姑且不論…]：表示提出兩個事項，前項暫且不作為議論的對象，先談後項。暗示後項是更重要的。

名 せいせき【成績】

成績，效果，成果

類 成果 成績、表現

對 失敗 失敗

音 績＝セキ

□□□ 1434

例 罰に、1週間トイレの清掃をしなさい。

1秒後影子跟讀 〉

譯 罰你掃一個禮拜的廁所，當作處罰。

生字 罰／處罰；トイレ／洗手間

名・他サ せいそう【清掃】

清掃，打掃

類 掃除 清掃、打掃

對 汚染 汚染

音 清＝セイ 音 掃＝ソウ

□□□ 1435

例 わが社では、一般向けの製品も製造しています。

1秒後影子跟讀 〉

譯 我們公司，也有製造給一般大眾用的商品。

生字 一般／普通；向け／針對

名・他サ せいぞう【製造】

製造，加工

類 生産 製造、生産

對 消費 消費 音 造＝ゾウ

1436

例 その環境では、生物は**生存**し得ない。

〈1秒後影子跟讀〉

譯 在那種環境下，生物是無法生存的。

生字 環境／環境；得る／能夠

名・自サ せいぞん【生存】
生存
類 存続 生存、存活
對 滅亡 滅亡

1437

例 生活が豊かな**せい**か、最近の子どもは**贅沢**です。

〈1秒後影子跟讀〉

譯 不知道是不是因為生活富裕的關係，最近的小孩都很浪費。

慣用語
● **贅沢品を買う**／購買奢侈品。
● **贅沢は言わない**／我要求不高。
● **贅沢な生活を楽しむ**／享受奢侈的生活。

生字 豊か／富足的

名・形動 ぜいたく【贅沢】
奢侈，奢華，浪費，鋪張；過份要求，奢望
類 豪華 奢侈、豪華
對 質素 簡樸

1438

例 植物が**生長**する過程には興味深いものがある。

〈1秒後影子跟讀〉

譯 植物的成長，確實有耐人尋味的過程。

文法 ものがある [確實有…]：表示說話者看到了某些特徵，而強烈斷定。

生字 過程／過程；興味／興趣

名・自サ せいちょう【生長】
(植物、草木等)生長，發育
類 成長 生長、成長
對 衰退 衰退

1439

例 **制度**は作ったものの、まだ問題点が多い。

〈1秒後影子跟讀〉

譯 雖說訂出了制度，但還是存留著許多問題點。

文法 ものの [雖然…但…]：表後項與預期不符。

名 せいど【制度】
制度；規定
類 システム 制度、系統
對 無秩序 無秩序

1440

例 この**政党**は、**支持**するまいと決めた。

〈1秒後影子跟讀〉

譯 我決定不支持這個政黨了。

文法 まい [不…]：表示說話者不做某事的意志或決心。

生字 支持／擁護

名 せいとう【政党】
政黨
類 党 政黨
對 無党派 無黨派
音 党＝トウ

303

せいび 【整備】

□□□ 1441

例 自動車の整備ばかりか、洗車までしてくれた。

1秒後影子跟讀》

譯 不但幫我保養汽車，甚至連車子也幫我洗好了。

慣用語
- 車の整備をする／進行汽車保養。
- 整備士が機械を修理する／維修工修理機器。
- 書類を整備する／備齊文件。

文法 までして[甚至連]：表示做了某行為到令人驚訝的地步。
生字 洗車／洗車

名・自他サ **せいび 【整備】**

配備，整備；整理，修配；擴充，加強；組裝；保養

類 メンテナンス　維修
對 破壊　破壊

□□□ 1442

例 政府も政府なら、国民も国民だ。

1秒後影子跟讀》

譯 政府有政府的問題，國民也有國民的不對。

文法 も〜なら〜も[…有…的問題，…也有…的不對]：表示
雙方都有缺點，帶有譴責的語氣。
生字 国民／人民

名 **せいふ 【政府】**

政府；內閣，中央政府
類 官庁　政府、官方
對 民間　民間
音 府＝フ

□□□ 1443

例 成分のわからない薬には、手を出しかねる。

1秒後影子跟讀》

譯 我無法出手去碰成分不明的藥品。

文法 かねる[無法]：表示由於心理上的排斥感等主觀原因，
而難以做到某事。

名 **せいぶん 【成分】**

(物質) 成分，元素；(句子)
成分；(數) 成分
類 成分　成分、組成
對 全体　整體

□□□ 1444

Track044

例 名前と住所のほかに、性別も書いてください。

1秒後影子跟讀》

譯 除了姓名和地址以外，也請寫上性別。

生字 住所／住址

名 **せいべつ 【性別】**

性別
類 男女　男女
對 年齢　年齢

□□□ 1445

例 正方形の紙を用意してください。

1秒後影子跟讀》

譯 請準備正方形的紙張。

生字 紙／紙張；用意／預備

名 **せいほうけい
【正方形】**

正方形
類 四角形　正方形、四邊形
對 長方形　長方形

□□□ 1446

例 私は、何度も生命の危機を経験している。

1秒後影子跟讀 》

譯 我經歷過好幾次的攸關生命的關鍵時刻。

生字 危機／驚險；経験／體驗

名 せいめい【生命】

生命，壽命；重要的東西，關鍵，命根子

類 命 生命

對 物質 物質

□□□ 1447

例 学校の正門の前で待っています。

1秒後影子跟讀 》

譯 我在學校正門等你。

名 せいもん【正門】

大門，正門

類 入口 入口 對 裏口 後門

音 門＝モン

□□□ 1448

例 新しい法律が成立したとか。

1秒後影子跟讀 》

譯 聽說新的法條出來了。

生字 新しい／新的；法律／法律

名・自サ せいりつ【成立】

產生，完成，實現；成立，組成；達成

類 設立 建立

對 崩壊 崩潰

□□□ 1449

例 昭和 55 年は、西暦では 1980 年です。

1秒後影子跟讀 》

譯 昭和 55 年，是西元的 1980 年。

生字 昭和／日本年號

名 せいれき【西暦】

西曆，西元

類 年号 年號

對 和暦 和暦

□□□ 1450

例 この重い荷物を、背負えるものなら背負ってみろよ。

1秒後影子跟讀 》

譯 你要能背這個沈重的行李，你就背看看啊！

他五 せおう【背負う】

背；擔負，承擔，肩負

類 負担 承擔

對 拒否 拒絕

出題重點 「背負う」讀音為「せおう」，意指承擔責任、負擔或負重。問題 2 誤導選項可能有：
- 肩担う：這不是標準用法，正確表達應為「肩を担ぐ（かたをかつぐ）」，與「背負う」相似，意味承擔或負荷。
- 背担う：這不是正確的用法。
- 肩負う：這同樣不是標準的日語表達。

文法 ものなら [如果敢…的話]：表示挑釁對方做某行為。具向對方挑戰，放任對方去做的意思。

生字 重い／沉甸甸的；荷物／行囊

せき【隻】

□□□ 1451

例 駆逐艦２隻。

1秒後影子跟讀 ≫

譯 兩艘驅逐艦。

出題重點 「隻（せき）」用於計算船隻或某些大型動物的單位。如「３隻の船（さんせきのふね）」"３艘船"。問題３經常混淆的複合詞有：

- 機（き）：指機械、裝置或器械。如「飛行機（ひこうき）」"飛機"。
- 器（き）：指工具或用具，常用於特定的功能或用途。如「計測器（けいそくき）」"測量儀器"。
- 台（だい）：為計數大型裝置或支撐物的單位。如「荷物台（にもつだい）」"貨物架"。

生字 駆逐艦／驅逐艦

接尾 せき【隻】

（助數詞用法）計算船，箭，鳥的單位

類 艘 艘 對 多数 多數

音 隻＝セキ

□□□ 1452

例 石炭は発電に大量に使われている。

1秒後影子跟讀 ≫

譯 煤炭被大量用於發電。

生字 発電／發電；大量／大量

名 せきたん【石炭】

煤炭

類 炭 煤炭

對 太陽光 太陽能

音 炭＝タン

□□□ 1453

例 赤道直下の国は、とても暑い。

1秒後影子跟讀 ≫

譯 赤道正下方的國家，非常的炎熱。

生字 直下／正下方

名 せきどう【赤道】

赤道

類 赤道線 赤道線

對 北極 北極

□□□ 1454

例 責任感が強い。

1秒後影子跟讀 ≫

譯 責任感很強。

名 せきにんかん【責任感】

責任感

類 責任意識 責任感

對 無責任 無責任

□□□ 1455

例 石油が値上がりしそうだ。

1秒後影子跟讀 ≫

譯 油價好像要上漲了。

生字 値上がる／漲價

名 せきゆ【石油】

石油

類 オイル 石油

對 天然ガス 天然氣

音 油＝ユ

□□□ 1456

例 このことについては、いろいろな説がある。

1秒後影子跟讀 〉

譯 針對這件事，有很多不同的見解。

生字 いろいろ／各式各樣

名・漢造 **せつ【説】**

意見，論點，見解；學說；述說

類 説法 説法

對 疑問 疑問

□□□ 1457

例 せっかく来たのに、先生に会えなくてどんなに残念だったことか。

1秒後影子跟讀 〉

譯 特地來卻沒見到老師，真是可惜呀！

生字 残念／遺憾的

名・副 **せっかく【折角】**

特意地；好不容易；盡力，努力，拼命的

類 わざわざ 特地

對 無意味 無意義

音 角＝カク

□□□ 1458

例 台風が接近していて、旅行どころではない。

1秒後影子跟讀 〉

譯 颱風來了，哪能去旅行呀！

文法 どころではない [哪能…]：表示沒有餘裕做某事。

生字 台風／颱風；旅行／旅遊

名・自サ **せっきん【接近】**

接近，靠近；親密，親近，密切

類 近づく 接近

對 遠ざかる 遠離

音 接＝セツ

□□□ 1459

例 この設計だと費用がかかり過ぎる。もう少し抑えられないものか。

1秒後影子跟讀 〉

譯 如果採用這種設計，費用會過高。有沒有辦法把成本降低一些呢？

生字 費用／開支；抑える／控制

名・他サ **せっけい【設計】**

(機械、建築、工程的)設計；計畫，規則

類 デザイン 設計、設計圖

對 破壊 破壊 音 設＝セツ

□□□ 1460

例 お年寄りには、優しく接するものだ。

1秒後影子跟讀 〉

譯 對上了年紀的人，應當要友善對待。

出題重點 「接する」唸作「せっする」，指與人、事、物建立聯繫及發生關聯。問題 1 誤導選項可能有：

● 達する（たっする）："達成"，指達到一定的水平或標準。
● 愛する（あいする）："愛"，指對人或事物抱有深情或喜愛。
● 反する（はんする）："違反"，指與某事物相對立或不一致。

文法 ものだ [應當要…]：表示理所當然，理應如此。

生字 年寄り／老年人

自他サ **せっする【接する】**

接觸；連接，靠近；接待，應酬；連結，接上；遇上，碰上

類 接触 接觸

對 避ける 避開

音 接＝セツ

さ

307

せっせと

□□□ 1461

例 早く帰りたいので、せっせと仕事をした。

1秒後影子跟讀》

譯 我想趕快回家所以才拼命工作。

副 せっせと

拼命地，不停的，一個勁兒地，孜孜不倦的

類 忙しく　忙碌地

對 なまける　懶惰

出題重點 「せっせと」"勤勉地"表示勤勉努力地、不懈地工作或行動。問題4陷阱可能有：「精力的（せいりょくてき）」"精力充沛的"強調充滿活力和效率的工作態度；「努力（どりょく）」"努力"強調付出努力和盡力的行為，但沒有「せっせと」那樣的勤奮不懈的含義；「一生懸命（いっしょうけんめい）」"全力以赴地"表示盡全力，全心全意地做事，比「せっせと」更強調全力投入的程度。與「せっせと」相比，「精力的」更側重於活力和效率，「努力」是更一般的努力行為，「一生懸命」更強調全力以赴。

□□□ 1462

例 コンピューターの接続を間違えたに違いありません。

1秒後影子跟讀》

譯 一定是電腦的連線出了問題。

生字 間違える／搞錯；違い／錯誤

名・自他サ せつぞく【接続】

連續，連接；(交通工具)連軌，接運

類 連結　接續、連接

對 切断　切斷　音 接＝セツ

□□□ 1463

例 古い設備だらけだから、機械を買い替えなければなりません。

1秒後影子跟讀》

譯 淨是些老舊的設備，所以得買新的機器來替換了。

生字 機械／機械

名・他サ せつび【設備】

設備，裝設，裝設

類 施設　設施

對 荒廃　荒廢

音 設＝セツ

□□□ 1464

例 保護しないことには、この動物は絶滅してしまいます。

1秒後影子跟讀》

譯 如果不加以保護，這動物就會絕種。

文法 ないことには[要是不加以…]：表示如果不實現前項，也就不能實現後項。後項一般是消極的、否定的結果。

生字 保護／保護；動物／動物

名・自他サ ぜつめつ【絶滅】

滅絕，消滅，根除

類 消滅　滅絕、消亡

對 繁殖　繁殖

□□□ 1465

例 瀬戸物を紹介する。

1秒後影子跟讀》

譯 介紹瓷器。

生字 紹介／導覽

名 せともの【瀬戸物】

陶瓷品

類 陶器　陶瓷器皿

對 プラスチック　塑料

訓 戸＝と

☐☐☐ 1466

例 今日は是非ともおごらせてください。

1秒後影子跟讀 ≫

訳 今天無論如何，請務必讓我請客。

生字 おごる／作東

副 ぜひとも
【是非とも】

(是非的強調說法) 一定，無論如何，務必

類 必ず 一定要

對 無関心 無關心

☐☐☐ 1467

例 彼女に結婚しろと迫られた。

1秒後影子跟讀 ≫

訳 她強迫我要結婚。

生字 結婚／結婚

自五
他五 せまる【迫る】

強迫，逼迫；臨近，迫近；變狹窄，縮短；陷於困境，窘困

類 接近 逼近

對 離れる 遠離

☐☐☐ 1468

例 今日はゼミで、論文の発表をする。

1秒後影子跟讀 ≫

訳 今天要在課堂討論上發表論文。

生字 論文／論文；発表／發布

名 ゼミ【seminar】

(跟著大學裡教授的指導) 課堂討論；研究小組，研究班

類 セミナー 研討會

對 講義 講課

☐☐☐ 1469

例 せめて今日だけは雨が降りませんように。

1秒後影子跟讀 ≫

訳 希望至少今天不要下雨。

出題重點 題型 5 裡「せめて」的考點有：

● 例句：せめて名前くらいは覚えてください／至少請記住名字。

● 換句話說：少なくとも名前くらいは覚えてください／至少請記住名字。

● 相對說法：全て覚えてください／請全部記住。

「せめて」和「少なくとも」都表示在最低限度上的要求；「全て」則是指沒有任何限制的、完全的要求。

副 せめて

(雖然不夠滿意，但) 那怕是，至少也，最少

類 少なくとも 至少

對 全て 全部

☐☐☐ 1470

例 城を攻める。

1秒後影子跟讀 ≫

訳 攻打城堡。

生字 城／城堡

他下一 せめる【攻める】

攻，攻打

類 攻撃する 攻撃

對 守る 防守

せめる【責める】

1471

例 そんなに自分を責めるべきではない。

1秒後影子跟讀 ＞

譯 你不應該那麼的自責。

他下一 **せめる【責める】**

責備，責問；苛責，折磨，摧殘；嚴加催討；馴服馬匹

類 非難する　責備

對 褒める　讚美

出題重點　「責める」通常指責備、指責或對某人進行批評，通常因為他們做錯了某事或未能達到預期的標準。如「過ちを責める／指責錯誤」。以下是問題6錯誤用法：

1. 表示支持或鼓勵：「友達を責める／責備朋友」。
2. 描述物理的靠近：「ドアに責める／批評門」。
3. 表示自然現象：「雨が責める／雨指責」。

文法 ＞ べきではない[不該…]：表示禁止，從某種規範來看不能做某件事。

1472

例 今セメントを流し込んだところです。

1秒後影子跟讀 ＞

譯 現在正在注入水泥。

生字 流し込む／灌入

名 **セメント【cement】**

水泥

類 コンクリート　混凝土

對 木材　木材

1473

例 せりふは全部覚えたものの、演技がうまくできない。

1秒後影子跟讀 ＞

譯 雖然台詞都背起來了，但還是無法將角色表演的很好。

文法 ＞ ものの[雖然…但…]：表前項成立，但後項不能順著前項所預期或可能發生的方向發展下去。

生字 演技／演繹

名 **せりふ**

台詞，念白；(貶)使人不快的說法，說辭

類 発言　發言

對 沈黙　沉默

1474

例 世論には、無視できないものがある。

1秒後影子跟讀 ＞

譯 輿論這東西，確實有不可忽視的一面。

文法 ＞ ものがある[總有…(的一面)]：表示說話者看到了某些特徵，而強烈斷定。

生字 無視／不顧

名 **せろん・よろん【世論】**

世間一般人的意見，民意，輿論

類 民意　民意

對 私見　個人見解

1475

例 ワインの栓を抜いてください。

1秒後影子跟讀 ＞

譯 請拔開葡萄酒的栓子。

生字 ワイン／紅酒；抜く／拔出

名 **せん【栓】**

栓，塞子；閥門，龍頭，開關；阻塞物

類 ふた　蓋子

對 開ける　開

□□□ 1476

例 汽船で行く。

1秒後影子跟讀〉

譯 坐汽船去。

漢造 せん【船】

船

類 舟 船

對 陸 陸地

□□□ 1477

例 君は、善悪の区別もつかないのかい。

1秒後影子跟讀〉

譯 你連善惡都無法分辨嗎？

生字 区別／辨別

名・漢造 ぜん【善】

好事，善行；善良；優秀，卓越；妥善，擅長；關係良好

類 良い 好的

對 悪 惡的

□□□ 1478

例 全員集まってからでないと、話ができません。

1秒後影子跟讀〉

譯 大家沒全到齊的話，就沒辦法開始討論。

生字 集まる／聚集

名 ぜんいん【全員】

全體人員

類 全体 全體

對 一部 部分

□□□ 1479

例 原子爆弾が落ちた広島が、戦後これほど発展するとは、誰も予想していなかっただろう。

1秒後影子跟讀〉

譯 大概誰都想像不到，遭到原子彈轟炸的廣島在二戰結束之後，居然能有如此蓬勃的發展。

生字 発展／活躍；予想／料想

名 せんご【戦後】

戰後

類 戦後期 戰後期

對 戦前 戰前

□□□ 1480

Track045

例 要人の車の前後には、パトカーがついている。

1秒後影子跟讀〉

譯 重要人物的座車前後，都有警車跟隨著。

慣用語〉

● 前後を確認する／確認前後。

● 前後の関係を理解する／理解前後關係。

● 前後左右を確認する／確認前後左右。

生字 要人／重要人物；パトカー／巡邏車

名・自サ・接尾 ぜんご【前後】

(空間與時間)前和後，前後；相繼，先後；前因後果

類 前後関係 前後關係

對 左右 左右

さ

せんこう 【専攻】

□□□ 1481

例 彼の専攻はなんだっけ。
1秒後影子跟讀 ≫

譯 他是專攻什麼來著？

慣用語
● 文学を専攻する／主修文學。
● 専攻科目を選ぶ／選擇主修科目。
● 専攻分野に興味を持つ／對主修領域感興趣。

名·他サ **せんこう 【専攻】**
專門研究，專修，專門
類 専門　專業
對 副専攻　副專攻
音 専＝セン

□□□ 1482

例 このラーメン屋は、全国でいちばんおいしいと言われている。
1秒後影子跟讀 ≫

譯 這家拉麵店，號稱全國第一美味。

生字 いちばん／最佳

名 **ぜんこく 【全国】**
全國
類 全国的　全國性的
對 地方　地方

□□□ 1483

例 製品Ａと製品Ｂでは、前者のほうが優れている。
1秒後影子跟讀 ≫

譯 拿產品Ａ和Ｂ來比較的話，前者比較好。

生字 製品／成品；優れる／優異

名 **ぜんしゃ 【前者】**
前者
類 先行者　前者
對 後者　後者

□□□ 1484

例 長嶋茂雄といったら、「ミスタープロ野球」とも呼ばれる往年の名野球選手でしょう。
1秒後影子跟讀 ≫

譯 一提到長嶋茂雄，就是那位昔日被譽為「職棒先生」的棒球名將吧。

文法 といったら [一說到…]：用在承接某個話題，從這個話題引起自己的聯想，或對這個話題進行說明或聯想。

名 **せんしゅ 【選手】**
選拔出來的人；選手，運動員
類 アスリート　運動員
對 観客　觀眾

□□□ 1485

例 この文学全集には、初版に限り特別付録があった。
1秒後影子跟讀 ≫

譯 這部文學全集附有初版限定的特別附錄。

文法 にかぎり [限定]：表示特殊限定的事物或範圍，說明唯獨某事物特別不一樣。
生字 初版／第一版；付録／副刊

名 **ぜんしゅう 【全集】**
全集
類 コレクション　全集
對 単行本　單行本

□□□ 1486

例 疲れたので、全身をマッサージしてもらった。

1秒後影子跟讀

訳 因為很疲憊，所以請人替我全身按摩過一次。

生字 マッサージ／推拿

名 **ぜんしん【全身】**

全身
類 全体 全身
対 一部 部分

□□□ 1487

例 困難があっても、前進するほかはない。

1秒後影子跟讀

訳 即使遇到困難，也只有往前走了。

慣用語
● 前進する勇気／前進的勇氣。
● 前進あるのみ／只有前進。
● 前進を続ける／繼續前進。

生字 困難／困境

名・他サ **ぜんしん【前進】**

前進
類 進行 前進
対 後退 後退

□□□ 1488

例 暑いので、ずっと扇子で扇いでいた。

1秒後影子跟讀

訳 因為很熱，所以一直用扇子搧風。

生字 ずっと／始終；扇ぐ／搧動

名 **せんす【扇子】**

扇子
類 うちわ 團扇
対 ハンカチ 手帕

□□□ 1489

例 潜水して船底を修理する。

1秒後影子跟讀

訳 潛到水裡修理船底。

生字 船底／船隻底部；修理／修繕

名・自サ **せんすい【潜水】**

潜水
類 ダイビング 潜水
対 浮上 浮出水面

□□□ 1490

例 この国では、専制君主の時代が長く続いた。

1秒後影子跟讀

訳 這個國家，持續了很長的君主專制時期。

生字 君主／君王；時代／時期

名 **せんせい【専制】**

専制，獨裁；獨斷，專斷獨行
類 独裁 獨裁
対 民主 民主
音 専＝セン

せんせんげつ 【先々月】

□□□ 1491

例 彼女とは、先々月会ったきりです。

1秒後影子跟讀

譯 我自從前兩個月遇到她後，就沒碰過面了。

接頭 **せんせんげつ【先々月】**

上上個月，前前兩個月

類 二ヶ月前 兩個月前

對 先月 上個月

□□□ 1492

例 先々週は風邪を引いて、勉強どころではなかった。

1秒後影子跟讀

譯 上上禮拜感冒，哪裡還能讀書呀！

文法 どころではない [哪能…]：表示沒有餘裕做某事。

生字 風邪／感冒；引く／感染

接頭 **せんせんしゅう【先々週】**

上上週

類 二週間前 兩週前

對 先週 上週

□□□ 1493

例 誰でも、自分の先祖のことが知りたくてならないものだ。

1秒後影子跟讀

譯 不論是誰，都會想知道自己祖先的事。

文法 ものだ [應當…]：表示理所當然，理應如此。

名 **せんぞ【先祖】**

始祖；祖先，先人

類 先人 祖先

對 子孫 子孫

□□□ 1494

例 私は、大学入試センターで働いています。

1秒後影子跟讀

譯 我在大學入學考試中心上班。

慣用語

● ショッピングセンターで買い物をする／在購物中心購物。
● 情報センターで資料をもらう／在資訊中心獲取資料。
● センター試験に向けて勉強する／為準備大學入學考試而學習。

生字 入試／入學考試；働く／工作

名 **センター【center】**

中心機構；中心地，中心區；(棒球) 中場

類 中心 中心

對 周辺 周邊

□□□ 1495

例 工場全体で、何平方メートルありますか。

1秒後影子跟讀

譯 工廠全部共有多少平方公尺？

生字 工場／工廠；平方メートル／平方公尺

名・副 **ぜんたい【全体】**

全身，整個身體；全體，總體；根本，本來；究竟，到底

類 全部 全部

對 一部分 一部分

□□□ 1496

例 この中から一つ選択するとすれば、私は赤いのを選びます。

1秒後影子跟讀〉

譯 如果要我從中選一，我會選紅色的。

慣用語〉
- 選択肢を選ぶ／從選項中選出。
- 選択の自由がある／有選擇的自由。
- 選択科目を決める／決定選修科目。

生字 選ぶ／挑選

名・他サ せんたく【選択】

選擇，挑選

類 選択肢 選項

對 排除 排除

□□□ 1497

例 あなたは、先端的な研究をしていますね。

1秒後影子跟讀〉

譯 你從事的事走在時代尖端的研究呢！

名 せんたん【先端】

頂端，尖端；時代的尖端，時髦，流行，前衛

類 先端技術 尖端技術

對 末端 末端

□□□ 1498

例 社長が、先頭に立ってがんばるべきだ。

1秒後影子跟讀〉

譯 社長應當走在最前面帶頭努力才是。

文法 べきだ [應當]：表示必須、應該如此。

生字 立つ／站立

名 せんとう【先頭】

前頭，排頭，最前列

類 リーダー 領袖

對 末尾 尾部

□□□ 1499

例 全般からいうと、A社の製品が優れている。

1秒後影子跟讀〉

譯 從全體上來講，A公司的產品比較優秀。

生字 製品／產品；優れる／出色

名 ぜんぱん【全般】

全面，全盤，通盤

類 全体 整體

對 一部 一部分

音 般＝ハン

□□□ 1500

例 日本の家では、洗面所・トイレ・風呂場がそれぞれ別の部屋になっている。

1秒後影子跟讀〉

譯 日本的房屋，盥洗室、廁所、浴室分別是不同的房間。

生字 風呂場／浴室；それぞれ／每個，分別

名・他サ せんめん【洗面】

洗臉

類 洗顔 洗臉

對 乾燥 乾燥

さ

315

ぜんりょく【全力】

□□□ 1501

例 日本代表選手として、全力でがんばります。
[1秒後影子跟讀]

譯 身為日本選手代表，我會全力以赴。

生字 選手／選手

名 ぜんりょく【全力】

全部力量，全力；(機器等)
最大出力，全力

類 全力投球 全力以赴

對 手抜き 偷懶

□□□ 1502

例 あの人の服装は洗練されている。
[1秒後影子跟讀]

譯 那個人的衣著很講究。

生字 服装／服飾

名・他サ せんれん【洗練】

精鍊，講究

類 磨き 打磨

對 粗野 粗野

音 練＝レン

□□□ 1503

例 線路を渡ったところに、おいしいレストランがあります。
[1秒後影子跟讀]

譯 過了鐵軌的地方，有家好吃的餐館。

慣用語
●線路を渡る／穿越鐵軌。
●線路沿いに散歩する／沿著鐵路散步。
●線路のメンテナンスを行う／進行鐵軌的維修保養。

生字 渡る／度過；レストラン／餐廳

名 せんろ【線路】

(火車、電車、公車等)線路；
(火車、有軌電車的)軌道

類 レール 軌道

對 道 道路

□□□ 1504

Track046

例 川沿いに歩く。
[1秒後影子跟讀]

譯 沿著河川走路。

連語 そい【沿い】

順，延

類 沿線 沿線

對 逆 相反

□□□ 1505

例 動物園には、象やら虎やら、たくさんの動物がいます。
[1秒後影子跟讀]

譯 動物園裡有大象啦、老虎啦，有很多動物。

文法 やら～やら [又是(有)…啦，又(有)…啦]：表示從
一些同類事項中，列舉出兩項。

生字 動物園／動物園

名 ぞう【象】

大象

類 エレファント 大象

對 アリ 螞蟻

音 象＝ゾウ

□□□ 1506

例 両者の相違について説明してください。

1秒後影子跟讀 >

譯 請解說兩者的差異。

名・自サ そうい【相違】

不同，懸殊，互不相符

類 違い　差異

對 一致　一致

出題重點 「相違」通常指差異、不同或不一致之處，特別是在觀點、意見、特徵或事實上的差別。如「意見の相違を認める／承認意見上的差異」。以下是問題6錯誤用法：

1. 描述物理的接觸：「手が相違する／手不同」。
2. 表示情感的連結：「心の相違する／心靈懸殊」。

生字 両者／雙方；説明／解釋

□□□ 1507

例 そう言えば、最近山田さんを見ませんね。

1秒後影子跟讀 >

譯 這樣說來，最近都沒見到山田小姐呢。

他五 そういえば【そう言えば】

這麼說來，這樣一說

類 そう言うと　這麼説來

對 黙る　沉默

□□□ 1508

例 眠ることさえできないほど、ひどい騒音だった。

1秒後影子跟讀 >

譯 那噪音嚴重到睡都睡不著的地步！

生字 さえ／甚至

名 そうおん【騒音】

噪音；吵雜的聲音，吵鬧聲

類 騒々しい音　吵雜聲

對 静寂　寧靜

□□□ 1509

例 人口は、増加する一方だそうです。

1秒後影子跟讀 >

譯 聽說人口不斷地在增加。

生字 人口／人口；一方／越來越

名・自他サ ぞうか【増加】

增加，增多，增進

類 増大　増大

對 減少　減少

□□□ 1510

例 水をこぼしてしまいましたが、雑巾はありますか。

1秒後影子跟讀 >

譯 水灑出來了，請問有抹布嗎？

生字 こぼす／潑灑

名 ぞうきん【雑巾】

抹布

類 ふきん　抹布

對 掃除機　吸塵器

□□□ 1511

例 最近の在庫の増減を調べてください。

> 1秒後影子跟讀 〉

譯 請查一下最近庫存量的增減。

生字 在庫／存貨；調べる／查詢

名·自他サ **ぞうげん 【増減】**

増減，増加

類 増減量 増減量

對 一定 恆定

音 減＝ゲン

□□□ 1512

例 倉庫には、どんな商品が入っていますか。

> 1秒後影子跟讀 〉

譯 倉庫裡儲存有哪些商品呢？

生字 商品／產品；入る／存有

名 **そうこ 【倉庫】**

倉庫，貨棧

類 蔵 庫房

對 店舗 店鋪

音 庫＝コ

□□□ 1513

例 交換留学が盛んになるに伴って、相互の理解が深まった。

> 1秒後影子跟讀 〉

譯 伴隨著交換留學的盛行，兩國對彼此的文化也更加了解。

生字 盛ん／旺盛的；伴う／跟隨；理解／了解

名 **そうご 【相互】**

相互，彼此；輪流，輪班；交替，交互

類 互い 互相

對 単独 單獨

□□□ 1514

例 パソコンの操作にかけては、誰にも負けない。

> 1秒後影子跟讀 〉

譯 就電腦操作這一點，我絕不輸給任何人。

慣用語 〉
● コンピュータを操作する／操作電腦。
● 操作ミスを防ぐ／防止操作錯誤。
● 機械操作の練習をする／進行機械操作的練習。

文法 〉 にかけては [就…這一點]：表示 [其它姑且不論，僅就那一件事情來説] 的意思。後項多接對別人的技術或能力好的評價。

生字 パソコン／電腦；負ける／敗，輸

名·他サ **そうさ 【操作】**

操作（機器等），駕駛；（設法）安排，（背後）操縱

類 コントロール 控制

對 放置 放置

□□□ 1515

例 彼の創作には、驚くべきものがある。

> 1秒後影子跟讀 〉

譯 他的創作，有令人嘆為觀止之處。

文法 〉 ものがある [總有…（的一面）]：表示説話者看到了某些特徵，而強烈斷定。

生字 驚く／驚嘆

名·他サ **そうさく 【創作】**

（文學作品）創作；捏造（謊言）；創新，創造

類 創造 創造

對 模倣 模仿

□□□ 1516

例 本が増刷になった。

1秒後影子跟讀 >

譯 書籍加印。

名·他サ **ぞうさつ【増刷】**

加印，增印

類 重版　再版

對 絶版　絕版

音 刷＝サツ

□□□ 1517

例 葬式で、悲しみのあまり、わあわあ泣いてしまった。

1秒後影子跟讀 >

譯 喪禮時，由於過於傷心而哇哇大哭了起來。

文法 > あまり[由於太過…]：表示由於前句某種感情、感覺的程度過甚，而導致後句消極的結果。

生字 わあわあ／哇哇的哭聲

名 **そうしき【葬式】**

葬禮

類 葬儀　喪禮

對 結婚式　婚禮

□□□ 1518

例 川が増水して危ない。

1秒後影子跟讀 >

譯 河川暴漲十分危險。

名·自サ **ぞうすい【増水】**

氾濫，漲水

類 水位上昇　水位上升

對 減水　減水

□□□ 1519

例 造船会社に勤めています。

1秒後影子跟讀 >

譯 我在造船公司上班。

生字 会社／公司；勤める／任職

名·自サ **ぞうせん【造船】**

造船

類 船造り　造船

對 解体　拆船

音 造＝ゾウ

□□□ 1520

例 芸術の創造には、何か刺激が必要だ。

1秒後影子跟讀 >

譯 從事藝術的創作，需要有些刺激才行。

出題重點 「創造」唸音讀「そうぞう」，意指創建新的事物或概念。問題2誤導選項可能有：

● 創作（そうさく）："創作"，主要指藝術、文學等創意活動的產出，與「創造」相關，但更多指藝術方面的創建。

● 製造（せいぞう）："製造、生產"，指的是工業或手工製作產品的過程，與「創造」的意義相異，後者更廣泛地涵蓋創新和創建。

● 製作（せいさく）："製作、制作"，通常指製作具體物品或作品，與「創造」相比，更側重於物理物品的創建。

生字 刺激／刺激；必要／必須

名·他サ **そうぞう【創造】**

創造

類 創作　創作

對 破壊　破壞

音 造＝ゾウ

319

そうぞうしい【騒々しい】

□□□ 1521

例 隣（となり）の部屋（へや）が、騒々（そうぞう）しくてしようがない。

〈1秒後影子跟讀〉

譯 隔壁的房間，實在是吵到不行。

出題重點 「騒々しい」唸作「そうぞうしい」，指聲音大且混亂，缺乏安靜。問題1誤導選項可能有：

- 騒がしい（さわがしい）："吵鬧"，指聲音大、引起干擾或不安的狀態。
- そそっかしい："粗心大意"，指行為輕率，容易犯錯。
- 図々しい（ずうずうしい）："厚臉皮"，指行為無恥或過於自信，不顧他人感受。

生字 隣（となり）／旁邊

形 **そうぞうしい【騒々しい】**

吵鬧的，喧囂的，宣嚷的；(社會上)動盪不安的

類 騒（さわ）がしい　吵鬧

對 静（しず）か　安靜

□□□ 1522

例 相続（そうぞく）に関（かん）して、兄弟（きょうだい）で話（はな）し合（あ）った。

〈1秒後影子跟讀〉

譯 兄弟姊妹一起商量了繼承的相關事宜。

生字 兄弟（きょうだい）／兄弟姊妹；話（はな）し合（あ）う／商討

名・他サ **そうぞく【相続】**

承繼(財產等)

類 遺産継承（いさんけいしょう）　遺產繼承

對 放棄（ほうき）　放棄

□□□ 1523

例 県民体育館（けんみんたいいくかん）の建設費用（けんせつひよう）が予定（よてい）より増大（ぞうだい）して、議会（ぎかい）で問題（もんだい）になっている。

〈1秒後影子跟讀〉

譯 縣民體育館的建築費用超出經費預算，目前在議會引發了爭議。

生字 予定（よてい）／預計；議会（ぎかい）／國會

名・自他サ **ぞうだい【増大】**

增多，增大

類 拡大（かくだい）　擴大

對 縮小（しゅくしょう）　縮小

□□□ 1524

例 半導体製造装置（はんどうたいせいぞうそうち）を開発（かいはつ）した。

〈1秒後影子跟讀〉

譯 研發了半導體的配備。

生字 製造（せいぞう）／生產；開発（かいはつ）／開創

名・他サ **そうち【装置】**

裝置，配備，安裝；舞台裝置

類 機器（きき）　機器

對 手動（しゅどう）　手動

音 装＝ソウ

□□□ 1525

例 障子（しょうじ）をそうっと閉（し）める。

〈1秒後影子跟讀〉

譯 悄悄地關上拉門。

生字 障子（しょうじ）／木框拉門

副 **そうっと**

悄悄地(同「そっと」)

類 静（しず）かに　悄悄地

對 大声（おおごえ）で　大聲地

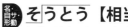

□□□ 1526

例 この問題は、学生たちにとって相当難しかったようです。

1秒後影子跟讀 >

譯 這個問題對學生們來說，似乎是很困難。

名·副サ·
自サ·形動 **そうとう【相当】**

相當，適合，相稱；相當於，
相等於；值得，應該；過得去，
相當好；很，頗

類 かなり　相當

對 全然　完全（不）

□□□ 1527

例 田中さんの送別会のとき、悲しくてならなかった。

1秒後影子跟讀 >

譯 在歡送田中先生的餞別會上，我傷心不已。

名サ·
自サ **そうべつ【送別】**

送行，送別

類 お別れ　告別

對 歓迎　歡迎

□□□ 1528

例 総理大臣やら、有名スターやら、いろいろな人が来ています。

1秒後影子跟讀 >

譯 又是內閣大臣，又是明星，來了各式各樣的人。

文法 やら～やら [又是（有）…啦，又（有）…啦]：表示從
一些同類事項中，列舉出兩項。

生字 有名／知名；いろいろ／形形色色的

名 **そうりだいじん
【総理大臣】**

總理大臣，首相

類 首相　首相

對 大統領　總統

音 総＝ソウ

音 臣＝ジン

□□□ 1529

例 彼は、演劇部のみならず、美術部にもコーラス部にも属している。

1秒後影子跟讀 >

譯 他不但是戲劇社，同時也隸屬於美術社和合唱團。

慣用語

● あるグループに属する／屬於某個集團。
● 属する分野を研究する／探究所屬領域的奧秘。
● 属する部門で働く／於隸屬部門工作。

文法 のみならず [不單…，也…]：表示添加。

生字 演劇／戲劇；コーラス／合唱

自サ **ぞくする
【属する】**

屬於，歸於，從屬於；隸屬，
附屬

類 所属する　隸屬

對 離脱する　脫離

□□□ 1530

例 新しいスターが、続々と出てくる。

1秒後影子跟讀 >

譯 新人接二連三地出現。

生字 スター／明星

副 **ぞくぞく【続々】**

連續，紛紛，連續不斷地

類 次々　接連不斷

對 停止　停止

そくてい【測定】

□□□ 1531

例 身体検査で、体重を測定した。

〔1秒後影子跟讀〕

譯 我在健康檢查時，量了體重。

慣用語
- 温度を測定する／測量溫度。
- 測定器具を使う／使用測量儀器。
- 測定結果の分析を行う／進行測量結果分析。

生字 検査／檢測；体重／體重

名・他サ **そくてい【測定】**

測定，測量
- 類 計測 測量
- 對 推測 推測
- 音 測＝ソク

□□□ 1532

例 家を建てるのに先立ち、土地を測量した。

〔1秒後影子跟讀〕

譯 在蓋房屋之前，先測量了土地的大小。

文法 にさきだち [在…之前，先…]：用在述說做某一動作前應做的事情，後項是做前項之前，所做的準備或預告。

生字 建てる／建造；土地／土地

名・他サ **そくりょう【測量】**

測量，測繪
- 類 測定 測定
- 對 推定 估計
- 音 測＝ソク
- 音 量＝リョウ

□□□ 1533

Track047

例 速力を上げる。

〔1秒後影子跟讀〕

譯 加快速度。

生字 上げる／提高

名 **そくりょく【速力】**

速率，速度
- 類 速度 速度
- 對 遅さ 緩慢

□□□ 1534

例 一つの組織に入る上は、真面目に努力をするべきです。

〔1秒後影子跟讀〕

譯 既然加入組織，就得認真努力才行。

文法 うえは [既然…就得…]：表示某種決心、責任等行為，後續採取跟前面相對應的動作。後句是說話者的判斷、決定或勸告。

生字 真面目／認真；べき／應該要…

名・他サ **そしき【組織】**

組織，組成；構造，構成；(生) 組織；系統，體系
- 類 機構 機構
- 對 個人 個人

□□□ 1535

例 彼には、音楽の素質があるに違いない。

〔1秒後影子跟讀〕

譯 他一定有音樂的天資。

名 **そしつ【素質】**

素質，本質，天分，天資
- 類 資質 素質
- 對 欠点 缺點

□□□ 1536

例 日本人の祖先はどこから来たか研究している。
1秒後影子跟讀》

譯 我在研究日本人的祖先來自於何方。

生字 研究/鑽研

名 そ せん【祖先】
祖先
類 先祖 祖先
對 子孫 後代

□□□ 1537

例 カップにコーヒーを注ぎました。
1秒後影子跟讀》

譯 我將咖啡倒進了杯中。

出題重點 「注ぐ（そそぐ）」倒液體或全力投入情感、精力或資源。如「注ぎ込む（そそぎこむ）」"注入、傾注"。問題3經常混淆的複合詞有：
● 流す（ながす）：使液體流動或事務進行。如「流し入れる（ながしいれる）」"流入"。
● 盛る（さかる）：指興旺或情感增強狀態。如「燃え盛る（もえさかる）」"情感激烈"。
● 込む（こむ）：表現擁擠、充滿或情況複雜。如「詰め込む（つめこむ）」"物品或信息塞入"。
生字 カップ/杯子

自五・他五 そそぐ【注ぐ】
（水不斷地）注入，流入；（雨、雪等）落下；（把液體等）注入，倒入；澆，灑
類 流す 倒入
對 抜く 抽出

□□□ 1538

例 そそっかしいことに、彼はまた財布を家に忘れてきた。
1秒後影子跟讀》

譯 冒失的是，他又將錢包忘在家裡了。

文法 ことに[令人感到…的是…]：接在表示感情的形容詞或動詞後面，表示說話者在敘述某事之前的心情。

形 そそっかしい
冒失的，輕率的，毛手毛腳的，粗心大意的
類 うっかり 粗心
對 慎重 謹慎

□□□ 1539

例 卒業証書を受け取る。
1秒後影子跟讀》

譯 領取畢業證書。

生字 受け取る/接收

名 そつぎょうしょうしょ【卒業証書】
畢業證書
類 卒業証明書 畢業證書
對 入学証明書 入學證明書
音 卒＝ソツ

□□□ 1540

例 社長に、率直に意見を言いたくてならない。
1秒後影子跟讀》

譯 我想跟社長坦率地說出意見想得不得了。

生字 意見/見解

形動 そっちょく【率直】
坦率，直率
類 直接 直接
對 回避 迴避

323

そなえる【備える】

□□□ 1541

例 災害に対して、備えなければならない。

1秒後影子跟讀

譯 要預防災害。

生字 災害／災難；対する／對於

他一 **そなえる【備える】**

準備，防備；配置，裝置；天生具備

類 準備する　準備

對 無視する　忽略

□□□ 1542

例 そのころあなたはどこにいましたか。

1秒後影子跟讀

譯 那時你人在什麼地方？

接 **そのころ**

當時，那時

類 その時　那時

對 今　現在

□□□ 1543

例 チリで地震があった。そのため、日本にも津波が来る恐れがある。

1秒後影子跟讀

譯 智利發生了地震。因此，日本也可能遭到海嘯的波及。

生字 地震／地震；津波／海嘯；恐れ／擔憂

接 **そのため**

(表原因) 正是因為這樣…

類 その理由で　因此

對 それにもかかわらず　儘管如此

□□□ 1544

例 その本は、そのままにしておいてください。

1秒後影子跟讀

譯 請就那樣將那本書放下。

出題重點 「そのまま」"照原樣"表示保持原狀或照原樣不變。問題4陷阱可能有：「如実に（にょじつに）」"如實地"強調完全按照實際情況，沒有任何改變，比「そのまま」更正式；「現状（げんじょう）」"現狀"現在的樣子或狀態；「生々しい（なまなましい）」"逼真"強調非常真實、未經加工的狀態，比「そのまま」更側重於生動和直接的感覺。與「そのまま」相比，「如実に」更正式，「現状」更書面化，「生々しい」更強調真實感。

副 **そのまま**

照樣的，按照原樣；(不經過一般順序、步驟) 就那樣，馬上，立刻；非常相像

類 その通り　就這樣

對 変更する　變更

□□□ 1545

例 蕎麦屋で昼食を取る。

1秒後影子跟讀

譯 在蕎麥麵店吃中餐。

生字 昼食／午餐；取る／攝取

名 **そばや【蕎麦屋】**

蕎麥麵店

類 そば店　蕎麥麵店

對 ラーメン屋　拉麵店

324

□□□ 1546

例 食べ物を粗末にするなど、私には考えられない。
1秒後影子跟讀》

訳 我沒有辦法想像浪費食物這種事。

生字 考える／思考

名・形動 そまつ【粗末】

粗糙，不精緻；疏忽，簡慢；糟蹋

類 粗悪 粗劣

對 高級 高級

□□□ 1547

例 ひげを剃ってからでかけます。
1秒後影子跟讀》

訳 我刮了鬍子之後便出門。

生字 ひげ／鬍子；でかける／外出

他五 そる【剃る】

剃(頭)，刮(臉)

類 刈る 剪除

對 生やす 生長

□□□ 1548

例 それでも、やっぱりこの仕事は私がやらざるをえないのです。
1秒後影子跟讀》

訳 雖然如此，這工作果然還是要我來做才行。

接續 それでも

儘管如此，雖然如此，即使這樣

類 それにもかかわらず 儘管如此

對 だから 因此

出題重點 題型5裡「それでも」的考點有：
●例句：それでも彼は諦めなかった／即便如此，他也沒有放棄。
●換句話說：それにもかかわらず、彼は諦めなかった／儘管如此，他也沒有放棄。
●相對說法：だから、彼は諦めた／因此，他放棄了。
「それでも」和「それにもかかわらず」都表示即便存在困難或阻礙，仍然堅持做某事；「だから」則用來表示因為前述的理由或情況，所以採取了某種行動。

文法 ざるをえない[不得不…]：表示除此之外，沒有其他的選擇。

□□□ 1549

例 一生懸命がんばりました。それなのに、どうして失敗したのでしょう。
1秒後影子跟讀》

訳 我拼命努力過了。但是，為什麼到頭來還是失敗了呢？

生字 一生懸命／一心一意；失敗／失敗

他五 それなのに

雖然那樣，儘管如此

類 にもかかわらず 儘管如此

對 そのため 因此

□□□ 1550

例 それなら、私が手伝ってあげましょう。
1秒後影子跟讀》

訳 那麼，我來助你一臂之力吧！

生字 手伝う／協助

他五 それなら

要是那樣，那樣的話，如果那樣

類 それでは 那麼

對 それとも 或者

325

それなり

□□□ 1551

例 良い物はそれなりに高い。

1秒後影子跟讀 》

訳 一分錢一分貨。

生字 良い物／優良物品

名·副 それなり

恰如其分；就那樣

類 そのまま 就那樣
對 変化する 改變

□□□ 1552

例 ピストルの弾が、目標から逸れました。

1秒後影子跟讀 》

訳 手槍的子彈，偏離了目標。

出題重點 「逸れる」指偏離正確的方向、主題或標準，或者不按預定計畫行動。如「話題が逸れる／話題偏離」。以下是問題6錯誤用法：

1. 表示物理上的接合：「部品が逸れる／部件偏離」。
2. 描述溫度增加：「温度が逸れる／溫度偏離」。
3. 表示感情的穩定：「気持ちが逸れる／情緒偏離」。

生字 ピストル／手槍；弾／彈藥；目標／標靶

自下 それる 【逸れる】

偏離正軌，歪向一旁；不合調，走調；走向一邊，轉過去

類 外れる 偏離
對 合致する 符合

□□□ 1553

例 子どもの頃、そろばんを習っていた。

1秒後影子跟讀 》

訳 小時候有學過珠算。

生字 習う／學習

名 そろばん

算盤，珠算

類 算盤 算盤
對 電卓 計算器

□□□ 1554

例 その株を買っても、損はするまい。

1秒後影子跟讀 》

訳 即使買那個股票，也不會有什麼損失吧！

文法 まい［大概不會（無法）…］：表示說話者的推測、想像。

生字 株／股份

名·自サ·形動·漢造 そん 【損】

虧損，賠錢；吃虧，不划算；減少；損失

類 損害 損害
對 利益 利益
音 損＝ソン

□□□ 1555

例 損害を受けたのに、黙っているわけにはいかない。

1秒後影子跟讀 》

訳 既然遭受了損害，就不可能這樣悶不吭聲。

生字 受ける／受到；黙る／緘默

名·他サ そんがい 【損害】

損失，損害，損耗

類 被害 受損
對 得 利益
音 損＝ソン

讀書計劃：□□／□□／□□

☐☐☐ 1556

例 宇宙人は、存在し得ると思いますか。

1秒後影子跟讀 ≫

譯 你認為外星人有存在的可能嗎？

文法 うる[可（以）]：表示可以採取這一動作，有發生這種事情的可能性。

名・自サ **そんざい【存在】**

存在，有；人物，存在的事物；存在的理由，存在的意義

類 実在 實在

對 非存在 不存在

☐☐☐ 1557

例 火災は会社に２千万円の損失をもたらした。

1秒後影子跟讀 ≫

譯 火災造成公司兩千萬元的損失。

生字 火災／火災

名・自サ **そんしつ【損失】**

損害，損失

類 損害 損失

對 利益 利益

音 損＝ソン

☐☐☐ 1558

例 その件は存じております。

1秒後影子跟讀 ≫

譯 我知道那件事。

自他サ **ぞんじる・ぞんずる【存ずる・存じる】**

有，存，生存；在於

類 知る 知道

對 無知 不知道

☐☐☐ 1559

例 存続を図る。

1秒後影子跟讀 ≫

譯 謀求永存。

生字 図る／策畫

名・自他サ **そんぞく【存続】**

繼續存在，永存，長存

類 持続 持續

對 終了 結束

☐☐☐ 1560

例 彼らの意見も、尊重しようじゃないか。

1秒後影子跟讀 ≫

譯 我們也要尊重他們的意見吧！

慣用語 ≫

● 他人の意見を尊重する／尊重他人的意見。

● 個人の自由を尊重する／尊重個人的自由。

● 文化的価値を尊重する／尊重文化的價值。

生字 意見／想法

名・他サ **そんちょう【尊重】**

尊重，重視

類 重視 重視

對 軽視 輕視

音 尊＝ソン

そんとく【損得】

□□□ 1561

例 商売なんだから、損得抜きではやっていられない。

`1秒後影子跟讀 〉`

譯 既然是做生意，就不能不去計算利害得失。

`文法 〉` ぬきでは [不去…]：表示除去或省略一般應該有的部分；
ていられない [就不能…]：表示無法維持現有某個狀態。

`生字` 商売／買賣

名 **そんとく【損得】**
損益，得失，利害
類 利害 利害
對 無関心 無關心
音 損＝ソン

□□□ 1562　　　　　　　　　　　`Track048`

例 何をするにせよ、他の人のことも考えなければなりません。

`1秒後影子跟讀 〉`

譯 不管做任何事，都不能不考慮到他人的感受。

`慣用語`
● 他の方法を試す／嘗試其他方法。
● 他人と比較する／與他人比較。
● その他にも選択肢がある／還有其他選項。

名・漢造 **た【他】**
其他，他人，別處，別的事物；
他心二意；另外
類 その他 其他
對 自分 自己

□□□ 1563

例 水を張った田に青空が映っている。

`1秒後影子跟讀 〉`

譯 蓄了水的農田裡倒映出蔚藍的天空。

`生字` 張る／充滿；青空／藍天

名 **た【田】**
田地；水稻，水田
類 田園 田園
對 都市 城市

□□□ 1564

例 市の指定ごみ袋には大・中・小の３種類がある。

`1秒後影子跟讀 〉`

譯 市政府指定的垃圾袋有大、中、小3種。

`生字` 指定／選定；種類／類別

名・漢造 **だい【大】**
(事物 體積)大的；量多的；優越，
好；宏大，大量；宏偉，超群
類 巨大 巨大
對 小さい 小的

□□□ 1565

例 絵の題が決められなくて、「無題」とした。

`1秒後影子跟讀 〉`

譯 沒有辦法決定畫作的名稱，於是取名為〈無題〉。

`生字` 決める／選定

名・自サ・漢造 **だい【題】**
題目，標題；問題；題辭
類 問題 問題
對 答え 答案

1566

例 ただ今より、第5回中国語スピーチコンテストを開催いたします。

1秒後影子跟讀 〉

譯 現在開始舉行第 5 屆中文演講比賽。

生字 スピーチコンテスト／演講比賽；開催／舉辦

漢造 **だい【第】**

順序；考試及格，錄取；住宅，宅邸

類 番号 編號

對 最終 最終

1567

例 あそこの店は、今は代が替わって息子さんがやっているよ。

1秒後影子跟讀 〉

譯 那家店的老闆已經交棒，換成由兒子經營了喔。

出題重點 「代（だい）」指需要支付的費用或代價。如「クリーニング代（だい）」"清洗服務的費用"。問題 3 經常混淆的複合詞有：

● 金（きん）：與金錢相關的費用或報酬。如「賃金（ちんぎん）」"勞動所得的報酬"。
● 料（りょう）：指提供服務或商品的費用。如「レンタル料（りょう）」"租借物品的費用"。
● 礼（れい）：意指禮貌、禮節或感謝的表達。如「謝礼（しゃれい）」"感謝金"。

生字 替わる／更換

名・漢造 **だい【代】**

代，輩；一生，一世；代價

類 世代 世代

對 個々 個別

1568

例 体育の授業で一番だったとしても、スポーツ選手になれるわけではない。

1秒後影子跟讀 〉

譯 就算體育成績拿第一，並不代表就能當上運動選手。

生字 授業／課堂；選手／選手

名 **たいいく【体育】**

體育；體育課

類 スポーツ 運動

對 勉強 學習

1569

例 早寝早起き、健康第一。

1秒後影子跟讀 〉

譯 早睡早起，健康第一！

名・副 **だいいち【第一】**

第一，第一位，首先；首屈一指的，首要，最重要

類 最初 第一

對 最後 最後

1570

例 元気なときに体温を測って、自分の平熱を知っておくとよい。

1秒後影子跟讀 〉

譯 建議人們在健康的時候要測量體溫，了解自己平常的體溫是幾度。

生字 測る／測量；平熱／正常體溫

名 **たいおん【体温】**

體溫

類 温度 溫度 對 室温 室溫

音 温＝オン

たいかい【大会】

□□□ 1571

例 **大会**に**出**たければ、がんばって**練習**することだ。

1秒後影子跟讀 >

譯 如想要出賽，就得好好練習。

生字 **出る**／參加；**練習**／訓練

名 **たいかい【大会】**

大會；全體會議

類 コンテスト　比賽

對 **練習**　練習

□□□ 1572

例 **対角線**を**引**く。

1秒後影子跟讀 >

譯 畫對角線。

生字 **引く**／畫（線）

名 **たいかくせん 【対角線】**

對角線（或唸：**た**いかくせん）

類 **斜線**　對角線

對 **垂直線**　垂直線

音 角＝カク

□□□ 1573

例 **大気**が**地球**を**包**んでいる。

1秒後影子跟讀 >

譯 大氣將地球包圍。

生字 **地球**／地球；**包む**／籠罩

名 **たいき【大気】**

大氣；空氣

類 **大気圏**　大氣圈

對 **真空**　真空

□□□ 1574

例 **株**で**大金**をもうける。

1秒後影子跟讀 >

譯 在股票上賺了大錢。

生字 **株**／股份

名 **たいきん【大金】**

巨額金錢，巨款

類 **巨額**　巨額

對 **少額**　少額

□□□ 1575

例 **店**の**人**によれば、**代金**は**後**で**払**えばいいそうだ。

1秒後影子跟讀 >

譯 店裡的人說，也可以借款之後再付。

慣用語
- **商品の代金を支払う**／支付商品的費用。
- **代金の支払いを済ませる**／完成付款。
- **代金引換で受け取る**／透過貨到付款方式領取。

名 **だいきん【代金】**

貸款，借款

類 **支払い**　支付

對 **無料**　免費

□□□ 1576

例 私の理論は、学問として体系化し得る。

1秒後影子跟讀》

譯 我的理論，可作為一門有系統的學問。

文法 うる [可（以）]：表示可以採取這一動作，有發生這種事情的可能性。

生字 理論／見解；学問／學術

名 たいけい【体系】

體系，系統

類 システム　系統

對 無秩序　無秩序

□□□ 1577

例 太鼓をたたくのは、体力が要る。

1秒後影子跟讀》

譯 打鼓需要體力。

生字 体力／體力

名 たいこ【太鼓】

(大) 鼓

類 ドラム　鼓

對 フルート　長笛

□□□ 1578

例 日本に長く滞在しただけに、日本語がとてもお上手ですね。

1秒後影子跟讀》

譯 不愧是長期居留在日本，日語講得真好。

出題重點 「滞在」唸作「たいざい」，指在某地暫時居住或逗留。問題 1 誤導選項可能有：

● たいさい：錯誤地將「ざ」讀作清音「さ」。

● たいざいい：錯誤地加入了多餘的「い」音。

● だいざい：錯誤地將清音「た」變成濁音「だ」。

文法 だけに [到底是…]：表示原因。正因為前項，理所當然有相對應的後項。

名・自サ たいざい【滞在】

旅居，逗留，停留

類 宿泊　住宿

對 出発　出發

□□□ 1579

例 犯罪の増加に伴って、対策をとる必要がある。

1秒後影子跟讀》

譯 隨著犯罪的增加，有必要開始採取對策了。

生字 犯罪／犯罪；増加／數量增長；伴う／伴隨

名 たいさく【対策】

對策，應付方法

類 策略　策略

對 無策　無策

□□□ 1580

例 彼は在フランス大使に任命された。

1秒後影子跟讀》

譯 他被任命為駐法的大使。

生字 フランス／法國；任命／委任

名 たいし【大使】

大使

類 外交官　外交官

對 一般市民　一般市民

たいした【大した】

1581

例 ジャズピアノにかけては、彼は大したものですよ。

1秒後影子跟讀

譯 他在爵士鋼琴這方面，還真是了不得啊。

文法 にかけては[就…這一點]：表示[其它姑且不論，僅就那一件事情來說]的意思。後項多接對別人的技術或能力好的評價。

生字 ジャズ／爵士樂

連體 た<u>い</u>した【大した】

非常的，了不起的；（下接否定詞）沒什麼了不起，不怎麼樣

類 重要 重要

對 取るに足らない 微不足道

1582

例 この本は大して面白くない。

1秒後影子跟讀

譯 這本書不怎麼有趣。

出題重點 題型5裡「たいして」的考點有：
- 例句：彼は大して驚かなかった／他並沒有非常驚訝。
- 換句話說：彼はそれほど驚かなかった／他沒有那麼驚訝。
- 相對說法：彼は全く驚いた／他完全被驚訝了。

「大して」和「それほど」都用來表示程度不高或影響不大；「全く」則強調程度極高或完全的狀態。

副 た<u>い</u>して【大して】

（一般下接否定語）並不太…，並不怎麼

類 それほど 那麼

對 全く 完全不

1583

例 番組の対象として、40歳ぐらいを考えています。

1秒後影子跟讀

譯 節目的收視對象，我預設為40歲左右年齡層。

生字 番組／節目

名 た<u>い</u>しょう【対象】

對象

類 対象物 目標 **對** 非対象 非目標

音 象＝ショウ

1584

例 木々の緑と空の青が対照をなして美しい。
例 ご主人はおしゃべりなのに奥さんはおとなしくて、あの夫婦は対照的だ。

1秒後影子跟讀

譯 樹木的青翠和天空的蔚藍相互輝映，美不勝收。
那對夫妻的個性截然不同，丈夫喜歡說話，但太太卻很文靜。

生字 木々／樹木；緑／翠綠；おしゃべり／健談；おとなしい／乖順的

名・他サ た<u>い</u>しょう【対照】

對照，對比

類 比較 對照

對 同一 相同

音 照＝ショウ

1585

例 大小さまざまな家が並んでいます。

1秒後影子跟讀

譯 各種大小的房屋並排在一起。

生字 さまざま／形形色色；並ぶ／排列

名 だ<u>い</u>しょう【大小】

（尺寸）大小；大和小

類 規模 規模

對 同等 相等

332

讀書計劃：□□／□□／□□

□□□ 1586

例 大臣のくせに、真面目に仕事をしていない。

1秒後影子跟讀》

譯 明明是大臣卻沒有認真在工作。

生字 真面目／認真

名 だいじん【大臣】

(政府) 部長，大臣

類 閣僚 閣員

對 一般職員 一般職員

音 臣＝ジン

□□□ 1587

例 自分の部下に対しては、厳しくなりがちだ。

1秒後影子跟讀》

譯 對自己的部下，總是比較嚴格。

生字 自分／本人；部下／下屬

自サ たいする【対する】

面對，面向；對於，關於；對立，相對，對比；對待，招待

類 向ける 面向

對 背く 背離

□□□ 1588

例 社長が交替して、新しい体制で出発する。

1秒後影子跟讀》

譯 社長交棒後，公司以新的體制重新出發。

慣用語

● 体制を変える／改變體制。

● 新しい体制を構築する／建立新的體制。

● 組織の体制を整える／整頓組織的體制。

生字 交替／輪替；出発／開始執行

名 たいせい【体制】

體制，結構；(統治者行使權力的) 方式

類 制度 制度

對 無秩序 無秩序

□□□ 1589

例 この容器の体積は2立方メートルある。

1秒後影子跟讀》

譯 這容器的體積有2立方公尺。

生字 容器／容器；立方メートル／立方公尺

名 たいせき【体積】

(數) 體積，容積

類 容積 容積

對 面積 面積

□□□ 1590

例 伯父は大戦のときに戦死した。

1秒後影子跟讀》

譯 伯父在大戰中戰死了。

名・自サ たいせん【大戦】

大戰，大規模戰爭；世界大戰

類 戦争 戰爭

對 平和 和平

た

□□□ 1591

例 コーチによれば、選手たちは練習で**大層**がんばったということだ。

1秒後影子跟讀 〉

譯 據教練所言，選手們已經非常努力練習了。

生字 コーチ／教練；練習／訓練

形動・副 **た**いそう 【大層】

很，非常，了不起；過份的，誇張的

類 非常 非常   對 普通 普通

音 層＝ソウ

□□□ 1592

例 毎朝公園で**体操**をしている。

1秒後影子跟讀 〉

譯 每天早上在公園裡做體操。

生字 公園／公園

名 **た**いそう 【体操】

體操；體育課

類 運動 運動

對 休息 休息

□□□ 1593

例 **大統領**とお会いした上で、詳しくお話しします。

1秒後影子跟讀 〉

譯 與總統會面之後，我再詳細說明。

文法 〉うえで[之後…再…]：表示兩動作間時間上的先後關係。先進行前一動作，後面再根據前面的結果，採取下一個動作。

生字 詳しい／仔細的

名 **だ**いとうりょう 【大統領】

總統

類 国家元首 國家元首

對 一般市民 一般市民

音 領＝リョウ

□□□ 1594

例 **大半**の人が、このニュースを知らないに違いない。

1秒後影子跟讀 〉

譯 大部分的人，肯定不知道這個消息。

慣用語 〉
- **大半**が同意する／大多數同意。
- **大半**を占める／佔大多數。
- **大半**の時間を勉強に費やす／將大部分時間花在學習上。

生字 ニュース／新鮮事

名 **た**いはん 【大半】

大半，多半，大部分

類 大多数 大多數

對 少数 少數

□□□ 1595

例 日本国民の**大部分**は大和民族です。

1秒後影子跟讀 〉

譯 日本國民大部分屬於大和民族。

生字 大和民族／日本民族

名・副 **だ**いぶぶん 【大部分】

大部分，多半

類 大多数 大多數

對 小部分 小部分

☐☐☐ 1596

例 昔は、みんなタイプライターを使っていたとか。

1秒後影子跟讀 ≫

譯 聽說大家以前是用打字機。

出題重點 「タイプライター」是透過鍵盤敲擊將文字印刷到紙上的裝置。問題4陷阱可能有：「ワープロ」"文字處理器" 能編輯和打印文件，比「タイプライター」先進。「パソコン」"個人電腦" 功能更廣泛，不僅限於文字處理。「プリンター」"印表機" 專門將電子文件輸出到紙上。相比之下，「ワープロ」更專注於文字處理，「パソコン」功能更全面，「プリンター」則只用於列印。

名 タイプライター
【typewriter】

打字機

類 印字機 打字機

對 コンピュータ 電腦

☐☐☐ 1597

例 犯人が逮捕されないかぎり、私たちは安心できない。

1秒後影子跟讀 ≫

譯 只要一天沒抓到犯人，我們就無安寧的一天。

文法 ないかぎり[只要不…就]：表示只要某狀態不發生變化，結果就不會有變化。

生字 犯人／嫌犯；安心／放心的

名·他サ たいほ【逮捕】

逮捕，拘留，捉拿

類 捕捉 捕捉

對 釈放 釋放

☐☐☐ 1598

例 雨が降ってきたので、大木の下に逃げ込んだ。

1秒後影子跟讀 ≫

譯 由於下起了雨來，所以我跑到大樹下躲雨。

生字 逃げ込む／躲進

名 たいぼく【大木】

大樹，巨樹

類 巨木 巨木

對 若木 幼樹

☐☐☐ 1599

例 動詞やら代名詞やら、文法は難しい。

1秒後影子跟讀 ≫

譯 動詞啦、代名詞啦，文法還真是難。

文法 やら～やら[又是（有）…啦，又（有）…啦]：表示從一些同類事項中，列舉出兩項。

生字 動詞／動詞；文法／文法

名 だいめいし
【代名詞】

代名詞，代詞；(以某詞指某物、某事)代名詞

對 実名 實名

音 詞＝シ

☐☐☐ 1600

例 タイヤがパンクしたので、取り替えました。

1秒後影子跟讀 ≫

譯 因為爆胎所以換了輪胎。

生字 パンク／爆胎；取り替える／更新

名 タイヤ【tire】

輪胎

類 車輪 車輪

對 エンジン 引擎

た

335

ダイヤモンド【diamond】

□□□ 1601

例　このダイヤモンドは高いに違いない。

1秒後影子跟讀 >

譯　這顆鑽石一定很昂貴。

名　ダイヤモンド
　　【diamond】

鑽石

類　宝石<ruby>ほうせき</ruby>　寶石

對　石炭<ruby>せきたん</ruby>　煤炭

□□□ 1602

例　道が平らでさえあれば、どこまでも走っていけます。

1秒後影子跟讀 >

譯　只要道路平坦，不管到什麼地方我都可以跑。

慣用語 >
● 平らにする／將其整平。
● 手のひらを平らに／將手掌攤平。
● 平らな地面を歩く／走在平坦的地面上。

名・形動　たいら【平ら】

平，平坦；(山區的)平原，平地；(非正坐的)隨意坐，盤腿作；平靜，坦然

類　平坦<ruby>へいたん</ruby>　平坦

對　凹凸<ruby>おうとつ</ruby>　凹凸

□□□ 1603

例　社長の代理にしては、頼りない人ですね。

1秒後影子跟讀 >

譯　以做為社長的代理人來看，這人還真是不可靠啊！

生字　頼る<ruby>たよ</ruby>／依靠

名・他サ　だいり【代理】

代理，代替；代理人，代表

類　代表<ruby>だいひょう</ruby>　代表

對　本人<ruby>ほんにん</ruby>　本人

□□□ 1604

例　オーストラリアは国でもあり、世界最小の大陸でもある。

1秒後影子跟讀 >

譯　澳洲既是一個國家，也是世界最小的大陸。

生字　オーストラリア／澳洲；最小<ruby>さいしょう</ruby>／最小

名　たいりく【大陸】

大陸，大洲；(日本指)中國；(英國指)歐洲大陸

類　陸地<ruby>りくち</ruby>　陸地

對　海洋<ruby>かいよう</ruby>　海洋

音　陸＝リク

□□□ 1605

例　あの二人はよく意見が対立するが、言い分にはそれぞれ理がある。

1秒後影子跟讀 >

譯　那兩個人的看法經常針鋒相對，但說詞各有一番道理。

生字　言い分<ruby>いぶん</ruby>／主張；それぞれ／分別；理<ruby>ことわり</ruby>／理由

名・他サ　たいりつ【対立】

對立，對峙

類　衝突<ruby>しょうとつ</ruby>　衝突

對　和解<ruby>わかい</ruby>　和解

□□□ 1606

例 農家は、田植えやら草取りやらで、いつも忙しい。

1秒後影子跟讀〉

名・他サ た**う**え【田植え】

訳 農民要種田又要拔草，總是很忙碌。

文法 やら～やら [又是（有）…啦，又（有）…啦]

生字 農家／農家；草取り／除草

（農）插秧

類 作付け 種植

對 収穫 收穫

訓 植＝う（え）

□□□ 1607

例 楕円形のテーブルを囲んで会議をした。

1秒後影子跟讀〉

名 だ**えん**【楕円】

訳 大家圍著橢圓桌舉行會議。

生字 テーブル／桌子；囲む／包圍

橢圓

類 楕円形 橢圓形

對 正円 正圓

□□□ 1608

例 失敗した。だがいい経験だった。

1秒後影子跟讀〉

接 だが

訳 失敗了。但是很好的經驗。

生字 経験／經歷

但是，可是，然而

類 しかし 但是

對 だから 所以

□□□ 1609

例 我が家は畑を耕して生活しています。

1秒後影子跟讀〉

他五 た**がや**す【耕す】

訳 我家靠耕田過生活。

出題重點 「耕す」唸訓讀「たがやす」，意指耕作土地以種植作物。問題 2 誤導選項可能有：

● 栽す：非正確日語單字，可能與「栽培（さいばい）」混淆，後者意味 "栽種、培養"。

● 耘す：這同樣非正確日語單字。

● 育す：這同樣非正確日語單字，可能與 "育てる" 混淆，意指養育、培養，通常用於孩子或生物的成長過程，與「耕す」的耕作土地有本質的區別。

生字 我が家／我家；畑／田地

耕作，耕田

類 耕作 耕作

對 放置 放置

訓 耕＝たがや（す）

□□□ 1610

例 親からすれば、子どもはみんな宝です。

1秒後影子跟讀〉

名 た**から**【宝】

訳 對父母而言，小孩個個都是寶貝。

文法 からすれば [對…而言]：表示判斷的觀點，根據。

財寶，珍寶；寶貝，金錢

類 財宝 財寶

對 ごみ 垃圾

訓 宝＝たから

た

たき【滝】

例 このへんには、小川やら滝やら、自然の風景が広がっています。

`1秒後影子跟讀》`

譯 這一帶，有小河川啦、瀑布啦，一片自然景觀。

文法》 やら〜やら[又是(有)…啦，又(有)…啦]：表示從一些同類事項中，列舉出兩項。

生字》 へん／附近；広がる／蔓延

名 **たき【滝】**
瀑布
類 瀑布 瀑布
對 湖 湖泊

例 明るいうちに、田中さん宅に集まってください。

`1秒後影子跟讀》`

譯 請趁天還是亮的時候，到田中小姐家集合。

生字》 明るい／明亮的；集まる／聚集

名 漢造 **たく【宅】**
住所，自己家，宅邸；(加接頭詞「お」成為敬稱)尊處
類 住宅 住宅
對 会社 公司

例 給料が安くて、お金を貯えるどころではない。

`1秒後影子跟讀》`

譯 薪水太少了，哪能存錢啊！

慣用語》
● エネルギーを蓄える／儲存能量。
● 経験を貯える／積累經驗。
● 資金を貯える／儲蓄資金。

文法》 どころではない[哪能…]：表示沒有餘裕做某事。

生字》 給料／薪資

他下一 **たくわえる【蓄える・貯える】**
儲蓄，積蓄；保存，儲備；留，留存
類 貯蓄 儲蓄 對 浪費 浪費
訓 貯＝たくわ（える）

例 この箱は、竹でできている。

`1秒後影子跟讀》`

譯 這個箱子是用竹子做的。

生字》 箱／箱子

名 **たけ【竹】**
竹子
類 竹材 竹材 對 木材 木材
訓 竹＝たけ

例 だけど、その考えはおかしいと思います。

`1秒後影子跟讀》`

譯 可是，我覺得那想法很奇怪。

接續 **だけど**
然而，可是，但是
類 しかし 但是
對 だから 所以

□□□ 1616

例 金額の多少を問わず、私はお金を貸さない。

1秒後影子跟讀

譯 不論金額多少，我都不會借錢給你的。

文法 をとわず[不分…]：表示沒有把前接的詞當作問題、跟前接的詞沒有關係。

生字 金額／金額；貸す／借出

名·副 た しょう【多少】

多少，多寡；一點，稍微

類 幾分 幾分

對 完全 完全

□□□ 1617

例 ただでもらっていいんですか。

1秒後影子跟讀

譯 可以免費索取嗎？

名·副·接 ただ

免費;普通，平凡;只是，僅僅;(對前面的話做出否定)但是，不過

類 無料 免費 對 有料 收費

□□□ 1618

例 こうして、両チームの戦いは開始された。

1秒後影子跟讀

譯 就這樣，兩隊的競爭開始了。

生字 チーム／隊伍；開始／開始

名 た たかい【戦い】

戰鬥，戰鬥；鬥爭；競賽，比賽

類 戦闘 戰鬥

對 平和 和平

□□□ 1619

例 勝敗はともかく、私は最後まで戦います。

1秒後影子跟讀

譯 姑且不論勝敗，我會奮戰到底。

文法 はともかく[姑且不論…]：表示提出兩個事項，前項暫且不作為議論的對象，先談後項。暗示後項是更重要的。

生字 勝敗／勝負；最後／最終

自五 た たかう
【戦う・闘う】

(進行)作戰，戰爭；鬥爭；競賽

類 競り合う 互相比賽

對 降伏 投降

□□□ 1620

例 料金は1万円です。ただし手数料が100円かかります。

1秒後影子跟讀

譯 費用為一萬圓。但是，手續費要 100 圓。

出題重點 「但し」"但是、不過、然而"用於限制或例外。問題4陷阱可能有：「しかし」"但是、然而"表轉折，引出相反觀點。「ただ」"只是、不過"更口語，引出例外或附加條件。「条件付きで（じょうけんつきで）」"有條件地"強調特定條件或限制。相比「但し」，「しかし」轉折性更強，「ただ」更口語且範圍廣，「条件付きで」更明確強調條件或限制。

生字 料金／費用；手数料／手續費

接續 た だし【但し】

但是，可是

類 ただ 但是

對 それとも 或者

ただちに【直ちに】

□□□ 1621

例 電話をもらいしだい、直ちにうかがいます。
1秒後影子跟讀 〉

譯 只要你一通電話過來，我就會立刻趕過去。

文法 しだい[一…馬上]：表示某動作剛一做完，就立即採取下一步的行動。

生字 電話／電話

副 ただちに【直ちに】

立即，立刻；直接，親自

類 すぐに 立刻

對 後で 之後

□□□ 1622   Track050

例 急に立ち上がったものだから、コーヒーをこぼしてしまった。
1秒後影子跟讀 〉

譯 因為突然站了起來，所以弄翻了咖啡。

生字 こぼす／潑灑

自五 たちあがる【立ち上がる】

站起，起來；升起，冒起；重振，恢復；著手，開始行動

類 起き上がる 起身

對 座る 坐下

□□□ 1623

例 立ち止まることなく、未来に向かって歩いていこう。
1秒後影子跟讀 〉

譯 不要停下來，向未來邁進吧！

慣用語
● 考えるために立ち止まる／為了思考而停下腳步。
● 交差点で立ち止まる／在十字路口停下。
● 時が立ち止まるような感覚／感覺時間停止了。

文法 ことなく[不要…]：表示一次也沒發生某狀況的情況下。
生字 未来／將來；向かう／朝向

自五 たちどまる【立ち止まる】

站住，停步，停下

類 停止 停止

對 進む 前進

□□□ 1624

例 お互い立場は違うにしても、助け合うことはできます。
1秒後影子跟讀 〉

譯 即使彼此立場不同，也還是可以互相幫忙。

生字 お互い／互相；助け合う／幫助

名 たちば【立場】

立腳點，站立的場所；處境；立場，觀點

類 地位 地位 對 無関係 無關

□□□ 1625

例 初心者向けのパソコンは、たちまち売れてしまった。
1秒後影子跟讀 〉

譯 以電腦初學者為對象的電腦才上市，轉眼就銷售一空。

生字 初心者／新手；向け／針對…

副 たちまち

轉眼間，一瞬間，很快，立刻；忽然，突然

類 すぐに 立刻

對 ゆっくり 慢慢地

340

□□□ 1626

例 登山に行った男性が消息を絶っているということです。

> 1秒後影子跟讀 》

譯 聽說那位登山的男性已音信全無了。

他五 **たつ【絶つ】**

切，断；絶，断絶；断絶，消滅；断，切断

類 断絶 断絶

對 続く 持續

□□□ 1627

例 売上げが1億円に達した。

> 1秒後影子跟讀 》

譯 營業額高達了一億圓。

他サ・自サ **たっする【達する】**

到達；精通，通過；完成，達成；實現；下達(指示、通知等)

類 到達 到達

對 離れる 離開

出題重點 「達する」唸作「たっする」，意指達到、實現。
問題1誤導選項可能有：

- たつする：錯誤地將促音「っ」變成大寫的「つ」。
- たする：錯誤地省略了「っ」的發音。
- だっする：錯誤地將清音「た」變成濁音「だ」。「脱する (だっする)」"脱離"混淆，指從某種狀態、情況或關係中解脱出來。

生字 売上げ／銷售額

□□□ 1628

例 列車が脱線して、けが人が出た。

> 1秒後影子跟讀 》

譯 因火車出軌而有人受傷。

生字 列車／火車；けが人／傷者

名サ・他 **だっせん【脱線】**

(火車、電車等)脱軌，出軌；(言語、行動)脱離常規，偏離本題

類 逸脱 偏離

對 順路 按路線

□□□ 1629

例 あ、お帰り。たった今、浜田さんから電話があったよ。

> 1秒後影子跟讀 》

譯 啊，你回來了！剛剛濱田先生打了電話來找你喔！

生字 電話／電話

副 **たったいま【たった今】**

剛才；馬上

類 ちょうど今 正好現在

對 以前 以前

□□□ 1630

例 行きませんでした。だって、雨が降っていたんだもの。

> 1秒後影子跟讀 》

譯 我那時沒去。因為，當時在下雨嘛。

接・提助 **だって**

可是，但是，因為；即使是，就算是

類 だが 但是

對 だから 因此

た

たっぷり

例 食事をたっぷり食べても、必ず太るというわけではない。

> 1秒後影子跟讀 >

譯 吃很多，不代表一定會胖。

副·自サ たっぷり

足夠，充份，多；寬綽，綽綽有餘；(接名詞後) 充滿 (某表情、語氣等)

類 十分　充足

對 不足　不足

出題重點 題型 5 裡「たっぷり」的考點有：

● 例句：たっぷり時間がある／有充足的時間。
● 換句話說：時間が十分にある／時間十分充裕。
● 相對說法：時間が不足している／時間不足。

「たっぷり」和「十分」都表示量多或充足的狀態；「不足」則表示量不足或不充分。

生字 必ず／絕對；太る／發福

例 縦書きのほうが読みやすい。

> 1秒後影子跟讀 >

譯 直寫較好閱讀。

名 たてがき【縦書き】

直寫

類 縦文字　縱向文字

對 横書き　橫書

例 予算に応じて、妥当な商品を買います。

> 1秒後影子跟讀 >

譯 購買合於預算的商品。

名·形動·自サ だとう【妥当】

妥當，穩當，妥善

類 適切　合適

對 不適　不適當

文法 におうじて [依據…]：表示按照、根據。前項作為依據，後項根據前項的情況而發生變化。

生字 予算／預算；商品／產品

例 たとえお金があっても、株は買いません。

> 1秒後影子跟讀 >

譯 就算有錢，我也不會買股票。

副 たとえ

縱然，即使，那怕

類 一例　一個例子

對 実際　實際

生字 株／股份

例 この物語は、例えようがないほど面白い。

> 1秒後影子跟讀 >

譯 這個故事，有趣到無法形容。

他下一 たとえる【例える】

比喻，比方

類 比喩する　比喻

對 そのまま言う　直述

生字 物語／故事

1636

例 深い谷が続いている。

1秒後影子跟讀〉

譯 深谷綿延不斷。

生字 続く／持續

名 たに【谷】

山谷，山澗，山洞

類 谷間 山谷

對 山頂 山頂

訓 谷＝たに

1637

例 谷底に転落する。

1秒後影子跟讀〉

譯 跌到谷底。

生字 転落／滾落

名 たにぞこ【谷底】

谷底

類 谷間 山谷

對 山頂 山頂

訓 谷＝たに 訓 底＝そこ

1638

例 他人のことなど、考えている暇はない。

1秒後影子跟讀〉

譯 我沒那閒暇時間去管別人的事。

生字 暇／空閒

名 たにん【他人】

別人，他人；(無血緣的)陌生人，外人；局外人

類 知らない人 不認識的人

對 自分 自己

1639

例 庭に花の種をまきました。

1秒後影子跟讀〉

譯 我在庭院裡灑下了花的種子。

慣用語〉

● 花の種をまく／播撒花種。
● 問題の種を探る／尋找問題的根源。
● 種なしの果物／無籽的果果。

生字 まく／撒，散布

名 たね【種】

(植物的)種子，果核；(動物的)品種；原因，起因；素材，原料

類 種子 種子

對 果実 果實

1640

例 息子さんは、しっかりしていて頼もしいですね。

1秒後影子跟讀〉

譯 貴公子真是穩重可靠啊。

生字 息子／兒子；しっかり／成熟穩健

形 たのもしい【頼もしい】

靠得住的；前途有為的，有出息的

類 信頼できる 可信賴的

對 頼りない 不可靠的

た

たば【束】

例 花束をたくさんもらいました。

1秒後影子跟讀 〉

譯 我收到了很多花束。

名 **たば【束】**

把，捆

類 把 一束

對 単体 單個

例 着物を着て、足袋をはいた。

1秒後影子跟讀 〉

譯 我穿上了和服與日式白布襪。

生字 着物／和服

名 **たび【足袋】**

日式白布襪

類 靴下 襪子

對 靴 鞋子

例 彼に会うたびに、昔のことを思い出す。

1秒後影子跟讀 〉

譯 每次見到他，就會想起種種的往事。

生字 思い出す／回憶起

名・接尾 **たび【度】**

次，回，度；(反覆)每當，每次；(接數詞後)回，次

類 回数 次數

對 常時 常時

例 旅が趣味だと言うだけあって、あの人は外国に詳しい。

1秒後影子跟讀 〉

譯 不愧是以旅遊為興趣，那個人對外國真清楚。

文法 だけあって[不愧是…]：表示名實相符，一般用在積極讚美的時候。

生字 外国／海外；詳しい／精通的

名・他サ **たび【旅】**

旅行，遠行

類 旅行 旅行

對 日常 日常

例 彼には、電車の中で度々会います。

1秒後影子跟讀 〉

譯 我常常在電車裡碰到他。

慣用語

● たびたび訪れる／屢次造訪。
● たびたびの電話に応答する／應對繁瑣的來電。
● たびたびのお願いを聞く／細聽繁瑣請求之聲。

副 **たびたび【度々】**

屢次，常常，再三

類 しばしば 經常

對 たまに 偶爾

□□□ 1646

例 おもかげがダブる。

1秒後影子跟讀≫

譯 雙影。

自五 ダブる

重複；撞期

類 重複する 重複

對 独立する 單獨存在

出題重點 「ダブる」通常指重複或相似，特別是在涉及事物、事件或情況重複出現時使用。如「ダブルの水割り／雙份威士忌加水」。以下是問題6錯誤用法：

1. 表示獨特性或獨一無二：「そのアイデアはダブる／那個想法是重複的」。
2. 描述人的分離或遠離：「二人はダブる／兩人重疊」。
3. 表示減少或縮小：「コストがダブる／成本成倍」。

生字 おもかげ／記憶中的身影

□□□ 1647

例 パチンコの玉が落ちていた。

1秒後影子跟讀≫

譯 柏青哥的彈珠掉在地上。

生字 パチンコ／小鋼珠；落ちる／掉落

名 たま【玉】

玉，寶石，珍珠；球，珠；眼鏡鏡片；燈泡；子彈

類 ビーズ 珠子

對 平面 平面 訓 玉＝たま

□□□ 1648

例 偶に一緒に食事をするが、親友というわけではない。

1秒後影子跟讀≫

譯 雖然說偶爾會一起吃頓飯，但並不代表就是摯友。

生字 親友／親密友人

名 たま【偶】

偶爾，偶然；難得，少有

類 偶然 偶然

對 必然 必然

□□□ 1649

例 拳銃の弾に当たって怪我をした。

1秒後影子跟讀≫

譯 中了手槍的子彈而受了傷。

生字 拳銃／手槍；当たる／命中

名 たま【弾】

子彈

類 弾丸 子彈

對 武器 武器

□□□ 1650

例 たまたま駅で旧友にあった。

1秒後影子跟讀≫

譯 無意間在車站碰見老友。

生字 旧友／故知

副 たまたま【偶々】

偶然，碰巧，無意間；偶爾，有時

類 偶然に 偶然地

對 常に 經常地

たまらない【堪らない】

□□□ 1651

例 外国に行きたくてたまらないです。

[1秒後影子跟讀》]

譯 我想出國想到不行。

連語・形 **たまらない【堪らない】**

難堪，忍受不了；難以形容，…的不得了；按耐不住

類 耐えられない　無法忍受
對 快適　舒適

□□□ 1652

例 ダムを作らないことには、この地域の水問題は解決できそうにない。

[1秒後影子跟讀》]

譯 如果不建水壩，這地區的供水問題恐怕無法解決。

文法 そうにない[恐怕無法]：表示說話者判斷某件事情發生的機率很低，或是沒有發生的跡象。
生字 地域／區域；解決／處理

名 **ダム【dam】**

水壩，水庫，攔河壩，堰堤

類 堤防　堤防
對 河川　河流

□□□ 1653

例 ため息など、つかないでください。

[1秒後影子跟讀》]

譯 請不要嘆氣啦！

慣用語
● ため息をつく／嘆息。
● ため息が漏れる／不由自主地嘆息。
● ため息交じりの言葉／以嘆息交織的言語。

名 **ためいき【ため息】**

嘆氣，長吁短嘆

類 嘆息　嘆息
對 歓声　歡呼

□□□ 1654

例 試しに使ってみた上で、買うかどうか決めます。

[1秒後影子跟讀》]

譯 試用過後，再決定要不要買。

文法 うえで[後…再…]：表示兩動作間時間上的先後關係。先進行前一動作，後面再根據前面的結果，採取下一個動作。
生字 決める／判定

名 **ためし【試し】**

嘗試，試驗；驗算

類 試み　嘗試
對 確定　確定

□□□ 1655

例 体力の限界を試す。

[1秒後影子跟讀》]

譯 考驗體能的極限。

生字 体力／體力；限界／限度

他五 **ためす【試す】**

試，試驗，試試

類 試験する　試驗
對 放棄する　放棄

□□□ 1656　　　　　　　　　　　　　　　　　　　　　

例 ちょっと躊躇ったばかりに、シュートを失敗してしまった。

1秒後影子跟讀 >

譯 就因為猶豫了一下，結果球沒投進。

出題重點 「躊躇う」唸訓讀「ためらう」，意指猶豫不決，無法迅速做出決定或採取行動。問題2誤導選項可能有：
- 遅疑う：非正確日語單字。
- 逡巡う：這同樣非正確日語單字。
- 未断う：非正確日語單字。

文法 ばかりに[就因為…，結果…]：表示就是因為某事的緣故，造成後項不良結果或發生不好的事情，說話者含有後悔或遺憾的心情。

生字 シュート／投籃；失敗／失敗

自五 **た めらう【躊躇う】**

猶豫，躊躇，遲疑，踟躕不前

類 迷う　猶豫

對 決断する　決定

□□□ 1657

例 息子さんから、便りはありますか。

1秒後影子跟讀 >

譯 有收到貴公子寄來的信嗎？

生字 息子さん／令郎

た より【便り】

音信，消息，信

類 連絡　聯絡

對 沈黙　沉默

□□□ 1658

例 あなたなら、誰にも頼ることなく仕事をやっていくでしょう。

1秒後影子跟讀 >

譯 如果是你的話，工作不靠任何人也能進行吧！

文法 ことなく[不要…]：表示一次也沒發生某狀況的情況下。

自他五 **た よる【頼る】**

依靠，依賴，仰仗；拄著；投靠，找門路

類 依存する　依賴

對 自立する　自立

□□□ 1659

例 テストは間違いだらけだったにもかかわらず、平均点よりはよかった。

1秒後影子跟讀 >

譯 儘管考卷上錯誤連篇，還是比平均分數來得高。

文法 にもかかわらず[儘管…，還是…]：表逆接。後項事情常跟前項相反或矛盾。近 だけましだ[幸好]

生字 間違い／錯誤；平均点／平均分數

接尾 **だらけ**

(接名詞後)滿，淨，全；多，很多

類 充満する　充滿

對 清潔な　乾淨

□□□ 1660

例 あの人は服装がだらしないから嫌いです。

1秒後影子跟讀 >

譯 那個人的穿著邋遢，所以我不喜歡他。

生字 服装／衣著

形 **だらしない**

散慢的，邋遢的，不檢點的；不爭氣的，沒出息的，沒志氣

類 乱雑な　雜亂

對 整然とした　整齊　　347

たらす【垂らす】

□□□ 1661

例 よだれを垂らす。

1秒後影子跟讀 》

譯 流口水。

生字 よだれ／唾液

名 た**ら**す【垂らす】

滴；垂

類 滴下 滴下

對 吸い上げる 吸上

□□□ 1662

例 5歳足らずの子どもの演奏とは思えない、すばらしい演奏だった。

1秒後影子跟讀 》

譯 那是一場精彩的演出，很難想像是由不滿5歲的小孩演奏的。

出題重點 「足らず（たらず）」不足，少於指定數量或時間。如「10分足らず（じゅっぷんたらず）」"不到10分鐘"。問題3經常混淆的複合詞有：
- 内（ない）：在…之內，限定範圍或時間。如「時間内（じかんない）」"在規定的時間範圍內"。
- 以内（いない）：不超過，限定最大範圍或數量。如「千円以内（せんえんいない）」"不超過1000圓"。
- 込み（こみ）：包括在內，指價格等已包含某項費用。如「税込み（ぜいこみ）」"包含税金在內的價格"。

生字 演奏／演奏

接尾 た**ら**ず【足らず】

不足…

類 不足 不足

對 充分 充分

□□□ 1663

例 だらりとぶら下がる。

1秒後影子跟讀 》

譯 無力地垂吊。

生字 ぶら下がる／懸垂

副 だ**ら**り（と）

無力地（下垂著）

類 だらりと垂れる 垂垂地

對 ぴんと張る 緊繃地

□□□ 1664

例 多量の出血にもかかわらず、一命を取り留めた。

1秒後影子跟讀 》

譯 儘管大量出血，所幸仍保住了性命。

文法 にもかかわらず［儘管…］

生字 出血／失血；一命／一條命；取り留める／保住

名・形動 た**りょう**【多量】

大量

類 大量 大量

對 少量 少量

音 量＝リョウ

□□□ 1665

例 彼は、信じるに足る人だ。

1秒後影子跟讀 》

譯 他是個值得信賴的人。

自五 た**る**【足る】

足夠，充足；值得，滿足

類 十分な 足夠

對 足りない 不足

読書計劃：□□／□□

□□□ 1666

例 ひもが垂れ下がる。

1秒後影子跟讀〉

譯 帶子垂下。

慣用語〉
- 枝が垂れ下がる／樹枝低垂。
- カーテンが垂れ下がる／窗簾輕垂。
- 気力が垂れ下がる／精神萎靡。

生字 ひも／繩子

自五 たれさがる
【垂れ下がる】
下垂（或唸：たれさがる）

類 垂れる 垂下
對 張り出す 伸出

□□□ 1667

例 手術とはいっても、短時間で済みます。

1秒後影子跟讀〉

譯 雖說動手術，在很短的時間內就完成了。

名·漢造 たん【短】
短；不足，缺點

類 短い 短 對 長い 長
音 短＝タン

□□□ 1668

例 入口が段になっているので、気をつけてください。

1秒後影子跟讀〉

譯 入口處有階梯，請小心。

生字 入口／入口

名·形名 だん【段】
層，格，節；(印刷品的)排，段；樓梯；文章的段落

類 段階 階段
對 平面 平面

□□□ 1669

例 卒業するのに必要な単位はとりました。

1秒後影子跟讀〉

譯 我修完畢業所需的學分了。

生字 卒業／畢業；必要／必須

名 たんい【単位】
學分；單位

類 ユニット 單位
對 総体 整體

□□□ 1670

例 プロジェクトは、新しい段階に入りつつあります。

1秒後影子跟讀〉

譯 企劃正逐漸朝新的階段發展。

文法 つつある[在逐漸…]：表示某一動作或作用正向著某一方向持續發展。

生字 プロジェクト／計畫

名 だんかい【段階】
梯子，台階，樓梯；階段，時期，步驟；等級，級別

類 ステップ 階段
對 一貫性 一貫性
音 階＝カイ

た

349

たんき【短期】

□□□ 1671

例 夏休みだけの**短期**のアルバイトを探している。

1秒後影子跟讀 〉

譯 正在找只在暑假期間的短期打工。

生字 アルバイト／打零工；探す／尋找

名 **た**んき【短期】

短期

類 短時間　短時間

對 長期　長期

音 短＝タン

□□□ 1672

例 英語を勉強するにつれて、**単語**が増えてきた。

1秒後影子跟讀 〉

譯 隨著英語的學習愈久，單字的量也愈多了。

生字 増える／增加

名 **た**んご【単語】

單詞

類 言葉　詞語

對 文章　文章

□□□ 1673

例 この村は、昔**炭鉱**で栄えました。

1秒後影子跟讀 〉

譯 這個村子，過去因為產煤而繁榮。

生字 昔／從前；栄える／繁盛

名 **た**んこう【炭鉱】

煤礦，煤井

類 鉱山　礦山

對 石油　石油

音 炭＝タン　音 鉱＝コウ

□□□ 1674

例 子どもたちが、**男子**と女子に分かれて並んでいる。

1秒後影子跟讀 〉

譯 小孩子們分男女兩列排隊。

名 **だ**んし【男子】

男子，男孩，男人，男子漢

類 男性　男性

對 女性　女性

□□□ 1675

例 **単純**な物語ながら、深い意味が含まれているのです。

1秒後影子跟讀 〉

譯 雖然是個單純的故事，但卻蘊含深遠的意義。

慣用語 〉

● **単純**な計算をする／執行簡單運算。
● **単純**な構造を持つ／具有簡單的結構。
● **単純**な問題を解決する／處理簡單的問題。

文法 〉 ながら[儘管…]：連接兩個矛盾的事物，表示後項與前項所預想的不同。

生字 物語／故事；含む／含有

名・形動 **た**んじゅん【単純】

單純，簡單；無條件

類 簡単　簡單

對 複雑　複雑

音 純＝ジュン

1676

例 彼には短所はあるにしても、長所も見てあげましょう。

1秒後影子跟讀〉

訳 就算他有缺點，但也請看看他的優點吧。

慣用語

● 短所を克服する／克服缺點。

● 短所を認める／坦然認識自我缺陷。

● 長所と短所を聞かれた／被探詢到長處與短處。

生字 長所／長處

名 たんしょ【短所】

缺點，短處

類 弱点 弱點

對 長所 長處

音 短＝タン

1677

例 ダンスなんか、習いたくありません。

1秒後影子跟讀〉

訳 我才不想學什麼舞蹈呢！

生字 習う／學習

名・自サ ダンス【dance】

跳舞，交際舞

類 踊り 舞蹈

對 静止 靜止

1678

例 この魚は、淡水でなければ生きられません。

1秒後影子跟讀〉

訳 這魚類只能在淡水區域生存。

生字 生きる／存活

名 たんすい【淡水】

淡水

類 河川水 河水

對 塩水 鹹水

1679

例 私の住んでいる地域で、三日間にわたって断水がありました。

1秒後影子跟讀〉

訳 我住的地區，曾停水長達３天過。

生字 地域／區域

名・他サ・自サ だんすい【断水】

斷水，停水

類 水道停止 水斷

對 給水 供水

1680

例 三人称単数の動詞にはsをつけます。

1秒後影子跟讀〉

訳 在第三人稱單數動詞後面要加上s。

生字 三人称／第三人稱

名 たんすう【単数】

(數) 單數，(語) 單數

類 単数形 單數

對 複数形 複數

た

だんち【団地】

□□□ 1681

例 私は大きな団地に住んでいます。

1秒後影子跟讀 》

譯 我住在很大的住宅區裡。

名 だんち【団地】

(為發展產業而成片劃出的)工業區；(有計畫的集中建立住房的)住宅區

類 集合住宅 公寓群

對 一軒家 獨立房屋

音 団＝ダン

□□□ 1682

例 その男が犯人だとは、断定しかねます。

1秒後影子跟讀 》

譯 很難判定那個男人就是兇手。

生字 犯人／罪人

名・他サ だんてい【断定】

斷定，判斷

類 断言 斷言

對 推測 推測

□□□ 1683

例 この件は、来週から私が担当することになっている。

1秒後影子跟讀 》

譯 這個案子，預定下週起由我來負責。

名・他サ たんとう【担当】

擔任，擔當，擔負

類 責任 負責

對 放棄 放棄

音 担＝タン

出題重點 「担当（たんとう）」表示某人專門負責的領域或任務。如「家庭欄担当（かていらんたんとう）」"負責家庭相關欄目的人"問題3經常混淆的複合詞有：
- 当番（とうばん）：表示按順序輪流負責的任務值班人。如「掃除当番（そうじとうばん）」"輪流執行清潔任務的職責"。
- 役（やく）：指的是某人在團隊或活動中的角色或職務。如「まとめ役（まとめやく）」"整合事務的人"。
- 受け持ち（うけもち）：表示某人承擔的責任或職責範圍。如「クラスの受け持ち（クラスのうけもち）」"負責某個班級的教師"。

生字 件／案件

□□□ 1684

例 私など、単なるアルバイトに過ぎません。

1秒後影子跟讀 》

譯 像我只不過就是個打工的而已。

生字 アルバイト／打工

連體 たんなる【単なる】

僅僅，只不過

類 単純な 僅僅

對 重要な 重要

□□□ 1685

例 私がテニスをしたことがないのは、単に機会がないだけです。

1秒後影子跟讀 》

譯 我之所以沒打過網球，純粹是因為沒有機會而已。

生字 テニス／網球；機会／時機

副 たんに【単に】

單，只，僅

類 ただ 僅僅

對 複雑に 複雜地

□□□ 1686

例 彼女の短編を読むにつけ、この人は天才だなあと思う。
1秒後影子跟讀》

譯 每次閱讀她所寫的短篇小說，就會覺得這個人真是個天才。

文法 につけ[每當…就會…]：表示前項事態總會帶出後項結論。

名 たんぺん【短編】
短篇，短篇小說
類 短編小説　短篇小説
對 長編　長篇
音 短＝タン 音 編＝ヘン

□□□ 1687

例 田んぼの稲が台風でだいぶ倒れた。
1秒後影子跟讀》

譯 田裡的稻子被颱風吹倒了許多。

生字 稲／水稲；倒れる／塌下

名 たんぼ【田んぼ】
米田，田地
類 水田　水田
對 畑　旱田

□□□ 1688

Track052

例 この地に再び来ることはないだろう。
1秒後影子跟讀》

譯 我想我再也不會再到這裡來了。

名 ち【地】
大地，地球，地面；土壤，土地；地表；場所，立場，地位
類 土地　土地 對 空　天空

□□□ 1689

例 地位に応じて、ふさわしい態度をとらなければならない。
1秒後影子跟讀》

譯 應當要根據自己的地位，來取適當的態度。

文法 におうじて[依據…]：表示按照、根據。前項作為依據，後項根據前項的情況而發生變化。

生字 ふさわしい／相稱的；態度／態度

名 ちい【地位】
地位，職位，身分，級別
類 身分　身分
對 平等　平等

□□□ 1690

例 この地域が発展するように祈っています。
1秒後影子跟讀》

譯 祈禱這地區能順利發展。

慣用語
●地域活動に参加する／參與地區活動。
●地域社会に貢献する／為社區做出貢獻。
●地域の特色を紹介する／介紹地區的獨特之處。
生字 発展／進展；祈る／祈求

名 ちいき【地域】
地區
類 地方　地方
對 国　國家
音 域＝イキ

た

ちえ【知恵】

□□□ 1691

例) 犯罪防止の方法を考えている最中ですが、何かいい知恵はありませんか。

1秒後影子跟讀 >>

譯) 我正在思考防範犯罪的方法，你有沒有什麼好主意？

生字) 防止／防範；最中／進行中

名 **ちえ【知恵】**

智慧，智能；腦筋，主意

類) 賢明 智慧

對) 愚か 愚昧

□□□ 1692

例) この事件は、彼女にとってショックだったに違いない。

1秒後影子跟讀 >>

譯) 這事件對她而言，一定很震驚。

生字) 事件／事件；ショック／衝擊

形 **ちがいない【違いない】**

一定是，肯定，沒錯，的確是

類) 確実 確定

對) 疑わしい 可疑

□□□ 1693

例) 正月になるたびに、今年はがんばるぞと誓う。

1秒後影子跟讀 >>

譯) 一到元旦，我就會許諾今年要更加努力。

他五 **ちかう【誓う】**

發誓，起誓，宣誓

類) 誓約 發誓

對) 破る 違反

□□□ 1694

例) 近頃は、映画どころかテレビさえ見ない。全部ネットで見られるから。

1秒後影子跟讀 >>

譯) 最近別說是電影了，就連電視也沒看，因為全都在網路上看片。

慣用語

●近頃の若者の傾向を分析する／分析近來年輕人的流行趨勢。
●近頃の天気をチェックする／審視最近的氣象變化。

文法) どころか[豈止…連]：表示從根本上推翻前項，並且在後項提出跟前項程度相差很遠。

生字) 全部／所有；ネット／網際網路

名·副 **ちかごろ【近頃】**

最近，近來，這些日子來；萬分，非常

類) 最近 最近

對) 昔 以前

□□□ 1695

例) このまま地下水をくみ続けると、地盤が沈下しかねない。

1秒後影子跟讀 >>

譯) 再照這樣繼續汲取地下水，說不定會造成地層下陷。

文法) かねない[說不定會…]：表示有這種可能性或危險性。

生字) 地盤／地基；沈下／下沉

名 **ちかすい【地下水】**

地下水

類) 井戸水 井水

對) 海水 海水

□□□ 1696

例 近々、総理大臣を訪ねることになっています。

1秒後影子跟讀》

訳 再過幾天，我預定前去拜訪內閣總理大臣。

慣用語
●近々引っ越す予定／計畫於近期搬家。
●近々会いましょう／近期碰個面吧。
●山並みが近々と見える／山巒近似觸手可及。

生字 訪ねる／造訪

副 ちかぢか【近々】

不久，近日，過幾天；靠的很近

類 まもなく 不久
對 ずっと後 很久之後

□□□ 1697

例 あんなに危ない場所には、近寄れっこない。

1秒後影子跟讀》

訳 那麼危險的地方不可能靠近的。

文法 っこない [不可能…] : 表示強烈否定，某事發生的可能性。
生字 危ない／不安全的；場所／地點

自五 ちかよる【近寄る】

走進，靠近，接近

類 接近 接近
對 遠ざかる 遠離

□□□ 1698

例 この絵は構成がすばらしいとともに、色も力強いです。

1秒後影子跟讀》

訳 這幅畫整體構造實在是出色，同時用色也充滿張力。

生字 構成／架構；すばらしい／優秀的

形 ちからづよい【力強い】

強而有力的；有信心的，有依仗的

類 強力 強勢 對 弱い 弱

□□□ 1699

例 紙をちぎってゴミ箱に捨てる。

1秒後影子跟讀》

訳 將紙張撕碎丟進垃圾桶。

生字 ゴミ箱／垃圾桶；捨てる／扔掉

他五・接尾 ちぎる

撕碎 (成小段);摘取 揪下；(接動詞連用形後加強語氣) 非常，極力

類 裂く 撕裂
對 結ぶ 綁

□□□ 1700

例 将来は、東京都知事になりたいです。

1秒後影子跟讀》

訳 我將來想當東京都的首長。

名 ちじ【知事】

日本都、道、府、縣的首長

類 県知事 州長
對 市長 市長

た

ちしきじん【知識人】

□□□ 1701

例 かつて、この国では、白色テロで多くの知識人が犠牲になった。

`1秒後影子跟讀》`

譯 這個國家過去曾有許多知識份子成了白色恐怖的受難者。

出題重點 「知識人」唸作「ちしきじん」，指擁有廣泛知識和深刻見解的人，常在文化、學術或思想方面有所貢獻。問題1誤導選項可能有：

- **ちしきにん**：錯誤地將「じん」讀成「にん」，雖然兩者都能表示"人"，但在這裡應該用「じん」。
- **ちしきびと**：雖然「びと」也是表示人的一種方式，但不是這個詞彙的標準讀音。
- **ししきじん**：錯誤地將「ち」的發音讀成訓讀「し」音。

生字 テロ／恐怖主義；犠牲／犠牲

名 ちしきじん【知識人】
知識份子
類 学者 學者
對 素人 外行

□□□ 1702

例 この辺の地質はたいへん複雑です。

`1秒後影子跟讀》`

譯 這地帶的地質非常的錯綜複雜。

生字 辺／周圍；複雑／繁雜的

名 ちしつ【地質】
(地)地質
類 地層 地層
對 天候 天候

□□□ 1703

例 知人を訪ねて京都に行ったついでに、観光をしました。

`1秒後影子跟讀》`

譯 前往京都拜訪友人的同時，也順便觀光了一下。

生字 訪ねる／造訪；観光／旅遊

名 ちじん【知人】
熟人，認識的人
類 友人 朋友
對 敵 敵人

□□□ 1704

例 このあたりは、工業地帯になりつつあります。

`1秒後影子跟讀》`

譯 這一帶正在漸漸轉型為工業地帶。

文法 つつある[在逐漸…]：表示某一動作或作用正向著某一方向持續發展。
生字 工業／工業

名 ちたい【地帯】
地帶，地區
類 地域 地區
對 単一地点 單點
音 帯＝タイ

□□□ 1705

例 まだ若いせいか、父親としての自覚がない。

`1秒後影子跟讀》`

譯 不知道是不是還年輕的關係，他本人還沒有身為父親的自覺。

生字 自覚／自知

名 ちちおや【父親】
父親
類 父 父親
對 母親 母親

□□□ 1706

例 これは洗っても縮まない。
1秒後影子跟讀》

譯 這個洗了也不會縮水的。

出題重點 題型 5 裡「縮む」的考點有：
● 例句：洗濯後、セーターが縮んだ／洗衣後，毛衣縮水了。
● 換句話說：セーターが収縮した／毛衣收縮了。
● 相對說法：セーターが拡大した／毛衣變大了。
「縮む」和「収縮」都表示物體因某種原因變小；「拡大」則是物體變大的過程。

慣用語》
● 洗濯で服が縮む／衣服在洗滌過程中縮水。

自五 ちぢむ【縮む】
縮，縮小，抽縮；起皺紋，出摺；畏縮，退縮，惶恐；縮回去，縮進去
類 収縮 收縮
對 拡大 擴大

□□□ 1707

例 この亀はいきなり首を縮めます。
1秒後影子跟讀》

譯 這隻烏龜突然縮回脖子。

生字 亀／烏龜；いきなり／冷不防地

他下 ちぢめる【縮める】
縮小，縮短，縮減；縮回，捲縮，起皺紋
類 短縮 縮短
對 延長 延長

た

□□□ 1708

例 彼女は髪が縮れている。
1秒後影子跟讀》

譯 她的頭髮是捲曲的。

自下 ちぢれる【縮れる】
捲曲；起皺，出摺
類 曲がる 彎曲
對 まっすぐ 直

□□□ 1709

例 休みの日は、ごろごろしてポテトチップを食べながらテレビを見るに限る。
1秒後影子跟讀》

譯 放假日就該無所事事，吃著洋芋片看電視。

生字 ごろごろ／閒來無事；限る／最好

名 チップ【chip】
(削木所留下的) 片削；洋芋片
類 欠片 小片
對 塊 大塊

□□□ 1710

例 現在いる地点について報告してください。
1秒後影子跟讀》

譯 請你報告一下你現在的所在地。

生字 現在／此刻；報告／告知

名 ちてん【地点】
地點
類 場所 地點
對 広範囲 廣範圍

ちのう【知能】

□□□ 1711

例 知能指数を測るテストを受けた。

1秒後影子跟讀》

譯 我接受了測量智力程度的測驗。

生字 指数／級數；測る／測量

名 **ちのう【知能】**

智能，智力，智慧

類 能力 智力

對 無能 無能

□□□ 1712

`Track053`

例 はるか遠くに、地平線が望める。

1秒後影子跟讀》

譯 在遙遠的那一方，可以看到地平線。

生字 望む／眺望

名 **ちへいせん【地平線】**

(地) 地平線

類 水平線 水平線

對 天空 天空

□□□ 1713

例 地名の変更に伴って、表示も変えなければならない。

1秒後影子跟讀》

譯 隨著地名的變更，也就有必要改變道路指標。

生字 変更／更改；伴う／跟隨；表示／標示

名 **ちめい【地名】**

地名

類 国名 國名

對 匿名 匿名

□□□ 1714

例 茶を入れる。

1秒後影子跟讀》

譯 泡茶。

名·漢造 **ちゃ【茶】**

茶；茶樹；茶葉；茶水

類 ミルクティー 奶茶

對 コーヒー 咖啡

□□□ 1715

例 新しい発電所は、着々と建設が進んでいる。

1秒後影子跟讀》

譯 新發電廠的建設工程正在逐步進行中。

出題重點 「着々」通常指逐步或穩步地進行，表示按部就班或持續穩定的進展。如「着々と準備する／穩健地準備中」。以下是問題6錯誤用法：

1. 表示突然或意外發生：「計画が着々と起こる／計劃穩定發生」。
2. 描述停滯不前的情況：「進歩が着々と停止する／進步穩定停滯」。
3. 表示減少或衰退：「資源が着々と減少する／資源逐步減少」。

生字 発電所／發電廠；建設／建築

副 **ちゃくちゃく【着々】**

逐步地，一步步地

類 順調 順利

對 遅延 延遲

□□□ 1716

例 チャンスが来た以上、挑戦してみたほうがいい。
1秒後影子跟讀》

譯 既然機會送上門來，就該挑戰看看才是。

出題重點 「チャンス」"機會"指機會或可能性。問題4陷阱可能有：「机会（きかい）」"機會"用於合適的時機，一般情況下的機會；「可能性（かのうせい）」"可能性"著重事情發生的概率，比「チャンス」更抽象；「好机（こうき）」"良機"指好的機會，比「チャンス」更正式，強調時機的適宜。與「チャンス」比較，「機會」更普遍，「可能性」側重於概率，「好机」則更強調時機的優越性。

文法 いじょう[既然]：由於前句某種決心或責任，後句便根據前項表達相對應的決心、義務或奉勸。

生字 挑戦／挑戰

名 チャンス
【chance】
機會，時機，良機
類 機会　機會
對 確実性　確定性

□□□ 1717

例 目上の人には、ちゃんと挨拶するものだ。
1秒後影子跟讀》

譯 對長輩應當要確實問好。

文法 ものだ[應當…]：表示理所當然，理應如此。
生字 目上／長輩；挨拶／打招呼

副 ちゃんと
端正地，規矩地；按期，如期；整潔，整齊；完全，老早；的確，確鑿
類 きちんと　正確
對 不規則　不規則

□□□ 1718

例 この小説は上・中・下の全3巻ある大作だ。
1秒後影子跟讀》

譯 這部小說是分成上、中、下總共3冊的大作。

生字 大作／巨作

名·接尾漢造 ちゅう【中】
中央，當中；中間；中等；…之中；正在…當中
類 中間　中間
對 外　外部

□□□ 1719

例 難しい言葉に、注をつけた。
1秒後影子跟讀》

譯 我在較難的單字上加上了註解。

生字 言葉／詞語

名·漢造 ちゅう【注】
註解，注釋；注入；注目；註釋
類 注目　注目
對 無視　忽略

□□□ 1720

例 部屋の中央に花を飾った。
1秒後影子跟讀》

譯 我在房間的中間擺飾了花。

生字 部屋／房間；飾る／裝飾

名 ちゅうおう【中央】
中心，正中；中心，中樞；中央，首都
類 中心　中心　對 周辺　周邊
音 央＝オウ

359

ちゅうかん【中間】

□□□ 1721

例 駅と家の中間あたりで、友だちに会った。

`1秒後影子跟讀 ≫`

譯 我在車站到家的中間這一段路上，遇見了朋友。

慣用語
- 中間試験を受ける／參加期中考。
- 中間報告を提出する／繳交期中進度報告。
- 中間管理職に昇進する／晉升至中階管理職位。

名 ちゅうかん【中間】

中間，兩者之間；(事物進行的) 中途，半路

類 中途　中途
對 終点　終點

□□□ 1722

例 お金がないので、中古を買うしかない。

`1秒後影子跟讀 ≫`

譯 因為沒錢，所以只好買中古貨。

生字 買う／購買；しか／只有

名 ちゅうこ【中古】

(歷史)中古(日本一般是指 平安時代，或包含鎌倉時代)； 半新不舊

類 古物　舊物　對 新品　新品

□□□ 1723

例 家の前に駐車するよりほかない。

`1秒後影子跟讀 ≫`

譯 只好把車停在家的前面了。

文法 よりほかない[只好…]：表示問題處於某種狀態，只有 一種辦法，沒有其他解決辦法。

生字 前／前方

名・自サ ちゅうしゃ【駐車】

停車

類 停車　停車
對 走行　行駛
音 駐＝チュウ

□□□ 1724

例 彼は抽象的な話が得意で、哲学科出身だけのことはある。

`1秒後影子跟讀 ≫`

譯 他擅長述說抽象的事物，不愧是哲學系的。

文法 だけのことはある[不愧是…]：表示與其做的努力、所處的地位、 所經歷的事情等名實相符，對其後項的結果、能力等給予高度的讚美。

生字 得意／拿手的；出身／畢業

名・他サ ちゅうしょう 【抽象】

抽象

類 抽象的　抽象的
對 具体的　具體的
音 象＝ショウ

□□□ 1725

例 みんなと昼食を食べられるのは、嬉しい。

`1秒後影子跟讀 ≫`

譯 能和大家一同共用午餐，令人非常的高興。

名 ちゅうしょく 【昼食】

午飯，午餐，中飯，中餐

類 ランチ　午餐
對 夕食　晚餐

讀書計劃：□□／□□／□□

□□□ 1726

例 この村では、中世に戻ったかのような生活をしています。

1秒後影子跟讀

譯 這個村落中，過著如同回到中世世紀般的生活。

文法 かのような [有如…一般]：表示比喻及不確定之判斷。
生字 村／村莊；戻る／倒退

名 ちゅうせい【中世】
(歷史) 中世，古代與近代之間 (在日本指鎌倉、室町時代)
類 古代　古代
對 近代　近代

□□□ 1727

例 酸性でもアルカリ性でもなく、中性です。

1秒後影子跟讀

譯 不是酸性也不是鹼性，它是中性。

生字 酸性／酸性；アルカリ／鹼性

名 ちゅうせい【中性】
(化學) 非鹼非酸，中性；(特徵) 不男不女，中性；(語法) 中性詞
類 ニュートラル　中性
對 酸性　酸性

□□□ 1728

例 父が亡くなったので、大学を中退して働かざるを得なかった。

1秒後影子跟讀

譯 由於家父過世，不得不從大學輟學了。

文法 ざるをえない [不得不…]：除此之外，沒有其他選擇。

名・自サ ちゅうたい【中退】
中途退學
類 中途　中途
對 卒業　畢業

□□□ 1729

例 中途採用では、通常、職務経験が重視される。

1秒後影子跟讀

譯 一般而言，公司錄用非應屆畢業生與轉職人士，重視的是其工作經驗。

生字 採用／錄取；通常／普遍；重視／注重

名 ちゅうと【中途】
中途，半路

□□□ 1730

例 目撃者によると、犯人は中肉中背の 20 代から 30 代くらいの男だということです。

1秒後影子跟讀

譯 根據目擊者的證詞，犯嫌是身材中等、年紀大約是 20 至 30 歲的男人。

慣用語
●中肉中背の体型を保つ／維持中等體型。
●中肉中背で健康的な生活を送る／過著健康生活，擁有中等體型。
●証言によると犯人は中肉中背の男だ／根據證言，犯人是個中等體型的男子。
生字 目撃者／目擊證人

名 ちゅうにくちゅうぜい【中肉中背】
中等身材
類 普通体型　中等體型
對 細身　纖細

た

361

ちょう【長】

□□□ 1731

例 長幼の別をわきまえる。

1秒後影子跟讀 >

訳 懂得長幼有序。

生字 別／區別；わきまえる／理解

名・漢造 **ちょう【長】**

長，首領；長輩；長處

類 長い 長

對 短い 短

□□□ 1732

例 時間を超過すると、お金を取られる。

1秒後影子跟讀 >

訳 一超過時間，就要罰錢。

慣用語 >

● 時間を超過する／時間已超出。
● 超過勤務時間を記録する／記錄加班時間。
● 超過料金を支払う／支付超額費用。

生字 取る／索取

名・目サ **ちょうか【超過】**

超過

類 超える 超過

對 未満 不足

□□□ 1733

例 長期短期を問わず、働けるところを探しています。

1秒後影子跟讀 >

訳 不管是長期還是短期都好，我在找能工作的地方。

文法 > をとわず[不分…]：表示沒有把前接的詞當作問題、跟前接的詞沒有關係。

生字 短期／短期；働く／上班

名 **ちょうき【長期】**

長期，長時間

類 長期間 長期間

對 短期 短期

□□□ 1734

例 彼は、絵も描けば、彫刻も作る。

1秒後影子跟讀 >

訳 他既會畫畫，也會雕刻。

文法 > も～ば～も[也…也…]：把類似的事物並列起來，用意在強調，或表示還有很多情況。

生字 作る／製作

名・他サ **ちょうこく【彫刻】**

雕刻

類 彫刻品 雕刻品

對 絵画 繪畫

□□□ 1735 Track054

例 だれにでも、長所があるものだ。

1秒後影子跟讀 >

訳 不論是誰，都會有優點的。

文法 > ものだ[應當…]：表示理所當然，理應如此。

名 **ちょうしょ【長所】**

長處，優點

類 強み 長處

對 短所 短處

読書計劃：□□／□□／□□

□□□ 1736

例 山の頂上まで行ってみましょう。

1秒後影子跟讀》

譯 一起爬上山頂看看吧！

生字 山／山岳

名 ちょうじょう【頂上】

山頂，峰頂；極點，頂點

類 頂点 頂點

對 底部 底部

□□□ 1737

例 朝食はパンとコーヒーで済ませる。

1秒後影子跟讀》

譯 早餐吃麵包和咖啡解決。

生字 パン／麵包；済む／處理

名 ちょうしょく【朝食】

早餐

類 朝ごはん 早餐

對 夕食 晚餐

□□□ 1738

例 パソコンの調整にかけては、自信があります。

1秒後影子跟讀》

譯 我對修理電腦這方面相當有自信。

慣用語

● 調整を行う／進行適當調整。
● 時間を調整する／對時間進行調整。
● 調整作業を行う／開展調整作業。

文法 にかけては [就…這一點]：表示 [其它姑且不論，僅就那一件事情來説] 的意思。後項多接對別人的技術或能力好的評價。

名・他サ ちょうせい【調整】

調整，調節

類 調和 調和

對 不調和 不協調

□□□ 1739

例 時計の電池を換えたついでに、ねじも調節しましょう。

1秒後影子跟讀》

譯 換了時鐘的電池之後，也順便調一下螺絲吧！

生字 電池／電池；ねじ／螺絲

名・他サ ちょうせつ【調節】

調節，調整

類 調整 調整

對 不整合 不一致

□□□ 1740

例 すばらしいプレゼントを頂戴しました。

1秒後影子跟讀》

譯 我收到了很棒的禮物。

生字 プレゼント／禮品

名・他サ ちょうだい【頂戴】

（「もらう、食べる」的謙虛説法）領受，得到，吃；（女性、兒童請求別人做事）請

類 受け取る 接受

對 拒絶 拒絕

た

ちょうたん【長短】

□□□ **1741**

例 日照時間の**長短**は、植物に多大な影響を及ぼす。

> 1秒後影子跟讀 》

譯 日照時間的長短對植物有極大的影響。

慣用語
- **長短**を比較する／衡量長度之差。
- **長短**のバランスを考える／斟酌長短間之均衡。
- **長短**の差を比較する／對比長短之間之異同。

生字 **日照**／陽光照射；**多大**／巨大的；**及ぼす**／波及

名 ちょ**う**たん【長短】

長和短；長度；優缺點，長處和短處；多和不足
類 **長**さ 長度
對 **均等** 均等
音 短＝タン

□□□ **1742**

例 技術面からいうと、彼は世界の頂点に立っています。

> 1秒後影子跟讀 》

譯 從技術面來看，他正處在世界的最高峰。

生字 **技術面**／技術層面

名 ちょ**う**てん【頂点】

(數)頂點；頂峰，最高處；極點，絕頂
類 **最高点** 最高點
對 **最低点** 最低點

□□□ **1743**

例 **長方形**のテーブルがほしいと思う。

> 1秒後影子跟讀 》

譯 我想我要一張長方形的桌子。

生字 テーブル／桌子

名 ちょ**う**ほうけい【長方形】

長方形，矩形
類 **矩形** 矩形
對 **正方形** 正方形

□□□ **1744**

例 **調味料**など、ぜんぜん入れていませんよ。

> 1秒後影子跟讀 》

譯 這完全添加調味料呢！

生字 ぜんぜん／絲毫；**入れる**／加入

名 ちょ**う**みりょう【調味料】

調味料，佐料
類 スパイス 香料
對 **食品** 食品

□□□ **1745**

例 **銀座**4**丁目**に住んでいる。

> 1秒後影子跟讀 》

譯 我住在銀座4段。

結尾 ちょ**う**め【丁目】

(街巷區劃單位)段，巷，條
類 **地区** 地區
對 **全体** 整體

□□□ 1746

例 直線によって、二つの点を結ぶ。

1秒後影子跟讀≫

譯 用直線將兩點連接起來。

生字 点/點；結ぶ/連結

名 ちょくせん【直線】

直線

類 一直線 一條直線

對 曲線 曲線

□□□ 1747

例 ホテルから日本へ直通電話がかけられる。

1秒後影子跟讀≫

譯 從飯店可以直撥電話到日本。

名・自サ ちょくつう【直通】

直達(中途不停)；直通

類 ノンストップ 不停站

對 乗り換え 換乘

□□□ 1748

例 いつも同じ方向に同じ大きさの電流が流れるのが直流です。

1秒後影子跟讀≫

譯 都以相同的強度，朝相同方向流的電流，稱為直流。

生字 方向/方位；電流/電流；流れる/流動

名・自サ ちょくりゅう【直流】

直流電；(河水)直流，沒有彎曲的河流；嫡系

類 直流電流 直流電

對 交流 交流

□□□ 1749

例 本の著者として、内容について話してください。

1秒後影子跟讀≫

譯 請以本書作者的身分，談一下這本書的內容。

慣用語≫
● 著者の意図を読み解く/解讀作者的寓意。
● 著者による解説を聞く/細聽作者的闡述。
● 著者との対談に参加する/參與與作者的對話。

生字 内容/內容

名 ちょしゃ【著者】

作者

類 作者 作者

對 読者 讀者

音 著＝チョ

□□□ 1750

例 地下室に貯蔵する。

1秒後影子跟讀≫

譯 儲放在地下室。

生字 地下室/地下室

名・他サ ちょぞう【貯蔵】

儲藏

類 保存 保存

對 消費 消費

音 貯＝チョ

音 蔵＝ゾウ

た

ちょちく【貯蓄】

□□□ 1751

例 余ったお金は、貯蓄にまわそう。

1秒後影子跟讀 >

譯 剩餘的錢，就存下來吧！

生字 余る／多餘

名・他サ **ちょ ちく【貯蓄】**

儲蓄

類 貯金 儲蓄

對 支出 支出

音 貯＝チョ

□□□ 1752

例 この針金は、直角に曲がっている。

1秒後影子跟讀 >

譯 這銅線彎成了直角。

生字 針金／銅絲；曲がる／彎曲

名・形動 **ちょ っかく【直角】**

(數) 直角

類 垂直 垂直

對 斜め 斜的

音 角＝カク

□□□ 1753

例 このタイヤは直径何センチぐらいですか。

1秒後影子跟讀 >

譯 這輪胎的直徑大約是多少公分呢？

生字 タイヤ／輪胎；センチ／公分

名 **ちょ っけい【直径】**

(數) 直徑

類 径 直徑

對 半径 半徑

□□□ 1754

例 部屋を散らかしたきりで、片付けてくれません。

1秒後影子跟讀 >

譯 他將房間弄得亂七八糟後，就沒幫我整理。

出題重點 題型５裡「散らかす」的考點有：

● 例句：彼は部屋を散らかした／他把房間弄亂了。

● 換句話說：部屋の物を散乱させる／使房間內的物品散亂。

● 相對說法：彼は部屋を整理する／他整理房間。

「ちらかす」和「散乱させる」都表示讓某個空間或物品處於亂序狀態；「整理する」則是將亂序的事物歸置有序。

生字 片付ける／收拾

他五 **ちらかす【散らかす】**

弄得亂七八糟；到處亂放，亂扔

類 散乱させる 使散亂

對 整理する 整理

□□□ 1755

例 部屋が散らかっていたので、片付けざるをえなかった。

1秒後影子跟讀 >

譯 因為房間內很凌亂，所以不得不整理。

文法 > ざるをえなかった [不得不…]：表示除此之外，沒有其他的選擇。

自五 **ちらかる【散らかる】**

凌亂，亂七八糟，到處都是

類 散乱 散亂

對 整理される 整理

□□□ 1756

例 辺り一面、花びらが散らばっていた。
1秒後影子跟讀 〉

譯 這一帶落英繽紛，猶如鋪天蓋地。

慣用語 〉
● 花びらが散らばる／花瓣輕盈飄散，遍布地面。
● 子どもたちが散らばる／孩童們四散開來。
● 情報が散らばる／消息傳達四面八方。

生字 一面／一片；花びら／花瓣

自五 ちらばる
【散らばる】
分散；散亂
類 散布 散布
對 集中 集中

□□□ 1757

例 鼻をかみたいので、ちり紙をください。
1秒後影子跟讀 〉

譯 我想擤鼻涕，請給我張衛生紙。

生字 鼻／鼻子；かむ／擤

名 ちりがみ【ちり紙】
衛生紙；粗草紙
類 廃紙 廢紙
對 白紙 白紙

□□□ 1758　　　　　　　　　　　　　Track055

例 ラーメンに半ライスを追加した。
1秒後影子跟讀 〉

譯 要了拉麵之後又加點了半碗飯。

生字 半ライス／半碗飯

名・他サ ついか【追加】
追加，添付，補上
類 加える 増加
對 減少 減少

□□□ 1759

例 出かけるなら、ついでに卵を買ってきて。
1秒後影子跟讀 〉

譯 你如果要出門，就順便幫我買蛋回來吧。

名 ついで
順便，就便；順序，次序
類 順番 順便
對 主要 主要

□□□ 1760

例 この国の通貨は、ユーロです。
1秒後影子跟讀 〉

譯 這個國家的貨幣是歐元。

生字 ユーロ／歐元

名 つうか【通貨】
通貨，(法定)貨幣
類 貨幣 貨幣
對 商品 商品
音 貨＝カ

つうか【通過】

□□□ 1761

例 特急電車が通過します。

1秒後影子跟讀 〉

譯 特快車即將過站。

出題重點 「通過」“通過”涉及從一處到另一處，或事物獲批准。問題 4 陷阱可能有：「經由（けいゆ）」“經過”強調途經地點或路線；「通行（つうこう）」“通行”著重於道路或通道的行進；「承認（しょうにん）」“承認”是正式認可，適用於法律、證書或意見。相比「通過」，「經由」關注路徑，「通行」關注行動過程，「承認」強調正式批准。

生字 特急電車／特快列車

名·自サ **つうか【通過】**

通過，經過；（電車等）駛過；（議案、考試等）通過，過關，合格

類 経過　經過

對 滞留　滯留

□□□ 1762

例 通学のたびに、この道を通ります。

1秒後影子跟讀 〉

譯 每次要去上學時，都會走這條路。

生字 通る／通過

名·自サ **つうがく【通学】**

上學

類 学校通い　上學

對 休学　休學

□□□ 1763

例 この道は、今日は通行できないことになっています。

1秒後影子跟讀 〉

譯 這條路今天是無法通行的。

名·自サ **つうこう【通行】**

通行，交通，往來；廣泛使用，一般通用

類 通過　通過　對 閉鎖　封閉

□□□ 1764

例 何か通信の方法があるに相違ありません。

1秒後影子跟讀 〉

譯 一定會有聯絡方法的。

文法 にそういない[一定是…]：表示說話者根據經驗或直覺，做出非常肯定的判斷。

生字 方法／辦法

名·自サ **つうしん【通信】**

通信，通音信；通訊，聯絡；報導消息的稿件，通訊稿

類 連絡　聯絡

對 断絶　中斷

□□□ 1765

例 事件が起きたら、通知が来るはずだ。

1秒後影子跟讀 〉

譯 一旦發生案件，應該馬上就會有通知。

生字 事件／事件；起きる／發生

名·他サ **つうち【通知】**

通知，告知

類 報告　通知

對 無視　忽略

□□□ 1766

例 通帳と印鑑を持ってきてください。

1秒後影子跟讀〉

譯 請帶存摺和印章過來。

生字 印鑑/印章

名 つうちょう【通帳】

(存款、賒帳等的)折子,帳簿

類 預金帳 存摺

對 現金 現金

□□□ 1767

例 プロの世界では、私の力など通用しない。

1秒後影子跟讀〉

譯 在專業的領域裡,像我這種能力是派不上用場的。

生字 プロ/職業;力/能力

名·自サ つうよう【通用】

通用,通行;兼用,兩用;(在一定期間內)通用,有效;通常使用

類 広く使われる 廣泛使用

對 限定される 限定

□□□ 1768

例 通路を通って隣のビルまで行く。

1秒後影子跟讀〉

譯 走通道到隔壁大樓去。

慣用語〉

●通路を歩く/沿通道踱步前行。

●緊急通路を確保する/保障緊急逃生通道暢通。

●通路の幅を測る/測量通道寬度尺寸。

生字 通る/通過;ビル/大廈

名 つうろ【通路】

(人們通行的)通路,人行道;(出入通行的)空間,通道

類 廊下 走廊

對 壁 牆壁

□□□ 1769

例 母親の使いで出かける。

1秒後影子跟讀〉

譯 出門幫媽媽辦事。

名 つかい【使い】

使用;派去的人;派人出去(買東西、辦事),跑腿;(迷)(神仙的)侍者;(前接某些名詞)使用的方法,使用的人

類 使用 使用

對 捨てる 丟棄

□□□ 1770

例 報告を聞いて、部長の顔つきが変わった。

1秒後影子跟讀〉

譯 聽了報告之後,經理的臉色大變。

生字 報告/匯報;顔つき/神色

接尾 つき【付き】

(前接某些名詞)樣子;附屬

類 添付 附帶

對 切り離し 分離

つきあい【付き合い】

□□□ 1771

例 君こそ、最近付き合いが悪いじゃないか。

1秒後影子跟讀

譯 你最近才是很難打交道呢！

生字 こそ／才是；最近／近來

名自サ **つきあい【付き合い】**

交際，交往，打交道；應酬，作陪

類 関係 關係 對 疎遠 疏遠

□□□ 1772

例 研究が壁に突き当たってしまい、悩んでいる。

1秒後影子跟讀

譯 研究陷入瓶頸，十分煩惱。

生字 壁／障礙；悩む／苦惱

自五 **つきあたる【突き当たる】**

撞上，碰上；走到道路的盡頭；(轉)遇上，碰到(問題)

類 衝突する 碰撞

對 避ける 避開

□□□ 1773

例 この音楽を聞くにつけて、楽しかった月日を思い出します。

1秒後影子跟讀

譯 每當聽到這音樂，就會想起過去美好的時光。

文法 につけて[每當…就會…]：表示前項事態總會帶出後項結論。

生字 思い出す／回憶起

名 **つきひ【月日】**

日與月；歲月，時光；日月，日期

類 時間 時間

對 瞬間 瞬間

□□□ 1774

例 試合で、相手は私の弱点を突いてきた。

1秒後影子跟讀

譯 對方在比賽中攻擊了我的弱點。

慣用語
- 指で突く／輕以指尖觸碰。
- ボタンを突く／按下鍵盤按鈕。
- 突く動作／執行戳刺動作。

生字 相手／對手；弱点／把柄

他五 **つく【突く】**

扎，刺，戳；撞，頂；支撐；冒著，不顧；沖，撲(鼻)；攻擊，打中

類 刺す 刺

對 引く 拉

□□□ 1775

例 王座に就く。

1秒後影子跟讀

譯 登上王位。

自五 **つく【就く】**

就位；登上；就職；跟…學習；起程

類 従事する 從事

對 離れる 離開

□□□ 1776

例 彼の実力は、世界チャンピオンに次ぐほどだ。

1秒後影子跟讀≫

譯 他的實力，幾乎好到僅次於世界冠軍的程度。

文法 ほどだ[幾乎…]：為了説明前項達到什麼程度，在後項舉出具體的事例來。

生字 実力/實力；チャンピオン/優勝

自五 つぐ【次ぐ】

緊接著，繼…之後；次於，並於

類 続く 繼續

對 先行する 先行

□□□ 1777

例 ついでに、もう1杯お酒を注いでください。

1秒後影子跟讀≫

譯 請順便再幫我倒一杯酒。

他五 つぐ【注ぐ】

注入，斟，倒入(茶、酒等)

類 注ぐ 注入、倒入

對 抜く 取出

□□□ 1778

例 説明を付け加える。

1秒後影子跟讀≫

譯 附帶說明。

出題重點 「付け加える」指增加、追加或補充某物，使其更完整或詳細。如「コメントを付け加える／提出補充見解」。以下是問題6錯誤用法：

1. 表示減少或刪除：「情報を付け加える／補充信息」。
2. 描述物理的分離：「部品を付け加える／補充部件」。
3. 表示保持不變：「状態を付け加える／增加狀態」。

生字 説明/解説

他下 つけくわえる【付け加える】

添加，附帶

類 追加する 添加

對 削除する 刪除

□□□ 1779

例 服を身につける。

1秒後影子跟讀≫

譯 穿上衣服。

生字 服/服飾；身/身體

他下 つける【着ける】

佩帶，穿上

類 着用する 穿戴

對 脱ぐ 脱下

□□□ 1780

例 子どもたちが土を掘って遊んでいる。

1秒後影子跟讀≫

譯 小朋友們在挖土玩。

生字 掘る/挖掘

名 つち【土】

土地，大地；土壤，土質；地面，地表；地面土，泥土

類 土壌 土壤

對 空気 空氣

371

つっこむ【突っ込む】

□□□ 1781

例 事故で、車がコンビニに突っ込んだ。
1秒後影子跟讀 》

譯 由於事故，車子撞進了超商。

生字 事故／事故；コンビニ／便利商店

他五・自五 **つっこむ【突っ込む】**
衝入，闖入；深入；塞進，插入；沒入；深入追究
類 突入する　闖入
對 退く　後退

□□□ 1782

例 プレゼントの包みを開けてみた。
1秒後影子跟讀 》

譯 我打開了禮物的包裝。

生字 プレゼント／贈禮；開ける／打開

名 **つつみ【包み】**
包袱，包裹
類 包装　包装
對 露出　露出
訓 包＝つつ（み）

□□□ 1783

例 私のやるべき務めですから、たいへんではありません。
1秒後影子跟讀 》

譯 這是我應盡的本分，所以一點都不辛苦。

出題重點 「務め（つとめ）」指的是承擔的角色或任務。如「司会の務め（しかいのつとめ）」"主持工作"。問題 3 經常混淆之複合詞有：
● 係（かかり）：表示負責或關聯，特定的職責或工作。如「受付係（うけつけがかり）」"接待負責人"。
● 先（さき）：表示地點、方向或對象。如「勤め先（つとめさき）」"工作地點"。
● 持つ（もつ）：表示擁有、負責或管理。如「受け持つ（うけもつ）」"負責"。

名 **つとめ【務め】**
本分，義務，責任
類 職務　職責
對 無職　無職

□□□ 1784

Track056

例 勤めが辛くてやめたくなる。
1秒後影子跟讀 》

譯 工作太勞累了所以有想辭職的念頭。

生字 やめる／辭去

名 **つとめ【勤め】**
工作，職務，差事

□□□ 1785

例 看護に努める。
1秒後影子跟讀 》

譯 盡心看護病患。

生字 看護／護理

他下一 **つとめる【努める】**
努力，為…奮鬥，盡力；勉強忍住
類 努力する　努力
對 怠る　怠惰

372

□□□ 1786

例 主役を務める。
1秒後影子跟讀≫

譯 扮演主角。

出題重點 「務める」唸作「つとめる」，指承擔某項職務或角色，履行職責。問題1誤導選項可能有：
- 治める（おさめる）："治理"，指管理或控制某事物，使之處於穩定或良好狀態。
- 求める（もとめる）："尋求"，指追尋、要求或期望得到某物或某種狀況。
- 責める（せめる）："責備"，指對某人的行為或過錯表示不滿，進行批評或斥責。

生字 主役／主角

他下一 つとめる
【務める】

任職，工作；擔任（職務）；扮演（角色）

□□□ 1787

例 船に綱をつけてみんなで引っ張った。
1秒後影子跟讀≫

譯 將繩子套到船上大家一起拉。

生字 引っ張る／牽引

名 つな【綱】

粗繩，繩索，纜繩；命脈，依靠，保障
類 ロープ 繩索
對 板 板材

□□□ 1788

例 友だちとのつながりは大切にするものだ。
1秒後影子跟讀≫

譯 要好好地珍惜與朋友間的聯繫。

文法 ものだ[應當…]：表示理所當然，理應如此。
生字 大切／珍重的

名 つながり【繋がり】

相連，相關；系列；關係，聯繫
類 関連 關聯
對 切り離し 分離

□□□ 1789

例 社長が常にオフィスにいるとは、言いきれない。
1秒後影子跟讀≫

譯 無法斷定社長平時都會在辦公室裡。

生字 オフィス／辦事處

副 つねに【常に】

時常，經常，總是
類 常時 常時
對 時々 偶爾

□□□ 1790

例 白鳥が大きな翼を広げている。
1秒後影子跟讀≫

譯 天鵝展開地那寬大的翅膀。

生字 白鳥／天鵝；広げる／張開

名 つばさ【翼】

翼，翅膀；（飛機）機翼；（風車）風板；使者，使節
類 羽 翅膀
對 足 腳

373

つぶ【粒】

例 大粒の雨が降ってきた。

〔1秒後影子跟讀〉

譯 下起了大滴的雨。

名・接尾 つぶ【粒】

(穀物的)穀粒;粒,丸,珠;(數小而圓的東西)粒,滴,丸

類 粒子　顆粒　對 塊　塊

訓 粒＝つぶ

例 会社を潰さないように、一生懸命がんばっている。

〔1秒後影子跟讀〉

譯 為了不讓公司倒閉而拼命努力。

慣用語
- 時間を潰す／消磨時間。
- 虫を潰す／踩死昆蟲。
- 潰す力を加える／施力壓碎。

生字 一生懸命／一心一意

他五 つぶす【潰す】

毀壞,弄碎;熔毀,熔化;消磨,消耗;宰殺;堵死,填滿

類 押しつぶす　壓碎

對 保存する　保存

例 あの会社が、潰れるわけがない。

〔1秒後影子跟讀〉

譯 那間公司,不可能會倒閉的。

生字 会社／商社

自下 つぶれる【潰れる】

壓壞,壓碎;坍塌,倒塌;倒產,破產;磨損,磨鈍;(耳)聾,(眼)瞎

類 崩壊する　崩潰

對 成立する　成立

例 石に躓いて転んだ。

〔1秒後影子跟讀〉

譯 絆到石頭而跌了一跤。

生字 石／石子；転ぶ／跌倒

自五 つまずく【躓く】

跌倒,絆倒;(中途遇障礙而)失敗,受挫

類 挫折　挫折

對 歩く　走路

例 そんなことをしたら、罪になりかねない。

〔1秒後影子跟讀〉

譯 如果你做了那種事,很可能會變成犯罪。

文法 かねない [很可能會…]：表示有這種可能性或危險性。有可能做出異於常人的某種事情,一般用在負面的評價。

名・形動 つみ【罪】

(法律上的)犯罪;(宗教上的)罪惡,罪孽;(道德上的)罪責,罪過

類 罪悪　罪惡

對 正義　正義

1796

例 靴は、磨けば磨くほど艶が出ます。

1秒後影子跟讀 ≫

譯 鞋子越擦越有光澤。

生字 磨く／擦，刷；出る／露出

名 つや【艶】

光澤，潤澤；興趣，精彩；艷事，風流事

類 光沢 光澤

對 くすんでいる 暗淡

1797

例 ゲームに負けているくせに、あの選手は強気ですね。

1秒後影子跟讀 ≫

譯 明明就輸了比賽，那選手還真是強硬呢。

生字 ゲーム／競賽；負ける／輸

名・形動 つよき【強気】

(態度)強硬，(意志)堅決；(行情)看漲

類 自信 自信

對 弱気 膽怯

1798

例 勉強が辛くてたまらない。

1秒後影子跟讀 ≫

譯 書念得痛苦不堪。

慣用語

● 辛い経験を乗り越える／戰勝艱辛歷程。

● 辛い目にあうこともある／偶爾面臨困苦。

● 辛い別れを経験する／經歷痛楚的別離。

形・接尾 つらい【辛い】

痛苦的，難受的，吃不消；刻薄的，殘酷的；難…，不便…

類 苦しい 痛苦

對 快適 舒適

た

1799

例 主人のことだから、また釣りに行っているのだと思います。

1秒後影子跟讀 ≫

譯 我家那口子的話，我想一定是又跑去釣魚了吧！

文法 ことだから [因為是…，所以…]：主要接表示人物的詞後面，根據說話熟知的人物的性格、行為習慣等，做出自己判斷的依據。

生字 主人／丈夫

名 つり【釣り】

釣，釣魚；找錢，找的錢

類 釣り合い 平衡

對 狩り 狩獵

1800

例 あの二人は釣り合わないから、結婚しないだろう。

1秒後影子跟讀 ≫

譯 那兩人不相配，應該不會結婚吧！

生字 結婚／結婚

自五 つりあう【釣り合う】

平衡，均衡；勻稱，相稱

類 均衡 平衡

對 不均衡 不平衡

375

つりばし【釣り橋・吊り橋】

□□□ 1801

例 吊り橋を渡る。

1秒後影子跟讀 〉

譯 過吊橋。

生字 渡る／度，過

名 **つりばし**
【釣り橋・吊り橋】

吊橋

類 懸垂橋　懸垂橋

對 固定橋　固定橋

訓 橋＝はし

□□□ 1802

例 クレーンで吊って、ピアノを2階に運んだ。

1秒後影子跟讀 〉

譯 用起重機吊起鋼琴搬到2樓去。

生字 クレーン／吊車；運ぶ／搬運

他五 **つる【吊る】**

吊，懸掛，佩帶

類 掛ける　掛

對 下げる　降低

□□□ 1803

例 スーツは、そこに吊るしてあります。

1秒後影子跟讀 〉

譯 西裝掛在那邊。

出題重點 「吊るす」"吊起"表示將物品懸掛使懸空。問題
4陷阱可能有：「掛ける（かける）」"掛上"將物品掛於鉤
子或架子，不必懸空；「提げる（さげる）」"提、挑"著重
手提或肩掛方式；「懸ける（かける）」"懸掛"常用於比喻，
如希望或依賴。與「吊るす」比較，「掛ける」用於靠支撐物
掛置，「提げる」強調攜帶方法，「懸ける」多用於比喻情境。

生字 スーツ／西裝

他五 **つるす【吊るす】**

懸起，吊起，掛著

類 掛ける　懸掛

對 下げる　降下

□□□ 1804

例 連れがもうじき来ます。

1秒後影子跟讀 〉

譯 我同伴馬上就到。

生字 もうじき／不久

名・
接尾 **つれ【連れ】**

同伴，伙伴；(能劇，狂言的)
配角

類 伴う　伴隨

對 単独　單獨

□□□ 1805

例 で、結果はどうだった。

1秒後影子跟讀 〉

譯 那麼，結果如何。

Track057

接續 **で**

那麼；(表示原因)所以

□□□ 1806

例 我々は、人との出会いをもっと大切にするべきだ。

[1秒後影子跟讀]

譯 我們應該要珍惜人與人之間相遇的緣分。

文法 べきだ[應該]：表示必須、應該如此。
生字 我々/我們；大切/珍愛的

名 であい【出会い】

相遇，不期而遇，會合；幽會；
河流會合處
類 触れ合い　接觸、交流
對 別れ　分離

□□□ 1807

例 この水は井戸水です。手洗いにはいいですが、飲まないでください。

[1秒後影子跟讀]

譯 這種水是井水，可以用來洗手，但請不要飲用。

生字 井戸水/井水

名 てあらい【手洗い】

洗手；洗手盆，洗手用的水；
洗手間
類 洗濯　洗滌
對 汚れ　污垢

□□□ 1808

例 このエレベーターの定員は 10 人です。

[1秒後影子跟讀]

譯 這電梯的限乘人數是 10 人。

名 ていいん【定員】

(機關，團體的)編制的名額；
(車輛的)定員，規定的人數
類 人数　人數
對 改造　改造

□□□ 1809

例 生徒の学力が低下している。

[1秒後影子跟讀]

譯 學生的學力（學習能力）下降。

慣用語
● 成績の低下を防ぐ/避免成績滑落。
● 体力の低下を感じる/察覺體力衰減。
● 気温の低下に備える/做好迎接溫度降低的準備。
生字 生徒/學生；学力/學習的實力

名・自サ ていか【低下】

降低，低落；(力量、技術等)
下降
類 減少　減少
對 増加　増加
音 低＝テイ

□□□ 1810

例 定価から 10 パーセント引きます。

[1秒後影子跟讀]

譯 從定價裡扣除 10%。

生字 パーセント/百分比；引く/刪減

名 ていか【定価】

定價
類 標示価　標價
對 安売り　廉價銷售

た

□□□ 1811

例 定期的に送る。

1秒後影子跟讀 ≫

譯 定期運送。

形動 て**い**きてき
【定期的】

定期，一定的期間
類 固定 固定

對 たまに 偶爾

□□□ 1812

例 定休日は店に電話して聞いてください。

1秒後影子跟讀 ≫

譯 請你打電話到店裡，打聽有關定期公休日的時間。

生字 店/商店；聞く/詢問

名 て**い**きゅうび
【定休日】

(商店、機關等)定期公休日
類 休日 休息日

對 営業日 營業日

□□□ 1813

例 社長に対して抵抗しても、無駄だよ。

1秒後影子跟讀 ≫

譯 即使反抗社長，也無濟於事。

慣用語
● 抵抗感を覚える/激發反抗情緒。
● 抵抗力を高める/增強抵抗力。
● 抵抗運動に参加する/投身於抵抗運動。

生字 無駄/徒勞

名・自サ て**い**こう【抵抗】

抵抗，抗拒，反抗；(物理)
電阻，阻力；(產生)抗拒心理，
不願接受
類 反抗 反抗

對 従順 順從

□□□ 1814

例 車が停止するかしないかのうちに、彼はドアを開けて飛び出した。

1秒後影子跟讀 ≫

譯 車子才剛一停下來，他就打開門衝了出來。

文法 か〜ないかのうちに[才剛…就…]：表示前一個動作才
剛發生，在似完非完之間，第2個動作緊接著又開始了。

生字 開ける/打開；飛び出す/衝出

名・他サ・自サ て**い**し【停止】

禁止，停止；停住，停下；(事
物、動作等)停頓
類 停留 停止

對 動き出す 開始運動

音 停＝テイ

□□□ 1815

例 急行は、この駅に停車するっけ。

1秒後影子跟讀 ≫

譯 快車有停這站嗎？

名・他サ・自サ て**い**しゃ【停車】

停車，剎車
類 駐車 停車 對 出発 出發

音 停＝テイ

□□□ 1816

例 テストを受けるかわりに、レポートを提出した。

1秒後影子跟讀》

訳 以交報告來代替考試。

慣用語》
● レポートを提出する／繳交報告。
● 計画書を提出する／遞交計劃書。
● 提出期限を守る／遵守繳交截止期限。

生字 受ける／接受；レポート／報告

名・他サ ていしゅつ【提出】
提出，交出，提供
類 送信 傳送
對 引き取り 收回

□□□ 1817

例 どの程度お金を持っていったらいいですか。

1秒後影子跟讀》

訳 我大概帶多少錢比較好呢？

生字 持つ／攜帶

名・接尾 ていど【程度】
(高低大小)程度，水平；(適當的)程度，適度，限度
類 角度 角度
對 全体 整體

□□□ 1818

例 研究会に出入りしているが、正式な会員というわけではない。

1秒後影子跟讀》

訳 雖然在研討會走動，但我不是正式的會員。

生字 正式／正規的；会員／會員

名・自サ でいり【出入り】
出入，進出；(因有買賣關係而)常往來；收支；(數量的)出入；糾紛，爭吵
類 通る 通過
對 留まり 停留

□□□ 1819

例 出入り口はどこにありますか。

1秒後影子跟讀》

訳 請問出入口在哪裡？

名 でいりぐち【出入り口】
出入口
類 入り口 入口
對 出場 出場

□□□ 1820

例 靴を長持ちさせるには、よく手入れをすることです。

1秒後影子跟讀》

訳 一雙鞋想要穿得長久，就必須仔細保養才行。

生字 靴／鞋子；長持ち／耐久

名・他サ ていれ【手入れ】
收拾，修整；檢舉，摫捕
類 メンテナンス 維護
對 放置 放置

た

でかける【出かける】

□□□ 1821

例 兄は、出かけたきり戻ってこない。

1秒後影子跟讀 》

譯 自從哥哥出去之後，就再也沒回來過。

文法 きり〜ない[自從…之後，（就）再也沒…]：表示前項的動作完成之後，應該進展的事，就再也沒有下文了。

生字 戻る／回家

自下 でかける
【出かける】

出門，出去，到…去；剛要走，要出去；剛要…

類 出発する 出發

對 留まる 停留

□□□ 1822

例 科学的に実証される。

1秒後影子跟讀 》

譯 在科學上得到證實。

出題重點 「的（てき）」形容以目標為中心的事物。如「射的（しゃてき）」"射擊目標"。問題3經常混淆的複合詞有：
- 点（てん）：表示具體的關注點。如「焦点（しょうてん）」"注意或興趣集中的地方"。
- 目（め）：表示注意的焦點或中心或核心。如「台風の目（たいふうのめ）」"颱風眼"。
- 所（どころ）：表示地點、場所或特定的點。如「狙い所（ねらいどころ）」"目標位置"。

生字 科学／科學；実証／認證

造語 てき【的】

…的

類 目標 目標

對 ずれる 偏離

□□□ 1823

例 あんな奴は私の敵ではない。私にかなうものか。

1秒後影子跟讀 》

譯 那種傢伙根本不是我的對手！他哪能贏過我呢？

生字 奴／傢伙；かなう／敵得過

名・漢造 てき【敵】

敵人，仇敵；（競爭的）對手；障礙，大敵；敵對，敵方

類 相手 對手

對 味方 盟友

□□□ 1824

例 出来上がりまで、どのぐらいかかりますか。

1秒後影子跟讀 》

譯 到完成大概需要多少時間？

名 できあがり
【出来上がり】

做好，做完；完成的結果（手藝，質量）

類 完成 完成 對 未着 未完成

□□□ 1825

例 作品は、もう出来上がっているにきまっている。

1秒後影子跟讀 》

譯 作品一定已經完成了。

生字 作品／創作

自五 できあがる
【出来上がる】

完成，做好；天性，生來就…

類 完成する 完成 對 始まる 開始

□□□ 1826

例 上司が的確に指示してくれたおかげで、すべてうまくいきました。

1秒後影子跟讀 〉

譯 多虧上司準確的給予指示，所以一切都進行的很順利。

形動 て きかく【的確】

正確，準確，恰當

類 正確　正確

對 曖昧　模糊

慣用語 〉
- 的確な判断を下す／做出精確的判斷。
- 的確な表現を心がける／致力於準確表述。
- 的確なアドバイスを求める／尋求精準的建議。

生字 上司／上級；指示／吩咐

□□□ 1827

例 自分に適した仕事を見つけたい。

1秒後影子跟讀 〉

譯 我想找適合自己的工作。

生字 見つける／找到

自サ て きする【適する】

(天氣、飲食、水土等) 適宜，適合；適當，適宜於 (某情況)；具有做某事的資格與能力

類 適合　適合　對 不適合　不適合

□□□ 1828

例 アドバイスするにしても、もっと適切な言葉があるでしょう。

1秒後影子跟讀 〉

譯 即使要給建議，也應該有更恰當的用詞吧？

生字 アドバイス／勸告；言葉／詞語

名・形動 て きせつ【適切】

適當，恰當，妥切

類 適当　適當

對 不適切　不適切

□□□ 1829

例 医者の指導のもとで、適度な運動をしている。

1秒後影子跟讀 〉

譯 我在醫生的指導之下，從事適當的運動。

文法 のもとで [在…之下]：表示在受到某影響的範圍內，而有後項的情況。

生字 医者／醫師；指導／教導

名・形動 て きど【適度】

適度，適當的程度

類 程々　適中

對 偏り　偏頗

□□□ 1830

例 鍼灸治療に保険は適用されますか。

1秒後影子跟讀 〉

譯 請問保險的給付範圍包括針灸治療嗎？

生字 鍼灸／針灸；保険／保險

名・他サ て きよう【適用】

適用，應用

類 使用　使用

對 無使用　未使用

た

381

□□□ 1831 Track058

例 できればその仕事_{しごと}はしたくない。

1秒後影子跟讀 ▷

譯 可能的話我不想做那個工作。

連語 できれば

可以的話，可能的話

類 もしも　如果

對 とりあえず　暫且

□□□ 1832

例 でこぼこだらけの道_{みち}を運転_{うんてん}した。

1秒後影子跟讀 ▷

譯 我開在凹凸不平的道路上。

名・自サ でこぼこ【凸凹】

凹凸不平，坑坑窪窪；不平衡，不均勻

類 歪_{ゆが}み　不均

對 平_{たい}ら　平坦

出題重點　「凸凹」唸作「でこぼこ」，指表面上的不平整、高低不一。問題1誤導選項可能有：
- でこぼこ：錯誤地將「ぼ」讀成「ぽ」。
- でこぼく：錯誤地將「こ」讀成「く」。
- でこぼこう：錯誤地加入了多餘的長音「う」。

慣用語 ▷
- 凸凹_{でこぼこ}をならす／鏟平高低不平之地。
- 凸凹_{でこぼこ}の道_{みち}を歩_{ある}く／走在凹凸不平的路上。

□□□ 1833

例 値段_{ねだん}が手頃_{てごろ}なせいか、この商品_{しょうひん}はよく売_うれます。

1秒後影子跟讀 ▷

譯 大概是價錢平易近人的緣故，這個商品賣得相當好。

生字 値段_{ねだん}／價格；商品_{しょうひん}／產品

名・形動 てごろ【手頃】

(大小輕重)合手，合適，相當；適合(自己的經濟能力、身分)

類 安_{やす}い　便宜

對 高_{たか}い　昂貴

□□□ 1834

例 弟子_{でし}のくせに、先生_{せんせい}に逆_{さか}らうのか。

1秒後影子跟讀 ▷

譯 明明就只是個學徒，難道你要頂撞老師嗎？

生字 逆_{さか}らう／違抗

名 でし【弟子】

弟子，徒弟，門生，學徒

類 徒弟_{とてい}　徒弟

對 先生_{せんせい}　老師

□□□ 1835

例 手品_{てじな}を見_みせてあげましょう。

1秒後影子跟讀 ▷

譯 讓你們看看魔術大開眼界。

生字 見_みせる／讓…看

名 てじな【手品】

戲法，魔術；騙術，奸計

類 魔法_{まほう}　魔術

對 現実_{げんじつ}　現實

□□□ 1836

例 9時に出社いたします。ですから9時以降なら何時でも結構です。

`1秒後影子跟讀》`

譯 我9點進公司。所以9點以後任何時間都可以。

生字 出社／出勤；以降／之後；結構／良好的

接續 **ですから**

所以

類 そういうわけで　因此

對 しかしながら　然而

□□□ 1837

例 あいつなら、そのようなでたらめも言いかねない。

`1秒後影子跟讀》`

譯 如果是那傢伙，就有可能會說出那種荒唐的話。

出題重點 題型5裡「でたらめ」的考點有：

● 例句：彼の話はでたらめだった／他的話全是胡說八道。
● 換句話說：彼の話はうそだった／他的話是謊言。
● 相對說法：彼の話は真実だった／他的話是真實的。
　「でたらめ」和「うそ」都表示不真實或虛構的內容；「真實」則是指事物的真實狀態。

文法 かねない[有可能會…]：表示有這種可能性或危險性。有可能做出異於常人的某種事情，一般用在負面的評價。

生字 あいつ／那小子

名・形動 **でたらめ**

荒唐，胡扯，胡說八道，信口開河

類 嘘　謊言

對 真実　真相

□□□ 1838

例 「鉄は熱いうちに打て」とよく言います。

`1秒後影子跟讀》`

譯 常言道：「打鐵要趁熱。」

生字 うち／趁…時；打つ／敲打

名 **てつ【鉄】**

鐵

類 金属　金屬

對 非金属　非金屬

音 鉄＝テツ

□□□ 1839

例 哲学の本は読みません。難しすぎるもの。

`1秒後影子跟讀》`

譯 人家不看哲學的書，因為實在是太難了嘛。

名 **てつがく【哲学】**

哲學；人生觀，世界觀

類 思想　思想

對 実際　實踐

□□□ 1840

例 列車は鉄橋を渡っていった。

`1秒後影子跟讀》`

譯 列車通過了鐵橋。

生字 列車／火車；渡る／渡過

名 **てっきょう【鉄橋】**

鐵橋，鐵路橋

類 橋　橋梁　對 道路　道路

音 鉄＝テツ　音 橋＝キョウ

た

□□□ 1841

例 今日は**てっきり**晴れると思ったのに。

1秒後影子跟讀 ≫

譯 我以為今天一定會是個大晴天的。

出題重點 「**てっきり**」通常用來表示確信或完全相信某事，但通常用在事後發現原來的確信是錯誤的情況。如「**てっきり**先生だと思った／我想一定是老師」。以下是問題6錯誤用法：

1. 表示不確定性或猶豫：「**てっきり**分からない／完全知道」。
2. 描述經常改變的情況：「気候が**てっきり**変わる／氣候必定變化」。
3. 表示物理接觸或動作：「手を**てっきり**触る／確實觸摸手」。

生字 晴れる／放晴

副 **てっきり**
一定，必然；果然
類 絶対に　絕對地
對 必ずしも　不一定

□□□ 1842

例 **鉄鋼**製品を販売する。

1秒後影子跟讀 ≫

譯 販賣鋼鐵製品。

生字 製品／產品；販売／銷售

名 **てっこう**【鉄鋼】
鋼鐵
類 金属　金屬
對 プラスチック　塑膠
音 鉄＝テツ

□□□ 1843

例 夜を**徹**して語り合う。

1秒後影子跟讀 ≫

譯 徹夜交談。

生字 語り合う／談論

自サ **てっする**【徹する】
貫徹，貫穿；通宵，徹夜；徹底，貫徹始終
類 貫く　貫徹
對 諦める　放棄

□□□ 1844

例 **手続き**さえすれば、誰でも入学できます。

1秒後影子跟讀 ≫

譯 只要辦好手續，任誰都可以入學。

生字 入学／入學

名 **てつづき**【手続き】
手續，程序
類 手順　程序
對 結果　結果

□□□ 1845

例 この村には、**鉄道**の駅はありますか。

1秒後影子跟讀 ≫

譯 這村子裡，有火車的車站嗎？

名 **てつどう**【鉄道】
鐵道，鐵路
類 交通機関　交通工具
對 自動車　汽車
音 鉄＝テツ

□□□ 1846

例 鉄砲を持って、狩りに行った。

1秒後影子跟讀≫

譯 我持著手槍前去打獵。

生字 狩り／狩獵

名 てっぽう【鉄砲】

槍，步槍

類 銃 槍

對 剣 劍

音 鉄＝テツ

□□□ 1847

例 汗を手ぬぐいで拭いた。

1秒後影子跟讀≫

譯 用手帕擦了汗。

生字 汗／汗水；拭く／擦拭

名 てぬぐい【手ぬぐい】

布手巾

類 タオル 毛巾

對 ハンカチ 手帕

□□□ 1848

例 この仕事には手間がかかるにしても、三日もかかるのはおかしいよ。

1秒後影子跟讀≫

譯 就算這工作需要花較多時間，但是竟然要花上3天實在太可疑了。

生字 おかしい／不正常的

名 てま【手間】

(工作所需的)勞力、時間與功夫；(手藝人的)計件工作，工錢

類 要領 技巧

對 楽 輕鬆

□□□ 1849

例 電話さえしてくれれば、出迎えに行きます。

1秒後影子跟讀≫

譯 只要你給我一通電話，我就出去迎接你。

名 でむかえ【出迎え】

迎接；迎接的人

類 迎え 歡迎

對 送迎 送別

□□□ 1850

例 客を駅で出迎える。

1秒後影子跟讀≫

譯 在火車站迎接客人。

慣用語≫

● ゲストを出迎える／迎接客人。

● 駅で出迎える／於車站迎接抵達。

● 成功を出迎える／慶祝成功，讚揚成就。

生字 客／賓客；駅／車站

他下一 でむかえる【出迎える】

迎接

類 迎える 迎接

對 送る 送走

た

デモ【demonstration】

□□□ 1851

例 彼らもデモに参加したということです。

1秒後影子跟讀 〉

譯 聽說他們也參加了示威遊行。

生字 参加／加入

名 デモ
【demonstration】

抗議行動

類 示威　示威

對 聴解　聴解

□□□ 1852

例 足元を照らすライトを取り付けましょう。

1秒後影子跟讀 〉

譯 安裝照亮腳邊的照明用燈吧！

生字 足元／腳下；ライト／電燈；取り付ける／裝上

他五 てらす【照らす】

照耀，曬，晴天

類 明るくする　照亮

對 暗くする　使變暗

訓 照＝て（らす）

□□□ 1853

例 今日は太陽が照って暑いね。

1秒後影子跟讀 〉

譯 今天太陽高照真是熱啊！

慣用語 〉

● 日が照る／太陽灑下光輝。
● 明かりが照る／光線照耀。
● 笑顔が照る／笑容燦爛如花。

自五 てる【照る】

照耀，曬，晴天

類 輝く　閃耀

對 曇る　陰暗

訓 照＝て（る）

□□□ 1854

例 高校の売店には、文房具やちょっとした飲み物などしかありません。

1秒後影子跟讀 〉

譯 高中的福利社只賣文具和一些飲料而已。

生字 売店／小賣部；文房具／文具

名 てん【店】

店家，店

類 お店　商店

對 自宅　家庭

□□□ 1855

例 話は、予測どおりに展開した。

1秒後影子跟讀 〉

譯 事情就如預期一般地發展下去。

生字 予測／預料

名・他サ・自サ てんかい【展開】

開展，打開；展現；進展；(隊形)散開

類 発展　發展

對 縮小　縮小

386

□□□ 1856

例 上にはぺこぺこするくせに、下には威張り散らすというのは、だめな中間管理職の典型だ。

1秒後影子跟讀 〉

譯 對上司畢恭畢敬、但對下屬卻揚威耀武，這就是中階主管糟糕的典型。

慣用語 〉
- 典型的な例を挙げる／舉出典型的例子。
- 典型的な態度を示す／呈現典型性的態度。
- 典型的な特徴を分析する／剖析典型性的特徵。

生字 ぺこぺこ／鞠躬哈腰；威張り散らす／飛揚跋扈

名 てんけい【典型】

典型，模範

類 例 例子

對 異例 異例

音 型＝ケイ

□□□ 1857 Track059

例 北海道から東北にかけて、天候が不安定になります。

1秒後影子跟讀 〉

譯 北海道到東北地區，接下來的天氣，會變得很不穩定。

生字 不安定／多變的

名 てんこう【天候】

天氣，天候

類 気象 氣象

對 地球 地球

た

□□□ 1858

例 電子辞書を買おうと思います。

1秒後影子跟讀 〉

譯 我打算買台電子辭典。

名 でんし【電子】

(理) 電子

類 電気 電

對 原子 原子

□□□ 1859

例 着物の展示会で、目の保養をした。

1秒後影子跟讀 〉

譯 參觀和服的展示會，享受了一場視覺的饗宴。

生字 着物／和服；保養／休養

名 てんじかい【展示会】

展示會

類 博覧会 博覽會

對 会議 會議

□□□ 1860

例 病気が、国中に伝染するおそれがある。

1秒後影子跟讀 〉

譯 這疾病恐怕會散佈到全國各地。

生字 国中／國內各地；おそれ／擔憂

名・自サ でんせん【伝染】

(病菌的) 傳染；(惡習的) 傳染，感染

類 感染 感染

對 防疫 防疫

でんせん【電線】

□□□ 1861

例 電線に雀がたくさん止まっている。

1秒後影子跟讀〉

譯 電線上停著許多麻雀。

生字 雀／麻雀；止まる／停下

名 でんせん【電線】

電線，電纜

類 電界　電界

對 ガス線　瓦斯管

□□□ 1862

例 電柱に車がぶつかった。

1秒後影子跟讀〉

譯 車子撞上了電線桿。

生字 ぶつかる／碰撞

名 でんちゅう【電柱】

電線桿

類 電灯　電燈

對 電話ボックス　電話亭

音 柱＝チュウ

□□□ 1863

例 広い草原に、羊が点々と散らばっている。

1秒後影子跟讀〉

譯 廣大的草原上，羊兒們零星散佈各地。

出題重點 題型5裡「てんてん」的考點有：
- 例句：地図上に目的地が点々と示されている／地圖上目的地被點點標示出來。
- 換句話說：目的地がちりぢりにマークされている／目的地散散地被標記出來。
- 相對說法：目的地がひとつづきに描かれている／目的地被連續地描繪出來。

「てんてん」和「ちりぢり」都表達物事分散、不連續的狀態；「ひとつづき」則是指事物連續不斷的情況。

生字 草原／草原；散らばる／零散

副 てんてん【点々】

點點，分散在;(液體)點點地，滴滴地往下落

類 散り散り　散佈

對 一続き　連續

□□□ 1864

例 今までにいろいろな仕事を転々とした。

1秒後影子跟讀〉

譯 到現在為止換過許多工作。

副
自サ てんてん【転々】

轉來轉去，輾轉，不斷移動；滾轉貌，嘰哩咕嚕

類 徘徊　徘徊　對 泊まる　定居

□□□ 1865

例 お正月にお餅を食べるのは、日本の伝統です。

1秒後影子跟讀〉

譯 在春節時吃麻糬是日本的傳統。

生字 お正月／正月新年；お餅／年糕

名 でんとう【伝統】

傳統

類 風俗　傳統　對 進化　創新

□□□ 1866

例 当店の商品は、全て天然の原料を使用しております。

1秒後影子跟讀〉

譯 本店的商品全部使用天然原料。

慣用語〉
● 天然の素材を使用する／運用自然素材。
● 天然の美を称賛する／讚頌自然之美。
● 天然ガスを採掘する／開採天然瓦斯。

生字 当店／本店；原料／材料

名 てんねん【天然】

天然，自然

類 自然 自然

對 人工 人工

□□□ 1867

例 天皇・皇后両陛下は、今ヨーロッパをご訪問中です。

1秒後影子跟讀〉

譯 天皇陛下與皇后陛下目前正在歐洲訪問。

生字 ヨーロッパ／歐洲；訪問／造訪

名 てんのう【天皇】

日本天皇

類 皇帝 皇帝

對 主人公 主角

た

□□□ 1868

例 そこまで電波が届くでしょうか。

1秒後影子跟讀〉

譯 電波有辦法傳到那麼遠的地方嗎？

生字 届く／傳達

名 でんぱ【電波】

(理)電波

類 信号 信號

對 回線 線路

音 波＝ハ

□□□ 1869

例 東京の生活はテンポが速すぎる。

1秒後影子跟讀〉

譯 東京的生活步調太過急促。

名 テンポ【tempo】

(樂曲的)速度，拍子；(局勢、對話或動作的)速度

類 リズム 節奏

對 スピード 速度

□□□ 1870

例 展望台からの眺めは、あいにくの雲でもう一つだった。

1秒後影子跟讀〉

譯 很不巧，從瞭望台遠眺的風景被雲遮住了，沒能欣賞到一覽無遺的景色。

生字 眺め／展望；あいにく／不湊巧

名 てんぼうだい【展望台】

瞭望台

類 見晴らし台 觀景台

對 地下 地下

でんりゅう【電流】

Track060

□□□ 1871

例 回路に電流を流してみた。

1秒後影子跟讀 》

譯 我打開電源讓電流流通電路看看。

生字 回路／線路；流す／流動

名 **でんりゅう【電流】**

(理)電流

類 電気 電

對 電圧 電壓

□□□ 1872

例 原子力発電所なしに、必要な電力がまかなえるのか。

1秒後影子跟讀 》

譯 請問如果沒有核能發電廠，可以滿足基本的電力需求嗎？

生字 原子力／核能；発電／發電

名 **でんりょく【電力】**

電力

類 電気力 電力

對 風力 風力

□□□ 1873

例 都の規則で、ごみを分別しなければならない。

1秒後影子跟讀 》

譯 依東京都規定，要做垃圾分類才行。

生字 規則／規章；分別／區分

名・漢造 **と【都】**

首都；「都道府縣」之一的行政單位，都市；東京都

類 首都 首都

對 田舎 鄉村

□□□ 1874

例 先生の問いに、答えないわけにはいかない。

1秒後影子跟讀 》

譯 不能不回答老師的問題。

生字 答える／答覆

名 **とい【問い】**

問，詢問，提問；問題

類 質問 提問

對 答え 回答

□□□ 1875

例 お申し込み・お問い合わせは、フリーダイヤル0120-117-117まで。

1秒後影子跟讀 》

譯 如需預約或有任何詢問事項，歡迎撥打免費專線012-117-117！（日文「117」諧音為「いいな」）

出題重點 「問い合わせ」"詢問"用於獲取信息或解決疑惑。問題4陷阱可能有：「質問（しつもん）」"提問"著重於提出問題以求答案；「照会（しょうかい）」"查詢"為正式詢問，常見於官方或商業環境；「疑問（ぎもん）」"疑問"指對不明事物的質疑。相較「問い合わせ」的廣泛用途，「質問」更專注於問題本身，「照會」更正式，適用於特定情況，而「疑問」則涉及對某事的不確定或疑惑。

生字 申し込み／申請；フリーダイヤル／免費諮詢電話

名 **といあわせ【問い合わせ】**

詢問，打聽，查詢

類 申請 申請

對 返事 回覆

□□□ 1876

例 **トイレットペーパーがない。**

〈1秒後影子跟讀〉

譯 沒有衛生紙。

名 **トイレットペーパー【toilet paper】**

衛生紙，廁紙

類 ティッシュペーパー 衛生紙

對 タオル 毛巾

□□□ 1877

例 **どの党を支持していますか。**

〈1秒後影子跟讀〉

譯 你支持哪一黨？

名·漢造 **とう【党】**

鄉里；黨羽，同夥；黨，政黨

類 政党（せいとう） 政黨

對 主義（しゅぎ） 主義

音 党＝トウ

出題重點 「党（とう）」指政治團體或派別，常用於表示從事政治活動的組織。如「政党（せいとう）」"政黨"。問題3經常混淆的複合詞或衍生詞有：

- 集団（しゅうだん）：指一群人或事物的集合。如「演劇集団（えんげきしゅうだん）」"劇團"。
- 衆（しゅう）：表示人們或大眾。如「連れ衆（つれしゅう）」"隨行人員"。
- 達（たち）：用作名詞後綴，表示複數或一群人。如「あなた達（あなたたち）」"你們"。

生字 支持（しじ）／擁護

□□□ 1878

例 **塔に上ると、町の全景が見える。**

〈1秒後影子跟讀〉

譯 爬到塔上可以看到街道的全景。

名·漢造 **とう【塔】**

塔

類 旧塔（きゅうとう） 舊塔

對 館（やかた） 大廈 音 塔＝トウ

生字 全景（ぜんけい）／所有景色；見える（みえる）／可見

□□□ 1879

例 **バリ島に着きしだい、電話をします。**

〈1秒後影子跟讀〉

譯 一到了峇里島，我就馬上打電話。

名 **とう【島】**

島嶼

類 島（しま） 島嶼

對 大陸（たいりく） 大陸

音 島＝トウ

文法 しだい［一…就馬上］：表示某動作剛一做完，就立即採取下一步的行動。

□□□ 1880

例 **この像は銅でできていると思ったら、なんと木でできていた。**

〈1秒後影子跟讀〉

譯 本以為這座雕像是銅製的，誰知竟然是木製的！

名 **どう【銅】**

銅

類 金属（きんぞく） 金屬

對 プラスチック 塑料

音 銅＝ドウ

文法 とおもったら［原以為…原來是］：表示本來預料會有某種狀況，下文結果有兩種：一種是相反結果，一種是與預料的一致。

生字 像（ぞう）／人像；できる／製成

□□□ 1881

例 答案を出したとたんに、間違いに気がついた。
1秒後影子跟讀 》

譯 一將答案卷交出去，馬上就發現了錯誤。

生字 間違い／錯誤

名 と|う|あ|ん 【答案】
試卷，卷子
類 答え 答案
對 問題 問題

□□□ 1882

例 「ありがとう。」「どういたしまして。」
1秒後影子跟讀 》

譯 「謝謝。」「不客氣。」

寒暄 ど|う|い|た|し|ま|し|て
【どう致しまして】
不客氣，不敢當
類 気にしないで 不用客氣
對 ありがとうございます 謝謝

□□□ 1883

例 中国と台湾の関係をめぐっては、大きく分けて統一・独立・現状維持の三つの選択肢がある。
1秒後影子跟讀 》

譯 關於中國與台灣的關係，大致可分成統一、獨立或維持現狀等3種選項。

名・他サ と|う|い|つ 【統一】
統一，一致，一律
類 一斉 一致
對 分裂 分裂

出題重點 「統一」唸作「とういつ」，意指統合一致。問題
1誤導選項可能有：
● とういち：錯誤地將「つ」讀成「ち」。
● どういつ：錯誤地將清音「と」變成濁音「ど」，改變了發音。
● とうひと：錯誤地將「いつ」讀成「ひと」。
文法 をめぐっては［關於…］：表示後項的行為動作，是針對前項的某一事情、問題進行的。
生字 独立／政權獨立；選択肢／選擇

□□□ 1884

例 これとそれは、全く同一の商品です。
1秒後影子跟讀 》

譯 這個和那個是完全一樣的商品。

生字 全く／簡直；商品／產品

名・形動 ど|う|い|つ 【同一】
同樣，相同；相等，同等
類 同じ 相同
對 異なる 不同

□□□ 1885

例 頼むからどうか見逃してくれ。
1秒後影子跟讀 》

譯 拜託啦！請放我一馬。

生字 頼む／懇求；見逃す／寬恕

副 ど|う|か
（請求他人時）請；設法，想辦法；（情況）和平時不一樣，不正常；（表示不確定的疑問，多用かどうか）是…還是怎麼樣
類 頼む 請求 對 決して 絕不

□□□ 1886

例 私と彼の地位は、ほぼ同格です。

1秒後影子跟讀〉

譯 我跟他的地位是差不多等級的。

生字 地位／身分等級；ほぼ／幾乎

名 **どうかく【同格】**

同級，同等資格，等級相同；同級的(品牌)；(語法)同格語

類 同じく 同樣地

對 異常 異常

□□□ 1887

例 彼の病気は、もう峠を越えました。

1秒後影子跟讀〉

譯 他病情已經度過了危險期。

生字 越える／越過

名 **とうげ【峠】**

山路最高點(從此點開始下坡)，山巔；頂部，危險期，關頭

類 坂道 山路 對 平野 平原

□□□ 1888

例 統計から見ると、子どもの数は急速に減っています。

1秒後影子跟讀〉

譯 從統計數字來看，兒童人口正快速減少中。

慣用語
- 統計データを分析する／分析統計數據。
- 統計学を学ぶ／學習統計學知識。
- 統計調査を実施する／進行統計調研。

文法 〉からみると[從…來看]：表示判斷的角度，也就是[從某一立場來判斷的話]之意。

生字 急速／迅速；減る／縮減

名·他サ **とうけい【統計】**

統計

類 集計 統計

對 安定 穩定

□□□ 1889

例 私の動作には特徴があると言われます。

1秒後影子跟讀〉

譯 別人說我的動作很有特色。

生字 特徴／特點

名·自サ **どうさ【動作】**

動作

類 行動 行動

對 静止 靜止

□□□ 1890

例 古今東西の演劇資料を集めた。

1秒後影子跟讀〉

譯 我蒐集了古今中外的戲劇資料。

生字 古今／從古至今；演劇／戲劇；集める／匯集

名 **とうざい【東西】**

(方向)東和西；(國家)東方和西方；方向；事理，道理

類 方角 方向

對 中央 中央

た

393

□□□ 1891

例 **当時はまだ新幹線がなかったとか。**

1秒後影子跟讀〉

譯 聽說當時好像還沒有新幹線。

名·副 **とうじ【当時】**

現在，目前；當時，那時

類 その頃 當時

對 今 現在

□□□ 1892

例 **日本語の動詞の活用の種類は、昔はもっと多かった。**

1秒後影子跟讀〉

譯 日文的動詞詞尾變化，從前的種類比現在更多。

生字 活用／詞尾變化；種類／類別

名 **どうし【動詞】**

動詞

對 名詞 名詞

音 詞＝シ

□□□ 1893

例 **同時にたくさんのことはできない。**

1秒後影子跟讀〉

譯 無法在同時處理很多事情。

名·副·接 **どうじ【同時】**

同時，時間相同；同時代；同時，立刻；也，又，並且

類 一斉に 同時

對 ばらばらに 分開地

□□□ 1894

例 **たとえ当日雨が降っても、試合は行われます。**

1秒後影子跟讀〉

譯 就算當天下雨，比賽也還是照常進行。

慣用語〉
● 当日の予定を確認する／確定當日預定計劃。
● 当日券を購入する／購買當日門票。
● 当日中に終わらせる／當日內完成。

生字 試合／競賽；行う／舉行

名·副 **とうじつ【当日】**

當天，當日，那一天

類 その日 當天

對 前日 前一天

□□□ 1895

例 **公共交通機関でのマナーについて、新聞に投書した。**

1秒後影子跟讀〉

譯 在報上投書了關於搭乘公共交通工具時的禮儀。

生字 公共／公共；機関／工具；マナー／禮節

名·他サ·自サ **とうしょ【投書】**

投書，信訪，匿名投書；（向報紙、雜誌）投稿

類 小説 小説

對 実際 現實

□□□ 1896

例 主人公が登場するかしないかのうちに、話の結末がわかってしまった。
> 1秒後影子跟讀 ≫

譯 主角才一登場，我就知道這齣戲的結局了。

文法 か〜ないかのうちに [オ…就…]：表示前一個動作才剛發生，在似完非完之間，第2個動作緊接著開始了。

生字 主人公／主角；結末／結果

名・自サ **とうじょう【登場】**

(劇) 出場，登台，上場演出；(新的作品、人物、產品) 登場，出現

類 出場 出現
對 退場 退場

□□□ 1897

例 どうせ私はチビでデブで、その上ブスですよ。
> 1秒後影子跟讀 ≫

譯 反正我就是既矮又胖，還是個醜八怪嘛！

生字 チビ／矮冬瓜；デブ／胖子；ブス／醜女

副 **どうせ**

(表示沒有選擇餘地) 反正，總歸就是，無論如何

類 ともかく 無論如何
對 きっと 一定

□□□ 1898

例 船は、灯台の光を頼りにしている。
> 1秒後影子跟讀 ≫

譯 船隻倚賴著燈塔的光線。

文法 をたよりにして [依賴著…]：表示藉由某人事物的幫助，進行後面的動作。

名 **とうだい【灯台】**

燈塔

類 照明塔 燈塔
對 海上 海上
音 灯＝トウ

た

□□□ 1899

例 スターが到着するかしないかのうちに、ファンが大騒ぎを始めた。
> 1秒後影子跟讀 ≫

譯 明星才一到場，粉絲們便喧嘩了起來。

慣用語
● 空港に到着する／抵達機場。
● 列車の到着を待つ／等待列車抵達。
● 到着予定時刻を確認する／確認預期到達時間。

文法 か〜ないかのうちに [オ …就…]
生字 ファン／粉絲；大騒ぎ／轟動

名・自サ **とうちゃく【到着】**

到達，抵達

類 着く 到達
對 出発 出發

□□□ 1900

Track061

例 人々の道徳心が低下している。
> 1秒後影子跟讀 ≫

譯 人們道德心正在下降中。

生字 人々／人們；低下／低落

名 **どうとく【道徳】**

道德

類 倫理 倫理
對 異議 異議

とうなん【盗難】

□□□ 1901

例 ごめんください、警察ですが。この近くで盗難事件がありましたので、ちょっとお話を聞かせていただいてもよろしいですか。

1秒後影子跟讀

譯 不好意思，我是警察。由於附近發生了竊盜案，是否方便向您請教幾個問題呢？

生字 警察／警官；近く／近處

名 **と**うなん【盗難】
失竊，被盜
類 強盗 搶劫
對 安全 安全

□□□ 1902

例 今週は教室の掃除当番だ。

1秒後影子跟讀

譯 這個星期輪到我當打掃教室的值星生。

生字 教室／教室；掃除／清潔

名・自サ **と**うばん【当番】
值班(的人)
類 当直 值班
對 休み 休息

□□□ 1903

例 雨が降らないうちに、投票に行きましょう。

1秒後影子跟讀

譯 趁還沒下雨時，快投票去吧！

文法 ないうちに [在…還沒…前，…]：表示在前面的環境、狀態還沒有產生變化的情況下，做後面的動作。

名・自サ **と**うひょう【投票】
投票
類 賛成 同意
對 反対 反對

□□□ 1904

例 豆腐は安い。

1秒後影子跟讀

譯 豆腐很便宜。

生字 安い／廉價的

名 **と**うふ【豆腐】
豆腐
類 食品 食品
對 肉 肉

□□□ 1905

例 線にそって、等分に切ってください。

1秒後影子跟讀

譯 請沿著線對等剪下來。

出題重點 「等分」唸音讀「とうぶん」，意指將某物平均分成幾部分。問題 2 誤導選項可能有：
● 同分：非正確日語單字。
● 等文：非正確日語單字，可能與「等分」混淆，但實際上沒有這個詞。
● 同文（どうぶん）：“相同文字”指的是相同的文字或文件，與「等分」的含義不符。

文法 にそって [沿著…]：表示沿著河流、街道等長長延續的東西之後進行的某動作之意。

生字 線／線條；切る／裁切

名・他サ **と**うぶん【等分】
等分，均分；相等的份量
類 平等 均等
對 不平等 不均等

□□□ 1906

例 この薬は、透明なカプセルに入っています。
1秒後影子跟讀 >

譯 這藥裝在透明的膠囊裡。

生字 カプセル／膠囊

名・形動 **とうめい【透明】**

透明；純潔，單純

類 透ける 透明

對 不明 不明顯

□□□ 1907

例 夫の様子がどうもおかしい。残業や休日出勤も多いし、浮気をしてるんじゃないだろうか。
1秒後影子跟讀 >

譯 丈夫的舉動好像怪怪的，經常加班以及在假日去公司。他該不會有外遇了吧？

生字 様子／舉止；残業／加班；浮気／外遇

副 **どうも**

(後接否定詞) 怎麼也…；總覺得，似乎；實在是，真是

類 何となく 不明確地

對 はっきり 清楚地

□□□ 1908

例 我が家は、灯油のストーブを使っています。
1秒後影子跟讀 >

譯 我家裡使用燈油型的暖爐。

生字 我が家／我的家；ストーブ／暖氣

名 **とうゆ【灯油】**

燈油；煤油

類 燃料 燃料

對 水 水

音 灯＝トウ 音 油＝ユ

□□□ 1909

例 女性社員も、男性社員と同様に扱うべきだ。
1秒後影子跟讀 >

譯 女職員應受和男職員一樣的平等待遇。

形動 **どうよう【同様】**

同樣的，一樣的

類 同じ様に 相同地

對 異なる 不同

出題重點 「同様」通常指相似、一致或與其他事物有相同的性質或狀態。如「同様の扱いを受ける／享有相同的待遇」。以下是問題6錯誤用法：
1. 表示完全差異：「意見が同様に違う／意見相似不同」。
2. 描述單一事物的狀態：「この花は同様だ／這朵花是一樣的」。
3. 表示時間進展：「時間が同様に進む／時間一樣流逝」。

生字 扱う／對待；べき／應該

□□□ 1910

例 子どもの頃というと、どんな童謡が懐かしいですか。
1秒後影子跟讀 >

譯 講到小時候，會想念起哪首童謠呢？

文法 というと [講到…]：表示承接話題的聯想，從某個話題引起自己的聯想，或對這個話題進行說明或聯想。

名 **どうよう【童謡】**

童謠；兒童詩歌

類 童歌 兒歌

對 大人の歌 成人歌曲

音 童＝ドウ

397

どうりょう【同僚】

□□□ 1911

例 同僚の忠告を無視するものではない。

1秒後影子跟讀 >

譯 你不應當對同事的勸告聽而不聞。

文法 > ものではない [不該…]：表示不應如此。

生字 忠告／勸說；無視／忽略

名 どうりょう【同僚】

同事，同僚

類 職場の仲間　工作伙伴

對 募集　招募

□□□ 1912

例 私は童話作家になりたいです。

1秒後影子跟讀 >

譯 我想當個童話作家。

生字 作家／作家

名 どうわ【童話】

童話

類 昔話　故事

對 実際の話　實話

音 童＝ドウ

□□□ 1913

例 方法は二通りある。

1秒後影子跟讀 >

譯 辦法有兩種。

生字 方法／方式

接尾 とおり【通り】

種類；套，組

類 道　道路

對 回廊　走廊

□□□ 1914

例 ジョン万次郎は、遭難したところを通りかかったアメリカの船に救助された。

1秒後影子跟讀 >

譯 約翰萬次郎遭逢海難時，被經過的美國船給救上船了。

慣用語

● たまたま通りかかる／偶然路過。
● 通りかかる人々に挨拶する／跟路過的人們打招呼。
● 通りかかるときに声をかける／路過時打聲招呼。

生字 遭難／遇難；救助／搭救

自五 とおりかかる【通りかかる】

碰巧路過

類 偶然出会う　偶然遇見

對 計画的に会う　計劃性相遇

□□□ 1915

例 手を上げたのに、タクシーは通り過ぎてしまった。

1秒後影子跟讀 >

譯 我明明招了手，計程車卻開了過去。

生字 上げる／舉起；タクシー／計程車

自上 とおりすぎる【通り過ぎる】

走過，越過

類 過ぎ去る　經過

對 留まる　停留

読書計劃：□□／□□

□□□ 1916

例 都会に出てきた頃は、寂しくて泣きたいくらいだった。

1秒後影子跟讀 ≫

譯 剛開始來到大城市時，感覺寂寞的想哭。

名 とかい【都会】

都會，城市，都市

類 大都市 大城市

對 田舎 鄉村

□□□ 1917

例 教会の塔の先が尖っている。

1秒後影子跟讀 ≫

譯 教堂的塔的頂端是尖的。

自五 とがる【尖る】

尖；發怒；神經過敏，神經緊張

類 尖がる 變尖

對 丸くなる 變圓

出題重點 「尖る」唸訓讀「とがる」，意指物體的一部分變得鋒利或突出。問題2誤導選項可能有：
● 角る：非正確日語單字，可能與「角がある」（有角）混淆。
● 突る：非正確日語單字。
● 凸る：這同樣非正確日語單字，可能與「突出（とっしゅつ）」混淆，而「尖る」專指尖端形成。

生字 教会／教堂；塔／高塔

□□□ 1918

例 時には、仕事を休んでゆっくりしたほうがいいと思う。

1秒後影子跟讀 ≫

譯 我認為偶爾要放下工作，好好休息才對。

生字 ゆっくり／慢慢地

名 とき【時】

時間；(某個)時候；時期，時節，季節；情況，時候；時機，機會

類 時間 時間

對 場所 地點

□□□ 1919

例 車が通るから、退かないと危ないよ。

1秒後影子跟讀 ≫

譯 車子要通行，不讓開是很危險唷！

生字 通る／通過

自五 どく【退く】

讓開，離開，躲開

類 退く 後退

對 進む 前進

□□□ 1920

例 お酒を飲みすぎると体に毒ですよ。

1秒後影子跟讀 ≫

譯 飲酒過多對身體有害。

名・自サ・漢造 どく【毒】

毒，毒藥；毒害，有害；惡毒，毒辣

類 害 損害

對 薬 藥

音 毒＝ドク

た

とくしゅ【特殊】

例) **特殊**な素材につき、扱いに気をつけてください。

1秒後影子跟讀 >

譯) 由於這是特殊的材質，所以處理時請務必小心在意。

生字) 素材／材料；扱い／使用

名·形動) **とくしゅ【特殊】**

特殊，特別

類) 別々　特別

對) 普通　普通

例) 美しいかどうかはともかくとして、**特色**のある作品です。

1秒後影子跟讀 >

譯) 姑且先不論美或不美，這是個有特色的作品。

文法 > はともかくとして [姑且不論…]：表示提出兩個事項，前項暫且不作為議論的對象，先談後項。暗示後項是更重要的。

名) **とくしょく【特色】**

特色，特徵，特點，特長

類) 特徴　特徴

對) 一般性　一般性

例) **独身**で暮らしている。

1秒後影子跟讀 >

譯) 獨自一人過生活。

生字) 暮らす／過日子

名) **どくしん【独身】**

單身

類) シングル　單身

對) 結婚　已婚

例) **特長**を生かす。

1秒後影子跟讀 >

譯) 活用專長。

生字) 生かす／利用

名) **とくちょう【特長】**

專長

類) 特点　特點

對) 平均　平均

例) 殺人の状況を見ると、犯人を**特定**するのは難しそうだ。

1秒後影子跟讀 >

譯) 從兇殺的現場來看，要鎖定犯人似乎很困難。

慣用語 >
● **特定**の条件を満たす／滿足特定條件。
● **特定**の対象を調査する／調查特定對象。
● **特定**の場所に行く／前往指定地點。

生字) 殺人／殺人；状況／情形

名·他サ) **とくてい【特定】**

特定；明確指定，特別指定

類) 指定　指定

對) 不明　不明確

□□□ 1926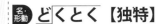

例 この絵は、色にしろ構成にしろ、独特です。

1秒後影子跟讀〉

譯 這幅畫不論是用色或是架構，都非常獨特。

慣用語
- 独特の雰囲気を持つ／具有獨特的氛圍。
- 独特の味を楽しむ／享受別具一格的風味。
- 独特の方法で解決する／採取獨特方法處理。

文法〉にしろ…にしろ[不論是…或是…都…]：表示前項與後項皆有同樣評價或感受。

生字 色／色彩；構成／結構

名・形動 どくとく【独特】

獨特

類 両方 獨有

對 普通 普通

□□□ 1927

例 特売が始まると、買い物に行かないではいられない。

1秒後影子跟讀〉

譯 一旦特賣活動開始，就不禁想去購物一下。

文法 ないではいられない[令人忍不住…]：表示意志力無法控制，自然而然地內心衝動想做某事。傾向於口語用法。

生字 買い物／消費

名・他サ とくばい【特売】

特賣；(公家機關不經標投)賣給特定的人

類 セール 特價

對 常識的な値段 正常價格

□□□ 1928

例 両親から独立した以上は、仕事を探さなければならない。

1秒後影子跟讀〉

譯 既然離開父母自力更生了，就得要找個工作才行。

文法 いじょう(は)[既然]：由於前句某種決心或責任，後句便根據前項表達相對應的決心、義務或奉勸。

生字 両親／雙親

名・自サ どくりつ【独立】

孤立，單獨存在；自立，獨立，不受他人援助

類 自立 自立

對 依存 依賴

□□□ 1929

例 だんだんクラスの雰囲気に溶け込んできた。

1秒後影子跟讀〉

譯 越來越能融入班上的氣氛。

生字 だんだん／逐漸地；雰囲気／氛圍

自五 とけこむ【溶け込む】

(理、化)融化，溶解，熔化；融合，融

類 馴染む 融入 對 ばらばら 分散

訓 溶=と(け)

□□□ 1930

例 ちょっと、椅子に新聞おかないで、どけてよ、座れないでしょ。

1秒後影子跟讀〉

譯 欸，不要把報紙扔在椅子上，拿走開啦，這樣怎麼坐啊！

生字 新聞／報紙；置く／擱置

他下 どける【退ける】

移開

類 消す 移開

對 置いておく 放置

401

どこか

例 どこか遠くへ行きたい。

1秒後影子跟讀 >

譯 想要去某個遙遠的地方。

連語 **どこか**

某處，某個地方

類 何らか　某處

對 ここ　這裡

例 床の間に生け花を飾りました。

1秒後影子跟讀 >

譯 我在壁龕擺設了鮮花來裝飾。

生字 生け花／插花

名 **とこのま【床の間】**

壁龕（牆身所留空間，傳統和室常有擺設插花或是貴重的藝術品之特別空間）

類 設い　裝飾　對 庭　庭園

訓 床＝とこ

例 弟が結婚して家を出て行った。俺は相手がいないんだが、両親の圧力で、家には身の置きどころがない。

1秒後影子跟讀 >

譯 弟弟結婚後就搬出家裡了。我雖然還沒有對象，但來自父母的壓力讓我在家裡找不到容身之處。

生字 相手／對象；圧力／壓力

接尾 **どころ**

(前接動詞連用形) 值得…的地方，應該…的地方；生產…的地方；們

類 場所　地點

對 時　時間

例 とてもいい映画だという評判だった。ところが、見ると聞くでは大違いだった。

1秒後影子跟讀 >

譯 大家都對這部電影給予好評，可是我去看了以後，發現完全不是那麼回事。

生字 評判／評論；大違い／大相逕庭

接・接助 **ところが**

然而，可是，不過；一…，剛要

類 しかし　然而

對 そして　然後

例 ところで、あなたは誰でしたっけ。

1秒後影子跟讀 >

譯 對了，你是哪位來著？

接續・接助 **ところで**

(用於轉變話題) 可是，不過；即使，縱使，無論

類 ちなみに　順帶一提

對 それで　因此

□□□ 1936

例 おじいちゃんは、元気なうちに登山に行きたいそうです。

1秒後影子跟讀 〉

譯 爺爺說想趁著身體還健康時去爬爬山。

生字 元気／硬朗的；うち／趁…時

名・自サ と ざん【登山】

登山；到山上寺廟修行

類 山登り 攀登

對 海岸 海岸

□□□ 1937

例 年下なのに生意気だ。

1秒後影子跟讀 〉

譯 明明年紀小還那麼囂張。

慣用語 〉
● 年下でも尊敬する／即使年紀輕亦應受到尊重。
● 年下の友人と遊ぶ／與年紀比自己小的伙伴共嬉。
● 年下の上司に従う／遵從年輕的上司。

生字 生意気／狂妄自大的

名 と ししした【年下】

年幼，年紀小

類 年少 年輕

對 年上 年長

た

□□□ 1938

例 この年月、ずっとあなたのことを考えていました。

1秒後影子跟讀 〉

譯 這麼多年來，我一直掛念著你。

名 と し つき【年月】

年和月，歲月，光陰；長期，長年累月；多年來

類 年月 歲月

對 一日一日 每一天

□□□ 1939

例 土砂崩れで通行止めだ。

1秒後影子跟讀 〉

譯 因土石流而禁止通行。

生字 通行止め／禁止通行

名 ど しゃく ずれ【土砂崩れ】

土石流

類 土石流 土石流

對 地震 地震

□□□ 1940

例 図書室で宿題をする。

1秒後影子跟讀 〉

譯 在閱覽室做功課。

生字 宿題／課後作業

名 と しょ しつ【図書室】

閱覽室

類 図書館 圖書館

對 教室 教室

としん【都心】

□□□ 1941

例 都心は家賃が高いです。

1秒後影子跟讀 〉

譯 東京都中心地帶的房租很貴。

生字 家賃／房租

名 としん【都心】

市中心

類 中心 中心

對 郊外 郊區

□□□ 1942

例 戸棚からコップを出しました。

1秒後影子跟讀 〉

譯 我從壁櫥裡拿出了玻璃杯。

生字 コップ／杯子

名 とだな【戸棚】

壁櫥，櫥櫃

類 収納 儲藏室

對 部屋 房間 訓 戸＝と

□□□ 1943

例 会社に入った途端に、すごく真面目になった。

1秒後影子跟讀 〉

譯 一進公司，就變得很認真。

生字 入る／進入，（走）進；真面目／認真

名・サ・他サ・自サ とたん【途端】

正當…的時候；剛…的時候，一—…就…

類 一旦 一旦

對 始め 開始

□□□ 1944

例 土地を買った上で、建てる家を設計しましょう。

1秒後影子跟讀 〉

譯 等買了土地之後，再來設計房子吧。

文法 うえで[之後…再來…]：表示兩動作間時間上的先後關係。
先進行前一動作，後面再根據前面的結果，採取下一個動作。

生字 建てる／建造；設計／規劃

名 とち【土地】

土地，耕地；土壤，土質；某地區，當地；地面；地區

類 地面 土地

對 空 天空

□□□ 1945

例 鈴木君は、とっくにうちに帰りました。

1秒後影子跟讀 〉

譯 鈴木先生早就回家了。

生字 うち／自家

他サ・自サ とっくに

早就，好久以前

類 久しぶり 很久之前

對 未だに 仍然

□□□ 1946

例 それを聞いて、みんなどっと笑った。

1秒後影子跟讀〉

訳 聽了那句話後，大家哄堂大笑。

副 どっと

(許多人) 一齊 (突然發聲)，哄堂；(人、物) 湧來，雲集；(突然) 病重，病倒

類 一斉に　突然

對 静かに　安靜地

□□□ 1947

例 突風に帽子を飛ばされる。

1秒後影子跟讀〉

訳 帽子被突然颳起的風給吹走了。

生字 飛ばす／吹跑

名 とっぷう【突風】

突然颳起的暴風

類 風　風

對 晴れ　晴朗

□□□ 1948

例 準備が整いさえすれば、すぐに出発できる。

1秒後影子跟讀〉

訳 只要全都準備好了，就可以馬上出發。

生字 準備／預備；出発／啟程

自五 ととのう【整う】

齊備，完整；整齊端正，協調；(協議等) 達成，談妥

類 準備完了　準備完畢

對 崩れる　崩壞

□□□ 1949

例 隊長が来るまで、ここに留まることになっています。

1秒後影子跟讀〉

訳 在隊長來到之前，要一直留在這裡待命。

生字 隊長／領隊

自五 とどまる【留まる】

停留，停頓；留下，停留；止於，限於

類 止まる　停留

對 動く　移動

□□□ 1950

例 そんなに怒鳴ることはないでしょう。

1秒後影子跟讀〉

訳 不需要這麼大聲吼叫吧！

慣用語〉

● 怒鳴るように言う／高聲說話。

● 怒鳴るのをやめる／停止高聲怒吼。

● 怒鳴る声で注意する／以怒吼聲提醒注意。

自五 どなる【怒鳴る】

大聲喊叫，大聲申訴

類 叫ぶ　喊叫

對 囁く　低語

た

□□□ 1951

例 とにかく、彼^{かれ}などと会^あいたくないんです。

1秒後影子跟讀 》

譯 總而言之，就是不想跟他見面。

生字 など／什麼的（表輕蔑）；会^あう／碰面

副 **とにかく**

總之，無論如何，反正

類 いずれにしても　無論如何

對 特^{とく}に　特別地

□□□ 1952

例 みんなの話^{はなし}によると、窓^{まど}からボールが飛^とび込^こんできたのだそうだ。

1秒後影子跟讀 》

譯 據大家所言，球好像是從窗戶飛進來的。

生字 窓^{まど}／窗戶；ボール／球

自五 **とびこむ【飛び込む】**

跳進；飛入；突然闖入；（主動）投入，加入

類 入^{はい}る　進入　對 出^でる　離開

□□□ 1953

例 角^{かど}から子^こどもが飛^とび出^だしてきたので、びっくりした。

1秒後影子跟讀 》

譯 小朋友從轉角跑出來，嚇了我一跳。

生字 角^{かど}／轉角；びっくり／驚嚇

自五 **とびだす【飛び出す】**

飛出，飛起來，起飛；跑出；（猛然）跳出；突然出現

類 出発^{しゅっぱつ}する　出發

對 留^{とど}まる　停留

□□□ 1954

例 飛^とび跳^はねて喜^{よろこ}ぶ。

1秒後影子跟讀 》

譯 欣喜而跳躍。

自下 **とびはねる【飛び跳ねる】**

跳躍

類 跳^はねる　跳躍

對 座^{すわ}る　坐下

□□□ 1955

例 ひと晩^{ばん}泊^とめてもらう。

1秒後影子跟讀 》

譯 讓我投宿一晚。

出題重點 泊める」唸作「とめる」，意指讓人留宿。問題1 誤導選項可能有：

- 貯める（ためる）："儲存"，指積累或儲放金錢、水或其他資源。
- 納める（おさめる）："繳納"，指交付稅款、費用或文件。
- 収める（おさめる）："收納"，指收集並保存物品，或是將事情圓滿結束。

生字 ひと晩^{ばん}／一個晚上

他下 **とめる【泊める】**

（讓…）住，過夜；（讓旅客）投宿；（讓船隻）停泊

類 宿泊^{しゅくはく}する　住宿

對 立^たち去^さる　離開

訓 泊＝と（める）

□□□ 1956

例 このおかずは、お酒の友にもいいですよ。

1秒後影子跟讀〉

譯 這小菜也很適合當下酒菜呢。

生字 おかず/菜餚

名 とも【友】

友人，朋友；良師益友

類 友人 朋友

對 敵 敵人

□□□ 1957

例 ともかく、今は忙しくてそれどころじゃないんだ。

1秒後影子跟讀〉

譯 暫且先不談這個了，現在很忙，根本就不是做這種事情的時候。

出題重點 「ともかく」通常用來表示不考慮細節或具體問題，強調某種行動、結果或態度的緊迫性或一般性。如「ともかく行ってみよう／不管怎樣，去看一看吧」。以下是問題6錯誤用法：
1. 表示詳細具體說明：「ともかく詳細を説明する／詳細說明一切」。
2. 描述完全停止或放棄的情況：「計画をともかく停止する／完全停止計畫」。
3. 表示長期持續的狀態：「愛がともかく続く／愛情長久不變」。

副・接 ともかく

暫且不論，姑且不談；總之，反正；不管怎樣

類 いずれにしても 無論如何

對 詳しく 詳細地

□□□ 1958

例 家族と共に、合格を喜び合った。

1秒後影子跟讀〉

譯 家人全都為我榜上有名而高興。

生字 家族/家人；喜び合う/同樂

副 ともに【共に】

共同，一起，都；隨著，隨同；全，都，均

類 一緒に 一起

對 別々に 分開

□□□ 1959

例 動物園には、虎が3匹いる。

1秒後影子跟讀〉

譯 動物園裡有3隻老虎。

生字 動物園/動物園

名 とら【虎】

老虎

類 ライオン 獅子

對 兎 兔子

□□□ 1960

例 懸命な捜査のかいがあって、犯人グループ全員を捕らえることができた。

1秒後影子跟讀〉

譯 不枉費警察拚了命地搜查，終於把犯罪集團全部緝捕歸案了。

文法 かいがあって[不枉費]：表示辛苦做了某件事情而有了正面的回報，或是得到預期的結果。有[好不容易]的語感。

生字 懸命/奮力；捜査/搜檢；グループ/集團

他下一 とらえる【捕らえる】

捕捉，逮捕；緊緊抓住；捕捉，掌握；令陷入…狀態

類 捕まえる 捉住

對 放す 釋放

407

トラック【track】

□□□ 1961

例 トラックを一周する。

1秒後影子跟讀〉

譯 繞跑道一圈。

生字 一周（いっしゅう）／一圈

名 トラック【track】

（操場、運動場、賽馬場的）跑道

類 乗り物（のりもの） 交通工具
對 歩行者（ほこうしゃ） 行人

□□□ 1962

例 環境問題（かんきょうもんだい）を取（と）り上（あ）げて、みんなで話（はな）し合（あ）いました。

1秒後影子跟讀〉

譯 提出環境問題來和大家討論一下。

出題重點 「上げる（あげる）」提升物品位置、增加數量或給予他人。如「取り上げる（とりあげる）」"提出"。問題3經常混淆的複合詞有：
● 上がる（あがる）：物品或人本身上升、價值增加或情緒高昂。如「噴き上がる（ふきあがる）」"向上噴發"。
● 立てる（たてる）：使物體直立、建立計畫或創建。如「押し立てる（おしだてる）」"用力推"。
● のぼる：爬升、攀登或上升至更高處。如「かけのぼる」"跑上坡道"。

生字 環境問題（かんきょうもんだい）／環境問題；話し合う（はなしあう）／商量

他一 とりあげる【取り上げる】

拿起，舉起；採納，受理；奪取，剝奪；沒收（財產），徵收（稅金）

類 紹介（しょうかい）する 介紹
對 外（はず）す 排除

□□□ 1963

例 新（あたら）しい意見（いけん）を取（と）り入（い）れなければ、改善（かいぜん）は行（おこな）えない。

1秒後影子跟讀〉

譯 要是不採用新的意見，就無法改善。

生字 意見（いけん）／想法；改善（かいぜん）／改進

他下一 とりいれる【取り入れる】

收穫，收割；收進，拿入；採用，引進，採納

類 導入（どうにゅう）する 導入
對 拒否（きょひ）する 拒絕

□□□ 1964

例 責任者（せきにんしゃ）の協議（きょうぎ）のすえ、許可証（きょかしょう）を取（と）り消（け）すことにしました。

1秒後影子跟讀〉

譯 和負責人進行協議，最後決定撤銷證照。

文法 のすえ[最後]：表示[經過一段時間，最後…]之意，是動作、行為等的結果，意味著[某一期間的結束]。

生字 責任者（せきにんしゃ）／負責人；協議（きょうぎ）／協商；許可証（きょかしょう）／執照

他五 とりけす【取り消す】

取消，撤銷，作廢

類 取（と）り止（や）める 取消
對 確定（かくてい）する 確定

□□□ 1965

例 古（ふる）い家（いえ）を取（と）り壊（こわ）す。

1秒後影子跟讀〉

譯 拆除舊屋。

他五 とりこわす【取り壊す】

拆除

類 破壊（はかい）する 摧毀 對 建（た）てる 建造

□□□ 1966

例 彼は、ポケットから財布を取り出した。
1秒後影子跟讀》

譯 他從口袋裡取出錢包。

慣用語
- ●財布を取り出す／掏出錢包。
- ●アイデアを取り出す／提出想法。
- ●荷物を取り出す／提取出行李。

生字 ポケット／口袋；財布／錢包

他五 とりだす
【取り出す】

(用手從裡面)取出,拿出;(從許多東西中)挑出,抽出

類 出す 取出

對 入れる 放入

□□□ 1967

例 鼠を捕る。
1秒後影子跟讀》

譯 抓老鼠。

生字 鼠／老鼠

他五 とる【捕る】

抓,捕捉,逮捕

類 捕まえる 捕捉

對 逃れる 逃脱

□□□ 1968

例 この企画を採ることにした。
1秒後影子跟讀》

譯 已決定採用這個企畫案。

他五 とる【採る】

採取,採用,錄取；採集；採光

類 収集する 収集

對 捨てる 丟棄 訓 採=とる

□□□ 1969

例 結婚式といえば、真っ白なウエディングドレスを思い浮かべる。
1秒後影子跟讀》

譯 一講到結婚典禮,腦中就會浮現純白的結婚禮服。

文法 といえば[一講到…]：用在承接某個話題,從這個話題引起自己的聯想,或對這個話題進行說明或聯想。

生字 真っ白／雪白；ウエディング／結婚

名 ドレス【dress】

女西服,洋裝,女禮服

類 服 衣服

對 裸足 赤腳

□□□ 1970

例 ボタンが取れてしまいました。
1秒後影子跟讀》

譯 鈕釦掉了。

生字 ボタン／扣子

自下 とれる【取れる】

(附著物)脱落,掉下；需要,花費(時間等)；去掉,刪除；協調,均衡

類 外れる 脱落 對 付く 附著

た

どろ【泥】

□□□ 1971

例 泥だらけになりつつも、懸命に救助を続けた。

[1秒後影子跟讀]

譯 儘管滿身爛泥，也還是拼命地幫忙搶救。

文法 つつも [雖然…但也還是…]：表示逆接，用於連接兩個相反的事物，表示同一主體，在進行某一動作的同時，也進行另一個動作。

生字 懸命／奮不顧身；救助／救援

名·造語 どろ【泥】

泥土；小偷

類 泥濘 泥濘

對 乾いた土 乾土

訓 泥＝どろ

□□□ 1972

例 結婚なんてとんでもない、まだ早いよ。

[1秒後影子跟讀]

譯 怎麼可能結婚呢，還太早了啦！

出題重點 「とんでもない」用於表達驚訝、否定或拒絕。問題 4 陷阱可能有：「ありえない」強調事情不可能或難以置信；「信じられない」表示極度驚訝或難以接受；「驚くべき」描述令人驚異或不尋常事物。相比「とんでもない」，「ありえない」更著重不可能性，「信じられない」強調難以相信程度，「驚くべき」專注於描述驚人情況。

生字 結婚／結婚

連語·形 とんでもない

出乎意料，不合情理；豈有此理，不可想像；(用在堅決的反駁或表示客套) 哪裡的話

類 ありえない 不可思議

對 普通の 普通的

□□□ 1973

例 トンネルを抜けたら、緑の山が広がっていた。

[1秒後影子跟讀]

譯 穿越隧道後，綠色的山脈開展在眼前。

生字 抜ける／穿過；広がる／舒展

名 トンネル【tunnel】

隧道

類 地下道 地下隧道

對 橋 橋樑

□□□ 1974

Track064

例 その人の名はなんと言いますか。

[1秒後影子跟讀]

譯 那個人的名字叫什麼？

名 な【名】

名字，姓名；名稱；名分；名譽，名聲；名義，藉口

類 名称 名稱 **對** 無名 無名

□□□ 1975

例 内科のお医者様に見てもらいました。

[1秒後影子跟讀]

譯 我去給內科的醫生看過。

生字 医者／醫師

名 ないか【内科】

(醫) 內科

類 診療科 診療科

對 外科 外科

□□□ 1976

例 内線 12 番をお願いします。

1秒後影子跟讀》

譯 請轉接內線 12 號。

生字 番/號

名 ないせん【内線】

內線；(電話)內線分機
類 内部連絡 內部聯絡
對 外線 外線

□□□ 1977

例 なお、会議の後で食事会がありますので、残ってください。

1秒後影子跟讀》

譯 還有，會議之後有餐會，請留下來參加。

出題重點 題型 5 裡「なお」的考點有：
● 例句：なお、問題が残っている／此外，問題仍然存在。
● 換句話說：さらに、問題がある／再者，有一個問題。
● 相對說法：問題を減らす／減少問題。
「なお」和「さらに」都用來表示額外的、更多的情況或信息；
「減らす」則是使某物減少的動作。

生字 食事会/聚餐；残る/留下

副·接 なお

仍然，還，尚；更，還，再；
猶如，如；尚且，而且，再者
類 さらに 更進一步
對 減らす 減少

□□□ 1978

例 末永くお幸せに。

1秒後影子跟讀》

譯 祝你們永遠快樂。

生字 末永い/永久的；幸せ/幸福

形 ながい【永い】

(時間)長，長久
類 長期 長期
對 短い 短暫
訓 永＝ながい

□□□ 1979

例 長袖の服を着る。

1秒後影子跟讀》

譯 穿長袖衣物。

名 ながそで【長袖】

長袖
類 長い袖 長袖
對 半袖 短袖

□□□ 1980

例 あなたと仲直りした以上は、もう以前のことは言いません。

1秒後影子跟讀》

譯 既然跟你和好了，就不會再去提往事了。

文法 いじょうは[既然]：由於前句某種決心或責任，後句便
根據前項表達相對應的決心、義務或奉勸。

生字 以前/從前

名·自サ なかなおり
【仲直り】

和好，言歸於好
類 和解 和解
對 喧嘩 爭吵
訓 仲＝なか

な

411

なかば【半ば】

□□□ 1981

例 私はもう 50 代半ばです。

〈1秒後影子跟讀〉

譯 我已經 55 歲左右了。

生字 代／年齡範圍

名・副 **なかば【半ば】**

一半，半數；中間，中央；半途；(大約)一半，一半(左右)

類 中間　中間

對 全部　全部

□□□ 1982

例 社長の話は、いつも長引きがちです。

〈1秒後影子跟讀〉

譯 社長講話總是會拖得很長。

出題重點 「引く（ひく）」拉動物體，造成移動或變化。如「長引く（ながびく）」"拖延"。問題 3 經常混淆的複合詞有：
- 寄せる（よせる）：使物體靠近或吸引過來。如「引き寄せる（ひきよせる）」"吸引"。
- 取る（とる）：抓住或選擇某物，某行動。如「巻き取る（まきとる）」"捲起"。
- 張る（はる）：使物體緊繃或平展開來。如「引っ張る（ひっぱる）」"拉扯"。

生字 いつも／經常；がち／往往

自五 **ながびく【長引く】**

拖長，延長

類 延長　延長

對 短縮　縮短

□□□ 1983

例 仲間になるにあたって、みんなで酒を飲んだ。

〈1秒後影子跟讀〉

譯 大家結交為同伴之際，一同喝了酒。

文法 にあたって[之際]：表示某一行動，已經到了事情重要的階段。

生字 飲む／飲用

名 **なかま【仲間】**

伙伴，同事，朋友；同類

類 友人　朋友

對 敵　敵人

訓 仲＝なか

□□□ 1984

例 この部屋は、眺めがいい上に清潔です。

〈1秒後影子跟讀〉

譯 這房子不僅視野好，屋內也很乾淨。

文法 うえに[不僅…，也…]：表示在本來就有的某種情況之外，另外還有比前面更甚的情況。

生字 清潔／整潔的

名 **ながめ【眺め】**

眺望，瞭望；(眺望的)視野，景致，景色

類 景色　風景

對 視界不良　視線不良

□□□ 1985

例 窓から、美しい景色を眺めていた。

〈1秒後影子跟讀〉

譯 我從窗戶眺望美麗的景色。

生字 窓／窗戶；景色／風景

他下一 **ながめる【眺める】**

眺望；凝視，注意看；(商)觀望

類 見る　觀看

對 見逃す　錯過

□□□ 1986

例 彼らは、みんな**仲良し**だとか。

1秒後影子跟讀 >

訳 聽說他們好像感情很好。

名 な**か**よし【仲良し】

好朋友；友好，相好
類 友達 朋友
對 敵対者 敵對者
訓 仲＝なか

□□□ 1987

例 月日の**流れ**は速い。

1秒後影子跟讀 >

訳 時間的流逝甚快。

生字 月日／時光

名 な**が**れ【流れ】

水流，流動；河流，流水；潮流，趨勢；
血統；派系，(藝術的) 風格
類 流れる 流動
對 停滞 停滯

□□□ 1988

例 私には、**慰める**言葉もありません。

1秒後影子跟讀 >

訳 我找不到安慰的言語。

出題重點 「慰める」指安慰、撫慰或使某人感到好受一些，
特別是在他們感到悲傷、失望或受到打擊時。如「悲しむ友人
を慰める／撫慰傷心的友人」。以下是問題 6 錯誤用法：

1. 表示引起煩惱：「彼を慰めるために批判する／為了安慰他
而批評他」。
2. 描述物理的治療：「傷口を慰める／治癒傷口」。
3. 表示增加困擾：「問題を慰める／安撫問題」。

他下一 な**ぐさめ**る
【慰める】

安慰，慰問；使舒暢；慰勞，
撫慰
類 励ます 鼓勵
對 落胆させる 使沮喪

□□□ 1989

例 **商品開発にしろ、宣伝にしろ、資金なしでは無理だ。**

1秒後影子跟讀 >

訳 產品不管要研發也好、要行銷也罷，沒有資金就一切免談。

文法 にしろ…にしろ [不論是…或是…都…]：表示前項與後
項皆有同樣評價或感受。

生字 開発／開創；資金／資本；無理／難辦

名 な**し**【無し】

無，沒有
類 不存在 不存在
對 有り 存在

□□□ 1990

例 奴は乱暴者なので、みんな恐れを**なし**ている。

1秒後影子跟讀 >

訳 那傢伙的脾氣非常火爆，大家都對他恐懼有加。

生字 奴／傢伙；乱暴者／粗暴的人；恐れ／畏懼

他五 な**す**【為す】

(文) 做，為
類 行う 執行
對 放棄する 放棄

な

413

なぞ【謎】

□□□ 1991

例 彼にガールフレンドがいないのはなぞだ。

1秒後影子跟讀》

譯 真讓人想不透為何他還沒有女朋友。

生字 ガールフレンド／女朋友

名 **なぞ【謎】**

謎語；暗示，口風；神秘，詭異，莫名其妙，不可思議，想不透（為何）
類 不思議（ふ し ぎ） 不可思議
對 明白（めいはく） 明顯

□□□ 1992

例 そのなぞなぞは難（むずか）しくてわからない。

1秒後影子跟讀》

譯 這個腦筋急轉彎真是非常困難，完全想不出來。

名 **なぞなぞ【謎々】**

謎語
類 推理（すい り）ゲーム 推理遊戲
對 明解（めいかい） 明瞭

□□□ 1993

例 なだらかな丘（おか）が続（つづ）いている。

1秒後影子跟讀》

譯 緩坡的山丘連綿。

生字 丘（おか）／山丘；続（つづ）く／綿延不絕

形動 **なだらか**

平緩，坡度小，平滑；平穩，順利；順利，流暢
類 緩（ゆる）やか 緩和
對 険（けわ）しい 險峻

□□□ 1994

例 ふるさとは、涙（なみだ）が出（で）るほどなつかしい。

1秒後影子跟讀》

譯 家鄉令我懷念到想哭。

出題重點 「懷かしい」唸作「なつかしい」，意指對過去的事物感到懷念或親切。問題1誤導選項可能有：
● 図々しい（ずうずうしい）："厚臉皮"，指人的行為無恥或過於自信，不顧他人感受。
● 騒がしい（さわがしい）："吵鬧"，指聲音大、喧鬧，造成干擾或不安。
● 悔しい（くやしい）："遺憾"，指對自己的失敗、不足或不如意感到懊悔或不甘。
生字 ふるさと／故鄉

形 **なつかしい【懷かしい】**

懷念的，思慕的，令人懷念的；眷戀，親近的
類 思（おも）い出（で）深（ぶか）い 回憶深刻
對 忘（わす）れやすい 易忘

□□□ 1995

例 彼は、白髪（しら が）だらけの髪（かみ）をなでながらつぶやいた。

1秒後影子跟讀》

譯 他邊摸著滿頭白髮，邊喃喃自語。

生字 白髪（しら が）／白頭髮；つぶやく／喃嘆

他下 **なでる【撫でる】**

摸，撫摸；梳理（頭髮）；撫慰，安撫
類 さわる 觸摸
對 打（う）つ 打擊

1996

例 転職した。何しろ、新しい会社は給料がいいから。

[1秒後影子跟讀]

譯 我換工作了。畢竟新公司的薪水比較好。

生字 転職／改行；給料／薪資

副 **なにしろ【何しろ】**

不管怎樣，總之，到底；因為，由於

類 とにかく　無論如何

對 ゆっくりと　慢慢地

1997

Track065

例 何々をくださいと言うとき、英語でなんと言いますか。

[1秒後影子跟讀]

譯 在要說請給我某東西的時候，用英文該怎麼說？

生字 英語／英文

代·感 **なになに【何々】**

什麼什麼，某某

類 何か　某事

對 明確なもの　明確的事物

1998

例 何分経験不足なのでできない。

[1秒後影子跟讀]

譯 無奈經驗不足故辦不到。

生字 経験／經歷；不足／缺乏

名·副 **なにぶん【何分】**

多少；無奈…

類 どうか　請求

對 確実に　確定地

1999

例 彼は肉類はなにも食べない。

[1秒後影子跟讀]

譯 他所有的肉類都不吃。

生字 肉類／肉類

連語·副 **なにも**

(後面常接否定)什麼也…，全都…；並(不)，(不)必

類 何もかも　一切

對 特にない　沒有特別的

2000

例 あいつがあまり生意気なので、腹を立てずにはいられない。

[1秒後影子跟讀]

譯 那傢伙實在是太狂妄了，所以不得不生起氣來。

慣用語

● 生意気な態度をとる／展現高傲的姿態。
● 生意気な発言をする／發表自負的言論。
● 生意気な子どもに注意する／留意自大的孩童。

文法 ずにはいられない [不得不…]：表示自己的意志無法克制，情不自禁地做某事，為書面用語。

生字 あまり／過分；腹を立てる／火大

名·形動 **なまいき【生意気】**

驕傲，狂妄；自大，逞能，臭美，神氣活現

類 傲慢　傲慢

對 謙虚　謙虚

な

なまける【怠ける】

☐☐☐ 2001

例 仕事を怠ける。

1秒後影子跟讀 ≫

譯 他不認真工作。

自他下一 な まける【怠ける】

懶惰，怠惰

類 サボる　懶惰

對 勤勉 勤奮

☐☐☐ 2002

例 昨日は波が高かったが、今日は穏やかだ。

1秒後影子跟讀 ≫

譯 昨天的浪很高，今天就平穩多了。

慣用語

● 海の波に乗る／乘風破浪。

● 感情の波に揺れる／情緒在波動中搖曳。

● 人気の波に乗る／處於人氣的浪頭。

生字 穏やか／平靜的

名 な み 【波】

波浪，波濤；波瀾，風波；聲波；電波；潮流，浪潮；起伏，波動

類 波動 波動

對 平静 平靜

訓 波＝なみ

☐☐☐ 2003

例 銀杏並木が続いています。

1秒後影子跟讀 ≫

譯 銀杏的街道樹延續不斷。

生字 銀杏／銀杏；続く／綿延不絕

名 な みき 【並木】

街樹，路樹；並排的樹木

類 街路樹 行道樹

對 荒れ地 荒地

訓 並＝なみ

☐☐☐ 2004

例 先例に倣う。

1秒後影子跟讀 ≫

譯 仿照前例。

生字 先例／慣例

自五 な らう【倣う】

仿效，學

類 模倣 模仿

對 創造 創造

☐☐☐ 2005

例 今年はミカンがよく生るね。

1秒後影子跟讀 ≫

譯 今年的橘子結實纍纍。

自五 な る 【生る】

(植物)結果；生，產出

類 産生 產生

對 消滅 消滅

□□□ 2006

例 今年こそ、初優勝なるか。

1秒後影子跟讀 〉

譯 今年究竟能否首度登上冠軍寶座呢？

慣用語 〉
- 願いが成る／夢想成真。
- 氷が水に成る／冰融成水。
- この全集は5巻から成る／此全集共分5集。

生字 初優勝／初次奪冠

自五 なる【成る】

成功，完成；組成，構成；允許，能忍受

類 変わる　變化、轉變

對 滅びる　消亡

□□□ 2007

例 この馬は人に馴れている。

1秒後影子跟讀 〉

譯 這匹馬很親人。

生字 馬／馬

自下 なれる【馴れる】

馴熟

類 慣れる　習慣

對 疎外する　疏遠

□□□ 2008

例 誘拐されて、縄で縛られた。

1秒後影子跟讀 〉

譯 遭到綁架，被繩子綑住了。

生字 誘拐／拐騙；縛る／束縛

名 なわ【縄】

繩子，繩索

類 紐　繩子

對 自由　自由

□□□ 2009

例 南極なんか、行ってみたいですね。

1秒後影子跟讀 〉

譯 我想去看看南極之類的地方呀！

名 なんきょく【南極】

(地)南極；(理)南極(磁針指南的一端)

類 南端　南端　對 北極　北極

音 極＝キョク

□□□ 2010

例 本気にするなんてばかね。

1秒後影子跟讀 〉

譯 你真笨耶！竟然當真了。

生字 本気／認真

副助 なんて

什麼的，…之類的話；說是…；(輕視)叫什麼…來的；等等，之類；表示意外，輕視或不以為然

類 どのような　怎樣的

對 明確な　明確的

な

なんで【何で】

例 何で、最近こんなに雨がちなんだろう。
1秒後影子跟讀 〉

譯 為什麼最近這麼容易下雨呢？

生字 最近／近期；がち／經常

副 **なんで【何で】**

為什麼，何故

類 なぜ 為什麼
對 理由なし 無理由

例 この仕事については、何でも聞いてください。
1秒後影子跟讀 〉

譯 關於這份工作，有任何問題就請發問。

副 **なんでも【何でも】**

什麼都，不管什麼；不管怎樣，
無論怎樣；據說是，多半是

類 すべて 所有
對 何もない 什麼都沒有

例 誰も助けてくれないので、自分で何とかするほかない。
1秒後影子跟讀 〉

譯 沒有人肯幫忙，所以只好自己想辦法了。

慣用語
● 何とか解決する／想盡辦法解決。
● 何とかしてみる／試著尋找方法。
● 何とか間に合う／設法及時趕上。

生字 助ける／協助；自分／本人

副 **なんとか【何とか】**

設法，想盡辦法；好不容易，
勉強；（不明確的事情、模糊
概念）什麼，某事

類 どうにか 總算
對 不可能 不可能

例 その日は何となく朝から嫌な予感がした。
1秒後影子跟讀 〉

譯 那天從一大早起，就隱約有一股不祥的預感。

生字 嫌／討厭的；予感／預感

副 **なんとなく【何となく】**

（不知為何）總覺得，不由得；
無意中

類 何となく 不知為何
對 明確に 明確地

例 その件については、なんとも説明しがたい。
1秒後影子跟讀 〉

譯 關於那件事，實在是難以說明。

文法 がたい [很難…]：表示做該動作難度很高，幾乎是不可能的。
生字 件／事件；説明／解説

副
連 **なんとも**

真的，實在；（下接否定，表
無關緊要）沒關係，沒什麼；
（下接否定）怎麼也不…

類 どうにも 無論如何
對 明確 明確

□□□ 2016

例 何百何千という人々がやってきた。
1秒後影子跟讀 ≫

譯 上千上百的人群來到。

生字 人々／人們

名 なんびゃく【何百】

(數量)上百
類 数百　數百
對 一つ　一個

□□□ 2017

例 南米のダンスを習いたい。
1秒後影子跟讀 ≫

譯 我想學南美洲的舞蹈。

生字 ダンス／跳舞；習う／學習

名 なんべい【南米】

南美洲
類 南部　南部
對 北米　北美

□□□ 2018

例 日本は南北に長い国です。
1秒後影子跟讀 ≫

譯 日本是南北細長的國家。

名 なんぼく【南北】

(方向)南與北；南北
類 方向　方向
對 東西　東西

□□□ 2019

Track066

例 何か匂いますが、何の匂いでしょうか。
1秒後影子跟讀 ≫

譯 好像有什麼味道，到底是什麼味道呢？

生字 匂い／氣味

自五 におう【匂う】

散發香味，有香味；(顏色)
鮮艷美麗；隱約發出，使人感
到似乎…
類 香る　散發香味
對 無臭　無味

□□□ 2020

例 犯人を懸命に追ったが、逃がしてしまった。
1秒後影子跟讀 ≫

譯 雖然拚命追趕犯嫌，無奈還是被他逃掉了。

出題重點 「逃がす」唸訓讀「にがす」，意指讓一個物體或
人逃脫或失去抓住的機會。問題2誤導選項可能有：
● 逸がす：非正確日語單字，可能與「逸す（そこなう）」混
淆，後者有錯過或失去的含義，但不是標準用法。
● 放がす：這同樣非正確日語單字。
● 跑がす：非正確日語單字。
生字 懸命／奮不顧身；追う／追逐

他五 にがす【逃がす】

放掉，放跑；使跑掉，沒抓住；
錯過，丟失
類 逃れる　逃脫、躲避
對 捕まえる　抓住

な

419

にくい【憎い】

□□□ 2021

例 冷酷な犯人が憎い。

1秒後影子跟讀 》

譯 憎恨冷酷無情的犯人。

生字 冷酷／冷血的

形 **にくい【憎い】**

可憎，可惡；(說反話) 漂亮，令人佩服

類 恨む 憎恨

對 愛しい 親愛

訓 憎＝にく (い)

□□□ 2022

例 今でも彼を憎んでいますか。

1秒後影子跟讀 》

譯 你現在還恨他嗎？

他五 **にくむ【憎む】**

憎恨，厭惡；嫉妒

類 嫌う 討厭

對 好む 喜愛

訓 憎＝にく (む)

□□□ 2023

例 危なかったが、逃げ切った。

1秒後影子跟讀 》

譯 雖然危險但脫逃成功。

生字 危ない／不安全的

自五 **にげきる【逃げ切る】**

(成功地) 逃跑

類 逃れる 逃脫

對 捕まる 被抓

□□□ 2024

例 嬉しくてにこにこした。

1秒後影子跟讀 》

譯 高興得笑容滿面。

副・自サ **にこにこ**

笑嘻嘻，笑容滿面

類 笑顔 微笑

對 無表情 無表情

出題重點 「にこにこ」描述笑容滿面或面帶微笑。問題 4 陷阱可能有：「笑顔（えがお）」強調臉上明顯的笑容；「ほほえむ」指微笑或帶笑容的表情；「微笑（びしょう）」」在文學上用於形容細微的笑容，比「にこにこ」更書面化。相較於「にこにこ」的輕鬆愉快感，「笑顔」側重於笑容的可見表現，「ほほえむ」描述笑容的動作，而「微笑」則帶有更加文雅或書面的色彩。

生字 嬉しい／欣喜的

□□□ 2025

例 連日の雨で、川の水が濁っている。

1秒後影子跟讀 》

譯 連日的降雨造成河水渾濁。

生字 連日／接連數日；川／河川

自五 **にごる【濁る】**

混濁，不清晰；(聲音) 嘶啞；(顏色) 不鮮明；(心靈) 污濁，起邪念

類 曇る 朦朧 對 澄む 清澈

420

□□□ 2026

例 雨が止んだら虹が出た。
1秒後影子跟讀〉

譯 雨停了之後，出現一道彩虹。

生字 止む／停止

名 にじ【虹】
虹，彩虹
類 レインボー　彩虹
對 曇り　陰天

□□□ 2027

例 横浜の中華街周辺には、在日中華系の人がたくさん居住している。
1秒後影子跟讀〉

譯 橫濱的中國城一帶住著許多中裔日籍人士。

生字 周辺／四周；居住／定居

名・漢造 にち【日】
日本；星期天；日子，天，晝間；太陽
類 日　日
對 夜　夜

□□□ 2028

例 パーティーに行けるかどうかは、日時しだいです。
1秒後影子跟讀〉

譯 是否能去參加派對，就要看時間的安排。

慣用語
● 日時を決める／決定日期和時間。
● 日時を確認する／確認日期和時間。
● 日時を変更する／更改日期和時間。

文法 しだい[就要看…而定]：行為要實現，憑前面名詞而定。

名 にちじ【日時】
(集會和出發的)日期時間 (或唸：にちじ)
類 時刻　時刻
對 場所　地點

□□□ 2029

例 日常生活に困らないにしても、貯金はあったほうがいいですよ。
1秒後影子跟讀〉

譯 就算日常生活上沒有經濟問題，也還是要有儲蓄比較好。

生字 困る／窮困；貯金／存款

名 にちじょう【日常】
日常，平常
類 毎日　每天
對 非日常　非日常

□□□ 2030

例 彼は日夜勉強している。
1秒後影子跟讀〉

譯 他日以繼夜地用功讀書。

生字 勉強／用功唸書

名・副 にちや【日夜】
日夜；總是，經常不斷地 (或唸：にちや)
類 昼夜　日夜
對 昼間　白天

な

421

にちようひん【日用品】

□□□ 2031

例 うちの店では、日用品ばかりでなく、高級品も扱っている。

1秒後影子跟讀 ▷

譯 不單是日常用品，本店也另有出售高級商品。

文法 ばかりでなく、〜も〜[不僅…，也…]:不僅限前接詞的範圍，還有後項進一層的情況。近 てばかりはいられない[不能一直…]

生字 高級品/高檔貨；扱う/經營

名 にちようひん【日用品】

日用品

類 生活用品 生活用品

對 贅沢品 奢侈品

□□□ 2032

例 散歩が日課になりつつある。

1秒後影子跟讀 ▷

譯 散歩快要變成我每天例行的功課了。

文法 つつある[在逐漸…]:表示某一動作或作用正向著某一方向持續發展。

生字 散歩/散步

名 にっか【日課】

(規定好)每天要做的事情，每天習慣的活動；日課

類 毎日の仕事 每日工作

對 たまにすること 偶爾做的事

音 課=カ

□□□ 2033

例 日光を浴びる。

1秒後影子跟讀 ▷

譯 曬太陽。

慣用語 ▷
● 日光を浴びる/浸沐於陽光之下。
● 日光が強い/陽光灼熱無比。
● 日光浴を楽しむ/享受日光浴

生字 浴びる/曬，照

名 にっこう【日光】

日光，陽光；日光市

類 太陽光 太陽光

對 月光 月光

□□□ 2034

例 彼女がにっこりしさえすれば、男性はみんな優しくなる。

1秒後影子跟讀 ▷

譯 只要她嫣然一笑，每個男性都會變得很親切。

生字 男性/男生；優しい/和善的

副・自サ にっこり

微笑貌，莞爾，嫣然一笑，微微一笑

類 微笑む 微笑

對 眉をひそめる 皺眉

□□□ 2035

例 雲のようすから見ると、日中は雨が降りそうです。

1秒後影子跟讀 ▷

譯 從雲朵的樣子來看，白天好像會下雨的樣子。

文法 からみると[從…來看]:表示判斷的角度，也就是[從某一立場來判斷的話]之意。

名 にっちゅう【日中】

白天，晝間(指上午10點到下午3、4點間)；日本與中國

類 昼間 白天

對 夜間 夜晚

□□□ 2036

例 旅行の日程がわかりしだい、連絡します。
1秒後影子跟讀〉

譯 一得知旅行的行程之後，將馬上連絡您。

慣用語〉
- 日程を調整する／調整行程。
- 日程が詰まっている／行程滿檔。
- 日程表を確認する／確認行程表。

文法〉しだい[馬上]：表示某動作剛一做完，就立即採取下一步的行動。
生字〉旅行／旅遊；連絡／聯繫

名 にってい【日程】
(旅行、會議的)日程；每天的計畫(安排)

類 スケジュール　時間表
對 突然　突然

□□□ 2037

例 私は勘が鈍いので、クイズは苦手です。
1秒後影子跟讀〉

譯 因為我的直覺很遲鈍，所以不擅於猜謎。

生字〉勘／第六感；クイズ／智力競賽

形 にぶい【鈍い】
(刀劍等)鈍，不鋒利；(理解、反應)慢，遲鈍，動作緩慢；(光)朦朧，(聲音)渾濁

類 遅い　遲鈍　對 鋭い　鋭利
訓 鈍＝にぶ（い）

□□□ 2038

例 学校を通して、日本への留学を申請しました。
1秒後影子跟讀〉

譯 透過學校，申請到日本留學。

生字〉通す／通過；申請／申請

名 にほん【日本】
日本

類 日の丸　日本國旗
對 外国　外國

□□□ 2039

例 出世は、入社してからの努力しだいです。
1秒後影子跟讀〉

譯 是否能出人頭地，就要看進公司後的努力。

文法〉しだい[就要看…而定]
生字〉出世／飛黃騰達

名・自サ にゅうしゃ【入社】
進公司工作，入社

類 就職　就職
對 退職　退職

□□□ 2040

例 入場する人は、一列に並んでください。
1秒後影子跟讀〉

譯 要進場的人，請排成一排。

名・自サ にゅうじょう【入場】
入場

類 入る　進入　對 退出　退出

な

423

にゅうじょうけん【入場券】

□□□ 2041

例 入場券売り場も会場入り口も並んでいる。中は相当
混雑しているに違いない。

1秒後影子跟讀 》

譯 售票處和進場處都排著人龍，場內想必人多又擁擠。

生字 相当／非常地；混雑／混亂

名 にゅうじょうけん
【入場券】
門票，入場券
類 チケット 票
對 拒絶 拒絕
音 券＝ケン

□□□ 2042

例 女房と一緒になったときは、嬉しくて涙が出るくらいでした。

1秒後影子跟讀 》

譯 跟老婆步入禮堂時，高興得眼淚都要掉了下來。

名 にょうぼう【女房】
(自己的) 太太，老婆
類 妻 妻子
對 夫 丈夫

□□□ 2043

例 隣のおじさんは、私が通るたびに睨む。

1秒後影子跟讀 》

譯 我每次經過隔壁的伯伯就會瞪我一眼。

生字 通る／走過；たび／次，回

他五 にらむ【睨む】
瞪著眼看，怒目而視；盯著，
注視，仔細觀察；估計，揣測，
意料；盯上
類 じろりと見る 瞪眼看
對 見逃す 視而不見

□□□ 2044

例 にわかに空が曇ってきた。

1秒後影子跟讀 》

譯 天空頓時暗了下來。

生字 曇る／陰天

名・形動 にわか
突然，驟然；立刻，馬上；一
陣子，臨時，暫時
類 突然 突然
對 徐々に 逐漸

□□□ 2045

例 鶏を飼う。

1秒後影子跟讀 》

譯 養雞。

名 にわとり【鶏】
雞

出題重點 題型 5 裡「にわか」的考點有：

● 例句：にわか雨が降り出した／突然下起了陣雨。
● 換句話說：突然、雨が降り始めた／突然開始下雨。
● 相對說法：雨は徐々に降り始めた／雨漸漸開始下起來。

「にわか」和「突然」都表達事情或現象無預警地快速發生；
「徐々に」則指事情或現象逐步、漸進地發生。

生字 飼う／飼養

□□□ 2046

例 人間である以上、完璧ではあり得ない。
1秒後影子跟讀 >

譯 既然身而為人，就不可能是完美的。

文法 いじょう [既然…就…]：由於前句某種決心或責任，後
句便根據前項表達相對應的決心、義務或奉勸。

生字 完璧/完善的；あり得ない/可能性無

名 にんげん【人間】

人，人類；人品，為人；(文)
人間，社會，世上

類 人類 人類
對 動物 動物

□□□ 2047　　　　　　　　　　　　　　　Track067

例 どんな布にせよ、丈夫なものならかまいません。
1秒後影子跟讀 >

譯 不管是哪種布料，只要耐用就好。

生字 丈夫/堅固的

名 ぬの【布】

布匹；棉布；麻布

類 生地 布料 對 金属 金屬
訓 布＝ぬの

□□□ 2048　　　　　　　　　　　　　　　Track068

例 この問題は根が深い。
1秒後影子跟讀 >

譯 這個問題的根源很深遠。

生字 問題/麻煩事；深い/深刻的

名 ね【根】

(植物的)根；根底；根源，根
據；天性，根本

類 基礎 基礎 對 先端 尖端
訓 根＝ね

な

□□□ 2049

例 値が上がらないうちに、マンションを買った。
1秒後影子跟讀 >

譯 在房價還未上漲前買下了公寓。

文法 ないうちに [在…還沒…前，…]：表示在前面的環境、
狀態還沒有產生變化的情況下，做後面的動作。

生字 上がる/提高；マンション/公寓

名 ね【値】

價錢，價格，價值

類 価格 價格
對 無価値 無價值

□□□ 2050

例 みんなの願いにもかかわらず、先生は来てくれなかった。
1秒後影子跟讀 >

譯 不理會眾人的期望，老師還是沒來。

出題重點 「願い」唸訓讀「ねがい」，意指希望、願望或祈
求某事發生。問題2誤導選項可能有：
● 望い：非正確日語單字。可能與「望み（のぞみ）」混淆，
後者是意思更廣泛，不特指祈求。
● 希い：非正確日語單字，可能與「希望（きぼう）」混淆，
後者是 "希望" 的正確表達。
● 冀い：這同樣非正確日語單字。

文法 にもかかわらず [儘管…，卻還要…]：表示逆接。後項
事情常是跟前項相反或相矛盾的事態。

名 ねがい【願い】

願望，心願；請求，請願；申
請書，請願書

類 希望 希望
對 絶望 絕望

ねがう【願う】

□□□ 2051

例 二人の幸せを願わないではいられません。

1秒後影子跟讀 》

譯 不得不為他兩人的幸福祈禱呀！

生字 幸せ／幸福

他五 **ねがう 【願う】**

請求，請願，懇求；願望，希望；祈禱，許願

類 希望する 希望

對 拒否する 拒絕

□□□ 2052

例 ねじが緩くなったので直してください。

1秒後影子跟讀 》

譯 螺絲鬆了，請將它轉緊。

生字 緩い／鬆弛的；直す／恢復

名 **ねじ**

螺絲，螺釘

類 螺旋 螺絲

對 釘 釘子

□□□ 2053

例 こんなところに、ねずみなんかいませんよ。

1秒後影子跟讀 》

譯 這種地方，才不會有老鼠那種東西啦。

名 **ねずみ**

老鼠

類 マウス 老鼠

對 猫 貓

□□□ 2054

例 鉄をよく熱してから加工します。

1秒後影子跟讀 》

譯 將鐵徹底加熱過後再加工。

慣用語
- 議論が熱する／辯論激烈如火如荼。
- 熱する心が動かされる／熱情的心被感動了。
- 熱しやすく冷めやすい／三分鐘熱度。

生字 鉄／鐵；加工／人為加工

自サ・他サ **ねっする【熱する】**

加熱，變熱，發熱；熱中於，興奮，激動(或唸：ね**っする**)

類 温める 加熱

對 冷ます 冷卻

□□□ 2055

例 この国は、熱帯のわりには過ごしやすい。

1秒後影子跟讀 》

譯 這國家雖處熱帶，但卻很舒適宜人。

生字 わり／相比；過ごす／生活

名 **ねったい 【熱帯】**

(地)熱帶

類 熱帯地方 熱帯地區

對 寒帯 寒帯

音 帯＝タイ

□□□ 2056

例 **寝間着のまま、うろうろするものではない。**

1秒後影子跟讀 〉

譯 不要這樣穿著睡衣到處走動。

文法 **まま[就那樣…]**：表示在某個不變的狀態下進行某見事情。近 ままに[隨著…]
生字 うろうろ／徘徊

名 **ねまき【寝間着】**
睡衣
類 パジャマ　睡衣
對 日常着　日常服

□□□ 2057

例 **狙った以上、彼女を絶対ガールフレンドにします。**

1秒後影子跟讀 〉

譯 既然看中了她，就絕對要讓她成為自己的女友。

出題重點 「狙う」指有目的地專注或針對某物，通常描述瞄準或計畫達成某一目標。如「目標を狙う／瞄準目標」。以下是問題6錯誤用法：

1. 表示隨意或無目的行為：「無計画に狙う／隨意瞄準」。
2. 描述全面接受或包容的情況：「すべてを狙う／針對一切」。
3. 表示放棄或避免的行為：「目標を狙うのを避ける／避免設定目標」。

文法 **いじょう[既然…就…]**：由於前句某種決心或責任，後句便根據前項表達相對應的決心、義務或奉勸。
生字 絶対／一定；ガールフレンド／女朋友

他五 **ねらう【狙う】**
看準，把…當做目標；把…弄到手；伺機而動
類 目指す　瞄準
對 放棄する　放棄

□□□ 2058

例 **年賀状を書く。**

1秒後影子跟讀 〉

譯 寫賀年卡。

名 **ねんがじょう【年賀状】**
賀年卡
類 新年の挨拶状　新年賀卡
對 お悔み状　哀悼卡

□□□ 2059

例 **年間の収入は 500 万円です。**

1秒後影子跟讀 〉

譯 一年中的收入是 500 萬圓。

生字 収入／所得

名・漢造 **ねんかん【年間】**
一年間；(年號使用)期間，年間
類 一年　一年　對 一日　一天

□□□ 2060

例 **年月をかけた準備のあげく、失敗してしまいました。**

1秒後影子跟讀 〉

譯 花費多年所做的準備，最後卻失敗了。

文法 **あげく[最後卻]**：表示事物最終的結果，大都因前句造成精神上的負擔或麻煩，多用在消極的場合。近 ぬく[做到最後]
生字 準備／籌備；失敗／失敗

名 **ねんげつ【年月】**
年月，光陰，時間
類 月日　月日
對 瞬間　瞬間

な

427

ねんじゅう【年中】

□□□ 2061

例 京都には、季節を問わず、年中観光客がいっぱいいます。

1秒後影子跟讀 >

譯 在京都，不論任何季節，全年都有很多觀光客聚集。

文法 をとわず [不分…]：表示沒有把前接的詞當作問題、跟前接的詞沒有關係。

生字 季節／季節，四季；観光客／遊客

名・副 ねんじゅう【年中】

全年，整年；一年到頭，總是，始終

類 一年中 全年

對 一時 一時

□□□ 2062

例 若い年代の需要にこたえて、商品を開発する。

1秒後影子跟讀 >

譯 回應年輕一代的需求來開發商品。

文法 にこたえて [回應]：表示為了使前項能夠實現，後項是為此而採取行動或措施。

生字 需要／需求；開発／研發

名 ねんだい【年代】

年代；年齡層；時代

類 時代 時代

對 瞬間 瞬間

□□□ 2063

例 年度の終わりに、みんなで飲みに行きましょう。

1秒後影子跟讀 >

譯 本年度結束時，大家一起去喝一杯吧。

生字 終わり／終點

名 ねんど【年度】

(工作或學業) 年度

類 会計年度 財政年度

對 日 日

□□□ 2064

例 先生の年齢からして、たぶんこの歌手を知らないでしょう。

1秒後影子跟讀 >

譯 從老師的歲數來推斷，他大概不知道這位歌手吧！

文法 からして [從…來看…]：表示判斷的依據。後面多是消極、不利的評價。

生字 たぶん／或許；歌手／歌手

名 ねんれい【年齢】

年齡，歲數

類 お歳 年紀

對 経験 經驗

音 齢＝レイ

□□□ 2065

Track069

例 家にばかりいないで、野や山に遊びに行こう。

1秒後影子跟讀 >

譯 不要一直窩在家裡，一起到原野或山裡玩耍吧！

名・漢造 の【野】

原野；田地，田野；野生的

類 野生 野生

對 都市 都市

428

□□□ 2066

例 私は小説を書くしか能がない。

1秒後影子跟讀〉

譯 我只有寫小說的才能。

出題重點 「能（のう）」表現技藝或能力或日本傳統戲劇。如「機能（きのう）」"機能"。問題3經常混淆的複合詞有：
- 芸（げい）：指藝術、技巧或表演。如「名人芸（めいじんげい）」"高超的技巧"。
- 力（りょく）：體力或能力的表現，影響事物的變化。如「潛在力（せんざいりょく）」"內在能力"。

生字 小説／小説

名·漢造 **のう【能】**

能力，才能，本領；功效；(日本古典戲劇) 能樂（或唸：のう）

類 能力　能力
對 無能　無能

□□□ 2067

例 このあたりの代表的農産物といえば、ぶどうです。

1秒後影子跟讀〉

譯 說到這一帶的代表性農作物，就是葡萄。

文法 といえば [一說到…]：用在承接某個話題，從這個話題引起自己的聯想，或對這個話題進行説明。

生字 代表的／有代表性的

名 **のうさんぶつ【農産物】**

農產品

類 農作物　農作物
對 工業製品　工業產品
音 農＝ノウ

□□□ 2068

例 彼は、農村の人々の期待にこたえて、選挙に出馬した。

1秒後影子跟讀〉

譯 他回應了農村裡的鄉親們的期待，站出來參選。

文法 にこたえて [回應]

生字 人々／眾人；選挙／選舉；出馬／參加競選

名 **のうそん【農村】**

農村，鄉村

類 田園地帯　農村地帶
對 都市　城市
音 農＝ノウ　音 村＝ソン

□□□ 2069

例 農民の生活は、天候に左右される。

1秒後影子跟讀〉

譯 農民的生活受天氣左右。

生字 天候／天氣；左右／支配

名 **のうみん【農民】**

農民

類 農夫　農民
對 都市住民　城市居民
音 農＝ノウ

□□□ 2070

例 虫の害がひどいので、農薬を使わずにはいられない。

1秒後影子跟讀〉

譯 因為蟲害很嚴重，所以不得不使用農藥。

文法 ずにはいられない [無法不去…]：表示自己的意志無法克制，情不自禁地做某事，為書面用語。

生字 虫／蟲子；害／危害

名 **のうやく【農薬】**

農藥

類 殺虫剤　農藥
對 自然肥料　自然肥料
音 農＝ノウ

な

429

のうりつ【能率】

□□□ 2071

例 能率が悪いにしても、この方法で作ったお菓子のほうがおいしいです。

1秒後影子跟讀 >

譯 就算效率很差，但用這方法所作成的點心比較好吃。

出題重點 「能率」唸作「のうりつ」，意指效率或生產力。
問題1誤導選項可能有：
- 能力（のうりょく）："能力"，指進行特定活動或工作的技能、才能或資格。
- のうりち：錯誤地將「つ」讀成發音相近的「ち」。
- どうりつ：錯誤地將「のう」變成另一音讀「どう」。

慣用語 >
- 能率を上げる／提高效率。

名 **のうりつ【能率】**
效率
類 効率　効率
對 非効率　低效率

□□□ 2072

例 いやなのにもかかわらず、ノーと言えない。

1秒後影子跟讀 >

譯 儘管是不喜歡的東西，也無法開口說不。

文法 > にもかかわらず [儘管…，卻還要…]：表示逆接。後項事情常是跟前項相反或相矛盾的事態。

名・感・造 **ノー【no】**
表否定；沒有，不;(表示禁止)
不必要，禁止
類 否　不
對 肯定　肯定

□□□ 2073

例 雨が降ってきたので、家の軒下に逃げ込んだ。

1秒後影子跟讀 >

譯 下起了雨，所以躲到了房屋的屋簷下。

生字 逃げ込む／躲進

名 **のき【軒】**
屋簷
類 屋根　屋簷
對 屋内　屋內
訓 軒＝のき

□□□ 2074

例 知っていることを残らず話す。

1秒後影子跟讀 >

譯 知道的事情全部講出。

生字 話す／告訴

副 **のこらず【残らず】**
全部，通通，一個不剩
類 全部　全部
對 一部　一部

□□□ 2075

例 お菓子の残りは、あなたにあげます。

1秒後影子跟讀 >

譯 剩下來的甜點給你吃。

生字 お菓子／點心；あげる／給予

名 **のこり【残り】**
剩餘，殘留
類 残余　剩餘
對 全部　全部

□□□ 2076

例 雑誌に記事を載せる。

1秒後影子跟讀

譯 在雜誌上刊登報導。

生字 雑誌/期刊；記事/消息

他下一 の**せる**【載せる】

刊登；載運；放到高處；和著
音樂拍子

類 置く 放置

對 取り除く 移除

□□□ 2077

例 私を除いて、家族は全員乙女座です。

1秒後影子跟讀

譯 除了我之外，我們家全都是處女座。

慣用語

● 不安を除く/消解不安情緒。

● 余分なものを除く/清除多餘物品。

● じゃま者を除く/排除干擾者。

生字 全員/全體成員；乙女座/處女座

他五 の**ぞく**【除く】

消除，刪除，除外，剔除；除
了…，…除外；殺死

類 排除する 排除

對 含む 包含

□□□ 2078

例 家の中を覗いているのは誰だ。

1秒後影子跟讀

譯 是誰在那裡偷看屋內？

自五・他五 の**ぞく**【覗く】

露出(物體的一部份)；窺視，
探視；往下看；晃一眼；窺探
他人秘密

類 見る 看

對 閉じる 關閉

□□□ 2079

例 お礼は、あなたの望み次第で、なんでも差し上げます。

1秒後影子跟讀

譯 回禮的話，就看你想要什麼，我都會送給你。

文法 しだいで[就看…]：表示行為動作要實現，全憑前項情況而定。

生字 お礼/謝禮；差し上げる/贈予

名 の**ぞみ**【望み】

希望，願望，期望；抱負，志
向；眾望

類 希望 希望

對 絶望 絕望

□□□ 2080

例 後程またご相談しましょう。

1秒後影子跟讀

譯 回頭再來和你談談。

生字 相談/商量

副 の**ちほど**【後程】

過一會兒

類 後で 稍後

對 今すぐ 立即

のはら【野原】

□□□ 2081

例 野原で遊ぶ。
〔1秒後影子跟讀〕
譯 在原野玩耍。

生字 遊ぶ／遊玩

名 のはら【野原】
原野
類 平野　平野
對 都市　城市

□□□ 2082

例 運動会が雨で延び延びになる。
〔1秒後影子跟讀〕
譯 運動會因雨勢而拖延。

生字 運動会／運動會

名 のびのび【延び延び】
拖延，延緩
類 ゆったり　放鬆
對 緊張　緊張
訓 延＝の（び）

□□□ 2083

例 子どもが伸び伸びと育つ。
〔1秒後影子跟讀〕
譯 讓小孩在自由開放的環境下成長。

慣用語
● 子どもたちが伸び伸びと遊ぶ／孩童們盡情嬉戲。
● 伸び伸びと育つ／自由地成長。
● 伸び伸びとした生活を送る／享受舒適自在的生活。
生字 育つ／長大

副・自サ のびのび（と）【伸び伸び（と）】
生長茂盛；輕鬆愉快
類 自由自在　自在
對 制約される　受限
訓 伸＝の（び）

□□□ 2084

例 この問題に対して、意見を述べてください。
〔1秒後影子跟讀〕
譯 請針對這個問題，發表一下意見。

他下一 のべる【述べる】
敘述，陳述，說明，談論
類 説明する　解釋
對 黙る　沉默
訓 述＝の（べる）

□□□ 2085

例 飲み会に誘われる。
〔1秒後影子跟讀〕
譯 被邀去參加聚會。

生字 誘う／邀約

名 のみかい【飲み会】
喝酒的聚會
類 宴会　宴會
對 仕事　工作

□□□ 2086

例 こことここを糊で貼ります。

1秒後影子跟讀

譯 把這裡和這裡用糨糊黏起來。

生字 貼る／黏貼

名 のり【糊】

膠水，漿糊

類 接着剤 膠水

對 水 水

□□□ 2087

例 その記事は、何ページに載っていましたっけ。

1秒後影子跟讀

譯 這個報導，記得是刊在第幾頁來著？

生字 記事／新聞；ページ／頁

他五 のる【載る】

登上，放上；乘，坐，騎；參與；上當，受騙；刊載，刊登

類 乗る 乘坐

對 下りる 下車

□□□ 2088

例 亀は、歩くのがとても鈍い。

1秒後影子跟讀

譯 烏龜走路非常緩慢。

生字 亀／烏龜

形 のろい【鈍い】

(行動)緩慢的，慢吞吞的;(頭腦)遲鈍的，笨的；對女人軟弱，唯命是從的人

類 遅い 遲鈍

對 鋭い 敏銳

□□□ 2089

例 のろのろやっていると、間に合わないおそれがありますよ。

1秒後影子跟讀

譯 你這樣慢吞吞的話，會趕不上的唷！

出題重點 「のろのろ」用於描述行動緩慢、拖沓。問題4陷阱可能有：「ゆっくり」意味著慢慢地、平靜，速度慢但不含負面意義；「怠慢（たいまん）」指行動慢且缺乏積極性，含有比「のろのろ」更強的負面意義；「ごろごろ」描述懶洋洋地躺或閒逛。相比「のろのろ」的緩慢，「ゆっくり」更加中性，「怠慢」帶有明顯的負面評價，「ごろごろ」則用於形容放鬆或懶散的狀態。

生字 間に合う／來得及；おそれ／擔心

副・自サ のろのろ

遲緩，慢吞吞地

類 ゆっくり 慢吞吞

對 速い 迅速

□□□ 2090

例 生まれつき呑気なせいか、あまり悩みはありません。

1秒後影子跟讀

譯 不知是不是生來性格就無憂無慮的關係，幾乎沒什麼煩惱。

生字 生まれつき／天生；悩み／苦惱

名・形動 のんき【呑気】

悠閑，無憂無慮；不拘小節，不慌不忙；蠻不在乎，漫不經心

類 楽観的 樂觀的

對 心配する 擔心

433

ば【場】

□□□ 2091

例 その場では、お金を払わなかった。

1秒後影子跟讀 >

譯 在當時我沒有付錢。

名 ば【場】

場所，地方；座位；(戲劇)場次；場合

類 場所 地點

對 空間 空間

□□□ 2092

例 はあ、かしこまりました。

1秒後影子跟讀 >

譯 是，我知道了。

感 はあ

(應答聲)是，唉；(驚訝聲)嘿

類 ため息 嘆息

對 笑い 笑聲

□□□ 2093

例 梅雨前線の活動がやや活発になっており、今日、明日は激しい雨と雷に注意が必要です。

1秒後影子跟讀 >

譯 梅雨鋒面的型態較為活躍時期，今明兩天請留意豪雨和落雷的情況發生。

生字 前線／鋒面；活動／流動；活発／活躍

名 ばいう【梅雨】

梅雨

類 雨季 雨季

對 乾季 乾季

□□□ 2094

例 当ホテルの朝食はバイキングになっております。

1秒後影子跟讀 >

譯 本旅館的早餐採用自助餐的形式。

慣用語 >

● バイキング形式の食事を楽しむ／品嚐無限享用的美食。

● バイキングで食べ放題の店を訪れる／探訪西式自助餐廳。

● バイキングが美味しい宿／西式自助餐很美味的旅店。

名 バイキング【Viking】

自助式吃到飽

類 ビュッフェ 自助餐

對 定食 套餐

□□□ 2095

例 俳句は日本の定型詩で、その短さはおそらく世界一でしょう。

1秒後影子跟讀 >

譯 俳句是日本的定型詩，其篇幅之簡短恐怕是世界第一吧。

生字 定型詩／格律詩

名 はいく【俳句】

俳句

類 短詩 短詩

對 長詩 長詩

□□□ 2096

例 お手紙拝見しました。

1秒後影子跟讀 〉

譯 拜讀了您的信。

生字 手紙／書信

名・他サ はいけん【拝見】

(「みる」的自謙語)看,瞻仰

類 見る 看
對 見逃す 錯過
音 拝＝ハイ

□□□ 2097

例 郵便の配達は1日1回だが、速達はその限りではない。

1秒後影子跟讀 〉

譯 郵件的投遞一天只有一趟,但是限時專送則不在此限。

生字 郵便／郵件;速達／快捷

名・他サ はいたつ【配達】

送,投遞

類 配送 配送
對 受け取る 收取

□□□ 2098

例 株の売買によって、お金をもうけました。

1秒後影子跟讀 〉

譯 因為股票交易而賺了錢。

生字 株／股份

名・他サ ばいばい【売買】

買賣,交易

類 取引 交易
對 贈与 贈送

□□□ 2099

例 これは、石油を運ぶパイプラインです。

1秒後影子跟讀 〉

譯 這是輸送石油的輸油管。

生字 石油／石油;ライン／管線

名 パイプ【pipe】

管,導管;煙斗;煙嘴;管樂器

類 管 管道
對 壁 牆壁

は

□□□ 2100

例 赤ちゃんが、一生懸命這ってきた。

1秒後影子跟讀 〉

譯 小嬰兒努力地爬到了這裡。

自五 はう【這う】

爬,爬行;(植物)攀纏,緊貼;(趴)下

類 伸びる 伸長
對 歩く 行走

出題重點 「這う」唸訓讀「はう」,意指以身體貼近地面的方式移動,如爬行或匍匐。問題2誤導選項可能有:
● 爬う:非正確日語單字。
● 趴う:非正確日語單字。
● 匐う:同樣不是一個標準的日語表達。

慣用語 〉
● 子どもが這う／幼兒爬行。
● 這うように進む／緩慢前進,如同爬行。

はか【墓】

□□□ 2101

例 郊外に墓を買いました。

〈1秒後影子跟讀〉

譯 在郊外買了墳墓。

生字 郊外／郊區

名 はか【墓】

墓地，墳墓

類 墓地 墓地

對 住宅地 居住地

□□□ 2102

例 あなたから見れば私なんかばかなんでしょうけど、ばかにだってそれなりの考えがあるんです。

〈1秒後影子跟讀〉

譯 在你的眼中，我或許是個傻瓜；可是傻瓜也有傻瓜自己的想法。

生字 考え／想法

名 形動 ばか【馬鹿】

愚蠢，糊塗

類 愚か者 愚蠢之人

對 賢者 智者

□□□ 2103

例 ペンキを塗る前に、古い塗料を剥がしましょう。

〈1秒後影子跟讀〉

譯 在塗上油漆之前，先將舊的漆剝下來吧！

慣用語

● シールを剥がす／撕下貼紙。
● 壁紙を剥がす／揭掉壁紙。
● 皮を剥がす／剝去外皮。

生字 ペンキ／油漆；塗る／塗抹；塗料／漆，塗料

他五 はがす【剥がす】

剝下

類 取り除く 撕去

對 貼る 貼上

□□□ 2104

例 子どものころからお天気博士だったが、ついに気象予報士の試験に合格した。

〈1秒後影子跟讀〉

譯 小時候就是個天氣小博士，現在終於通過氣象預報員的考試了。

生字 気象予報士／氣象播報員；試験／測驗

名 はかせ【博士】

博士；博學之人

類 学者 學者

對 学生 學生

□□□ 2105

例 あなたにとっては馬鹿らしくても、私にとっては重要なんです。

〈1秒後影子跟讀〉

譯 就算對你來講很愚蠢，但對我來說卻是很重要的。

生字 重要／要緊

形 ばからしい【馬鹿らしい】

愚蠢的，無聊的；划不來，不值得

類 愚か 愚蠢的

對 理にかなう 合理的

□□□ 2106

例 はかりで重さを量ってみましょう。

1秒後影子跟讀

譯 用體重機量量體重吧。

名 は<u>か</u>り【計り】

秤，量，計量；份量；限度

類 計量 計量

對 目測 目測

□□□ 2107

例 秤で量る。

1秒後影子跟讀

譯 秤重。

生字 量る／測量

名 は<u>か</u>り【秤】

秤，天平

類 計量器 秤

對 目盛り 刻度

□□□ 2108

例 何分ぐらいかかるか、時間を計った。

1秒後影子跟讀

譯 我量了大概要花多少時間。

他五 は<u>か</u>る【計る】

測量；計量；推測，揣測；徵詢，諮詢

類 測る 測量

對 推測する 猜測

□□□ 2109

例 上司のやり方が嫌いで、吐き気がするぐらいだ。

1秒後影子跟讀

譯 上司的做事方法令人討厭到想作嘔的程度。

生字 上司／上級；やり方／手段

名 は<u>きけ</u>【吐き気】

噁心，作嘔

類 悪心 噁心

對 食欲 食慾

□□□ 2110

例 質問にはきはき答える。

1秒後影子跟讀

譯 俐落地回答問題。

副・自サ は<u>きはき</u>

活潑伶俐的樣子；乾脆，爽快；(動作) 俐落

類 明瞭 清晰

對 曖昧 模糊

出題重點 題型 5 裡「はきはき」的考點有：

● 例句：彼女ははきはきと答えた／她回答得很清楚。

● 換句話說：彼女は明瞭に答えた／她明確地回答了。

● 相對說法：彼女の答えは曖昧だった／她的回答含糊不清。

「はきはき」和「明瞭」都表示清晰、明確的溝通方式；「曖昧」則是表達不清楚、含糊的狀態。

生字 質問／詢問；答える／回覆

は

437

はく【吐く】

例 寒くて、吐く息が白く見える。

1秒後影子跟讀 》

譯 天氣寒冷，吐出來的氣都是白的。

慣用語 》
- 煙を吐く／吐出煙霧。
- 真実を吐く／吐露真相。
- 吐く息で窓を曇らせる／以呼氣霧化窗戶。

生字 息／氣息；見える／可見

他五 はく【吐く】

吐，吐出；說出，吐露出；冒出，噴出

類 吐く 出氣

對 飲み込む 吞嚥

例 部屋を掃く。

1秒後影子跟讀 》

譯 打掃房屋。

他五 はく【掃く】

掃，打掃；(拿刷子) 輕塗

類 掃除する 掃除

對 散らかす 弄亂

訓 掃＝は（く）

例 貿易を通して、莫大な財産を築きました。

1秒後影子跟讀 》

譯 透過貿易，累積了龐大的財富。

生字 貿易／交易；財産／資産；築く／積累

名・形動 ばくだい【莫大】

莫大，無尚，龐大

類 巨大 巨大

對 微小 微小

例 長い間の我慢のあげく、とうとう気持ちが爆発してしまった。

1秒後影子跟讀 》

譯 長久忍下來的怨氣，最後爆發了。

文法 あげく[最後]：表示事物最終的結果，大都因前句造成精神上的負擔或麻煩，多用在消極的場合。近 ぬく[做到最後]

生字 我慢／忍耐；とうとう／終於

名・自サ ばくはつ【爆発】

爆炸，爆發

類 爆裂 爆炸

對 平穏 平靜

音 爆＝バク

Track071

例 歯車がかみ合う。

1秒後影子跟讀 》

譯 齒輪咬合；協調。

生字 かみ合う／契合

名 はぐるま【歯車】

齒輪

類 ギア 齒輪

對 平面 平面

□□□ 2116

例 掃除をするので、バケツに水を汲んできてください。

1秒後影子跟讀

譯 要打掃了，請你用水桶裝水過來。

生字 汲む／汲，打（水）

名 バケツ【bucket】

木桶

類 桶 桶

對 瓶 瓶子

□□□ 2117

例 歯の間に食べ物が挟まってしまった。

1秒後影子跟讀

譯 食物塞在牙縫裡了。

自五 はさまる【挟まる】

夾，(物體)夾在中間；夾在(對立雙方中間)

類 挟まれる 夾住、被夾

對 離れる 分離

訓 挟＝はさ（まる）

□□□ 2118

例 ドアに手を挟んで、大声を出さないではいられないぐらい痛かった。

1秒後影子跟讀

譯 門夾到手，痛得我禁不住放聲大叫。

出題重點 「挟む」唸作「はさむ」，意指夾住或插入之間。

問題1誤導選項可能有：

● 含む（ふくむ）："包含"，指某物體或概念內含有其他元素或特性。

● 包む（つつむ）："包裹"，指用布料、紙張等材料將物品覆蓋或圍繞起來。

● 積む（つむ）："堆疊"，指將物品堆放起來，使之成為一個整體或堆疊狀態。

文法 ないではいられない[令人忍不住…]：表示意志力無法控制，自然而然地內心衝動想做某事。傾向於口語用法。近てはならない[不能…]

生字 ドア／門扉；大声／高聲

他五 はさむ【挟む】

夾，夾住，隔；夾進，夾入；插

類 差し入れる 夾插

對 離す 放開

訓 挟＝はさ（む）

は

□□□ 2119

例 うちの会社は借金だらけで、結局破産しました。

1秒後影子跟讀

譯 我們公司欠了一屁股債，最後破產了。

生字 借金／借款；結局／結果

名・自サ はさん【破産】

破產

類 倒産 破產

對 成功 成功

□□□ 2120

例 屋根に上るので、はしごを貸してください。

1秒後影子跟讀

譯 我要爬上屋頂，所以請借我梯子。

生字 屋根／屋脊；貸す／借出

名 はしご

梯子；挨家挨戶

類 登る道具 攀爬道具

對 階段 樓梯

439

はじめまして【初めまして】

□□□ 2121

例 初めまして、山田太郎と申します。

1秒後影子跟讀 〉

譯 初次見面，我叫山田太郎。

慣用語

- はじめまして、よろしくお願いします／初次見面，敬請賜教。
- 初めての出会いで「はじめまして」と挨拶する／初次相逢，以「初次見面」問候。
- 「はじめまして、よろしくお願いします」と自己紹介する／自我介紹時説「初次見面，請多指教」。

生字 申す／名叫

寒暄 はじめまして
【初めまして】

初次見面

類 初対面　初次見面
對 お別れ　告別

□□□ 2122

例 柱が倒れる。

1秒後影子跟讀 〉

譯 柱子倒下。

生字 倒れる／倒塌

名・接尾 はしら【柱】

（建）柱子；支柱；（轉）靠山

類 支柱　柱子　對 壁　牆壁
訓 柱＝はしら

□□□ 2123

例 ねぎは斜に切ってください。

1秒後影子跟讀 〉

譯 請將蔥斜切。

生字 ねぎ／蔥；切る／切，剁

名 はす【斜】

（方向）斜的，歪斜

類 傾く　斜
對 垂直　垂直

□□□ 2124

例 試験にパスしないことには、資格はもらえない。

1秒後影子跟讀 〉

譯 要是不通過考試，就沒辦法取得資格。

文法 ないことには [要是不…]：表示如果不實現前項，也就不能實現後項。後項一般是消極的、否定的結果。

生字 試験／測驗；資格／資格

名・自サ パス【pass】

免票，免費；定期票，月票；合格，通過

類 通り抜ける　通過
對 取る　拿取

□□□ 2125

例 肌が美しくて、まぶしいぐらいだ。

1秒後影子跟讀 〉

譯 肌膚美得炫目耀眼。

生字 まぶしい／光彩奪目

名 はだ【肌】

肌膚，皮膚；物體表面；氣質，風度；木紋

類 皮膚　皮膚　對 衣服　衣服
訓 肌＝はだ

□□□ 2126

例 彼がお酒を飲んで歌い出すのは、いつものパターンです。
1秒後影子跟讀》

譯 喝了酒之後就會開始唱歌，是他的固定模式。

出題重點 「パターン」"樣式"指模式、方式或類型。問題4陷阱可能有：「模様（もよう）」圖案"指物體表面的圖案或花紋，也用於模式的比喻意義；「型（かた）」"模型"強調事物的固定形式或標準，用於基本結構；「様式（ようしき）」"風格"指定風格或格式，常見於藝術、建築領域。相較「パターン」的一般性，「模様」側重視覺圖案，「型」關注固定結構，「様式」著眼於特定風格或格式。

名 パ**ターン**
【pattern】
形式，樣式，模型；紙樣；圖案，花樣
類 模様 圖案
對 無地 無花

□□□ 2127

例 風呂に入るため裸になったら、電話が鳴って困った。
1秒後影子跟讀》

譯 脫光了衣服要洗澡時，電話卻剛好響起，真是傷腦筋。

生字 鳴る／鳴，響；困る／為難

名 は**だか**【裸】
裸體；沒有外皮的東西；精光，身無分文；不存先入之見，不裝飾門面
類 剥き身 赤裸、裸體
對 着衣 穿衣

□□□ 2128

例 肌着をたくさん買ってきた。
1秒後影子跟讀》

譯 我買了許多汗衫。

生字 たくさん／大量地

名 は**だぎ**【肌着】
（貼身）襯衣，汗衫
類 下着 內衣 對 上着 外衣
訓 肌＝はだ

は

□□□ 2129

例 畑で働いている。
1秒後影子跟讀》

譯 在田地工作。

名 は**たけ**【畑】
田地，旱田；專業的領域
類 田園 田地
對 都市地区 城市地區

□□□ 2130

例 ベストセラーといっても、果たして面白いかどうかわかりませんよ。
1秒後影子跟讀》

譯 雖說是暢銷書，但不知是否果真那麼好看唷。

生字 ベストセラー／暢銷書

副 は**たして**
【果たして】
果然，果真
類 実際に 實際上
對 予測不可能 無法預測

441

はち【鉢】

例 鉢にラベンダーを植えました。

1秒後影子跟讀 》

譯 我在花盆中種了薰衣草。

生字 ラベンダー／薰衣草；植える／種植

名 はち【鉢】

鉢盆；大碗；花盆；頭蓋骨

類 器 盆、器皿

對 鍋 鍋子

☐☐☐ 2132

例 鉢植えの手入れをする。

1秒後影子跟讀 》

譯 照顧盆栽。

生字 手入れ／修剪

名 はちうえ【鉢植え】

盆栽（或唸：はちうえ）

類 植木鉢 盆栽

對 地植え 地栽

訓 植=うえ

☐☐☐ 2133

例 桃園発成田行きと、松山発羽田行きでは、どちらが安いでしょうか。

1秒後影子跟讀 》

譯 桃園飛往成田機場的班機，和松山飛往羽田機場的班機，哪一種比較便宜呢？

生字 行き／前往

名・接尾 はつ【発】

(交通工具等)開出，出發；(信、電報等)發出；(助數詞用法)(計算子彈數量)發，顆

類 出発 出發

對 到着 到達

☐☐☐ 2134

例 間違った答えにはばつをつけた。

1秒後影子跟讀 》

譯 在錯的答案上畫上了叉號。

出題重點 「ばつ」通常用來表示錯誤、不正確、拒絕或否定的標誌。如「ばつをつける／打個叉」。以下是問題6錯誤用法：

1. 表示贊同或正確：「解答にばつをつける／在正確答案上打叉」。
2. 描述增加或加強的情況：「力にばつを加える／在力量上增加打叉」。
3. 表示連結或聯合的行為：「チームをばつで結ぶ／用叉號聯合團隊」。

生字 間違う／不對；答え／解答

名 ばつ

(表否定的)叉號

類 間違い 錯誤、不正確

對 まる 肯定符號

☐☐☐ 2135

例 遅刻した罰として、反省文を書きました。

1秒後影子跟讀 》

譯 當作遲到的處罰，寫了反省書。

生字 反省文／悔過書

名・漢造 ばつ【罰】

懲罰，處罰

類 懲罰 處罰、懲戒

對 褒美 獎勵

□□□ 2136

例 まだ 10 か月にしては、発育のいいお子さんですね。

1秒後影子跟讀 ≫

訳 以 10 個月大的嬰孩來說，這孩子長得真快呀！

名・サ
自 は ついく 【発育】

発育，成長

類 成長　成長

對 衰退　衰退

□□□ 2137

例 今年は、自分の能力を発揮することなく終わってしまった。

1秒後影子跟讀 ≫

訳 今年都沒好好發揮實力就結束了。

文法 ことなく [不要…]：表示一次也沒發生某狀況的情況下。

名・サ
他 は っき 【発揮】

発揮，施展

類 表示　展現

對 抑制　抑制

□□□ 2138

例 車をバックさせたところ、塀にぶつかってしまった。

1秒後影子跟讀 ≫

訳 倒車，結果撞上了圍牆。

文法 たところ [結果]：表示順接或逆接。後項大多是出乎意料的客觀事實。

生字 塀／圍欄；ぶつかる／碰撞

名・サ
自 バック 【back】

後面，背後；背景；後退，倒車；金錢的後備，援助；靠山

類 後ろ　後方

對 前方　前方

□□□ 2139

例 初版発行分は 1 週間で売り切れ、増刷となった。

1秒後影子跟讀 ≫

訳 初版印刷量在一星期內就銷售一空，於是再刷了。

慣用語

● 雑誌を発行する／出版雜誌。

● 証明書を発行する／發行證明書。

● 新しい切手を発行する／推出新系列郵票。

生字 売り切れ／售罄；増刷／加印

名・サ
自 は っこう 【発行】

(圖書、報紙、紙幣等) 發行；發放，發售

類 出版　發行

對 回収　回收

□□□ 2140

例 定時に発車する。

1秒後影子跟讀 ≫

訳 定時發車。

生字 定時／準時

名・サ
自 は っしゃ 【発車】

発車，開車

類 出発　出發

對 到着　到達

は

443

はっしゃ【発射】

□□□ 2141

例 ロケットが発射した。

1秒後影子跟讀 》

譯 火箭發射了。

生字 ロケット／火箭

名・他サ はっしゃ【発射】

發射 (火箭、子彈等)

類 射出 射出、發射

對 収納 收納

□□□ 2142

例 あなたが罪を認めた以上、罰しなければなりません。

1秒後影子跟讀 》

譯 既然你認了罪，就得接受懲罰。

文法 》 いじょう [既然…就…]：由於前句某種決心，後句表示相對應的決心。

生字 罪／罪過；認める／承認

他サ ばっする【罰する】

處罰，處分，責罰；(法) 定罪，判罪 （或唸：ばっする）

類 制罰する 處罰、懲罰

對 許す 原諒

□□□ 2143

例 彼の発想をぬきにしては、この製品は完成しなかった。

1秒後影子跟讀 》

譯 如果沒有他的構想，就沒有辦法做出這個產品。

慣用語 》
- 発想力を鍛える／培養創造力。
- 新しい発想で問題を解決する／採用創新思路解決問題。
- 発想の転換が必要だ／需要轉變思考模式。

文法 》 をぬきにして（は）[要是沒有…就（沒辦法）…]：表示沒有前項，後項就很難成立。

生字 製品／成品；完成／完工

名・自他サ はっそう【発想】

構想，主意；表達，表現；(音樂) 表現

類 アイディア 想法

對 無視 忽略

□□□ 2144

例 友人たちにばったり会ったばかりに、飲みにいくことになってしまった。

1秒後影子跟讀 》

譯 因為與朋友們不期而遇，所以就決定去喝酒了。

文法 》 ばかりに [就因為…，結果…]：表示因為某事的緣故，造成後項結果。

生字 友人／朋友

副 ばったり

物體突然倒下 (跌落) 貌；突然相遇貌；突然終止貌

類 突然 突然

對 予定通り 按計劃

□□□ 2145

例 目がぱっちりとしている。

1秒後影子跟讀 》

譯 眼兒水汪汪。

副・自サ ぱっちり

眼大而水汪汪；睜大眼睛

類 はっきり 清晰

對 曖昧 模糊

2146

例 驚いたことに、町はたいへん発展していました。
1秒後影子跟讀

譯 令人驚訝的是，小鎮蓬勃發展起來了。

慣用語
● 経済が急速に発展する／經濟迅速發展。
● 発展途上国を支援する／援助發展中國家。
● 海外へ発展する／拓展海外市場。
文法 ことに [令人感到…的是…]：接在表示感情的形容詞或
動詞後面，表示說話者在敘述某事之前的心情。
生字 町／城鎮

名·自サ はってん【発展】
擴展，發展；活躍，活動
類 進展 發展
對 停滞 停滞

2147

例 この国では、風力による発電が行なわれています。
1秒後影子跟讀

譯 這個國家，以風力來發電。

生字 風力／風力；行なう／進行

名·他サ はつでん【発電】
發電
類 電力生成 發電
對 消費 消費

2148

例 新商品発売の際には、大いに宣伝しましょう。
1秒後影子跟讀

譯 銷售新商品時，我們來大力宣傳吧！

生字 宣伝／宣揚

名·他サ はつばい【発売】
賣，出售
類 販売 銷售
對 買い取り 購買

2149

例 ゼミで発表するに当たり、十分に準備をした。
1秒後影子跟讀

譯 為了即將在研討會上的報告，做了萬全的準備。

生字 ゼミ／研討會；準備／預備

名·他サ はっぴょう【発表】
發表，宣布，聲明；揭曉
類 公表 公布、發布
對 秘密にする 保密

2150

例 多数決でなく、話し合いで決めた。
1秒後影子跟讀

譯 不是採用多數決，而是經過討論之後做出了決定。

生字 多数決／多數決

自五 はなしあう
【話し合う】
對話，談話；商量，協商，談判
類 相談する 討論
對 独断 獨斷

445

はなしかける【話しかける】

□□□ 2151

例 英語で話しかける。

1秒後影子跟讀 ≫

訳 用英語跟他人交談。

自下 はなしかける
【話しかける】

(主動) 跟人說話，攀談；開始談，開始說（或唸：はなしかける）

類 話を始める 開始對話
對 無視する 忽略

□□□ 2152

例 急ぎの用事で電話したときに限って、話し中である。

1秒後影子跟讀 ≫

訳 偏偏在有急事打電話過去時，就是在通話中。

文法 ≫ にかぎって [偏偏…就…]：表示特殊限定的事物或範圍，說明唯獨某事物特別不一樣。

生字 急ぎ／急迫；用事／要事

名 はなしちゅう
【話し中】

通話中

類 話している 正在談話
對 沈黙中 沉默

□□□ 2153

例 あなたは甚だしい勘違いをしています。

1秒後影子跟讀 ≫

訳 你誤會得非常深。

慣用語

● 甚だしい誤解を解く／消除嚴重的誤會。
● 甚だしい違いがある／存在顯著的差異。
● 甚だしい失敗から学ぶ／從嚴重失誤中汲取教訓。

生字 勘違い／誤解

形 はなはだしい
【甚だしい】

(不好的狀態) 非常，很，甚

類 極端 極端
對 適度 適度

□□□ 2154

例 華々しい結婚式。

1秒後影子跟讀 ≫

訳 豪華的婚禮。

生字 結婚式／結婚典禮

形 はなばなしい
【華々しい】

華麗，豪華；輝煌；壯烈

類 華やか 華麗 對 地味 樸素

□□□ 2155

例 花火を見に行きたいわ。とてもきれいだもの。

1秒後影子跟讀 ≫

訳 人家要去看煙火，因為真的是很漂亮嘛。

名 はなび【花火】

煙火

類 煙火 煙花
對 昼間 白天

□□□ 2156

例 華やかな都会での生活。
1秒後影子跟讀》

譯 在繁華的都市生活。

生字 都会／城市；生活／謀生

形動 はなやか【華やか】

華麗；輝煌；活躍；引人注目

類 華麗 華麗
對 単純 簡單

□□□ 2157

例 花嫁さん、きれいねえ。
1秒後影子跟讀》

譯 新娘子好漂亮喔！

名 はなよめ【花嫁】

新娘
類 新婦 新娘
對 新郎 新郎

□□□ 2158

例 羽のついた帽子がほしい。
1秒後影子跟讀》

譯 我想要頂有羽毛的帽子。

出題重點 「羽」唸作「はね」，意指鳥的羽毛或類似物。問題1誤導選項可能有：
● はに：錯誤地將「ね」讀成「に」。
● ばね：錯誤地將清音「は」變成濁音「ば」。
● わね：錯誤地將「は」讀成字型相近的「わ」。

慣用語
● 羽を広げる／舒展雙翼。
生字 帽子／帽子

名 はね【羽】

羽毛；(鳥與昆蟲等的)翅膀；(機器等)翼，葉片；箭翎

類 羽根 羽毛
對 重さ 重量
訓 羽＝はね

□□□ 2159

例 ベッドの中のばねはたいへん丈夫です。
1秒後影子跟讀》

譯 床鋪的彈簧實在是牢固啊。

生字 ベッド／床鋪；丈夫／耐用的

名 ばね

彈簧，發條；(腰、腿的)彈力，彈跳力

類 スプリング 彈簧
對 固定物 固定物

□□□ 2160

例 子犬は、飛んだり跳ねたりして喜んでいる。
1秒後影子跟讀》

譯 小狗高興得又蹦又跳的。

生字 子犬／幼犬

自下 はねる【跳ねる】

跳，蹦起；飛濺；散開，散場；爆，裂開

類 跳ぶ 跳躍
對 座る 坐下

は

はははおや【母親】

□□□ 2161

例 息子が勉強しないので、母親として嘆かずにはいられない。

〈1秒後影子跟讀〉

譯 因為兒子不讀書,所以身為母親的就不得不嘆起氣來。

文法 ずにはいられない [無法不去…]：表示自己的意志無法克制,情不自禁地做某事,為書面用語。

生字 息子／兒子；嘆く／嘆息

名 はははおや【母親】

母親

類 母 母親

對 父親 父親

□□□ 2162

例 詳細は省いて単刀直入に申し上げると、予算が50万円ほど足りません。

〈1秒後影子跟讀〉

譯 容我省略細節、開門見山直接報告：預算還差50萬圓。

慣用語
● 余分な部分を省く／刪減多餘部分。
● 省いて説明する／簡要闡述。
● 手順を省く／省略步驟。

生字 単刀直入／直截了當；申し上げる／述説（謙遜）；予算／預算

他五 はぶく【省く】

省,省略,精簡,簡化；節省

類 省略する 省略

對 加える 增加

訓 省＝はぶ（く）

□□□ 2163

例 ガラスの破片が落ちていた。

〈1秒後影子跟讀〉

譯 玻璃的碎片掉落在地上。

生字 ガラス／玻璃；落ちる／落下

名 はへん【破片】

破片,碎片

類 断片 碎片

對 全体 全體 音 片＝ヘン

□□□ 2164

例 ハムサンドをください。

〈1秒後影子跟讀〉

譯 請給我火腿三明治。

生字 サンド／三明治

名 ハム【ham】

火腿

類 豚肉加工品 豬肉製品

對 牛肉 牛肉

□□□ 2165

例 金属の枠にガラスを嵌めました。

〈1秒後影子跟讀〉

譯 在金屬框裡,嵌上了玻璃。

生字 金属／金屬；枠／邊框

他下一 はめる【嵌める】

嵌上,鑲上；使陷入,欺騙；擲入,使沈入

類 嵌まる 嵌入

對 取り出す 取出

□□□ 2166

例 早起きは苦手だ。

1秒後影子跟讀 >

譯 不擅長早起。

名 はやおき【早起き】

早起
類 朝早く起きる　早晨早起
對 寝坊　賴床

□□□ 2167

例 早口でしゃべる。

1秒後影子跟讀 >

譯 說話速度快。

名 はやくち【早口】

說話快
類 口達者　健談
對 ゆっくり話す　慢慢說

□□□ 2168

例 春先、近所の田んぼはれんげの原になる。

1秒後影子跟讀 >

譯 初春時節，附近的稻田變成一大片紫雲英的花海。

生字 田んぼ／水田；れんげ／荷花

名 はら【原】

平原，平地；荒原，荒地
類 原野　原野
對 都市　城市

□□□ 2169

例 税金を払い込む。

1秒後影子跟讀 >

譯 繳納稅金。

生字 税金／稅金

Track073

他五 はらいこむ
【払い込む】

繳納（或唸：はらいこむ）
類 支払う　支付
對 引き出す　提取

は

□□□ 2170

例 不良品だったので、抗議のすえ、料金を払い戻してもらいました。

1秒後影子跟讀 >

譯 因為是瑕疵品，經過抗議之後，最後費用就退給我了。

出題重點 題型5裡「払い戻す」的考點有：

● 例句：商品の不良で代金を払い戻した／因商品瑕疵退還了款項。
● 換句話說：商品の不良で返金する／因商品瑕疵進行了退款。
● 相對說法：代金を徴収する／收取了款項。
　「払い戻す」和「返金する」都是指將已收取的款項返還給顧客；「徴収する」則表示收取費用或款項。

文法 のすえ[經過…之後，最後…]：表示[經過一段時間，最後…]之意，是動作、行為等的結果，意味著[某一期間的結束]。

生字 不良品／瑕疵品；抗議／抗議

他五 はらいもどす
【払い戻す】

退還（多餘的錢），退費；（銀行）付還（存戶存款）（或唸：はらいもどす）
類 返金する　退款
對 徴収する　徴收

はり【針】

□□□ 2171

例 **針と糸で雑巾を縫った。**

1秒後影子跟讀 >

譯 我用針和線縫補了抹布。

生字 **雑巾**／抹布；**縫う**／縫紉

名 **はり【針】**

縫衣針；針狀物；(動植物的)針，刺

類 **針** 針、鋭物

對 **釘** 釘 訓 針＝はり

□□□ 2172

例 **針金で玩具を作った。**

1秒後影子跟讀 >

譯 我用銅線做了玩具。

名 **はりがね【針金】**

金屬絲，(鉛、銅、鋼)線；電線

類 **鉄糸** 鐵絲

對 ロープ 繩索

訓 針＝はり

□□□ 2173

例 **妹は、幼稚園の劇で主役をやるので張り切っています。**

1秒後影子跟讀 >

譯 妹妹將在幼稚園的話劇裡擔任主角，為此盡了全力準備。

生字 **幼稚園**／幼兒園；**劇**／戲劇；**主役**／主角

自五 **はりきる【張り切る】**

拉緊；緊張，幹勁十足，精神百倍

類 **熱心** 積極

對 なまける 懶散

□□□ 2174

例 **あれは、秋のさわやかな晴れの日でした。**

1秒後影子跟讀 >

譯 記得那是一個秋高氣爽的晴朗日子。

出題重點 「晴れ（はれ）」表示天氣晴朗。如「秋晴れ（あきばれ）」"秋天的晴天"。問題3經常混淆的複合詞有：

- 日和（ひより）：形容理想的天氣狀態。如「秋日和（あきびより）」"秋天的好天氣"。
- 上がる（あがる）：指示狀態的改善或上升。如「晴れ上がる（はれあがる）」"天氣由陰轉晴"。
- 映える（はえる）：表示在某種光線下顯得突出或吸引人。如「照り映える（てりばえる）」"照射"。

生字 さわやか／清爽的

名 **はれ【晴れ】**

晴天；隆重；消除嫌疑

類 **晴天** 晴朗

對 **曇り** 陰天

□□□ 2175

例 **反原発の集会に参加した。**

1秒後影子跟讀 >

譯 參加了反對核能發電的集會。

生字 **原発**／核能發電；**集会**／聚會

名·漢造 **はん【反】**

反，反對；(哲)反對命題；犯規；反覆

類 **反対** 反對

對 **賛成** 贊成

2176

例 この事件は、当時の状況を反映しているに相違ありません。

1秒後影子跟讀

譯 這個事件，肯定是反映了當下的情勢。

名・サ・他サ **は**んえい【反映】

(光) 反射；反映

類 映し出す　反映

對 無視する　忽略

慣用語
● 意見が反映される／意見獲得響應。
● 現状を反映する／反映當前情況。
● 価格に反映する／反映在價格之中。

文法 にそういない [一定是…]：表示説話者根據經驗或直覺，做出非常肯定的判斷。

生字 事件／事件；当時／那時；状況／情況

2177

例 大きな音がしたことから、パンクしたのに気がつきました。

1秒後影子跟讀

譯 因為聽到巨響，所以發現原來是爆胎了。

名・自サ **パ**ンク【puncture 之略】

爆胎；脹破，爆破

類 爆裂　爆裂

對 完全　完好

文法 ことから [因為…所以…]：表示因果關係，根據情況，來判斷出原因、結果或結論。

2178

例 彼は、行動半径が広い。

1秒後影子跟讀

譯 他的行動範圍很廣。

名 **は**んけい【半径】

半徑

類 線径の半分　半徑

對 直径　直徑

2179

例 ここにはんこを押してください。

1秒後影子跟讀

譯 請在這裡蓋下印章。

名 **は**んこ

印章，印鑑

類 印鑑　印章

對 署名　簽名

生字 押す／蓋 (章)

2180

例 彼は、親に対して反抗している。

1秒後影子跟讀

譯 他反抗父母。

生字 親／雙親

名・自サ **は**んこう【反抗】

反抗，違抗，反擊

類 背く　反叛、抵抗

對 従順　順從

は

はんざい【犯罪】

□□□ 2181

例) 犯罪の研究を通して、社会の傾向を分析する。

1秒後影子跟讀》

訳) 藉由研究犯罪來分析社會傾向。

生字　通す／透過；傾向／趨勢；分析／剖析

名 は|んざい【犯罪】
犯罪
類 罪を犯す　犯罪
對 正義　正義

□□□ 2182

例) 万歳を三唱する。

1秒後影子跟讀》

訳) 三呼萬歲。

名感 ば|んざい【万歳】
萬歲；(表示高興) 太好了，
好極了
類 よっしゃー　歡呼
對 降伏　投降

□□□ 2183

例) ハンサムでさえあれば、どんな男性でもいいそうです。

1秒後影子跟讀》

訳) 聽說她只要對方英俊，怎樣的男人都行。

生字　男性／男生

名・形動 ハ|ンサム
【handsome】
帥，英俊，美男子
類 イケメン　帥氣、英俊
對 不細工　醜陋

□□□ 2184

例) 将来は判事になりたいと思っている。

1秒後影子跟讀》

訳) 我將來想當法官。

生字　将来／未來

名 は|んじ【判事】
審判員，法官
類 裁判官　法官
對 弁護士　律師

□□□ 2185

例) 上司の判断が間違っていると知りつつ、意見を言わなかった。

1秒後影子跟讀》

訳) 明明知道上司的判斷是錯的，但還是沒講出自己的意見。

慣用語》
● 正しい判断をする／做出正確的判斷。
● 判断力が鈍る／判斷能力變得遲鈍。
● 判断ミスを避ける／避免判斷上的失誤。

文法》 つつ [明明…但還是…]：表示逆接，用於連接兩個相反的
事物，表示同一主體，在進行某一動作的同時，也進行另一個動作。

生字　間違う／不對；意見／主張

名・他サ は|んだん【判断】
判斷；推斷，推測；占卜
類 決定　決定、判斷
對 無視する　忽略

452

□□□ 2186

例 お宅は何番地ですか。

1秒後影子跟讀〉

譯 您府上門牌號碼幾號？

生字 お宅/貴府

名 ばんち【番地】

門牌號；住址

類 住所 地址

對 名前 名字

□□□ 2187

例 これをやるには、半月かかる。

1秒後影子跟讀〉

譯 為了做這個而耗費半個月的時間。

慣用語〉
● 半月が過ぎる/半個月的時光悄然流逝。
● 半月ごとに出る/每隔半個月便會出現一次。
● 半月の間に変化が起こる/在半月之內發生了變化。

生字 かかる/花費

名 はんつき【半月】

半個月；半月形；上（下）弦月

類 半分 一半

對 一月 一個月

□□□ 2188

例 なんだ、これは。へたくそなバンドだな。

1秒後影子跟讀〉

譯 這算什麼啊！這支樂團好差勁喔！

生字 へたくそ/拙劣的

名 バンド【band】

樂團帶；狀物；皮帶，腰帶

類 音楽グループ 樂隊

對 独奏 獨奏

□□□ 2189

例 三浦半島に泳ぎに行った。

1秒後影子跟讀〉

譯 我到三浦半島游了泳。

名 はんとう【半島】

半島

類 陸地 陸地

對 島 島嶼 音 島=トウ

は

□□□ 2190

例 久しぶりにハンドルを握った。

1秒後影子跟讀〉

譯 久違地握著了方向盤。

文法〉ぶり[久違（地）…]：表示時間相隔的情況或狀態。

生字 握る/抓握

名 ハンドル【handle】

（門等）把手；（汽車、輪船）方向盤

類 つり革 吊環

對 ブレーキ 剎車

はんにち【半日】

□□□ 2191

例 半日で終わる。

1秒後影子跟讀 >

訳 半天就結束。

生字 終わる／終了

名 は|んにち【半日】

半天

類 十二時間　半天

對 一日　一天

□□□ 2192

例 商品の販売にかけては、彼の右に出る者はいない。

1秒後影子跟讀 >

訳 在銷售商品上，沒有人可以跟他比。

慣用語
● 販売するための手を打つ。／為了銷售而採取措施。
● 販売員として働く／擔任銷售員。
● 販売促進のために努力する／致力於推動銷售。

文法 にかけては [就…這一點]：表示 [其它姑且不論，僅就那
一件事情來說] 的意思。後項多接對別人的技術或能力好的評價。

生字 商品／產品；右に出る／能出其右

名・他サ は|んばい【販売】

販賣，出售

類 売り出し　銷售、販售

對 購入　購買

音 販＝ハン

□□□ 2193

例 親に対して、反発を感じないではいられなかった。

1秒後影子跟讀 >

訳 我很難不反抗父母。

生字 親／雙親；感じる／感到

名・他サ・自サ は|んぱつ【反発】

回彈，排斥；拒絕，不接受；反攻，反抗

類 反対　反對、抵抗

對 同意　同意

□□□ 2194

例 前から 3 番目にいるのが、弟です。

1秒後影子跟讀 >

訳 從前面數來第 3 個人就是我弟弟。

接尾 ば|んめ【番目】

(助數詞用法，計算事物順序的單位) 第

類 順位　順位

對 総数　總數

□□□ 2195

例 非を認める。

1秒後影子跟讀 >

訳 認錯。

生字 認める／承認

名・漢造 ひ【非】

非，不是

類 否定　否定

對 肯定　肯定

□□□ 2196

例 山の上から見ると、街の灯がきれいだ。

1秒後影子跟讀》

譯 從山上往下眺望，街道上的燈火真是美啊。

生字 街／街區

名 ひ【灯】

燈光，燈火

類 燈　燈
對 暗闇　黑暗
訓 灯＝ひ

□□□ 2197

例 私のアパートは南向きだから、日当たりがいいです。

1秒後影子跟讀》

譯 我住的公寓朝南，所以陽光很充足。

生字 アパート／公寓；向き／面向

名 ひあたり【日当たり】

採光，向陽處

類 日照　日照
對 日陰　陰暗

□□□ 2198

例 課長は、日帰りで出張に行ってきたということだ。

1秒後影子跟讀》

譯 聽說社長出差一天，當天就回來了。

生字 課長／科長；出張／出差

名・自サ ひがえり【日帰り】

當天回來

類 一日旅行　當日往返、日遊
對 宿泊　過夜

□□□ 2199

例 周囲と比較してみて、自分の実力がわかった。

1秒後影子跟讀》

譯 和周遭的人比較過之後，認清了自己的實力在哪裡。

生字 周囲／四周；実力／真實能力

名・他サ ひかく【比較】

比，比較

類 対比　對比、比較
對 同一　相同
音 比＝ヒ

□□□ 2200

例 会社が比較的うまくいっているところに、急に問題がおこった。

1秒後影子跟讀》

譯 在公司營運比從前上軌道時，突然發生了問題。

出題重點 「比較的」通常來表示相對地、在一定程度上或比較而言，指出某物或某情況與其他相似事物或情況相比的狀態。如「比較的に安い／價格相對親民」。以下是問題6錯誤用法：

1. 表示絕對或完全的狀態：「完全に比較的な解答／完全比較的答案」。
2. 描述獨特或獨立存在：「このアイデアは比較的に独特だ／這個想法是相對獨特的」。
3. 表示同時發生的事件：「事故が比較的に起こる／事故比較地發生」。

生字 急／忽然；問題／麻煩事

副・形動 ひかくてき【比較的】

比較地

類 相対的　相對的、比較地
對 絶対的　絕對地
音 比＝ヒ

は

ひかげ【日陰】

□□□ 2201

例 日陰で休む。

1秒後影子跟讀 》

譯 在陰涼處休息。

名 ひかげ【日陰】

陰涼處，背陽處；埋沒人間；
見不得人

類 陰　陰影　對 日光　日光

□□□ 2202

例 机はほこりだらけでしたが、拭いたらぴかぴかになりました。

1秒後影子跟讀 》

譯 桌上滿是灰塵，但擦過後便很雪亮。

副・
自サ ぴかぴか

雪亮地；閃閃發亮的

類 光る　閃閃發光

對 くすんでいる　黯淡

出題重點　「ぴかぴか」“閃閃發光”用來形容光亮閃爍或非常乾淨的樣子。問題4陷阱可能有：「きらきら」“閃爍”指自然界如星光、水面的光澤；「光る（ひかる）」“發光”廣泛應用於任何發光或反射光線的情況；「煌々（こうこう）と」“閃爍”特別強調光亮強烈、耀眼。相比「ぴかぴか」，「きらきら」更專指自然的閃光，「光る」適用於一般的發光情景，「煌々」則突出光的強烈和明亮。

生字　ほこり／灰塵；拭く／擦拭

□□□ 2203

例 橋が壊れていたので、引き返さざるをえなかった。

1秒後影子跟讀 》

譯 因為橋壞了，所以不得不掉頭回去。

自五 ひきかえす
【引き返す】

返回，折回

類 戻る　返回

對 続行する　繼續前進

文法　ざるをえなかった [不得不…]：表示除此之外，沒有其他的選擇。

生字　壊れる／坍塌

□□□ 2204

例 部長は、部下のやる気を引き出すのが上手だ。

1秒後影子跟讀 》

譯 部長對激發部下的工作幹勁，很有一套。

他五 ひきだす【引き出す】

抽出，拉出；引誘出，誘騙；(從銀行) 提取，提出

類 取り出す　取出

對 預ける　存放

生字　部下／下屬；やる気／動力

□□□ 2205

例 一生懸命引き止めたが、彼は会社を辞めてしまった。

1秒後影子跟讀 》

譯 我努力挽留但他還是辭職了。

他下一 ひきとめる
【引き止める】

留，挽留；制止，拉住

類 止める　阻止

對 放す　放開

生字　一生懸命／拼命努力；辞める／辭去

456

□□□ 2206

例 彼は卑怯な男だから、そんなこともしかねないね。

1秒後影子跟讀 〉

譯 因為他是個卑鄙的男人，所以有可能會做出那種事唷。

文法 〉 かねない [（有）可能會…]：表示有這種可能性或危險性。有可能做出異於常人的某種事情，一般用在負面的評價。

名・形動 ひきょう【卑怯】

怯懦，卑怯；卑鄙，無恥

類 姑息 姑息
對 正直 誠實

□□□ 2207

例 試合は、引き分けに終わった。

1秒後影子跟讀 〉

譯 比賽以平手收局。

名 ひきわけ【引き分け】

（比賽）平局，不分勝負

類 引き合い 平局、和局
對 勝利 勝利

□□□ 2208

例 人を轢きそうになって、びっくりした。

1秒後影子跟讀 〉

譯 差一點就壓傷了人，嚇死我了。

出題重點 「轢く」唸訓讀「ひく」，意指用車輛碾過或壓過導致傷害或死亡。問題 2 誤導選項可能有：

● 突く（つく）："刺、戳"，主要指用尖銳物體戳刺，與「轢く」的被車輛碾壓含義不同。
● 輾く（ひく）：與「轢く」意義相近，指被車輛碾壓，但「轢く」是更常用的詞彙。
● 壓く：非正確日語單字，可能與「押す（おす）」混淆，後者意味推壓，與「轢く」的碾壓有所不同。

生字 びっくり／驚嚇

他五 ひく【轢く】

（車）壓，軋（人等）

類 打ち砕く 碾壓
對 避ける 避開

□□□ 2209

例 このような悲劇が二度と起こらないようにしよう。

1秒後影子跟讀 〉

譯 讓我們努力不要讓這樣的悲劇再度發生。

生字 二度／再次；起こる／發生

名 ひげき【悲劇】

悲劇

類 悲惨な出来事 悲劇、不幸事件
對 喜劇 喜劇 音 劇＝ゲキ

□□□ 2210

例 飛行時間は約 5 時間です。

1秒後影子跟讀 〉

譯 飛行時間約 5 個小時。

生字 約／大概

名・自サ ひこう【飛行】

飛行，航空

類 飛翔 飛翔
對 着陸 降落

は

ひざし【日差し】

□□□ 2211

例 まぶしいほど、日差しが強い。

1秒後影子跟讀 ≫

訳 日光強到令人感到炫目刺眼。

生字 まぶしい／耀眼奪目的

名 ひざし【日差し】

陽光照射，光線

類 日光 陽光、日照

對 曇り 陰天

□□□ 2212

例 銀行強盗は、ピストルを持っていた。

1秒後影子跟讀 ≫

訳 銀行搶匪當時持有手槍。

生字 強盗／匪徒

名 ピストル【pistol】

手槍

類 銃 手槍

對 ライフル 步槍

□□□ 2213

例 栄養からいうと、その食事はビタミンが足りません。

1秒後影子跟讀 ≫

訳 就營養這一點來看，那一餐所含的維他命是不夠的。

慣用語 ≫

● ビタミンを摂取する／攝取維他命。

● ビタミン不足を補う／補充維生素不足。

● ビタミンCに富む／含豐富的維他命C。

生字 栄養／養分；足りる／充分

名 ビタミン
【vitamin】

(醫) 維他命，維生素

類 栄養素 營養素

對 ミネラル 礦物質

□□□ 2214

例 その占い師の占いは、ぴたりと当たった。

1秒後影子跟讀 ≫

訳 那位占卜師的占卜，完全命中。

生字 占い師／算命師；占い／卜卦；当たる／命中

副 ぴたり

突然停止；緊貼地，緊緊地；
正好，正合適，正對

類 ちょうど 剛好

對 離れる 分開

□□□ 2215

例 左側に並ぶ。

1秒後影子跟讀 ≫

訳 排在左側。

名 ひだりがわ【左側】

左邊，左側

類 左手 左手

對 右側 右側

□□□ 2216

例　凧が木に引っ掛かってしまった。

1秒後影子跟讀≫

譯　風箏纏到樹上去了。

出題重點　「掛かる（かかる）」表示需要時間、金錢或受到影響。如「引っ掛かる（ひっかかる）」"卡住"。問題3經常混淆的複合動詞有：
- 駆ける（かける）：快速跑動或迅速行動。如「駆込む（かけこむ）」"衝進"。
- 過ぎる（すぎる）：時間流逝、超出限度或範圍。如「通り過ぎる（とおりすぎる）」"越過"。
- 越える（こえる）：超過界限、勝過或跨越障礙。如「飛び越える（とびこえる）」"跳躍超過"。

生字　凧／風箏

自五 ひっかかる【引っ掛かる】

掛來，掛上，卡住；連累，牽累；受騙，上當；心裡不痛快

類 からまる　纏繞

對 抜ける　脱離

□□□ 2217

例　筆記試験はともかく、実技と面接の点数はよかった。

1秒後影子跟讀≫

譯　先不說筆試結果如何，術科和面試的成績都很不錯。

文法　はともかく[姑且不論…]：提出兩個事項，前項暫不作議論，先談後項。暗示後項是更重要的。

生字　実技／實際技巧；面接／面試；点数／分數

名・他サ ひっき【筆記】

筆記；記筆記

類 書き取り　書寫

對 口頭　口頭

音 筆＝ヒツ

□□□ 2218

例　田中さんは美人になって、本当にびっくりするくらいでした。

1秒後影子跟讀≫

譯　田中小姐變成大美人，叫人真是大吃一驚。

副・自サ びっくり

吃驚，嚇一跳

類 驚く　驚奇　**對** 慣れる　習慣

□□□ 2219

例　筆記試験を受ける。

1秒後影子跟讀≫

譯　參加筆試。

生字　受ける／應（考）

名 ひっきしけん【筆記試験】

筆試（或唸：ひっきしけん）

類 筆記テスト　筆試

對 口頭試験　口試　**音** 筆＝ヒツ

□□□ 2220

例　箱を引っくり返して、中のものを調べた。

1秒後影子跟讀≫

譯　把箱子翻出來，查看了裡面的東西。

生字　調べる／檢查

他五 ひっくりかえす【引っくり返す】

推倒，弄倒，碰倒；顛倒過來；推翻，否決

類 逆転させる　逆轉

對 安定させる　穩定

は

459

ひっくりかえる【引っくり返る】

□□□ 2221

例 ニュースを聞いて、ショックのあまり引っくり返ってしまった。

1秒後影子跟讀 ≫

譯 聽到這消息，由於太過吃驚，結果翻了一跤。

文法 ≫ あまり［由於太過…］：表示由於前句某種感情、感覺的程度過甚，而導致後句消極的結果。

生字 ニュース／新聞；ショック／震驚

自五 **ひっくりかえる【引っくり返る】**

翻倒，顛倒，翻過來；逆轉，顛倒過來

類 転倒する 跌倒

對 安定する 穩定

□□□ 2222

例 日付が変わらないうちに、この仕事を完成するつもりです。

1秒後影子跟讀 ≫

譯 我打算在今天之內完成這份工作。

出題重點 題型5裡「日付」的考點有：
- 例句：手紙の上に日付が書かれていた／信上寫著日期。
- 換句話說：手紙の上に日時が記されていた／信上記載了日期和時間。

「日付」指的是具體的日期；「日時」通常指日期和時間的組合。

文法 ≫ ないうちに［在…還沒…前，…］：表示在前面的環境、狀態還沒有產生變化的情況下，做後面的動作。

生字 変わる／變更；完成／完工

名 **ひづけ【日付】**

（報紙、新聞上的）日期

類 日時 日期和時間

對 時間 時間

□□□ 2223

例 あなたは関係ないんだから、引っ込んでいてください。

1秒後影子跟讀 ≫

譯 這跟你沒關係，請你走開！

生字 関係／關聯

自五 他五 **ひっこむ【引っ込む】**

引退，隱居；縮進，縮入；拉入，拉進；拉攏

類 退く 後退 對 出る 出現

□□□ 2224

例 必死にがんばったが、だめだった。

1秒後影子跟讀 ≫

譯 雖然拼命努力，最後還是失敗了。

名・形動 **ひっし【必死】**

必死；拼命，殊死

類 死に物狂い 拼命

對 ゆるい 鬆懈

□□□ 2225

例 この投書の筆者は、非常に鋭い指摘をしている。

1秒後影子跟讀 ≫

譯 這篇投書的作者，提出非常犀利的指責觀點。

生字 投書／投稿；鋭い／尖銳的；指摘／批評錯誤

名 **ひっしゃ【筆者】**

作者，筆者

類 著者 作者

對 読者 讀者

音 筆＝ヒツ

□□□ 2226

例 いつも口紅は持っているわ。**必需品**だもの。

1秒後影子跟讀

譯 我總是都帶著口紅呢！因為它是必需品嘛！

生字 口紅／唇膏

名 **ひつじゅひん**
【必需品】

必需品，日常必須用品

類 必須アイテム　必要品

對 余分なもの　多餘的東西

□□□ 2227

例 人の耳を引っ張る。

1秒後影子跟讀

譯 拉人的耳朵。

他五 **ひっぱる**
【引っ張る】

(用力)拉;拉上 拉緊;強拉走;
引誘;拖長;拖延;拉(電線
等);(棒球向左面或右面)打
球;引く

類 牽く　拉　對 押す　推

□□□ 2228

例 方法に問題があったことは、**否定**しがたい。

1秒後影子跟讀

譯 難以否認方法上出了問題。

名・他サ **ひてい【否定】**

否定，否認

類 否認　否認

對 肯定　肯定

慣用語
●事実を否定する／否定事實。
●否定的な意見を表明する／提出反對意見。
●否定形の文を作る／造否定語句。

文法 がたい [很難…]：表示做該動作難度很高，幾乎是不可能的。
生字 方法／方式

は

□□□ 2229

Track075

例 ビデオの予約録画は、一昔前に比べるとずいぶん簡単になった。

1秒後影子跟讀

譯 預約錄影的步驟比以前來得簡單多了。

生字 録画／錄像；一昔／昔日

名 **ビデオ【video】**

影像，錄影；錄影機；錄影帶

類 録画　錄影

對 静止画　靜態圖像

□□□ 2230

例 夏は、一風呂浴びた後のビールが最高だ。

1秒後影子跟讀

譯 夏天沖過澡後來罐啤酒，那滋味真是太美妙了！

生字 浴びる／淋浴；最高／最佳

接頭 **ひと【一】**

一個；一回；稍微；以前

類 一つ　一個

對 多く　許多

ひとこと【一言】

□□□ 2231

例 最近の社会に対して、ひとこと言わずにはいられない。

1秒後影子跟讀 》

訳 我無法忍受不去對最近的社會，說幾句抱怨的話。

文法 》 ずにはいられない [無法不去…]：表示自己的意志無法克制，情不自禁地做某事，為書面用語。

生字 社会／世間

名 ひとこと【一言】

一句話；三言兩語

類 簡単な話し 簡單的話

對 長話 長篇大論

□□□ 2232

例 人込みでは、すりに気をつけてください。

1秒後影子跟讀 》

訳 在人群中，請小心扒手。

生字 すり／小偷

名 ひとごみ【人込み・人混み】

人潮擁擠 (的地方)，人山人海

類 人人 人們 對 人気のない 無人

訓 混＝こ (み)

□□□ 2233

例 2分の1は0.5に等しい。

1秒後影子跟讀 》

訳 2分之1等於0.5。

出題重點 「等しい」唸訓讀「ひとしい」，意指相等、一致或具有相同的程度或價值。問題2誤導選項可能有：

● 同しい：非正確日語單字。

● 正しい（ただしい）："正確"，指的是事物符合事實、規則或道德標準，與「等しい」的相等概念不同。

● 斉しい：非正確日語單字。

慣用語 》

● 等しい権利を持つ／享有平等權利。

形 ひとしい【等しい】

(性質、數量、狀態、條件等) 相等的，一樣的；相似的

類 同じ 相同

對 異なる 不同

□□□ 2234

例 黒い雲の間から、一筋の光が差し込んでいる。

1秒後影子跟讀 》

訳 從灰暗的雲隙間射出一道曙光。

生字 間／縫隙；差し込む／光線射入

名 ひとすじ【一筋】

一條，一根；(常用「一筋に」) 一心一意，一個勁兒

類 専念 專注

對 多岐 多方面

□□□ 2235

例 看護師として、一通りの勉強はしました。

1秒後影子跟讀 》

訳 把所有護理師應掌握的相關知識全部學會了。

生字 看護師／護士

副 ひととおり【一通り】

大概，大略；(下接否定) 普通，一般；一套；全部

類 大体 大致

對 徹底的に 徹底地

462

□□□ 2236

例 デパートに近づくにつれて、人通りが多くなった。

〉1秒後影子跟讀〉

譯 離百貨公司越近，來往的人潮也越多。

生字 近づく／靠近

名 **ひとどおり【人通り】**

人來人往，通行；來往行人

類 行き交う 來來往往

對 人けのない 無人

□□□ 2237

例 細かいことはぬきにして、一先ず大体の計画を立てましょう。

〉1秒後影子跟讀〉

譯 先跳過細部，暫且先做一個大概的計畫吧。

出題重點 「ひとまず」表暫時、先行一步或先不考慮其他事情。如「一先ず安心する／暫且放心」。以下是問題 6 錯誤用法：
1. 表長期決定：「永久にひとまず決定する／永久地先決定」。
2. 描述最終結果的情況：「結論をひとまず出す／最終下結論」。

文法 はぬきにして [扣除（省去、跳過）…]：表示除去或省略一般應該有的部份。

生字 大体／概略；計画／企劃

副 **ひとまず【一先ず】**

(不管怎樣) 暫且，姑且

類 とりあえず 暫時

對 最後まで 到最後

□□□ 2238

例 少年は、涼しげな瞳をしていた。

〉1秒後影子跟讀〉

譯 這個少年他有著清澈的瞳孔。

文法 げ […的感覺]：表示帶有某種樣子、傾向、心情及感覺。

生字 少年／青年；涼しげ／清爽的

名 **ひとみ【瞳】**

瞳孔，眼睛

類 目 眼睛

對 耳 耳朵

□□□ 2239

例 職場恋愛だから人目を避けて会っていたのに、いつの間にかみんな知っていた。

〉1秒後影子跟讀〉

譯 由於和同事談戀愛，因此兩人見面時向來避開眾目，卻不曉得什麼時候全公司的人都知道了。

生字 職場／職場；避ける／躲避

名 **ひとめ【人目】**

世人的眼光；旁人看見；一眼望盡，一眼看穿

類 人の視線 人們的視線

對 無視 忽視

□□□ 2240

例 疲れないうちに、一休みしましょうか。

〉1秒後影子跟讀〉

譯 在疲勞之前，先休息一下吧！

文法 ないうちに [在…還沒…前，…]：表示在前面的環境、狀態還沒有產生變化的情況下，做後面的動作。

名 サ **ひとやすみ【一休み】**

休息一會兒

類 休憩 休息

對 継続 繼續

は

ひとりごと【独り言】

□□□ 2241

例 彼^{かれ}はいつも独^{ひと}り言^{ごと}ばかり言^いっている。

1秒後影子跟讀 ▷

訳 他時常自言自語。

生字 ばかり／淨是

名 ひとりごと
【独り言】

自言自語 (的話) (或唸：ひ
とりごと)

類 つぶやき 喃喃自語

対 大声^{おおごえ} 大聲

□□□ 2242

例 人形^{にんぎょう}が独^{ひと}りでに動^{うご}くわけがない。

1秒後影子跟讀 ▷

訳 人偶不可能會自己動起來的。

生字 人形^{にんぎょう}／娃娃；動^{うご}く／活動

副 ひとりでに
【独りでに】

自行地，自動地，自然而然也

類 自然^{しぜん}に 自然地

対 強制的^{きょうせいてき}に 強制地

□□□ 2243

例 教師^{きょうし}になったからには、生徒一人一人^{せいとひとりひとり}をしっかり育^{そだ}てたい。

1秒後影子跟讀 ▷

訳 既然當了老師，就想把學生一個個都確實教好。

慣用語
● 一人一人^{ひとりひとり}が大切^{たいせつ}／每一個人都至關重要。
● 一人一人^{ひとりひとり}に合^あわせる／配合每一個人。
● 一人一人^{ひとりひとり}の意見^{いけん}を聞^きく／聽取每個人的看法。

生字 教師^{きょうし}／老師；育^{そだ}てる／培育

名 ひとりひとり
【一人一人】

逐個地，依次的；人人，每個
人，各自

類 各自^{かくじ} 各自

対 全体^{ぜんたい} 整體

□□□ 2244

例 あいつは、会^あうたびに皮肉^{ひにく}を言^いう。

1秒後影子跟讀 ▷

訳 每次見到他，他就會說些諷刺的話。

生字 たび／次，回

名・形動 ひにく【皮肉】

皮和肉；挖苦，諷刺，冷嘲熱
諷；令人啼笑皆非

類 嫌味^{いやみ} 挖苦

対 賛美^{さんび} 讚美

音 皮＝ヒ

□□□ 2245

例 会議^{かいぎ}の時間^{じかん}ばかりか、日^ひにちも忘^{わす}れてしまった。

1秒後影子跟讀 ▷

訳 不僅是開會的時間，就連日期也都忘了。

名 ひにち【日にち】

日子，時日；日期

類 日程^{にってい} 日程

対 時間^{じかん} 時間

464

2246

例 足首をひねったので、体育の授業は見学させてもらった。

1秒後影子跟讀〉

譯 由於扭傷了腳踝，體育課時被允許在一旁觀摩。

慣用語
- ドアノブをひねる／轉動門的把手。
- アイデアをひねり出す／構思創意。
- 腕をひねる／扭動手臂。

生字 足首／腳踝；体育／運動；見学／觀摩

他五 **ひねる【捻る】**

(用手) 扭，擰；(俗) 打敗，擊敗；別有風趣

類 ひねり出す　扭轉

對 まっすぐにする　弄直

2247

例 日の入りは何時ごろですか。

1秒後影子跟讀〉

譯 黃昏大約是幾點？

名 **ひのいり【日の入り】**

日暮時分，日落，黃昏

類 日暮れ　日落

對 日の出　日出

2248

例 明日は、山の上で日の出を見る予定です。

1秒後影子跟讀〉

譯 明天計畫要到山上看日出。

生字 予定／預計

名 **ひので【日の出】**

日出 (時分)

類 夜明け　黎明

對 日の入り　日落

2249

例 そんなことを言うと、批判されるおそれがある。

1秒後影子跟讀〉

譯 你說那種話，有可能會被批評的。

生字 おそれ／唯恐

名・他サ **ひはん【批判】**

批評，批判，評論

類 非難　批評

對 賞賛　讚揚

2250

例 茶碗にひびが入った。

1秒後影子跟讀〉

譯 碗裂開了。

生字 茶碗／飯碗；入る／出現

名 **ひび【罅】**

(陶器、玻璃等) 裂紋，裂痕；(人和人之間) 發生裂痕；(身體、精神) 發生毛病

類 亀裂　裂縫

對 完全　完整

ひびき【響き】

□□□ 2251

例 さすが音楽専用のホールだから、響きがいいわけだ。

1秒後影子跟讀 》

譯 畢竟是專業的音樂廳，音響效果不同凡響。

生字 さすが／不愧是；ホール／大廳

名 **ひびき【響き】**

聲響，餘音；回音，迴響，震動；傳播振動；影響，波及

類 音 聲音

對 沈黙 沉默

□□□ 2252

例 銃声が響いた。

1秒後影子跟讀 》

譯 槍聲響起。

生字 銃声／槍聲

自五 **ひびく【響く】**

響，發出聲音；發出回音，震響；傳播震動；波及；出名

類 届く 傳達

對 消える 消失

□□□ 2253

例 先生の批評は、厳しくてしようがない。

1秒後影子跟讀 》

譯 老師給的評論，實在有夠嚴厲。

出題重點 「批評」唸作「ひひょう」，意指評論或批判。問題1誤導選項可能有：

● ぴひょう：錯誤地將清音「ひ」變成半濁音「ぴ」。
● ひびょう：錯誤地將「ひょう」中的「ひ」讀成濁音「び」。
● 批判（ひはん）："批評"，指對事物進行評價、分析或指出問題。

慣用語 》
● 批評を受ける／采納批評。

名・他サ **ひひょう【批評】**

批評，批論

類 コメント 評論

對 賛同 同意

□□□ 2254

例 社長の交代に伴って、会社の雰囲気も微妙に変わった。

1秒後影子跟讀 》

譯 伴隨著社長的交接，公司裡的氣氛也變得很微妙。

生字 交代／交替；伴う／跟隨；雰囲気／氛圍

形動 **びみょう【微妙】**

微妙的

類 ややこしい 複雑

對 明確 明確

□□□ 2255

例 古新聞をひもでしばって廃品回収に出した。

1秒後影子跟讀 》

譯 舊報紙用繩子捆起來，拿去資源回收了。

生字 廃品／廢棄物；回収／回收

名 **ひも【紐】**

（布、皮革等的）細繩，帶

類 縄 繩子

對 板 板

466

□□□ 2256

例 **百科辞典**というだけあって、何でも**載**っている。

〈1秒後影子跟讀〉

譯 不愧是百科全書，真的是裡面什麼都有。

文法 だけあって [不愧是…] ：表示名實相符，一般用在積極讚美的時候。

生字 載る／刊載

名 **ひゃっかじてん**
【百科辞典】

百科全書

類 エンサイクロペディア　百科全書
對 小説　小説

□□□ 2257

例 たとえ**費用**が**高**くてもかまいません。

〈1秒後影子跟讀〉

譯 即使費用在怎麼貴也沒關係。

慣用語
● **費用**を**計算**する／核算費用。
● **費用**がかかる／需要花費。
● **費用**を**節約**する／節省費用。

生字 たとえ／縱使

名 **ひよう**【費用】

費用，開銷

類 コスト　成本
對 収益　收益

□□□ 2258

例 **仕事**でよく**表**を**作成**します。

〈1秒後影子跟讀〉

譯 工作上經常製作表格。

生字 作成／製成

名·漢造 **ひょう**【表】

表，表格；奏章；表面，外表；表現；代表；表率

類 一覧表　列表
對 裏　背面

□□□ 2259

例 **不規則**な**生活**は、**美容**の**大敵**です。

〈1秒後影子跟讀〉

譯 不規律的作息是美容的大敵。

生字 不規則／不規律的；大敵／勁敵

名 **びよう**【美容】

美容

類 美化　美化
對 醜くする　醜化

□□□ 2260

例 **彼**は**難病**にかかった。

〈1秒後影子跟讀〉

譯 他罹患了難治之症。

生字 難病／不治之症

漢造 **びょう**【病】

病，患病；毛病，缺點

類 疾患　疾病
對 健康　健康

□□□ 2261

例 美容院に行く。

1秒後影子跟讀

譯 去美容院。

名 **びょういん【美容院】**

美容院，美髪沙龍

類 サロン　沙龍

對 病院　醫院

□□□ 2262

Track076

例 部長の評価なんて、気にすることはありません。

1秒後影子跟讀

譯 你用不著去在意部長給的評價。

名·他サ **ひょうか【評価】**

定價，估價；評價

類 評判　評價

對 軽視　輕視

慣用語
- 高い評価を受ける／贏得高度讚譽。
- 評価基準を設定する／確立評價準則。
- 評価方法を検討する／檢討評價方法。

生字 気にする／關心

□□□ 2263

例 意味は表現できたとしても、雰囲気はうまく表現できません。

1秒後影子跟讀

譯 就算有辦法將意思表達出來，氣氛還是無法傳達的很好。

名·他サ **ひょうげん【表現】**

表現，表達，表示（或唸：ひょうげん）

類 表明　表達

對 抑制　抑制

生字 意味／含意；表現／表達

□□□ 2264

例 本の表紙がとれてしまった。

1秒後影子跟讀

譯 書皮掉了。

名 **ひょうし【表紙】**

封面，封皮，書皮（或唸：ひょうし）

類 カバー　封面

對 裏表紙　背面封面

生字 とれる／脱落

□□□ 2265

例 この標識は、どんな意味ですか。

1秒後影子跟讀

譯 這個標誌代表著什麼意思？

名 **ひょうしき【標識】**

標誌，標記，記號，信號

類 サイン　標誌

對 無視　忽視

□□□ 2266

例 日本の標準的な教育について教えてください。

1秒後影子跟讀〉

譯 請告訴我標準的日本教育是怎樣的教育。

生字 教育／教育；教える／告訴

名 ひょうじゅん【標準】

標準，水準，基準

類 基準 基準

對 異例 異常

音 準＝ジュン

□□□ 2267

例 人間はみな平等であるべきだ。

1秒後影子跟讀〉

譯 人人須平等。

生字 人間／人類

名・形動 びょうどう【平等】

平等，同等

類 同等 等同

對 差別 歧視

□□□ 2268

例 みんなの評判からすれば、彼はすばらしい歌手のようです。

1秒後影子跟讀〉

譯 就大家的評判來看，他好像是位出色的歌手。

出題重點 「評判」“評價”關於個人或事物的看法和聲譽。問題4陷阱可能有：「世評（せいひょう）」“世間的聲譽”指的是廣泛的社會層面上的評價；「名声（めいせい）」“聲望”著重於由特定成就獲得的正面評價；「口コミ」“口碑”是指人們通過口頭交流分享的評論或推薦，經常用於描述對產品或服務的滿意度。相比於「評判」，「世評」更注重於公眾意見，「名聲」關注於積極的知名度，而「口コミ」則突出非正式的個人傳播。

文法 からすれば [就…來看]：表示判斷的觀點，根據。

生字 歌手／歌星

名 ひょうばん【評判】

(社會上的) 評價，評論；名聲，名譽；受到注目，聞名；傳說，風聞

類 評価 評價

對 悪評 惡評

は

□□□ 2269

例 日除けに帽子をかぶる。

1秒後影子跟讀〉

譯 戴上帽子遮陽。

生字 帽子／帽子

名 ひよけ【日除け】

遮日；遮陽光的遮棚

類 帽子 帽子

對 露出 曝露

□□□ 2270

例 もう昼過ぎなの。

1秒後影子跟讀〉

譯 已經過中午了。

名 ひるすぎ【昼過ぎ】

過午（或唸：ひるすぎ）

類 午後 下午 對 午前 上午

ビルディング【building】

例 丸の内ビルディング、通称丸ビルは、戦前の代表的な巨大建築でした。

1秒後影子跟讀〉

譯 丸之內大樓，俗稱丸樓，曾是二戰前具有代表性的龐大建築。

慣用語
- オフィスビルディングで働く／在辦公大樓工作。
- ビルディングの管理を行う／進行大樓的管理。
- ビルディングの設計を担当する／負責大樓的設計。

生字 通称／通稱；代表／體現；巨大／浩大

名 ビルディング
【building】
建築物
類 建物 建築物
對 自然 自然

例 公園で昼寝をする。

1秒後影子跟讀〉

譯 在公園午睡。

名・自サ ひるね【昼寝】
午睡
類 仮眠 小睡
對 夜更かし 熬夜

例 昼前なのにもうお腹がすいた。

1秒後影子跟讀〉

譯 還不到中午肚子已經餓了。

生字 お腹／肚子；すく／（肚子）餓

名 ひるまえ【昼前】
上午；接近中午時分
類 午前中 上午
對 午後 下午

例 集会は、広場で行われるに相違ない。

1秒後影子跟讀〉

譯 集會一定是在廣場舉行的。

文法〉にそういない[一定是…]：表示説話者根據經驗或直覺，做出非常肯定的判斷。

生字 集会／聚會

名 ひろば【広場】
廣場；場所
類 プラザ 廣場
對 狭い道 狹窄的道路

例 この公園は広々としていて、いつも子どもたちが走り回って遊んでいます。

1秒後影子跟讀〉

譯 這座公園占地寬敞，經常有孩童們到處奔跑玩耍。

生字 走り回る／東奔西跑

副・自サ ひろびろ【広々】
寬闊的，遼闊的
類 広大 寬敞
對 狭い 狹窄

2276

例 しゃぶしゃぶは、さっと火を通すだけにして、ゆで過ぎないのがコツです。

1秒後影子跟讀

譯 涮涮鍋好吃的秘訣是只要稍微涮過即可，不要汆燙太久。

慣用語
- 肉に火を通す／對肉類進行加熱。
- 野菜に火を通す／將蔬菜加熱。
- 火を通すことで味が変わる／經加熱改變味道。

生字 さっと／快速地；ゆでる／水煮

慣 **ひをとおす【火を通す】**
加熱；烹煮
類 調理する　烹飪
對 生　生的

2277

例 彼の話し方は品がなくて、あきれるくらいでした。

1秒後影子跟讀

譯 他講話沒風度到令人錯愕的程度。

生字 あきれる／吃驚

名・漢造 **ひん【品】**
(東西的) 品味，風度；辨別好壞；品質；種類
類 商品　商品
對 無価値　無價值

2278

例 次の便で台湾に帰ります。

1秒後影子跟讀

譯 我搭下一班飛機回台灣。

名・漢造 **びん【便】**
書信；郵寄，郵遞；(交通設施等) 班機，班車；機會，方便
類 便利　方便　對 不便　不便

2279

例 花瓶に花を挿す。

1秒後影子跟讀

譯 把花插入花瓶。

生字 挿す／插入

名 **びん【瓶】**
瓶，瓶子
類 容器　容器
對 袋　袋子
音 瓶＝ビン

2280

例 ピンで髪を留めた。

1秒後影子跟讀

譯 我用髮夾夾住了頭髮。

生字 髪／頭髮；留める／固定

名 **ピン【pin】**
大頭針，別針；(機) 拴，樞
類 釘　釘子
對 ねじ　螺絲

は

471

びんづめ【瓶詰】

□□□ 2281

例 缶ビールが普及する前、ビールといえば瓶詰めだった。

〈1秒後影子跟讀〉

譯 在罐裝啤酒普及之前，提到啤酒就只有瓶裝的而已。

文法 といえば [一說到…]：用在承接某個話題，從這個話題引起自己的聯想，或對這個話題進行說明或聯想。

生字 缶ビール／罐裝啤酒；普及／普遍

名 **びんづめ【瓶詰】**

瓶裝；瓶裝罐頭（或唸：びんづめ）

類 缶詰 罐頭

對 生鮮品 生鮮食品

音 瓶＝ビン 訓 詰＝つめ

□□□ 2282

[Track077]

例 優、良、可は合格ですが、その下の不可は不合格です。

〈1秒後影子跟讀〉

譯 「優、良、可」表示及格，在這些之下的「不可」則表示不急格。

慣用語
- 不安定な状態を改善する／穩定波動狀態。
- 不合格の理由を分析する／分析不合格根源。
- 不誠実な行為を避ける／規避不誠信之舉。

生字 優／出色；良／良好

漢造 **ふ【不】**

不；壞；醜；笨

類 無 無

對 有 有

□□□ 2283

例 分が悪い試合と知りつつも、一生懸命戦いました。

〈1秒後影子跟讀〉

譯 即使知道這是個沒有勝算的比賽，還是拼命地去奮鬥。

文法 つつも [即使…還是…]：表示逆接，用於連接兩個相反的事物，同一主體，在進行某一動作的同時，也進行另一個動作。近か～まいか[還是…]

生字 戦う／戰鬥

名・接尾 **ぶ【分】**

(優劣的)形勢，(有利的)程度；厚度；十分之一；百分之一

類 部分 部分

對 全体 全部

□□□ 2284

例 五つの部に分ける。

〈1秒後影子跟讀〉

譯 分成 5 個部門。

名・漢造 **ぶ【部】**

部分；部門；冊

類 セクション 部門

對 全体 全部

□□□ 2285

例 無愛想な返事をする。

〈1秒後影子跟讀〉

譯 冷淡的回應。

生字 愛想／應酬態度；返事／回答

漢造 **ぶ【無】**

無，沒有，缺乏

類 ない 沒有

對 有る 有

□□□ 2286

例 あんパンは、日本人の口に合うように発明された和風のパンだ。

1秒後影子跟讀 ≫

譯 紅豆麵包是為了迎合日本人的口味而發明出來的和風麵包。

出題重點 「風（ふう）」指風的自然現象，也用於形容詞或名詞後表示風格、方式或氣氛。如「日本風（にほんふう）」"日本風格"。問題 3 經常混淆的尾詞有：
- 様（よう）：表示特定的樣式或外觀。如「短刀様（たんとうよう）」"像短刀一樣的外觀"。
- 気（き）：表示氣氛或感覺。如「風気（ふうき）」"風氣"。
- 趣（しゅ）：用於描述事物的特徵或魅力。如「風趣（ふうしゅ）」"風致"。

生字 あんパン／紅豆麵包；口に合う／合胃口；発明／研發

名・漢造 ふう 【風】

樣子，態度；風度；習慣；情況；傾向；打扮；風；風教；風景；因風得病；諷刺

類 風味 風味

對 静けさ 寧靜

□□□ 2287

例 すばらしい風景を見ると、写真に撮らずにはいられません。

1秒後影子跟讀 ≫

譯 只要一看到優美的風景，就會忍不住拍起照來。

文法 ずにはいられない [無法不去…]：表示自己的意志無法克制，情不自禁地做某事，為書面用語。

生字 撮る／拍攝

名 ふうけい 【風景】

風景，景致；情景，光景，狀況；(美術) 風景

類 景色 景觀

對 都市 城市

□□□ 2288

例 子どもが風船をほしがった。

1秒後影子跟讀 ≫

譯 小孩想要氣球。

名 ふうせん 【風船】

氣球，氫氣球

類 バルーン 氣球

對 重い物 重物

□□□ 2289

例 不運を嘆かないではいられない。

1秒後影子跟讀 ≫

譯 倒楣到令人不由得嘆起氣來。

文法 ないではいられない [令人忍不住…]：表示意志力無法控制，自然而然地內心衝動想做某事。傾向於口語用法。 近 てはならない [不能…]

生字 嘆く／哀嘆

名・形動 ふうん 【不運】

運氣不好的，倒楣的，不幸的

類 不幸 不幸

對 幸運 幸運

□□□ 2290

例 笛による合図で、ゲームを始める。

1秒後影子跟讀 ≫

譯 以笛聲作為信號開始了比賽。

生字 合図／暗號

名 ふえ 【笛】

橫笛；哨子

類 フルート 長笛

對 太鼓 太鼓

は

473

ふか【不可】

□□□ 2291

例 鉛筆で書いた書類は不可です。

1秒後影子跟讀 〉

譯 用鉛筆寫的文件是不行的。

慣用語
- 不可とする者3名だった／3人持否定觀點。
- 可もなく不可もない／既非肯定亦非否定。
- 60点以下は不可とする／得分低於60分視為不及格。

生字 鉛筆／鉛筆；書類／資料

名 ふか【不可】

不可，不行；(成績評定等級)
不及格 (或唸：ふか)

類 不可能 不可能
對 可能 可能

□□□ 2292

例 中世ヨーロッパの武器について調べている。

1秒後影子跟讀 〉

譯 我調查了有關中世代的歐洲武器。

生字 中世／中世紀；ヨーロッパ／歐洲

名 ぶき【武器】

武器，兵器；(有利的)手段，
武器

類 兵器 兵器
對 防具 防具 音 武＝ブ

□□□ 2293

例 生活が不規則になりがちだから、健康に気をつけて。

1秒後影子跟讀 〉

譯 你的生活型態有不規律的傾向，要好好注意健康。

生字 健康／康健

名・形動 ふきそく【不規則】

不規則，無規律；不整齊，凌亂

類 乱れ 亂 對 規則正しい 規則
音 則＝ソク

□□□ 2294

例 机の上に置いておいた資料が扇風機に吹き飛ばされてごちゃまぜになってしまった。

1秒後影子跟讀 〉

譯 原本擺在桌上的資料被電風扇吹跑了，落得到處都是。

生字 扇風機／風扇；ごちゃまぜ／雜亂無章

他五 ふきとばす【吹き飛ばす】

吹跑；吹牛；趕走 (或唸：ふきとばす)

類 飛ばす 吹飛 對 落とす 掉落

□□□ 2295

例 駅の付近はともかく、他の場所には全然店がない。

1秒後影子跟讀 〉

譯 姑且不論車站附近，別的地方完全沒商店。

文法 はともかく [姑且不論…]：表示提出兩個事項，前項暫且不作為議論的對象，先談後項。暗示後項是更重要的。

生字 場所／位置；全然／根本

名 ふきん【付近】

附近，一帶

類 近辺 附近
對 遠く 遠處

□□□ 2296

例 強い風が吹いてきましたね。

1秒後影子跟讀

譯 吹起了強風呢。

他五
自五 ふく【吹く】

(風)刮，吹；(用嘴)吹；吹
(笛等)；吹牛，說大話

類 風が吹く　風吹

對 静か　寧靜

□□□ 2297

例 副詞は動詞などを修飾します。

1秒後影子跟讀

譯 副詞修飾動詞等詞類。

生字 修飾／潤飾

名 ふくし【副詞】

副詞

類 語彙の一部　詞彙的一部分

對 名詞　名詞

音 副＝フク 音 詞＝シ

□□□ 2298

例 書類は一部しかないので、複写するほかはない。

1秒後影子跟讀

譯 因為資料只有一份，所以只好拿去影印。

生字 書類／文件；一部／一份

名・
他サ ふくしゃ【複写】

複印，複制；抄寫，繕寫

類 コピー　複印

對 オリジナル　原件

音 複＝フク

□□□ 2299

例 犯人は、複数いるのではないでしょうか。

1秒後影子跟讀

譯 是不是有多個犯人呢？

慣用語

● 複数のサインを集める／彙集眾多簽名。

● 複数の選択肢から選ぶ／從眾多選擇中挑選。

● 複数回の試みを行う／反覆進行試驗。

名 ふくすう【複数】

複數

類 数　數量

對 単数　單數

音 複＝フク

□□□ 2300

例 面接では、服装に気をつけるばかりでなく、言葉も丁寧にしましょう。

1秒後影子跟讀

譯 面試時，不單要注意服裝儀容，講話也要恭恭敬敬的！

生字 面接／面試；丁寧／彬彬有禮

名 ふくそう【服装】

服裝，服飾

類 衣服　衣服

對 裸　裸體

音 装＝ソウ

は

ふくらます【膨らます】

□□□ 2301

例 風船を膨らまして、子どもたちに配った。

1秒後影子跟讀 》

譯 吹鼓氣球分給了小朋友們。

生字 風船/氣球；配る/分送

他五 ふくらます【膨らます】

(使)弄鼓，吹鼓

類 拡大する 擴大
對 縮小する 縮小

□□□ 2302

例 お姫様みたいなスカートがふくらんだドレスが着てみたい。

1秒後影子跟讀 》

譯 我想穿像公主那種蓬蓬裙的洋裝。

出題重點 題型5裡「膨らむ」的考點有：
- 例句：風船が徐々に膨らんでいった/氣球逐漸膨脹了。
- 換句話說：風船が膨張する/氣球在膨脹。
- 相對說法：風船が収縮する/氣球在收縮。

「膨らむ」和「膨張する」都指物體體積增大；「収縮する」則是指物體體積減小。

生字 姫様/公主；ドレス/連衣裙

自五 ふくらむ【膨らむ】

鼓起，膨脹；(因為不開心而)噘嘴

類 膨張する 膨脹
對 収縮する 收縮

□□□ 2303

例 不潔にしていると病気になりますよ。

1秒後影子跟讀 》

譯 不保持清潔會染上疾病唷。

名・形動 ふけつ【不潔】

不乾淨，骯髒；(思想)不純潔

類 汚れる 骯髒
對 清潔 清潔

□□□ 2304

例 彼女はなかなか老けない。

1秒後影子跟讀 》

譯 她都不會老。

生字 なかなか/(不)輕易

自下 ふける【老ける】

上年紀，老

類 年を取る 變老
對 若返る 變年輕

□□□ 2305

例 田中夫妻はもちろん、息子さんたちも出席します。

1秒後影子跟讀 》

譯 田中夫妻就不用說了，他們的小孩子也都會出席。

生字 出席/參加

名 ふさい【夫妻】

夫妻 (或唸：ふさい)

類 夫婦 夫妻
對 独身 單身

□□□ 2306

例 トイレは今塞がっているので、後で行きます。
1秒後影子跟讀》

譯 現在廁所擠滿了人，待會我再去。

生字 トイレ／洗手間

自五 ふさがる【塞がる】
阻塞；關閉；佔用，佔滿
類 閉じる 關閉
對 開く 開啟

□□□ 2307

例 大きな荷物で道を塞がないでください。
1秒後影子跟讀》

譯 請不要將龐大貨物堵在路上。

生字 大きな／巨大的；荷物／貨品

他五・自五 ふさぐ【塞ぐ】
塞閉；阻塞，堵；佔用；不舒服，鬱悶
類 閉める 封閉
對 開ける 打開

□□□ 2308
Track078

例 ちょっとふざけただけだから、怒らないで。
1秒後影子跟讀》

譯 只是開個小玩笑，別生氣。

出題重點 「巫山戯る」"開玩笑" 表示不認真的行動或開玩笑。問題4 陷阱可能有：「戯れる（たわむれる）」"嬉戲" 更側重於輕鬆和愉悅的玩耍，文雅些；「冗談を言う（じょうだんをいう）」"開玩笑" 特指透過言語表達幽默或開玩笑；「遊ぶ（あそぶ）」"遊玩" 泛指各類休閒或娛樂活動。相較於「巫山戯る」的一般開玩笑，「戯れる」表現為輕鬆愉快的互動，「冗談を言う」專指言語上的玩笑，而「遊ぶ」適用於廣泛的娛樂或玩耍情境。

自下 ふざける【巫山戯る】
開玩笑，戲謔；愚弄人，戲弄人；（男女）調情，調戲；（小孩）吵鬧
類 冗談を言う 開玩笑、嬉鬧
對 真剣 認真

□□□ 2309

例 ご無沙汰して、申し訳ありません。
1秒後影子跟讀》

譯 久疏問候，真是抱歉。

生字 申し訳ない／十分抱歉

名・自サ ぶさた【無沙汰】
久未通信，久違，久疏問候
類 久しぶりの無連絡 長時間無聯絡
對 頻繁に連絡 頻繁聯絡

□□□ 2310

例 竹にはたくさんの節がある。
1秒後影子跟讀》

譯 竹子上有許多枝節。

生字 竹／竹子

名 ふし【節】
（竹、葦的）節；關節，骨節；（線、繩的）繩結；曲調
類 部分 部分
對 全体 全部

は

477

ぶし【武士】

□□□ 2311

例 うちは武士の家系です。

1秒後影子跟讀 〉

譯 我是武士世家。

生字 家系／門第

名 ぶし【武士】

武士

類 侍 武士

對 農民 農民

音 武＝ブ

□□□ 2312

例 息子の無事を知ったとたんに、母親は気を失った。

1秒後影子跟讀 〉

譯 一得知兒子平安無事，母親便昏了過去。

出題重點 「無事」唸作「ぶじ」，意指平安無事或未遭遇困難。問題1誤導選項可能有：

- ぶし：錯誤地將濁音「じ」讀成清音「し」。
- 無限（むげん）："無限"，指沒有界限或終點，極大無邊的概念。
- 仕事（しごと）："工作"，指職業活動、勞動或任務。

生字 母親／媽媽；失う／失去

名・形動 ぶじ【無事】

平安無事，無變故；健康；最好，沒毛病；沒有過失

類 安全 安全

對 危険 危險

□□□ 2313

例 この漢字の部首はわかりますか。

1秒後影子跟讀 〉

譯 你知道這漢字的部首嗎？

生字 漢字／日本漢字

名 ぶしゅ【部首】

(漢字的) 部首

類 漢字の一部 漢字的一部分

對 全体の漢字 整體漢字

□□□ 2314

例 田中夫人は、とても美人です。

1秒後影子跟讀 〉

譯 田中夫人真是個美人啊。

生字 美人／美女

名 ふじん【夫人】

夫人

類 奥様 夫人

對 旦那様 先生

□□□ 2315

例 婦人用トイレは２階です。

1秒後影子跟讀 〉

譯 女性用的廁所位於２樓。

生字 トイレ／洗手間

名 ふじん【婦人】

婦女，女子

類 女性 女性

對 男性 男性

讀書計劃：□□／□□／□□

☐☐☐ 2316

例 襖をあける。

1秒後影子跟讀 >

譯 拉開隔扇。

名 **ふすま【襖】**

隔扇，拉門（或唸：ふすま）

類 スクリーン　屏風

對 壁　牆壁

☐☐☐ 2317

例 不正を見つけた際には、すぐに報告してください。

1秒後影子跟讀 >

譯 找到違法的行為時，請馬上向我報告。

出題重點 「不正」指不公正、不正當或不合法的行為或情況，通常用來形容違反規則或道德準則的行為。如「不正アクセスを防ぐ／遏制非法存取」。以下是問題6錯誤用法：

1. 表示公正或正當：「行為が不正に公平／行為不正地公平」。
2. 描述正常或常規操作的情況：「システムが不正に動作する／系統不正運作」。
3. 表示增強透明度或誠信的行為：「透明性を不正に高める／不正地提高透明度」。

生字 際／時候；報告／呈報

名·形動 **ふせい【不正】**

不正當，不正派，非法；壞行為，壞事

類 不当　不公

對 正当　公正

☐☐☐ 2318

例 窓を二重にして寒さを防ぐ。

1秒後影子跟讀 >

譯 安裝兩層的窗戶，以禦寒。

生字 窓／窗戶；二重／雙層

他五 **ふせぐ【防ぐ】**

防禦，防守，防止；預防，防備

類 付随　附帶

對 主要　主要

は

☐☐☐ 2319

例 大学の付属中学に入った。

1秒後影子跟讀 >

譯 我進了大學附屬的國中部。

生字 中学／國中

名·自サ **ふぞく【付属】**

附屬

類 防止する　預防

對 許す　允許

訓 防＝ふせ（ぐ）

☐☐☐ 2320

例 顔がそっくりなことから、双子であることを知った。

1秒後影子跟讀 >

譯 因為長得很像，所以知道他倆是雙胞胎。

文法 ことから [因為…所以…]：表示因果關係，根據情況，來判斷原因、結果或結論。

生字 そっくり／一模一樣

名 **ふたご【双子】**

雙胞胎，攣生；雙

類 兄弟　兄弟

對 単独　單獨

訓 双＝ふた

ふだん【普段】

□□□ 2321

例 ふだんからよく勉強しているだけに、テストの時も慌てない。

1秒後影子跟讀 〉

譯 到底是平常就有在好好讀書，考試時也都不會慌。

慣用語 〉
- 普段と違う／異於往常。
- 普段の生活を楽しむ／享受日常之樂。
- 普段着で出かける／身著日用衣裳外出。

文法 〉 だけに [到底是…]：表示原因。正因為前項，理所當然有相對應的後項。 近 てとうぜんだ […也是理所當然的]

生字 慌てる／慌張

名・副 ふだん【普段】

平常，平日

類 通常 通常

對 異常 異常

音 普＝フ

□□□ 2322

例 机の縁に腰をぶつけた。

1秒後影子跟讀 〉

譯 我的腰撞倒了桌子的邊緣。

生字 腰／腰部；ぶつける／碰撞

名 ふち【縁】

邊緣，框，檐，旁側

類 周り 邊緣

對 中心 中心

□□□ 2323

例 後頭部を強く打つ。

1秒後影子跟讀 〉

譯 重擊後腦杓。

生字 後頭部／後腦杓

他五 ぶつ【打つ】

(「うつ」的強調說法) 打，敲

類 叩く 敲打

對 抱く 擁抱

□□□ 2324

例 地下鉄が不通になっている。

1秒後影子跟讀 〉

譯 地下鐵現在不通。

生字 地下鉄／地鐵

名 ふつう【不通】

(聯絡、交通等) 不通，斷絕；沒有音信

類 通行止め 通行禁止

對 通行可能 通行可能

□□□ 2325

例 自転車にぶつかる。

1秒後影子跟讀 〉

譯 撞上腳踏車。

自五 ぶつかる

碰，撞；偶然遇上；起衝突

類 衝突する 碰撞

對 避ける 避開

□□□ 2326

例 この物質は、温度の変化に伴って色が変わります。

1秒後影子跟讀〉

譯 這物質的顏色，會隨著溫度的變化而有所改變。

生字 温度／溫度；変化／轉化

名 ぶっしつ【物質】

物質；(哲)物體，實體

類 素材 材料

對 概念 概念

□□□ 2327

例 都会は、物騒でしようがないですね。

1秒後影子跟讀〉

譯 都會裡騷然不安到不行。

出題重點 「物騒」唸音讀「ぶっそう」，意指情況危險或不穩定，可能引發擔憂或恐慌。問題2誤導選項可能有：

● 不騒：非正確日語單字，並且與「物騒」的危險或擾亂含義不符。

● 無騒：同樣不是一個正確的日語單字。

● 憮騒：這同樣非正確日語單字。

生字 都会／城市

名·形動 ぶっそう【物騒】

騷亂不安，不安定；危險

類 危険 危險

對 安全 安全

□□□ 2328

例 一度「やる。」と言った以上は、ぶつぶつ言わないでやりなさい。

1秒後影子跟讀〉

譯 既然你曾答應要做，就不要在那裡抱怨快做。

文法 いじょうは[既然…就…]：由於前句某種決心或責任，後句便根據前項表達相對應的決心、義務或奉勸。

生字 一度／一旦

名·副 ぶつぶつ

嘮叨，抱怨，嘟囊；煮沸貌；粒狀物，小疙瘩（或唸：ぶつぶつ）

類 小さな声 低聲嘀咕

對 大声 大聲

は

□□□ 2329

例 書道を習うため、筆を買いました。

1秒後影子跟讀〉

譯 為了學書法而去買了毛筆。

生字 書道／書法；習う／練習

名·接尾 ふで【筆】

毛筆；(用毛筆)寫的字，畫的畫；(接數詞)表蘸筆次數

類 筆記具 書寫工具

對 鉛筆 鉛筆 訓 筆＝ふで

□□□ 2330

例 ふと見ると、庭に猫が来ていた。

1秒後影子跟讀〉

譯 不經意地一看，庭院跑來了一隻貓。

副 ふと

忽然，偶然，突然；立即，馬上

類 突然 突然

對 徐々に 逐漸

ふとい【太い】

□□□ 2331

例 太いのやら、細いのやら、さまざまな木が生えている。

〈1秒後影子跟讀〉

譯 既有粗的也有細的，長出了各種樹木。

文法 やら〜やら［又是（有）…啦，又（有）…啦］：表示從一些同類事項中，列舉出兩項。

生字 さまざま／形形色色的；生える／生長

形 **ふとい【太い】**

粗als；肥胖；膽子大；無恥，不要臉；聲音粗

類 厚い 厚

對 細い 細

□□□ 2332

例 不当な処分に、異議を申し立てた。

〈1秒後影子跟讀〉

譯 對於不當處分提出了異議。

出題重點 「不当」唸音讀「ふとう」，意指不合理、不適當或不公正。問題2誤導選項可能有：

- 妥当（だとう）： "適當、恰當"，與「不当」正好相反，指的是事物或決定適合於情況或公正。
- 適当（てきとう）： "適當、合適"，雖然有時用來表示隨便或馬虎，但基本含義是事物適合其情境，與「不当」含義相反。
- 不通（ふつう）： "不通過、不行得通"，指的是無法理解或無法通過，與「不当」的不合理或不公正有所區別。

生字 処分／懲罰；異議／不同意見；申し立てる／申訴

形動 **ふとう【不当】**

不正當，非法，無理

類 不公正 不公正

對 公正 公正

□□□ 2333

例 修理のためには、部品が必要です。

〈1秒後影子跟讀〉

譯 修理需要零件才行。

生字 修理／修繕；必要／必須

名 **ぶひん【部品】**

（機械等）零件

類 パーツ 零件

對 全体 整體

□□□ 2334

例 吹雪は激しくなる一方だから、外に出ない方がいいですよ。

〈1秒後影子跟讀〉

譯 暴風雪不斷地變強，不要外出較好。

生字 一方／越來越…

名 **ふぶき【吹雪】**

暴風雪

類 雪嵐 暴風雪

對 快晴 晴朗

□□□ 2335

例 この部分は、とてもよく書けています。

〈1秒後影子跟讀〉

譯 這部分寫得真好。

名 **ぶぶん【部分】**

部分

類 一部 部分 對 全体 全部

482

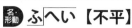

□□□ 2336

例 不平があるなら、はっきり言うことだ。

1秒後影子跟讀》

譯 如有不滿，就要說清楚。

慣用語》
● 不平を言う／表達不滿。
● 不平を抱く／心存不滿。
● 不平をこぼす／吐露心中的不滿。

生字 はっきり／明確地

名· 形動 ふへい【不平】

不平，不滿意，牢騷
類 不満 不滿
對 満足 滿意

□□□ 2337

例 父母の要求にこたえて、授業時間を増やした。

1秒後影子跟讀》

譯 響應父母的要求，增加了上課時間。

文法 にこたえて[回應]：表示為了使前項能夠實現，後項是為此而採取行動或措施。

生字 要求／訴求；増やす／增加

名 ふぼ【父母】

父母，雙親
類 親 父母
對 子ども 孩子

□□□ 2338

例 踏切を渡る。

1秒後影子跟讀》

譯 過平交道。

生字 渡る／通過

名 ふみきり【踏切】 は

(鐵路的) 平交道，道口；(轉) 決心
類 鉄道横断 鐵路橫斷
對 高架橋 高架橋

□□□ 2339

例 冬休みは短い。

1秒後影子跟讀》

譯 寒假很短。

名 ふゆやすみ【冬休み】

寒假
類 冬季休暇 冬季假期
對 夏休み 暑假

□□□ 2340

例 腰に何をぶら下げているの。

1秒後影子跟讀》

譯 你腰那裡佩帶著什麼東西啊？

生字 腰／腰部

他下 ぶらさげる【ぶら下げる】

佩帶，懸掛；手提，拎
類 吊るす 吊掛
對 放置 放置

ブラシ【brush】

□□□ 2341

例　スーツやコートは、帰ったらブラシをかけておくと長持ちします。

1秒後影子跟讀》

譯　穿西服與大衣時，如果一回到家就拿刷子刷掉灰塵，就會比較耐穿。

生字　スーツ／西裝；長持ち／持久

名　ブラシ【brush】

刷子

類　筆　刷子

對　ペン　筆

□□□ 2342

例　せっかく旅行のプランを立てたのに、急に会社の都合で休みが取れなくなった。

1秒後影子跟讀》

譯　好不容易已經做好旅遊計畫了，卻突然由於公司的事而無法休假了。

生字　せっかく／特意；急／忽然；都合／（狀況）方便與否

名　プラン【plan】

計畫，方案；設計圖，平面圖；方式

類　計画　計劃

對　行動　行動

□□□ 2343

例　その契約は、彼らにとって不利です。

1秒後影子跟讀》

譯　那份契約，對他們而言是不利的。

慣用語》

● 不利な立場を改善する／改善不利局面。

● 不利な条件を乗り越える／克服不利的條件。

● 不利な環境に適応する／適應困難環境。

生字　契約／合約

名・形動　ふり【不利】

不利

類　不都合　不利

對　有利　有利

□□□ 2344

Track079

例　私は、会社を辞めてフリーになりました。

1秒後影子跟讀》

譯　我辭去工作後改從事自由業。

生字　辞める／辭掉

名・形動　フリー【free】

自由，無拘束，不受限制；免費；無所屬；自由業

類　無料　免費

對　有料　收費

□□□ 2345

例　子どもでも読めるわ。振り仮名がついているもの。

1秒後影子跟讀》

譯　小孩子也看得懂的。因為有註假名嘛！

名　ふりがな【振り仮名】

（在漢字旁邊）標註假名

類　かな　假名註音

對　漢字　漢字

484

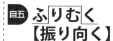

□□□ 2346

例 後ろを振り向いてごらんなさい。

1秒後影子跟讀≫

譯 請轉頭看一下後面。

生字 ごらん／請看

自五 **ふりむく【振り向く】**

(向後) 回頭過去看；回顧，
理睬

類 振り返る　回頭

對 直進する　直行

□□□ 2347

例 体調不良で会社を休んだ。

1秒後影子跟讀≫

譯 由於身體不舒服而向公司請假。

生字 体調／身體狀況；休む／缺勤

名・形動 **ふりょう【不良】**

不舒服，不適；壞，不良；(道德、
品質) 敗壞；流氓，小混混

類 悪　壞

對 良い　好

□□□ 2348

例 説明に先立ち、まずプリントを配ります。

1秒後影子跟讀≫

譯 在說明之前，我先發印的講義。

慣用語

● プリントを配る／派發打印的文件。

● プリントアウトする／列印出來。

● 写真をプリントする／列印照片。

文法 にさきだち [在…之前，先…]：用在述說做某一動作前
應做的事情，後項是做前項之前，所做的準備或預告。

生字 配る／分配

名・他サ **プリント【print】**

印刷 (品)；油印 (講義)；印花，
印染

類 印刷　印刷

對 手書き　手寫

□□□ 2349

例 古新聞をリサイクルする。

1秒後影子跟讀≫

譯 舊報紙資源回收。

生字 リサイクル／回收再生

名・漢造 **ふる【古】**

舊東西；舊，舊的

類 古い　舊的

對 新しい　新的

□□□ 2350

例 地震で窓ガラスが震える。

1秒後影子跟讀≫

譯 窗戶玻璃因地震而震動。

生字 地震／地震；ガラス／玻璃

自下一 **ふるえる【震える】**

顫抖，發抖，震動

類 震動する　顫抖

對 静止する　靜止

訓 震＝ふる（える）

ふるさと【故郷】

□□□ 2351

例 わたしのふるさとは、熊本です。

〔1秒後影子跟讀〕

譯 我的老家在熊本。

名 ふるさと【故郷】

老家，故郷

類 出身地 出生地

對 異国 異國

□□□ 2352

例 彼女は、映画女優のように振る舞った。

〔1秒後影子跟讀〕

譯 她的舉止有如電影女星。

出題重點 「振舞う」指某人的行為、舉止或表現的方式，通常描述人在特定情況下的行為表現。如「親切にふるまう／以親切之姿接待他人」。以下是問題6錯誤用法：
1. 表示物理的移動或振動：「風が振舞う／風擺動」。
2. 描述靜態的物體狀態的情況：「絵が振舞う／畫作表現」。
3. 表示技術操作或機械功能：「コンピュータが振舞う／電腦操作」。

生字 女優／女演員

自五他五 ふるまう【振舞う】

(在人面前的)行為，動作；請客，招待，款待

類 行動する 行為、舉止

對 躊躇する 猶豫

□□□ 2353

例 触れることなく、箱の中にあるものが何かを知ることができます。

〔1秒後影子跟讀〕

譯 用不著碰觸，我就可以知道箱子裡面裝的是什麼。

文法 ことなく[不要…]：表示一次也沒發生某狀況的情況下。

他下一自下一 ふれる【触れる】

接觸，觸摸(身體)；涉及，提到；感觸到；抵觸，觸犯，通知

類 触る 觸碰

對 避ける 避免

訓 触＝ふ (れる)

□□□ 2354

例 感謝をこめて、ブローチを贈りました。

〔1秒後影子跟讀〕

譯 以真摯的感謝之意，贈上別針。

生字 感謝／感謝；贈る／贈送

名 ブローチ【brooch】

胸針

類 アクセサリー 飾品

對 服 衣服

□□□ 2355

例 売店に行くなら、ついでにプログラムを買ってきてよ。

〔1秒後影子跟讀〕

譯 如果你要去報攤的話，就順便幫我買個節目表吧。

生字 売店／販賣部

名 プログラム【program】

節目(單)，說明書；計畫(表)，程序(表)；編制(電腦)程式

類 計画 計劃

對 無計画 無計劃

486

□□□ 2356

例 風呂敷によって、荷物を包む。
1秒後影子跟讀〉

譯 用包袱巾包行李。

生字 荷物／行囊；包む／包裹

名 ふろしき【風呂敷】
包巾
類 包装紙 包裝紙
對 バッグ 包包

□□□ 2357

例 そのセーター、ふわっとしてあったかそうね。
1秒後影子跟讀〉

譯 那件毛衣毛茸茸的，看起來好暖和喔。

生字 セーター／毛線衣

副・自サ ふわっと
輕軟蓬鬆貌；輕飄貌
類 軽く 輕輕地
對 重く 重重地

□□□ 2358

例 このシフォンケーキ、ふわっふわ。
1秒後影子跟讀〉

譯 這塊戚風蛋糕好鬆軟呀！

出題重點 「ふわふわ」"鬆軟的"是形容詞，用來描述柔軟、輕盈或蓬鬆的感覺。問題4陷阱可能有：「ふんわり」"柔軟的"側重於溫柔、細膩的感受，常用於味道或香味；「ふくらむ」"膨脹"是指物體體積的增大。與「ふわふわ」的一般蓬鬆感相比，「ふんわり」更關注溫柔的觸感，「ふくらむ」則具體描述物體的膨脹過程。

生字 シフォンケーキ／戚風蛋糕

副・自サ ふわふわ
輕飄飄地；浮躁，不沈著；軟綿綿的（或唸：ふわふわ）
類 柔らかい 柔軟
對 硬い 硬

□□□ 2359

例 長い文は読みにくい。
1秒後影子跟讀〉

譯 冗長的句子很難看下去。

生字 読む／閱讀

名・漢造 ぶん【文】
文學，文章；花紋；修飾外表，華麗；文字，字體；學問和藝術
類 文章 文章
對 言葉 話語

□□□ 2360

例 これはあなたの分です。
1秒後影子跟讀〉

譯 這是你的份。

名・漢造 ぶん【分】
部分；份；本分；地位
類 部分 部分
對 全体 全體

は

ふんいき【雰囲気】

□□□ 2361

例 「いやだ。」とは言いがたい雰囲気だった。

1秒後影子跟讀

譯 當時真是個令人難以說「不。」的氣氛。

慣用語
- 雰囲気が変わる／氛圍轉變。
- 雰囲気を楽しむ／享受氛圍。
- 良い雰囲気を作り出す／營造良好的氛圍。

文法 がたい[很難…]：表示做該動作難度很高，幾乎是不可能的。

生字 いや／不願意

名 **ふんいき**
【雰囲気】
氣氛，空氣
類 空気 氣氛、環境
對 不快 不愉快
音 囲＝イ

□□□ 2362

例 あの山が噴火したとしても、ここは被害に遭わないだろう。

1秒後影子跟讀

譯 就算那座火山噴火，這裡也不會遭殃吧。

生字 被害／受害；遭う／遭遇

名・自サ **ふんか【噴火】**
噴火
類 火山爆発 火山爆發
對 静穏 平靜

□□□ 2363

例 時計を分解したところ、元に戻らなくなってしまいました。

1秒後影子跟讀

譯 分解了時鐘，結果沒辦法裝回去。

文法 たところ[結果]：表示順接或逆接。後項大多是出乎意料的客觀事實。

生字 元／原來的狀態

名・他サ・自サ **ぶんかい【分解】**
拆開，拆卸；(化)分解；解剖；分析(事物)
類 解体 拆解
對 組立 組裝

□□□ 2364

例 文芸雑誌を通じて、作品を発表した。

1秒後影子跟讀

譯 透過文藝雜誌發表了作品。

生字 通じる／藉由；発表／發布

名 **ぶんげい【文芸】**
文藝，學術和藝術；(詩、小說、戲劇等)語言藝術(或唸：ぶんげい)
類 文学 文學 對 科学 科學
音 芸＝ゲイ

□□□ 2365

例 アメリカの文献によると、この薬は心臓病に効くそうだ。

1秒後影子跟讀

譯 從美國的文獻來看，這藥物對心臟病有效。

名 **ぶんけん【文献】**
文獻，參考資料
類 参考文献 參考文獻
對 新聞記事 新聞報導

488

□□□ 2366

例 広場の真ん中に、噴水があります。

1秒後影子跟讀 ≫

譯 廣場中間有座噴水池。

生字 広場／廣場

名 ふんすい【噴水】

噴水；(人工)噴泉

類 水飛沫 水花

對 乾燥 乾燥

□□□ 2367

例 失業率のデータを分析して、今後の動向を予測してくれ。

1秒後影子跟讀 ≫

譯 你去分析失業率的資料，預測今後的動向。

出題重點 「分析」唸作「ぶんせき」，意指透過細節檢查來理解事物的過程。問題 1 誤導選項可能有：
- 分類（ぶんるい）："分類"，指根據某些標準或特徵將物品、資訊等進行系統的劃分。
- ふんせき：錯誤地將濁音「ぶ」讀成清音「ふ」。
- ぶんせつ：錯誤地將「き」讀成「つ」。

生字 動向／趨勢；予測／預料

名・他サ ぶんせき【分析】

(化)分解，化驗；分析，解剖

類 評価 分析

對 推測 推測

□□□ 2368

例 この作家の小説は、文体にとても味わいがある。

1秒後影子跟讀 ≫

譯 這位作家的小說，單就文體而言也相當有深度。

生字 作家／作者；味わい／妙趣

名 ぶんたい【文体】

(某時代特有的)文體；(某作家特有的)風格

類 スタイル 文體

對 口語 口語

は

□□□ 2369

例 役割を分担する。

1秒後影子跟讀 ≫

譯 分擔任務。

生字 役割／職務

名・他サ ぶんたん【分担】

分擔

類 共同作業 共同工作

對 独力 獨自

音 担＝タン

□□□ 2370

例 この風習は、東京を中心に関東全体に分布しています。

1秒後影子跟讀 ≫

譯 這種習慣，以東京為中心，散佈在關東各地。

生字 風習／風俗；全体／整體

名・自サ ぶんぷ【分布】

分布，散布(或唸：ぶんぷ)

類 広がり 分布

對 集中 集中

音 布＝フ

ぶんみゃく【文脈】

□□□ 2371

例 読解問題では、文脈を把握することが大切だ。

1秒後影子跟讀 ≫

訳 關於「閱讀與理解」題型，掌握文章的邏輯十分重要。

名 **ぶんみゃく【文脈】**

文章的脈絡，上下文的一貫性，前後文的邏輯；(句子、文章的)表現手法

類 コンテキスト　上下文

對 単語　單詞

□□□ 2372

例 古代文明の遺跡を見るのが好きです。

1秒後影子跟讀 ≫

訳 我喜歡探究古代文明的遺跡。

生字 古代／古代；遺跡／遺址

名 **ぶんめい【文明】**

文明；物質文化

類 文化　文化

對 未開　未開

□□□ 2373

例 その分野については、詳しくありません。

1秒後影子跟讀 ≫

訳 我不大清楚這領域。

名 **ぶんや【分野】**

範圍，領域，崗位，戰線

類 領域　領域

對 全体　全部

□□□ 2374

例 塩辛いのは、醤油の分量を間違えたからに違いない。

1秒後影子跟讀 ≫

訳 會鹹肯定是因為加錯醬油份量的關係。

生字 塩辛い／鹹的；醤油／醬油

名 **ぶんりょう【分量】**

分量，重量，數量

類 量　量

對 少ない　少

音 量＝リョウ

□□□ 2375

例 図書館の本は、きちんと分類されている。

1秒後影子跟讀 ≫

訳 圖書館的藏書經過詳細的分類。

慣用語 ≫
- 本を分類する／將書籍進行分類整理。
- 血液型で分類する／按照血型進行分類。
- 分類表を作成する／製作分類表。

生字 きちんと／適當的

名:他サ **ぶんるい【分類】**

分類，分門別類

類 カテゴリー　分類

對 混同　混淆

□□□ 2376

例 塀の向こうをのぞいてみたい。
1秒後影子跟讀 ≫

譯 我想窺視一下圍牆的那一頭看看。

生字 のぞく／窺探

名 **へい【塀】**

圍牆，牆院，柵欄

類 壁 牆壁
對 開放空間 開放空間

□□□ 2377

例 もうシンポジウムは閉会したということです。
1秒後影子跟讀 ≫

譯 聽說座談會已經結束了。

生字 シンポジウム／研討會

名・自サ・他サ **へいかい【閉会】**

閉幕，會議結束

類 終了 結束
對 開会 開會

□□□ 2378

例 この道は、大通りに平行に走っている。
1秒後影子跟讀 ≫

譯 這條路和主幹道是平行的。

慣用語 ≫
● 平行線を引く／畫出平行線。
● 平行四辺形を描く／繪製平行四邊形。
● AとBは平行だ／A和B是平行的。
生字 大通り／主要道路

名・自サ **へいこう【平行】**

（數）平行；並行

類 並行 平行
對 垂直 垂直

□□□ 2379

例 今年は平成何年ですか。
1秒後影子跟讀 ≫

譯 今年是平成幾年？

生字 今年／今年

名 **へいせい【平成】**

平成（日本年號）

類 時代名称 時代名稱
對 昭和 昭和（上一個時代）

□□□ 2380

例 あの店は7時閉店だ。
1秒後影子跟讀 ≫

譯 那間店7點打烊。

名・自サ **へいてん【閉店】**

（商店）關門；倒閉

類 店を閉める 關閉店鋪
對 開店 開店

は

491

へいぼん 【平凡】

□□□ 2381

例 **平凡な人生だからといって、つまらないとはかぎらない。**

1秒後影子跟讀 〉

譯 雖說是平凡的人生，但是並不代表就無趣。

文法 〉からといって[即使…，也（不能）…]：表示不能僅僅因前面
這一點理由，就做後面的動作，後面常接否定的說法；とはかぎらな
い[也不一定…]：表示事情不是絕對如此，也是有例外或是其他可能性。

生字 人生／生涯

名・形動 **へいぼん 【平凡】**
平凡的
類 普通 普通
對 特別 特別

□□□ 2382

例 **関東平野はたいへん広い。**

1秒後影子跟讀 〉

譯 關東平原實在寬廣。

名 **へいや 【平野】**
平原
類 平地 平地 對 山地 山地

□□□ 2383

例 **表面が凹んだことから、この箱は安物だと知った。**

1秒後影子跟讀 〉

譯 從表面凹陷來看，知道這箱子是便宜貨。

文法 〉ことから[從…來看]：表示因果關係，根據情況，來判
斷出原因、結果或結論。

生字 表面／外表；安物／低檔貨

自五 **へこむ 【凹む】**
凹下，潰下；屈服，認輸；虧
空，赤字
類 くぼむ 凹陷
對 凸 凸出

□□□ 2384

例 **道を隔てて向こう側は隣の国です。**

1秒後影子跟讀 〉

譯 以這條道路為分界，另一邊是鄰國。

生字 向こう／另一側

他下一 **へだてる 【隔てる】**
隔開，分開；（時間）相隔；遮
擋；離間；不同，有差別
類 分ける 分開
對 結ぶ 連接

□□□ 2385

例 **正邪の別を明らかにする。**

1秒後影子跟讀 〉

譯 明白的區分正邪。

出題重點 「別（べつ）」指不同的、另外的或特別的。如「別
種（べっしゅ）」"不同種類"。問題3經常混淆的複合詞有：
● 新（しん）：表示新的、最近的或未經使用的。如「新館（し
んかん）」"新館舍"。
● 代（だい）：指替代的、代替或下一代的。如「代案（だ
いあん）」"替代方案"。
● 異（い）：表示不同的、異常的或特殊的。如「異種（い
しゅ）」"不同類型"。

生字 正邪／是非曲直；明らか／清楚的

名・形動漢造 **べつ 【別】**
分別，區分；分別
類 異なる 不同
對 同じ 相同

□□□ 2386

例 夏休みは、別荘で過ごします。

1秒後影子跟讀 〉

譯 暑假要在別墅度過。

生字 過ごす／度過

名 べっそう【別荘】

別墅

類 別邸　別墅

對 本宅　主要住宅

□□□ 2387

例 英語がペラペラだ。

1秒後影子跟讀 〉

譯 英語流利。

出題重點 題型 5 裡「ペラペラ」的考點有：
● 例句：彼女は英語をペラペラ話す／她英語講得很流暢。
● 換句話說：彼女は英語を流暢に話す／她英語説得很流利。
● 相對說法：彼女は英語が下手だ／她英語不太流利。
「ペラペラ」和「流暢」都表示語言表達能力很強，能夠輕鬆自如地說話；「下手」則是指不擅長或能力差。

慣用語 〉
● 日本語がペラペラだ。／日語很流利。

副・自サ ペラペラ

說話流利貌（特指外語）；單薄不結實貌；連續翻紙頁貌

類 流暢　流利

對 口下手　口拙

□□□ 2388

例 事件の取材で、ヘリコプターに乗りました。

1秒後影子跟讀 〉

譯 為了採訪案件的來龍去脈而搭上了直昇機。

生字 取材／採訪

名 ヘリコプター【helicopter】

直昇機

類 回転翼機　旋翼機

對 飛行機　飛機

□□□ 2389

例 10 年の歳月を経て、ついに作品が完成した。

1秒後影子跟讀 〉

譯 歷經 10 年的歲月，作品終於完成了。

生字 歳月／時光；完成／完工

自下 へる【経る】

（時間、空間、事物）經過，通過

類 通過する　經過

對 終わる　結束

□□□ 2390

例 偏見を持っている。

1秒後影子跟讀 〉

譯 有偏見。

生字 偏見／成見

名・漢造 へん【偏】

漢字的（左）偏旁；偏，偏頗

類 偏向　偏向

對 中立　中立

は

べん【便】

□□□ 2391

例 この辺りは、交通の便がいい反面、空気が悪い。

〈1秒後影子跟讀〉

譯 這一地帶，交通雖便利，空氣卻不好。

生字 辺り／周圍；反面／另一面

名・形動・漢造 べん【便】

便利，方便；大小便；信息，音信；郵遞；隨便，平常

類 便利さ　便利性

對 不便　不便

□□□ 2392

例 今ちょうど、新しい本を編集している最中です。

〈1秒後影子跟讀〉

譯 現在正好在編輯新書。

慣用語
- 本を編集する／進行書籍編纂。
- 編集者を募集する／招募編輯人才。
- 編集部に入る／加入編輯部。

生字 ちょうど／恰好；最中／進行中

名・他サ へんしゅう【編集】

編集；(電腦) 編輯

類 編集する　編輯

對 作成　製作

音 編＝ヘン

□□□ 2393

例 公園の公衆便所に入ったら、なかなか清潔だった。

〈1秒後影子跟讀〉

譯 進入公園的公共廁所一看，發現其實相當乾淨。

生字 公衆／公共；なかなか／非常；清潔／潔淨的

名 べんじょ【便所】

廁所，便所

類 トイレ　廁所

對 リビングルーム　客廳

□□□ 2394

例 ペンチで針金を切断する。

〈1秒後影子跟讀〉

譯 我用鉗子剪斷了銅線。

生字 針金／鋼絲，鐵絲，銅絲；切断／切斷

名 ペンチ【pinchers】

鉗子

類 鉗子　鉗子

對 ハンマー　錘子

□□□ 2395

Track081

例 一歩一歩、ゆっくり進む。

〈1秒後影子跟讀〉

譯 一步一步，緩慢地前進。

生字 ゆっくり／安穩地

名・漢造 ほ【歩】

步，步行；(距離單位) 步

類 歩く　走路

對 走る　跑步

□□□ 2396

例 彼は男っぽい。

1秒後影子跟讀〉

譯 他很有男子氣概。

出題重點 「ぽい」用來表示類似或帶有…的氣質，如「子どもぽい」表示孩子氣。問題 4 陷阱可能有：「がち」用於表示某種傾向或常有的行為，如「忘れがち」表示容易忘記；「め」較為曖昧，不完全符合但有那種傾向，如「暗め」表示偏暗。「みたい」表示類似或像是某事。

慣用語〉

● 飽きっぽい性格。／個性沒有定性。

● 彼は忘れっぽい。／他很健忘。

接尾・形型 **ぽい**

(前接名詞、動詞連用形，構成形容詞) 表示有某種成分或傾向

類 ぽい捨て 隨手亂丟

對 大切にする 珍惜

□□□ 2397

例 法の改正に伴って、必要な書類が増えた。

1秒後影子跟讀〉

譯 隨著法案的修正，需要的文件也越多。

生字 改正／修改；書類／資料

名・漢造 **ほう【法】**

法律；佛法；方法，作法；禮節；道理

類 法律 法律

對 無法 無法

□□□ 2398

例 棒で地面に絵を描いた。

1秒後影子跟讀〉

譯 用棍子在地上畫了圖。

生字 地面／地板；描く／描繪

名・漢造 **ぼう【棒】**

棒，棍子；(音樂)指揮；(畫的)直線，粗線

類 スティック 棒子

對 球 球 音棒＝ボウ

□□□ 2399

例 望遠鏡で遠くの山を見た。

1秒後影子跟讀〉

譯 我用望遠鏡觀看遠處的山峰。

名 **ぼうえんきょう【望遠鏡】**

望遠鏡

類 天文学の道具 天文學道具

對 顕微鏡 顯微鏡

□□□ 2400

例 昔から、方角を調べるには磁石や北極星が使われてきました。

1秒後影子跟讀〉

譯 從前人們要找出方向的時候，就會使用磁鐵或北極星。

生字 磁石／磁鐵；北極星／北極星

名 **ほうがく【方角】**

方向，方位

類 方向 方向

對 中心 中心

音 角＝カク

は

ほうき【箒】

□□□ 2401

例 掃除をしたいので、ほうきを貸してください。

1秒後影子跟讀 ▷

譯 我要打掃，所以想跟你借支掃把。

生字 貸す／借出

名 ほうき【箒】

掃帚（或唸：ほうき）

類 掃除用具 掃除工具

對 モップ 拖把

□□□ 2402

例 日本の方言というと、どんなのがありますか。

1秒後影子跟讀 ▷

譯 說到日本的方言有哪些呢？

文法 ▷ というと［說到…］：提起某話題，後項對這個話題進行敘述或聯想。

名 ほうげん【方言】

方言，地方話，土話

類 地域言語 地方語言

對 標準語 標準語

□□□ 2403

例 冒険小説が好きです。

1秒後影子跟讀 ▷

譯 我喜歡冒險的小說。

生字 小説／小説

名・自サ ぼうけん【冒険】

冒險

類 勇敢な行動 冒險、探險

對 日常 日常

□□□ 2404

例 泥棒は、あっちの方向に走っていきました。

1秒後影子跟讀 ▷

譯 小偷往那個方向跑去。

慣用語 ▷
● 方向を変える／改變方向。
● 正しい方向を示す／指示正確方向。
● 方向感覚を養う／培養良好的方向感。

生字 泥棒／扒手；走る／奔跑

名 ほうこう【方向】

方向；方針

類 向き 方向

對 反対 反方向

□□□ 2405

例 あのお坊さんの話には、聞くべきものがある。

1秒後影子跟讀 ▷

譯 那和尚說的話，確實有一聽的價值。

文法 ▷ ものがある［總有…（的一面）］：因某些特徵，而強烈斷定。

生字 聞く／聆聽

名 ぼうさん【坊さん】

和尚

類 和尚 和尚

對 一般人 普通人

□□□ 2406

例 水漏れを防止できるばかりか、機械も長持ちします。

1秒後影子跟讀 >

譯 不僅能防漏水，機器也耐久。

生字 水漏れ／漏水；長持ち／持久

名・他サ ぼうし【防止】

防止

類 防ぐ　防止

對 促進する　促進　音 防＝ボウ

□□□ 2407

例 政府の方針は、決まったかと思うとすぐに変更になる。

1秒後影子跟讀 >

譯 政府的施政方針，才剛以為要定案，卻又馬上更改了。

文法 かとおもうと [才正…就（馬上）…]：兩對比事情，在
短時間內相繼發生。近 とおもうと [原以為…，誰知是…]

生字 政府／政府；変更／改動

名 ほうしん【方針】

方針；（羅盤的）磁針

類 政策　政策

對 無計画　無計劃

音 針＝シン

□□□ 2408

例 きれいな宝石なので、買わずにはいられなかった。

1秒後影子跟讀 >

譯 因為是美麗的寶石，所以不由自主地就買了下去。

文法 ずにはいられない [無法不去…]：表示自己的意志無法
克制，情不自禁地做某事，為書面用語。

名 ほうせき【宝石】

寶石

類 ダイヤモンド　寶石

對 石炭　煤炭

音 宝＝ホウ

□□□ 2409

例 きれいな紙で包装した。

1秒後影子跟讀 >

譯 我用漂亮的包裝紙包裝。

慣用語 >

● 商品の包装を開ける／拆開商品的外包裝。

● 包装紙でラッピングする／以包裝紙精心包裹。

● 厳重に包装された荷物／密封嚴實的包裹。

生字 紙／紙張

名・他サ ほうそう【包装】

包裝，包捆

類 パッケージ　包裝

對 開封　開封

音 包＝ホウ

音 装＝ソウ

は

□□□ 2410

例 放送の最中ですから、静かにしてください。

1秒後影子跟讀 >

譯 現在是廣播中，請安靜。

生字 最中／進行中

名・他サ ほうそう【放送】

廣播；（用擴音器）傳播，散
佈（小道消息、流言蜚語等）

類 電波　廣播、播送

對 録音　錄音

ほうそく【法則】

□□□ 2411

例 実験を重ね、法則を見つけた。

1秒後影子跟讀 ≫

譯 重複實驗之後，找到了定律。

生字 実験／實驗；重ねる／反覆

名 **ほうそく【法則】**

規律，定律；規定，規則

類 規則 規則

對 例外 例外

音 則＝ソク

□□□ 2412

例 こんなに膨大な本は、読みきれない。

1秒後影子跟讀 ≫

譯 這麼龐大的書看也看不完。

名・形動 **ぼうだい【膨大】**

龐大的，腫腫的，膨脹

類 巨大 巨大

對 小さい 小

□□□ 2413

例 子どもが、そんな難しい方程式をわかりっこないです。

1秒後影子跟讀 ≫

譯 這麼難的方程式，小孩子絕不可能會懂得。

文法 っこない[絕不可能…]：表示強烈否定，某事發生的可能性。

名 **ほうていしき【方程式】**

(數學)方程式

類 鉄則 鐵的法則

對 単純計算 簡單計算

□□□ 2414

例 住民の防犯意識にこたえて、パトロールを強化した。

1秒後影子跟讀 ≫

譯 響應居民的防犯意識而加強了巡邏隊。

文法 にこたえて[回應]：表示為了使前項能夠實現，後項是為此而採取行動或措施。

生字 住民／居民；意識／覺悟；パトロール／巡邏

名 **ぼうはん【防犯】**

防止犯罪

類 安全対策 防止犯罪

對 犯罪 犯罪

音 防＝ボウ

□□□ 2415

例 商品が豊富で、目が回るくらいでした。

1秒後影子跟讀 ≫

譯 商品很豐富，有種快眼花的感覺。

慣用語
● 豊富な経験を持つ／具備豐富的經驗。
● 豊富な資源を活用する／利用豐富的資源。
● 豊富な知識を得る／獲得豐富的知識。

生字 商品／產品；回る／轉動

形動 **ほうふ【豊富】**

豐富

類 多い 豐富

對 貧弱 貧弱

音 豊＝ホウ

□□□ 2416

例 **方々探したが、見つかりません。**

[1秒後影子跟讀》]

譯 四處都找過了，但還是找不到。

[出題重點] 題型５裡「ほうぼう」的考點有：

● 例句：ほうぼうで花が咲いている／到處都開著花。
● 換句話說：いたるところで花が咲いている／各處都開著花。
● 相對說法：特定の場所でだけ花が咲いている／只在特定的地方開花。

「ほうぼう」和「いたるところ」都表示各個地方或到處；「特定の場所」則是指明確限定的一個或幾個地點。

[生字] 見つかる／找到

名·副 **ほうぼう【方々】**

各處，到處

類 いたるところ 各處
對 特定の場所 特定地點

□□□ 2417

例 **新宿方面の列車はどこですか。**

[1秒後影子跟讀》]

譯 往新宿方向的列車在哪邊？

名 **ほうめん【方面】**

方面，方向；領域

類 方向 方向
對 反対側 對面

□□□ 2418

例 **彼の家を訪問するにつけ、昔のことを思い出す。**

[1秒後影子跟讀》]

譯 每次去拜訪他家，就會想起以往的種種。

[文法] につけ[每當…就會…]：表示前項事態總會帶出後項結論。
[生字] 思い出す／回憶起

名·他サ **ほうもん【訪問】**

訪問，拜訪

類 訪れる 拜訪
對 遠ざかる 遠離

□□□ 2419

例 **お宅のぼうやはお元気ですか。**

[1秒後影子跟讀》]

譯 你家的小寶貝是否健康？

[生字] お宅／貴府

名 **ぼうや【坊や】**

對男孩的親切稱呼；未見過世面的男青年；對別人男孩的敬稱

類 少年 男孩
對 大人 成年人

□□□ 2420

例 **ボールを放ったら、隣の塀の中に入ってしまった。**

[1秒後影子跟讀》]

譯 我將球扔了出去，結果掉進隔壁的圍牆裡。

[生字] ボール／球；塀／圍欄

他五 **ほうる【放る】**

拋，扔；中途放棄，棄置不顧，不加理睬

類 投げる 投擲
對 受け取る 接收

は

ほえる【吠える】

読書計劃∴ □□／□□／□□

□□□ 2421

例 小さな犬が大きな犬に出会って、恐怖のあまりワンワン吠えている。

1秒後影子跟讀 〉

譯 小狗碰上了大狗，太過害怕而嚇得汪汪叫。

文法 あまり [由於太過…]：表示由於前句某種感情、感覺的程度過甚，而導致後句消極的結果。

生字 出会う／碰見；恐怖／恐懼

自下 ほえる【吠える】
(狗、犬獸等) 吠，吼；(人) 大聲哭喊，喊叫
類 ワンワン鳴く 吠叫
對 黙る 沉默

□□□ 2422

例 ボーイを呼んで、ビールを注文しよう。

1秒後影子跟讀 〉

譯 請男服務生來，叫杯啤酒喝吧。

生字 ビール／啤酒；注文／點 (餐)

名 ボーイ【boy】
少年，男孩；男服務員 (或唸：ボーイ)
類 男の子 男孩
對 女の子 女孩

□□□ 2423

例 ボーイフレンドと映画を見る。

1秒後影子跟讀 〉

譯 和男朋友看電影。

名 ボーイフレンド【boy friend】
男朋友
類 彼氏 男朋友
對 彼女 女朋友

□□□ 2424

例 ボートに乗る。

1秒後影子跟讀 〉

譯 搭乘小船。

生字 乗る／乘坐

名 ボート【boat】
小船，小艇
類 小舟 小船
對 大型船 大型船

□□□ 2425

例 鹿を捕獲する。

1秒後影子跟讀 〉

譯 捕獲鹿。

慣用語 〉
● 動物を捕獲する／捕獲動物。
● 捕獲量を制限する／限制捕獲量。
● 捕獲禁止区域／禁止捕獲區域。

生字 鹿／鹿

名・他サ ほかく【捕獲】
(文) 捕獲
類 捕まえる 捕獲
對 逃がす 釋放

□□□ 2426

例 うちの父(ちち)は、いつも朗(ほが)らかです。

1秒後影子跟讀

譯 我爸爸總是很開朗。

出題重點 「朗らか」唸訓讀「ほがらか」，意指性格開朗、心情愉快或情況明亮。問題2誤導選項可能有：
- 明らか（あきらか）："明確、清晰"，用於指事物清楚易懂或情況明白無誤，與「朗らか」的愉快或明亮不同。
- 爽やか（さわやか）："爽快、清爽"，通常用來描述天氣、感受或人的狀態愉快及清新，與「朗らか」相似但用途略有不同。
- 舒らか：非正確日語單字。

生字 うち／我家

形動 ほがらか【朗らか】

(天氣)晴朗，萬里無雲；明朗，開朗；(聲音)嘹亮；(心情)快活
類 明(あか)るい 明朗
對 暗(くら)い 陰沉

□□□ 2427

例 牧場(ぼくじょう)には、牛(うし)もいれば羊(ひつじ)もいる。

1秒後影子跟讀

譯 牧場裡既有牛又有羊。

文法 も〜ば〜も[也…也…]：把類似的事物並列起來，用意在強調，或表示還有很多情況。

生字 牛(うし)／牛；羊(ひつじ)／羊

名 ぼくじょう【牧場】

牧場
類 農場(のうじょう) 牧場、養殖場
對 都市(とし) 城市

□□□ 2428

例 牧畜業(ぼくちくぎょう)が盛(さか)んになるに伴(ともな)って、村(むら)は豊(ゆた)かになった。

1秒後影子跟讀

譯 伴隨著畜牧業的興盛，村落也繁榮了起來。

生字 盛(さか)ん／繁盛的；豊(ゆた)か／富裕的

名 ぼくちく【牧畜】

畜牧
類 家畜(かちく)の飼育(しいく) 畜牧
對 農作業(のうさぎょう) 農作
音 畜＝チク

□□□ 2429 [Track082]

例 授業中(じゅぎょうちゅう)、具合(ぐあい)が悪(わる)くなり、保健室(ほけんしつ)に行(い)った。

1秒後影子跟讀

譯 上課期間身體變得不舒服，於是去了保健室。

生字 授業(じゅぎょう)／授課；具合(ぐあい)／身體狀況

名 ほけん【保健】

保健，保護健康
類 健康維持(けんこういじ) 保健
對 病気(びょうき) 疾病

□□□ 2430

例 会社(かいしゃ)を通(つう)じて、保険(ほけん)に入(はい)った。

1秒後影子跟讀

譯 透過公司投了保險。

生字 通(つう)じる／藉由；入(はい)る／加入

名 ほけん【保険】

保險；(對於損害的)保證
類 保障(ほしょう) 保險、保障
對 リスク 風險

501

は

ほこり【埃】

□□□ 2431

例 **ほこりがたまらないように、毎日そうじをしましょう。**

1秒後影子跟讀 〉

訳 為了不要讓灰塵堆積，我們來每天打掃吧。

名 ほ**こ**り【埃】

灰塵，塵埃

類 自慢 驕傲、自豪

對 恥 羞恥

□□□ 2432

例 **何があっても、誇りを失うものか。**

1秒後影子跟讀 〉

訳 無論發生什麼事，我絕不捨棄我的自尊心。

生字 失う／喪失

名 ほ**こ**り【誇り】

自豪，自尊心；驕傲，引以為榮

類 自豪 驕傲

對 恥辱 羞恥

□□□ 2433

例 **成功を誇る。**

1秒後影子跟讀 〉

訳 以成功自豪。

出題重點 「誇る」指以某事為榮，感到自豪。這通常用來形容人們因擁有某種特質、成就或物品而感到驕傲。如「実績を誇る／以成就為傲」。以下是問題6錯誤用法：

1. 表示羞恥或懊悔：「失敗を誇る／為失敗感到驕傲」。
2. 描述感到恐懼或擔憂的情況：「将来に誇る／對未來感到驕傲」。
3. 表示不滿或不愉快的情緒：「不満を誇る／對不滿感到驕傲」。

生字 成功／成就

自五 ほ**こ**る【誇る】

誇耀，自豪

類 自慢する 誇耀

對 謙遜する 謙虛

□□□ 2434

例 **桜が綻びる。**

1秒後影子跟讀 〉

訳 櫻花綻放。

自下 ほ**ころびる**【綻びる】

脫線；使微微地張開，綻放

類 壊れ始める 開始破裂

對 修理される 被修復

□□□ 2435

例 **工場において、工員を募集しています。**

1秒後影子跟讀 〉

訳 工廠在招募員工。

生字 工場／工廠；工員／職員

名・他サ ぼ**しゅう**【募集】

募集，徵募

類 採募 招募、徵集

對 閉鎖する 關閉

音 募＝ボ

□□□ 2436

例 保証期間が切れないうちに、修理しましょう。

1秒後影子跟讀 》

譯 在保固期間還沒到期前，快拿去修理吧。

出題重點 「保証」唸作「ほしょう」，意指保障或確保某事物。問題1誤導選項可能有：
- 保険（ほけん）：“保險”，指為了防範未來可能發生的損失或風險而進行的金融安排。
- 保存（ほぞん）：“保存”，指保持物品或資料的原狀，防止其變質或丟失。
- ほしょ：錯誤地省略了尾音「う」。

文法 ないうちに [在…還沒…前，…]：表示在前面的環境、狀態還沒有產生變化的情況下，做後面的動作。

生字 切る／截止；修理／修繕

名・他サ ほしょう【保証】

保証，擔保

類 保障する　保證

對 不安定　不穩定

□□□ 2437

例 洗濯物を干す。

1秒後影子跟讀 》

譯 曬衣服。

生字 洗濯物／洗淨的衣物

他五 ほす【干す】

曬乾；把（池）水弄乾；乾杯

類 乾燥させる　乾燥

對 湿らせる　濕潤

訓 干＝ほす

□□□ 2438

例 周囲の人目もかまわず、スターのポスターをはがしてきた。

1秒後影子跟讀 》

譯 我不顧周遭的人的眼光，將明星的海報撕了下來。

文法 もかまわず [不顧…]：表示不顧慮前項事物的現況，以後項為優先的意思。

生字 周囲／四周；人目／眾人目光

名 ポスター【poster】

海報

類 掲示物　海報

對 本　書本

は

□□□ 2439

例 ここから先の道は、舗装していません。

1秒後影子跟讀 》

譯 從這裡開始，路面沒有鋪上柏油。

名・他サ ほそう【舗装】

（用柏油等）鋪路

類 道路工事　鋪路

對 未舗装　未鋪裝

音 装＝ソウ

□□□ 2440

例 北極を探検してみたいです。

1秒後影子跟讀 》

譯 我想要去北極探險。

生字 探検／冒險

名 ほっきょく【北極】

北極

類 北方　北方　對 南極　南極

音 極＝キョク

503

ほっそり

□□□ 2441

例 体つきがほっそりしている。

1秒後影子跟讀

譯 身材苗條。

生字 体つき／體態

副・自サ ほっそり

纖細，苗條

類 細い 纖細

對 太い 粗壯

□□□ 2442

例 ぽっちゃりしてかわいい。

1秒後影子跟讀

譯 胖嘟嘟的很可愛。

副・自サ ぽっちゃり

豐滿，胖

類 丸い 圓潤

對 痩せる 瘦弱

□□□ 2443

例 坊ちゃんは、頭がいいですね。

1秒後影子跟讀

譯 公子真是頭腦聰明啊。

生字 頭／腦袋

名 ぼっちゃん【坊ちゃん】

(對別人男孩的稱呼)公子，令郎；少爺，不通事故的人，少爺作風的人

類 若い主人 年輕的主人

對 老人 老人

□□□ 2444

例 歩道を歩く。

1秒後影子跟讀

譯 走人行道。

生字 歩く／步行

名 ほどう【歩道】

人行道

類 歩行者道 人行道

對 車道 車道

□□□ 2445

例 この紐を解いてもらえますか。

1秒後影子跟讀

譯 我可以請你幫我解開這個繩子嗎？

慣用語

● ネクタイをほどく／解開領帶。

● 謎をほどく／解開謎團。

● 縄をほどく／解開繩索。

生字 紐／繩索

他五 ほどく【解く】

解開(繩結等)；拆解(縫的東西)

類 解決する 解決

對 絡まる 纏繞

讀書計劃：□□／□□

504

□□□ 2446

例 お釈迦様は、悟りを得て仏になられました。
1秒後影子跟讀〉

譯 釋迦牟尼悟道之後成佛了。

生字 悟り／醒悟；得る／領悟

名 ほとけ【仏】

佛，佛像；(佛一般)溫厚，
仁慈的人；死者，亡魂

類 仏陀 佛陀 對 神 神
訓 仏＝ほとけ

□□□ 2447

例 ろうそくの炎を見つめていた。
1秒後影子跟讀〉

譯 我注視著蠟燭的火焰。

生字 ろうそく／蠟燭；見つめる／凝視

名 ほのお【炎】

火焰，火苗

類 火 火
對 水 水

□□□ 2448

例 私と彼女は、ほぼ同じ頃に生まれました。
1秒後影子跟讀〉

譯 我和她幾乎是在同時出生的。

生字 生まれる／誕生

副 ほぼ【略・粗】

大約，大致，大概

類 およそ 大約
對 正確 準確
訓 略＝ほぼ

□□□ 2449

例 彼女は、何もなかったかのように微笑んでいた。
1秒後影子跟讀〉

譯 她微笑著，就好像什麼事都沒發生過一樣。

出題重點 「笑む(えむ)」較舊日語，表達微笑或輕笑的動作。
如「微笑む(ほほえむ)」"微笑"。問題3經常混淆的複合詞有：

● 笑う(わらう)：表達快樂或娛樂時的開懷大笑。如「薄笑
い(うすわらい)」"淺笑"。

● ありげ：看起來似乎有某種意義或暗示。如「意味ありげ(い
みありげ)」"似有深意"。

● スマイル：表達快樂或友好的臉部表情，即微笑。如「営業
スマイル(えいぎょうスマイル)」"職業微笑"。

文法 かのように[有如…一般]：表示比喻及不確定的判斷。

自五 ほほえむ
【微笑む】

微笑，含笑；(花)微開，乍
開

類 笑う 微笑
對 泣く 哭泣

□□□ 2450

例 城は、堀に囲まれています。
1秒後影子跟讀〉

譯 圍牆圍繞著城堡。

生字 城／城堡；囲む／環繞

名 ほり【堀】

溝渠，壕溝；護城河

類 溝 溝渠
對 山 山

は

ほり 【彫り】

□□□ 2451

例 あの人は、日本人にしては彫りの深い顔立ちですね。

1秒後影子跟讀 》

譯 那個人的五官長相在日本人之中，算是相當立體的吧。

生字 顔立ち／臉部輪廓

名 ほり 【彫り】

雕刻
類 彫刻 雕刻
對 平滑 平滑

□□□ 2452

例 土を掘ったら、昔の遺跡が出てきた。

1秒後影子跟讀 》

譯 挖土的時候，出現了古代的遺跡。

慣用語

● 穴を掘る／挖洞。
● 井戸を掘る／鑽井。
● 地面を掘る／挖掘地面。

生字 土／土壤；遺跡／古蹟

他五 ほる 【掘る】

掘，挖，刨；掘出，挖出
類 発掘する 挖掘
對 埋める 埋葬
訓 掘＝ほ（る）

□□□ 2453

例 寺院の壁に、いろいろな模様が彫ってあります。

1秒後影子跟讀 》

譯 寺院裡，刻著各式各樣的圖騰。

生字 寺院／寺廟；模様／花樣

他五 ほる 【彫る】

雕刻；紋身
類 彫刻する 雕刻、刻畫
對 破壊する 破壞

□□□ 2454

例 そんなぼろは汚いから捨てなさい。

1秒後影子跟讀 》

譯 那種破布太髒快拿去丟了。

名 ぼろ 【襤褸】

破布，破爛衣服；破爛的狀態；
破綻，缺點
類 破れる 破爛
對 新品 全新

□□□ 2455

例 お盆には実家に帰ろうと思う。

1秒後影子跟讀 》

譯 我打算在盂蘭盆節回娘家一趟。

生字 実家／生父母家

名・漢造 ぼん 【盆】

拖盤，盆子；中元節略語
類 夏祭り 夏季慶典
對 平日 平日

□□□ 2456

例 平野に比べて、盆地は夏暑いです。

1秒後影子跟讀》

譯 跟平原比起來，盆地更加酷熱。

生字 平野／平地；比べる／比較

名 ぼんち【盆地】

(地) 盆地

類 地帯 地帶

對 山地 山地

□□□ 2457

例 それがほんとな話だとは、信じがたいです。

1秒後影子跟讀》

譯 我很難相信那件事是真的。

文法 がたい[很難…]：表示做該動作難度很高，幾乎是不可能的。

生字 信じる／信賴

名･形動 ほんと【本当】

真實，真心；實在，的確；真正；本來，正常

類 真実 真實

對 偽り 假象

□□□ 2458

例 本箱がもういっぱいだ。

1秒後影子跟讀》

譯 書箱已滿了。

名 ほんばこ【本箱】

書箱

類 書棚 書架

對 衣装箱 衣櫃

□□□ 2459

例 本部を通して、各支部に連絡してもらいます。

1秒後影子跟讀》

譯 我透過本部，請他們幫我連絡各個分部。

生字 通す／經由；支部／部門

名 ほんぶ【本部】

本部，總部

類 中心部 總部

對 支部 分部

は

□□□ 2460

例 これが本物の宝石だとしても、私は買いません。

1秒後影子跟讀》

譯 就算這是貨真價實的寶石，我也不會買的。

慣用語

● ほんものかどうか確かめる／驗證是否為真品。

● ほんものの宝石を見分ける／鑑定真寶石。

● ほんものの友情を大切にする／珍視真摯的友情。

生字 宝石／寶石

名 ほんもの【本物】

真貨，真的東西

類 実物 實體

對 偽物 假貨

ぼんやり

□□□ 2461

例 仕事中にぼんやりしていたあげく、ミスを連発してしまった。

1秒後影子跟讀 〉

譯 工作時心不在焉，結果犯錯連連了。

名・副
自サ ぼんやり

模糊，不清楚；迷糊，傻楞楞；
心不在焉；笨蛋，呆子

類 うっとり　恍惚、發呆
對 鋭敏　敏鋭

出題重點 題型5裡「ぼんやり」的考點有：
● 例句：彼はぼんやりと遠くを見つめていた／他茫然地凝視遠方。
● 換句話說：彼はうっとりと遠くを見つめていた／他陶醉地凝視遠方。
● 相對說法：彼は鋭敏に周囲を観察していた／他敏鋭地觀察周圍。
「ぼんやり」和「うっとり」都表達一種心不在焉或陶醉的狀態；「鋭敏」則是指感知或反應非常敏捷和清晰。

文法 あげく[結果]：表示事物最終的結果，大都因前句造成精神上的負擔或麻煩，多用在消極的場合。

生字 ミス／失誤；連発／連續發生

□□□ 2462

例 私の本来の仕事は営業です。

1秒後影子跟讀 〉

譯 我原本的工作是業務。

生字 営業／經商

名 ほんらい【本来】

本來，天生，原本；按道理，本應

類 元々　原本　對 改変　改變

□□□ 2463　Track083

例 いつの間にか暗くなってしまった。

1秒後影子跟讀 〉

譯 不知不覺天黑了。

生字 いつの間にか／不知何時

名・接尾 ま【間】

間隔，空隙；間歇；機會，時機；(音樂)節拍間歇；房間；(數量)間

類 空き間　空隙　對 一杯　滿

□□□ 2464

例 話はあとにして、まあ1杯どうぞ。

1秒後影子跟讀 〉

譯 話等一下再說，先喝一杯吧！

副・感 まあ

(安撫、勸阻)暫且先，一會；躊躇貌；還算，勉強；制止貌；(女性表示驚訝)哎唷，哎呀

類 びっくり　驚訝
對 当たり前　理所當然

□□□ 2465

例 アジア全域にわたって、この商品のマーケットが広がっている。

1秒後影子跟讀 〉

譯 這商品的市場散佈於亞洲這一帶。

生字 アジア／亞洲；全域／整個地區

名 マーケット【market】

商場，市場；(商品)銷售地區 (或唸：マーケット)

類 市場　市場　對 自宅　自宅

□□□ 2466

例 その映画はまあまあだ。

1秒後影子跟讀》

譯 那部電影還算過得去。

出題重點 「まあまあ」 "還可以"用於描述中等程度的事物或情況。問題4陷阱可能有：「普通（ふつう）」 "普通"指的是平均水平，沒有顯著的好壞；「そこそこ」 "還可以"表達中等偏上，意味著達到了一定水平；「及第点（きゅうだいてん）」 "合格點"表示達到了合格或及格的標準，比「まあまあ」更加正式。相比「まあまあ」的普遍可接受，「普通」側重於一般性，「そこそこ」表示較為滿意的情況，而「及第点」則明確強調達到了合格的程度。

生字 映画／電影

副·感 **まあまあ**

(催促、撫慰)得了，好了好了，哎哎；(表示程度中等)還算，還過得去；(女性表示驚訝)哎唷，哎呀

類 普通 普通

對 優れる 卓越

□□□ 2467

例 迷子にならないようにね。

1秒後影子跟讀》

譯 不要迷路了唷！

生字 なる／成為

名 **まいご【迷子】**

迷路的孩子，走失的孩子

類 迷う 迷路

對 道しるべ 路標

□□□ 2468

例 お札の枚数を数えた。

1秒後影子跟讀》

譯 我點算了鈔票的張數。

生字 お札／紙鈔；数える／計算

名 **まいすう【枚数】**

(紙、衣、版等薄物)張數，件數

類 数 數量 對 不足 不足

音 枚＝マイ

□□□ 2469

例 毎度ありがとうございます。

1秒後影子跟讀》

譯 謝謝您的再度光臨。

名 **まいど【毎度】**

曾經，常常，屢次；每次

類 いつも 總是

對 時々 有時

□□□ 2470

例 はい、ただいま参ります。

1秒後影子跟讀》

譯 好的，我馬上到。

生字 ただいま／立刻

自五·他五 **まいる【参る】**

(敬)去，來；參拜(神佛)；認輸；受不了，吃不消；(俗)死；(文)(從前婦女寫信，在收件人的名字右下方寫的敬語)鈞啟；(古)獻上；吃，喝；做

類 訪れる 訪問

對 避ける 避開

ま

509

まう【舞う】

□□□ 2471

例 花びらが風に舞っていた。

1秒後影子跟讀 》

譯 花瓣在風中飛舞著。

生字 花びら／花瓣

自五 まう【舞う】

飛舞；舞蹈

類 踊る 跳舞

對 止まる 停止

□□□ 2472

例 前髪を切る。

1秒後影子跟讀 》

譯 剪瀏海。

生字 前髪／瀏海

名 まえがみ【前髪】

瀏海

類 額髪 前額的頭髮

對 後ろ髪 後腦勺的頭髮

□□□ 2473

例 原発は廃止して、その分の電力は太陽光や風力による発電で賄おうではないか。

1秒後影子跟讀 》

譯 廢止核能發電後，那部分的電力不是可以由太陽能發電或風力發電來補足嗎？

文法 うではないか [就讀…吧]：表示提議或邀請對方跟自己共同做某事。

生字 廃止／廢除；風力／風力；発電／發電

他五 まかなう【賄う】

供給飯食；供給，供應；維持

類 支払う 支付

對 受取る 接收

□□□ 2474

例 曲がり角で別れる。

1秒後影子跟讀 》

譯 在街角道別。

生字 別れる／離別

名 まがりかど【曲がり角】

街角；轉折點

類 角 角落

對 真っ直ぐ 直線 訓 角＝かど

□□□ 2475

例 寒くならないうちに、種をまいた。

1秒後影子跟讀 》

譯 趁氣候未轉冷之前播了種。

慣用語

● 種をまく／播下種子。

● 花の種をまく／播撒花籽。

● ごまをまく／撒下芝麻。

文法 ないうちに [在…還沒…前，…]：前面的狀態還沒變化的情況下，做後面動作。

生字 種／種子

他五 まく【蒔く】

播種；(在漆器上) 畫泥金畫

類 植える 種植

對 拾う 撿起

□□□ 2476

例 イベントは、成功のうちに幕を閉じた。

1秒後影子跟讀

譯 活動在成功的氣氛下閉幕。

生字 イベント／集會；閉じる／結束，關閉

名・漢造 **まく【幕】**

幕，布幕；(戲劇)幕；場合，場面；營幕

類 壁 牆

對 扉 門扉

□□□ 2477

例 渋谷に行くたびに、道がわからなくてまごまごしてしまう。

1秒後影子跟讀

譯 每次去澀谷，都會迷路而不知如何是好。

出題重點 「まごまご」通常用來描述因為猶豫不決或不確定而行動遲緩或困惑的狀態。如「まごまごするな／鎮靜！別慌！」。以下是問題6錯誤用法：

1. 表示迅速決定：「彼はまごまごと決断した／他慌亂地做出了決定」。
2. 描述長期狀態：「彼女は年中まごまごしている／她一年到頭都很懶散」。
3. 用作高效率行動：「チームはまごまご作業を完了した／團隊磨蹭地完成了工作」。

名・自サ **まごまご**

不知如何是好，惶張失措，手忙腳亂；閒蕩，遊蕩，懶散

類 おろおろ 慌張

對 悠然 從容

□□□ 2478

例 気をつけないと、相手国との間で経済摩擦になりかねない。

1秒後影子跟讀

譯 如果不多注意，難講不會和對方國家，產生經濟摩擦。

文法 かねない[(有)可能會…]：表示有這種可能性或危險性。

生字 相手国／夥伴國家；経済／經濟

名・自他サ **まさつ【摩擦】**

摩擦；不和睦，意見紛歧，不合

類 争う 摩擦

對 和む 和解

□□□ 2479

例 料理にかけては、彼女はまさにプロです。

1秒後影子跟讀

譯 就做菜這一點，她的確夠專業。

文法 にかけては[就…這一點]：[其它姑且不論，僅就那件事]之意。多接好的評價。

生字 プロ／專家

副 **まさに**

真的，的確，確實

類 確かに 確實地

對 恐らく 或許

□□□ 2480

例 賃金を1割ましではどうですか。

1秒後影子跟讀

譯 工資加一成如何？

生字 賃金／薪水

名・形動 **まし**

增，增加；勝過，強

類 良くなる 變好

對 悪化 惡化

ま

ましかく【真四角】

□□□ 2481

例 折り紙は普通、真四角の紙で折ります。

1秒後影子跟讀〉

訳 摺紙常使用正方形的紙張來摺。

生字 折り紙/摺紙；普通/一般

名 ましかく【真四角】

正方形（或唸：ましかく）

類 四角い 方形

對 丸い 圓形

音 角＝カク

□□□ 2482

例 あの歌手の人気は、勢いを増している。

1秒後影子跟讀〉

訳 那位歌手的支持度節節上升。

生字 勢い/趨勢

自五・他五 ます【増す】

（數量）增加，增長，增多；（程度）增進，增高；勝過，變的更甚

類 増える 增加 對 減る 減少

□□□ 2483

例 風邪の予防といえば、やっぱりマスクですよ。

1秒後影子跟讀〉

訳 一說到預防感冒，還是想到口罩啊。

文法 といえば［一說到…］：用在承接某個話題。

生字 予防/防範；やっぱり/畢竟還是

名 マスク【mask】

面罩，假面；防護面具；口罩；防毒面具；面相，面貌

類 お面 面具

對 裸 赤裸

□□□ 2484

例 貧しい人々を助けようじゃないか。

1秒後影子跟讀〉

訳 我們一起來救助貧困人家吧！

慣用語

● まずしい生活を改善する/改善貧困生活條件。

● まずしい国を支援する/援助貧窮的國家。

● まずしい食事に満足する/對簡樸的飲食感到滿足。

生字 助ける/幫助

形 まずしい【貧しい】

（生活）貧窮的，窮困的；（經驗、才能的）貧乏，淺薄

類 貧乏 貧窮

對 豊か 富裕

□□□ 2485

例 本の上をまたいではいけないと母に言われた。

1秒後影子跟讀〉

訳 媽媽叫我不要跨過書本。

他五 またぐ【跨ぐ】

跨立，叉開腿站立；跨過，跨越

類 乗り越える 跨越

對 避ける 避開

☐☐☐ 2486

例 患者の要望にこたえて、待合室に消毒用アルコールを備え付けた。

1秒後影子跟讀 >

譯 為因應病患的要求，在候診室裡放置了消毒用的酒精。

文法 にこたえて [回應]：表示為了使前項能夠實現，後項是為此而採取行動或措施。

生字 患者／病人；要望／請求；備え付ける／設置

名 まちあいしつ
【待合室】

候車室，候診室，等候室

類 用室 休息室
對 出発地点 出發地點

☐☐☐ 2487

例 渋谷のハチ公のところで待ち合わせている。

1秒後影子跟讀 >

譯 我約在澀谷的八公犬銅像前碰面。

出題重點 「合わせる（あわせる）」使兩個或多個元素結合在一起。如「混ぜ合わせる（まぜあわせる）」"混合"。問題 3 經常混淆的複合詞有：
● 交じる（まじる）：不同元素相互混合或參雜。如「入り交じる（いりまじる）」"交織"。
● 合う（あう）：兩個或多個元素相互融合或匹配。如「溶け合う（とけあう）」"融合"。
● 回す（まわす）：物體旋轉或使物體環繞某點轉動。如「こね回す（こねまわす）」"揉捏旋轉"。

生字 ハチ公／忠犬八公，日本忠犬

自他 下一 まちあわせる
【待ち合わせる】

(事先約定的時間、地點) 等候，會面，碰頭 (或唸：ま
ちあわせる)

類 会う 會面
對 遠ざける 避開

☐☐☐ 2488

例 たとえ街角で会ったとしても、彼だとはわからないだろう。

1秒後影子跟讀 >

譯 就算在街口遇見了他，我也認不出來吧。

生字 たとえ／即使

名 まちかど【街角】

街角，街口，拐角

類 角 角落 對 通り 街道
訓 角＝かど

☐☐☐ 2489

Track084

例 裏山に松の木がたくさんある。

1秒後影子跟讀 >

譯 後山那有許多松樹。

生字 裏山／後山

名 まつ【松】

松樹，松木；新年裝飾正門的松枝，裝飾松枝的期間

類 木 樹木
對 花 花

☐☐☐ 2490

例 夕日が西の空を真っ赤に染めている。

1秒後影子跟讀 >

譯 夕陽把西邊的天空染成紅通通的。

生字 夕日／夕陽；染める／染色

名・形 まっか【真っ赤】

鮮紅；完全

類 赤い 紅色
對 青い 藍色

ま

513

□□□ 2491

例 真っ先に手を上げた。

1秒後影子跟讀 》

訳 我最先舉起了手。

名 **まっさき【真っ先】**

最前面，首先，最先（或唸：
ま<u>っ</u>さき）

類 先　前面　對 最後　最後

□□□ 2492

例 この神社では、どんな神様を祭っていますか。

1秒後影子跟讀 》

訳 這神社祭拜哪種神明？

生字 神社／神廟

他五 **まつる【祭る】**

祭祀，祭奠；供奉（或唸：ま
<u>つ</u>る）

類 敬神　尊神　對 排斥　排斥

訓 祭＝まつ（る）

□□□ 2493

例 窓口に並ぶのではなく、入り口で番号札を取ればいい。

1秒後影子跟讀 》

訳 不是在窗口排隊，只要在入口處抽號碼牌就可以了。

生字 並ぶ／列隊；番号札／號碼牌

名 **まどぐち【窓口】**

（銀行，郵局，機關等）窗口；
（與外界交涉的）管道，窗口

類 受付　接待處

對 スタート地点　出發地

□□□ 2494

例 大学の先生を中心にして、漢詩を学ぶ会を作った。

1秒後影子跟讀 》

訳 以大學的教師為主，成立了一個研讀漢詩的讀書會。

生字 中心／核心；漢詩／中國古詩

他五 **まなぶ【学ぶ】**

學習；掌握，體會

類 勉強する　學習

對 忘れる　忘記

□□□ 2495

例 彼の真似など、とてもできません。

1秒後影子跟讀 》

訳 我實在無法模仿他。

出題重點 「真似」唸作「まね」，意指模仿或效仿。問題 1
誤導選項可能有：
- 真剣（しんけん）："認真"，指對事物持認真、嚴肅的態度。
- 真面目（まじめ）："認真"，指人的性格或態度誠實、負
  責且不輕浮。
- まぬ：錯誤地將「ね」讀成字型相近的「ぬ」。

慣用語
- まねをする／模仿。

名・
他サ・
自サ **まね【真似】**

模仿，裝，仿效；（愚蠢糊塗的）
舉止，動作

類 物真似　模仿

對 本物　真實

□□□ 2496

例 大使館のパーティーに招かれた。

1秒後影子跟讀〉

譯 我受邀到大使館的派對。

生字 大使館／大使館

他五 ま**ね**く 【招く】

(搖手、點頭)招呼;招待,宴請;招聘,聘請;招惹,招致

類 誘う 邀請

對 追い払う 驅逐

□□□ 2497

例 真冬の料理といえば、やはり鍋ですね。

1秒後影子跟讀〉

譯 說到嚴冬的菜餚,還是火鍋吧。

文法 といえば [一說到…]:用在承接某個話題,從這個話題引起自己的聯想,或對這個話題進行說明或聯想。

生字 やはり／果然;鍋／火鍋

名 ま**ふゆ**【真冬】

隆冬,正冬天

類 冬 冬天

對 夏 夏天

□□□ 2498

例 この話をママに言えるものなら、言ってみろよ。

1秒後影子跟讀〉

譯 你如果敢跟媽媽說這件事的話,你就去說看看啊!

文法 ものなら [如果敢…的話]:表示挑釁對方做某行為。具向對方挑戰,放任對方去做的意味。

名 マ**マ**【mama】

(兒童對母親的愛稱)媽媽;(酒店的)老闆娘

類 母 母親

對 父 父親

□□□ 2499

例 私は豆料理が好きです。

1秒後影子跟讀〉

譯 我喜歡豆類菜餚。

生字 料理／菜品

名・接頭 ま**め**【豆】

(總稱)豆;大豆;小的,小型;(手腳上磨出的)水泡

類 大豆 黃豆

對 米 米

□□□ 2500

例 まもなく映画が始まります。

1秒後影子跟讀〉

譯 電影馬上就要開始了。

慣用語〉

●まもなく出発する／即將啟程。

●まもなく到着する／即將抵達。

●まもなく春が来る／春天即將來臨。

生字 始まる／開始

副 ま**も**なく
【間も無く】

馬上,一會兒,不久

類 直ぐ 立刻

對 遅く 晚

ま

515

マラソン【marathon】

□□□ 2501

例 マラソンのコースを全部走りきりました。
〔ぜんぶ はし〕

1秒後影子跟讀 〉

譯 馬拉松全程都跑完了。

生字 コース／路線；全部／所有

名 マラソン
【marathon】
馬拉松長跑
類 長距離走 長距離賽跑
〔ちょうきょり そう〕
對 スプリント 短跑

□□□ 2502

例 丸を書く。
〔まる か〕

1秒後影子跟讀 〉

譯 畫圈圈。

名・接尾 まる【丸】
圓形，球狀；句點；完全
類 円い 圓形
〔まる〕
對 四角い 方形 **訓** 丸＝まる
〔しかく〕

□□□ 2503

例 まれに、副作用が起こることがあります。
〔ふく さよう お〕

1秒後影子跟讀 〉

譯 鮮有引發副作用的案例。

生字 副作用／副作用；起こる／發作
〔ふく さよう〕 〔お〕

形動 まれ【稀】
稀少，稀奇，希罕
類 珍しい 罕見
〔めずら〕
對 普通 普通
〔ふ つう〕

□□□ 2504

例 こまを回す。
〔まわ〕

1秒後影子跟讀 〉

譯 轉動陀螺（打陀螺）。

生字 こま／陀螺

他五・接尾 まわす【回す】
轉，轉動；(依次) 傳遞；傳送；調職；各處活動奔走；想辦法；運用；投資；(前接某些動詞連用形) 表示遍布四周
類 クルクル 轉動
對 止める 停止
〔と〕

□□□ 2505

例 そっちの道は暗いから、ちょっと回り道だけどこっちから帰ろうよ。
〔みち くら〕 〔まわ みち〕 〔かえ〕

1秒後影子跟讀 〉

譯 那條路很暗，所以雖然要稍微繞遠一點，還是由這條路回去吧。

慣用語
● 回り道をする／繞道而行。
〔まわ みち〕
● 回り道を避ける／避免繞路。
〔まわ みち さ〕
● 回り道が楽しい／繞路亦有別樣風光。
〔まわ みち たの〕

生字 暗い／昏暗的
〔くら〕

名 まわりみち
【回り道】
繞道，繞遠路（或唸：まわりみち）
類 遠回り 迂回
〔とおまわ〕
對 直通 直達
〔ちょくつう〕

□□□ 2506

例) 万一のときのために、貯金をしている。

1秒後影子跟讀》

譯) 為了以防萬一，我都有在存錢。

生字) 貯金／儲蓄

名・副) **まんいち【万一】**

萬一

類) 万が一　萬一

對) 大抵　通常

□□□ 2507

例) このバスは満員だから、次のに乗ろう。

1秒後影子跟讀》

譯) 這班巴士人已經爆滿了，我們搭下一班吧。

生字) 次／下面，接著

名) **まんいん【満員】**

(規定的名額)額滿；(車、船等)擠滿乘客,滿座:(會場等)塞滿觀眾

類) 一杯　滿員　對) 空席　空位

□□□ 2508

例) テストで満点を取りました。

1秒後影子跟讀》

譯) 我在考試考了滿分。

生字) テスト／測驗；取る／取得

名) **まんてん【満点】**

滿分；最好,完美無缺,登峰造極

類) 完璧　完美

對) ゼロ　零分

□□□ 2509

例) 車は家の真ん前に止まった。

1秒後影子跟讀》

譯) 車子停在家的正前方。

出題重點) 「真ん前」讀音為「まんまえ」，意指正對面或正前方的位置。問題 2 誤導選項可能有：

● 慎剪：非正確日語單字。
● 直前（ちょくぜん）："即將…之前"，用於時間上的概念，表示某事件發生之前的瞬間或期間，與「真ん前」的空間方向含義不同。
● 値煎：這同樣非正確日語單字。

生字) 止まる／停下

名) **まんまえ【真ん前】**

正前方

類) 直面　正面

對) 後ろ　後面

ま

□□□ 2510

例) 真ん丸い月が出た。

1秒後影子跟讀》

譯) 圓溜的月亮出來了。

形) **まんまるい【真ん丸い】**

溜圓,圓溜溜

類) 円い　圓形

對) 四角い　方形

訓) 丸＝まる

517

み【身】

□□□ 2511

例 身の安全を第一に考える。

1秒後影子跟讀 >

譯 以人身安全為第一考量。

生字 安全／平安；第一／首要

名 み【身】

身體；自身，自己；身分，處境；心，精神；肉；力量，能力

類 体 身體

對 心 心靈

□□□ 2512

例 りんごの木にたくさんの実がなった。

1秒後影子跟讀 >

譯 蘋果樹上結了許多果實。

生字 りんご／蘋果

名 み【実】

(植物的)果實；(植物的)種子；成功，成果；內容，實質

類 本物 真實

對 嘘 謊言

□□□ 2513

例 既婚、未婚の当てはまる方に印を付けてください。

1秒後影子跟讀 >

譯 請在已婚與未婚的欄位上依個人的情況做劃記。

生字 既婚／已婚；印／標記；付ける／註記上

漢造 み【未】

未，沒；(地支的第8位)未

類 控える 即將來臨

對 過去 過去

□□□ 2514

例 彼は、見上げるほどに背が高い。

1秒後影子跟讀 >

譯 他個子高到需要抬頭看的程度。

他上 みあげる【見上げる】

仰視，仰望；欽佩，尊敬，景仰

類 上を向く 仰望

對 見下ろす 俯瞰

□□□ 2515

例 門の前で客を見送った。

1秒後影子跟讀 >

譯 在門前送客。

慣用語
- 駅で友達を見送る／在車站送別朋友。
- 出発する人を見送る／為即將啟程的人送行。
- 最後まで見送る／目送直至消失於視線。

生字 門／門扉；客／賓客

他五 みおくる【見送る】

目送；送別；(把人)送到(某的地方)；觀望，擱置，暫緩考慮；送葬(或唸:みおくる)

類 送り出す 送別

對 迎える 迎接

□□□ 2516

例 山の上から見下ろすと、村が小さく見える。

1秒後影子跟讀〉

譯 從山上俯視下方，村子顯得很渺小。

出題重點 下ろす（おろす）」將物品從高處移到低處，或從身上取下。如「見下ろす（みおろす）」 "從高處向下看"。問題 3 經常混淆的複合詞有：

● 去る（さる）：離開原有位置或時間點，遠離。如「取り去る（とりさる）」 "移除物品"
● つける（つける）：使某物附著、開啟或開始運作。如「片づける（かたづける）」 "清理整頓"。
● 出す（だす）：展示、發表或使某物外露。如「預金を引き出す（よきんをひきだす）」 "提取銀行存款"。

生字 村/村落；見える/可見

他五 みおろす
【見下ろす】

俯視，往下看；輕視，藐視，看不起；視線從上往下移動（或唸：みおろす）

類 上から見る 俯視
對 見上げる 仰視

□□□ 2517

例 こちらの野菜は、見かけは悪いですが味は同じで、お得ですよ。

1秒後影子跟讀〉

譯 擺在這邊的蔬菜雖然外觀欠佳，但是一樣好吃，很划算喔！

生字 お得/物超所值

名 みかけ 【見掛け】

外貌，外觀，外表

類 様子 外表
對 中身 內容

□□□ 2518

例 彼を味方に引き込むことができれば、断然こちらが有利になる。

1秒後影子跟讀〉

譯 只要能將他拉進我們的陣營，絕對相當有利。

生字 引き込む/拉攏；断然/肯定

名
自サ みかた 【味方】

我方，自己的這一方；夥伴

類 仲間 盟友
對 敵 敵人

ま

□□□ 2519

例 彼と私とでは見方が異なる。

1秒後影子跟讀〉

譯 他跟我有不同的見解。

生字 異なる/不一樣

名 みかた 【見方】

看法，看的方法；見解，想法

類 紹介 解釋
對 蔑視 輕視

□□□ 2520

例 今日はきれいな三日月ですね。

1秒後影子跟讀〉

譯 今天真是個美麗的上弦月呀。

名 みかづき【三日月】

新月，月牙；新月形

類 新月 新月
對 満月 満月

519

みぎがわ【右側】

□□□ 2521

例 **右側に郵便局が見える。**

1秒後影子跟讀 〉

譯 右手邊能看到郵局。

生字 郵便局／郵局

名 **み ぎがわ【右側】**

右側，右方

類 **右手** 右手邊

對 **左側** 左邊

□□□ 2522

例 **サッカーにかけては、彼らのチームは見事なものです。**

1秒後影子跟讀 〉

譯 他們的球隊在足球方面很厲害。

文法 にかけては [就…這一點]：表示 [其它姑且不論，僅就那一件事情來說] 的意思。後項多接對別人的技術或能力好的評價。

生字 チーム／團隊

形動 **み ごと【見事】**

漂亮，好看；卓越，出色，巧妙；整個，完全

類 **素晴らしい** 出色

對 **普通** 普通

□□□ 2523

例 **あの岬の灯台まで行くと、眺めがすばらしいですよ。**

1秒後影子跟讀 〉

譯 只要到海角的燈塔那邊，就可以看到非常壯觀的景色喔。

生字 灯台／燈塔；眺め／眺望

名 **み さき【岬】**

(地) 海角，岬

類 **半島** 半島

對 **谷** 山谷

□□□ 2524

例 **惨めな思いをする。**

1秒後影子跟讀 〉

譯 感到很悽慘。

出題重點 「惨め」 "悲慘的" 描述感到悲慘、可憐的情況。問題 4 陷阱可能有：「悲惨（ひさん）」 "不幸的" 表達更深的不幸和悲哀；「哀れ（あわれ）」 "可憐的" 顯示對他人不幸的同情和憐憫；「可哀想（かわいそう）」 "可憐的" 也表示憐憫，用於形容值得同情的情況。與「惨め」相比，「悲慘」的程度更重，「哀れ」和「可哀想」更強調對他人不幸的同情與憐憫。

形動 **みじめ【惨め】**

悽慘，慘痛

類 **不幸** 不幸

對 **幸せ** 幸福

□□□ 2525

例 **顧客の希望にこたえて、社長自ら商品の説明をしました。**

1秒後影子跟讀 〉

譯 回應顧客的希望，社長親自為商品做了說明。

文法 にこたえて [回應]：表示為了使前項能夠實現，後項是為此而採取行動或措施。

生字 顧客／主顧；希望／需求

代名副 **みずから【自ら】**

我；自己，自身；親身，親自

類 **自分** 自己

對 **他の人** 他人

□□□ 2526

例 **水着姿**で写真を撮った。
〈1秒後影子跟讀〉

譯 穿泳裝拍了照。

生字 姿／形象

名 **みずぎ【水着】**
泳裝
類 スイムウエア　泳裝
對 洋服　西服

□□□ 2527

例 少し行くとおいしい**店屋**がある。
〈1秒後影子跟讀〉

譯 稍往前走，就有好吃的商店了。

名 **みせや【店屋】**
店鋪，商店
類 商店　商店
對 自宅　家庭

□□□ 2528

例 **未然**に防ぐ。
〈1秒後影子跟讀〉

譯 防患未然。

出題重點　「未然」唸音讀「みぜん」，意指事情尚未發生或達到某種狀態之前。問題 2 誤導選項可能有：
● 未燃：非正確日語單字。
● 末然：這同樣非正確日語單字。
● 末燃：這也不是正確日語單字。

慣用語〉
● **未然に防ぐ**／提前預防。
生字 防ぐ／防備

名 **みぜん【未然】**
尚未發生
類 前もって　事先
對 後で　事後

□□□ 2529

例 二人の間の**溝**は深い。
〈1秒後影子跟讀〉

譯 兩人之間的隔閡甚深。

生字 間／關係；深い／深遠的

名 **みぞ【溝】**
水溝；(拉門門框上的)溝槽，切口；(感情的)隔閡
類 堀　溝渠
對 高台　高地

□□□ 2530

例 外は雪が降っている**みたい**だ。
〈1秒後影子跟讀〉

譯 外面好像在下雪。

生字 外／室外

助動形動型 **みたい**
(表示和其他事物相像)像…一樣；(表示具體的例子)像…這樣；表示推斷或委婉的斷定
類 希望　希望
對 嫌い　討厭

ま

みだし【見出し】

例 この記事の見出しは何にしようか。

1秒後影子跟讀 〉

譯 這篇報導的標題命名為什麼好？

生字 記事／新聞

名 みだし【見出し】

(報紙等的)標題；目錄，索引；選拔，拔擢；(字典的)詞目，條目

類 タイトル　標題

對 本文　正文

□□□ 2532

例 教えてもらった道順の通りに歩いたつもりだったが、どこかで間違えた。

1秒後影子跟讀 〉

譯 我原本以為自己是按照別人告知的路線行走，看來中途哪裡走錯路了。

慣用語 〉
● 道順を教える／指示路線。
● 道順を覚える／記住路線。
● 道順が複雑で迷う／因路線複雜而迷路。

生字 通り／照…樣；つもり／打算

名 みちじゅん【道順】

順路，路線；步驟，程序

類 表示　路線

對 迷う　迷路

音 順＝ジュン

□□□ 2533

例 潮がだんだん満ちてきた。

1秒後影子跟讀 〉

譯 潮水逐漸漲了起來。

生字 潮／海潮；だんだん／漸漸地

自上 みちる【満ちる】

充滿；月盈，月圓；(期限)滿，到期；潮漲

類 一杯になる　充滿

對 空　空的

□□□ 2534

例 蜂が飛び回って蜜を集めている。

1秒後影子跟讀 〉

譯 蜜蜂到處飛行，正在蒐集花蜜。

生字 蜂／蜜蜂；飛び回る／飛來飛去

名 みつ【蜜】

蜜；花蜜；蜂蜜

類 蜂蜜　蜂蜜

對 塩　鹽

□□□ 2535

例 泥だらけでみっともないから、着替えたらどうですか。

1秒後影子跟讀 〉

譯 滿身泥巴真不像樣，你換個衣服如何啊？

生字 泥／泥巴；着替える／更衣

形 みっともない【見っとも無い】

難看的，不像樣的，不體面的，不成體統；醜

類 恥ずかしい　丟臉

對 立派　優秀

522

□□□ 2536　　　　　　　　　　　　　　　　　　　　　　Track086

例 あの人に壁ドンされてじっと見つめられたい。

1秒後影子跟讀 ≫

譯 好想讓那個人壁咚，深情地凝望著我。

慣用語 ≫
● 目を見詰める／深深凝視對方的眼睛。
● 空を見詰める／仰望天空。
● 将来を見詰める／遠望未來的藍圖。

生字 壁ドン／壁咚；じっと／聚精會神

他下一 み つめる 【見詰める】

凝視，注視，盯著（或唸：み つめる）

類 じっと見る　凝視
對 無視する　忽略
訓 詰＝つ（める）

□□□ 2537

例 これだけ証拠があっては、罪を認めざるをえません。

1秒後影子跟讀 ≫

譯 有這麼多的證據，不認罪也不行。

文法 ≫ ざるをえない [不得不…]：表示除此之外，沒有其他的選擇。

生字 証拠／證據；罪／罪過

他下一 み とめる【認める】

看出，看到；認識，賞識，器重；承認；斷定，認為；許可，同意

類 承認する　認可
對 否認する　否認

□□□ 2538

例 今会社の方針を見直している最中です。

1秒後影子跟讀 ≫

譯 現在正在重新檢討公司的方針中。

生字 方針／政策；最中／進行中

自他五 み なおす【見直す】

(見) 起色，(病情) 轉好；重看，重新看；重新評估，重新認識（或唸：み なおす）

類 再び見る　重新審視
對 蔑ろにする　忽視

□□□ 2539

例 日本では外国人を見慣れていない人が多い。

1秒後影子跟讀 ≫

譯 在日本，許多人很少看到外國人。

自下 み なれる【見慣れる】

看慣，眼熟，熟識（或唸：み なれる）

類 慣れる　習慣
對 驚愕する　驚奇

□□□ 2540

例 醜いアヒルの子は、やがて美しい白鳥になりました。

1秒後影子跟讀 ≫

譯 難看的鴨子，終於變成了美麗的天鵝。

生字 アヒル／鴨子；白鳥／天鵝

形 み にくい 【醜い】

難看的，醜的；醜陋，醜惡

類 不細工　醜陋
對 美しい　美麗

ま

523

みにつく 【身に付く】

□□□ 2541

例 当教室で学べば、集中力が身に付きます。

1秒後影子跟讀 》

譯 只要到本培訓班，就能夠學會專注的方法。

生字 学ぶ／學習；集中力／專注力

慣 みにつく
【身に付く】

學到手，掌握

類 覚える 學會

對 忘れる 忘記

□□□ 2542

例 一芸を身に付ける。

1秒後影子跟讀 》

譯 學得一技之長。

生字 一芸／一樣技能

慣 みにつける
【身に付ける】

(知識、技術等) 學到，掌握到

類 纏う 穿著 對 脱ぐ 脱掉

□□□ 2543

例 農民たちの努力のすえに、すばらしい作物が実りました。

1秒後影子跟讀 》

譯 經過農民的努力後，最後長出了優良的農作物。

出題重點 題型5裡「実る」的考點有：

● 例句：努力が実る／努力有了成果。
● 換句話說：努力が開花する／努力開花結果。
● 相對說法：努力が報われない／努力未得到回報。

「実る」表示經過一段時間的努力後得到了成果；「開花」比喻意義上表示努力後達到一個成果或成功的階段；而「報われない」則表示付出後沒有獲得相應的結果或報酬。

文法 のすえに [經過…最後]：表示 [經過一段時間，最後…] 之意，是動作、行為等的結果。

生字 農民／農夫；作物／農作物

自五 みのる 【実る】

(植物) 成熟，結果；取得成績，獲得成果，結果實

類 成熟 成熟

對 枯れる 枯萎

□□□ 2544

例 身分が違うと知りつつも、好きになってしまいました。

1秒後影子跟讀 》

譯 儘管知道門不當戶不對，還是迷上了她。

文法 つつも [雖然…但也還是…]：表示逆接，用於連接兩個相反的事物，表示同一主體，在進行某一動作的同時，也進行另一個動作。

名 みぶん 【身分】

身分，社會地位；(諷刺) 生活狀況，境遇

類 地位 地位

對 平等 平等

□□□ 2545

例 商品の見本を持ってきました。

1秒後影子跟讀 》

譯 我帶來了商品的樣品。

生字 商品／產品

名 みほん 【見本】

樣品，貨樣；榜樣，典型

類 サンプル 樣品

對 原型 原型

2546

例 先生の見舞いのついでに、デパートで買い物をした。

[1秒後影子跟讀]

譯 去老師那裡探病的同時，順便去百貨公司買了東西。

生字 買い物／購物

名 み まい【見舞い】

探望，慰問；蒙受，挨(打)，遭受(不幸)

類 慰問　慰問

對 無視　無視

2547

例 友達が入院したので、見舞いに行きました。

[1秒後影子跟讀]

譯 因朋友住院了，所以前往探病。

慣用語
- 病院で見舞う／到醫院探望。
- 被災地を見舞う／走訪受災地區。
- お見舞いを持って行く／帶著慰問品前往慰問。

生字 入院／住院

他五 み まう【見舞う】

訪問，看望；問候，探望；遭受，蒙受(災害等)(或唸：み まう)

類 慰問する　慰問

對 無視する　忽略

2548

例 男女を問わず、10歳未満の子どもは誰でも入れます。

[1秒後影子跟讀]

譯 不論男女，只要是未滿 10 歲的小朋友都能進去。

文法 をとわず[不分…]：表示沒有把前接的詞當作問題、跟前接的詞沒有關係。

生字 男女／男性和女性

接尾 み まん【未満】

未滿，不足

類 不足　不足

對 超過　超過

2549

例 神社から駅にかけて、お土産の店が並んでいます。

[1秒後影子跟讀]

譯 神社到車站這一帶，並列著賣土產的店。

生字 神社／神廟；並ぶ／排列

名 み やげ【土産】

(贈送他人的)禮品，禮物；(出門帶回的)土產

類 ギフト　禮物

對 自分用　自用

2550

例 当時、京都は都として栄えました。

[1秒後影子跟讀]

譯 當時，京都是首都很繁榮。

生字 当時／當下；栄える／興盛

名 み やこ【都】

京城，首都；大都市，繁華的都市

類 首都　首都　對 田舎　鄉村

ま

みょう【妙】

□□□ 2551

例 彼が来ないとは、妙ですね。

> 1秒後影子跟讀

譯 他會沒來，真是怪啊。

名・形動・漢造 **みょう【妙】**

奇怪的，異常的，不可思議；格
外，分外；妙處，奧妙；巧妙

類 不思議　奇怪

對 平凡　平凡

□□□ 2552

例 こう言っては何ですが、うちの息子は、母親の私か
らみても男の魅力があるんです。

> 1秒後影子跟讀

譯 說來也許像在自誇，我家兒子就算由我這個作母親的看來，也具有男性的魅力。

名 **みりょく【魅力】**

魅力，吸引力

類 魅惑　吸引

對 退屈　無聊

□□□ 2553

例 日本の民謡をもとに、新しい曲を作った。

> 1秒後影子跟讀

譯 依日本的民謡做了新曲子。

文法 をもとに[依…(為基礎，參考)]：表示將某事物作為後項的
依據、材料或基礎等，後項的行為、動作是根據或參考前項來進行的。

生字 曲／曲子

名 **みんよう【民謡】**

民謡，民歌

類 民間の歌　民間歌曲

對 現代音楽　現代音樂

□□□ 2554

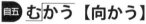

例 無から会社を興した。

> 1秒後影子跟讀

譯 從無到有，一手創立了公司。

慣用語

●無意識にやった／改變冷淡的態度。

●無意味な言葉を繰り返す／重複無益的話。

●無色透明な液体を調べる／檢測無色透明的液體。

生字 興す／創辦

名・接頭・漢造 **む【無】**

無，沒有；徒勞，白費；無…，
不…；欠缺，無

□□□ 2555

例 向かって右側が郵便局です。

> 1秒後影子跟讀

譯 面對它的右手邊就是郵局。

生字 右側／右邊；郵便局／郵局

自五 **むかう【向かう】**

向著，朝著；面向；往…去，
向…去；趨向，轉向

□□□ 2556

例 この雑誌は若い女性向きです。

1秒後影子跟讀 》

譯 這本雜誌是以年輕女性為取向。

生字 若い／年輕的；女性／女生

名 むき【向き】

方向；適合，合乎；認真，慎重其事；傾向，趨向；(該方面的)人，人們

□□□ 2557

例 こういう漫画は、少年向けの漫画雑誌には適さない。

1秒後影子跟讀 》

譯 這樣的漫畫，不適合放在少年漫畫雜誌裡。

造語 むけ【向け】

向，對

出題重點 「向け」一詞通常用於表示某事物是針對特定對象或目的而設。如「子ども向けの本を選ぶ／選擇適宜兒童的書籍」。以下是問題6錯誤用法：

1. 描述內向性格：「彼は人向けが悪い／他是個內向的人」。
2. 表示轉向動作：「車は右向けだ／車向右轉」。
3. 用作物理吸引：「磁石は鉄向けだ／磁鐵吸引鐵」。

生字 少年／青年；適する／恰當

□□□ 2558

例 人には、無限の可能性があるものだ。

1秒後影子跟讀 》

譯 人本來就有無限的可能性。

名・形動 むげん【無限】

無限，無止境

文法 ものだ [應當…]：表示理所當然，理應如此。
生字 可能性／可能性

□□□ 2559

例 川の向こう側に、きれいな鳥が舞い降りた。

1秒後影子跟讀 》

譯 在河的對岸，有美麗的鳥飛了下來。

生字 舞い降りる／輕盈飛落

名 むこうがわ【向こう側】

對面；對方

□□□ 2560

例 彼が私を無視するわけがない。

1秒後影子跟讀 》

譯 他不可能會不理我的。

名・他サ むし【無視】

忽視，無視，不顧

ま

むしば【虫歯】

□□□ 2561

例 歯が痛くて、なんだか虫歯っぽい。

1秒後影子跟讀 》

譯 牙齒很痛，感覺上有很多蛀牙似的。

生字 っぽい／像…

名 むしば【虫歯】

齲齒，蛀牙

訓 虫=むし

□□□ 2562

例 話に矛盾するところがあるから、彼は嘘をついているに相違ない。

1秒後影子跟讀 》

譯 從話中的矛盾之處，就可以知道他肯定在說謊。

文法 にそういない[一定是…]：表示說話者根據經驗或直覺，做出非常肯定的判斷。

名・自サ むじゅん【矛盾】

矛盾

□□□ 2563

例 彼は生徒に甘くない、むしろ厳しい先生だ。

1秒後影子跟讀 》

譯 他對學生不假辭色，甚至可以說是一位嚴格的老師。

出題重點 「寧ろ」唸作「むしろ」，意指反而或更加。問題1誤導選項可能有：
- 丁寧（ていねい）："謹慎"，指行為或語言表達時的周到、細心或禮貌。
- むしら：錯誤地將「ろ」，讀成字型相近的「ら」。
- むしろう：錯誤地加入了多餘的「う」音。

生字 生徒／學生；甘い／姑息

副 むしろ【寧ろ】

與其說…倒不如，寧可，莫如，索性

□□□ 2564

例 有料か無料かにかかわらず、私は参加します。

1秒後影子跟讀 》

譯 無論是免費與否，我都要參加。

文法 にかかわらず[無論…與否…]：表示前項不是後項事態成立的阻礙。

生字 有料／收費；参加／參與

名 むりょう【無料】

免費；無須報酬

□□□ 2565

例 象の群れを見つけた。

1秒後影子跟讀 》

譯 我看見了象群。

生字 象／大象

名 むれ【群れ】

群，伙，幫；伙伴

訓 群=むれ

讀書計劃：□□□／□□□／□□□

528

□□□ 2566

例 春になって、木々が芽をつけています。
1秒後影子跟讀〉

名 め【芽】
（植）芽

譯 春天來到，樹木們發出了嫩芽。

慣用語〉
● 芽が出る／發芽生長。
● 新芽を摘む／採摘嫩芽。
● 芽生える希望を大切にする／珍惜初生的希望。
生字 木々／眾多樹木

□□□ 2567

例 明確な予定は、まだ発表しがたい。
1秒後影子跟讀〉

名・形動 めいかく【明確】
明確，準確

譯 還沒辦法公佈明確的行程。

文法〉がたい[很難…]：表示做該動作難度很高，幾乎是不可能的。
生字 予定／預計；発表／公開

□□□ 2568

例 名作だと言うから読んでみたら、退屈でたまらなかった。
1秒後影子跟讀〉

名 めいさく【名作】
名作，傑作

譯 因被稱為名作，所以看了一下，誰知真是無聊透頂了。

生字 退屈／無趣的

□□□ 2569

例 この文の名詞はどれですか。
1秒後影子跟讀〉

名 めいし【名詞】
（語法）名詞

譯 這句子的名詞是哪一個？

音 詞＝シ

生字 文／文句

□□□ 2570

例 京都の名所といえば、金閣寺と銀閣寺でしょう。
1秒後影子跟讀〉

名 めいしょ【名所】
名勝地，古蹟

譯 一提到京都古蹟，首當其選的就是金閣寺和銀閣寺了吧。

文法〉といえば[一說到…]：用在承接某個話題，從這個話題
引起自己的聯想，或對這個話題進行說明或聯想。

ま

めいじる・めいずる【命じる・命ずる】

□□□ 2571

例 上司は彼にすぐ出発するように命じた。

1秒後影子跟讀 〉

譯 上司命令他立刻出發。

生字 上司／上級；出発／動身

他上一
他サ **めいじる・めいずる
【命じる・命ずる】**

命令，吩咐；任命，委派；命名（或唸：めいじる・めいずる）

□□□ 2572

例 迷信とわかっていても、信じずにはいられない。

1秒後影子跟讀 〉

譯 雖知是迷信，卻無法不去信它。

文法 〉 ずにはいられない [無法不去…] ：表示自己的意志無法
克制，情不自禁地做某事，為書面用語。

名 **めいしん【迷信】**

迷信

□□□ 2573

例 彼は、魚釣りの名人です。

1秒後影子跟讀 〉

譯 他是釣魚的名人。

生字 魚釣り／釣魚

名 **めいじん【名人】**

名人，名家，大師，專家

□□□ 2574

例 名物といっても、大しておいしくないですよ。

1秒後影子跟讀 〉

譯 雖說是名產，但也沒多好吃呀。

生字 大して／不太…

名 **めいぶつ【名物】**

名產，特產；(因形動奇特而)
有名的人

□□□ 2575

例 銘々で食事を注文してください。

1秒後影子跟讀 〉

譯 請各自點餐。

慣用語 〉
● 銘々の名前を記入する／分別書寫姓名。
● 銘々の責任を果たす／各自履行責任。
● 銘々の意見を聞く／聽取各自的意見。
生字 食事／餐點；注文／點 (餐)

名・副 **めいめい【銘々】**

各自，每個人

□□□ 2576

例 このプールの長さは、何メーターありますか。
1秒後影子跟讀 》

譯 這座泳池的長度有幾公尺？

生字 プール／泳池

名 メーター【meter】

米，公尺；儀表，測量器（或
唸：メーター）

□□□ 2577

例 環境に恵まれるか恵まれないかにかかわらず、努力すれば成功できる。
1秒後影子跟讀 》

譯 無論環境的好壞，只要努力就能成功。

出題重點 題型 5 裡「恵まれる」的考點有：
● 例句：資源に恵まれる／富有資源。
● 換句話說：資源が豊富だ／資源豐富。
● 相對說法：資源に乏しい／資源缺乏。
「恵まれる」表達擁有充足或豐富的資源；「豐富」也表示擁
有資源的豐富；「乏しい」則表達缺乏、不足的狀況。

文法 にかかわらず [無論…與否…]：表示前項不是後項事態
成立的阻礙。

生字 環境／環境

自下 めぐまれる
【恵まれる】

得天獨厚，被賦予，受益，受
到恩惠

□□□ 2578

例 東ヨーロッパを巡る旅に出かけました。
1秒後影子跟讀 》

譯 我到東歐去環遊了。

生字 ヨーロッパ／歐洲

自五 めぐる【巡る】

循環，轉回，旋轉；巡遊；環繞，
圍繞
類 周遊する 周遊
對 留まる 停留

□□□ 2579

例 もしも試験に落ちたら、弁護士を目指すどころではなくなる。
1秒後影子跟讀 》

譯 要是落榜了，就不是在那裡妄想當律師的時候了。

文法 どころではない [哪能…]：表示沒有餘裕做某事。
生字 落ちる／淘汰；弁護士／律師

他五 めざす【目指す】

指向，以…為努力目標，瞄準
類 目標にする 以…為目標
對 諦める 放棄

□□□ 2580

例 目覚ましなど使わなくても、起きられますよ。
1秒後影子跟讀 》

譯 就算不用鬧鐘也能起床呀。

名 めざまし【目覚まし】

叫醒，喚醒；小孩睡醒後的點
心；醒後為打起精神吃東西；
鬧鐘

ま

531

めざましどけい【目覚まし時計】

□□□ 2581

例 目覚まし時計を掛ける。

1秒後影子跟讀 〉

譯 設定鬧鐘。

名 めざましどけい
【目覚まし時計】

鬧鐘

慣用語
- 目覚まし時計をセットする／設置鬧鐘。
- 目覚まし時計が鳴る／鬧鐘響起。
- 目覚まし時計で起きる／被鬧鐘叫醒。

生字 掛ける／設定

□□□ 2582

例 みんなもう飯は食ったかい。

1秒後影子跟讀 〉

譯 大家吃飯了嗎？

名 めし【飯】

米飯；吃飯，用餐；生活，生計

□□□ 2583

例 部長は、目下の者には威張る。

1秒後影子跟讀 〉

譯 部長會在部屬前擺架子。

名 めした【目下】

部下，下屬，晚輩（或唸：め
した）

生字 部長／部長；威張る／自吹自擂

□□□ 2584

例 自分の荷物に、目印をつけておきました。

1秒後影子跟讀 〉

譯 我在自己的行李上做了記號。

名 めじるし【目印】

目標，標記，記號

訓 印＝しるし

生字 自分／本人；荷物／行囊

□□□ 2585

例 彼女は華やかなので、とても目立つ。

1秒後影子跟讀 〉

譯 她打扮華麗，所以很引人側目。

自五 めだつ【目立つ】

顯眼，引人注目，明顯

類 際立つ 突出、顯眼

對 目立たない 不顯眼

生字 華やか／華美的

532

☐☐☐ 2586

例 部屋が片付いたかと思ったら、子どもがすぐにめちゃくちゃにしてしまった。

1秒後影子跟讀〉

譯 我才剛把房間整理好，小孩就馬上把它用得亂七八糟的。

文法〉 かとおもったら［才剛…就…］：表示前後兩個不同的事情，在短時間內幾乎同時相繼發生，後面接的大多是説話者意外的表達。

名・形動 めちゃくちゃ

亂七八糟，胡亂，荒謬絕倫

☐☐☐ 2587

例 最近めっきり体力がなくなりました。

1秒後影子跟讀〉

譯 最近體力明顯地降下。

生字 体力／體能

副 めっきり

變化明顯，顯著的，突然，劇烈

☐☐☐ 2588

例 めったにないチャンスだ。

1秒後影子跟讀〉

譯 難得的機會。

生字 チャンス／良機

副 めったに【滅多に】

(後接否定語) 不常，很少

☐☐☐ 2589

例 赤ちゃんが生まれたとは、めでたいですね。

1秒後影子跟讀〉

譯 聽說小寶貝生誕生了，那真是可喜可賀。

形 めでたい【目出度い】

可喜可賀，喜慶的；順利，幸運，圓滿；頭腦簡單，傻氣；表恭喜慶祝

出題重點 「目出度い（めでたい）」：表示喜悦或值得慶祝的情況。如「お目出度い人（おめでたいひと）」"天真單純的人"。問題 3 經常混淆的複合詞有：

● のんき：輕鬆、無憂無慮的狀態。如「のんき者（のんきもの）」"無憂無慮的人"。

● 能（のう）：能力或技能的展現。如「能天気（のうてんき）」"過於樂觀或不切實際"。

● 楽観（らっかん）：對未來持正面或希望的態度。如「楽観視（らっかんし）」"樂觀地看待"。

☐☐☐ 2590

例 ふいにめまいがして、しゃがみ込んだ。

1秒後影子跟讀〉

譯 突然覺得頭暈，蹲了下來。

生字 ふい／冷不防；しゃがみ込む／蹲下

名 めまい【目眩・眩暈】

頭暈眼花

ま

メモ【memo】

□□□ 2591

例 講演を聞きながらメモを取った。

1秒後影子跟讀〉

譯 一面聽演講一面抄了筆記。

生字 講演／演說；取る／記下

名・他サ **メモ【memo】**

筆記；備忘錄，便條；紀錄

□□□ 2592

例 目安として、1000円ぐらいのものを買ってきてください。

1秒後影子跟讀〉

譯 請你去買約1000圓的東西回來。

慣用語〉
● 目安を立てる／規劃目標。
● 目安となる数字を設定する／定下參考值。
● 目安時間に間に合わせる／在規定時限前完成。

名 **めやす【目安】**

(大致的)目標，大致的推測，基準；標示 (或唸：めやす)

□□□ 2593

例 お金の面においては、問題ありません。

1秒後影子跟讀〉

譯 在金錢方面沒有問題。

生字 お金／金錢；問題／困難

名・接尾・漢造 **めん【面】**

臉，面；面具，假面；防護面具；用以計算平面的東西；會面

□□□ 2594

例 運転しませんが、免許証は一応持っています。

1秒後影子跟讀〉

譯 雖然不開車，但還是有駕照。

生字 運転／駕駛；一応／暫且

名 **めんきょしょう【免許証】**

(政府機關) 批准；許可證，執照 (或唸：めんきょしょう)

□□□ 2595

例 免税店で買い物をしました。

1秒後影子跟讀〉

譯 我在免稅店裡買了東西。

生字 買い物／購物

名・他サ・自サ **めんぜい【免税】**

免稅

音 税＝ゼイ

534

□□□ 2596

例 面積が広いわりに、人口が少ない。

1秒後影子跟讀 〉

譯 面積雖然大，但相對地人口卻很少。

慣用語 〉
● 面積を計算する／計算面積。
● 面積が広い／面積廣闊。
● 面積の単位を変換する／進行面積單位轉換。

生字 わり／與…相比；人口／人口

名 めんせき【面積】

面積

□□□ 2597

例 面倒臭いからといって、掃除もしないのですか。

1秒後影子跟讀 〉

譯 因為嫌麻煩就不用打掃了嗎？

文法 からといって[即使…，也（不能）…]：表示不能僅僅
因為前面這一點理由，就做後面的動作，後面常接否定的説法。

形 めんどうくさい
【面倒臭い】

非常麻煩，極其費事的

□□□ 2598

例 チームのメンバーにとって、今度の試合は重要です。

1秒後影子跟讀 〉

譯 這次的比賽，對隊上的隊員而言相當地重要。

生字 チーム／團隊；重要／要緊的

名 メンバー
【member】

成員，一份子；(體育) 隊員

□□□ 2599

Track089

例 儲かるからといって、そんな危ない仕事はしない方がいい。

1秒後影子跟讀 〉

譯 雖説會賺大錢，那種危險的工作還是不做的好。

文法 からといって[即使…，也（不能）…]
生字 危ない／不安全的

自五 もうかる【儲かる】

賺到，得利；賺得到便宜，撿
便宜

□□□ 2600

例 スポーツ大会に先立ち、簡易トイレを設けた。

1秒後影子跟讀 〉

譯 在運動會之前，事先設置了臨時公廁。

文法 にさきだち[在…之前，先…]：用在述説做某一動作前
應做的事情，後項是做前項之前，所做的準備或預告。
生字 スポーツ大会／運動會；簡易／簡便

他下一 もうける【設ける】

預備，準備；設立，制定；生，
得 (子女)

訓 設＝もう（ける）

もうける【儲ける】

□□□ 2601

例 彼はその取り引きで大金をもうけた。
1秒後影子跟讀 》

譯 他在那次交易上賺了大錢。

他I もうける【儲ける】
賺錢，得利；（轉）撿便宜，賺到

出題重點 「儲ける」唸作「もうける」，意指賺錢或獲得利益。問題１誤導選項可能有：
● 欠ける（かける）："缺少"，指物體缺失一部分，不完整。
● 避ける（さける）："避免"，指故意避開某事物或情況。
● 怠ける（なまける）："懶惰"，指不勤奮、避免工作或努力。

慣用語
● 利益をもうける／獲得盈利。
生字 取り引き／貿易；大金／鉅款

□□□ 2602

例 先祖伝来のこの店を私の代でつぶしてしまっては、ご先祖様に申し訳が立たない。
1秒後影子跟讀 》

譯 祖先傳承下來的這家店在我這一代的手上毀了，實在沒有臉去見列祖列宗。

生字 伝来／世傳；つぶす／敗壞；ご先祖様／祖先

名・他サ もうしわけ【申し訳】
申辯，辯解；道歉；敷衍塞責，有名無實

□□□ 2603

例 機械のモーターが動かなくなってしまいました。
1秒後影子跟讀 》

譯 機器的馬達停了。

生字 機械／器械

名 モーター【motor】
發動機；電動機；馬達

□□□ 2604

例 海外から、木材を調達する予定です。
1秒後影子跟讀 》

譯 我計畫要從海外調木材過來。

生字 海外／國外；調達／籌措

名 もくざい【木材】
木材，木料（或唸：もくざい）
音 材＝ザイ

□□□ 2605

例 目次はどこにありますか。
1秒後影子跟讀 》

譯 目錄在什麼地方？

名 もくじ【目次】
（書籍）目錄，目次；（條目、項目）目次

□□□ 2606

例 目標ができたからには、計画を立ててがんばるつもりです。

1秒後影子跟讀 >

譯 既然有了目標，就打算立下計畫好好加油。

生字 立てる/制定；つもり/企圖

名 もくひょう【目標】
目標，指標

□□□ 2607

例 海に潜ることにかけては、彼はなかなかすごいですよ。

1秒後影子跟讀 >

譯 在潛海這方面，他相當厲害唷。

文法 にかけては[就…這一點]：其它姑且不論，僅就那件事來說的意思。

生字 なかなか/非常地

自五 もぐる【潜る】
潛入(水中)；鑽進，藏入，躲入；潛伏活動，違法從事活動

□□□ 2608

例 ひらがなは、漢字をもとにして作られた文字だ。

1秒後影子跟讀 >

譯 平假名是根據漢字而成的文字。

文法 をもとにして[根據…]：表示後項的行為是根據前項來進行的。

生字 ひらがな/平假名；漢字/日本漢字

名 もじ【文字】
字跡，文字，漢字；文章，學問

□□□ 2609

例 もしも会社をくびになったら、結婚どころではなくなる。

1秒後影子跟讀 >

譯 要是被公司革職，就不是結婚的時候了。

出題重點 「もしも」"萬一"用於引入假設性情況或條件。問題4陷阱可能有：「もし」"假如"是類似但更常用的假設表達，「もしも」則加強假設可能性；「仮に(かりに)」"假設"用於正式或書面語境，比「もしも」更嚴謹；「万一(まんいち)」"萬一"指非常小的可能性，用於強調不太可能發生的假設。相較於「もしも」，「もし」用得更廣泛，「仮に」表現更正式的假設，而「万一」突出了微乎其微的可能性。

文法 どころではない[哪能…]：表示沒有餘裕做某事。

生字 くびになる/開除

副 もしも
(強調)如果，萬一，倘若

ま

□□□ 2610

例 相手の迷惑もかまわず、電車の中で隣の人にもたれて寝ている。

1秒後影子跟讀 >

譯 也不管會不會造成對方的困擾，在電車上靠著旁人的肩膀睡覺。

文法 もかまわず[不顧…]：表示不顧慮前項事物的現況，以後項為優先的意思。

生字 相手/對方；迷惑/妨礙

自下 もたれる
【凭れる・靠れる】
依靠，憑靠；消化不良

類 頼る 依靠

對 自立する 自立

537

モダン 【modern】

例 外観はモダンながら、ビルの中は老朽化しています。

1秒後影子跟讀 ≫

名: モダン 【modern】
形動

現代的，流行的，時髦的

譯 雖然外觀很時髦，但是大廈裡已經老舊了。

文法 ながら [儘管…]：連接兩個矛盾的事物，表示後項與前項所預想的不同。 近 ながらも [雖然…，但是…]

生字 外観／外表；老朽化／變得破舊

□□□ 2612

例 日本では、正月に餅を食べます。

1秒後影子跟讀 ≫

名 もち 【餅】

年糕

譯 在日本，過新年要吃麻糬。

生字 正月／新年

□□□ 2613

例 こんな重いものが、持ち上げられるわけはない。

1秒後影子跟讀 ≫

他 もちあげる
下一 【持ち上げる】

(用手) 舉起，抬起；阿諛奉承，吹捧；抬頭 (或唸：もちあげる)

譯 這麼重的東西，怎麼可能抬得起來。

□□□ 2614

例 これは、DVD の製造に用いる機械です。

1秒後影子跟讀 ≫

自五 もちいる 【用いる】

使用；採用，採納；任用，錄用 (或唸：もちいる)

類 利用する　利用

對 無視する　忽略

譯 這台是製作 DVD 時會用到的機器。

慣用語
● 用語を用いる／使用專業術語。
● 手段を用いる／運用策略。
● 言葉を用いる／應用語言技巧。

生字 製造／生產；機械／器械

□□□ 2615

例 書面をもって通知する。

1秒後影子跟讀 ≫

連語 もって 【以って】
接續

(…をもって形式，格助詞用法) 以，用，拿；因為；根據；(時間或數量) 到；(加強的語感) 把；而且；因此；對此

譯 以書面通知。

生字 書面／書面文書；通知／告知

2616

例 思案のすえに、最も優秀な学生を選んだ。
1秒後影子跟讀 》

譯 經過再三考慮後才選出最優秀的學生。

文法 のすえに [經過…最後]：表示 [經過一段時間，最後…]
之意，是動作、行為等的結果，意味著 [某一期間的結束]。

生字 思案／盤算；優秀／出色的

副 もっとも 【最も】
最，頂
類 一番 最
對 最少 最少

2617

例 合格して、嬉しさのあまり大騒ぎしたのももっともです。
1秒後影子跟讀 》

譯 因上榜太過歡喜而大吵大鬧也是正常的呀。

慣用語
● もっともな意見に賛同する／認同合理見解。
● もっともな理由を説明する／闡明合理理據。
● もっとも重要なポイントを強調する／強調關鍵點。

文法 あまり [因…太過]：表示由於前句某種感情、感覺的程
度過甚，而導致後句的結果。

生字 大騒ぎ／大呼小叫

連語・接續 もっとも 【尤も】
合理，正當，理所當然的；話
雖如此，不過
類 当然 理所當然
對 不合理 不合理

2618

例 彼女は、歌も歌えば、モデルもやる。
1秒後影子跟讀 》

譯 她既唱歌也當模特兒。

文法 も～ば～も [也…也…]：把類似的事物並列起來，用意
在強調，或表示還有很多情況。

名 モデル 【model】
模型；榜樣，典型，模範；(文
學作品中) 典型人物，原型；
模特兒 (或唸：モデル)
類 代表 代表 對 普通 普通

2619

例 元会社員だが、リストラされたのを契機にふるさとで農業を始めた。
1秒後影子跟讀 》

譯 原本是上班族，以遭到裁員為轉機而回到故鄉開始務農了。

文法 をけいきに [自從…後]：表發生的原因、動機、轉折。

生字 リストラ／解雇；農業／農耕

名・接尾 もと 【元・旧・故】
原，從前；原來
類 以前 以前
對 現在 現在
訓 旧＝もと

2620

例 彼のアイデアを基に、商品を開発した。
1秒後影子跟讀 》

譯 以他的構想為基礎來開發商品。

生字 アイデア／主意；開発／開創

名 もと 【元・基】
起源，本源；基礎，根源；原
料；原因；本店；出身；成本
類 基礎 基礎 對 枝葉 枝葉

ま

もどす【戻す】

例 本を読み終わったら、棚に戻してください。

1秒後影子跟讀 ≫

譯 書如果看完了，就請放回書架。

出題重點 「戻す」通常指將某物放回原處或恢復到先前的狀態。如「元の場所に戻す／回到原位」。以下是問題6錯誤用法：

1. 表示進步或前進的：「プロジェクトを戻す／項目正在回復」。
2. 描述情感轉變：「彼の心を戻す／迎回他的心意」。
3. 用作身體活動：「運動でエネルギーを戻す／透過運動恢復能量」。

生字 棚／架子

自五・他五 もどす【戻す】

退還，歸還；送回，退回；使倒退；(經)市場價格急遽回升

類 返す 返還

對 取る 拿走

□□□ 2622

例 去年の支出に基づいて、今年の予算を決めます。

1秒後影子跟讀 ≫

譯 根據去年的支出，來決定今年度的預算。

生字 支出／開支；予算／預算

自五 もとづく【基づく】

根據，按照；由…而來，因為，起因

類 拠る 依據

對 離れる 脫離

□□□ 2623

例 私たちは株主として、経営者に誠実な答えを求めます。

1秒後影子跟讀 ≫

譯 作為股東的我們，要求經營者要給真誠的答覆。

生字 株主／股東；経営者／(企業)經營者

他下一 もとめる【求める】

想要，渴望，需要；謀求，探求；征求，要求；購買

類 要求する 要求

對 拒否する 拒絕

□□□ 2624

例 彼はもともと、学校の先生だったということだ。

1秒後影子跟讀 ≫

譯 據說他原本是學校的老師。

名・副 もともと

與原來一樣，不增不減；從來，本來，根本

類 本来 原本

對 後から 後來

□□□ 2625

例 泥棒の姿を見た者はいません。

1秒後影子跟讀 ≫

譯 沒有人看到小偷的蹤影

生字 泥棒／竊賊；姿／身影

名 もの【者】

(特定情況之下的)人，者

類 人物 人物

對 物体 物體

□□□ 2626

例 はしごは物置に入っています。

1秒後影子跟讀 >

譯 梯子放在倉庫裡。

生字 はしご／梯子

名 **ものおき**【物置】

庫房，倉房（或唸：**も**のおき）

類 収納 儲藏處

對 居間 客廳

□□□ 2627

例 何か物音がしませんでしたか。

1秒後影子跟讀 >

譯 剛剛是不是有東西發出聲音？

出題重點 「物音」唸訓讀「ものおと」，意指由物體移動、觸碰等產生的聲音。問題 2 誤導選項可能有：

● 物声（ぶつせい）：這不是一個常用的日語詞彙。

● 品音（ひんおん）：這同樣非正確日語單字，並且與「物音」的意思無關。

● 品声（ひんせい）：這也不是正確日語單字，與「物音」的概念不相符。

名 **ものおと**【物音】

響聲，響動，聲音（或唸：**も**のおと）

類 音 聲音

對 静寂 寂靜

□□□ 2628

例 江戸時代の商人についての物語を書きました。

1秒後影子跟讀 >

譯 撰寫了一篇有關江戶時期商人的故事。

生字 商人／生意人

名 **ものがたり**【物語】

談話，事件；傳說；故事，傳奇；（平安時代後散文式的文學作品）物語

類 故事 故事 對 現実 現實

□□□ 2629

例 血だらけの服が、事件のすごさを物語っている。

1秒後影子跟讀 >

譯 滿是血跡的衣服，述說著案件的嚴重性。

生字 だらけ／沾滿；事件／案件

他五 **ものがたる**【物語る】

談，講述；說明，表明

類 語る 講述

對 聞く 聽

□□□ 2630

例 物事をきちんとするのが好きです。

1秒後影子跟讀 >

譯 我喜歡將事物規劃地井然有序。

生字 きちんと／有條不紊

名 **ものごと**【物事】

事情，事物；一切事情，凡事

類 事柄 事情

對 個人 個人

ま

ものさし【物差し】

□□□ 2631

例 物差しで長さを測った。

1秒後影子跟讀 >

譯 我用尺測量了長度。

生字 測る／丈量

名 も のさし【物差し】

尺；尺度，基準

類 定規　尺

對 目盛　刻度

□□□ 2632

例 試験の最中なので、ものすごくがんばっています。

1秒後影子跟讀 >

譯 因為是考試期間，所以非常的努力。

生字 試験／測驗；最中／進行中

形 も のすごい【物凄い】

可怕的，恐怖的，令人恐懼的；猛烈的，驚人的

類 凄まじい　驚人的

對 平凡　平凡的

□□□ 2633

例 モノレールに乗って、羽田空港まで行きます。

1秒後影子跟讀 >

譯 我搭單軌電車要到羽田機場。

名 モ ノレール【monorail】

單軌電車，單軌鐵路

類 単軌鉄道　單軌鐵道

對 地下鉄　地下鐵

□□□ 2634

例 紅葉がとてもきれいで、歓声を上げないではいられなかった。

1秒後影子跟讀 >

譯 因為楓葉實在太漂亮了，所以就不由得地歡呼了起來。

生字 歓声／喝采；上げる／提高

名 も みじ【紅葉】

紅葉；楓樹

類 紅葉　楓葉

對 緑葉　綠葉

□□□ 2635

例 肩をもんであげる。

1秒後影子跟讀 >

譯 我幫你按摩肩膀。

慣用語 >

● 肩を揉む／按摩肩膀。

● パン生地を揉む／揉麵團。

● 問題を揉む／爭論問題。

生字 肩／肩膀

他五 も む【揉む】

搓，揉；捏，按摩；(很多人)互相推擠；爭辯；(被動式型態)錘鍊，受磨練

類 按摩　按摩

對 引く　拉

□□□ 2636

例 桃のおいしい季節。

1秒後影子跟讀 >

譯 桃子盛產期。

生字 季節／季節

名 もも【桃】

桃子

類 ピーチ　桃子

對 林檎　蘋果

□□□ 2637

例 模様のあるのやら、ないのやら、いろいろな服があります。

1秒後影子跟讀 >

譯 有花樣的啦、沒花樣的啦，這裡有各式各樣的衣服。

文法 やら〜やら[又是（有）…啦，又（有）…啦]：表示從一些同類事項中，列舉出兩項。

生字 いろいろ／林林總總；服／服裝

名 もよう【模様】

花紋，圖案；情形，狀況；徵兆，趨勢

類 柄　圖案

對 単色　單色

□□□ 2638

例 その催しは、9月9日から始まることになっています。

1秒後影子跟讀 >

譯 那個活動預定從9月9日開始。

慣用語 >

● 音楽の催し／音樂活動。

● 催しを楽しむ／參與並享受活動。

● 催しがある／有活動。

生字 始まる／開始

名 もよおし【催し】

舉辦，主辦；集會，文化娛樂活動；預兆，兆頭

類 イベント　活動

對 日常　日常

□□□ 2639

例 果物が皿に盛ってあります。

1秒後影子跟讀 >

譯 盤子上堆滿了水果。

生字 果物／水果；皿／碟子

他五 もる【盛る】

盛滿，裝滿；堆滿，堆高；配藥，下毒；刻劃，標刻度

類 盛り付ける　裝盤

對 減らす　減少

□□□ 2640

例 教授との問答に基づいて、新聞記事を書いた。

1秒後影子跟讀 >

譯 根據我和教授間的爭論，寫了篇報導。

生字 教授／教授；記事／新聞

名
自サ もんどう【問答】

問答；商量，交談，爭論

類 議論　討論

對 同意　同意

ま

や【屋】

□□□ 2641

例 魚屋。

1秒後影子跟讀〉

譯 魚店（賣魚的）。

接尾 や【屋】

（前接名詞，表示經營某家店或從事某種工作的人）店，舖；（前接表示個性、特質）帶點輕蔑的稱呼；（寫作「舍」）表示堂號，房舍的雅號

類 店 店舖 對 自宅 自家

□□□ 2642

例 木の葉が舞い落ちるようになり、やがて冬が来た。

1秒後影子跟讀〉

譯 樹葉開始紛紛飄落，冬天終於來了。

生字 舞い落ちる／飄落

副 やがて

不久，馬上；幾乎，大約；歸根就底，亦即，就是

類 すぐに 馬上
對 長い間 長時間

□□□ 2643

例 隣のテレビがやかましかったものだから、抗議に行った。

1秒後影子跟讀〉

譯 因為隔壁的電視聲太吵了，所以跑去抗議。

慣用語〉

● やかましい声を出す／發出嘈雜聲響。
● やかましい場所を避ける／避開喧囂之地。
● 教室がやかましい／教室很吵雜。

生字 抗議／表達不滿

形 やかましい【喧しい】

（聲音）吵鬧的，喧擾的；囉唆的，嘮叨的；難以取悅；嚴格的，嚴厲的

類 騒がしい 吵鬧
對 静か 安靜

□□□ 2644

例 やかんで湯を沸かす。

1秒後影子跟讀〉

譯 用水壺燒開水。

生字 沸かす／使沸騰

名 やかん【薬缶】

（銅、鋁製的）壺，水壺

類 ケトル 茶壺
對 ポット 壺，罐
音 缶＝カン

□□□ 2645

例 この役を、引き受けないわけにはいかない。

1秒後影子跟讀〉

譯 不可能不接下這個職位。

生字 引き受ける／承擔

名・漢造 やく【役】

職務，官職；責任，任務，（負責的）職位；角色；使用，作用

類 役割 角色
對 一般人 一般人

□□□ 2646

例 資料によれば、この町の人口は約 100 万人だそうだ。

1秒後影子跟讀 》

譯 根據資料所顯示，這城鎮的人口約有 100 萬人。

名・副・漢造 **やく【約】**

約定，商定；縮寫，略語；大約，大概；簡約，節約

類 約束 約定 對 破棄 廢棄

□□□ 2647

例 その本は、日本語訳で読みました。

1秒後影子跟讀 》

譯 那本書我是看日文翻譯版的。

生字 読む／閱讀

名・他サ・漢造 **やく【訳】**

譯，翻譯；漢字的訓讀

類 翻訳 翻譯
對 原文 原文

□□□ 2648

例 役者としての経験が長いだけに、演技がとてもうまい。

1秒後影子跟讀 》

譯 到底是長久當演員的緣故，演技實在是精湛。

文法 だけに [到底是…]：表示原因。正因為前項，理所當然有相對應的後項。近 てとうぜんだ […也是理所當然的]
生字 経験／經歷；演技／演技

名 **やくしゃ【役者】**

演員；善於做戲的人，手段高明的人，人才

類 俳優 演員
對 観客 觀眾

□□□ 2649

例 手続きはここでできますから、役所までいくことはないよ。

1秒後影子跟讀 》

譯 這裡就可以辦手續，沒必要跑到區公所哪裡。

生字 手続き／程序

名 **やくしょ【役所】**

官署，政府機關

類 官庁 官署
對 民間企業 民間企業

□□□ 2650

例 役人にはなりたくない。

1秒後影子跟讀 》

譯 我不想當公務員。

慣用語 》
● 役人に頼む／請求官員援助。
● 役人の決定に従う／遵循官員決策。
● 役人の仕事を評価する／評估官員的表現。

名 **やくにん【役人】**

官員，公務員

類 公務員 公務員
對 一般市民 一般市民

や

やくひん【薬品】

2651

例 この薬品は、植物をもとにして製造された。

1秒後影子跟讀〉

譯 這個藥品，是以植物為底製造而成的。

文法 をもとにして[根據…]：表示將某事物作為後項的依據、材料。

生字 植物／植物；製造／製作

名 やくひん【薬品】

藥品；化學試劑

類 薬 藥物

對 食品 食品

2652

例 責任感の強い彼のことだから、役目をしっかり果たすだろう。

1秒後影子跟讀〉

譯 因為是責任感很強的他，所以一定能完成使命！

文法 ことだから[因為是…，所以…]：主要接表示人物的詞後面，根據説話熟知的人物的性格、行為習慣等，做出自己判斷的依據。

生字 責任感／使命感；しっかり／確實地；果たす／實踐

名 やくめ【役目】

責任，任務，使命，職務

類 責任 責任

對 無関心 無關心

2653

例 それぞれの役割に基づいて、仕事をする。

1秒後影子跟讀〉

譯 按照各自的職務工作。

慣用語〉
● 役割を果たす／履行職責。
● 役割分担を決める／分配角色責任。
● 役割交代を行う／進行角色輪換。

生字 それぞれ／分別

名 やくわり【役割】

分配任務(的人)；(分配的)任務，角色，作用 (或唸：や くわり) (或唸：やくわり)

類 機能 功能

對 無用 無用

2654

例 熱湯で手にやけどをした。

1秒後影子跟讀〉

譯 熱水燙傷了手。

生字 熱湯／沸水

名・自サ やけど【火傷】

燙傷，燒傷；(轉)遭殃，吃虧

類 日焼け 曬黑

對 癒し 癒合

2655

例 彼らは、今夜の夜行で旅行に行くということです。

1秒後影子跟讀〉

譯 聽說他們要搭今晚的夜車去旅行。

名・接頭 やこう【夜行】

夜行；夜間列車；夜間活動

類 夜間 夜間 對 昼間 白天

□□□ 2656

例 矢印により、方向を表した。

1秒後影子跟讀 >

譯 透過箭頭來表示方向。

生字 方向／方位；表す／表達

名 やじるし【矢印】

(標示去向、方向的)箭頭，箭形符號

類 標識 標誌 對 無標識 無標誌

訓 印＝しるし

□□□ 2657

例 重要書類をやたらに他人に見せるべきではない。

1秒後影子跟讀 >

譯 不應當將重要的文件，隨隨便便地給其他人看。

出題重點 「やたらに」"隨意地" 形容事情頻繁或過分發生。問題 4 陷阱可能有：「無闇に（むやみに）」「任意地」表缺乏考慮，突出無理由或盲目；「異常に（いじょうに）」"異常地" 強調極端或非常高的程度，超過常規；「度を越えて（どをこえて）」"越過限度" 意指超過適當範圍，更指出了超越正常或合理限制。

文法 べきではない [不該…]：表示禁止，從某種規範來看不能做某件事。

生字 重要／關鍵；書類／資料；他人／局外人

形動,副 やたらに

胡亂的，隨便的，任意的，馬虎的；過份，非常，大膽

類 無差別に 無差別地

對 慎重に 謹慎地

□□□ 2658

例 やっかいな問題が片付いたかと思うと、また難しい問題が出てきた。

1秒後影子跟讀 >

譯 才正解決了麻煩事，就馬上又出現了難題。

文法 かとおもうと [才正…就（馬上）…]：表示前後兩個對比的事情，在短時間內幾乎同時相繼發生，後面接的大多是説話者意外和驚訝的表達。 近 とおもうと [原以為…，誰知是…]

生字 片付く／處理

名,形動 やっかい【厄介】

麻煩，難為，難應付的；照料，照顧，幫助；寄食，寄宿(的人)

類 面倒 麻煩

對 便利 方便

音 介＝カイ

□□□ 2659

例 薬局で薬を買うついでに、洗剤も買った。

1秒後影子跟讀 >

譯 到藥局買藥的同時，順便買了洗潔精。

生字 洗剤／洗衣精

名 やっきょく【薬局】

(醫院的)藥局；藥鋪，藥店

類 薬屋 藥房

對 スーパーマーケット 超市

□□□ 2660

例 手ひどくやっつけられる。

1秒後影子跟讀 >

譯 被修理得很慘。

他,下一 やっつける【遣っ付ける】

(俗)幹完(工作等，「やる」的強調表現)；教訓一頓；幹掉；打敗，擊敗

類 処理する 處理

對 放置する 放置

や

547

やど【宿】

□□□ 2661

例 宿の予約をしていないばかりか、電車の切符も買っていないそうです。

1秒後影子跟讀》

譯 不僅沒有預約住宿的地方，聽說就連電車的車票也沒買的樣子。

生字 予約／預約；切符／票券

名 **やど【宿】**

家，住處，房屋；旅館，旅店；下榻處，過夜

類 宿泊所 住宿處

對 自宅 自家

□□□ 2662

例 大きなプロジェクトに先立ち、アルバイトをたくさん雇いました。

1秒後影子跟讀》

譯 進行盛大的企劃前，事先雇用了很多打工的人。

慣用語
● 従業員を雇う／招聘員工。
● アルバイトを雇う／聘請兼職人員。
● 雇うための条件を検討する／審查雇用條件。

文法 にさきだち [在…之前，先]：用在述說做某一動作前應做的事情，後項是做前項之前，所做的準備或預告。

生字 プロジェクト／計畫；アルバイト／打工族，工讀生

他五 **やとう【雇う】**

雇用

類 採用する 聘用

對 解雇する 解雇

訓 雇＝やと（う）

□□□ 2663

例 ズボンを破いてしまった。

1秒後影子跟讀》

譯 弄破褲子了。

生字 ズボン／褲子

他五 **やぶく【破く】**

撕破，弄破

類 引き裂く 撕裂

對 繕う 修補

□□□ 2664

例 胃を病んでいた。

1秒後影子跟讀》

譯 得胃病。

生字 胃／胃部

自他五 **やむ【病む】**

得病，患病；煩惱，憂慮

類 病気になる 生病

對 回復する 康復

□□□ 2665

例 仕事が期日どおりに終わらなくても、やむを得ない。

1秒後影子跟讀》

譯 就算工作不能如期完成也是沒辦法的事。

生字 期日／期限；どおり／如同

形 **やむをえない【やむを得ない】**

不得已的，沒辦法的

類 避けられない 無法避免

對 可能 可能

□□□ 2666

例 彼女は、わが社で唯一の女性です。

1秒後影子跟讀 ≫

訳 她是我們公司唯一的女性。

名 ゆいいつ 【唯一】

唯一，獨一

類 唯一無二 獨一無二

對 数多い 眾多

□□□ 2667

例 子どもと一緒に、遊園地なんか行くものか。

1秒後影子跟讀 ≫

訳 我哪可能跟小朋友一起去遊樂園呀！

名 ゆうえんち 【遊園地】

遊樂場

類 テーマパーク 主題樂園

對 自然公園 自然公園

□□□ 2668

例 友好を深める。

1秒後影子跟讀 ≫

訳 加深友好關係。

生字 深める／深化

名 ゆうこう 【友好】

友好

類 親善 親善

對 敵対 敵對

□□□ 2669

例 夏休みが来るたびに時間を有効に使おうと思うんだけど、いつもうまくいかない。

1秒後影子跟讀 ≫

訳 每次放暑假都打算要有效運用時間，但總是無法如願。

生字 たび／次，回

形動 ゆうこう 【有効】

有效的

類 効果的 有效的

對 無効 無效

音 効＝コウ

□□□ 2670

例 優しいと思っていた彼氏だけど、このごろ実は優柔不断なだけだと気づいた。

1秒後影子跟讀 ≫

訳 原本以為男友的個性溫柔，最近才發現他其實只是優柔寡斷罷了。

出題重點 「不断（ふだん）」：持續不斷或沒有間斷。如「優柔不斷（ゆうじゅうふだん）」"猶豫不決"。問題３經常混淆的複合詞有：
- 断固（だんこ）：堅定不移的態度或立場。如「斷固行動（だんここうどう）」"堅決行動"。
- 即断（そくだん）：立即決定或斷定，不猶豫。如「即決即斷（そっけつそくだん）」"立即決定並行動"。
- 果断（かだん）：果敢且決斷力強。如「迅速果斷（じんそくかだん）」"迅速果決"。

生字 彼氏／男朋友；気づく／察覺

名・形動 ゆうじゅうふだん 【優柔不断】

優柔寡斷（或唸：ゆうじゅうふだん）

類 迷い 猶豫、不決

對 断固 堅決

音 柔＝ジュウ

や

ゆうしょう【優勝】

□□□ 2671

例 しっかり練習しないかぎり、優勝はできません。

1秒後影子跟讀

譯 要是沒紮實地做練習，就沒辦法得冠軍。

文法 ないかぎり[只要不…，就…]：表示只要某狀態不發生變化，結果就不會有變化。含有如果狀態發生變化了，結果也會有變化的可能性。

生字 しっかり／踏實地；練習／訓練

名・自サ **ゆうしょう【優勝】**
優勝，取得冠軍
類 勝利 勝利
對 敗北 敗北

□□□ 2672

例 友情を裏切るわけにはいかない。

1秒後影子跟讀

譯 友情是不能背叛的。

生字 裏切る／辜負

名 **ゆうじょう【友情】**
友情
類 友愛 友愛
對 敵意 敵意

□□□ 2673

例 夕食はハンバーグだ。

1秒後影子跟讀

譯 晚餐吃漢堡排。

生字 ハンバーグ／漢堡排

名 **ゆうしょく【夕食】**
晚餐
類 夕飯 晚餐
對 朝食 早餐

□□□ 2674

例 雨が降ってきたといっても、夕立だからすぐやみます。

1秒後影子跟讀

譯 雖說下雨了，但因為是驟雨很快就會停。

名 **ゆうだち【夕立】**
雷陣雨
類 夕方のにわか雨 傍晚的驟雨
對 晴天 晴天

□□□ 2675

例 わが社においては、有能な社員はどんどん出世します。

1秒後影子跟讀

譯 在本公司，有能力的職員都會一一地順利升遷。

慣用語
● 有能な社員を評価する／讚賞能幹員工。
● 有能なリーダーを選出する／選擇能力出眾的領袖。
● 有能な人材を採用する／招募優秀人才。

生字 どんどん／接二連三地；出世／飛黃騰達

名・形動 **ゆうのう【有能】**
有才能的，能幹的
類 能力が高い 能力高
對 無能 無能

□□□ 2676

例 夕日が沈むのを見に行った。

1秒後影子跟讀 〉

譯 我去看了夕陽西下的景色。

生字 沈む／下沉

名 ゆうひ【夕日】

夕陽

類 夕焼け　夕陽
對 朝日　朝陽

□□□ 2677

例 彼は毎日悠々と暮らしている。

1秒後影子跟讀 〉

譯 他每天都悠哉悠哉地過生活。

慣用語
●悠々とした生活／悠閒的生活。
●悠々と歩く／悠然漫步。
●悠々と時間を過ごす／悠哉度日。

生字 暮らす／度日

副・形動 ゆうゆう【悠々】

悠然，不慌不忙；綽綽有餘，充分；(時間)悠久，久遠；(空間)浩瀚無垠

類 ゆったり　從容
對 急ぐ　急促

□□□ 2678

例 遊覧船に乗る。

1秒後影子跟讀 〉

譯 搭乘渡輪。

名 ゆうらんせん【遊覧船】

渡輪

類 観光船　觀光船　對 商船　商船

□□□ 2679

例 ここの駐車場は、どうも有料っぽいね。

1秒後影子跟讀 〉

譯 這裡的停車場，好像是要收費的耶。

生字 駐車場／停車場

名 ゆうりょう【有料】

收費

類 料金がかかる　需付費
對 無料　免費

□□□ 2680

例 浴衣はともかく、きちんとした着物は着たことがありません。

1秒後影子跟讀 〉

譯 如果浴衣不算在內，從來沒有穿過像樣的和服。

文法 はともかく[如果…不算在內]：表示提出兩個事項，前項暫且不作為議論的對象，先談後項。暗示後項是更重要的。

生字 きちんと／規規矩矩；着物／和服

名 ゆかた【浴衣】

夏季穿的單衣，浴衣

類 夏着物　夏季和服
對 フォーマル　正式服裝

□□□ 2681

例 犯人のみならず、犯人の家族の行方もわからない。

1秒後影子跟讀 ≫

譯 不單只是犯人，就連犯人的家人也去向不明。

出題重點 「行方」唸作「ゆくえ」，意指去向或下落。問題 1 誤導選項可能有：
- 行動（こうどう）：“行動”，指從事某種活動或採取某種措施。
- 地方（ちほう）：“地區”，指一國內特定的地理區域或區域。
- 味方（みかた）：“盟友”，指支持或幫助某人的人，對立面的朋友或同盟者。

文法 のみならず [不單…，就連…]：表示添加，用在不僅限於前接詞的範圍，還有後項進一層的情況。

生字 犯人／歹徒；家族／家人

名 **ゆくえ【行方】**

去向，目的地；下落，行蹤；前途，將來

類 所在 所在

對 明らか 明確

□□□ 2682

例 この事故で、37 名が行方不明になっている。

1秒後影子跟讀 ≫

譯 在這場事故中有 37 人下落不明。

生字 事故／事故

名 **ゆくえふめい【行方不明】**

下落不明

類 失踪 失踪、下落不明

對 発見された 被發現

□□□ 2683

例 やかんから湯気が出ている。

1秒後影子跟讀 ≫

譯 蒸汽從茶壺冒出。

生字 やかん／茶壺

名 **ゆげ【湯気】**

蒸氣，熱氣；（蒸汽凝結的）水珠，水滴

類 蒸気 蒸汽 對 冷気 冷氣

訓 湯＝ゆ

□□□ 2684

例 輸血をしてもらった。

1秒後影子跟讀 ≫

譯 幫我輸血。

名・自サ **ゆけつ【輸血】**

（醫）輸血

類 血液輸送 輸血

對 採血 抽血

音 輸＝ユ 音 血＝ケツ

□□□ 2685

例 自動車の輸送にかけては、うちは一流です。

1秒後影子跟讀 ≫

譯 在搬運汽車這方面，本公司可是一流的。

文法 にかけては [就…這一點]：表示 [其它姑且不論，僅就那一件事情來說] 的意思。後項多接對別人的技術或能力好的評價。

生字 自動車／汽車；一流／頂級

名・他サ **ゆそう【輸送】**

輸送，傳送

類 運送 運輸

對 保管 儲存

音 輸＝ユ

□□□ 2686

例 仕事がうまくいっているときは、誰でも油断しがちです。

1秒後影子跟讀 》

譯 當工作進行順利時，任誰都容易大意。

出題重點 「油断」唸音讀「ゆだん」，意指放鬆警惕或不注意，導致可能的疏忽或錯誤。問題2誤導選項可能有：
- 由難（ゆなん）：非正確日語單字，與「油断」的意思無關。
- 柚団（ゆだん）：這同樣非正確日語單字，並且與「油断」的正確含義不符。
- 猶段（ゆだん）：這也不是正確日語單字，並且與「油断」的概念不相關。

生字 がち／容易

名・自サ ゆだん 【油断】

缺乏警惕，疏忽大意

類 不注意 疏忽

對 警戒 警戒

音 油＝ユ

□□□ 2687

例 ゆっくり考えたすえに、結論を出しました。

1秒後影子跟讀 》

譯 經過仔細思考後，有了結論。

文法 すえに［經過…最後］：表示［經過一段時間，最後…］之意，是動作、行為等的結果，意味著［某一期間的結束］。

生字 結論／斷語

副・自サ ゆっくり

慢慢地，不著急的，從容地；安適的，舒適的；充分的，充裕的

類 ゆったり 悠閒

對 急ぐ 急忙

□□□ 2688

例 ゆったりした服を着て電車に乗ったら、妊婦さんに間違われた。

1秒後影子跟讀 》

譯 只不過穿著寬鬆的衣服搭電車，結果被誤會是孕婦了。

生字 妊婦／孕婦；間違う／搞錯

副・自サ ゆったり

寬敞舒適

類 のんびり 悠哉

對 狭い 狹窄

□□□ 2689

例 ねじが緩くなる。

1秒後影子跟讀 》

譯 螺絲鬆了。

生字 ねじ／螺絲

形 ゆるい 【緩い】

鬆，不緊；徐緩，不陡；不急；不嚴格；稀薄

類 緩め 鬆弛

對 厳しい 嚴格

□□□ 2690

Track093

例 夜が明けたら出かけます。

1秒後影子跟讀 》

譯 天一亮就啟程。

名 よ 【夜】

夜，晚上，夜間

類 夜間 夜晚

對 昼 白天

553

□□□ 2691

例 夜明けに、鶏が鳴いた。

1秒後影子跟讀〉

譯 天亮雞鳴。

生字 鶏／雞；鳴る／鳴叫

名 よ｜あけ【夜明け】

拂曉，黎明

類 明け方 黎明、破曉

對 夕暮れ 黄昏

□□□ 2692

例 Ｎ１に合格したときの謝さんの喜びようといったらなかった。

1秒後影子跟讀〉

譯 當得知通過了Ｎ１級考試的時候，謝先生簡直喜不自勝。

名・形動 よう【様】

樣子，方式；風格；形狀

類 様式 樣式

對 普通 普通

□□□ 2693

例 彼は酔っても乱れない。

1秒後影子跟讀〉

譯 他喝醉了也不會亂來。

生字 乱れる／敗壞

自五 よう【酔う】

醉，酒醉；暈 (車、船)；(吃魚等) 中毒；陶醉

類 酔っ払う 醉酒

對 正気 清醒

□□□ 2694

例 私にとって、彼を説得するのは容易なことではない。

1秒後影子跟讀〉

譯 對我而言，要說服他不是件容易的事。

慣用語〉

● 容易に解決する／輕易解決。
● 容易に理解できる／易於理解。
● 容易な問題を解く／解答容易的問題。

生字 説得／勸導

形動 ようい【容易】

容易，簡單

類 簡単 簡單

對 難しい 困難

□□□ 2695

例 火山が噴火して、溶岩が流れてきた。

1秒後影子跟讀〉

譯 火山爆發，有熔岩流出。

生字 火山／火山；噴火／噴發

名 ようがん【溶岩】

(地) 溶岩

類 マグマ 岩漿

對 岩石 岩石

音 溶＝ヨウ

音 岩＝ガン

□□□ 2696

例 **容器**におかずを入れて持ってきた。

1秒後影子跟讀〉

訳 我將配菜裝入容器內帶了過來。

生字 おかず／菜品

名 ようき【容器】

容器
類 器 容器
對 内容 内容

□□□ 2697

例 **天気予報**の予測に反して、春のような**陽気**でした。

1秒後影子跟讀〉

訳 和天氣預報背道而馳，是個像春天的天氣。

生字 予測／預估；反する／相反

名・形動 ようき【陽気】

季節，氣候；陽氣(萬物發育之氣)；爽朗，快活；熱鬧，活躍
類 明るい 明朗
對 陰気 陰沉

□□□ 2698

例 **社員**の**要求**を受け入れざるをえない。

1秒後影子跟讀〉

訳 不得不接受員工的要求。

慣用語〉
●**要求**を満たす／滿足要求。
●**要求**が高い／要求嚴格。
●**要求**に応える／滿足需求。

文法〉ざるをえない[不得不…]：表示除此之外，沒有其他的選擇。

名・他サ ようきゅう【要求】

要求，需求
類 要請 要求、請求
對 提供 提供

□□□ 2699

例 これは、**法律用語**っぽいですね。

1秒後影子跟讀〉

訳 這個感覺像是法律用語啊。

生字 法律／法令

名 ようご【用語】

用語，措辭；術語，專業用語
類 語彙 詞彙
對 文章 文章

や

□□□ 2700

例 **論文**の**要旨**を書いて提出してください。

1秒後影子跟讀〉

訳 請寫出論文的主旨並交出來。

生字 論文／論文；提出／提交

名 ようし【要旨】

大意，要旨，要點
類 要点 要點
對 詳細 詳細

ようじ【用事】

□□□ 2701

例 **用事で出かけたところ、大家さんにばったり会った。**
〈1秒後影子跟讀〉

譯 因為有事出門，結果和房東不期而遇。

文法 たところ[結果]：表示順接或逆接。後項大多是出乎意料的客觀事實。

生字 大家／屋主；ばったり／突然遇見

名 **ようじ【用事】**
(應辦的)事情，工作
類 仕事 工作
對 休息 休息

□□□ 2702

例 **治安がいいか悪いかにかかわらず、泥棒には用心しなさい。**
〈1秒後影子跟讀〉

譯 無論治安是好是壞，請注意小偷。

出題重點 「用心」一詞通常指謹慎或小心地行事，以防止錯誤或危險的發生。如「用心深い人になる／培養謹慎性格」。以下是問題6錯誤用法：
1. 表示不注意或粗心的：「彼は用心しないで運転した／他不小心地駕駛」。
2. 用作快速決策的描述錯誤：「用心して決定を下した／他們小心地做出了決定」。
3. 描述感情表達的：「彼女は用心して愛を表現した／她謹慎地表達了愛」。

文法 にかかわらず[無論…與否…]：表示前項不是後項事態成立的阻礙。

生字 治安／治安；泥棒／竊賊

名・自サ **ようじん【用心】**
注意，留神，警惕，小心
類 注意 注意
對 無頓着 不在意

□□□ 2703

例 **あの様子から見れば、ずいぶんお酒を飲んだのに違いない。**
〈1秒後影子跟讀〉

譯 從他那樣子來看，一定是喝了很多酒。

文法 からみれば[從…來看]：表示判斷的角度，也就是[從某一立場來判斷的話]之意。

生字 ずいぶん／相當地

名 **ようす【様子】**
情況，狀態；容貌，樣子；緣故；光景，徵兆
類 状況 狀況
對 異常 異常

□□□ 2704

例 **要するに、あの人は大人げがないんです。**
〈1秒後影子跟讀〉

譯 總而言之，那個人就是沒個大人樣。

文法 げ[…的感覺]：表示帶有某種樣子、傾向、心情及感覺。

副・連 **ようするに【要するに】**
總而言之，總之
類 結局 終究　對 複雑 複雑

□□□ 2705

例 **三角錐の容積はどのように計算しますか。**
〈1秒後影子跟讀〉

譯 要怎麼算三角錐的容量？

生字 三角錐／三角錐；計算／推算

名 **ようせき【容積】**
容積，容量，體積
類 体積 體積
對 面積 面積

556

□□□ 2706

例 会社を作るには、いくつかの要素が必要だ。

1秒後影子跟讀〉

譯 要創立公司，有幾個必要要素。

生字 必要／必須

名 ようそ【要素】

要素，因素；(理、化) 要素，因子

類 成分 成分

對 全体 全體

□□□ 2707

例 大学生にしては、幼稚な文章ですね。

1秒後影子跟讀〉

譯 作為一個大學生，真是個幼稚的文章啊。

生字 大学生／大學生；文章／文章

名·形動 ようち【幼稚】

年幼的；不成熟的，幼稚的

類 子どもっぽい 幼稚

對 成熟 成熟

音 幼＝ヨウ

□□□ 2708

例 幼稚園に入る。

1秒後影子跟讀〉

譯 上幼稚園。

生字 入る／入 (學)

名 ようちえん【幼稚園】

幼稚園

類 幼児園 幼兒園

對 小学校 小學

音 幼＝ヨウ

□□□ 2709

例 要点をまとめておいたせいか、上手に発表できた。

1秒後影子跟讀〉

譯 可能是有將重點歸納過的關係，我上台報告得很順利。

慣用語
● 要点を押さえる／掌握要點。
● 要点をまとめる／整理要點。
● 要点を説明する／解釋要點。

生字 発表／發布

名 ようてん【要点】

要點，要領

類 ポイント 要點、關鍵點

對 詳細 細節

□□□ 2710

例 この製品は、用途が広いばかりでなく、値段も安いです。

1秒後影子跟讀〉

譯 這個產品，不僅用途廣闊，價錢也很便宜。

生字 製品／商品；値段／價位

名 ようと【用途】

用途，用處

類 使用目的 用途

對 無用 無用

557

□□□ 2711

例 洋品店の仕事が、うまくいきつつあります。

1秒後影子跟讀 〉

譯 西裝店的工作正開始上軌道。

文法 つつある [在逐漸…]：表示某一動作或作用正向著某一方向持續發展。

名 ようひんてん【洋品店】

舶來品店，精品店，西裝店

類 洋服店 洋裝店

對 和服店 和服店

□□□ 2712

例 植物を育てるのに必要な養分は何ですか。

1秒後影子跟讀 〉

譯 培育植物所需的養分是什麼？

生字 植物／植物；育てる／培育

名 ようぶん【養分】

養分

類 栄養 營養

對 廃棄物 廢棄物

□□□ 2713

例 このじゅうたんは、羊毛でできています。

1秒後影子跟讀 〉

譯 這地毯是由羊毛所製。

生字 じゅうたん／絨毯

名 ようもう【羊毛】

羊毛

類 獣毛 動物毛

對 綿 棉 音 毛＝モウ

□□□ 2714

例 論文を要約する。

1秒後影子跟讀 〉

譯 做論文摘要。

名・他サ ようやく【要約】

摘要，歸納

類 集約 摘要、總結

對 完全版 完整版

□□□ 2715

例 あちこちの店を探したあげく、ようやくほしいものを見つけた。

1秒後影子跟讀 〉

譯 四處找了很多店家，最後終於找到要的東西。

副 ようやく【漸く】

好不容易，勉勉強強，終於；漸漸

類 やっと 終於

對 すぐに 立刻

出題重點 題型 5 裡「ようやく」的考點有：

● 例句：ようやく目的地に到着した／終於到達了目的地。
● 換句話說：やっと目的地に到着した／終於到達了目的地。
● 相對說法：すぐに目的地に到着した／很快就到達了目的地。

「ようやく」和「やっと」都表示經過一段長時間或努力後終於達成；「すぐに」則表示沒有花費多少時間或努力就達成了某事。

文法 あげく [最後]：表示事物最終的結果，大都因前句造成精神上的負擔或麻煩，多用在消極的場合。

生字 あちこち／到處；見つける／尋得

□□□ 2716

例 彼は要領が悪いのみならず、やる気もない。

1秒後影子跟讀

譯 他做事不僅不得要領，也沒有什麼幹勁。

文法 のみならず[不僅…]

生字 やる気／動力

名 ようりょう【要領】

要領，要點；訣竅，竅門

類 こつ 訣竅

對 難解 難懂

音 領＝リョウ

□□□ 2717

Track094

例 ヨーロッパの映画を見るにつけて、現地に行ってみたくなります。

1秒後影子跟讀

譯 每看歐洲的電影，就會想到當地去走一遭。

文法 につけて[每當…就會…]：表示前項事態總會帶出後項結論。

生字 現地／現場

名 ヨーロッパ【Europe】

歐洲

類 欧州 歐洲

對 アジア 亞洲

□□□ 2718

例 予期した以上の成果。

1秒後影子跟讀

譯 達到預期的成果。

生字 以上／超過；成果／成效

名・自サ よき【予期】

預期，預料，料想

類 予想 預期

對 予期せぬ 意料之外

□□□ 2719

例 彼はきっと欲張りに違いありません。

1秒後影子跟讀

譯 他一定是個貪得無厭的人。

出題重點 「欲張り」讀音為「よくばり」，意指貪心或貪婪，總是想要比已有的更多。問題2誤導選項可能有：
● 欲物り：非正確日語單字。
● 欲貪り：同樣不是一個正確的日語單字，與「欲張り」的字型相近，但不是標準用法。
● 欲利り：這也不是正確日語單字，與「欲張り」的概念無關。

慣用語
●よくばりな子どもに注意する／提醒過於貪婪的孩子。

名・形動 よくばり【欲張り】

貪婪，貪得無厭(的人)(或唸：よくばり)

類 貪欲 貪婪

對 謙虚 謙虚

□□□ 2720

例 彼が失敗したのは、欲張ったせいにほかならない。

1秒後影子跟讀

譯 他之所以會失敗，無非是他太過貪心了。

文法 にほかならない[無非是…]：斷定的說發生的原因，是對原因、結果的肯定語氣。

生字 失敗／挫敗

自五 よくばる【欲張る】

貪婪，貪心，貪得無厭

類 貪る 貪婪、貪心

對 控えめ 節制

559

よけい【余計】

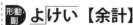

2721

例 私こそ、余計なことを言って申し訳ありません。

1秒後影子跟讀

譯 我才是，說些多事的話真是抱歉。

出題重點 「余計」"多餘的"指超出所需或合理範圍。問題4陷阱可能有：「過剰（かじょう）」"過度"表示超越必要數量或程度，更正式，常見於專業領域；「不要（ふよう）」"不需要的"著重於無用或非必需的事物；「過多（かた）」"過量"專指數量超出正常範圍。與「余計」比較，「過剰」更加強調程度的超標且用詞更正式，「不要」強調事物的無需存在，而「過多」則特別指向數量的超額。

生字 申し訳ない／十分抱歉

形動・副 **よけい【余計】**

多餘的，無用的，用不著的；過多的；更多，格外，更加，越發

類 余分　多餘

對 必要　必要

2722

例 数式や英語がないかぎり、やっぱり横書きより縦書きの方が読みやすいと思う。

1秒後影子跟讀

譯 我覺得除非有公式或英文，否則比起橫式排版，還是直式排版比較容易閱讀。

文法 ないかぎり[只要不…，就…]：只要某狀態不發生變化，結果就不會變。含如狀態變了，結果也有變的可能性。

生字 数式／算式；縦書き／直書

名 **よこがき【横書き】**

橫寫

類 横縞　横格

對 縦書き　豎寫

2723

例 道路を横切る。

1秒後影子跟讀

譯 橫越馬路。

生字 道路／公路

他五 **よこぎる【横切る】**

橫越，橫跨

類 横断する　横穿

對 沿う　沿著

2724

例 横長で、Ａ４が余裕で入って、肩にかけられるかばんがほしい。

1秒後影子跟讀

譯 我想要一只橫式的、可以輕鬆放入Ａ４尺寸物品的肩背包。

生字 余裕／充裕

名・形動 **よこなが【横長】**

長方形的，橫寬的

類 横のび　寬長

對 縦長　縦長

2725

例 予算については、社長と相談します。

1秒後影子跟讀

譯 就預算相關一案，我會跟社長商量的。

生字 相談／協議

名 **よさん【予算】**

預算（或唸：よさん）

類 計算　財務計劃

對 費用　費用　**音** 算＝サン

□□□ 2726

例 そんなことをするのは止しなさい。

1秒後影子跟讀

譯 不要做那種蠢事。

他五 **よす【止す】**

停止，做罷；戒掉；辭掉

類 中止する　中止

對 開始する　開始

□□□ 2727

例 彼は、よそでは愛想がいい。

1秒後影子跟讀

譯 他在外頭待人很和藹。

生字 愛想／交際態度

名 **よそ【他所】**

別處，他處；遠方；別的，他
的;不顧，無視，漠不關心（或
唸：よそ）

類 他の場所　其他地方

對 自分の場所　自己的地方

□□□ 2728

例 来年の景気は予測しがたい。

1秒後影子跟讀

譯 很難去預測明年的景氣。

慣用語

● 天気を予測する／預測天氣。

● 将来を予測する／預測未來。

● 予測が当たる／預測命中。

文法 がたい[很難…]：表示做該動作難度很高，幾乎是不可能的。

生字 景気／經濟狀況

名·他サ **よそく【予測】**

預測，預料

類 予想　預測

對 事実　事實

音 測＝ソク

□□□ 2729

例 四つ角のところで友達に会った。

1秒後影子跟讀

譯 我在十字路口遇到朋友。

生字 ところ／地方

名 **よつかど【四つ角】**

十字路口；四個犄角

類 交差点　交叉路口

對 直線　直線

訓 角＝かど

□□□ 2730

例 夏になったら、海にヨットに乗りに行こう。

1秒後影子跟讀

譯 到了夏天，一起到海邊搭快艇吧。

名 **ヨット【yacht】**

遊艇，快艇

類 帆船　帆船

對 貨物船　貨船

や

よっぱらい【酔っ払い】

□□□ 2731

例 酔っ払い運転で捕まった。

1秒後影子跟讀 ≫

譯 由於酒駕而遭到了逮捕。

生字 運転／駕駛；捕まる／捉拿

名 **よっぱらい【酔っ払い】**

醉鬼，喝醉酒的人

類 二日酔い 宿醉

對 禁酒者 禁酒者

□□□ 2732

例 夜中に電話が鳴って、何かと思ったらエッチな電話だった。

1秒後影子跟讀 ≫

譯 三更半夜電話響了，還以為是誰來的，沒想到居然是性騷擾的電話。

文法 かとおもったら [以為是…原來是…]：表前後兩對比的事，後接的多是意外的表達。

生字 鳴る／鳴，響

名 **よなか【夜中】**

半夜，深夜，午夜

類 深夜 半夜、深夜

對 昼間 白天

□□□ 2733

例 懐中電灯はもちろん、予備の電池も持ってきてあります。

1秒後影子跟讀 ≫

譯 不單是手電筒，連備用電池也帶來了。

生字 懐中電灯／手電筒；電池／電池

名 **よび【予備】**

預備，準備

類 予定 預定

對 使用中 使用中

□□□ 2734

例 ここにゴミを捨てないように、呼びかけようじゃないか。

1秒後影子跟讀 ≫

譯 我們來呼籲大眾，不要在這裡亂丟垃圾吧！

出題重點 「掛ける（かける）」放置、開始或施加某事於另一事物上。如「呼び掛ける（よびかける）」"呼籲"。問題3經常混淆的複合詞有：
- 下げる（さげる）：使物體移至較低位置或減少數值。如「ぶら下げる（ぶらさげる）」"懸掛"。
- 積もる（つもる）：物體或事件隨時間逐漸累積。如「見積もる（みつもる）」"估計"。
- 合わせる（あわせる）：將兩個或多個元素組合在一起。如「重ね合わせる（かさねあわせる）」"疊加"。

生字 ゴミ／垃圾；捨てる／丟棄

他下一 **よびかける【呼び掛ける】**

招呼，呼喚；號召，呼籲

類 知らせる 通知

對 黙る 沉默

□□□ 2735

例 こんな夜遅くに呼び出して、何の用ですか。

1秒後影子跟讀 ≫

譯 那麼晚了還叫我出來，到底是有什麼事？

生字 用／要事

他五 **よびだす【呼び出す】**

喚出，叫出；叫來，喚來，邀請；傳訊

類 呼び上げる 高呼

對 拒否する 拒絕

□□□ 2736

例 余分なお金があるわけがない。
1秒後影子跟讀〉

譯 不可能會有多餘的金錢。

出題重點 「余分」唸作「よぶん」，意指多餘或額外的份量。
問題1誤導選項可能有：
● よふん：錯誤地將濁音「ぶ」讀成清音「ふ」。
● 余計（よけい）："多餘"，指超出所需或過量，不必要的。
● 余裕（よゆう）："餘裕"，指有多餘的時間、空間或資源。
慣用語
● 余分に持ってくる／多帶一些。
● 余分な時間を利用する／利用多餘的時間。

名·形動 よぶん【余分】
剩餘，多餘的；超量的，額外的
類 剰余 剩餘
對 不足 不足

□□□ 2737

例 天気予報によると、明日は曇りがちだそうです。
1秒後影子跟讀〉

譯 根據氣象報告，明天好像是多雲的天氣。

生字 曇り／陰天；がち／大部分是…

名·他サ よほう【予報】
預報
類 予測 預報
對 実際 實際

□□□ 2738

例 この字の読みがわからない。
1秒後影子跟讀〉

譯 不知道這個字的讀法。

名 よみ【読み】
唸，讀；訓讀；判斷，盤算；理解
類 読み方 閱讀方式
對 書き方 寫法

□□□ 2739

例 しばらくしたら、昔の記憶が蘇るに相違ない。
1秒後影子跟讀〉

譯 過一陣子後，以前的記憶一定會想起來的。

文法 にそういない[一定是…]：表示說話者根據經驗或直覺，做出非常肯定的判斷。
生字 記憶／印象

自五 よみがえる【蘇る】
甦醒，復活；復興，復甦，回復；重新想起（或唸：よみがえる）
類 復活する 復活
對 消滅する 消滅

□□□ 2740

例 彼女は嫁に来て以来、一度も実家に帰っていない。
1秒後影子跟讀〉

譯 自從她嫁過來之後，就沒回過娘家。

生字 以来／以後；一度／一次；実家／老家

名 よめ【嫁】
兒媳婦，妻，新娘
類 新婚 新娘
對 夫 丈夫

563

よゆう 【余裕】

例 忙しくて、余裕なんかぜんぜんない。

1秒後影子跟讀≫

譯 太過繁忙，根本就沒有喘氣的時間。

出題重點 「余裕」一詞指有多餘的空間、時間、資源等，也可用來表達心理上的餘裕或從容不迫。如「余裕を持って行動する／從容行動」。以下是問題6錯誤用法：

1. 表示時間壓力：「締め切り前日に余裕だ／在期限前一天才從容趕工」。
2. 形容劇烈或快速行動：「余裕を持って走った／從容急跑」。
3. 描述空間狹窄：「荷物で部屋に余裕なし／房間裡擠滿了行李」。

生字 ぜんぜん／完全

名 **よ**ゆう 【余裕】

富餘，剩餘；寬裕，充裕

類 ゆとり 餘裕、寬裕

對 制約 限制

□□□ 2742

例 よりよい暮らしのために、あえて都会を離れて田舎に移った。

1秒後影子跟讀≫

譯 為了過上更舒適的生活，刻意離開都市，搬到了鄉間。

生字 都会／城市；離れる／脱離；移る／移動

副 **よ**り

更，更加

類 接近する 接近

對 遠ざかる 遠離

□□□ 2743

例 理由によっては、許可することができる。

1秒後影子跟讀≫

譯 因理由而定，來看是否批准。

生字 理由／緣由；許可／允許

自五 **よ**る 【因る】

由於，因為；任憑，取決於；依靠，依賴；按照，根據

類 原因で 因為

對 結果として 結果是

□□□ 2744

Track095

例 来年3月に卒業する。

1秒後影子跟讀≫

譯 明年3月畢業。

生字 卒業／畢業

連體 **ら**い 【来】

(時間) 下個，下一個

類 来る 來

對 去る 去

□□□ 2745

例 トム・ハンクスは来日したことがありましたっけ。

1秒後影子跟讀≫

譯 湯姆漢克有來過日本來著？

名・自サ **ら**いにち 【来日】

(外國人) 來日本，到日本來

類 日本訪問 訪日

對 帰国 回國

□□□ 2746

例 うちの娘は、よく言えば楽天的なんですが、悪く言えば考えが足りないんです。

1秒後影子跟讀 >

譯 我家的女兒說好聽的是性格樂觀，說難聽點是不怎麼動腦子。

慣用語
- 楽天的に生きる／樂觀生活。
- 楽天的な性格を持つ人／擁有樂觀性格的人。
- 楽天的な考え方をする／採取樂觀的思考方式。

生字 足りる／充足

形動 らくてんてき【楽天的】

樂觀的
類 楽観的 樂觀的
對 悲観的 悲觀的

□□□ 2747

例 落雷で火事になる。

1秒後影子跟讀 >

譯 打雷引起火災。

生字 火事／火災

名・自サ らくらい【落雷】

打雷，雷擊
類 雷が落ちる 雷擊
對 静電 靜電

□□□ 2748

例 螺旋階段をずっと登って、塔の最上階に出た。

1秒後影子跟讀 >

譯 沿著螺旋梯一直往上爬，來到了塔頂。

生字 塔／高塔；最上／頂端

名 らせん【螺旋】

螺旋狀物；螺旋
類 スパイラル 螺旋
對 直線 直線

□□□ 2749

例 テレビ欄を見たかぎりでは、今日はおもしろい番組はありません。

1秒後影子跟讀 >

譯 就電視節目表來看，今天沒有有趣的節目。

文法 かぎりでは [所…來（看）…]：憑自己的經驗或聽說資訊等做出判斷、看法。

生字 番組／節目

名・漢造 らん【欄】

(表格等) 欄目；欄杆；(書籍、刊物、版報等) 專欄
類 列 列
對 本文 正文

ら

□□□ 2750

例 雨が降らないかぎり、毎日ランニングをします。

1秒後影子跟讀 >

譯 只要不下雨，我就會每天跑步。

文法 ないかぎり [只要不…，就…]：只要狀態不變化，結果就不會變。

名 ランニング【running】

賽跑，跑步
類 走る 跑步 對 歩く 走路

リード【lead】

　　　　　　　　　　　　　　　　　　　　　Track096

例 5点リードしているからといって、油断しちゃだめだよ。

　1秒後影子跟讀 ≫

譯 不能因為領先 5 分，就大意唷。

文法 ≫ からといって [即使…，也 (不能) …]：表示不能僅僅
因為前面這一點理由，就做後面的動作，後面常接否定的說法。

生字 油断／疏忽

名·自他サ リード【lead】

領導，帶領；(比賽) 領先，贏；
(新聞報導文章的) 內容提要

類 先導　領導

對 追跡　追蹤

例 たとえすぐには利益が出なくても、この事業から撤退しない。

　1秒後影子跟讀 ≫

譯 縱使無法立刻賺到利潤，也不會放棄這項事業。

慣用語 ≫
● 利益を得る／獲得利益。
● 利益を追求する／追求利益。
● 利益のために努力する／為了利益而努力。

生字 事業／工作成就；撤退／撤離

名 りえき【利益】

利益，好處；利潤，盈利

類 収益　利益、收益

對 損失　損失

例 彼らには利害関係があるとしても、そんなにひどいことはしないと思う。

　1秒後影子跟讀 ≫

譯 就算和他們有利害關係，我猜他們也不會做出那麼過份的事吧。

生字 関係／牽連

名 りがい【利害】

利害，得失，利弊，損益

類 利益　利益、利害

對 無関心　無關心

例 長い航海の後、陸が見えてきた。

　1秒後影子跟讀 ≫

譯 在長期的航海之後，見到了陸地。

生字 航海／航海

名·漢造 りく【陸】

陸地，旱地；陸軍的通稱

類 陸地　陸地

對 海　海

音 陸＝リク

例 彼らは、もっと利口に行動するべきだった。

　1秒後影子跟讀 ≫

譯 他們那時應該要更機伶些行動才是。

生字 行動／舉止；べき／應當

名·形動 りこう【利口】

聰明，伶利機靈；巧妙，周到，
能言善道

類 賢い　聰明

對 愚か　愚蠢

□□□ 2756

例 利己主義はよくない。

1秒後影子跟讀》

譯 利己主義是不好的。

名 りこしゅぎ
【利己主義】

利己主義

類 自己中心　自我中心

對 無私　無私

□□□ 2757

例 ジャズダンスは、リズム感が大切だ。

1秒後影子跟讀》

譯 跳爵士舞節奏感很重要。

生字 ジャズダンス／爵士舞

名 リズム【rhythm】

節奏，旋律，格調，格律

類 拍子　節奏

對 静けさ　靜寂

□□□ 2758

例 理想の社会について、話し合おうではないか。

1秒後影子跟讀》

譯 大家一起來談談理想中的社會吧！

慣用語》

● 理想を追い求める／追求理想。

● 理想の生活を追求する／追求理想的生活。

● 理想と現実のギャップに直面する／面對理想與現實的差距。

文法 うではないか［大家一起…吧］：表示提議或邀請對方跟自己共同做某事，是稍微拘泥於形式的説法。

名 りそう【理想】

理想

類 目標　目標、理想

對 現実　現實

□□□ 2759

例 消費税率の変更に伴って、値上げをする店が増えた。

1秒後影子跟讀》

譯 隨著稅率的變動，漲價的店家也增加了許多。

生字 変更／變化；伴う／跟隨；値上げ／提價

名 りつ【率】

率，比率，成數；有力或報酬等的程度

類 比率　比率

對 定数　定数

□□□ 2760

例 女性雑誌によると、毎日1リットルの水を飲むと美容にいいそうだ。

1秒後影子跟讀》

譯 據女性雜誌上所說，每天喝一公升的水有助於養顏美容。

生字 女性／女生；美容／養顏

名 リットル【liter】

升，公升

類 リッター　升

對 グラム　克

ら

りゃくする【略する】

□□□ 2761

例 国際連合は、略して国連と言います。

1秒後影子跟讀 》

訳 聯合國組織又簡稱聯合國。

出題重點 題型5裡「略する」的考點有：
- 例句：レポートで不要な部分を略した／報告中省略了不必要的部分。
- 換句話說：レポートで不要な部分を省略する／報告中刪去了不必要的部分。
- 相對說法：レポートで詳細を詳述する／報告中詳細說明了細節。

「略する」和「省略する」都表示刪除某些部分以簡化文本或話語；「詳述する」則是提供詳細信息或內容的行為。

生字 国際連合／聯合國

他サ **りゃくする**
【略する】

簡略；省略，略去；攻佔，奪取
類 省略する 省略
對 詳述する 詳述
音 略＝リャク

□□□ 2762

例 小原流の華道を習っています。

1秒後影子跟讀 》

訳 正在學習小原流派的花道。

生字 華道／花藝；習う／學習

名・接尾 **りゅう【流】**

（表特有的方式、派系）流，流派
類 流れ 流動
對 静止 静止

□□□ 2763

例 この川の流域で洪水が起こって以来、地形がすっかり変わってしまった。

1秒後影子跟讀 》

訳 這條河域自從山洪爆發之後，地形就完全變了個樣。

生字 洪水／氾濫；以来／以後；すっかり／徹底地

名 **りゅういき【流域】**

流域
類 水域 流域
對 山岳 山岳
音 域＝イキ

□□□ 2764

例 両者の合意が必要だ。

1秒後影子跟讀 》

訳 需要雙方的同意。

生字 合意／和議

漢造 **りょう【両】**

雙，兩
類 両方 雙方
對 片方 單方面

□□□ 2765

例 期待に反して、収穫量は少なかった。

1秒後影子跟讀 》

訳 與預期相反，收成量是少之又少。

生字 収穫／收成

名・漢造 **りょう【量】**

數量，份量，重量；推量；器量
類 容量 量、容量
對 質 質量 音 量＝リョウ

□□□ 2766

例 学生寮はにぎやかで、動物園かと思うほどだ。

1秒後影子跟讀 》

譯 學生宿舍熱鬧到幾乎讓人誤以為是動物園的程度。

文法 ほどだ[幾乎…(的程度)]：為了說明前項達到什麼程度，在後項舉出具體的事例來。近 ほど～はない[沒有比…更…]

名・漢造 りょう【寮】

宿舍(狹指學生、公司宿舍)；茶室；別墅

類 寄宿舍 宿舍

對 自宅 自家

□□□ 2767

例 料金を払ってからでないと、会場に入ることができない。

1秒後影子跟讀 》

譯 如尚未付款，就不能進會場。

慣用語 》

●料金を支払う／支付費用。

●料金表を確認する／確認收費表。

●料金の違いを比較する／比較收費的差異。

名 りょうきん【料金】

費用，使用費，手續費

類 代金 費用、收費

對 無料 免費

□□□ 2768

例 領事館の協力をぬきにしては、この調査は行えない。

1秒後影子跟讀 》

譯 如果沒有領事館的協助，就沒有辦法進行這項調查。

文法 をぬきにして[要是沒有…就(沒辦法)…]：表示沒有前項，後項就很難成立。

生字 協力／幫助；調査／考察

名 りょうじ【領事】

領事

類 官吏 官吏

對 大使 大使

音 領＝リョウ

□□□ 2769

例 会社向けに、領収書を発行する。

1秒後影子跟讀 》

譯 發行公司用的收據。

生字 向け／針對；発行／推出

名・他サ りょうしゅう【領収】

收到

類 受取 收、收據

對 請求書 請求書

音 領＝リョウ

□□□ 2770

例 口の両端が切れて痛い。

1秒後影子跟讀 》

譯 嘴角兩邊龜裂了，很痛。

生字 切れる／破裂

名 りょうたん【両端】

兩端(或唸：りょうたん)

類 際 緣、端

對 中央 中央

ら

□□□ 2771

例 物事を両面から見る。

1秒後影子跟讀 ≫

譯 從正反兩面來看事情。

生字 物事／事物

名 りょうめん【両面】
（表裡或內外）兩面；兩個方面
類 双面　雙面
對 片面　單面

□□□ 2772

例 緑黄色野菜とは、カロチンを多く含む野菜のことで、色によって決まるものではない。

1秒後影子跟讀 ≫

譯 所謂黃綠色蔬菜，是指富含胡蘿蔔素的蔬菜，但其含量並非與顏色成絕對的正比。

生字 カロチン／胡蘿蔔素；含む／含有

名 りょくおうしょく【緑黄色】
黃綠色
類 緑色　綠色　對 紅白色　紅白色
音 緑＝リョク　音 黄＝オウ

□□□ 2773

例 彼はまじめな人だけに、臨時の仕事でもきちんとやってくれました。

1秒後影子跟讀 ≫

譯 他到底是個認真的人，就算是臨時進來的工作，也都做得好好的。

文法 だけに [到底是…]：表示原因。正因為前項，理所當然有相對應的後項。近 てとうぜんだ […也是理所當然的]

生字 きちんと／周全地

名 りんじ【臨時】
臨時，暫時，特別
類 仮　臨時、暫時
對 常設　常設

□□□ 2774

Track097

例 彼は、どんなことにも慌てることなく冷静に対処した。

1秒後影子跟讀 ≫

譯 不管任何事，他都不慌不忙地冷靜處理。

慣用語 ≫
●冷静に判断する／冷靜判斷。
●冷静な対応を心掛ける／努力保持冷靜的應對。
●冷静を保つことが大切だ／保持冷靜是重要的。

文法 ことなく [不要…]：表示一次也沒發生某狀況的情況下。

生字 慌てる／慌張；対処／應付

名・形動 れいせい【冷静】
冷靜，鎮靜，沉著，清醒
類 沈着　冷靜沈著
對 激動　激動

□□□ 2775

例 零点取って、母にしかられた。

1秒後影子跟讀 ≫

譯 考了個鴨蛋，被媽媽罵了一頓。

名 れいてん【零点】
零分；毫無價值，不夠格；零度，冰點（或唸：れいてん）
類 ゼロ点　零點、零分
對 満点　滿分　音 零＝レイ

2776

例 今日のお昼は、冷凍しておいたカレーを解凍して食べた。
1秒後影子跟讀》

訳 今天吃的午餐是把冷凍咖哩拿出來加熱。

生字 解凍／退冰

名・他サ **れいとう【冷凍】**
冷凍
類 凍結 結冰
對 加熱 加熱 音 凍＝トウ

2777

例 冷凍食品は便利だ。
1秒後影子跟讀》

訳 冷凍食品很方便。

名 **れいとうしょくひん【冷凍食品】**
冷凍食品
類 冷凍料理 冷凍食物
對 生鮮食品 生鮮食品
音 凍＝トウ

2778

例 遠足では、いろいろなレクリエーションを準備しています。
1秒後影子跟讀》

訳 遠足時準備了許多娛興節目。

生字 遠足／郊遊；準備／籌備

名 **レクリエーション【recreation】**
(身心) 休養；娛樂，消遣
類 娯楽 娛樂 對 労働 勞動

2779

例 レジャーに出かける人で、海も山もたいへんな人出です。
1秒後影子跟讀》

訳 無論海邊或是山上，都湧入了非常多的出遊人潮。

出題重點 「レジャー」指休閒或娛樂活動，通常是自由時間中進行的非正式活動，用於放鬆和享受。如「レジャーを楽しむ／享受休閒活動」。以下是問題 6 錯誤用法：
1. 表示工作或正式義務：「明日はレジャーでオフィスに行く／明天我要去辦公室休閒」。
2. 形容緊張或壓力狀態：「試験勉強は私のレジャーです／考試學習是我的娛樂」。
3. 描述病態或不適狀態：「病気の回復期にレジャーを楽しんだ／享受病後恢復期間的休閒」。

生字 人出／遊客人群

名 **レジャー【leisure】**
空閒，閒暇，休閒時間；休閒時間的娛樂
類 余暇 休閒
對 仕事 工作

2780

例 日本列島が、雨雲に覆われています。
1秒後影子跟讀》

訳 烏雲滿罩日本群島。

生字 雨雲／黑雲；覆う／覆蓋

名 **れっとう【列島】**
(地) 列島，群島
類 島国 群島 對 大陸 大陸
音 島＝トウ

ら

れんが【煉瓦】

例 煉瓦で壁を作りました。
1秒後影子跟讀

譯 我用紅磚築成了一道牆。

生字 壁／牆壁

名 **れんが【煉瓦】**

磚，紅磚

類 土の瓦 土磚

對 コンクリート 混凝土

例 いくつかの会社で連合して対策を練った。
1秒後影子跟讀

譯 幾家公司聯合起來一起想了對策。

生字 対策／解決辦法；練る／推敲

名・他サ・自サ **れんごう【連合】**

聯合，團結；(心) 聯想

類 同盟 聯盟

對 戦い 戰爭

例 眼鏡のレンズが割れてしまった。
1秒後影子跟讀

譯 眼鏡的鏡片破掉了。

生字 眼鏡／眼鏡；割れる／破碎

名 **レンズ【(荷) lens】**

(理) 透鏡，凹凸鏡片；照相機的鏡頭

類 鏡面 鏡片

對 フィルム 膠片

例 チューリップを見るにつけ、オランダを連想します。
1秒後影子跟讀

譯 每當看到鬱金香，就會聯想到荷蘭。

出題重點 「連想」唸音讀「れんそう」，意指一個思想或概念自然地引發另一個思想或概念的過程。問題2誤導選項可能有：
- 联想：非正確日語單字。
- 聯想：同樣不是正確日語單字。
- 鏈想：這也不是正確日語單字。

文法 につけ [每當…就會…]：表示前項事態總會帶出後項結論。

生字 チューリップ／鬱金香；オランダ／荷蘭

名・他サ **れんそう【連想】**

聯想

類 協調 聯想、協調

對 結び付けない 不聯想

 Track098

例 停電したので、ろうそくをつけた。
1秒後影子跟讀

譯 因為停電，所以點了蠟燭。

生字 停電／停止供電

名 **ろうそく【蝋燭】**

蠟燭

類 キャンドル 蠟燭

對 電灯 電燈

□□□ 2786

例 家事だって労働なのに、夫は食べさせてやってるっていばる。

1秒後影子跟讀〉

譯 家務事實上也是一種勞動工作，可是丈夫卻大模大樣地擺出一副全是由他供我吃住似的態度。

慣用語〉
● 労働時間を管理する／管理勞動時間。
● 労働条件を改善する／改善勞動條件。
● 労働組合に加入する／加入勞動組合。

名・自サ ろうどう【労働】

勞動，體力勞動，工作；(經)勞動力

類 仕事 工作

對 怠ける 懶惰

□□□ 2787

例 ホテルのロビーで待っていてください。

1秒後影子跟讀〉

譯 請到飯店的大廳等候。

生字 ホテル／酒店

名 ロビー【lobby】

(飯店、電影院等人潮出入頻繁的建築物的)大廳，門廳；接待室，休息室，走廊

類 受付 接待處 對 室 房間

□□□ 2788

例 女性の地位についての論争は、激しくなる一方です。

1秒後影子跟讀〉

譯 針對女性地位的爭論，是越來越激烈。

文法〉 いっぽうだ[越來越…]：表示有某種傾向。 近 ばかりだ[越來越…]

生字 女性／女生；地位／名望

名・自サ ろんそう【論争】

爭論，爭辯，論戰

類 議論 討論

對 合意 共識

□□□ 2789

例 論文を提出して以来、毎日寝てばかりいる。

1秒後影子跟讀〉

譯 自從交出論文以來，每天就是一直睡。

生字 提出／提交；以来／之後

名 ろんぶん【論文】

論文；學術論文

類 記事 文章

對 小説 小説

□□□ 2790

Track099

例 和を保つために言いたいことを我慢しろと言うんですか。そんなのが和ですか。

1秒後影子跟讀〉

譯 你的意思是，為了維持和睦，所以要我吞下去嗎？難道那樣就叫做和睦嗎？

生字 保つ／保持；我慢／容忍

名 わ【和】

和，人和；停止戰爭，和好

類 和み 安寧

對 戦 戦争

わ

573

わ【輪】

□□□ 2791

例 輪になってお酒を飲んだ。

1秒後影子跟讀》

譯 大家圍成一圈喝起了酒來。

名 わ【輪】

圈，環，箍；環節；車輪

類 丸 圓形

對 四角 方形 訓 輪＝わ

□□□ 2792

例 適切な英単語がわからないときは、和英辞典を引くものだ。

1秒後影子跟讀》

譯 找不到適當的英文單字時，就該查看看日英辭典。

文法 ものだ[應當…]：表示理所當然，理應如此。

生字 適切／妥當的；引く／查閱

名 わえい【和英】

日本和英國；日語和英語；日英辭典的簡稱

類 日英 日英辭典

對 英和 英日辭典

□□□ 2793

例 若葉が萌える。

1秒後影子跟讀》

譯 長出新葉。

生字 萌える／發芽

名 わかば【若葉】

嫩葉，新葉

類 新緑 新綠

對 枯葉 枯葉

□□□ 2794

例 華子さんは、あんなに若々しかったっけ。

1秒後影子跟讀》

譯 華子小姐有那麼年輕嗎？

出題重點 「若々しい」唸作「わかわかしい」，意指充滿青春或活力。問題1誤導選項可能有：

- 惜しい（おしい）："可惜"，指差一點成功或達成，令人感到遺憾。
- 険しい（けわしい）："險峻"，指地形、情況或態度嚴峻、艱難。
- 貧しい（まずしい）："貧窮"，指缺乏物質資源或經濟條件差。

形 わかわかしい【若々しい】

年輕有朝氣的，年輕輕的，富有朝氣的

類 青春 年輕

對 年老いた 年老的

□□□ 2795

例 本を脇に抱えて歩いている。

1秒後影子跟讀》

譯 將書本夾在腋下行走。

生字 抱える／夾帶

名 わき【脇】

腋下，夾肢窩；(衣服的)旁側；旁邊，附近，身旁；旁處，別的地方；(演員)配角

類 脇腹 腋下側腹部

對 中心 中心

2796

例 清水が湧く。
1秒後影子跟讀

譯 清水泉湧。

生字 清水／泉水

自五 わく【湧く】

湧出；產生（某種感情）；大量湧現

類 上昇する 湧出、上升

對 沈む 沉沒

2797

例 彼女は、わざと意地悪をしているにきまっている。
1秒後影子跟讀

譯 她一定是故意刁難人的。

慣用語
● わざと間違える／故意弄錯。
● わざと避ける／故意避開。
● わざと聞こえないふりをする／故意裝作聽不見。

生字 意地悪／作弄

副 わざと【態と】

故意，有意，存心；特意地，有意識地

類 故意 故意

對 偶然 偶然

2798

例 貯金があるといっても、わずか20万円にすぎない。
1秒後影子跟讀

譯 雖說有存款，但也只不過是僅僅的20萬圓而已。

文法 にすぎない［只不過是…］：表示某事態程度有限。

生字 貯金／儲蓄

副・形動 わずか【僅か】

（數量、程度、價值、時間等）很少 僅僅；一點也（後加否定）

類 少し 一點點

對 多く 很多

2799

例 布団の中には、綿が入っています。
1秒後影子跟讀

譯 棉被裡裝有棉花。

生字 布団／被褥

名 わた【綿】

（植）棉；棉花；柳絮；絲棉

類 綿 棉花

對 絹 絲綢

訓 綿＝わた

2800

例 彼らは、結婚して以来、いろいろな話題を提供してくれる。
1秒後影子跟讀

譯 自從他們結婚以來，總會分享很多不同的話題。

生字 以来／從此；提供／供應

名 わだい【話題】

話題，談話的主題、材料；引起爭論的人事物

類 トピック 話題

對 非議 非議

わびる 【詫びる】

□□□ 2801

例 みなさんに対して、詫びなければならない。

1秒後影子跟讀 ≫

譯 我得向大家道歉才行。

自五 **わびる 【詫びる】**

道歉，賠不是，謝罪（或唸：
わびる）

類 謝る　道歉

對 非難する　指責

□□□ 2802

例 彼女は、洋服に比べて、和服の方がよく似合います。

1秒後影子跟讀 ≫

譯 比起穿洋裝，她比較適合穿和服。

生字 洋服／連身裙；似合う／相配

名 **わふく 【和服】**

日本和服，和服

類 着物　和服

對 洋服　西服

□□□ 2803

例 病み上がりにしてはわりと元気だ。

1秒後影子跟讀 ≫

譯 雖然病才剛好，但精神卻顯得相當好。

出題重點 題型 5 裡「わりと」的考點有：

● 例句：わりと簡単に解決できた／相對容易地解決了。

● 換句話說：けっこう簡単に解決できた／相當容易地解決了。

● 相對說法：問題をあまり簡単には解決できなかった／問題
沒有那麼容易解決。

「わりと」和「けっこう」都表示某事在一定程度上的情況；
「あまり～ない」則用來表示不到預期程度或不夠的狀態。

生字 病み上がり／大病初癒；元気／朝氣

副 **わりと・わりに
【割と・割に】**

比較；分外，格外，出乎意料

類 結構　相當地

對 余り　不太

□□□ 2804

例 割引をするのは、三日きりです。

1秒後影子跟讀 ≫

譯 折扣只有 3 天而已。

生字 きり／僅有

名・他サ **わりびき 【割引】**

（價錢）打折扣，減價；（對說
話內容）打折；票據兌現

類 値切り　談價

對 値上げ　提價

□□□ 2805

例 6を2で割る。

1秒後影子跟讀 ≫

譯 6 除以 2。

他五 **わる 【割る】**

打，劈開；用除法計算

類 分割　分割

對 繋げる　連接

576

□□□ 2806

例 人の悪口を言うべきではありません。

1秒後影子跟讀 〉

譯 不該説別人壞話。

文法 〉べきではない [不該⋯]：從某規範來看不能做的。

生字 言う／説話

名 わるくち・わるぐち 【悪口】

壞話，誹謗人的話；罵人

類 非難 批評

對 褒め言葉 讚美的話

□□□ 2807

例 われわれは、コンピューターに関してはあまり詳しくない。

1秒後影子跟讀 〉

譯 我們對電腦不大了解。

生字 詳しい／精通的

代 われわれ 【我々】

(人稱代名詞) 我們；(謙卑説法的) 我；每個人

類 自分たち 我們自己

對 彼ら 他們

□□□ 2808

例 ワンピースを着る。

1秒後影子跟讀 〉

譯 穿洋裝。

出題重點 「ワンピース」 "連衣裙" 是指單件式的女裝。問題 4 陷阱可能有：「ドレス」 "禮服" 用於更正式的場合，包括各種風格；「チュニック」 "寬鬆長上衣" 長度較短，可配褲或裙，與「ワンピース」的全身連衣裙形式有別；「スカート」 "裙子" 指的是下身單件裝，不同於「ワンピース」的一體式設計。相比「ワンピース」，「ドレス」範圍更廣且正式，「チュニック」偏向上衣類型，「スカート」專指單獨的下裝。

生字 着る／穿著

名 ワンピース 【one-piece】

連身裙，洋裝

類 ドレス 洋裝

對 ズボン 褲子

Memo

N2

模擬試題
3回

問題 1　漢字讀音問題 應試訣竅

　　這道題型要考的是漢字讀音問題，出題形式改變了一些，但考點是一樣的。問題預估為 5 題。

　　漢字讀音分音讀跟訓讀，預估音讀跟訓讀將各佔一半的分數。音讀中要注意的有濁音、長短音、促音、撥音……等問題。而日語固有讀法的訓讀中，也要注意特殊的讀音單字。當然，發音上有特殊變化的單字，出現比率也不低。我們歸納分析一下：

1. 音讀：接近國語發音的音讀方法。如，「花」唸成「か」、「犬」唸成「けん」。

2. 訓讀：日本原來就有的發音。如，「花」唸成「はな」、「犬」唸成「いぬ」。

3. 熟語：由兩個以上的漢字組成的單字。如：練習、切手、每朝、見本等。
　　　　其中還包括日本特殊的固定讀法，就是所謂的「熟字訓読み」。如，「小豆」（あずき）、「土産」（みやげ）、「海苔」（のり）等。

4. 發音上的變化：字跟字結合時，產生發音上變化的單字。如：春雨（はるさめ）、反応（はんのう）、酒屋（さかや）等。

問題1 _____の言葉の読み方として最もよいものを1・2・3・4から一つ選びなさい。

1 労働条件をめぐって会社側と労働組合が問答を繰り返したものの、双方が納得できる結論は得られなかった。
　1　といどう　　　　2　もんどう　　　　3　もんとう　　　　4　とうどう

2 材料の分量をきちんと量って料理をしたことがない。
　1　ぶんりょう　　　2　ふんりょう　　　3　ぶんりょ　　　　4　ふんりょ

3 うちの犬は、庭の隅に綱でつないでいる。
　1　つな　　　　　　2　なわ　　　　　　3　ひも　　　　　　4　あみ

4 ここの部分が長い時間にわたって摩擦され続けた結果、爆発が起きました。
　1　ばくは　　　　　2　ぼうは　　　　　3　ばくはつ　　　　4　ぼうはつ

5 火山が噴火した後、山は溶岩に覆われてしまい、何十年も植物が育ちません。
　1　おわれて　　　　2　おうわれて　　　3　おおわれて　　　4　おっわれて

あ

か

さ

た

な

は

ま

や

ら

わ

練習

問題 2　漢字書寫問題 應試訣竅

　　這道題型要考的是漢字書寫問題，出題形式改變了一些，但考點是一樣的。問題預估為 5 題。

　　這道題要考的是音讀漢字跟訓讀漢字，預估將各佔一半的分數。音讀漢字考點在識別詞的同音異字上，訓讀漢字考點在掌握詞的意義，及該詞的表記漢字上。

　　解答方式，首先要仔細閱讀全句，從句意上判斷出是哪個詞，浮想出這詞的表記漢字，確定該詞的漢字寫法。也就是根據句意確定詞，根據詞意來確定字。如果只看畫線部分，很容易張冠李戴，要小心喔。

問題 2　＿＿＿＿の言葉を漢字で書くとき、最もよいものを１・２・３・４ から一つ選びなさい。

6　神話に出てくるあくまのように怖い顔をしていますが、実際はとても優しいです。

1　悪魔　　　　　2　鬼魔　　　　　3　魔物　　　　　4　悪摩

7　絶滅の可能性がある動物を保護するための法律がかけつされました。

1　可採　　　　　2　可択　　　　　3　可決　　　　　4　過決

8　まちあいしつにおいてある書籍を借りることができますか。

1　待会室　　　　2　待合室　　　　3　待会屋　　　　4　待合屋

9　機能全般からすれば、わが社の製品が、おとっているということはありません。

1　落って　　　　2　劣って　　　　3　陥って　　　　4　堕って

10　テレビやパソコンの普及によって、活字にふれる機会が減少しました。

1　擦れる　　　　2　触れる　　　　3　掠る　　　　　4　接れる

> 　這道題型要考的是衍生語和複合語的問題。問題預估為5題。
>
> 　預測衍生語和複合語的配分大概各佔一半，衍生語的接頭語跟接尾語將各出一題，複合語則以動詞為主要的配分重點。
>
> 　既然是接頭、接尾詞，那麼原來在句型中的「名、ごと、次第」等，也將會在這裡出現。相同的，既然是複合語，那麼外來語的「スポーツ・カー（sports car）、キー・マン（keyman）」也要留意喔！
>
> 　衍生語：指的是如「お+茶→お茶」、「春+めく→春めく」一般，原本是單獨的詞彙，有接頭語或接尾語接在前面或後面的詞彙。
>
> 　複合語：指的是如「見る+送る→見送る」、「薄い+暗い→薄暗い」一般，由兩個詞彙組合而成的詞彙。

問題 3 （　　　）に入れるのに最もよいものを、1・2・3・4から一つ選びなさい。

11 名前を呼ばれたので、診察（　　　）に入った。
1　室　　　　　　　2　間　　　　　　　3　所　　　　　　4　屋

12 伊藤さんと鈴木さんは高校時代からの（　　　）合いです。
1　慣れ　　　　　　2　知り　　　　　　3　組み　　　　　4　仲

13 宇宙に行って（　　　）重力を体験してみたい。
1　非　　　　　　　2　反　　　　　　　3　無　　　　　　4　不

14 日本の工業（　　　）は、山間部よりも、交通の便が良い海沿いに多いです。
1　地帯　　　　　　2　地方　　　　　　3　地質　　　　　4　地面

15 （　　　）半端な気持ちでやっても、いいものはできないですよ。
1　中途　　　　　　2　中間　　　　　　3　途中　　　　　4　最中

問題4　選擇符合文脈的詞彙問題 應試訣竅

　　這道題型要考的是選擇符合文脈的詞彙問題。這是延續舊制的出題方式，問題預估為7題。

　　這道題主要測試考生是否能正確把握詞義，如類義詞的區別運用能力，及能否掌握日語的獨特用法或固定搭配等等。預測名詞、動詞、形容詞、副詞的出題數都有一定的配分。另外，外來語也估計會出一題，要多注意。

　　由於我們的國字跟日本的漢字之間，同形同義字占有相當的比率，這是我們得天獨厚的地方。但相對的也存在不少的同形不同義的字，這時候就要注意，不要太拘泥於國字的含義，而混淆詞義。應該多從像「自覚が足りない」（覺悟不夠）、「絶対安静」（得多靜養）、「口が堅い」（口風很緊）等日語固定的搭配，或獨特的用法來做練習才是。這樣才能加深對詞義的理解、並達到豐富詞彙量的目的。

問題4 （　　　）に入れるのに最もよいものを、1・2・3・4から一つ
選びなさい。

16 彼女とは幼稚園以来の付き合いですから、（　　　）姉妹のようなものです。
1 いよいよ　　　　2 せめて　　　　3 言わば　　　　4 あるいは

17 体を壊して入院してから、二度とお酒を飲まないと固く（　　　）しました。
1 決定　　　　　　2 警告　　　　　3 決心　　　　　4 決行

18 一人暮らしをしている若者の多くは、食事に偏りがあり、（　　　）が足り
ていません。
1 リットル　　　　2 パンク　　　　3 クリーニング 4 ビタミン

19 統計によると、漁業に関心を抱く人が増加する（　　　）にあるそうだ。
1 計画　　　　　　2 見解　　　　　3 傾向　　　　　4 方向

20 暑い日が何日も続いて、庭の花や木がほとんど（　　　）しまった。
1 乾いて　　　　　2 乾かして　　　3 枯れて　　　　4 欠けて

21 会社に100万円出せと（　　　）電話がかかってきたそうです。
1 脅かす　　　　　2 恐れる　　　　3 恐怖する　　　4 攻撃する

22 家族で海に行く約束だったのに、急にお父さんの都合が悪くなって、
（　　　）した。
1 がっかり　　　　2 びっくり　　　3 てっきり　　　4 はっきり

問題 5　替換同義詞 應試訣竅

　　這道題型要考的是替換同義詞的問題，這是延續舊制的出題方式，問題預估為 5 題。

　　這道題的題目會給一個較難的詞彙，請考生從 4 個選項中，選出意思相近的詞彙來。選項中的詞彙一般比較簡單。也就是把難度較高的詞彙，改成較簡單的詞彙。

　　預測名詞、動詞、形容詞、副詞的出題數都有一定的配分。另外，外來語估計也會出一題，要多注意。

　　針對這道題，準備的方式是，將詞義相近的字一起記起來。這樣，透過聯想記憶來豐富詞彙量，並提高答題速度。

問題 5　＿＿＿＿＿の言葉に最も近いものを、1・2・3・4から一つ選びなさい。

23　期待通りの成果を上げられなかったことを、この場を借りてお詫びします。
　　1　褒めます　　　　2　喜びます　　　3　謝ります　　　4　許します

24　20歳なのに、彼女はずいぶん幼い顔をしていますね。
　　1　子どもっぽい　　2　大人っぽい　　3　頼もしい　　　4　末っ子らしい

25　もしチャンスがあれば、自分であの女優さんにインタビューしてみたいです。
　　1　場合　　　　　　2　計画　　　　　3　機会　　　　　4　能

26　再三訴えたにもかかわらず、我々の要望は全く聞き入れてもらえなかった。
　　1　一度　　　　　　2　終始　　　　　3　再び　　　　　4　何度も

27　電車が止まったせいで遅刻したのなら、まあしようがないですね。
　　1　やむを得ない　　2　許せない　　　3　なんともない　4　だらしない

　　這道題型要考的是判斷詞彙正確用法的問題，這是延續舊制的出題方式，問題預估為6題。

　　詞彙在句子中怎樣使用才是正確的，是這道題主要的考點。預測名詞、動詞、形容詞、副詞的出題數都有一定的配分。名詞以2個漢字組成的詞彙為主，動詞有漢字跟純粹假名的，副詞就舊制的出題形式來看，也有一定的比重。

　　針對這一題型，該怎麼準備呢？方法是，平常背詞彙的時候，多看例句，多唸幾遍例句，最好是把單字跟例句一起背起來。這樣，透過仔細觀察單字在句中的用法與搭配的形容詞、動詞、副詞…等，可以有效增加自己的「日語語感」。而該詞彙是否適合在該句子出現，很容易就能感覺出來了。

問題6　次の言葉の使い方として最もよいものを、1・2・3・4から一つ選びなさい。

28 うんと
1　うんと健康に気をつけているのに、どうしてこんな病気になったんだろう。
2　手術は2時間余りでうんと終了したものの、回復には時間がかかる。
3　気に入らないことがあるからと言って、うんと怒らないの。
4　何か新たな情報を得たら、うんと通知してください。

29 はめる
1　太ったせいで、結婚指輪がはめられなくなってしまいました。
2　可哀そうなことに、子犬が溝にはめっています。
3　この仕事の条件は、私にぴったりはめります。
4　娘は新しいカバンをはめて、嬉しそうに登校しました。

練習

30 相続

1 時速80キロを相続すると、東京まで何時間で行けるか計算しなさい。

2 仕事を始めても、サッカーやテニスを相続して楽しむつもりです。

3 二国間の良好な関係は20世紀の後半まで相続されました。

4 この土地は長男である私が相続することになりました。

31 しきりに

1 こちらが明日みんなに配布する予定の書類です。しきりに目を通して下さいませんか。

2 たまにイタリア料理が食べたくなると、しきりにあのレストランに行きます。

3 試合に参加する選手たちがしきりに会場に入ってきた。

4 早く終わってほしいと思うとき、しきりに時計を見てしまいます。

32 欲張る

1 平凡な生活を欲張る権利は、世界中の誰にでもあります。

2 問題が平和的に解決されることを、誰もが心から欲張っています。

3 欲張ってケーキを5つも食べたせいで、おなかが痛くなってきました。

4 みんながチームの活躍を欲張っているので、頑張らないわけにはいきません。

問題1 _____の言葉の読み方として最もよいものを１・２・３・４から
一つ選びなさい。

1 まだ30代なのに、白髪が多くて悩んでいる。
1　しろかみ　　　　2　しらが　　　　3しらかみ　　　　4　しろが

2 彼のエッセーは抽象的な表現が多いので、話の重点が掴みにくい。
1　ちゅうしょうてき　　　　　　　2　しょうちょうてき
3　ちゅうしゅうてき　　　　　　　4　じょうちょてき

3 彼の文章に登場する人物や会社はすべて架空のもので、実在しません。
1　かそら　　　　2　かくう　　　　3　きそら　　　　4　きくう

4 和服を着ていくつもりなら、扇子や帯、草履もそろえなければなりません。
1　せんこ　　　　2　さんす　　　　3　せんす　　　　4　さんこ

5 この辺りには、明治・大正時代の家屋が多く残っています。
1　いえや　　　　2　おたく　　　　3　かおく　　　　4　おくじょう

あ

か

さ

た

な

は

ま

や

ら

わ

練習

問題2 ＿＿＿＿の言葉を漢字で書くとき、最もよいものを１・２・３・４から一つ選びなさい。

6 敷地内のものおきには、使わなくなった物がたくさん入っています。
1 物奥　　　　　2 物箱　　　　　3 物置　　　　　4 物於

7 機械を分解して、壊れた部品をふぞくの部品と取り換えます。
1 付禺　　　　　2 付属　　　　　3 符属　　　　　4 府属

8 社長からちょうだいしたお土産のケーキを、社員で等分して頂きました。
1 頂載　　　　　2 頂截　　　　　3 頂戴　　　　　4 頂裁

9 スチュワーデスにあこがれていますので、航空会社に就職したいです。
1 仰れて　　　　2 懐れて　　　　3 憧れて　　　　4 思れて

10 元々生まれ持ったものが違うのだから、他人をうらやんでばかりいても、どうにもならない。
1 羨んで　　　　2 妬んで　　　　3 恨んで　　　　4 望んで

問題3 （　　　）に入れるのに最もよいものを、1・2・3・4から一つ
　　　　選びなさい。

11 この辺の道は子供が飛び（　　　）くる可能性がありますから、気をつけて
運転して下さい。
　1　上がって　　　　2　入って　　　　3　出して　　　　4　去って

12 入学式（　　　）日の朝、熱を出して行けなくなった。
　1　今　　　　　　　2　本　　　　　　3　近　　　　　　4　当

13 金融（　　　）とおっしゃいますと、銀行にお勤めですか。
　1　界　　　　　　　2　部　　　　　　3　省　　　　　　4　業

14 飛行機の中で携帯電話を使うと、機械が（　　　）動作する恐れがある。
　1　乱　　　　　　　2　違　　　　　　3　誤　　　　　　4　錯

15 この映画は、幼い子供が飢えて死んでしまい、実に悲劇（　　　）だ。
　1　化　　　　　　　2　性　　　　　　3　様　　　　　　4　的

問題4　（　　　）に入れるのに最もよいものを、1・2・3・4から一つ
選びなさい。

16 借金したお金は、いずれ（　　　）なければなりません。
1 返さ　　　　　　2 貸さ　　　　　　3 回復し　　　　4 返ら

17 遠くから（　　　）の音が聞こえてきます。どこかで火事が発生したんでしょ
うね。
1 サイレン　　　2 ラジオ　　　　3 レンズ　　　4 パンク

18 お時間があるときに、（　　　）お越しくだされればと存じます。
1 どうも　　　　2 ぜひとも　　　3 ばったり　　　4 やがて

19 誰にでも（　　　）はあるし、完璧な人なんていないよ。
1 けっかん　　　2 けってん　　　3 くじょう　　　4 げひん

20 「日本」と聞いて、（　　　）するものを一つ挙げなさい。
1 構想　　　　　2 連想　　　　　3 予想　　　　　4 思想

21 スケジュールが合わないので、残念ながら旅行は（　　　）ことになりました。
1 消す　　　　　2 取り消す　　　3 消える　　　　4 消耗する

22 母の日に娘から（　　　）プレゼントをもらい、思わず涙がこぼれました。
1 かわいそうな　2 当たり前の　　3 惜しい　　　4 思いがけない

問題5 ＿＿＿＿の言葉に最も近いものを、1・2・3・4から一つ選びなさい。

23 年を取るに連れて、油で揚げた食べ物が<u>しつこい</u>と感じるようになった。
1 たまらない 2 みっともない 3 くどい 4 ずるい

24 何かきっかけがあれば、忘れていた記憶が<u>蘇る</u>かもしれません。
1 回復する 2 実現する 3 更新する 4 活動する

25 話が長く、上手くまとめて話せないことが私の<u>短所</u>です。
1 下品 2 欠点 3 欠陥 4 不足

26 <u>間もなく</u>本日の主役が登場しますので、みなさん大きな拍手でお迎えください。
1 いつの間にか 2 しばらく 3 もうすぐ 4 久しく

27 当ホテルの<u>メンバー</u>になられますと、5％オフでご宿泊いただけます。
1 会員 2 客 3 委員 4 モデル

あ

か

さ

た

な

は

ま

や

ら

わ

練習

問題6　次の言葉の使い方として最もよいものを、1・2・3・4から一つ
　　　　選びなさい。

28 目下
1　彼は<u>目下</u>の者に対して、どうも冷たい態度を取りがちです。
2　小さくて着れなくなった服は、たいてい親戚の子ら<u>目下</u>にあげています。
3　自分の方が<u>目下</u>だからと言って、威張ってばかりいると嫌われるよ。
4　入社20年目の<u>目下</u>から、いろいろな仕事を教えてもらっています。

29 とっくに
1　彼は早く借金を返すために、朝から夜まで<u>とっくに</u>働いています。
2　夏休みの宿題は<u>とっくに</u>終わらせました。
3　社長が<u>とっくに</u>事務所に入ってきたので、なんだか緊張しました。
4　お風呂に入ってホッとすると、1日の疲れが<u>とっくに</u>出る気がします。

30 偶然
1　会社の帰り、<u>偶然</u>大学時代の知り合いに会った。
2　お酒は<u>偶然</u>飲むだけです。
3　アイスを10個も食べたら、おなかを壊すのも<u>偶然</u>だよ。
4　妻とは出会ったその日に恋に落ち、結婚したのは<u>偶然</u>でした。

31 ボーナス

1 ボーナスを申請したところ、幸いにも月20万円もらえることになりました。

2 中学生の息子には1週間1000円のボーナスをあげています。

3 夏のボーナスが出たら、家族で海外旅行に行くつもりです。

4 20年間、毎月少しずつ貯めたボーナスで、ついに家を買うことになりました。

32 雑じる

1 バターが溶けて柔らかくなってきたら、砂糖を加えて雑じってください。

2 この中に一つだけものすごく酸っぱい飴が雑じっています。

3 白い服と色のついている服を雑じらないように洗濯します。

4 この製品の原料には、体に悪いものを一切雑じっていません。

練習

問題1　＿＿＿＿＿の言葉の読み方として最もよいものを1・2・3・4から一つ選びなさい。

1　電柱にデパートから飛んできた風船が引っ掛かっています。
1　ひっかかって　　　　　　　　2　ひっくかって
3　ひっかけかって　　　　　　　4　ひっがかって

2　あのおじいさんは地元の工芸品を作る名人です。
1　こうげい　　　　2　くげい　　　　3　こうげえ　　　　4　くげえ

3　あんまり悪口ばかり言っていると、友達に嫌われちゃうから、もうそろそろ止めなさい。
1　あくこう　　　　2　わるくち　　　　3　あくくち　　　　4　あくぐち

4　トンネルのてまえで機関車が脱線して、先頭の車両が木にぶつかったそうです。
1　だせん　　　　2　たせん　　　　3　だっせん　　　　4　たっせん

5　明日は屋外での活動がありますから、私にとってはこのクリームが必需品です。
1　ひつじゅしな　　2　ひつじゅぴん　3　ひつじゅひん　4　ひっじゅひん

問題2 ＿＿＿＿＿の言葉を漢字で書くとき、最もよいものを1・2・3・4
　　　　から一つ選びなさい。

6 総理大臣になるには、どのような<u>そしつ</u>を具えていなければなりませんか。
　1 素質　　　　　　 2 気質　　　　　 3 性質　　　　　 4 体質

7 <u>なみき</u>道をまっすぐ行ったところに、全面に芝生が植えられたきれいな公園
　があります。
　1 波木　　　　　　 2 並木　　　　　 3 並樹　　　　　 4 波樹

8 会社に到着したら、まず机の周りを<u>せいそう</u>するようにしています。
　1 清掃　　　　　　 2 掃除　　　　　 3 清除　　　　　 4 清衛

9 子供のころ見ていたテレビアニメを最近またやっている。<u>なつかしい</u>。
　1 壊かしい　　　　 2 懐かしい　　　 3 夏かしい　　　 4 憶かしい

10 ものすごい物音に驚いて、外に飛び出すと、大きな<u>ほのお</u>が上がっていました。
　1 炎　　　　　　　 2 火　　　　　　 3 災　　　　　　 4 灰

問題3 （　　　）に入れるのに最もよいものを、1・2・3・4から一つ
選びなさい。

11 私の学校では1年生から3年生まで、同じ先生がクラスを受け（　　　）こと
になっています。

  1　持つ　　　　　　　2　付けする　　　3　入る　　　　　　4　取る

12 友達のお父さんが亡くなったので、（　　　）葬式に行った。

  1　お　　　　　　　　2　ご　　　　　　3　おん　　　　　　4　大

13 彼がどうしてそんなに勝ち（　　　）に執着するのか理解できません。

  1　下ろし　　　　　　2　落ち　　　　　3　破り　　　　　　4　負け

14 あの感動の（　　　）シーンをもう一度見たいですね。

  1　御　　　　　　　　2　高　　　　　　3　名　　　　　　　4　大

15 日本も、孔子、孟子など中国の思想（　　　）に多大な影響を受けた。

  1　家　　　　　　　　2　人　　　　　　3　者　　　　　　　4　師

問題4 （　　　　）に入れるのに最もよいものを、1・2・3・4から一つ
選びなさい。

16 壁にはったシールをきれいに（　　　　）にはどうしたらいいですか。
1 省く　　　　　　2 減らす　　　　　3 外す　　　　　4 剥がす

17 このケーキは本当に（　　　　）だ。
1 ふかふか　　　　2 さくさく　　　　3 ふわふわ　　　　4 ぱりぱり

18 仕事なら、（　　　）思い通りにいかないことがあって当然です。
1 左右　　　　　　2 加減　　　　　　3 上下　　　　　4 多少

19 事情をよく知らないなら、（　　　　）口をはさまない方がいいんじゃないで
すか。
1 ついでに　　　　2 いたずらに　　　3 ほぼ　　　　　4 何とも

20 年明けから株が上がるだろうという（　　　　）が、見事に当たって大儲けし
ました。
1 勘　　　　　　　2 心当たり　　　　3 物語　　　　　4 でたらめ

21 一時間も畳に座っていたので足が（　　　　）。
1 縛れた　　　　　2 凋んだ　　　　　3 絞れた　　　　　4 痺れた

22 この写真が事態の深刻さを（　　　　）います。
1 基づいて　　　　2 計って　　　　　3 物語って　　　　4 例えて

練習

問題5 ＿＿＿＿の言葉に最も近いものを、１・２・３・４から一つ選びなさい。

23 お隣さんの犬はとても<u>利口で</u>、ご主人の言うことをよく聞きます。
1 かしこくて　　　2 謙虚で　　　　3 上品で　　　　4 親しくて

24 皆さんもそろそろ疲れてきたでしょうから、どこか<u>腰掛ける</u>ところを探しましょうよ。
1 食べる　　　　2 泊まる　　　　3 座る　　　　　4 休憩する

25 <u>係り</u>の者が席をはずしておりますので、もう少々お待ちいただけますでしょうか。
1 各々　　　　　2 会員　　　　　3 組合　　　　　4 担当

26 お陰様で、団地の人たちとも<u>徐々に</u>親しくなってきました。
1 しだいに　　　2 せっせと　　　3 さっと　　　　4 しみじみと

27 六角形は<u>コンパス</u>を使えばきれいに作ることができます。
1 磁石　　　　　2 地球儀　　　　3 円規　　　　　4 物差し

問題6 次の言葉の使い方として最もよいものを、1・2・3・4から一つ
選びなさい。

28 もたれる

1 スーツのボタンがいつのまにかもたれてしまったようです。

2 農業関係の処理は、すべて伊藤さんにもたれることに決まりました。

3 会場には、無料でインターネットができる場所をもたれてあります。

4 危ないですから、電車やバスのドアにもたれてはいけません。

29 思いつく

1 初めて会った時から、ずっと君のことを思いついています。

2 週末のバスは30分おきにしか来ないということを今思いつきました。

3 その小説の作者は村上春樹さんだとすっかり思いついていました。

4 これが日記というよりも思いついたことをメモしているノートです。

30 何しろ

1 徹夜したおかげで、何しろ締切までに完成できました。

2 息子は何しろ文句を言っては、おじいちゃんやおばあちゃんを困らせます。

3 何しろ急なことなので、まだ心の準備ができていません。

4 今さらやり直したいと言われても、もう何しろ思っていないので、無理です。

31 献立

1 恐れ入りますが、ただ今の時間は喫茶のみで、お食事の献立はございません。

2 今日は買い物に行かず、冷蔵庫に残っているもので、夕食の献立を考えます。

3 道路建設の献立は予定通りに進んでいますか。

4 両親は50万円寄付したいと以前から献立しています。

32 粗末

1 この野菜はまだ粗末なので、もう少し小さく切ってください。

2 もうずいぶん粗末になったので、新しいソファーに買い替えるつもりです。

3 食べ物を粗末に扱ってはいけません。

4 あの警備員の男性は、背が高い上に、体が非常に粗末です。

練習

第一回

問題1 　1 2　　2 1　　3 1　　4 3　　5 3

問題2 　6 1　　7 3　　8 2　　9 2　　10 2

問題3 　11 1　　12 2　　13 3　　14 1　　15 1

問題4 　16 3　　17 3　　18 4　　19 3　　20 3
　　　　21 1　　22 1

問題5 　23 3　　24 1　　25 3　　26 4　　27 1

問題6 　28 1　　29 1　　30 4　　31 4　　32 3

第二回

問題1 　1 2　　2 1　　3 2　　4 3　　5 3

問題2 　6 3　　7 2　　8 3　　9 3　　10 1

問題3 　11 3　　12 4　　13 4　　14 3　　15 4

問題4 　16 1　　17 1　　18 2　　19 2　　20 2
　　　　21 2　　22 4

問題5 　23 3　　24 1　　25 2　　26 3　　27 1

問題6 　28 1　　29 2　　30 1　　31 3　　32 2

第三回

問題1　　| 1 | 1　　| 2 | 1　　| 3 | 2　　| 4 | 3　　| 5 | 3

問題2　　| 6 | 1　　| 7 | 2　　| 8 | 1　　| 9 | 2　　| 10 | 1

問題3　　| 11 | 1　　| 12 | 1　　| 13 | 4　　| 14 | 3　　| 15 | 1

問題4　　| 16 | 4　　| 17 | 3　　| 18 | 4　　| 19 | 2　　| 20 | 1
　　　　　| 21 | 4　　| 22 | 3

問題5　　| 23 | 1　　| 24 | 3　　| 25 | 4　　| 26 | 1　　| 27 | 3

問題6　　| 28 | 4　　| 29 | 4　　| 30 | 3　　| 31 | 2　　| 32 | 3

練習

N2

考試愛
出的都
在這！

絕對合格
特效藥

影子跟讀　標重音

日檢精熟單字

[25K＋QR碼線上音檔]

【 自學制霸 09 】

- ■ 發行人　　　林德勝

- ■ 著者　　　　吉松由美、西村惠子、林勝田、山田社日檢題庫小組

- ■ 出版發行　　**山田社文化事業有限公司**
  臺北市大安區安和路一段112巷17號7樓
  電話　02-2755-7622
  傳真　02-2700-1887

- ■ 郵政劃撥　　**19867160號　大原文化事業有限公司**

- ■ 總經銷　　　**聯合發行股份有限公司**
  新北市新店區寶橋路235巷6弄6號2樓
  電話　02-2917-8022
  傳真　02-2915-6275

- ■ 印刷　　　　**上鎰數位科技印刷有限公司**

- ■ 法律顧問　　**林長振法律事務所　林長振律師**

- ■ 書＋QR碼　　**定價　新台幣 549 元**

- ■ 初版　　　　**2024年5月**

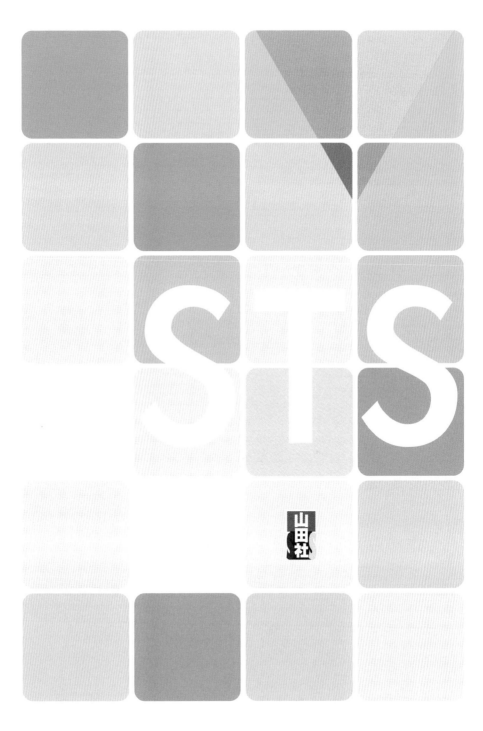